Lügen im Dunklen

Das Buch

Sarajevo im Krieg. Zählt das einzelne Leben wirklich noch? Für den Polizisten Vlado Petric ist seine Existenz zu einem absurden Drahtseilakt geworden. Er hat seine Frau und seine Tochter illegal nach Berlin gebracht, in Sicherheit, und seinen Alltag als Kommissar im Morddezernat den »veränderten Verhältnissen« angepaßt: Jeden Morgen steht er mit den Totengräbern auf, die vor seinem Fenster die schreckliche Ernte der Kämpfe der letzten Nacht beerdigen. Soll er noch versuchen, Verbrechen aufzuklären, wenn vor seinen Augen täglich Dutzende unschuldiger Menschen ihr Leben verlieren? Mühsam rettet er sich mit auf dem Schwarzmarkt organisierten Kaffee- und Zigarettenrationen über den Tag. Doch dann wird Esmir Vitas, der Chef der polizeilichen Sondereinheit des Innenministeriums, erschossen. Petric soll ermitteln, obwohl ihm nur äußerst begrenzte Mittel zur Verfügung stehen. Es gibt keinen Sprit, erst recht keine funktionierenden Autos. Also macht Petric sich zu Fuß auf den Weg durch die Straßen der zerstörten Stadt. Haben Vitas' Untergrundkontakte ihn das Leben gekostet? Oder kam der Befehl zum Töten aus einem ganz anderen Lager?

Der Autor

Dan Fesperman schrieb als Kriegsberichterstatter für die *Baltimore Evening Sun* über die Bürgerkriege in Bosnien, Kroatien und Serbien. Heute lebt er mit seiner Frau und zwei Kindern in Baltimore.

-.20

DAN FESPERMAN

Lügen im Dunklen

ROMAN

Aus dem Amerikanischen
von Andree Hesse

List Taschenbuch Verlag

GRANDE

List Taschenbuch Verlag 2000
Der List Taschenbuch Verlag ist ein Unternehmen
der Econ Ullstein List Verlag GmbH & Co. KG, München
Deutsche Erstausgabe

Titel der amerikanischen Originalausgabe:
Lie in the Dark (Soho Press Inc., New York)
Übersetzung: Andree Hesse
Redaktion: Martina Behrens
Umschlagkonzept: HildenDesign, München – Stefan Hilden
Umschlaggestaltung: HildenDesign, München
Titelabbildung: Photonica, Hamburg
Gesetzt aus der Bembo
Satz: Dörlemann Satz, Lemförde
Druck und Bindearbeiten: Clausen & Bosse, Leck
Printed in Germany
ISBN 3-612-65043-2

Lügen im Dunklen

1. Kapitel

Wie immer begann er den Tag damit, die Totengräber vor seinem Fenster zu zählen. An diesem Morgen waren es neun Männer, die dort, kaum hundert Meter entfernt, mitten über den verschneiten Platz stapften, auf dem früher Kinder Fußball gespielt hatten. Sie hielten an, senkten ihre Köpfe wie eine Trauergemeinde und zündeten sich Zigaretten an. Auf ihren ausgehöhlten Wangen konnte man den leichten Schatten der Bartstoppeln erkennen. Dann legten sie ihre dünnen Mäntel ab und trotteten in einer zerrissenen Linie auseinander. Die Rücken gebeugt, begannen sie, den Boden mit Pikkeln und Schaufeln aufzuhacken.

Anfangs bewegten sie sich noch so langsam, als müßten sie die Kälte und den Schlaf aus ihren knirschenden Gelenken vertreiben. Doch Vlado Petric hatte keine Eile. Er hatte ihnen oft genug zugesehen, um zu wissen, wie es weiterging.

Bald würden braune Erdlöcher vor ihren Füßen entstehen. Wenn die Arbeit die Männer aufgewärmt hatte, würden sich die Löcher zu ordentlichen Rechtecken ausgedehnt haben, und so wie die Rechtecke sich vertieften, würden die Männer in der Erde verschwinden. Nach einer Stunde würde man nur noch ihre Köpfe sehen. Dann würde Vlado seine Wohnung verlassen, um durch die Straßen von Sarajevo zur Arbeit zu gehen.

Vlado verließ sich mittlerweile auf die Pünktlichkeit der Totengräber. Er wußte, daß sie mit ihrer Arbeit lieber früh aufhörten; solange die Heckenschützen und die Artillerie in den umliegenden Bergen noch verschlafen im Nebel lagen, angeschlagen von einer weiteren Nacht im Dreck und ihrem

Pflaumenschnaps. Am Vormittag würden auch die Artilleristen ihre müden Knochen strecken und eine Zigarette rauchen. Erst danach würden sie ebenfalls ihre Arbeit aufnehmen, und von da an bis zum Einbruch der Dunkelheit würde der Fußballplatz nur noch für die Toten sicher sein.

Vlado fragte sich manchmal, warum er dieses morgendliche Ritual immer noch beobachtete. Es war wohl die damit verbundene Rechenaufgabe, die er einfach unwiderstehlich fand. Volkszählung im Krieg. Sobald die Löcher Form annahmen, würden sie von den Totengräbern wie schwarze Perlen auf einem Rechenschieber für die Tagesbilanz zusammengezählt. Nach einem Tag mit schwerem Granatfeuer oder einer jener kurzen traurigen Offensiven am Berghang, deren Knattern in der Ferne wie zerbrechendes Spielzeug klang, machte sich dort unten unvermeidlich eine große Gruppe zu schaffen. An einem besonders bewegten Morgen hatte er vierunddreißig Männer bei der Arbeit gezählt. Er hatte zweimal nachgezählt, um sicherzugehen, denn es herrschte ein unglaubliches Durcheinander, und der Dreck flog umher, als wäre eine Serie kleiner Explosionen hochgegangen. Der Dunst ihrer Körper und ihrer Zigaretten stieg in den Himmel wie der Rauch aus dem Schornstein einer kleinen Fabrik.

Zuletzt jedoch waren es immer weniger geworden. Daß heute nur neun Männer dort unten arbeiteten, deutete auf eine schwache Trefferquote und fehlende Munition hin. Im Winter verlor der Krieg seine Energie.

Man könnte Vlados Interesse auch als berufsbedingt bezeichnen. Manchmal spielte sich sein eigener Arbeitstag auch auf dem Friedhof ab, an den Gräbern derjenigen, für deren Tod weder Heckenschützen noch Explosionen, Krankheit oder Alter verantwortlich waren. Vlado war Kommissar bei der Mordkommission der örtlichen Polizei, und noch war er, wenn auch eher tatenlos, im Dienst.

Sein Job war gerade gut genug für ein paar zynische Witze seiner Freunde, die sich darüber amüsierten, daß kleine, armselige Morde nach einundzwanzig Monaten Krieg immer noch Aufmerksamkeit bekamen. Ihnen erschien Vlados Aufgabe wie die eines Installateurs, der inmitten einer Flutwelle undichte Toiletten repariert. Wie die eines Automechanikers, der Reifen zusammenflickt, während der Motor schon zu einem Häufchen Asche niedergebrannt ist. Warum die ganze Mühe, pflegten sie zu sagen. Warum vergißt man das nicht alles, bis der Krieg zu Ende ist. Dann werden alle Verdächtigen sowieso tot sein.

Immer wieder antwortete er mit dem gleichen leisen Lächeln, die Augen gesenkt, mit der ehrwürdigen Bescheidenheit all jener, die sich dafür rechtfertigen müssen, daß sie von den Toten leben. Ja, seine Freunde hatten wahrscheinlich recht. Was für ein Idiot er war. Gelächter überall. Trinkt noch einen auf mich, meine Herren!

Irgend jemand reichte eine Flasche mit ranzigem Selbstgebrannten herum, sie tranken auf seine Torheit und widmeten sich dann wieder anderen Themen – Fußball oder Frauen oder dem Krieg. Am Ende ging es immer um den Krieg. Aber Vlado hing oft noch für einen Moment seinen Gedanken nach. Nein, sie hatten ganz und gar nicht recht, versicherte er sich selbst. Der Krieg hatte an der Motivation für seine Arbeit nichts geändert. Wenigstens hoffte er das.

Seine Motivation unterschied sich wahrscheinlich nicht wesentlich von der anderer Ermittler einer Mordkommission. Sie bestand nämlich vor allem in der Hoffnung, daß aus seiner Arbeit eines Tages wertvolle Erkenntnisse für die ganze Menschheit resultieren könnten. Wenn man sich nicht mit einfachen Erklärungen zufriedengab und mehr herausbekommen wollte, als von wo geschossen oder wie oft zugestochen worden war, gab es vielleicht unter der täglichen Mordstatistik ein allgemeingültiges Prinzip zu entdecken. So wie ein Epidemiologe weiß, daß eine einzige Autopsie den Schlüssel zu einer ganzen Seuche liefern kann, klammerte sich Vlado an den Glauben, daß auch ihm ein einzelner Mord Einblicke in viel bedeutendere Mechanismen bieten könnte. Ihn interessierte das Puzzle der Motive für eine Tat, denn dadurch erhielt er letztlich Einsichten in die menschliche Seele. Er wollte die inneren Hebel und Rädchen, die Mechanismen, die zu einem plötzlichen zornigen Ausbruch führen konnten, erkennen und erforschen.

Aber hatte das alles in Kriegszeiten noch eine Bedeutung? Bei diesem Gedanken drohten seine Zweifel ihn zu lähmen. Der Krieg hatte die Rechnung völlig durcheinandergebracht. Jetzt erschienen all diese Mechanismen zunehmend vorhersehbar und ferngelenkt von den Kanonen in den Bergen. Jede Tat wurde im Widerhall der Kanonen erschüttert. Und jeder leidenschaftliche Ausbruch hatte seine Ursache in den zwei Jahren Elend.

Dennoch staunte Vlado darüber, daß immer noch so viele Morde begangen wurden. Die Geschichtsbücher erzählten ihm etwas anderes über die Auswirkungen eines Krieges auf die Menschen. In Stalingrad aßen sie Ratten und verbrannten Möbel, um sich warm zu halten – aber sie sollen zusammengehalten haben. Selbst in London, im reichen und bequemen London, sollen die Selbstmorde zurückgegangen und die allgemeine psychische Verfassung soll ausgeglichener gewesen sein. Aber nun fragte er sich, ob das nicht alles bloß eine große Lüge der Propaganda zu Kriegszeiten war. Denn er erlebte, daß die Menschen im Krieg viel schneller als sonst Opfer ihrer Leidenschaften wurden. So wie die Belagerung kein Ende nahm, griffen verschmähte Liebende wie zu allen Zeiten weiter zur Waffe, erstachen Trinker andere Trinker für eine Flasche und starben Spieler noch immer für ihre Schulden.

Nie zuvor war es den Menschen leichter gemacht worden, einen Mord zu begehen.

Überall gab es Waffen – ramponierte Modelle aus dem Iran oder aus Afghanistan mit Munitionsgürteln, die sich wie Bananen bogen, elegante belgische Automatikwaffen aus den gepflegten Waffenläden der Schweiz, antike, klobige, alte Maschinenpistolen von Gott weiß woher sowie jede billige Kalaschnikow-Kopie, die jemals im Ostblock hergestellt worden war. Die Berge des alten Jugoslawien sind von den Waffen des Warschauer Paktes überschwemmt worden, wie es sich der verstorbene große Tito nie hätte vorstellen können.

In den Phasen, in denen der Krieg eher zögerlich vorankam, garantierten die zahllosen Schmuggler und Schwarzmarkthändler die volle Auslastung dieser Waffen. Sie stürzten sich in ihren eigenen zermürbenden Krieg, die Betrogenen machten rachsüchtig Jagd auf die Betrüger. Und da sie nirgendwohin fliehen konnten als in die tödliche Falle der Berge, war die Jagd für gewöhnlich ebenso entschlossen wie kurz.

Bei allen Zweifeln gab es noch einen anderen wichtigen Grund, warum Vlado weiterhin seinem Job nachging: Der Polizeidienst bewahrte ihn vor der Armee. Und das war in diesen Tagen, in denen selbst kleine Jungen in schmutzigen Jeans und Hemden nachts in Reih und Glied den Berg hinaufmarschierten, kein geringer Vorteil.

Der Gedanke daran zog ihn auch an den schwärzesten Morgen weg von seinem Fenster und hinaus auf den Gehweg des eintönigen Wohnblocks, der oberhalb des Fußballplatzes lag.

Hätten die Totengräber an all jenen Morgen einmal verschnauft und sich umgedreht, hätten sie die schmale Gestalt eines Mannes Anfang Dreißig in dunkler Kleidung ausgemacht. Schon immer recht mager, war Vlado durch die Diät des Krieges noch schmaler geworden, bis seine tiefbraunen Augen fast gespenstisch aus ihren Höhlen schauten. Sein Gesicht, in dem sich früher einmal schnell ein Lächeln fand, war nun verschlossen, beinahe mißtrauisch geworden. Eine kleine Falte über der Nasenkerbe hatte sich vertieft und eingegraben und sich selbst zum neuen, ernsten Herrn der Lachfalten um seine Augen erhoben. Sein schwarzes Haar war struppig, von ihm selbst mit einer stumpfen Kinderschere kurz und ungenau geschnitten. An den Schläfen und am Wirbel fiel es immer mehr aus. Nur seine Stimme war die alte geblieben: ein tiefer und weicher Strom, ein angenehmer Bariton, von dem man sich gern in einen warmen, verrauchten Raum mit alten Freunden einladen läßt.

Hinter ihm, im kleinen Wohnzimmer und in der Küche, befand sich alles, was von seiner Vorkriegswelt geblieben war. Seit mehr als anderthalb Jahren waren seine Frau und seine Tochter fort, evakuiert nach Deutschland. Kinderzimmer und Schlafzimmer hatte er seit Wochen nicht mehr betreten. Nach und nach hatte er seinen Besitz und damit auch seine Existenz dort herausgetragen. Zum einen deshalb, weil es ihn von den Fenstern fernhielt, die dem Heckenschützen- und Artilleriefeuer besonders ausgesetzt waren. Zum anderen wollte er das kostbare Licht und die Wärme der illegalen Gasanschlüsse sparen, die nur sporadisch und dann schwach unter ständig nachlassendem Druck brannten. Das entsprach genau seinem persönlichen Verhalten, sich bis zum Ende einzugraben und die eigene empfindliche Flamme gegen die Mächte, die sie ausblasen könnten, zu schützen.

Mittlerweile hatte Vlado ein sicheres Gefühl dafür entwikkelt, wie er seine Lebensflamme einstellen mußte, um durchzuhalten. Aus seiner Beobachtung wußte er, daß Menschen, die auf zu großer Flamme brannten, nie lange aushielten. Sie liefen irgendwann vor einen Gewehrlauf, entweder schreiend vor Verrücktheit oder in einem finalen Ausbruch ohnmächtiger Wut.

Aber wenn die Flamme zu niedrig eingestellt war und man versäumte, sie am Leben zu erhalten, dann endete man verbraucht und leer im anderen Extrem. Man sah diese Menschen überall in Hauseingängen oder zusammengekauert in den Hinterräumen der Cafés, mit fettigen Haaren, leerem Blick und zerrissener Kleidung. Sie hatten sich immer weiter in sich zurückgezogen und endeten entweder auf dem Grund einer Flasche oder eines Grabes.

Vlado war Katholik, was bedeutete, daß man ihn als Kroaten klassifizierte. An so was hatte er bis vor zwei Jahren keinen Gedanken verschwendet. Aufgrund seiner gemischten Herkunft war die Genauigkeit dieser Einordnung sowieso fragwürdig. Sein Vater war Moslem, seine Mutter Katholikin gewesen. Sie hatte dafür gesorgt, daß er getauft wurde, obwohl auch sie nie viel für die Kirche übrig gehabt hatte. Trotzdem hatte sie ihn jahrelang in den Religionsunterricht und auf Ferienfreizeiten geschickt, nur um dann zu erkennen, daß ihre Bemühungen völlig umsonst gewesen waren.

Heutzutage scheint der ethnische Hintergrund das wichtigste zu sein, was offizielle Stellen von einem wissen wollen. Die Antwort kann einen Menschen an einem Ort das Leben kosten, an anderen von Nutzen sein.

Diese Information war mehr als einfach zu bekommen, denn sie stand zuoberst auf den Ausweispapieren. Die ethnischen Einordnungen waren Überreste der verschiedenen, untereinander verfeindeten Reiche, die seit Jahrhunderten auf diesen Bergen zusammengeprallt waren. Die Türken hatten für eine Weile das Sagen gehabt und den Islam und die Bürokratie des Osmanischen Reiches mitgebracht. Für die Türken war der Balkan nur eine Zwischenstation im Kampf gegen die Österreicher, die wiederum den Katholizismus einführten, die Bürokratie pingeliger machten und die Straßen mit ihrer Zukkerbäcker-Architektur überluden.

Aus dem Osten drohte immer eine Gefahr von den Russen, die mit den Serben die orthodoxe Kirche und das kyrillische Alphabet gemeinsam hatten. Dann kamen die Nazis an die Reihe und unterjochten alle, verbündeten sich eine Zeitlang mit den nationalistischen Kroaten, mit der Ustascha, und fügten mehreren hunderttausend Serben großes Leid zu. Manchmal beteiligten sich die Moslems an dem Gemetzel, manchmal waren sie selbst die Opfer. Schließlich ging Marschall Tito aus all dem als Sieger hervor, und unter dem Mantel seines kommunistischen Nachkriegsregimes schienen sich alle Seiten vergeben zu haben. Tito gelang es, die verfeindeten Seiten für beinahe ein halbes Jahrhundert zusammenzuhalten, indem er hauptsächlich einfach so tat, als würde keiner den anderen hassen. Er verbannte jedes Gespräch über ethnischen Nationalismus und gegenseitiges Mißtrauen aus der Öffentlichkeit und verkündete munter, von nun an werde Brüderlichkeit herrschen.

Fast hätte es funktioniert.

Aber als Tito starb, entdeckten die ethnischen Fanatiker ihre Stimme wieder – und die Serben schrien am lautesten. Geschichten von Massakern in der Vergangenheit, die über die Jahrzehnte im privaten Familienkreis am Leben erhalten worden waren, tauchten plötzlich im neuen Glanz auf. Die alten Ängste wurden aus dunklen Kellern und verlassenen Speichern hervorgeholt und erhielten neue Nahrung in der ethnischen Propaganda. Und schon war man wieder zu den alten Mustern des Mißtrauens zurückgekehrt. Wenn du ein Kroate bist, dann gehörst du zur Ustascha. Jeder Serbe war ein Tschetnik. Ein Moslem? Nicht besser als ein Türke. Als die Dinge anfingen auseinanderzudriften, folgte der Zusammenbruch auf den Fuß.

Die Serben, die den größten Teil der Armee ausmachten, gewannen sofort und gnadenlos die Oberhand. Die brennenden Fronten, die nun die Stadt teilten, zeugten von Titos totalem Scheitern. Auf jedem umliegenden Berg befanden sich serbische Kanonen und Schützengräben. Und eine Armee, der es nur noch darum ging, Sarajevo so lange zu drangsalieren, bis die Stadt ihr gehörte. Die Serben hielten auch einen großen Teil der Stadt auf der gegenüberliegenden Seite der Miljacka, die von Ost nach West wie ein gekrümmter Stachel durch die Stadt stößt.

Am nördlichen Ufer, im alten Stadtzentrum, waren gemeinsam mit Vlado zirka zweihunderttausend Menschen gefangen. Hauptsächlich Moslems, wenige Kroaten und sehr wenige Serben. Aber wie bei Vlado waren die ethnischen Zuordnungen oft nicht eindeutig. Ein Viertel der Bevölkerung lebte in gemischten Ehen, was die Serben nur noch wütender machte. Das unkonventionelle kleine Sarajevo hatte sich selbst überlistet und zahlte nun den Preis für all die Jahre des Vergnügens an der Blutschande. Wenn sie die Stadt schon nicht einnehmen konnten, schienen die Serben nun darauf versessen zu sein, sie dem Erdboden gleichzumachen, sie auseinanderzunehmen, Stein für Stein, Mensch für Mensch.

Bisher war Vlado durch sein ganzes Leben gegangen, ohne jemals darüber nachzudenken, was es bedeutete, ein Katholik zu sein, und er sah keinen Grund, jetzt damit anzufangen. In den letzten zwölf Jahren hatte er nur dreimal eine Kirche von innen gesehen: zweimal zu Beerdigungen, aber ganz bestimmt nicht zu seiner eigenen Hochzeit. Das war eine standesamtliche Trauung gewesen, in der er die moslemische Tochter einer serbischen Mutter geheiratet hatte.

Sein dritter und letzter Besuch einer Kirche lag noch nicht lange zurück. Er mußte den Mord an einem Priester untersuchen, der tot im Beichtstuhl gefunden worden war. Ein eifersüchtiger Ehemann hatte leidenschaftliche, auf dem Briefpapier des Pfarramtes verfaßte Liebesbriefe im Schrank seiner

Frau gefunden. Der Ehemann war in die Kabine gegangen, hatte sich hingesetzt, zweimal durch die gelöcherte Trennwand geschossen und dann die Waffe gegen sich selbst gerichtet. Vlado hatte sich durch den Selbstmord betrogen gefühlt. Er wollte immer wissen, ob es ein letztes Gespräch gegeben hatte. Und er fragte sich, ob einer dem anderen Absolution erteilt hatte, bevor die Waffe das Urteil gegen beide vollstreckte. Beide ereilte am Ende eine angemessene Strafe – auf jeden Fall war das Vlados Meinung, egal was die Kirche darüber dachte.

Hätten die Totengräber an diesem Morgen in Vlados Richtung geschaut, hätten sie vielleicht auch den Becher mit Kaffee in seiner Hand sehen können. Bei einem Preis von zwanzig Dollar pro Pfund und einem Gehalt von einem Dollar pro Monat, noch dazu oft in Zigaretten ausgezahlt, war das kein geringer Luxus. So stand es um die nationale Währung, und der Schwarzmarkt regierte die Stadt.

Er mußte unwillkürlich lächeln, als er sich leicht verlegen daran erinnerte, wie er gestern an den Kaffee gekommen war. Er hatte wahrhaftig darum gebettelt. Nicht wirklich offen, aber auf eine mehr als offensichtliche Art, die er mittlerweile gelernt hatte, um an solche Dinge heranzukommen.

Ein britischer Journalist hatte ihn wegen eines Interviews angerufen, und Vlado hatte liebend gern einen Termin mit ihm ausgemacht. Gegenstand des Interviews sollte das Thema »Mord in der Stadt des Todes« sein und die allgegenwärtige Korruption, die die Stadt von innen heraus auffraß. Über diese Dinge durfte Vlado eigentlich nicht sprechen, aber das interessierte ihn nicht. Er wußte wie jeder andere, daß Journalisten, UN-Leute oder sonstige Außenstehende sich immer gerne mit ihren Taschen voller Beutegut einschmeichelten: Kaffee, Whiskey, Marlboroschachteln, manchmal sogar Zucker. Wer weiß, wie großzügig sie sind, wenn man Informationen hat, die sie haben wollen, egal ob man sie wirklich liefern darf oder nicht.

Die begehrte Ware, die so ein Journalist anzubieten hatte, konnte einem wiederum Deutsche Mark, Dollars, Freunde und Einfluß einbringen. Oder auch eine Stunde mit einer Prostituierten. Die Huren, die sich an den Toren der französischen UN-Garnison herumdrückten, konnte man für ein paar Packungen Marlboro haben, ein Preis, den die UN-Truppen recht akzeptabel fanden. Manche hatten das Rauchen ganz und gar aufgegeben.

Der Journalist war pünktlich eingetroffen, ein fleischiges, hektisches Bündel, eine typisch britische Frohnatur, rot angelaufen vom Treppensteigen wie eine weiche, überreife Frucht. Zur Begrüßung streckte er zackig seine Hand aus und schrie regelrecht: »Toby Perkins, *Evening Standard.* Schön, Sie kennenzulernen.«

Vlado antwortete mit einem ernsten Blick, löffelte Instantkaffee in einen Becher mit heißem Wasser und rührte dann die braunen Kristalle mit der Ehrfurcht eines Alchimisten um, der gerade Goldstaub hervorgezaubert hat.

»Mein letzter Becher«, sagte er und reichte ihn dem Reporter. »Bitte, nehmen Sie.« Damit ist gleich mal der richtige Ton angeschlagen, dachte Vlado. Innerlich gratulierte er sich selbst, als er an Tobys dünnem Lächeln und seinen errötenden Wangen sah, daß der Rest einfach sein würde.

Und so war es dann auch.

Toby setzte sofort den Becher ab und bückte sich nach seiner Tasche, ächzte und krümmte sich unbeholfen unter dem Gewicht einer schußsicheren Weste, die seinen Brustkorb zusammenzwängte. Nahezu jeder Außenstehende trug diese Dinger, während sich die Einheimischen eher fragten, wozu sie eigentlich gut sein sollten. Warum der ganze Umstand, wenn man dir trotz allem immer noch den Kopf wegpusten konnte?

Toby erhob sich mit einem fetten und großzügigen Lächeln und hielt eine Einpfundpackung Nescafé in den Händen. Jetzt war er der Millionär mit der glänzenden Münze für ein elendes, heimatloses Kind. Es fehlte nur noch, daß er ihm den Kopf tätschelte. Doch Vlados Stolz kannte keine Skrupel. Er fragte sich lediglich, was in der großen Tasche wohl noch herumklimperte.

Obligatorisch wies Vlado dieses Angebot erst mal zurück. Er spielte sein geschliffenes Englisch in einem leiernden Tonfall runter, der besser zu dem Augenblick paßte. Spiel für eine Weile den stumpfen, steifen einheimischen Bürokraten, und Toby wird um so schneller aufgeben.

»O nein, das kann ich nicht annehmen.«

Toby bestand darauf, das machten sie immer. »Nein, wirklich, bitte nehmen Sie. Ich habe so viel davon, und außerdem reise ich Montag ab.«

Abreise Montag. Das ließ ihn vor solchen Leuten immer wieder verstummen, egal ob es sich um Journalisten, Entwicklungshelfer oder irgendeine westliche Berühmtheit handelte, die ein bißchen Kriegsatmosphäre schnuppern wollte und Publicity suchte. Sie kamen und gingen wie Touristen, wedelten mit ihren blauweißen UN-Ausweisen, um durch die Kontrollpunkte zu kommen, wo jeder Einheimische eiskalt angehalten wurde. Oder erschossen. Selbst wenn er ein Polizeikommissar war. Nur Fremde verließen die Stadt so einfach. Sie stiegen in UN-Frachtflugzeuge, dickbäuchige, grüne Tonnen, die über die Berge rumpelten, und weg waren sie. Zweifellos stießen sie dann noch am selben Abend darauf an, alles so glorreich überstanden zu haben. Natürlich an irgendeinem warmen Ort, wo es vor den Fenstern Glas statt flatternde Plastikplanen gab und elektrisches Licht und jede Menge kaltes Bier.

Deshalb hatte Vlado auch kaum Gewissensbisse, als er die

Kaffeepackung in einer Schreibtischschublade einschloß und verkündete: »Es tut mir leid, aber meine Vorgesetzten haben mir verboten, mit Ihnen zu reden. Auf jeden Fall über dieses Thema. Vielleicht können wir ein paar Minuten ganz im Vertrauen sprechen, wie sich Ihre Leute ausdrücken, aber mehr ist wirklich nicht drin.«

Darauf folgte der unangenehme Teil. Toby hatte sich entschloßen, einen Vortrag zu halten. »Ja, genau, das ist die richtige Einstellung. Immer schön den Mund halten und dabei den ganzen Mythos aufrechterhalten.«

»Den Mythos?« fragte Vlado, neugierig, die neueste Version über den Wahnsinn auf dem Balkan aus der Sicht der restlichen Welt zu hören.

»Den Mythos vom ethnischen Frieden und von der Harmonie unter den armen, eingekesselten Einwohnern von Sarajevo. Von der sauberen Regierung mit nichts als edlen Absichten. Ja, Sie sind Opfer, wir alle wissen das. Man kann verdammt noch mal seinen Fernseher nicht einschalten, ohne daß eine weinende Frau aus Sarajevo in die Kamera jammert: ›Wir brauchen nur ein bißchen Liebe.‹ Aber wann immer man auf die unsauberen Geschäfte und die Drahtzieher hinter den Kulissen zu sprechen kommt, werdet ihr plötzlich alle ganz ruhig und flüchtet euch in eure letzte Ausrede: Die Serben sind an allem schuld. Die Tschetniks haben es getan. Und das ist ja nicht mal falsch. Sie haben euch aus der halben Stadt rausgeschmissen und aus drei Vierteln des Landes.

Aber ihr seid auch nicht gerade Heilige hier, oder? Entschuldigen Sie den schäbigen, religiösen Vergleich. Aber warum verratet ihr nicht zur Abwechslung mal ein paar von euren schwarzen Schafen? Was glauben Sie, wie lange der Krieg noch dauern würde, wenn plötzlich ein paar Leute da ganz oben in Schlüsselpositionen aufhörten, daran zu verdienen?«

»Sie finden unseren Haß nicht sehr überzeugend, stimmt's?

Vielleicht hatte der arme alte Marx ja doch recht, auch wenn er nicht mehr besonders in Mode ist. Im Westen geht es immer nur ums Geld.«

»Ja, natürlich, es geht immer ums Geld oder um Macht oder welche Form von Reichtum auch immer«, sagte Toby. »Aber das ist im Osten nicht anders. Was glauben Sie, warum euch die Serben euer halbes Land vor der Nase weggeschnappt haben? Bestimmt nicht, damit sie euch netten Leutchen hier herumkommandieren können, das kann ich Ihnen sagen. Das war ein Landraub aus wirtschaftlichen Gründen, so einfach ist das. Sie haben ihn nur als heiligen, ethnischen Kreuzzug getarnt. ›Schützt unsere serbischen Brüder. Und wenn ihr schon mal dabei seid, packt auch gleich noch die Fabrik mit ein, o.k.?‹ Ich behaupte nicht, daß es auf diesen Bergen hier zu wenig echten Haß gäbe. Es gibt genug Fanatiker, die sich für diesen Krieg verheizen lassen würden, um die Armeen noch jahrelang aufrechtzuerhalten. Aber sehen Sie sich nur die Hilfssysteme und die Versorgungswege an. Diese ganzen windigen Typen, die das System stützen. Wer braucht schon Moral, wenn du die Offiziere mit einem nicht endenden Strom harter Währung glücklich machen kannst? Schalte das aus, und wer weiß, vielleicht beginnt die ganze Sache von innen her zu verrotten. Vielleicht reicht dann der Haß nicht mehr aus. Vielleicht gibt es dann sogar eine Feuerpause, die lange genug andauert, um mehr als nur die nächste Lieferung Tabak und Alkohol durch die Linien zu schaffen. Natürlich nur, wenn fünfzig Prozent der Erlöse an die örtliche Polizei gehen.«

»Meinen Sie nicht, daß Sie es sich viel zu einfach machen?«

»Natürlich, dafür werde ich bezahlt. Ich nehme die ganzen netten, verschwommenen Grautöne und mache Schwarz und Weiß daraus, damit sie die Öffentlichkeit verdauen kann, bevor sie zu den Horoskopen und dem neusten Klatsch des Königshauses übergeht. Aber bevor Sie mich als einen weiteren

Schmierfinken abtun, was ich natürlich bin, hören Sie sich nur nebenbei eine kleine Geschichte an, die ich unterwegs in Mostar aufgeschnappt habe – dann werden wir sehen, was Sie davon halten.«

Daß ihm dieser aufgeplusterte Kerl jetzt auch noch das Leben erklären wollte, war wirklich das letzte, was Vlado wollte. Aber mit dem Pfund Kaffee hatte er sich wohl irgendwie das Recht dazu erkauft. Also ließ Vlado ihn weiterschwafeln.

»Sie kennen die Situation in Mostar, nicht wahr?« Tobys Gesicht wurde mit jeder Minute röter. »In gewisser Weise ist es dort noch schlimmer als hier. Kroaten und Moslems bekämpfen sich bis aufs Blut, schießen aufeinander vom jeweiligen Ufer des Flusses, während die Serben auf den Bergen im Osten hocken und Bomben auf beide werfen. Wie so eine gelangweilte Hausfrau, die kochendes Wasser auf sich prügelnde Straßenkatzen schüttet.

Na gut, vor ein paar Wochen ist ein Moslem-Kommandant gerade dabei, seinen Teil für die Heimat zu tun, als ihm mit einem Mal die Granaten ausgehen. Er geht also ans Funkgerät und ruft seine Kumpels auf dem nächsten Hügel an und ordert Nachschub. ›Tut mir leid, Jungs, wir haben selber kaum noch welche. Wir können nicht einen einzigen Schuß abgeben. Waffenembargo und so, ihr wißt schon.‹

So, und da jeder die gleichen alten jugoslawischen Armeefunkgeräte benutzt, wer klinkt sich da in die gleiche Frequenz ein, wenn nicht unser serbischer Freund oben auf dem Berg. Nennen wir ihn Slobo

›Wenn ihr Granaten braucht, wir haben alles, was euer Herz begehrt‹, sagt General Slobo. ›Und zu günstigen Preisen.‹

›Großartig‹, sagt General Mohammed. ›Aber wie sieht's mit der Lieferung aus? Die Kroaten sind genau zwischen uns.‹

›Kein Problem‹, sagt Slobo. ›Mein kroatischer Freund, Kommandant Tomislav, kann sie dir gegen eine kleine Kommission bis vor die Haustür bringen, sagen wir, für fünfundzwanzig Prozent der Geschütze.‹ Sie feilschen noch eine Weile um den Preis und machen einen Termin für die Lieferung aus. Dann schwatzen sie ein bißchen mit der UN und arrangieren eine zeitweilige ›Feuerpause‹ wegen einer Ladung ›humanitärer Hilfe‹, und die ganze Sache geht ohne Schwierigkeiten über die Bühne. Die UN-Leute verbringen den ganzen Tag damit, sich selbst auf die Schulter zu klopfen, und glotzen dann blöd aus der Wäsche, als die ganze Scheiße von vorne losgeht, sobald der letzte LKW durch ist. Und da haben Sie es: Feind Nummer eins bewaffnet Feind Nummer zwei mit der Hilfe von Feind Nummer drei, wobei Gott weiß wieviel Generäle, Stabsoffiziere, Unteroffiziere und Kontrollheinis unterwegs bestochen werden. Und alles, worüber ihr Leute hier unten reden wollt, ist Haß, Intoleranz und ›mir geht's so schlecht‹. Wenn es um Korruption geht, sagt keiner mehr einen Piep.«

Vlado wußte keine Antwort. Noch zweifelte er daran, daß Tobys kleine Geschichte der Wahrheit entsprach. Er hatte eine Menge ähnlicher Geschichten gehört. So blieb er einfach sitzen. Toby würde sich schnell genug langweilen.

Und das tat er auch. Seufzend zog er eine Visitenkarte aus seiner Tasche.

»Sollten Sie jemals Ihre Meinung ändern, hier ist meine Karte. Sie können mich im Holiday Inn erreichen, Zimmer 434. Sie wissen schon, dieser große, gelbe Müllhaufen voller Bombenkrater direkt an der Front. Leider die einzige Absteige in der Stadt. Wer weiß, wenn Sie sich innerhalb einer Woche entscheiden zu reden, könnte ich für Sie vielleicht sogar einen Sack Zucker schnorren. Zur Abwechslung mal eine kleine Bestechung zugunsten der guten Leute.«

Vlado nahm an, daß diese abschließende Bemerkung schuld an dem bitteren Nachgeschmack hatte, an diesem Anflug von

Scham, der ihm für den Rest des Tages nicht aus dem Kopf gegangen war. So wie die lebendigen letzten Bilder eines Alptraumes kurz nach dem Aufwachen.

Aber Kaffee war Kaffee. Er genoß noch einen Schluck und wärmte beide Hände an dem Becher, als er in Richtung Fußballplatz starrte. Was war denn schon so peinlich daran, mal ein bißchen gerissen zu sein, sagte er sich selbst. Er schlürfte den letzten, krümeligen Rest und schaute nach draußen. Die Totengräber waren bis zur Hälfte verschwunden. Er hatte vielleicht noch eine halbe Stunde, bis die Heckenschützen sich rührten, obgleich er das Gefühl hatte, daß es wieder ein ruhiger Tag werden würde.

An manchen Morgen vertrieb er sich die Zeit damit, seine anwachsende Sammlung Zinnsoldaten zu bearbeiten. Sie lagen in Reih und Glied und in allen Formen und Farben vor ihm auf einer kleinen Werkbank, die er sich in der Küche eingerichtet hatte. Er las mit Begeisterung Bücher über Militärgeschichte und hatte deswegen mit diesem Hobby vor Jahren begonnen, nur um diese eigentlich unsinnige, kleinkarierte Beschäftigung schnell langweilig zu finden. Und als seine Arbeit aus Ungeduld auch noch schludrig wurde, hörte er ganz damit auf und packte Dutzende von noch nicht bemalten Männern aus Zinn weg, die er in einem übereifrigen Anfall von Optimismus gegossen hatte.

Dann kam der Krieg. Seine Frau und seine Tochter wurden nach den ersten beiden Monaten evakuiert. Sie verließen die Stadt an einem warmen Maimorgen in einem staubigen Konvoi aus Schulbussen. Frauen, Kinder und Greise winkten aus allen Fenstern den zurückbleibenden jüngeren Männern zu, die von seiten der Armee gezwungen waren dazubleiben. Andere quollen über die Transportflächen völlig überladener, offener Lastwagen. Ihre bunten Kopftücher flatterten im Wind, der ihre Tränen trocknete.

Noch am selben Abend zwängte sich Vlado mit einem kleinen Klappstuhl und einer Flasche Pflaumenschnaps über die Feuerleiter hinauf auf das Dach des vierstöckigen Mietshauses. Er setzte sich hin und beobachtete das nächtliche Bombardement, als wäre es ein Sommersturm, der über die Berge herangrollte. In der Entfernung zeichneten sich die Blitze der Artillerie mit den roten Schweifen der Geschosse auf den Wolken ab. Er merkte, wie er das Ausmaß jedes Einschlags abschätzte, indem er die Sekunden vor der Explosion zählte. So hatte er auch versucht, seiner Tochter die Angst vor dem Gewitter zu nehmen. Für einen Moment überkam ihn die Erinnerung an das väterliche Wohlbehagen, das sich einstellt, wenn man den warmen Körper seines Kindes auf dem Schoß spürt, wenn man sein Kinn auf den kleinen Kopf legt und wenn das Haar nach Sonne und Sandkasten und Babyshampoo riecht.

Er hielt die Schnapsflasche, nahm alle paar Minuten einen Schluck und fühlte bei jedem Schluck das Feuer seine Kehle herunterwandern. Als das Bombardement sich immer näher an die Stadt herantastete, hatte er bereits mehr als die Hälfte der Flasche geleert.

Er war ein aufmerksamer Zuschauer. Drüben, genau beim Krankenhaus, gab es eine gelb schimmernde Explosion, deren Wucht seine Magenwände zum Vibrieren brachte. Im Südwesten schraubten sich ein paar Raketen in den Himmel, die wie verrückte Vögel pfiffen und auf das Präsidentengebäude zusteuerten. Ansonsten war das meiste draußen über den Hochhäusern der Vorstädte im Westen oder in den Hügeln im Norden los. Morgen wird es mehr zu beobachten geben. Und übermorgen. Er könnte den ganzen Krieg hier oben verbringen.

Dann kreischte plötzlich mit einem heulenden Gejammer eine Granate ganz in der Nähe auf und schlug mit einer schweren Detonation ein. Der Druck stieß ihn vom Stuhl, und als er der Länge nach auf dem Rücken lag, hörte er das zersplitternde Glas der Fenster des Gebäudes nebenan. Für einen Moment rührte er sich nicht, wartete auf den Schmerz, auf einen Schwall von Blut aus offenen Wunden. Als er nichts fühlte, stand er auf. Sein Gesicht war mit Staub bedeckt. Er hielt immer noch den Hals der Flasche umklammert, aber der Rest war von einem Granatsplitter zerschmettert. Zitternd schaute er über die Stadt und sah keine Menschenseele. Er hörte nichts als ein leises Klingeln in seinen Ohren. Dann drehte er sich um und stieg die Leiter so schnell hinab, wie es seine wackeligen Beine erlaubten.

Am nächsten Morgen siedelte er in das Wohnzimmer über, schloß die Türen zu den beiden Schlafzimmern und klappte das Sofa aus. Dann öffnete er seinen alten Schuhschrank und holte sein verlorenes Batallion Zinnsoldaten und die winzigen Fläschchen Farbe sowie die feinen, zarten Pinsel hervor. In einer Ecke der engen Küche richtete er sich eine Werkbank ein und hieß die Langeweile in seinem Heim wieder willkommen. Jetzt war ihm klar, daß damit die langsame und sorgfältige Pflege seiner eigenen schwachen Flamme begonnen hatte. Es war eine Möglichkeit, sich durch die toten Stunden der winterlichen Dunkelheit zu mogeln. Indem er die Kante einer winzigen Gürtelschnalle golden anpinselte oder eine Säbelklinge silber oder den Federbusch eines Helmes gelb, manövrierte er sich durch die Stunden und ließ sie einfach hinter sich zurück.

Sechs Tage nach der Dachexplosion hatte er vom Roten Kreuz die Nachricht erhalten, daß seine Frau und seine Tochter in Berlin angekommen waren. Sie lebten zusammen mit zwei anderen Müttern und Kindern aus Bosnien in einer Ostberliner Hochhauswohnung. Von da an war er nur noch durch die Post mit ihnen verbunden, die, wenn überhaupt, unregelmäßig ankam. Außerdem konnte er einmal im Monat mit der

Hilfe von Funkamateuren des Jüdischen Gemeindezentrums in Sarajevo mit ihnen telefonieren. Eine der wenigen Kommunikationsverbindungen nach draußen, die weder von der Regierung noch von den internationalen Medien kontrolliert wurden.

Jetzt, mitten in seinem zweiten einsamen Winter, tauchte er blinzelnd im schwachen Schein der spärlichen Flamme des Erdgases fast jede Nacht in einem Dunst von Farbdämpfen und Zigarettenrauch unter. Diese Beschäftigung war zwar schlecht für seine Augen, aber sie hielt ihn vom Dach und von der Flasche fern.

Vlados Interesse richtete sich vor allem auf die Armeen aus der Zeit Napoleons. Er konnte die Flugbahn und die Reichweite jedes bemalten Geschützes in seinem Modellarsenal erklären, ebenso wie die Kampffähigkeit von nahezu jeder Einheit dieser Ära, egal ob es eine preußische, eine russische oder eine französische war.

Manchmal wurde er den Eindruck nicht los, daß sein Hobby gerade jetzt ziemlich unpassend und Ausdruck seines schlechten Geschmacks war. Er machte sich überhaupt keine Illusionen darüber, für was Modellsoldaten stehen, noch zweifelte er daran, daß die Faszination für Waffen und Uniformen dazu beitrug, den Krieg aufrechtzuerhalten. Er hatte zu viele Geschichten über Jungs gehört, die aus ihren Dörfern abgehauen waren und als Neulinge in den Schützengräben eifrig alte Rechnungen begleichen wollten, sobald sie nur die Macht einer Kalaschnikow in ihren Händen fühlten.

Aber genauso wie nach seiner Auffassung die Männer auf den Bergen keine Soldaten waren, sondern nur eine bewaffnete wilde Horde, hatten diese Figuren ebensowenig mit dem wirklichen Krieg zu tun wie die Zeichnungen in den Geschichtsbüchern, wo auf sauberen, mehrfarbigen Landkarten bunte Pfeile zusammenstießen.

Vor einer Woche hatte er zwanzig österreichische Dragoner aufgereiht, um sie mit einem Grundierungsmantel einzusprühen. Nur wenige Minuten vorher hatte er sie aus der Gußform geklopft. Er hätte warten sollen, bis sie kalt geworden und vernünftig gehärtet waren, aber er hatte es eilig gehabt. Der Windstoß des Sprays knickte die Köpfe um und blies sie weg, als wären seine Soldaten der Reihe nach exekutiert worden. Die Arbeit eines ganzen Morgens war dahin, aber er lachte nur über sich selbst und eilte aus dem Haus. Am Abend erzählte er seinen Freunden davon, verstummte aber schnell wieder. Als er in jener Nacht nach Hause zurückkam, konnte er den Anblick der Männer seines verlorenen Zuges nicht verkraften, enthauptet auf seiner Werkbank, die Köpfe auf dem Boden zerstreut wie Schrotkugeln.

An diesem Morgen war es zu spät geworden, um noch ein paar Soldaten anzumalen. So würden sie bis zum Abend durchhalten müssen. Ihre Chancen, irgendwohin zu gehen, waren nicht besser als seine. Er warf sich seinen Mantel über und marschierte hinaus.

Sein Büro war unten an der Miljacka, jenseits der Brücke auf der anderen Uferseite, nur ein paar hundert Meter von der Frontlinie entfernt. Früher befand sich das Polizeihauptquartier im Gebäude des Innenministeriums in der Stadtmitte. Aber gleich zu Beginn des Krieges hatte das Ministerium eine neue polizeiliche Sondereinheit aufgebaut, die Vlados Einheit prompt aus dem Gebäude herauswarf und dazu überging, nahezu jede wichtige Ermittlung in der Stadt zu übernehmen.

Vlado hatte abwechselnd erstaunt und bestürzt mit angesehen, wie die polizeiliche Sondereinheit gewaltsam den Bandensumpf des Schwarzmarktes ausmerzte, aber immer wieder unversehens zurückwich, wenn sie nur irgendeine Verwicklung von offizieller Seite in der Sache witterte. Genau wie Toby es angedeutet hatte, war es ein offenes Geheimnis, daß einige Leute in wichtigen Positionen mit gewinnbringenden Verbindungen daran interessiert waren, den Krieg auf dem langsamen, zähen Weg weiterzuführen, um ihre Märkte noch eine Weile geschlossen zu halten. Und obwohl das jeder wußte, wurden die Tatsachen verschleiert, und alle Namen lagen im dunkeln.

Vlado ärgerte sich über diese indirekte Degradierung, denn er wußte, daß die geheimen Tore, nach denen er gesucht hatte, nun noch weiter im Nebel verschwunden waren. Seine Vorgesetzten beugten sich ohne Widerspruch, und seine Abteilung zog über den Fluß zwischen Wohnungen und Geschäftsräume in den überfüllten Trakt eines neueren Gebäudes, nur ein paar Blöcke von den serbischen Linien entfernt. Eigentlich gehörte der größte Teil des anderen Ufers den Serben, der sich den ganzen Berg hinauf über die Häuser und Kirchenhöfe von Grbavica bis zu den bewaldeten Hängen der Berggipfel erstreckte. Und dort oben befand sich die Artillerie.

Der einzige Puffer zwischen der Polizeistation und dem nächsten serbischen Posten war eine französische UN-Garnison, die einen Block weiter unten zum Fluß postiert war, direkt neben der alten Eisschnellaufbahn der Olympischen Spiele von 1984. Dort glotzte von einem ausgeblichenen Wandgemälde auf einer hohen Steinmauer der Fuchs hinab, das olympische Maskottchen, sein lüsternes Grinsen durchlöchert und vernarbt von einer Mörsersalve.

Das neue Polizeigebäude war eine gedrungene, häßliche Angelegenheit aus Beton und braunem Glas. Während der Blütezeit Jugoslawiens beherbergte es einen Jugendclub der Kommunistischen Partei. Jetzt waren ungefähr ein Viertel der Fenster entweder zersprungen oder herausgeflogen und durch Sperrholz und UN-Plastikplanen ersetzt, die mit UN-Klebeband befestigt worden waren.

Die Regierungsgebäude gehörten zu den wenigen in der

Stadt, in denen man sich halbwegs auf die Elektrizität verlassen konnte. Drei riesige benzinangetriebene Generatoren brachten gerade mal soviel, um das Kriminallabor mit Licht und Kühlung zu versorgen. Ansonsten gab es nur noch genug Strom für einige Leuchtstoffröhren und ein paar verstreute, überarbeitete Heizkörper, die wie Toaster glühten. In letzter Zeit wurden sie jeden Morgen mit triefnassen Mützen und Socken verziert. Der Geruch allein reichte aus, daß man am liebsten erst später kam.

Vlado brauchte auf dem sich bergab windenden Weg Richtung Fluß nahezu eine halbe Stunde bis zur Polizeistation. Als er sein Haus verließ, hatte es zu schneien begonnen, und als er sein Büro erreichte, war der Schnee in Regen übergegangen. Bisher war es ein milder Winter gewesen, der Boden fror nicht mal so tief, daß er den Totengräbern Probleme machte. Grauer Matsch sammelte sich in den Hülsen abgefeuerter Patronen und auf eingebeulten Dächern liegengebliebener Autowracks.

Als Vlado ankam, ließ sich Damir Begovic gerade häuslich am Nachbartisch nieder. Er war neben Vlado der einzige andere Kommissar der Mordkommission in der Stadt. Vor dem Krieg gab es noch einen dritten, Dejan Vasic, einen Serben. Er war Vlados Freund gewesen, ein Gefährte bei Kartenspielen und Familientreffen. Ihre kleinen Kinder spielten an Wochenenden miteinander, zogen sich gegenseitig an den Haaren und sabberten sich auf das Spielzeug. Einmal schleppten sie ihre Familien für einen Strandurlaub hinaus an die Adria und feierten ihre Rückkehr, indem sie zusammen eine Schaukel bauten. Sie nahmen sich vor, eines Tages für ihre Kinder an einer schönen Stelle in den Bergen ein Baumhaus zu bauen, mit einer Strickleiter und allem Drum und Dran, gut versteckt vor Wanderern und älteren Kindern, aber nah genug an einem geeigneten Picknickplatz, um die ganze Familie mitzubringen.

Ungefähr eine Woche bevor der Krieg begann, verließ Dejan ohne ein Wort die Stadt. Er nahm nur seine Familie und seine Dienstwaffe aus seinem Schreibtisch mit. Vlado hörte später, daß sie versuchen wollten, über die Berge nach Belgrad zu gelangen, aber er war sich nicht sicher, ob das stimmte. Vielleicht war Dejan auch noch in der Stadt, dort drüben auf den gegenüberliegenden Bergen oder nur ein paar Blöcke entfernt, und schrieb Verhörprotokolle in Grbavica oder in der nordwestlichen Vorstadt Ilizida. Vielleicht war er in der Armee und jagte Mörsersalven in das Stadtzentrum. Oder er lag tot und verweste in einem Schützengraben. Vielleicht hatte er es bis Wien oder Berlin geschafft. Wer weiß?

Beinahe jeder, der noch in Sarajevo war, kannte so jemanden, meistens einen Serben, jemand, der ohne Warnung am Vorabend des Krieges plötzlich verschwunden war, als hätte er eine Ahnung gehabt, was aus der Stadt werden würde.

So blieb nur noch Damir, eigentlich ein angenehmer Kerl, aber er war sieben Jahre jünger und schlug sich selbst in Kriegszeiten am liebsten in der verrauchten Welt der Cafés und Bars mit ihrer lauten Musik herum. Er war ein ausgesprochener Lebemann, ständig hinter den Frauen her. Da er jedoch mit soviel kindlicher Freude seinen Vergnügungen nachging, konnte man ihm nicht wirklich böse sein. Als Damir einmal Vlados Soldaten gesehen hatte, hatte er losgeprustet wie ein Schuljunge und sein feistes Grinsen nicht mehr aus seinem breiten, flachen Gesicht vertreiben können. Schelmisch hatte er Andeutungen gemacht, ob Vlado ihm nicht ein paar abgeben könnte, ohne sich darüber klar zu sein, daß Vlado nicht eher eine Einheit teilen als ein Antiquitätensammler eine Garnitur wertvoller Stühle trennen würde. Es war ein rundum katastrophaler Abend gewesen: Damir war mit einer Frau in jedem Arm und einer Flasche in jeder Manteltasche in die Wohnung geplatzt und wollte Vlado mit einer Party »aufmuntern«. Es hatte zwei Stunden gedauert, um ihn kichernd und in einer üblen Alkoholwolke schwankend wieder hinauszukomplementieren.

Aber trotz seiner gelegentlich übermütigen Art konnte man ganz gut mit ihm zusammenarbeiten. Zu Beginn des Krieges einigten sie sich darauf, die Ermittlungen in den Mordfällen immer abwechselnd zu übernehmen. Mit dieser Vereinbarung beabsichtigten sie ursprünglich, daß nicht nur einer von der Arbeit in Beschlag genommen werden sollte. Mittlerweile schien Damir von dem Tod in all seinen Erscheinungsformen jedoch so gelangweilt zu sein, daß ihn nur die tägliche Routine davor bewahrte, während des Dienstes in vollständige Faulheit abzurutschen.

Ebenso wie die vorherigen war auch dies ein ruhiger Tag, an dem es nichts zu tun gab außer Rauchen, Lesen und den neuesten Tratsch auszutauschen. Daß Damir entgegen seiner üblichen fröhlichen Art die ganze Zeit mürrisch und übellaunig war, machte die Sache noch schlimmer. Deshalb war es schon fast eine Erleichterung, als am späten Nachmittag das Telefon klingelte.

Damir nahm ab, hörte eine Weile zu, kritzelte etwas auf ein Stück Papier, murmelte ein, zwei Sätze, legte wieder auf und wandte sich an Vlado.

»Sieht so aus, als hätte eine Zigeunerin mit einem Baby und einer Menge Wut im Bauch gerade ihren besoffenen Mann während seines Nickerchens erschlagen. Ihre Nachbarin meint, die Zigeunerin ist zum Geständnis bereit. Ich habe ihr gesagt, wir schicken einen Streifenpolizisten, um sie abzuholen. Und in der Zwischenzeit kannst du genau hier den lieben Verstorbenen finden.« Er reichte die hingekritzelte Adresse rüber. »Dein Fall.«

»Mein Fall? Du bist ans Telefon gegangen.« Vlado war erpicht auf Arbeit, aber das hörte sich nicht gerade nach der Sorte Fall an, die er sich vorstellte.

»Ich war letztes Mal dran, erinnerst du dich? Letzten Mittwoch? Ein paar Zocker stritten sich über Politik – mit Knarren. Einer tot, einer besoffen, einer eingesperrt. Du bist dran.«

Vlado runzelte die Stirn und nahm seinen Mantel. Eine Stunde später und er wäre aus der Tür gewesen, auf dem Weg zum üblichen Abendessen aus Bohnen und Reis und einer ruhigen Nacht, in der er Dragoner und Husaren bemalte. Er murmelte etwas über den Unsinn, sich abzuwechseln, dann fluchte er über die Tollkühnheit, nach 15 Uhr noch Telefonate entgegenzunehmen. Er schnappte sich die Adresse und stapfte davon.

»Sorg dafür, daß die Zigeunerin an meinem Schreibtisch wartet, wenn ich zurückkomme!« rief er Damir über die Schulter zu. »Ich möchte, daß sie ruhig ist und bereit zu reden. Und versuche nicht, sie zu verhören, bevor ich zurück bin, auch wenn sie dein Typ sein sollte.«

»Alles klar, fix und fertig mit Handschellen«, antwortete Damir und zeigte sein erstes Lächeln heute.

»Und danke noch mal.«

»War mir ein Vergnügen!« rief Damir und lümmelte sich schon wieder in seinen Stuhl.

2. Kapitel

Vlado bahnte sich seinen Weg durch den geschmolzenen Schneematsch. Die von Damir aufgeschriebene Adresse befand sich in einem Zigeunerviertel im Norden der Stadt. Es war eine dicht zusammengepferchte Ansammlung zweistöckiger, ausgebrannter Wohnblöcke am Hang eines steilen, ungeschützten Hügels. Die bosnische Armee postierte oft eines ihrer wenigen großen Geschütze dort oben, um ein paar Granaten auf die Serben zu feuern, was die aber nur dazu veranlaßte, ihrerseits aus noch viel mächtigeren Geschützen zurückzufeuern. Aber dort lebten ja nur Zigeuner, argumentierten die Behörden. In einer Stadt, in der die Menschen immer noch gerne von der Bedeutungslosigkeit der ethnischen Abstammung schwafelten, waren Zigeuner schon immer als der unterste Bodensatz der Bevölkerung ausgegrenzt worden. Die Kaninchenbauten, in denen sie hausen mußten, waren selbst für den Standard in Kriegszeiten ein abscheulicher Ort zum Leben.

Nachdem er schon zehn Minuten unterwegs war, tauchte Damir erhitzt und atemlos neben ihm auf.

»Meinung geändert?« fragte Vlado.

»Ich brauche Bewegung. Gestern habe ich mich den ganzen Tag mit Papierkram rumgeschlagen und heute morgen mit einem Kater. Und von der letzten Nacht dazwischen weiß ich schon nichts mehr. Ich komme wenigstens den Berg mit dir hoch. Wenn das noch nichts bringt, helfe ich dir sogar, den Bericht zu schreiben. Aber keine Angst. Ich werde rechtzeitig zurück sein, um die Zigeunerin in Empfang zu nehmen und auf das Verhör vorzubereiten.«

»Was ist los, Frauenprobleme?« fragte Vlado. Das waren die einzigen Probleme, die er sich bei Damir vorstellen konnte.

»Schön wär's. Mit meiner Mutter und meinem Vater.«

Sobald der Krieg begonnen hatte, war Damir zurück zu seinen Eltern gezogen, um sie versorgt zu wissen. Und um sich nebenbei von seiner Mutter bekochen zu lassen. Obwohl Fleisch und frische Produkte praktisch völlig von der Bildfläche verschwunden waren, zauberte sie mit ihrem Einfallsreichtum noch einigermaßen abwechslungsreiche Gerichte auf den Tisch – Kuchen aus Reis, »Pommes frites« aus einer Maismehlpaste oder Gartenschnecken, die sie über Nacht einlegte und dann mit wilden Kräutern in der Pfanne briet. Aber der Preis für den gesättigten Magen waren die verheerenden und explosiven Wutanfälle seiner Mutter. Vlado nahm an, daß es gerade wieder so einen Ausbruch gegeben haben mußte.

»Ist deine Mutter wieder ausgerastet?«

»Und wie. So schlimm war es noch nie. Diesmal wollte sie maximalen Schaden anrichten, und das hat sie auch geschafft. Auf jeden Fall für meinen Vater, und für mich wahrscheinlich auch.«

»Warte ein paar Tage ab, dann legt sich das wieder.«

»Diesmal nicht«, sagte Damir und schüttelte wie zur Unterstreichung den Kopf. »Diesmal hat sie mir nur gesagt, daß alles, was ich je von meinem Vater zu wissen glaubte, eine Lüge sei.«

Vlado war sich nicht sicher, wie er darauf reagieren sollte. Außerdem wußte er von früheren Gelegenheiten, daß Damir sowieso erst weiterreden würde, wenn er es selber wollte. So gingen sie ein paar Minuten stumm nebeneinander, bis Damir unvermittelt fortfuhr.

»Über all die Jahre hat er mir erzählt, was für ein Held er im letzten Krieg gewesen sei. Wie er mit Titos Partisanen gegen die Nazis gekämpft habe. Wie er sich mit dem großen Tito persönlich in Höhlen und Maisfeldern versteckt habe. Wie sie im Dunkeln mit dem Fallschirm irgendwo in den Bergen abgesprungen seien. Geschichten, die ich tausendmal gehört hab' und von denen ich mir jede Kleinigkeit gemerkt habe.«

»Und deine Mutter hat jetzt gesagt, daß er da ein bißchen übertrieben hätte, richtig? Da unterscheidet er sich nicht von allen anderen Männern über siebzig in dieser Stadt. Mein Onkel war genauso. Wollte uns glauben machen, er wäre Gottes Geschenk für den Guerillakrieg gewesen. Und außerdem: Wer sagt, daß deine Mutter recht hat? Sie war bloß verärgert und hätte alles gesagt, um ihn zu verletzen.«

»Mein Vater sagt selbst, daß sie recht hat. Und es ging nicht nur um Details oder irgendwelche Übertreibungen. Es ging um alles. Um den ganzen verdammten Krieg. Er hatte sich die ganze Zeit im Keller bei den Nachbarn nebenan versteckt. Hat auf ihre zwei Kinder aufgepaßt. Einmal kam er raus und half, ein paar Kühe aus dem nächsten Dorf zu holen – klauen sollte man wohl besser sagen. Das einzige Gewehr in der Familie hatte er vergraben, um es vor seinem eigenen Vater zu verstecken, und hat es nie wieder hervorgeholt. Als meine Mutter mir das alles erzählte, versuchte er nicht mal mehr, so zu tun als ob. Er gab einfach alles zu, wie so ein armseliger Gauner, der weiß, daß alle Beweise gegen ihn sprechen. Dann schmiß er seinen Stuhl in die Ecke und heulte los. Sein Gesicht war so grau, als würde er vor mir zu Asche werden. Mein Vater, der große Partisan, nichts als ein kleiner, verängstigter Bauer, der Babyärsche in Kellerlöchern abwischte.«

Vlado befürchtete, daß alles, was er jetzt sagte, nur banal und idiotisch klingen würde, aber er versuchte es trotzdem.

»Sogar Tito hat in dieser Hinsicht gelogen«, sagte er. »Heute weiß jeder, daß er krank in einer Höhle gelegen hat, als draußen seine angeblich größte Schlacht tobte.«

»Ja, aber Tito hat nichts anderes getan als gelogen. Das war sein Job. Vlado, hier geht es um meinen Vater. Ich Idiot habe ihm immer geglaubt. Einer der Gründe, warum ich ein großer Held bei der Polizei werden wollte, war, vielleicht wenigstens halb so viele Abenteuer wie er zu erleben. Deswegen hätte ich fast gekündigt, um zur Armee zu gehen, als der Krieg begann. Ich dachte, das wäre meine größte Chance für Heldentaten. Und wenn meine Mutter nicht geschrien und einen Anfall bekommen hätte – und das hat sie Gott sei Dank –, hätte ich es auch getan. Na ja, wer weiß.« Er zuckte mit den Achseln und ging weiter. »Aber was soll's. Ich spaziere hier rum und mache meinen Job. Ich werde drüber hinwegkommen.«

Aber es war klar, daß er es wenigstens im Moment nicht konnte. Selbst Damirs übliche Medizin gegen miese Laune – Frauen und Alkohol, die er sich einen vollen Abend lang gegönnt hatte – war nicht hilfreich gewesen, um ihn schnell wieder aufzumuntern. Vlado fragte sich, was er als nächstes sagen sollte oder ob er überhaupt etwas sagen sollte. Im Geiste probierte er ein paar Phrasen aus, bis seine Gedanken plötzlich von einem Schuß unterbrochen wurden, der laut und sehr nah vom gegenüberliegenden Flußufer herüberschallte.

Wann immer ein Heckenschütze das Feuer am Tage eröffnete, drehte jedes Nervensystem in Reichweite durch, besonders bei denen, die in einer ungenutzten Schußlinie standen. Entspannte Kiefer verkrampften sich, Augen wurden aufgerissen, Körper krümmten und wanden sich, als wollten sie im Bürgersteig versinken.

Egal wie lange der Krieg schon dauerte, man gewöhnte sich nie daran. Denn unvermeidlich wurde immer jemand am falschen Ort zur falschen Zeit erwischt, fiel in eine sich ausbreitende Blutlache und wurde zum zuckenden Mittelpunkt eines leeren Kreises, sobald alle anderen davonstoben. Der Kreis blieb leer, bis die Gefahr vorüber war und ein Krankenwagen kam. Dann wurde die Menge wieder in die Mitte gesogen, und das Opfer verschwand. Das Blut blieb zurück, bis es vom Regen weggespült wurde.

Diesmal hatte es einen Mann in Militäruniform erwischt, nur etwa zehn Meter vor ihnen auf einer Kreuzung, die weder von Gebäuden noch von einem Schutzwall aus alten Autos gesichert wurde.

Eine Frau, die dort gerade noch langgetrottet war, keuchte jetzt heran, um sich hinter der Ecke, an der Vlado und Damir standen, in Sicherheit zu bringen.

»Ich war praktisch genau neben ihm, als es passierte«, sagte sie mit aufgerissenen Augen und einer Hand vor ihrem Mund. Ein Schweißausbruch begann ihr Make-up wegzuwaschen. Die rechte Schulter ihres Mantels war mit dem Blut des Mannes bespritzt.

»Er ging da einfach lang«, sagte sie am Rande der Verzweiflung. »Ging da einfach lang. Als hätte er gedacht, es wäre wie früher. Und alle anderen sind weggerannt. Er hätte es doch wissen müssen. Wie konnte er das nicht wissen?«

Für einen Moment schien es so, als wollte niemand nachsehen, ob er vielleicht doch noch lebte. Er bewegte sich nicht, und unter ihm quoll in einem Halbkreis Blut hervor, als hätte man ganz anmutig einen scharlachroten Umhang auf dem Boden ausgebreitet. Dann bahnte sich ein großer, gut gekleideter, heftig nach Rasierwasser riechender Mann einen Weg durch die Menge und ging zu der Leiche. Als er sich hinkniete, konnte man eine Goldkette sehen, die um seinen Hals baumelte.

»Bleiben Sie zurück! Ich kümmere mich darum!« rief er. Von beiden Seiten kamen die Leute allmählich wieder näher, als ob sie von ihrem Schamgefühl angetrieben würden, um zu helfen. Der Mann griff der Leiche unter beide Arme und zog sie unter Ächzen und Stöhnen durch eine schmierige Blutspur in die geschützte Zone, wo Vlado und Damir standen.

»Vielleicht sollten wir etwas tun«, sagte Vlado.

»Halt dich lieber da raus«, murmelte Damir. »Der große Typ hängt mächtig im Benzingeschäft drin. Es hat wohl einen aus seinem Fußvolk erwischt.«

Als könnte er Vlados Gedanken lesen, sagte Damir: »Der dachte wohl, wenn er für beide Seiten arbeitet, ist er auf der sicheren Seite.«

Statt dessen hatte der Gangster jedoch mit seinem dreisten Spaziergang über die Kreuzung den ungeschriebenen Verhaltenskodex der Belagerung gebrochen. Zeigte man dem Heckenschützen gegenüber Respekt und lief davon wie jeder andere auch, hatte man gute Chancen, nur einen gelangweilten Blick durch das Zielfernrohr wert zu sein. Aber dieser Kamerad war eine wandelnde Provokation und stachelte den Schützen, der vielleicht vorgehabt hatte, den Nachmittag frei zu nehmen, erst zur Aktion an.

Für einen Moment wurde die Aufmerksamkeit der Menge von den Schreien eines kleinen Mannes abgelenkt. Nur einen halben Block entfernt hielt er einem UN-Soldaten an einem Wachtposten einen wütenden Vortrag.

»Wollt ihr den ganzen Krieg untätig hier rumstehen, bis sie uns alle abgeknallt haben?« schrie der kleine Mann und konnte sich gar nicht mehr beruhigen. Und während er so fuchsteufelswild tobte, schwangen die Plastiktüten in seinen Händen, eine mit Reis und die andere mit Brot gefüllt, wie Pendel hin und her. Auch wenn der Soldat, ein Jordanier, anscheinend die hiesige Sprache nicht verstand, hatte er bestimmt mitbekommen, worum es ging. Selbst als der Mann näher kam und eine Tüte abstellte, um mit einem ausgestreckten Finger in der Luft herumzustechen und auf den blauen Helm des Soldaten zu zeigen, starrte er weiter stur geradeaus.

Vlado war von diesem Anblick so gefesselt, daß er Damir für einen Moment völlig vergessen hatte.

»Der Zigeunerfall gehört dir, Vlado. Eigentlich gehört dir der ganze restliche Krieg.«

Damir schlenderte davon. Als sich Vlado umdrehte, sah er voller Schrecken, daß Damir geradewegs auf die offene Kreuzung zustrebte, wo der Mann gerade erschossen worden war. Er schlurfte da lang wie ein alter Mann, mit zusammengesackten Schultern, gebeugtem Kopf und den Händen in den Taschen.

»Was machst du denn da?« rief Vlado.

Damir hielt nur für einen Moment inne und schaute sich mit einem Ausdruck kalter Wut in seinen Augen um.

»Keine Sorge, Vlado, ich werde meinen Job machen. Ich werde dir die Zigeunerin auftischen, wie gewünscht.«

»Vergiß die Arbeit. Nimm dir den Tag frei, die ganze Woche. Aber verschwinde da. Lauf!«

Damir schlurfte weiter und antwortete Vlado jetzt über die Schulter. »Das geht dich nichts an, Vlado. Dich nicht und auch sonst niemanden.«

Die kleine Menge, die den Abtransport des Opfers beobachtet hatte, sah nun Damir mit lustloser Faszination hinterher. Nur Vlado schrie und trieb ihn an, als bewahrten alle anderen ihre Energie für diejenigen, die ihnen wirklich etwas bedeuteten. Vlado wollte loslaufen, um Damir entweder umzureißen oder in Sicherheit zu schubsen. Bevor er sich jedoch bewegen konnte, gab es einen kurzen sirrenden Pfeifton, gefolgt von einem lauten, metallischen Klirren: Eine Kugel hatte ein gelbes Verkehrszeichen nur wenige Meter hinter Damir durchschlagen. Und mit dem scharfen Widerhall des Geschosses holte der Ton die Konsequenzen ein. Das Verkehrsschild erzitterte, als wäre es von einer unsichtbaren, aus den Wolken herabfahrenden Hand geschüttelt worden. Ein neues, grauumrandetes Loch gesellte sich zu zwei anderen, die bereits rotbraun vom Rost waren.

Zweimal würde der Heckenschütze bestimmt nicht danebenschießen. Vlado setzte erneut zu einem Spurt an, wurde jedoch durch einen zweiten Schuß davon abgehalten. Obwohl Damir weitergegangen war, traf auch dieser Schuß nur das Schild. Dann folgten ein dritter und ein vierter Schuß. Das Schild klirrte und zitterte bei jedem Mal.

Der Heckenschütze veranstaltete ein Scheibenschießen, und mit jedem Einschlag prägte er eine Botschaft in das Schild, ein knappes, zynisches Telegramm seiner Verachtung für sie alle.

Damir erhielt das Signal natürlich am deutlichsten. Als er schließlich den Schutz der gegenüberliegenden Ecke erreicht hatte, drehte er sich um und rief Vlado mit monotoner Stimme zu: »Siehst du, das ist unser Krieg. Glücksspiele für ein Live-Publikum. Und wenn sich das Morden auf die Haupttribüne ausdehnt, dann bringen du und ich das in Ordnung. Vielleicht können wir eines Tages unsere eigenen Geschichten darüber erzählen, wie heroisch das alles war.«

Dann ging er weiter, weder schneller noch langsamer als vorher. Seine Schritte gingen in der Schreierei beim UN-Wachtposten unter. Der kleine wütende Mann hatte noch nicht mit seiner anklagenden Predigt gegen den Soldaten aufgehört, der bei dem gelassenen Ausdruck im Gesicht auch aus Zinn hätte sein können.

Die Unterkunft der Zigeuner sah erwartungsgemäß genauso aus wie jede überbelegte Wohnung heutzutage in der Stadt: zwei Zimmer, von deren schmuddeligen Wänden die Farbe abblätterte und über die, einer langen grünen Schlange gleich, ein Gartenschlauch kroch, der Gas aus einem illegalen Anschluß zu einem improvisierten Ofen und zu einer zweiten, unangenehm in Augenhöhe angebrachten Düse transportierte. Eine klägliche Stichflamme schoß dort hervor und sorgte für das einzige Licht an diesem düsteren Nachmittag.

Auf dem Ofen stand ein großer, mit tagealten Bohnen verkrusteter Topf. Statt Glas blähte sich eine milchige Plastikplane vor dem Fenster auf. Das Bett war vom Fenster weg in eine Ecke gestoßen worden. Daneben stand ein kleiner, alter, aus Korb geflochtener Kinderwagen. Die Luft stank nach Schweiß, Whiskey, altem Essen und schmutzigen Windeln. Und nach Blut.

Auf dem Bett lag mit dem Gesicht nach unten die Leiche eines korpulenten Mannes, dessen Kopf ein einziger Brei aus Blut und verklebten Haaren war. Gleich daneben auf dem Boden lag ein Hammer, mit der gleichen Schweinerei besudelt. Vlado holte sein Notizbuch hervor und nahm auf einem kleinen Stuhl Platz, um auf Tomislav Grebo zu warten. In der zusammengeschrumpften Polizeiabteilung war Grebo zugleich für die Spurensicherung und die medizinischen Gutachten zuständig. Dabei war die Polizeiarbeit neben seiner Teilzeitkarriere als Schnorrer und Kleinhändler entschieden zweitrangig geworden. Grebo arbeitete mit seinem Cousin Mycky zusammen, der ein Talent dafür besaß, allen Krimskrams zu beschaffen, der nötig war, um das Leben in einer kaputten Stadt aufrechtzuerhalten. Morgens saßen die beiden meistens hinter einem Kartentisch in der Finsternis der zugigen alten Markthalle im Stadtzentrum, wo sie mit Klempnerzubehör handelten, das man von Gasanschlüssen bis zu improvisierten Öfen für alles mögliche gebrauchen konnte. Erst kürzlich hatten sie ihr Geschäft um einen zweiten Tisch erweitert, wo sie vereinzelte Marlboroschachteln liegen hatten und alles, was sie sonst noch beschaffen konnten.

Deshalb dauerte es immer eine Weile, bis man Grebo aufgetrieben hatte. Meistens mußte ihm jemand zu Fuß hinterherlaufen. Innerhalb einer halben Stunde schnaufte er jedoch in die Wohnung und rieb sich die Hände vor Kälte. Er war groß und dünn, mit einem ungezähmten Bündel lockiger, dunkelbrauner Haare und einem mächtigen Schnauzbart, der bis über sein langes, schmales Kinn hing.

Grebo schaute zum Bett hinüber, zog eine Grimasse und holte eine Sofortbildkamera aus seiner prall gefüllten Manteltasche.

»Irgendwas Besonderes heute?« fragte Vlado. Seit er mit angesehen hatte, wie Damir leichtsinnig über die Kreuzung gegangen war, fühlte er sich niedergeschlagen. Vielleicht konnte ihn ja Grebo aufmuntern.

»Feuerzeuge, BICs. Mycky hat eine ganze Kiste davon angeschleppt. Frag mich nicht, woher.« Er machte eine Pause und plazierte seine Zigarette auf den Rand eines kleinen Tisches. Die Asche fiel schon fast zu Boden. »Ein paar haben wir verkauft und ein paar eingetauscht. Gegen einen Beutel Salz und gegen Bier – Amstel, nicht das Scheißzeug von hier.«

Er machte einen Schnappschuß, die Kamera blitzte auf, und wartete dann darauf, daß der Abzug vorne herausrutschte.

»Kein schlechter Anfang. Er meint, wenn wir uns ein bißchen gedulden, können wir den Rest gegen Benzin eintauschen.«

»Warum sollte dir irgendjemand Benzin für Feuerzeuge geben?« fragte Vlado.

Grebo ließ seine Kamera sinken und runzelte die Stirn. »Warum sollte dir irgendjemand einen blasen für 'ne Schachtel Marlboro?«

»Gutes Argument.«

»Es geht immer darum, was man gerade so braucht. Angebot und Nachfrage. Das ist beinharter Kapitalismus, Vlado. Nach dem Krieg wird es nur noch Banken, Buchhalter und Zwischenhändler geben, also bringe deine Felle ins trockene, solange du kannst.«

Diese Lektionen war Vlado schon gewöhnt. Die Vorstellung, daß Grebo und seinesgleichen die wirtschaftliche Zukunft der Stadt gestalten könnten, amüsierte ihn. Aber er mußte auch zugeben, daß ihn die Möglichkeiten des Tauschhandels und des Schwarzmarktes verblüfften. Vielleicht könnte er ja auch ein bißchen in das Geschäft einsteigen, um seine eintönige Ernährung aufzufrischen – und wenn es nur ein wenig Kohl wäre.

»Was glaubst du, wieviel Kohl ich für ein Viertelpfund Nescafé kriegen könnte?« fragte er.

Grebo sah ihn finster an, als er erneut seine Kamera sinken ließ. »Jesus, Maria und der Heilige Geist, Vlado!« sagte Grebo. Genau wie Vlado war Grebo das Kind eines moslemischen Vaters und einer katholischen Mutter, und er war getauft worden. Und wie bei so vielen in Sarajevo drückte sich seine religiöse Zugehörigkeit fast ausschließlich in der Wahl seiner Schimpfwörter aus. »Nur ein Idiot würde Kaffee für Kohl eintauschen.«

»Aber du hast doch gerade gesagt …«

»Das ist was anderes. Marlboro für einen Blowjob, o.k. Kaffee für Kohl, nicht mal im Traum! Das Ganze muß sich lohnen. Ich habe dir gesagt: Angebot und Nachfrage. Du denkst immer noch wie ein Kommunist. Wie ein beschissener Jugoslawe. Kaffee ist harte Währung, heb dir den für was Besonderes auf. Kohl kannst du mit Armeezigaretten bekommen, und Armeezigaretten bekommst du überall.« Er sah sich verstohlen im Zimmer um und fuhr mit gesenkter Stimme fort. »Vielleicht findest du sogar hier welche, wenn die Zigeunerin sie noch nicht zur Seite geschafft hat.«

Vlado grübelte immer noch über den Wert seines Nescafés. Wenn nicht Kohl, dann vielleicht ein paar Orangen? Doch je länger er darüber nachdachte, desto müder wurde er. Er sollte den Kaffee besser behalten, sonst würde er sich am Ende nur betrogen fühlen.

Während sie so redeten, gingen sie die ganze Zeit um die Leiche herum, ohne sie jemals zu erwähnen. Grebo machte weiter Fotos, während Vlado ab und zu etwas notierte, die Abmessungen des Zimmers zum Beispiel, falls jemand danach fragen sollte. Aber das machte dann ja doch niemand. Sie kamen aufs Essen zu sprechen. Manchmal hatte man den Eindruck, die Menschen in Sarajevo redeten von nichts anderem.

»Hast du von Garovic gehört?« fragte Grebo. »Der hat im Club Yez schon wieder auf UN-Rechnung gegessen.«

Garovic, das war Lutva Garovic, ihr Chef. Und Club Yez war das beste Restaurant in Sarajevo, sicher und gemütlich in einem tiefen Kellergewölbe gelegen, mit Kamin und Klavierspieler. Auf den Flaschen hinter der Bar klebten die richtigen Etiketten, unabhängig davon, was wirklich drin war. In der Küche gab es Gewürze und frisches Fleisch. Ohne D-Mark lief nichts. Leisten konnten sich den Laden nur Angehörige der UN, ausländische Journalisten und erfolgreiche Schmuggler. Und jede Nacht konnte man beobachten, wie sie einvernehmlich zusammen speisten, ohne sich jemals irgendwelche Fragen zu stellen. Außer vielleicht, ob man etwas besonders Leckeres empfehlen könnte.

»Das dritte Mal diesen Monat«, sagte Grebo angeekelt. »Und er mußte es mir natürlich haarklein erzählen. Er hörte gar nicht mehr auf, von diesem Kalbfleisch zu schwärmen. Ein Filetstück. ›Rosa wie eine weiche Möse‹, hat er gesagt, das Arschloch. ›Und doppelt so saftig.‹ Und du mußt dasitzen und zuhören. Erzähl ihm, was du wirklich denkst, und du bist innerhalb einer Woche auf den Bergen und mußt auf Tschetniks schießen.«

»Unwahrscheinlich. Wenn er dich feuert, muß er Formulare ausfüllen, eine Vertretung einstellen und sich den Fragen von oben stellen. Und auf so einen Ärger hat er keine Lust.«

»Du wolltest wohl sagen, er kann mich nicht verlieren, weil ich unentbehrlich bin, Vlado. Weil die Abteilung ohne mich auseinanderfallen würde.«

»Als wenn das eine Tragödie wäre. Außerdem, warum sollte er sich die Mühe machen, dich an die Front zu schicken, wenn er dir das Leben auch hier unten versauen kann.«

»Und das kann er, der Scheißkerl.«

Zwei weitere Polizisten kamen an, um die Leiche in Grebos Labor zu bringen. Als Vlado und Grebo die Wohnung verließen, hallte ein tiefer, dumpfer Knall von den Bergen im Norden herüber.

Grebo winkte mit seiner rechten Hand in die Richtung des Lärms. »Wo wir gerade davon sprachen«, sagte er. »Beschäftigt wie immer, die armen Schweine.«

Als Vlado zurück ins Büro kam, wartete die Zigeunerin mit einem Polizisten vor seinem Schreibtisch. Genauso, wie Damir es versprochen hatte, auch wenn er jetzt nirgends zu sehen war.

Die Frau war klein und zierlich mit feinen Gesichtszügen und hohen Wangenknochen. Offensichtlich hatte sie einige Zeit damit verbracht, sich in der Wohnung ihrer Freundin zurechtzumachen. Sie war ordentlich und elegant geschminkt, hatte sparsam einen hellen Lippenstift aufgetragen und das Haar perfekt gekämmt. Sie trug einen schicken braunen Rock und eine hellbraune Bluse. Der typische Aufzug nach einem Mord, dachte Vlado.

Das Verhör verlief vorhersehbar. Sie sagte, ihr Mann sei ein brutaler Kerl gewesen, immerzu am Trinken und Spielen. Er habe sich auch vor der Einberufung in die Armee gedrückt, und als sie das sagte, blitzten ihre Augen in einem verzweifelten Versuch von Patriotismus auf. Die meisten Leute nahmen an, daß alle Mitarbeiter der neuen Regierung von der Sache des bosnischen Nationalismus ergriffen seien. Vlado ließ sie in dem Glauben, denn manchmal verschaffte ihm das eine gewisse Macht.

Die Frau setzte ihre Aussage fort. Ihr Ehemann hätte arbeiten können, habe es aber nie getan, weil er zu faul und immer betrunken gewesen sei. Wenn er sich danach gefühlt hätte, habe er sie geschlagen und ununterbrochen das Baby angebrüllt. Sie hätten kaum genug zu essen gehabt. An diesem Nachmittag habe er sie geohrfeigt und dann das Baby geschüttelt und geschlagen, bevor er ins Bett gestolpert und in schnarchende Besinnungslosigkeit gefallen sei. Sie habe den Hammer gesehen, ihn genommen und sei zum Bett gegangen. Als nächstes wußte sie nur noch, daß sie auf ihren schlafenden Mann hinabgesehen habe, nur daß er nicht mehr geschlafen und sein Kopf wie eine Schwarzwälder-Kirsch-Torte ausgesehen habe. Sie habe das Baby genommen und sei zu einer Nachbarin gegangen, um dort die Neuigkeiten und das Baby abzuliefern.

Die Nachbarn müßten befragt werden, um ihre Version der Geschichte zu überprüfen, aber Vlado zweifelte keinen Moment daran. Er hätte sie am liebsten zurück zu ihrem kleinen Sohn geschickt und die Gerichtsangestellten die Sache am Morgen klären lassen. Aber draußen auf dem Flur wartete schon ein Polizist, um sie ins Gefängnis zu bringen. Morgen würden die Richter wieder in ihren ungeheizten Verhandlungssälen mit ihren düsteren, dreckigen Fluren das Wort haben und hoffen, daß die Verhandlungen und Anhörungen des Tages nicht von einer Explosion unterbrochen werden würden. Es wurde einfach weitergemacht wie in Friedenszeiten.

Vlado seufzte, verbrachte ein paar Minuten damit, die Aussage der Zigeunerin zu tippen, und legte sie ihr dann zum Unterschreiben vor. Sie las sie langsam, zögerte einen Moment und kritzelte schließlich ihren Namen hin. Als Vlado seine Unterschrift hinzufügte, fragte sie: »Was wird mit meinem Baby passieren?«

Ohne aufzusehen, antwortete Vlado: »Ein Waisenhaus wahrscheinlich, zumindest für diese Nacht.«

»Wie lange wird mein Sohn da bleiben müssen?«

Hatte sie bis jetzt wirklich noch nicht darüber nachgedacht? Vlado dachte an die Augenblicke zurück, in denen er mit Angehörigen und Freunden von Ermordeten reden mußte. Fast immer gab es Tränen und unangenehme Pausen, und immer war er versucht wegzulaufen, um der Trauer so schnell wie möglich zu entkommen. Statt dessen mußte er besonders aufmerksam sein und darauf achten, ob die Trauer nicht nur vorgetäuscht oder die Überraschung gespielt war. Dieser Fall war irgendwie noch schlimmer. Nachrichten vom Tod hatten etwas Endgültiges und zwangen die Hinterbliebenen zum Weitermachen. Aber dieser Frau stand lediglich das unbegrenzte und unaufhaltsame Abrutschen in die Verzweiflung bevor.

Er schaute zur Seite weg, fixierte eine Uhr an der Wand, die seit Monaten nicht mehr funktionierte. Als er sich dann langsam umdrehte, trafen sich ihre Blicke. Ihre Augen waren mit Tränen gefüllt, aber noch war keine geflossen.

»Er wird dort mindestens bis zu Ihrem Prozeß bleiben, es sei denn, Sie haben Familie, die ihn nehmen kann.« Doch sie hatte bereits erwähnt, daß sie eine Waise war.

»Nein«, sagte sie und schüttelte den Kopf. »Es gibt nur mich.«

Sie wußten beide, daß unter diesen Umständen wenige Leute einen zusätzlichen Esser durchfüttern konnten. Und wer würde schon ein Zigeunerkind haben wollen?

»Am Ende des Prozesses werden Sie verurteilt werden. Ihre Aussage läßt nichts anderes zu. Selbst ohne sie wäre die Beweislage eindeutig. Aber wenn Ihre Nachbarn Ihre Geschichte über Ihren Mann bestätigen können, wer weiß?« Er zuckte mit den Achseln. »Vielleicht wird sich der Richter zurückhalten. Sie könnten Glück haben und die Strafe fällt milde aus.«

»Was würde das heißen?«

»Drei Jahre, vielleicht mehr. Aber bestimmt nicht weniger.«

Sie sagte nichts. Sie wischte eine einzelne Träne weg, die ihr über die rechte Wange gelaufen war. Mit steifem Kiefer starrte sie geradeaus, nickte dann kurz. Er stand auf und begleitete sie hinaus auf den Flur, wo der wartende Polizist zusammengesackt gegen die Kälte in einem Klappstuhl eingeschlafen war. Mit weit aufklaffendem Mund atmete er Dunststöße in den dunklen Korridor aus. Vlado schubste ihn, und nach wenigen Augenblicken waren er und die Frau verschwunden, man hörte nur noch ihre Schritte die Treppen hinunterhallen.

Hinter der Ecke tauchte dann Grebos Haarschopf auf.

»Gerade fertig geworden«, sagte er und wischte sich seine Hände energisch mit einem Handtuch ab. Der scharfe Gestank von Chemikalien umgab ihn wie eine zweite Haut. »Sieht nach sechsundzwanzig Hieben aus, laß es ein paar mehr oder weniger sein. Ganz schön heftiger Ausbruch für so ein kleines Persönchen. Beweisstück A: die berühmte Heißblütigkeit der Zigeuner. Paß auf, ich habe eine Flasche selbstgebrannten Slibowitz da. Wenn du ein, zwei Minuten wartest, können wir uns nach der Ausgangsperre einen genehmigen.«

Der Gedanke daran, jetzt Konversation machen zu müssen, behagte Vlado gar nicht. Er sehnte sich nach Ruhe und Schlaf.

»Nein, danke«, sagte er. »Ich bin ziemlich erledigt. Aber trink einen für mich mit.«

»Worauf du einen lassen kannst. Dann sehen wir uns morgen, wenn was los sein sollte. Ich lege dir den Bericht auf den Schreibtisch. Keine Überraschungen. Der Mann hatte genug Alkohol im Blut, um damit einen Ofen anzuzünden.«

Es gab kaum ein Geräusch draußen, als Vlado die Treppen zum Ausgang runterging. In ein paar Minuten begann die Ausgangssperre, deswegen war niemand mehr auf den Straßen zu sehen außer der Militärpolizei und ein paar Prostituierten, die schnell noch einen letzten Freier abschleppen wollten. Sollte das Telefon funktionieren, würde er zu Hause Damir anrufen, um zu sehen, wie es ihm ginge. Es war bewölkt, aber der Regen hatte aufgehört. Während des ganzen Tages waren die Schüsse der Heckenschützen durch die Stadt gezischt wie Speck in einer heißen Pfanne, aber im großen und ganzen war es wieder ein ruhiger Nachmittag gewesen, selbst unten am Fluß. Vielleicht blieb das ja so für den Rest des Monats.

Gerade als Vlado die Tür aufstoßen wollte, hörte er einen Schuß – laut und schneidend, wohl nur ein paar Blöcke entfernt.

In der Nacht lösten die Schüsse der Heckenschützen ein völlig anderes Verhalten aus. Wenn die Serben keine Leuchtrakete abschossen, lief niemand davon. Und da es auch keine Straßenbeleuchtung gab, traute man sich trotzig und wagemutig in der Dunkelheit hinaus und kokettierte ein bißchen mit der hiesigen Form des Fatalismus, so wie Damir es heute nachmittag leichtsinnig vorgeführt hatte.

Deshalb zündete sich Vlado als Reaktion auf den Schuß draußen vor dem Eingang erst mal seelenruhig eine Zigarette an und inhalierte genüßlich, damit die helle Glut so richtig aufleuchtete.

Wenn du was von mir willst, hier bin ich, signalisierte die Zigarette. Aber ich wette, du bist zu faul.

Er schlenderte die Stufen hinab und ging in Richtung Brücke. Seine Schritte auf dem feuchten Splitt machten ein kratzendes Geräusch, ansonsten herrschte vollkommene Stille in den Straßen. Er überquerte die Brücke und schaute hinunter auf das schwarze Wasser. Die weißen Schaumkronen und kleinen Wellen konnte man im schwachen Mondlicht kaum erkennen. Wie bei einem feierlichen Umzug war quer über die Brücke ein Transparent gespannt, allerdings mit der warnenden Aufschrift: VORSICHT. HECKENSCHÜTZEN! Hinter der Brücke ging er nach links einen weiteren Block entlang bis zu der Ecke, an der er aus der Schußlinie heraus war. Dabei sagte er sich: Nur nicht hetzen, nur nicht in Panik geraten. Dann fragte er sich, wem er hier eigentlich etwas beweisen müßte, und beschleunigte seinen Schritt. Bis er vor sich auf dem Bürgersteig etwas Dunkles liegen sah.

Er hielt an.

Eine mannsgroße gekrümmte Gestalt.

Eine Leiche.

Er bückte sich, um nachzusehen. Es roch nach verschwitzter Wolle und ein wenig nach Metall. Eine sich ausbreitende Lache einer schwarzen Flüssigkeit strömte seinen Füßen entgegen. Sie fühlte sich warm an, ein bißchen klebrig, und schien vom Kopf her zu kommen. Er nahm einen Arm, griff um das Handgelenk, um den Puls zu kontrollieren, fand keinen und entdeckte statt dessen eine schwere, teure Armbanduhr. Hübsche Manschettenknöpfe hatte er auch, und der Mantel fühlte sich nach prächtigem Kaschmir an. Ein vornehm gekleideter Mann, soweit man das im Dunklen beurteilen konnte.

Er wurde wahrscheinlich von dem Schuß vorhin getötet, zweifellos von jemandem, der jenseits des Flusses hinter einem Fenster hockte, irgendein Arschloch, das ein Nachtsichtgerät und nichts Besseres zu tun hatte. Vlado schnippte wütend seine Zigarette weg und beobachtete, wie die Funken im hohen Bogen durch die Nacht sprühten, als sie auf den Boden fiel.

Im ersten Moment fühlte er sich wie gelähmt. Nach all den Monaten des Krieges und nach vier Jahren als Ermittler hatte er noch nie eine Leiche entdeckt. Er war immer nur herbeigerufen worden, bis zu diesem Moment. Innerhalb weniger Stunden hatte er mit angesehen, wie ein Mann erschossen wurde und ein anderer sinnlos sein Leben riskierte. Und jetzt das, eine Leiche zu seinen Füßen und keine Hilfe in Sicht. Es war höchst beunruhigend, andererseits aber auch aufregend, denn in diesem Augenblick wußten nur er und der Mörder davon. Vielleicht beobachtete der Heckenschütze ihn jetzt, vielleicht hatte er schon Vlados Schritten gelauscht und jede Umdrehung der weggeworfenen Zigarette registriert, während er die ganze Zeit genau wußte, welche schreckliche Wahrheit sich dort an der Ecke enthüllte.

Aber der Heckenschütze hatte nicht damit gerechnet, daß hier ein Profi auftauchte, jemand, den diese Entdeckung nicht einfach erschreckte, sondern dem sich hier schon ein erster Vorgeschmack von der sonderbaren Beziehung zwischen Mörder und Opfer offenbarte.

Vlado richtete sich auf und ging um die Ecke in eine geschützte Straße bis zum nächsten Block. Dort blieb er stehen und schaute in beide Richtungen. Auf der linken Seite befand sich in etwa fünfzig Metern Entfernung das Innenministerium. Den Wachtposten davor konnte er in der Dunkelheit kaum erkennen.

»Hey, Sie!« rief er laut, gleichzeitig klang seine Stimme aber irgendwie schwach. Keine Reaktion. Machte der Mann ein Nickerchen? War er tot?

Endlich drehte sich die Wache um und rief barsch zurück: »Es ist Ausgangssperre. Kommen Sie hierher, und weisen Sie sich aus! Aber bitte langsam.«

Vlado hörte an dem Klicken, daß er sein Gewehr entsicherte.

»Ich bin Polizist!« rief er zurück und merkte, daß seine Stimme wieder einen autoritären Ton bekam. »Kommissar Petric. Unten am Fluß ist ein Mann erschossen worden. Kommen Sie mit, und helfen Sie mir! Sofort!«

In der Dunkelheit konnte man nur schwer sagen, ob es ein Soldat oder ein Militärpolizist war, denn sie trugen alle die gleichen Waffen. Er schlenderte jedenfalls gemütlich heran. Aber als Vlado ihn in die Schußzone am Fluß führte, verließ ihn seine Lässigkeit. Und als sie sich daranmachten, die Leiche hochzuheben, schaute er immer wieder verstohlen zu den dunklen Wänden der Bergfront jenseits des Flusses hinüber.

»Helfen Sie mir, ihn hier wegzuschaffen«, sagte Vlado. »Nehmen Sie die Arme.« Sollte er sich doch mit dieser Sauerei am Kopf herumschlagen, dachte Vlado. »Ich nehme die Beine.«

Die Wache schnappte nach Luft, und Vlado wußte genau, warum.

Er hatte sich überlegt, daß sie die Leiche auch gleich bis vor den Eingang des Polizeipräsidiums schleppen könnten. Dann könnte Grebo den Fall noch aufnehmen und das Krankenhaus anrufen, womit er den Jungs im Leichenschauhaus etwas Papierkram ersparen würde. Dann hätte er bestimmt was gut bei ihnen.

»Warum überqueren wir den Fluß?« flüsterte die Wache nervös. Seit sie auf die Brücke gegangen waren und das Wasser unter ihnen plätscherte, schien er ziemlich beunruhigt zu sein.

»Ganz ruhig. Wir bringen ihn ins Polizeipräsidium. Es sind nur noch ein paar Meter.«

Sobald sie das Eingangsportal erreicht hatten, ließ der Soldat die Arme der Leiche los. Er machte sich schon Sorgen, ob man ihn an seinem Posten vermissen würde. Er schaute an sich hinab, putzte die Vorderseite seiner Uniform ab und überprüfte sie nach Blutspuren. Dann wollte er langsam verschwinden.

»Warten Sie einem Moment«, sagte Vlado. Er befahl dem jungen Mann, Grebo aus seinem Labor zu holen.

Da der Eingang vor einem möglichen Beschuß geschützt war, holte Vlado sein Feuerzeug hervor, um sich den Toten genauer ansehen zu können.

Mein Gott! Genau ins Gesicht. Eine üblere Sauerei als bei dem Mann der Zigeunerin. Und doch war da etwas unbestimmt Vertrautes in der Größe und Form der Leiche und in dem, was von dem Gesicht übriggeblieben war.

Grebo kam durch die Tür, gefolgt von dem Soldaten.

»Jesus, Vlado! Du hättest doch auf einen Schluck hierbleiben sollen. Wie nah warst du dran?«

»Nicht sehr nah. Ich glaube, ich habe den Schuß gehört, als ich hier rausgekommen bin. Er war drüben auf der anderen Seite, einen Block runter.«

»Und du hast ihn hierher zurückgebracht?« Grebo klang irritiert.

»Ich war der Meinung, wir könnten die Sache gleich bearbeiten. Oder du könntest ihn dir wenigstens mal ansehen«, sagte Vlado verlegen und fühlte sich ziemlich dumm.

Grebo zuckte mit den Achseln. Wenn er ausatmete, roch man seine Pflaumenschnapsfahne. Er zog eine kleine Taschenlampe aus der Hemdtasche und richtete den Lichtstrahl auf das zertrümmerte Gesicht. Diesmal schaute Vlado nicht hin, er konzentrierte sich auf Grebo, dessen Augenbrauen sich vor Verblüffung hoben.

»Das war kein Heckenschütze«, sagte Grebo und ging näher heran, um noch mal genau hinzusehen. »Wer immer das getan hat, war ganz nah dran.«

»Nah genug, um auf der gleichen Seite des Flusses zu sein?«

»Nah genug, um ihm auf die Füße zu treten.«

Vlado überlegte kurz und verkündete dann, was auch Grebo schon wußte:

»Dann ist er wohl unser Kunde.«

»Sieht so aus.«

Jetzt mußten sie sich an die Arbeit machen. Eine Mischung aus Lustlosigkeit und Widerwillen überkam Vlado, aber es regte sich auch eine schlummernde Neugier in ihm. Im Geiste ging er all die automatischen Schritte eines Ermittlers durch, der ganz frisch am Tatort angekommen ist. Sein erster Gedanke war eine Frage: Warum wird jemand in einer allbekannten Heckenschützenzone getötet, damit es so aussieht, als sei er das Opfer eines Heckenschützen? Das setzte doch einen Plan voraus, das war mehr als ein blinder Gefühlsausbruch – zur Abwechslung vielleicht sogar mal etwas ganz Ausgeklügeltes. Vielleicht war an diesem Gedanken wirklich etwas Wahres dran.

Er dachte an den Wachsoldaten, der bereits ohne ein Wort verschwunden und zurück zu seinem Posten gegangen war. Man müßte ihn verhören, um herauszufinden, ob er ein paar Minuten vorher etwas gesehen oder gehört hatte. Das gleiche galt für die Huren an der Skenderia, wenn zu der Zeit noch eine im Dienst war. Zwischen ihnen und dem Ort der Schießerei lag nur der Fluß, denn sie drückten sich immer in der Nähe der mit Sandsäcken geschützten Mauern der UN-Garnison herum. Dort befanden sie sich nicht mehr in der Schußlinie, waren aber jederzeit griffbereit für die französischen und ägyptischen Soldaten. Vielleicht hatten sie vorher oder nachher etwas gehört, obwohl sie natürlich in der Dunkelheit nichts gesehen haben konnten.

Leider hatte er schon Fehler gemacht. Ärgerlich dachte er daran, wie er mit dem Wachsoldaten über den Tatort und durch das Blut getrampelt war, um dann das wichtigste Beweisstück die Straße hinunter und über die Brücke zu schleppen. Als er daran dachte, welche Patzer ihm trotz all seiner Vorsichtsmaßnahmen gerade passiert waren, löste das ein leichtes Entsetzen in ihm aus. Es gab keine Entschuldigungen dafür. Sobald er heute nacht nach Hause käme, wollte er sich baden und rasieren, egal wie kalt das Wasser sein würde und selbst wenn er sich am Morgen mit seinen leeren Kannen anstellen müßte, um frisches Wasser zu bekommen.

Doch jetzt würde er mit einer Taschenlampe dorthin zurückkehren müssen, wo er die Leiche gefunden hatte. Er mußte mit der Spurensuche beginnen, mußte den Tatort absuchen und alles, was noch dort sein könnte, finden. Und er mußte vorsichtig sein, um nicht mit dem Licht der Taschenlampe einen echten Heckenschützen auf sich aufmerksam zu machen.

Aber immer der Reihe nach. Erst mal mußte das Opfer identifiziert werden.

Vlado kniete sich neben die Leiche und holte die Brieftasche des Mannes hervor. Es schien nichts zu fehlen, ungefähr siebzig Mark zählte er, ein kleines Vermögen heutzutage. Es war also auf keinen Fall ein Raubüberfall gewesen.

»Mach mal Licht«, sagte er zu Grebo, der seine Taschenlampe auf die Brieftasche richtete. Der schmale Strahl landete auf dem Paßfoto, das einen braunäugigen Mann, Mitte bis Ende Vierzig, mit kohlrabenschwarzen Haaren zeigte. Vlado erkannte ihn sofort.

»Esmir Vitas«, sagte er, ohne sich die Mühe zu machen, den Ausweis zu lesen. Sein Magen verkrampfte sich für einen Moment.

»Vitas«, wiederholte Grebo. »Kommt mir bekannt vor.«

»Sollte es auch. Er ist der Chef der polizeilichen Sondereinheit des Innenministeriums. Besser gesagt: Er war.« Vlado sah Grebo an. »Ich würde sagen, es ist trotzdem unser Fall.«

3. Kapitel

Es ist nicht unser Fall«, verkündete Lutva Garovic am nächsten Morgen. Vlado war noch nicht ganz angekommen, da platzte er schon in sein Büro.

Garovic war der Leiter der Mordkommission, ein Bürokrat, der von seinen Instinkten nie betrogen wurde, außer wenn es darum ging, wirklich etwas auf die Reihe zu kriegen. Er hatte Titos Tod, abteilungsinterne Umbesetzungen, Säuberungsaktionen der Partei, den Zerfall Jugoslawiens und die ersten beiden Jahre des Krieges überlebt, und er würde zweifellos auch noch Jahre später unwichtige Leute herumkommandieren, ganz egal, wer die Stadt dann regierte. Nachdem er sich drei Jahrzehnte erfolgreich durch den bürokratischen Sumpf geschlängelt hatte, wußte er genau, daß er gerade in unruhiger Strömung seinen Kopf nur über Wasser halten konnte, wenn er nicht gegen den Strom anschwomm. Er war äußerst kunstfertig darin, nach unten zu treten und nach oben zu buckeln, und wußte genau, daß man nur zur Blüte kam, wenn man niemals etwas Höheres anstrebte als den Ruhm desjenigen, der einem gerade Befehle erteilte. Als der Kommunismus zusammenbrach, war er einer der ersten, der nicht mehr die Schlagworte der Partei benutzte. Sollten sie jedoch jemals ein Comeback erleben, würde er ganz schnell lernen, sie wieder runterzubeten.

Kein Bereich des Staatsapparates konnte ohne solche Talente auskommen. Garovic war der Personalchef der staatseigenen Brauerei, ein »Verbindungsmann zur Regierung« bei den Wasserwerken, ein Verwalter auf mittlerer Ebene im Wohnungsbauministerium sowie ein Funktionär für sehr vage, aber um so aufgeblasenere Aufgaben im Justizministerium gewesen. Das war das Schöne am Staat, daß er überall seine Finger drin hatte. Und mit der richtigen Mischung nichtssagender, mittelmäßiger Fähigkeiten konnte man überall eine Aufgabe finden.

Wenige Monate nach Kriegsbeginn saß er plötzlich auf dem Chefstuhl der Mordkommission. Sein Vorgänger, der schroffe, aber kompetente Zijad Imamovic, hatte bei der Verteidigung der Stadt mitgekämpft und war dabei von einer Mörsergranate getötet worden, die ein Gebäude nahe der Frontlinie wie ein Kartenhaus zerlegt hatte.

Imamovic war der einzige Chef, den Vlado in seinen vier Jahren als Ermittler der Mordkommission erlebt hatte. Er war ein besonnener Mann gewesen, der für Perfektion und Gründlichkeit gestanden hatte. Mit aller Entschlossenheit hatte er jeden Fall strikt nach den Vorschriften bearbeitet, ganz egal wie unwichtig oder bedeutungslos er auch erschienen sein mochte. Und wenn es sein mußte, hatte er jeden letzten Pfennig aus seinem Budget gequetscht, um seine drei Ermittler zu entsprechenden Schulungen zu schicken. Vlado hatte sich eine Zukunft ausgemalt, in der er seinen Job in- und auswendig gelernt hätte, ohne einen Fall, mit dem er nicht zurechtgekommen wäre. Dann war der Krieg gekommen, und Imamovic und diese Hoffnungen waren verschwunden.

Nach nur wenigen Minuten hatte es sich Garovic hinter Imamovics grauem Metallschreibtisch so bequem gemacht, als hätte er nie an einem anderen Platz gesessen. Und als Vlado und Damir angekommen waren, hatte er bereits ein Foto seiner Familie an die Wand genagelt, ein Bündel Akten vor sich ausgebreitet und war von einer Wolke Zigarettenqualm eingehüllt. Es war die schönste Nachahmung geschäftsmäßiger Effizienz, die Vlado jemals mit angesehen hatte. Und wenigstens bis zum Nachmittag wollte es niemand wahrhaben.

Bei einer mittleren Größe breitete sich Garovics schwammiger, blasser Körper in der Mitte aus wie eine schmelzende Portion Butter. Sein strähniges, schwarzes Haar trug er über seinem groben Gesicht glatt zurückgekämmt, und seine Haut war von einem ganzen Leben mit Kohl, Bier und Kartoffeln weiß und aufgequollen. Er war einer der wenigen in Sarajevo, die es während des Krieges schafften, an Gewicht zuzulegen. Seine Augen, die unentwegt zu zwinkern schienen, hatten die graugrüne Farbe wässeriger Brühe. Er hatte eine hohe, schrille Stimme wie ein Vogel, den man auch in einer zwitschernden Schar immer heraushören konnte.

Es gab nichts, was Garovic mehr hegte und pflegte als die Ordnung und die Ruhe des Arbeitsalltags, besonders inmitten des Chaos und des Durcheinanders eines Krieges. Im Falle eines ermordeten Chefs der polizeilichen Sondereinheit des Innenministeriums sah er die störenden, unruhigen Strömungen eines Whirlpooles auf sich zukommen.

Und so entschied er sich sofort, ins ruhige Fahrwasser zu schwimmen.

»Nicht unser Zuständigkeitsbereich, nicht mal annähernd«, sagte er und schüttelte energisch den Kopf, als er vor Vlados Schreibtisch stand. »Und nur damit das klar ist, ich habe vor einer Stunde mit dem Innenministerium telefoniert. Dort ist man selbstverständlich derselben Meinung.«

Sein Gesicht war so erhitzt, als hätte er gerade ein Wettrennen hinter sich. Er stapfte hinter Vlados Schreibtisch und stocherte mit seinen weißen Händen in dem unordentlichen Stoß aus Büchern und Papieren. Vlado beobachtete diese Invasion ausdruckslos, lehnte sich in seinem Stuhl zurück und verschränkte die Arme vor seiner Brust. Dann hatte Garovic gefunden, was er suchte. Er hielt einen blaßgrünen Hefter hoch, in dem der Bericht der letzten Nacht steckte.

»Vistas, Esmir«, zwitscherte er triumphierend, als er die

Aufschrift las. »Ein interessanter Fall, keine Frage. Wirklich, wer sollte den mächtigsten Gesetzeshüter der Stadt ermorden? Da hast du was zum Grübeln, wenn du dein nächstes Regiment anpinselst, Vlado.«

Anscheinend hatte Damir über seine Soldaten getratscht.

»Aber offiziell geht dich das jetzt nichts mehr an. Und mich auch nicht.«

»Wen geht es dann etwas an? Offiziell?« fragte Vlado, obwohl er sich die Antwort denken konnte.

»Die Sondereinheit. Tot oder lebendig, er ist einer von ihnen.«

Der sich ausbreitende Zuständigkeitsbereich der polizeilichen Sondereinheit war zu einer nie versiegenden Quelle der Frustration und der Faszination für Vlado geworden. Am Anfang, als er noch aus jeder Erfahrung hätte lernen können, war er nur verärgert darüber gewesen, daß die interessantesten Fälle in der Stadt über den Fluß hinüber diesem überheblichen Laden zugeschoben wurden. Er war zu einem Teil Polizei, zu einem Teil Armee und zu einem Teil Geheimdienst. Man sagte, ein vierter Teil wäre der größte – der Mafiateil. Sein komplexes Netz sollte angeblich jede Schmugglerbande und jeden Schwarzmarkthändler der Stadt mit einbeziehen und sogar bis in die Berge zu den Serben reichen. Man konnte schwer sagen, was davon der Wahrheit entsprach.

Solche Ungewißheit war unvermeidlich in einer Stadt, die ihr Überleben den privaten Banden bewaffneter Schläger verdankte. Als die Serben angetreten waren, um über die Brücken in die Stadt einzufallen und jede Hauptstraße innerhalb der ersten Kampfwochen einzunehmen, waren es die Gangster – Diebe, Kredithaie, Halsabschneider und ihre zahlreichen Schergen –, die die Verteidigung organisiert hatten und genügend Leute zusammentrommelten und bewaffneten, um sich den anrückenden Panzern nur mit Pistolen und Maschinengewehren entgegenzustellen. Vlado hatte ihnen das Feld überlassen müssen. Sie kämpften wie die Löwen und retteten Museen, Krankenhäuser, Banken, Regierungsgebäude und das gesamte Stadtzentrum. Wenn sie sich nebenbei an so einigen Dingen aus diesen Gebäuden bedienten oder Versorgungsnetzwerke aufbauten, die ihre eigenen Taschen genauso füllten wie die Mägen der Einwohner von Sarajevo – wer sollte sich da beschweren?

Aber sobald sich die Serben rund um die Stadt eingegraben hatten und sich herausstellte, daß niemand so schnell wegkommen würde, verschob sich das Gleichgewicht zugunsten dieser unorthodoxen Schutztruppe. Die Privatunternehmer und ihre umherziehenden Armeen wurden zur örtlichen De-facto-Regierung und erwiesen sich für Monate als weitaus schlagkräftiger als die in den Kinderschuhen steckende bosnische Bürokratie und die brandneue Polizei des Innenministeriums. Sie beherrschten die Straßen mit einer entsetzlichen Dreistigkeit, hielten Autos an, um Benzin abzuzapfen, oder wenn sie dazu gerade zu faul waren, nahmen sich die Fahrzeuge einfach. Sie klauten den Reportern und den Leuten der Hilfsorganisationen die kugelsicheren Westen, sie zwangen in den Cafés sitzende Männer, Schützengräben an der Front zu graben, und stahlen oder fälschten UN-Ausweise zum Zwecke eines florierenden Menschenhandels, bei dem sie Freunde oder Kunden aus dem Land schmuggelten. Was natürlich seinen Preis hatte. Einen hohen Preis.

Und so scheffelten sie ihr Geld. Eine Menge Deutsche Mark und Dollars. Sie erwarben auch Grundbesitz, Ladenzeile für Ladenzeile fiel in ihre Hände, ohne daß sie einen Pfennig dafür bezahlten. Ihre bevorzugte Methode war, die Besitzer mit Waffengewalt davon zu überzeugen, ihnen ihr Eigentum zu überschreiben. Nur wenige Besitzer protestierten lange dagegen, besonders wenn ihnen die Möglichkeit angeboten wurde, mit einem ordentlichen Gehalt als Geschäftsführer weiterzumachen.

So wie ihre Feudalreiche immer mächtiger und zahlreicher wurden, verfiel ihre Welt unvermeidlich einem heftigen Krieg inmitten des Krieges. Da die Allianzen ständig wechselten, kam es immer schneller zu Schießereien, und der Kampf um Vormachtstellungen wurde zunehmend angespannter. Schon bald aber entwickelte sich eine Pattstellung zwischen zwei unangefochtenen Königen, Enko und Zarko, die schließlich einen wackeligen Frieden herstellten, indem die größten Gauner der einen oder der anderen Seite unterstellt wurden. Und irgendwo am Rande tummelte sich die polizeiliche Sondereinheit, die sich immer noch über ihre Zuständigkeiten mit der Zivilpolizei, mit der Armee, mit der Bürgerwehr und mit der Militärpolizei in den Haaren lag, als trüge irgend jemand von ihnen wirklich eine Verantwortung.

Was die Gauner zum Schluß fertiggemacht hatte, war ihre Angeberei und ihre Beutegier. Zarko wurde dafür bekannt, während der Pausen des täglichen Beschusses im Präsidentengebäude hereinzuschauen. Er ließ seine schaukelnde Muskel- und Fettmasse auf grauen Schreibtischreihen nieder und hielt jedem, der es hören wollte, lautstarke Vorträge über die Vorteile des Bodybuildings oder über die Wahrheit darüber, wer dieses Land wirklich regierte. Das war selbstverständlich er, und wehe, man hatte das vergessen.

Sein Publikum bestand gewöhnlich aus einer duckmäuserischen Ansammlung von Buchhaltern und Sekretärinnen. Bestimmt hörten ihm aber auch die Häuptlinge der neuen Regierung durch ihre offenen Türen zu, bissen die Zähne zusammen und schmiedeten allmählich Rachepläne. Die UN war genauso machtlos gegenüber Zarkos Verhalten. Bald erkannte die UN aber die Gesetzlosigkeit als eine praktische

Ausrede, um nicht mit aller Macht gegen die Serben vorgehen zu müssen. Was wäre letztlich schlimmer, argumentierte sie, eine serbische Übernahme oder diese kleine Tyrannei von Gangstern?

Nach etwas mehr als einem Jahr hatten die erstarkten Kräfte der bosnischen Regierung die Nase voll. Trotzdem dauerte es noch einige Monate, bis sie in der Lage waren zurückzuschlagen. Da war die junge Polizeimacht des Innenministeriums der neuen Regierung endlich auf den Weg gebracht, und Esmir Vitas sagte, wo es langging.

Niemand wäre geeigneter gewesen für diesen Job. Als junger Student hatte er jeden Preis, mit dem man für Pflichtgefühl und Leistung ausgezeichnet werden konnte, gewonnen, ohne daß seine Kommilitonen ihn jemals für eine Petze oder einen Streber gehalten hätten. Nach der Universität und weiteren Ehrungen war er zur Armee gegangen, von dort zur Polizei, und nachdem der Krieg begonnen hatte, war er die erste Wahl für den Führungsposten bei der Sondereinheit gewesen. Es war hauptsächlich seiner Tatkraft zu verdanken gewesen und nicht dem entfesselten Angriffsschlag des Ministeriums, daß man nun in der Lage war, den Kampf mit den Banden aufzunehmen. Vitas' Stärke hatte darin bestanden, daß er zugleich missionarisch und gut organisiert aufgetreten war.

Vlado war eines Nachts Zeuge gewesen, wie er in einem Café an einem mit Offizieren vollbesetzten Tisch gepredigt und über dem Lärm eines schweren Bombardements hinweg dröhnend von moralischer Verantwortung gesprochen hatte. Während Flaschen über den Tisch gereicht worden waren, hatte Vitas gegen die Wucherer und Schreibtischtäter gewettert, die die Menschen hier unten in einem Becken voller Blut sitzen ließen, solange sie ihre Märkte kontrollieren konnten, die sie reich machten.

Jetzt amüsierte und beschämte es Vlado zugleich, wie sehr

Vitas' Tirade derjenigen ähnelte, die ihm vor zwei Tagen der englische Journalist Toby gehalten hatte.

»Wenn sie auch Moslems sind, sie sind ganz genau wie die Serben unsere Feinde«, hatte Vitas gesagt. »Zerstört sie, und wir zerstören die Hälfte der Gründe für die Belagerung. Zerstört sie, und wir werden uns retten, nicht nur in unseren eigenen Augen, sondern auch in den Augen der Welt.«

Wie er so dort gesessen und einen Schluck aus der Flasche genommen hatte, die schließlich auch zu seinem Tisch gereicht worden war, hatte Vlado ihm für einen Augenblick fast geglaubt. Ob Vitas nun recht gehabt hatte oder nicht – seine Rede war mutig und sehr inspirierend gewesen. Aber er hatte sich in Gefahr begeben, denn man konnte nie wissen, wer an so einem Ort noch zuhörte. Es gab bestimmt einen in der Menge, der die Banden sofort über diese Bemerkungen informiert hatte. Und gefährliche Leute hätten an Vitas' Eifer Anstoß nehmen können.

Kurz darauf ließ Vitas auf seine Worte Taten folgen. Dabei stützte er sich auf Teile der Armee und der Militärpolizei und sogar auf einige Mitglieder der anderen Banden, die bei den früheren Machtkämpfen den kürzeren gezogen hatten. Er startete einen massiven Angriff auf die Stützpunkte von Zarko und Enko, und für zwei Tage im Oktober erzitterte die Stadt unter einem selbstverschuldeten Feuer aus Mörsern, Maschinengewehren und raketenangetriebenen Granaten. Das staatliche Radio verkündete knisternd die Botschaft, daß jeder zu Hause bleiben solle, so als wäre man vorher sicher gewesen. Währenddessen blieben die serbischen Artilleristen in den Bergen seltsam ruhig. Man konnte sich vorstellen, daß sie voller Verblüffung durch ihre Zielfernrohre und Ferngläser vergnügt dabei zusahen, wie der Feind mit einer Heftigkeit implodierte, die dem in eine Sackgasse geratenen Kampf in den Bergen schon lange fehlte.

Enko war die Nuß, die einfacher zu knacken war. Er ging in einem verzweifelten Gegenangriff unter und wurde gleich am ersten Tag getötet. Er ließ ein Dutzend toter Geiseln zurück, die mit auf den Rücken gefesselten Händen wie gebündeltes Feuerholz in einem Keller verbrannten.

Zarko war schwerer in den Griff zu bekommen gewesen. Er ergab sich schließlich, nachdem sein Haus umstellt worden war. Die Absurdität seines Dilemmas dürfte ihm nicht entgangen sein – er war von einer Armee umstellt und belagert worden, die ihrerseits umstellt und belagert worden war. Deshalb gab er auf und spazierte am späten Nachmittag mit seinem Adjutanten Neven Halilovic und einer Handvoll Gefolgsleute in den mit goldenen Kastanienblättern bedeckten Innenhof. Vier Stunden später war er tot. Bei einem Fluchtversuch war er von der Sondereinheit erschossen worden. So lautete auf jeden Fall die offizielle Version, die allerdings immer wieder in Frage gestellt wurde. Tausend verschiedene Versionen versuchten zu erklären, was wirklich passiert war. Seine Leiche tauchte nicht wieder auf, und es fand nie eine Autopsie statt. Am folgenden Morgen setzte das serbische Bombardement wieder ein, als wäre es nie ausgesetzt worden.

Seitdem hatte sich die Stadt wieder einigermaßen beruhigt, soweit das unter diesen Umständen möglich gewesen war. Aber niemand hatte jemals daran gezweifelt, daß das alte Ungeheuer in irgendeiner Form überlebt hatte. Es besaß zu viele Tentakel, und die generelle Meinung war, daß es sich unter einem neuen Kopf wieder erholen würde, selbst wenn der Kopf etwas offiziellerer Natur wäre.

Und so würde Vlado weiterhin nur Zuschauer bei den Machenschaften der Sondereinheit bleiben, genau wie jemand, der sich anstrengt, heimlich ein Gespräch durch die dicke Tür eines verschlossenen Raumes zu belauschen.

Er fragte sich, ob er überhaupt etwas von den Ermittlungen im Fall Vitas hören würde. Es gäbe bestimmt keine gute Publicity, wenn man eingestehen würde, daß der gegen die Banden kämpfende städtische Kreuzritter ermordet worden war. Deshalb würde es wahrscheinlich eine gedämpfte, offizielle Untersuchung geben, die stumme, offizielle Ergebnisse hervorbrächte. Der Mord würde mit – sagen wir – einer persönlichen Auseinandersetzung in Verbindung gebracht werden, in die möglicherweise ein eifersüchtiger Ehemann verwickelt sein würde. Frauen sollen Vitas' Schwäche gewesen sein. Er war Junggeselle und hatte in seiner Position und unter diesen Umständen die ganze Stadt zur Auswahl.

Vielleicht würden die Autoritäten auch eine Geschichte über die serbische Gerissenheit und einen Verrat spinnen – von einem bewaffneten Banditen, der sich durch die feindlichen Linien und über den Fluß geschlichen hatte. Gott wußte, daß so was schon passiert war, aber da sich Eindringlinge normalerweise mit Spionage und nicht mit Morden beschäftigten, kam es äußerst selten vor.

Und vielleicht würde die offizielle Erklärung sogar wahr sein. Aber Vlado bezweifelte das, hauptsächlich weil er wußte, was passiert wäre, wenn nicht er die Leiche gefunden hätte. Wenn sie von irgendeiner armen, alten Frau oder einem umherziehenden Jungen entdeckt worden wäre. Dann wäre sie von der Frühschicht des Krankenhauses aufgelesen worden, und ein überlasteter junger Arzt hätte die Leiche aus Eile, Angst und dem generell lustlosen Umgang mit dem Tod sofort für ein Opfer eines Heckenschützen gehalten. Und wenn nicht er, dann der Chef des Leichenschauhauses, der nicht mal ein Arzt war. Die Schlußfolgerung wäre völlig plausibel gewesen, und wenn nur aufgrund des Fundortes. Es hätte keine Fragen und keine Autopsie gegeben. Und selbst wenn später noch jemand lästige Fragen gestellt hätte, wäre er leicht mit der richtigen Kombination aus Drohungen und Geld zum Schweigen gebracht worden. Die Identität des Opfers hätte für ein bißchen Aufsehen gesorgt, aber dann wäre die Leiche etikettiert, eingepackt und tief in der Erde vergraben worden, in noch so einem frischen Rechteck auf dem Fußballplatz vor Vlados Fenster. Fall erledigt.

Wenn dieser Fall einer von diesen raren Eingangstoren gewesen war, nach denen Vlado suchte, würde er nun nie dort hineinschauen dürfen. Er begann jetzt zu glauben, daß seine Freunde recht hätten. Aber der Job war immer noch besser, als mit einer Waffe in einem Schützengraben zu liegen. Jetzt würde er einfach auf den nächsten Telefonanruf warten müssen. Oder vielmehr auf den zweiten Anruf. Der nächste gehörte Damir. Und wo war Damir eigentlich, fragte sich Vlado mit einem unbestimmten Gefühl von Sorge. Er hatte ihn den ganzen Tag nicht gesehen. Er versuchte es bei ihm zu Hause, aber selbst sein Vater und seine Mutter waren weg. Oder die Leitungen waren tot, was wohl eher der Fall war.

Vlado zog ein Taschenbuch aus dem Haufen auf seinem Schreibtisch und lehnte sich zurück, um zu lesen. Irgend etwas über Reisen durch Tibet. Innerhalb einer Stunde war er eingenickt, das Buch lag aufgeschlagen auf seiner Brust, und hinter ihm ächzte die Rückenlehne des Drehstuhls.

Plötzlich legte sich eine kalte, schlaffe Hand auf seine Schulter und schubste ihn wach. Eine hohe Stimme krächzte ihm ins Ohr.

»An die Arbeit, Vlado, an die Arbeit. Ich weiß, daß du von der Flut der Fälle erdrückt wirst, aber jetzt muß richtige Arbeit erledigt werden.«

Schon wieder Garovic. Der grüne Aktenordner war noch immer in seiner Hand, als hätte er ihn nie weggelegt. Er zwang sich zu einem Lächeln.

»Scheint dein Glückstag zu sein, Vlado.« Er machte eine

Pause, um Luft zu schnappen. »Esmir Vitas gehört ganz allein dir. So lautet die Ansage vom Innenministerium. Und warum sollte ich dir dazwischenfunken? Sieht so aus, als wollten sie eine unabhängige Ermittlung, alles ganz ordentlich und korrekt und so weiter und so fort. Also hier, nimm die Akte. Aber bevor du irgendwas tust, sollst du um zwölf zu Kasic ins Hauptquartier der polizeilichen Sondereinheit kommen. In einer Stunde.«

»Juso Kasic?«

»Polizeichef Kasic, ja.«

»Sehr effizient.« Er versuchte die Aufregung in seiner Stimme im Zaum zu halten, aus Furcht davor, daß Garovic ihm die Akte wieder aus der Hand reißen könnte. »Sie hätten wenigstens seinen Stuhl kalt werden lassen können.«

Garovic weigerte sich anzubeißen.

»Einer mußte einspringen und den Laden am Laufen halten«, sagte er. »Wie auch immer, Juso ist der neue Chef.« Er hatte vor fünf Minuten zum ersten Mal mit Kasic gesprochen und nannte ihn bereits beim Vornamen.

»Und, Vlado.«

»Ja?«

»Hier handelt es sich nicht um einen besoffenen Zigeuner mit einem Hammer im Kopf. Erspare dir Ärger und mir auch. Führ das mit Rücksicht durch. Je schneller du fertig bist, um so besser. Und vor allem, führ es sauber durch.«

Das werden wir sehen, dachte Vlado. Er mußte in Gegenwart von Garovic immer noch die Ruhe bewahren, damit er nicht den bürokratischen Radar des Mannes auslöste. Aber er nahm sich fest vor, sich in diese Sache reinzuknien, bis er nicht mehr weiterkam. Je weitläufiger und undurchsichtiger die Dinge waren, desto besser.

Bis jetzt war der Fall wirklich ziemlich sauber. Der Aktenordner, den Garovic mit solch übertriebener Vorsicht behandelt hatte, enthielt nichts weiter als den Bericht der vergangenen Nacht. Grebos Ergebnisse waren Standard: Tod durch eine großkalibrige Handfeuerwaffe, die aus geringer Entfernung abgefeuert worden war. Weder Alkohol noch sonstige Drogen im Blut. Zwei Stunden bevor er ermordet worden war, hatte Vitas seine letzte Mahlzeit eingenommen – gebratenes Huhn (Grebo muß blaß vor Neid geworden sein) und Gemüse, ein bißchen Reis und etwas Kaffee. Es gab keinerlei Hinweise, die auf irgend etwas anderes schließen ließen als auf einen eindeutigen Tod durch einen Schuß. Es gab keine Fremdspuren an der Leiche, die auf einen Kampf deuteten, bevor er erschossen worden war. Vitas war auch nicht bewaffnet gewesen, es sei denn, der Mörder hatte ihm die Waffe abgenommen. Sollte Vitas eine Verabredung gehabt haben, dann offensichtlich mit niemandem, den er fürchtete.

Als Vlado zum Tatort zurückgekehrt war, hatte er kaum mehr als die Blutlache gefunden. Der Schnee auf dem Bürgersteig war geschmolzen, so daß es keine Fußspuren mehr gab, auf jeden Fall keine, die er finden konnte, als er mit seiner Nase über den feuchten Beton gekrochen war. In der Umgebung wohnte niemand, dort standen nur verlassene, von Granateinschüssen durchlöcherte, ausgeplünderte und unter Wasser stehende Bürogebäude. Zur Tatzeit werden wohl die Baracken an der Skenderia auf der anderen Flußseite die einzigen belebten Orte gewesen sein, obwohl auch von dort kaum jemand etwas gesehen haben wird. Trotzdem wäre es immer noch sinnvoll, mit dem diensthabenden Wachtposten der letzten Nacht und mit dem jede Nacht herumlungernden Haufen Prostituierter zu sprechen.

Der Militärpolizist, der Vlado geholfen hatte, die Leiche wegzuschleppen, hatte vor dem Mord nichts Auffälliges bemerkt, erinnerte sich aber gesehen zu haben, daß Vitas zehn Minuten vorher das Gebäude verlassen hatte. Also muß er geradewegs aus seinem Büro gekommen sein. An den einzelnen Schuß konnte sich der Wachtposten gar nicht erinnern, denn er hatte während seines schon vier Stunden dauernden Dienstes ununterbrochen Schüsse gehört. Er war sowieso viel mehr mit der Kälte, die durch die Löcher in den Sohlen seiner Stiefel kroch, beschäftigt. Und damit, auf seine Freundin zu warten, die ihm sein Abendbrot vorbeibringen sollte, aber nicht aufgetaucht war. So blieb ihm nur seine Tagesration Drina Zigaretten, eine Schachtel, und mit jedem tiefen Zug hatte er versucht, seinen Hunger zu bekämpfen. Auf jeden Fall war nach Vitas außer Vlado niemand mehr auf der Straße gewesen, auch keine anderen Autos als die bewaffneten UN-Patrouillen, die wie jede Nacht stündlich vorbeirumpelten.

Vitas Brieftasche brachte auch nicht viel zum Vorschein – ein paar Ausweise und alte Quittungen, manche sogar aus der Zeit vor dem Krieg. Fast schon zärtlich betrachtete Vlado die eines Restaurants, das jetzt geschlossen war. Einmal war er mit seiner Frau dorthin ausgegangen, zu ihrem fünften Hochzeitstag, zu dem sie sich ein wunderbares Menü gegönnt hatten. Er dachte kurz an das Lamm und die wilden Champignons, an den Rotwein und an das süße Gebäck zum Nachtisch.

In der einen Hosentasche steckte nur ein kurzer, stumpfer Bleistift, in der anderen ein zusammengeknülltes, gebrauchtes Taschentuch. In den Hemdtaschen: nichts.

Als Vlado den Bericht noch einmal durchging, erschien Grebo vor seinem Schreibtisch.

»Tut mir leid wegen letzter Nacht«, sagte Vlado beim Aufschauen. »Ich hoffe, du konntest noch in Ruhe weitertrinken.«

»Na ja, mehr oder weniger.«

Grebo war nervös und schaute sich immer wieder zu Garovics Büro um. »Um die Wahrheit zu sagen, ich befürchte, daß ich es wohl ein bißchen zu eilig hatte, wieder zu meiner Flasche zurückzukommen.«

»Was meinst du? Und was ist los, Grebo? Immer noch verkatert? Was hast du hier eigentlich zu tun? Hast du Damir erreicht?«

»Nein. Es geht um diese Vitas-Sache. Hast du eine Minute Zeit?« Er schaute sich schon wieder um.

»Ich hätte den ganzen Tag Zeit, wenn ich nicht in einer Stunde zu Kasic müßte. Was ist mit Vitas?«

Grebo zog sich einen Stuhl heran und setzte sich hin. Er beugte sich zu Vlado rüber und senkte seine Stimme. »Ich habe Mist gebaut. Aber ich bring' das wieder in Ordnung. Vielleicht. Wenn wir noch Zeit haben.«

»Was ist passiert? Hat es mit der Todesursache zu tun?«

»Bitte, vertrau mir. Da unterlaufen mir keine Fehler. Eine kleine Unterlassungssünde, mehr nicht. Und ich werde es wiedergutmachen. Wahrscheinlich ist es sowieso nicht so wichtig. Es ist folgendermaßen: Wenn ich eine Leiche untersuche, durchsuche ich ziemlich gründlich die gesamte Kleidung. Du ja auch. Manchmal tauchen die unglaublichsten Dinge auf, und du kannst dir nicht vorstellen, wo überall. Als wir noch mit den Schmugglern zu tun hatten, war es schon erstaunlich, was so alles im Mantelfutter eingenäht war.«

Vlado erinnerte sich dunkel, daß keiner wußte, wo die Früchte vergangener Untersuchungen gelandet waren. Wahrscheinlich auf Myckys und Grebos Tischen in den Markthallen.

»Wie auch immer, heute morgen fiel mir auf, daß ich vergessen hatte, Vitas' Kleidung zu durchsuchen. Das war so eine ungeheure Sauerei gestern nacht, und ... na ja, das war nicht wirklich das Problem, denn die Klamotten von fast jedem, den ich reinkriege, sind völlig versaut. Das Problem war, daß ich gestern nacht schließlich doch noch Gesellschaft zum Trinken aufgerissen hatte. Und ich kann dir sagen, sie sah wesentlich besser aus als du. Ich schätze, deshalb war ich in Eile und bin abgehauen, bevor ich alle seine Sachen durchgecheckt hatte.«

»Verständlich. Und völlig verzeihlich. Aber wo liegt nun das Problem?«

»Mein Problem ist, daß ich mich heute morgen entschloß, obwohl ich noch einen Kater hatte, schnellstens hierher runterzukommen und mich um die Sache zu kümmern. Ich mußte noch ein paar Tests abschließen. Und glücklicherweise habe ich das getan. Kaum war ich fertig, kam Garovic mit einem Anforderungsformular rein, um die Beweismaterialien und die ganze Akte rüber ins Innenministerium zu schicken. Ich hatte gerade noch genug Zeit, um dies hier zu finden.«

Er überreichte Vlado einen kleinen Papierfetzen. In einer zittrigen Handschrift war ein Nachname und eine Adresse in Dobrinja darauf gekritzelt worden, einer unsicheren Ecke der Stadt nahe des alten olympischen Dorfes.

»Es war in seiner rechten Hosentasche«, sagte Grebo.

»Kann nicht sein. Ich habe seine Taschen gleich nach der Identifizierung durchsucht. Das mache ich immer.«

»Es war in der Uhrentasche. Du weißt, manchmal gibt es so eine kleine Tasche direkt in der großen. Leicht zu übersehen.«

Vlado runzelte die Stirn. Im düsteren Licht seines Feuerzeuges war sie ihm nicht aufgefallen. Früher hätte ihm Imamovic den Hals für so eine Schluderigkeit umgedreht, und er hätte es verdient gehabt.

»O.k., warum hast du es nicht einfach Garovic gegeben, zusammen mit den anderen Beweisen?«

»Das hätte nicht so gut ausgesehen, oder? Wenn ich in letzter Minute mit etwas angekommen wäre, das wir beide schon letzte Nacht hätten finden sollen. Er denkt doch sowieso immer, daß wir schlampig geworden sind. Und zum Teufel, das sind wir ja auch. Aber bei so einem wichtigen Fall, ich weiß nicht, das kommt nicht so gut an. Deshalb dachte ich, wenn du die Akte noch hast, könntest du es reintun und sagen, daß du es gefunden hast. Oder du könntest es einfach in der Akte nachtragen. Wenn nicht …« Grebo zuckte mit den Achseln.

»Ich habe die Akte tatsächlich noch. Garovic hat sie vor einer Stunde mitgenommen, aber gerade zurückgebracht. Also mach dir keine Sorgen. Ich füge es einfach dem Bericht hinzu, und wir sind genauso schlau wie vorher. Ich schätze, wir beide sollten ab jetzt trotzdem ein bißchen vorsichtiger sein.«

Grebo sank vor Erleichterung zurück.

»Danke«, sagte er. »Ich habe mich schon auf den Berg marschieren sehen. Aber es ist sowieso nur Müll. Der Zettel, meine ich. Alle Fingerabdrücke darauf gehören Vitas. Es wird also nicht viel wert sein.«

Grebo wendete sich zum Gehen, als Vlado fragte: »Und wie war sie?«

Für einen Augenblick neigte Grebo irritiert seinen Kopf zur Seite, dann sagte er: »Ach, sie. Also, den Kater ist sie nicht wert, soviel ist sicher. Wahrscheinlich auch ein Grund, daß der Fall heute morgen so dringend erschien. Der Dienst sah plötzlich weitaus reizvoller aus, wenn du verstehst, was ich meine.«

Zwischen Grebo und Damir begann sich Vlado allmählich wie der Büroeunuch zu fühlen.

Vlado schaute sich die hingekritzelte Adresse an. Dobrinja, eine von Moslems gehaltene Halbinsel in einem Meer serbischer Artillerie. Alles andere als ein angenehmer Ort für einen Besuch. Zu viele offene Schußzonen. Aber da die Telefone dort so gut wie nie funktionierten, würde er hinfahren müssen. Er würde es als eine Expedition betrachten, von der er vielleicht etwas lernen könnte.

Er wollte die Nummer in die Akte eintragen, hielt dann aber inne. Was, wenn Kasic noch mal einen Blick hineinwerfen wollte? Er faltete den Zettel und steckte ihn in seine Hemdtasche. Man mußte ja nicht noch die Aufmerksamkeit auf ihre Nachlässigkeit lenken. Außerdem, wenn sie wirklich eine unabhängige Ermittlung wollten, wen ging es dann überhaupt etwas an?

»Eine neue Nummer für dein Adreßbuch?« Vlado schreckte auf und hatte sofort ein schlechtes Gewissen. Aber es war nur Damir. Er sah angegriffen aus, grinste aber. Einmal mehr der triumphale Krieger, zurück von einer erfolgreichen Jagd auf die jungen, willigen Frauen in Sarajevo.

»Genau, mein prallgefülltes Adreßbuch«, sagte Vlado erleichtert. »Du kannst es dir jederzeit ausleihen, wenn du neue Kontakte brauchst.«

»Schon gut«, sagte Damir. »Ich habe ja bereits die Nummer des Büros. Und mir liegt nichts daran, deine Frau in Berlin zu belästigen. Ich bin wahrscheinlich sowieso der letzte in Sarajevo, von dem sie was hören will. Und das sind dann wohl deine beiden einzigen Nummern, stimmt's?«

»Fast.«

Sorgfältig studierte er Damirs Gesicht. Gab es da irgendeinen Hinweis auf einen seltsamen Ton oder ein gezwungenes Lächeln? Aber er schien richtig frisch zu sein, fast erneuert. Vielleicht hatte die bewährte Heilmethode doch wieder angeschlagen.

»Zur Abwechslung mal ein richtig bewegter Tag hier, habe ich gehört. Hört sich so an, als wäre es gestern nacht noch richtig spannend geworden, nachdem ich weg war. Klingt gut, solange sich Garovic nicht entschließt, daß die Sache zu heiß für uns ist, und sie dem Innenministerium rüberschiebt.«

»Das hat er bereits getan, aber sie haben den Fall wieder zurückgeschoben. Die UN sieht ihnen über die Schulter, da wollen sie nicht den Eindruck von Inzucht erwecken. Also ist es unser Fall.«

»Denkst du.«

»Du glaubst, daß sie sich einmischen werden?!«

»Nicht offiziell. Aber ich rechne damit, daß sie dich an einer sehr kurzen Leine halten und dir eine Menge ›Hilfe‹ anbieten werden, egal, ob du sie willst oder nicht. Dein erstes Treffen hast du bestimmt mit dem stellvertretenden Chef Juso Kasic, oder?«

Vlado mußte lachen. »Nein, mit dem neuen Chef Juso Kasic.«

Damir zog die Augenbrauen hoch. »Beeindruckend«, sagte er. »Ich vermute, bis die ganze Sache vorbei ist, wirst du ihn häufig zu sehen bekommen. Und so wie ich die Jungs kenne, wird er dir wahrscheinlich ganz großzügig jede Art ›technischer Hilfe‹ anbieten: seine ganzen Schlägertypen und Knochenbrecher. Auf offizieller Ebene werden sie ihre Nase raushalten, um Washington und London und Paris zu beeindrucken. Aber wenn ich du wäre, würde ich nicht zu oft einen Blick über die Schulter werfen. Könntest einen Schrecken bekommen, wenn du siehst, wer da alles in deinem Schatten rumschleicht.«

Vlado äußerte dann einen Gedanken, der ihm durch den Kopf ging, seit Garovic ihm die Akte zurückgegeben hatte. »Du könntest mir natürlich jederzeit den Rücken freihalten«, sagte er und versuchte, Damirs Reaktion abzuschätzen. »Ich bin mir sicher, daß ich Hilfe brauche, um Spuren zu verfolgen, sollte es welche geben. Ich werde das bei Kasic erwähnen, wenn du möchtest. Ich könnte mir vorstellen, daß das Ministerium diese Sache schnell erledigt haben will.«

»Ist das dein Ernst?« fragte Damir mit einer Spur kindlichen Eifers in der Stimme. »Aber glaubst du wirklich, daß Kasic das mitmachen wird?«

»Fragen kostet nichts. Wer weiß, vielleicht sagt er sogar ja. Fühlt sich ganz gut an, zur Abwechslung mal ein bißchen Druck auf diese Typen auszuüben, oder?«

»Ja«, stimmte ihm Damir lächelnd zu. »Aber vergiß nicht: Möglicherweise will Kasic, daß du dich genau so fühlst.«

4. Kapitel

Trotz all seiner Macht hatte das Innenministerium keine Heizung in der unteren Eingangshalle. Vlado gesellte sich zu sieben anderen Männern, die in dicken Mänteln eingehüllt auf ramponierten Plastikstühlen und Sofas warteten. Der braune Linoleumboden voller Zigarettenkippen und kleiner, umherfliegender Staubbällchen glich einer Wüstenlandschaft. Der dichte Zigarettenqualm überdeckte kaum den Uringestank einer verstopften Toilette unten in der Halle. Das monotone, gleichmäßige Tuckern eines Generators war aus einer kleinen Kabine aus Sperrholz und durchsichtigen Plastikplanen zu hören, in der ein uniformierter Beamter wie ein Empfangschef thronte, die Namen aufnahm und wegen der Anmeldungen nach oben telefonierte. Eine Rückantwort schien es jedoch niemals zu geben.

Während Vlado wartete, ging ihm durch den Kopf, was er von Kasic wußte. Er war ein Mann, der den Ruf hatte, sowohl in seinem Zorn als auch in seinem Wohlwollen zurückhaltend zu sein. Man sagte, das sei eine Folge seiner Vorgeschichte. Er war ein junger Mann voller Spontanität und überbordender Energien gewesen, der aufgrund seiner Rücksichtslosigkeit und scharfsinnigen Bemerkungen für Jahre in der weit ausufernden mittleren Verwaltungsebene gestrandet war. Nachdem er einmal das Alter überschritten hatte, in dem sich der Nachwuchs normalerweise einen Namen machte, hatten ihn die meisten Leute abgeschrieben.

Als sich jedoch in den frühen achtziger Jahren die straffe Staatsmaschinerie lockerte und nach Titos Tod umstrukturiert wurde, begann Kasics verspäteter Aufstieg. Erst holte er alle seiner Altersgruppe ein, und dann ließ er sie hinter sich zurück. Unter nebulösen Titeln, die ihn wohl als einen wichtigen Mann der Staatssicherheit auszeichneten, arbeitete er sich schnell durch alle Parteiämter nach oben. Außenstehende konnten sich nie sicher sein, ob er seinen Aufstieg der eigenen Kraft oder der von irgend jemand anderem verdankte, und genau das schien Kasic zu gefallen.

Als das Innenministerium dann seine neue Polizeitruppe zusammenstellte, gehörte er zur ersten Wahl für die Besetzung der ranghohen Ämter und nahm als treuer Adjutant die Position hinter Vitas ein. Schnell wurde er für sein schonungsloses Durchsetzungsvermögen bekannt.

Wie Vitas hatte er sich einen Namen bei den Razzien im Oktober gemacht, wo er das Manöver des zweiten und entscheidenden Tages leitete, bei dem Zarko aus seinem Versteck getrieben und gefangengenommen worden war. Als eine Mörsergranate aus seiner Einheit einen Block weiter nördlich als vorgesehen gelandet war und drei alte Leute in einer heruntergekommenen Wohnung getötet hatte, machte er sich erst Vorwürfe. Aber nicht lange. »Ein geringer Preis für unsere Bemühungen – so sehen das die Leute hier«, hatte er an Ort und Stelle zu seinen Untergebenen gesagt, die ihm natürlich zustimmten.

Vlado schaute sich die anderen in der Halle an, allesamt Männer. Sie schienen gelangweilt zu sein, so als würden sie schon seit Stunden warten. Zwei waren trotz der Kälte eingenickt.

Doch nach nur wenigen Minuten klopfte der Mann in der Kabine gegen den leeren Fensterrahmen und wies Vlado mit gedämpfter Stimme den Weg nach oben: »Herr Kasic wartet. Zweiter Stock.«

Um sich aufzuwärmen, trabte Vlado die Treppen hinauf,

vorbei an Sicherheitshinweisen und Propagandapostern, die an der Wand hingen. DIE BOSNISCHE ARMEE AN DER BOSNISCHEN GRENZE, proklamierte ein Poster im neosozialrealistischen Stil. Vor einem purpurroten Hintergrund erhob sich aus zerklüfteten schwarzweißen Bergen die schwarze, kantige Silhouette eines grimmigen Soldaten, der ein Teil der Berge zu sein schien, die er verteidigte.

In der Pose eines gütigen Lehrers, der darauf wartet, auch noch den letzten Schüler ins Klassenzimmer zu weisen, stand Kasic am Ende der Stufen vor einer geöffneten Tür. Sein silbriggraues Haar war an den Seiten kurz geschoren. Als Vlado näher kam, sah er eine Landschaft aus scharfen Kanten und tiefen Schatten in Kasics Gesicht, das ebenso hager wie das eines Athleten war und an den Soldaten auf dem Poster erinnerte. Noch dazu besaß sein Gesicht für Mitte Januar, wo in dieser Stadt alles grau und blaß geworden war, eine bemerkenswerte Ausdruckskraft und Farbe, so als hätte er sich unter hellem Licht und in wohliger Wärme auf dem sauberen Eichenparkett eines Fitneßcenters in Form gehalten.

Zur Begrüßung bekam Vlado den festen Griff seiner riesigen Hand zu spüren. Ihm war Kasic schon früher bei gemeinsamen Arbeitstreffen oder offiziellen Versammlungen als ein Mann aufgefallen, dessen Ausstrahlung einen über Schreibtische und Besprechungszimmer hinaus erreichte. Er hinterließ bei Vlado den Eindruck, sowohl ernsthaft als auch ehrgeizig zu sein.

Die anderen tendierten entweder dazu, ihn als kriecherischen Jasager, der lediglich Enthusiasmus für seine Vorgesetzten zeigte, oder als einen Mann, der wahrhaftig von seiner Aufgabe in Beschlag genommen war, einzuordnen. Vlado hatte ihn nie gut genug kennengelernt, um sich für eine der Beschreibungen entscheiden zu können.

Kasic führte Vlado durch ein mit Schreibtischen vollgestopftes Großraumbüro, in dem Männer in den blauen Uniformen des Ministeriums beschäftigt ihrer Arbeit nachgingen – was auch immer das war, was sie hier zu tun hatten. Vlado zählte fünf Heizlüfter, die alle voll aufgedreht waren. In dem Raum war es angenehm, fast mollig warm.

Sie erreichten ein großes Büro, an dessen Tür CHEF DER POLIZEILICHEN SONDEREINHEIT stand. Also war er bereits eingezogen, dachte Vlado, der die Wände und den Schreibtisch nach Spuren von Vitas absuchte, als er auf einem Stuhl Platz nahm. Es verärgerte ihn etwas, keine zu finden. Er hatte gehofft, der erste zu sein, der Vitas' Büro durchsuchen konnte, aber da war man ihm offenbar zuvorgekommen.

Kasic ließ sich hinter Vitas' Schreibtisch nieder und schaute sich um, als müßte er sich in dem neuen Büro immer noch orientieren. Dann lehnte er sich nach vorn und faltete seine Hände über einem Stapel Papiere. Obwohl seine Worte freundlich waren, hatte seine Stimme in ihrer tiefen Fülle einen Befehlston.

»Nun, Vlado Petric. Es ist gut zu wissen, daß Sie in diesem Fall ermitteln. Ich habe mich ein bißchen schlau gemacht und herausgefunden, daß Sie ein gründlicher Mann und ein solider Ermittler sind. Allerdings habe ich wegen Ihrer fehlenden Erfahrung etwas gezögert. Sie haben weniger als zwei Jahre als Kommissar vor dem Krieg gearbeitet, also vier Jahre insgesamt. Richtig?«

Vlado nickte.

»Und ich nehme an, Sie haben seit Kriegsbeginn nicht gerade viel zu tun gehabt. Auf jeden Fall nicht mit solchen Fällen.«

»Richtig.«

»Und ich nehme auch an, daß Ihr Chef, Herr Garovic, bei aller Hilfsbereitschaft nicht besonders erpicht darauf war, Sie hierfür freizustellen. Er ist – wie soll ich sagen – ein etwas vorsichtiger Mann.«

Vlado erlaubte sich ein kurzes Lächeln. »Das ist milde ausgedrückt«, sagte er.

»Ich kann sein Zögern schon verstehen. Das ist eine sensible Angelegenheit. Und von Rechts wegen sollte es unser Fall sein. Müßte man nicht ein paar besondere Rücksichten nehmen, würden wir die Sache selbst erledigen, und ich habe keinen Zweifel, daß wir sie professionell und ordentlich erledigen würden.«

»Besondere Rücksichten?«

»Die UN. Es gibt Tage, da können wir hier nicht mal in Ruhe zum Pinkeln gehen, ohne daß drei von ihnen fragen, ob sie mitkommen können. Wir müssen uns jeden Tag von neuem bewähren und jeden Bericht in dreifacher Ausführung einreichen. Wenn es nach mir ginge, würde ich ihnen so schnell wie möglich sagen, daß sie sich um ihre eigenen Angelegenheiten scheren sollen – denn es ist ja nicht so, daß sie in den eigenen Reihen das strengste Regiment führen. Was glauben Sie, wie oft wir bei den Franzosen oder den Ägyptern hart durchgreifen könnten. Die verschachern Huren oder Zigaretten und handeln mit UN-Pässen, um die Leute für dreitausend Mark pro Kopf aus dem Land zu schmuggeln. Und wir alle wissen, daß sie während des ganzen Krieges die Stiefel der anderen Seite geleckt haben.

Aber genau deswegen glauben wir, oder vielmehr Leute weit über mir, daß wir uns die UN mit den richtigen Ergebnissen aus dieser Abteilung vom Hals schaffen können. Und wenn wir sie uns vom Hals geschafft haben, dann bekommen wir vielleicht die richtige Hilfe, um diesen Krieg zu gewinnen. Bessere Gewehre, Panzerabwehrraketen – die Wunschliste ist bekannt. Solange das Waffenembargo noch in Kraft ist, wird sie so schnell nicht erfüllt werden. Aber in einigen Bereichen ist immerhin schon Bewegung.«

Kasic hielt inne, um sich eine Marlboro aus einer Schachtel

auf seinem Tisch anzuzünden. Sollte das ein Vortrag über den Krieg werden, oder wollten sie über Vitas sprechen?

»Und hier kommt diese kleine Ermittlung ins Spiel«, sagte Kasic, als hätte er Vlados Gedanken gelesen. »Immer wenn die UN von irgendeiner Korruption oder Gaunerei in unserem Stadtteil Wind bekommt oder glaubt, hier ist was faul, dann haben sie neue Munition, um das Embargo aufrechtzuerhalten. Die Rechnung ist ganz einfach: ›Wenn die Bosnier nicht mal ihren eigenen Saustall aufräumen können, warum sollten wir ihnen helfen, eine noch größere Sauerei zu veranstalten.‹ Wir dachten, wir hätten unsere Position mit den Razzien im Oktober klargemacht, aber die UN hat es uns nicht abgekauft. Es seien zu viele offene Probleme zurückgeblieben, sagen sie. Und sie mochten nicht, daß Vitas zum Ende hin ein paar ›unerwünschte Subjekte‹ zu Hilfe geholt hatte. Das hat all unsere positiven Ergebnisse verdorben, sagen sie. Wir hätten nur ein paar Ehemalige als neue Herrscher eingesetzt. Es ist immer noch zuviel Geld im Umlauf, und immer noch gibt es zu viele seltsame Wege, es zu verdienen, sagen sie. Und ganz falsch ist das ja nicht. Wenn man sich die Märkte für Benzin, Zigaretten, Fleisch, Kaffee oder was auch immer ansieht, stellt man fest, daß sie sich immer noch in der Hand von Leuten befinden, die außerhalb unserer Reichweite sind. Ich schätze, ich müßte das eigentlich nicht sagen, aber ich sage es trotzdem: Nichts von diesem Gespräch darf diese vier Wände verlassen. Ist das klar?«

»Glasklar.«

Kasic schnipste die Asche von seiner Zigarette.

»Jeder mit Augen im Kopf kann sehen, daß wir immer noch genug Probleme haben. Auch wenn es nicht mehr so offensichtlich ist wie früher. Es profitieren immer noch zu viele Leute vom Status quo.«

Kasic lehnte sich noch weiter über den Tisch, senkte seinen

Kopf und verengte konzentriert die Augen wie ein großer, gepflegter Hund, der sich in den Bau eines viel kleineren Tieres zwängt.

»Und offen gestanden, Petric, auch wenn es mir ungeheuer weh tut, das zu sagen, könnte Vitas einer von denen gewesen sein, die davon profitierten. Auf jeden Fall sieht es – nach dem wenigen, was wir bisher erfahren haben – ganz danach aus. Als wir hörten, daß Vitas ermordet wurde, dachten wir zuerst, was alle denken mußten. Er hatte sich im Oktober eine Menge einflußreicher Feinde gemacht, und einer von ihnen muß Vergeltung geübt haben. Aber jetzt sieht alles viel komplizierter aus und viel unschöner. Und sobald wir sahen, wohin das führen könnte, haben wir Sie herbeigerufen. In dieser Sache bringt es nichts, wenn die UN glaubt, daß die Füchse versuchen, den Hühnerstall zu bewachen.«

Vlado wollte ihn unterbrechen, denn jetzt fielen ihm eine Menge Fragen ein. Aber Kasic fuhr unbeirrt fort.

»Außerdem habe ich einiges über Sie gehört«, sagte er und deutete mit der Zigarette auf Vlados Brust. »Genug, um zu wissen, daß Sie der richtige Mann für eine solche Angelegenheit sind. Geradeheraus. Ohne Furcht, den Leuten auf die Füße zu treten, selbst wenn es Ihnen nicht bekommen sollte. Wahrscheinlich genau das, was Garovic einen fürchterlichen Schrecken einjagt, aber diese Qualitäten sind genau das, was wir bei dieser Sache benötigen. Obwohl ich nicht glaube, daß Sie einen ähnlichen Fall schon mal hatten, oder?«

»Nein, nicht ganz.«

»Und seit wir dabei sind, hatten Sie auch nicht viel Chancen, so einen Fall zu bekommen. Ja, ich weiß, wir haben auch fast alle Mittel gestohlen. Und wenn Imamovic noch leben würde, hätte er das alles niemals ohne eine höllische Auseinandersetzung zugelassen. Aber ehrlich gesagt, Petric, ohne Ihre Talente oder die Ihrer Leute herabzuwürdigen: Unsere Leute hier sind es gewohnt, mit dieser speziellen Unterwelt umzugehen. Wir haben besonders seit Oktober die ganzen kleinen Schleichwege und Verstecke kennengelernt, auch wenn wir sie nicht immer völlig unter Kontrolle haben. Und wir besitzen unbestreitbar die besten Mittel für diese Art von Arbeit.

Womit ich zu meinem nächsten Punkt komme. Bitte, Petric, ziehen Sie Ihren Nutzen aus unserer Erfahrung, wann immer Sie können. Unabhängigkeit bedeutet nicht Unwissenheit. Sie müssen mich nicht informieren, wenn Sie es nicht wollen. Aber unsere technische Abteilung steht Ihnen jederzeit für Fragen zur Verfügung. Ich weiß, daß wir ein besseres Labor haben als Ihr Kollege Grebo. Das gleiche gilt für unsere Akten, auf die Sie natürlich Zugriff haben. In Grenzen, versteht sich. Denn wenn Sie das Gefühl haben, daß Sie uns noch nicht richtig einschätzen oder vertrauen können, dann beruht dieses Gefühl im Moment selbstverständlich noch auf Gegenseitigkeit.«

Vlado nickte und hielt den Augenblick für angemessen, Kasic zu unterbrechen. »Da wir gerade über unsere gegenseitige Unterstützung sprechen – ich würde gerne Damir Begovic mit in den Fall einbeziehen. Er ist in meiner Abteilung, ich vertraue ihm, und wir arbeiten sehr gut zusammen.«

Kasic zog ein Gesicht, als hätte er auf etwas Saures gebissen. Dann seufzte er auf und atmete lang und gequält durch die Nase aus.

»Nicht gerade der beste Partner, wenn Sie mich fragen, aber ...«

Als er schwieg, fragte sich Vlado, ob das Gespräch aufgezeichnet wurde und ob Kasic das Ganze später einem internationalen Beobachter vorspielen würde, nur um zu beweisen, daß er sich von seiner besten Seite gezeigt hätte. Aus welchem Grund auch immer erhielt Vlado jetzt die Antwort, die er haben wollte.

»Na gut. Nehmen Sie Begovic, wenn Sie ihn brauchen. Aber alles in Maßen. Kümmern Sie sich in der Hauptsache selbst darum. Je weniger Leute Zugang zu Ihren Ermittlungen haben, desto besser. Und sollten Sie sich davon überfordert fühlen, Leute aufzuspüren oder auch Informationen zu bekommen, die Sie benötigen – wie gesagt, ich biete Ihnen jederzeit unsere Hilfe an. Ich habe keine Ahnung, wie es um Ihre Verhörfähigkeiten bestellt ist, aber sollten Sie sich bei irgend jemanden den Kopf einrennen, wir verfügen über ein paar alte Hasen, die mit so was umgehen können.«

Vlado konnte sich vorstellen, was das bedeuten sollte. Kräftige Typen, die in hell erleuchteten Zimmern saßen und Kaffee schlürften, während sie nebenbei Kniescheiben zertrümmerten und Elektroden anlegten.

»Egal, was für ein Land wir in Zukunft haben werden«, sagte Kasic, »manchmal kommt man mit den bewährten Methoden am weitesten. Verstehen Sie mich nicht falsch, Petric. Sie sind der Boß. Wie ich schon sagte, wir wollen, daß das anständig über die Bühne geht, je schneller, desto besser. Als ich heute morgen bestimmte Dinge über Vitas hörte, wurde es für uns noch wichtiger, sofort unsere Zuständigkeit abzugeben.«

»Was für Dinge?«

Kasic senkte den Kopf und schüttelte ihn langsam – ganz das Bild des trauernden Sohnes.

»Ich habe immer nur gehört, daß er ein treuer Staatsdiener gewesen sei«, kam ihm Vlado zuvor.

»Ich auch. Als habe es nie einen treueren gegeben. Aber vielleicht meinte er, daß im Krieg andere Regeln herrschen oder daß sie nicht länger gelten.«

»Ich befürchte, Sie müssen da ein bißchen genauer werden.«

»Jetzt beginnt wohl das Verhör.« Kasic setzte ein breites

Grinsen auf. »Wahrscheinlich wollen Sie schon die ganze Zeit wissen, wo ich mich in der letzten Nacht aufgehalten habe. Schließlich habe ich ein Mordmotiv. Sobald Vitas tot war, ging meine Beförderung ja auch ziemlich automatisch vonstatten.«

»Auf den Gedanken bin ich auch schon gekommen«, sagte Vlado und paßte auf seinen Tonfall auf. »Ich werde wissen müssen, wo Sie zur Tatzeit gewesen sind und, vorausgesetzt Sie haben ein Alibi, wo Sie waren, als Sie von dem Mord erfuhren, und wer es Ihnen erzählt hat. Ihre Reaktion. Nicht nur von Ihnen, sondern auch von anderen. Und so weiter.«

Kasic nickte und drückte seine Zigarette aus. »Sehr gut. Sie werden dafür alle Zeit haben, die Sie brauchen, sobald diese Unterredung beendet ist. Aber, um auf Vitas zurückzukommen ...«

»Seine fehlende Gradlinigkeit.«

»Ja. Der Schwarzmarkt, befürchte ich. Nichts Besonderes. Hauptsächlich Fleisch, Zigaretten und Alkohol.«

»Zum Beispiel Marlboros?« fragte Vlado, langte rüber zu Kasics Packung und bediente sich.

Kasic lächelte. Er gab Vlado Feuer und nahm sich selbst eine Zigarette. »Genau, Marlboros. Aber auch Drinas. Und er steckte offenbar tief genug drinnen, um selbst getötet zu werden. Warum, ist kein großes Rätsel, schätze ich. Entweder bedrängte er jemanden, oder jemand bedrängte ihn. Die Sache spitzte sich zu, und einer mußte dran glauben. Es traf Vitas. Wenn es wie in den meisten dieser Fälle ist, dann könnten wir wahrscheinlich den Rest des Krieges damit verbringen, denjenigen aufzuspüren, der den Abzug gedrückt hat. Sie wissen, wie das läuft.«

»Um ehrlich zu sein, ich bin mir nicht sicher, ob ich es weiß. Unsere kleine Abteilung hat wohl ein bißchen den Kontakt verloren.«

Zum ersten Mal schien Kasic leicht verärgert zu sein. »Klar, wir haben euch das Geschäft versaut. Gerade dann, als ihr die Feinheiten hättet lernen sollen. Also, wenn man heutzutage einen Killer kaufen will, nimmt man normalerweise irgendeinen Soldaten, der ein, zwei Tage Fronturlaub hat und der für sich oder seine Familie eine Extramark machen will. Er bekommt eine Waffe, einen Namen und vielleicht sogar einen Ort und eine Zeit. Er macht seinen Job, versteckt sein Geld in einer Matratze, irgendwo weit weg von einem Fenster oder sonstwo, wo es nicht verbrannt oder in die Luft gejagt werden kann, und verschwindet wieder im Schlamm. Diese Beschreibung engt die Auswahl auf ein paar tausend Personen ein. Aber wenn es wirklich genau so passiert ist, sind wir sowieso nicht an demjenigen interessiert, der abgedrückt hat, sondern an dem Auftraggeber. Um den Mord am Chef der polizeilichen Sondereinheit des Innenministeriums zu befehlen, muß diese Person wahrscheinlich sehr weit oben im Schmugglernetzwerk sitzen.«

»Sie scheinen bereits eine Menge über den Fall zu wissen.«

»Womit Sie entweder die schnelle Arbeit meiner Männer heute morgen rühmen oder mir diplomatisch sagen wollen, daß wir mit unseren Vermutungen ein bißchen zu weit gehen. Stimmt. Und ich will auch gar nicht vorschlagen, daß Sie andere Möglichkeiten ausschließen sollen. Ich erzähle Ihnen nur, wohin uns unsere ersten Anhaltspunkte geführt haben.«

»Also haben Sie Anhaltspunkte für mich.«

»Ja, wenn auch nur im weitesten Sinne.«

Kasic zog eine Schreibtischschublade auf, in der vermutlich bis heute morgen noch Vitas' eigene Arbeitsunterlagen gelegen haben. Er entnahm ihr vier schmale Aktenordner und legte sie auf den Tisch. »Mir wurde gesagt, daß diese Leute eine Hilfe sein könnten«, sagte er und klopfte auf die Akten. »Wie gesagt, sie haben uns bereits in eine bestimmte Richtung gelotst.«

»Und diese Leute sind ...?«

»Der eine ist Metzger. Der andere ist Vorarbeiter in der Zigarettenfabrik. Die letzten beiden sind im Handel mit Schwarzmarktwhiskey verwickelt. Alle vier haben für uns ein bißchen verdeckt ermittelt. Sie hatten schon früher Dinge über Vitas gehört, wollten aber natürlich nichts davon weitergeben, solange er der leitende Ermittler war.«

»Dafür ging es ja jetzt um so schneller.«

»Das ist ganz üblich in solchen Netzwerken. Diese vier Herren erzählten ihre Geschichten, noch bevor ich heute morgen überhaupt hinter meinem Schreibtisch saß. Natürlich nicht umsonst. Diese Leute sind keine Unschuldslämmer und wollen auch nur ihre Mark machen. Da unsere eigenen Leute den Fall nicht bearbeiten können, ist meine größte Sorge, daß Sie sich manchmal wie ein Fisch ohne Wasser vorkommen werden. Die verdeckten Ermittler, unsere Informationsquellen, sind nicht gerade konventionell. Es geht schon mal damit los, daß wir sie nicht vernünftig bezahlen können, also besteht ihr Lohn größtenteils darin, daß sie ihre eigenen Profite aus dem gleichen System abschöpfen, das wir beseitigen wollen. Und so bleibt uns nichts anderes übrig, als es zu tolerieren. Machen wir uns nichts vor, wir sind alle Anfänger in diesem Spiel. Vor dem Krieg fuhr die Hälfte von ihnen entweder Taxi, oder sie lebten in irgendeinem Bergdorf und überlegten, wie viele Eier sie aus dem Hühnerstall des Nachbarn klauen könnten. Wenn Sie diesen ›Metzger‹ fragen, wo man ein Entrecote schneidet, wird er wahrscheinlich aufs Hinterteil zeigen. Aber selbst die Gauner, die vorher schon ein bißchen Erfahrung hatten, operieren jetzt auf einer Ebene, von der sie nie zu träumen gewagt hätten, und deswegen halten sie sich jetzt nach den Vorfällen im Oktober zum Schutz ihre eigenen Privatarmeen. Diese Informanten sind allesamt ziemlich rauhe Gesellen, aber dafür kennen sie sich wenigstens auf der Straße aus.«

»Klingt so, als wären sie eigentlich für nichts zu gebrauchen.«

»Das denke ich mir auch manchmal. Aber Vitas meinte immer, daß sie nützlich seien.«

»Vielleicht, weil er sie brauchte, um ihn im Markt zu verankern.«

»Möglich. Und wenn das stimmt, könnte jede ihrer Informationen verdächtig sein. Aber im Moment ist es der einzige Punkt, an dem wir beginnen können. Es sei denn, Sie haben eine andere Idee. Oder es gab etwas am Tatort. Aber wie ich Ihrem Bericht entnehmen konnte, gab es wenig bis nichts.«

Also hatte er den Bericht gelesen. »Ja, herzlich wenig.« Vlado dachte einen Augenblick an den zusammengefalteten Zettel mit dem Namen und der Adresse in Dobrinja in seiner Tasche, ließ den Gedanken aber vorbeiziehen und behielt ihn für sich.

»Und obwohl diese Leute ganz bestimmt keine Engel sind«, sagte Kasic, »habe ich den Eindruck, daß ihre Geschichten wahr klingen.«

»Aus welchem Grund?«

»Welchen Grund sollten sie haben, zu lügen? Sicher, sie haben für ihre Bemühungen ein paar Mark eingesteckt. Aber wenn sie sich zu einer solchen Sache äußern, begeben sie sich auch in Gefahr. Wer auch immer den Auftrag für den Mord gegeben hat, er könnte ihnen jetzt gefährlich werden.«

»Es sei denn, sie gehören zum gleichen Verein wie der Auftraggeber.«

»Vielleicht. Aber wir haben diese Leute auf Herz und Nieren überprüft. Und glauben Sie nicht, wir hätten sie nicht wiederholt kontrolliert. Es gibt andere, die nichts weiter tun, als uns über unsere Informanten zu informieren, nur um sicherzugehen, daß wir die wahre Geschichte bekommen. Deshalb bezweifele ich, daß sie ihr Verhältnis zu uns riskieren, indem sie uns Blödsinn auftischen. Wir können sie sehr schnell aus dem Verkehr ziehen. Außerdem arbeiten diese vier Männer an vier verschiedenen Orten mit drei unterschiedlichen Produkten, und jeder von ihnen lebt in einem anderen Stadtteil. Soweit wir wissen, haben sie sogar noch nie miteinander gesprochen. Trotzdem sind ihre Geschichten auffallend ähnlich, zumindest was Vitas betrifft. Und noch etwas: Im Grunde sind all diese illegalen Unternehmen völlig simpel strukturiert, egal ob wir über die Befehlskette oder die Versorgungskette reden. Ihre Ziele sind auch ganz einfach: Sie wollen viel Geld verdienen und sowenig Schwierigkeiten wie möglich haben. Manchmal wird man ja dazu verleitet, nach komplizierten Lösungen oder verwickelten Plänen zu suchen, aber ich sage Ihnen eines: Wenn man diesen Leuten länger bei der Arbeit zuschaut, erkennt man allmählich, daß alle von purer Habgier beherrscht werden.

Deshalb denke ich, daß man diese Männer beim Wort nehmen kann, auf jeden Fall im großen und ganzen. Mehr ist sowieso nicht drin. Erwarten Sie nicht zu viele Details. Das ist nicht gerade ihre große Stärke, schließlich sind sie Informanten und keine ausgebildeten Ermittler. Außerdem haben sie natürlich Angst vor demjenigen, der den Mord in Auftrag gegeben hat. Ein Mord an jemanden in der Position von Esmir Vitas hat eine schlechte Auswirkung auf das Erinnerungsvermögen der Leute. Aber diese Männer sind ein Anfang. Mehr kann ich Ihnen im Moment auch nicht anbieten.«

»Selbst wenn wir mal annehmen, diese Männer erzählen die Wahrheit«, sagte Vlado, »ist denn immer noch jemand so weit oben im Geschäft übriggeblieben, der über genügend Macht verfügt, um diesen Mord zu befehlen? Ich meine, es geht um Fleisch, Zigaretten und Whiskey. Das ist kaum die oberste Liga. Nicht wie Benzin oder Menschenhandel.«

Vlado konnte sich vorstellen, wie Grebo bei seiner letzten Bemerkung zusammengezuckt wäre. Bestimmt hatte er gerade eine unglaubliche Wissenslücke in bezug auf seine Schwarzmarktkenntnisse verraten.

»Das denken Sie«, antwortete Kasic. »Vielleicht hat Vitas auf seine eigene, seltsame Weise auch gedacht, er würde völlig moralisch handeln, wenn er sich nicht in diese oberste Liga begäbe. Wenn er von Treibstoff und Menschenhandel die Finger ließe. Fleisch ist zwar ein Luxus, aber verderblich. Man kann es nicht als Währung horten. Dagegen sind für einige Leute Zigaretten schon fast identisch mit harter Währung. Wir bezahlen unsere Soldaten oder die Polizei damit. Seit Oktober ist eine regelrecht verzweifelte Stimmung unter den Schwarzmarkthändlern ausgebrochen, weil sich die Versorgungslage verschärft hat. Und wenn man bereits diesen Druck spürt und sich dann plötzlich noch der Chef der polizeilichen Sondereinheit des Innenministeriums in dein Revier boxt, dann kann es schon sein, daß manch einer das als eine Angelegenheit von Leben und Tod betrachtet, egal wie mächtig Vitas war. Aber an Ihrer Bemerkung ist trotzdem etwas dran. Auf unserer Seite des Flusses scheinen nicht sehr viele Leute übriggeblieben zu sein, deren Schlagkraft groß genug wäre, um etwas in dieser Größenordnung durchzuführen.«

»Dann ziehen Sie also in Erwägung, daß der Befehl von der anderen Seite des Flusses gekommen sein könnte. Von den Serben.«

»Das ist eine Möglichkeit.«

»Das würde bedeuten, daß wir nicht in der Lage sein werden, etwas zu tun, selbst wenn wir den Auftraggeber identifizieren könnten.«

»Wie gesagt. Das ist eine mögliche Erklärung.« Er drückte die nächste Marlboro aus. »Und keine besonders erfreuliche. Aber sie würde immerhin genügen, um die UN zufriedenzustellen, besonders wenn diese Erklärung von jemandem außerhalb unserer Abteilung käme. Es würde unseren Zwecken sogar bestens dienen. Wenn wir die Gegenseite als die Schuldigen darstellen könnten, begreift die UN unsere Argumentation vielleicht am schnellsten. Aber das bringt mich auch auf noch etwas anderes sehr Beunruhigendes, das wir über Vitas herausgefunden haben. Es betrifft seine möglichen Kontakte zur anderen Seite. Vitas wuchs in Grbavica auf«, sagte Kasic. »Sie kannten ihn als Kind, nicht wahr? Obwohl ich glaube, daß Sie mit seinem jüngeren Bruder besser befreundet waren.«

Vlado war beeindruckt und fragte sich, wo Kasic dieses Wissen so kurzfristig ausgegraben haben konnte. Garovic hatte sicherlich nichts davon gewußt. Doch diese Stadt war in vielerlei Hinsicht eine Kleinstadt, die Tag für Tag kleiner wurde. Dennoch – schnelle Arbeit.

»Wir gingen auf dieselbe Schule«, sagte Vlado. »Er war acht Jahre über mir. Aber seinen Bruder kannte ich wirklich gut. Er war ein Klassenkamerad von mir. Wurde vor etwa einem Jahr getötet.«

»Ja, eine Mörsergranate durch das Dach. Ich erinnere mich. Seine ganze Familie starb. Was Vitas ganz allein zurückließ, schätze ich. Seine Mutter war Serbin. Sein Vater Moslem, auch wenn er auf diese Einordnungen nichts gegeben hatte. Er sagte immer, er sei einzig und allein Jugoslawe. Was er wohl heute sagen würde?«

»Sie kannten seinen Vater?«

»Ein wenig. Ich lernte ihn vor ein paar Jahren kurz vor seinem Tod kennen. Vitas Mutter ist auch erst vor kurzem gestorben.«

»Sie glauben also, Vitas hatte immer noch Kontakte zu seiner früheren Nachbarschaft«, sagte Vlado. »Und wenn, wäre es so ungewöhnlich?«

»An sich nicht. Das kommt vor. Die Leute schaffen es,

Nachrichten hin- und herzuschicken, zusammen mit Benzin und Kaffee. Manchmal funktionieren sogar die Telefonverbindungen für eine Weile wieder. Wenn das passiert, macht es die Armee ganz verrückt, aber was soll's. Ich kenne selbst noch Leute drüben. Mein Großvater väterlicherseits war Serbe, auch wenn mein Vater und ich moslemisch erzogen wurden.«

Was in Wahrheit bedeutete, daß er wahrscheinlich weder wie ein Serbe noch wie ein Moslem oder sonstwie speziell erzogen worden war. Um sich von den engstirnigen Kennzeichnungen jedweder Herkünfte abzusetzen, hatte sich Kasic wahrscheinlich wie beinah jeder andere in der Stadt hauptsächlich als Bürger Sarajevos definiert. Bis mit Kriegsbeginn die Zeit kam, sich für eine Seite zu entscheiden. Also hatte sich Kasic mit dem Haufen zusammengetan, der versprochen hatte, Sarajevo zu erhalten, wie es war. Und das war nun einmal die moslemische Regierung des neuen bosnischen Staates. Bis jetzt hatte er die Verlierer des Krieges unterstützt, aber das behinderte offenbar seinen Karriereaufschwung genausowenig wie der serbische Beigeschmack seiner Herkunft.

»Ich hatte ein Haus in Ilizida, müssen Sie wissen«, sagte Kasic.

»Ach tatsächlich?« Es war ein Vorort, der nun von den Serben gehalten wurde.

»Ein sehr schönes Haus. Groß und komfortabel. Wahrscheinlich hat sich jetzt ein Armeekommandant dort eingenistet und legt seine dreckigen Stiefel auf meine Kaffeetafel. Und sein Hund wühlt sich durch mein Bett.«

Einen Moment lang hatte Kasics Gesicht einen gedankenverlorenen Ausdruck, so als schaute er durch das Büro und hätte den gestiefelten General faulenzend an einem der Schreibtische entdeckt.

»Aber zurück zu Vitas«, fuhr Kasic fort, »ich befürchte, er hatte da einige bestenfalls unpassende Kanäle aufgetan.«

»Und schlimmstenfalls?«

»Verbindungskanäle für illegale Aktivitäten. Schmuggel. Wenn sich das bewahrheitet, bedeutet das weit mehr als Hilfe und Unterstützung für den Feind, von dem beträchtlichen finanziellen Gewinn mal ganz abgesehen. Er ist vielleicht sogar von denselben Leuten bezahlt worden, denen er so überzeugend hinterherjagte. Es steht mir natürlich nicht zu, das endgültig zu sagen. Das müssen Sie in Ihrer Untersuchung herausfinden. Ich wollte nur, daß Sie Bescheid wissen, was über ihn geredet wird.«

»Und woher kommt dieses Gerede?«

»Von dort, wo auch die anderen Informationen herkommen«, sagte er und reichte die Akten hinüber. »Von diesen vier Herren. Sie werden den Metzger jeden Tag auf dem Markale Markt finden. Die Schicht des Zigarettenmannes in der Fabrik dauert noch …« Er hielt inne und sah auf seine Uhr. Ein klobiges Modell, das die frühere jugoslawische Armee benutzte. »… zweieinhalb Stunden. Sie können ihn also heute noch treffen, wenn Sie wollen. Das gleiche gilt für die beiden aus der Whiskeybranche. Die Adressen stehen in den Akten, und alle sind auf einen Besuch vorbereitet.«

Er schwieg kurz, als wenn er das Gespräch beenden wollte, sagte dann aber: »Und wenn Sie jetzt soweit sind, können Sie mich befragen.«

Vlado fühlte sich überrumpelt. Er fragte sich, ob er getestet werden sollte, und schaltete schnell. Er war jetzt noch nicht bereit, Kasic zu befragen, und er wollte sich bei dem Versuch auch nicht zum Narren machen. Er mußte die Kontrolle über dieses Gespräch gewinnen.

»Eigentlich wäre es mir später lieber. Aber ich würde ganz gerne mal einen Blick in den Schreibtisch werfen«, sagte Vlado und guckte auf die Stelle unter Kasics Ellenbogen.

Nun war plötzlich Kasic derjenige, der nicht mehr weiterzuwissen schien.

»Ach, der Tisch«, sagte er. »Ich hätte damit gewartet, hier einzuziehen, aber es ging alles so schnell, daß ich dachte, es wäre das beste, gleich mit der Arbeit zu beginnen. Seine Akten habe ich behalten, wenigstens diejenigen, die nichts mit dem Fall oder diesen Aktivitäten zu tun haben.«

Vlado wollte etwas entgegnen, aber Kasic hob eine Hand, neigte seinen Kopf und sagte: »Ich weiß, Sie würden das gerne selbst entscheiden. Aber Sie müssen mir ganz einfach vertrauen. Ich weiß, das ist nicht leicht, aber es gibt da einige Dinge in unseren Akten, die so sensibel sind, daß sie im Moment nur für unsere Leute zugängig bleiben sollen. Sie haben nichts mit Vitas zu tun. Sie betreffen unsere Ermittlungen, und denen möchte ich nicht schaden.«

»Wäre seine Akte nicht immerhin für ein Verständnis der Zusammenhänge wichtig? Wenn ich mir einen Gesamtüberblick verschaffen könnte, wüßte ich vielleicht besser, wie das alles zusammenpaßt.«

Außerdem war Vlado einfach neugierig. Er hatte sich schon zu lange von allem ausgeschlossen gefühlt. Doch jetzt konnte er den Rhythmus fühlen, mit dem er sich behutsam in die Ermittlung hineinpendelte, konnte das vorwärtstreibende Hämmern bis in die hintersten Bereiche seiner Gedankengänge spüren, die schon viel zu lange untätig gewesen waren.

»Ich bin mir sicher, daß Sie alle nötigen Zusammenhänge mittels dieser Leute herstellen können«, sagte Kasic und zeigte auf die schmalen Akten in Vlados Händen. »Was die anderen Sachen von Vitas angeht – die habe ich natürlich vorher aus den Schubladen herausgenommen. Da sind sie.« Er deutete auf einen großen, zugeklebten Pappkarton in der Ecke des Büros. Also hatte er oder jemand anderes bereits alles durchsucht.

»Ich werde außerdem Zugang zu seiner Wohnung brauchen. Auch zu seinem Auto, wenn er noch eins hatte.«

»Selbstverständlich.« Kasic griff wieder in den Schreibtisch.

»Hier sind seine Hausschlüssel. Bedauerlicherweise wurde sein Auto vor einem Monat zerstört. Ein direkter Einschlag im Haus gegenüber, als der Wagen davor parkte. Und, Petric, ich weiß, daß Garovic nervös ist, weil der Fall hochbrisant ist. So ist er nun mal. Lassen Sie mich das regeln. Sie machen, was Sie machen müssen. Fragen, was Sie fragen müssen, egal ob Sie anderen dabei auf die Füße treten. Meine Person eingeschlossen.«

Kasic erhob sich hinter dem Schreibtisch und streckte die Hand zum Abschied aus. Als sich Vlado zum Gehen umwandte, legte ihm Kasic eine Hand auf die Schulter.

»Petric?«

»Ja?«

»Ein letztes Wort zur Vorsicht.« Kasic hielt inne. »Es wird Leute geben, die Sie bei dieser Sache genau beobachten werden. Ich meine nicht mich oder die UN. Über manche bin ich mir wahrscheinlich selbst gar nicht im klaren, aber es reicht wohl, wenn ich sage, daß sie die Mittel haben, sämtliche Bereiche Ihres Lebens zu beeinflussen. Sie werden Ergebnisse wollen, Petric, und sie werden sie schnell haben wollen. Sie werden nicht wollen, daß man ihnen etwas von einer Beweiskette erzählt, die in den Bergen in einem Nichts endet. Sie werden Einzelheiten wollen, Name für Name.«

Irgendwo in der Stadt schlug eine Granate ein, als wenn Kasics Warnung damit bestätigt werden sollte. Vlado empfand eine Mischung aus Furcht und Erregung. Damir hatte recht. Keiner hatte eine Karte, um sie durch diese Dunkelheit zu führen, und jeder, der ihnen den Weg leuchten wollte, würde selbstverständlich unzuverlässig sein.

»Was genau wollen Sie mir damit sagen?« fragte Vlado, als sie das Treppenhaus erreichten.

»Daß Sie Ihre Augen offenhalten sollen. Daß Sie aufpassen sollen. Und daß Sie sich bewußt sind, daß es jetzt, da Sie den

Fall angenommen haben, kein Zurück mehr gibt. Und daß Sie, trotz aller Hilfe, die ich Ihnen gerne anbieten möchte und die ich Ihnen selbstverständlich auch anbieten kann, völlig auf sich allein gestellt sein werden.«

»Ich bin mir dessen bewußt«, sagte Vlado und gab sein Bestes, nicht so ängstlich zu klingen, wie er sich fühlte. »Und ich bin bereit.«

»Das hoffen wir alle«, sagte Kasic. Und mit einem Lächeln verschwand er wieder in seinem Büro.

5. Kapitel

Vlado war nicht nur auf sich allein gestellt, ihm blieb auch nichts anderes übrig, als sich nur auf seine beiden Beine zu verlassen. Jeder Wagen der Polizei war von der Armee beschlagnahmt worden. Und Vlados eigener Wagen, ein ziegelsteinroter Yugo, hatte vor langer Zeit das Schicksal mit einer Reihe anderer Autos geteilt, die oben auf einem Parkhaus in der Nähe seiner Wohnung abgestellt worden waren: Eine Gratnatensalve hatte es vollständig durchlöchert und alle lebenswichtigen Organe zerfetzt.

Kürzlich hatten UN-Lastwagen begonnen, liegengebliebene Autowracks überall in der Stadt abzuschleppen. Sie waren die Opfer aller nur vorstellbaren Geschosse und Granaten, die zerborsten, verbeult, aufgerissen, ausgebrannt und durchlöchert in den Straßen zurückblieben. Von einem Hang in der Stadtmitte hatte man einen schönen Blick auf diese Ansammlung in allen Farben des Regenbogens, aus der gelegentlich noch ein wenig Chrom hervorblitzte. Durch die Entfernung erschienen die Wracks nicht mehr als Trümmerhaufen, auch wenn hier und dort die ausgebrannten Modelle wie häßliche Kleckse hervorstachen und wie zusammengeknüllte Plastikverpackungen aussahen, die über eine Flamme gehalten worden waren.

Deshalb erledigte Vlado nun jeden Weg zu Fuß und legte dabei mehr Kilometer zurück als früher bei seinen Streifgängen. Er hatte sich mittlerweile daran gewöhnt, und obwohl er dabei ständig dem Risiko des Artilleriefeuers ausgesetzt war, wurde das Gehen sogar zu einer Art Befriedigung. Auf den längeren Strecken fiel er in einen Rhythmus, bei dem er noch den trostlosesten Gedanken freien Lauf lassen und unter seinen wandernden Füßen festtreten konnte. Sein Kopf wurde dann so frei, daß er sich mit einem offenen Auge für laufende und flüchtende Menschen und einem offenen Ohr für das herannahende Pfeifen einer Granate durch die Stadt treiben lassen konnte.

Außerdem waren die einzigen Leute, die immer noch Autos fuhren, entweder UN-Typen, ausländische Journalisten, Gangster, Offiziere der Armee, Regierungsbeamte oder irgendwelche anderen Leute, die ein kleines Rädchen der Kriegsmaschinerie geworden waren. Und mit denen wollte Vlado sowieso nichts zu tun haben.

Er hatte sich mit Damir die Besuche bei den vier Kontaktpersonen von Kasic geteilt. Damir sollte sich um die beiden Männer aus dem Alkoholhandel kümmern. Vlado würde sich Fleisch und Zigaretten vornehmen.

Jetzt mußte er nur noch berücksichtigen, pünktlich zum Jüdischen Gemeindezentrum zu kommen, denn sein monatlicher Anruf bei Jasmina war für drei Uhr heute nachmittag festgelegt. Wenn er ihn verpaßte, müßte er weitere dreißig Tage bis zum nächsten Mal warten.

Er entschied sich, zuerst zur Zigarettenfabrik zu gehen. Das bedeutete einen langen Weg bis über die westliche Grenze der Stadtmitte hinaus, was aber nicht gefährlich werden dürfte, da es bis zum frühen Nachmittag ruhig geblieben war.

Von Kasics Büro ging Vlaso bergauf Richtung Kranjcevica Straße, die parallel zum Fluß und zur sogenannten Heckenschützen-Allee verlief. Aber die Straße war durch eine lange Reihe hoher Gebäude und an den offenen Stellen durch improvisierte Wälle geschützt, die aus verschrotteten Bussen, Wellblech oder alten Leitplanken zusammengeschustert waren. Manches von dem Zeug hätte nicht mal die schwächste Kugel gestoppt, doch es blockierte den Heckenschützen wenigstens die Sicht. Da sie aus Langeweile gelegentlich doch darauf schossen, waren einige Blechteile so sehr durchlöchert, daß sie aussahen wie riesige Käsereiben.

Zu dieser Jahreszeit hing über der ganzen Straße eine Dunstwolke aus Rauch, der aus Rohren hervorquoll, die überall aus notdürftig verputzten Löchern in den Hausmauern stakten. Auf diese Weise zimmerten sich die Leute ihre Heizungssysteme zurecht, und so wurde aus der ganzen Stadt allmählich ein Verhau verkommener, übereinandergestapelter Berghütten. Es schien so, als lösten sich die grauen Gebäude nach und nach in ihre Bestandteile auf.

Alle paar Blöcke kam Vlado an Arbeitern vorbei, die bis zum Hals in schlammigen Löchern steckten. Sie zogen an den Eingeweiden alter Gasleitungen oder hämmerten neue Rohre zusammen und bemühten sich, daß die eine oder andere lebenswichtige Substanz in irgendeine andere Ecke der Stadt fließen konnte. Manche arbeiteten für die Stadt, andere arbeiteten für sich selbst oder ihre Nachbarn und gruben die Straßen auf, um weitere illegale Gasanschlüsse zu installieren.

Die übliche Menschenmenge spazierte umher. Manche zogen auf kleinen Karren leere Milchflaschen oder große Blechkanister zu den nächsten Wassersammelstellen. Andere gingen Richtung Markale Markt ins Stadtzentrum, wo sie langsam an mageren Häufchen Gemüse – hauptsächlich Kohl oder Kartoffeln – vorbeigingen, meistens jedoch nur, um zu gucken, statt zu kaufen.

Wieder andere versuchten wie Vlado einfach durch die Stadt zu kommen, solange es sicher war. Es gab alte Frauen mit Kopftüchern, tausend Schals und zerlumpten Taschen, auf alte Spazierstöcke gestützte drahtige Männer, und dann gab es diese bemerkenswerten jungen Frauen, die entgegen aller Widrigkeiten immer noch schick angezogen waren, modische Frisuren trugen und sich mit Lippenstift und Rouge geschminkt hatten.

Pubertierende Jungen liefen zu zweit oder zu dritt durch diesen Menschenstrom, übermütig und mit glasigen Blicken und bereits so vom Krieg geschädigt, als handelte es sich dabei bloß um einen hartnäckigen Fall von Akne. Irgendwie konnte sich Vlado nie vorstellen, daß diese Jungen eines Tages, wenn der Krieg vorüber war, Banken oder Geschäfte leiten sollten.

Über allem lag der winterliche Geruch der Belagerung: Es roch nach feuchter und dreckiger Kleidung, gekochtem Kohl und aufgetautem Müll, der noch dazu von dem beißenden Rauch aus den Holzöfen umschlungen wurde.

An mehreren Ecken hatten kleine Kaufleute ein Geschäft auf dem Gehweg eröffnet und standen hinter Klapptischen oder in verlassenen Kiosken, in denen vor dem Krieg Süßigkeiten, Magazine und kalte Getränke, frische Snacks und Zeitschriften verkauft worden waren. Nun bestand das Angebot aus gebrauchten Taschenbüchern, losen Zigaretten, ein paar sehr alten Schokoriegeln, die weit mehr als ein Tageseinkommen kosten sollten, und gelegentlich auch aus einer Flasche Bier zum Preis von ungefähr einem Wochenlohn.

Fast alle früheren Geschäfte und Ladenzeilen waren geschlossen und die Rolläden heruntergelassen. Nur auf der Südseite der Straße, die für die im hohen Bogen von jenseits des Flusses hereinknallenden Granaten weniger verwundbar war, gab es noch ein paar unversehrte Schaufensterauslagen. Die Schaufensterpuppen trugen die gleichen Kleider, die sie schon vor zwei Jahren getragen hatten, und zeigten steif auf volle Kleiderregale, die sich im Staub und in der Düsternis hinter ihnen auftürmten. In einer Stadt, in der man nur durch Korruption und Gerissenheit überlebte, hatte sich seltsamerweise noch niemand getraut, in diese Geschäfte einzubrechen. Vielleicht erschien den Kriminellen ein Einbruch in diesen Läden aber auch einfach nicht der Mühe wert.

Das war um so rätselhafter, da die Waren der Hausierer

auf dem Gehweg weit unter der Qualität derjenigen hinter den Schaufenstern lagen. Sie bildeten die unterste Stufe der Schwarzmarkthändler und waren so ärmlich geworden, daß man fast Mitleid mit ihnen bekam. Vlado dachte an Grebo und Mycky, die sich wie die Kinder über den Erwerb einiger Bic-Feuerzeuge freuten, und fragte sich, wie Vitas so armseligen Versuchungen erliegen konnte.

War das überhaupt möglich? Vielleicht. Unter diesen täglichen Umständen wuchsen kleine Versuchungen schnell zu großen an. Wenn man das Gefühl für eine Zukunft verloren hatte, lebte man jeden Tag so, als wäre es der letzte. Jeder neue Morgen schien das Verhalten des vorherigen Tages zu rechtfertigen, egal, was man getan hatte. Und schon sehr bald mußte man erkennen, daß die Unschuldigen nicht besser davonkamen als die Schuldigen. Die früheren Regeln begannen fast altmodisch zu wirken, so wie ein Erwachsener auf seine Jugend zurückblickt und sich fragt, wie er sich jemals mit solch belanglosen Dingen wie Prüfungen und Wochenendverabredungen abgeben konnte.

Und auch wenn es mit nichts zusammenpaßte, was Vlado je über ihn gewußt oder gehört hatte, war Vitas vielleicht doch genauso korrupt geworden wie alle anderen.

Vlado erinnerte sich an das düstere Haus der Familie in Grbavica. Es war das älteste und größte in der Straße und stach mit seinen kantigen Erkern und mächtigen Giebelfenstern hervor wie ein Bunker. Drinnen gab es Spitzenvorhänge, Leinenstickereien auf den Sofas und das ungemütliche Gefühl, daß der Staubsauger im Dauereinsatz war, daß Kissen ständig aufgeschüttelt und die Überzüge sofort glattgestrichen wurden, sobald man den Raum verlassen hatte. Wenn er irgendwo dagesessen hatte, war er sofort nervös geworden, besonders wenn Vitas' Mutter die lange Treppe heruntergekommen war. Sie war eine nervöse und leicht reizbare Frau gewesen, eifrig darum bemüht, sich bei den Freunden ihrer jungen Söhne einzuschmeicheln, aufmerksam, doch den Blick scheinbar immer auf einen Punkt genau über der rechten Schulter ihres Gegenübers konzentriert. Sie sprach mit einer empfindsamen, bebenden Stimme, in kunstvollen Sätzen, die dazu neigten, vor der Vollendung abzubrechen, als ob sich ihre Gedanken in Luft aufzulösen begannen, sobald sie hervorsprudelten, und nie wieder eingeholt werden konnten, bevor sie verschwanden.

Er erinnerte sich vor allem an sie, wenn er an seine letzte Woche am Gymnasium dachte. Die Familie Vitas hatte die Klassenkameraden ihres jüngsten Sohnes in ihr Ferienhaus in den Bergen eingeladen. Sie grillten Cevapcici über einem glühenden Bett aus Holzkohlen. Der köstliche Geruch des Rauches und des gewürzten Fleisches lag in der klaren, sauberen Luft. Die grünen Wiesen am Hang waren übersät mit blühenden Frühlingsblumen. Nur an einigen schattigen Stellen, die die Sonne noch nicht erreicht hatte, lauerten letzte, schmelzende Schneeflecken. Bei einer schönen Wanderung überquerten sie Wiesen voller Butterblumen, schlugen sich unter duftenden Myrrhesträucher hindurch und sprangen über klare, reißende Bäche.

Sie fuhren zusammen mit einem Traktor den Berg hinunter zurück nach Hause und hüpften bei jeder engen Kurve auf dem Hänger herum, als Vlado plötzlich bemerkte, daß er seinen Proviantbeutel vergessen hatte. Er mußte ihn am nächsten Morgen bei den Vitas zu Hause abholen. Er saß den der Höflichkeit angemessenen Zeitraum zaghaft auf einem der tadellosen Sofas ab, während ihn Frau Vitas zunehmend besorgter über ihren älteren Sohn Esmir ausfragte, wobei sie anscheinend völlig vergessen hatte, daß Vlado ein Klassenkamerad ihres jüngeren Sohnes Husayn war. Esmir diente zu der Zeit schon längst in der Armee an der adriatischen Küste, wo bereits erste überschwengliche Berichte über ihn verbreitet worden waren, so wie seitdem bei jedem seiner darauffolgenden Einsätze.

Vlado erreichte die westliche Grenze der Stadtmitte, bahnte sich seinen Weg hinter den Hochhäusern der Heckenschützen-Allee entlang, die auch als Vojvode-Radomira-Putinka-Straße bekannt war. Die neue Regierung hatte sich bereits mit einem eigenen, politisch inspirierten Namen für diesen breiten Boulevard hervorgetan.

Hier hatten die Gebäude einige der schwersten Einschläge erlitten und waren dennoch fast vollständig bewohnt. Nur die Wohnungen, die zum Fluß hin lagen, standen größtenteils leer. Sie waren gleich in der ersten Woche des Krieges zerstört worden, als die Hubschrauberpiloten die rot leuchtenden Verfolgerraketen durch die Fenster gejagt hatten, um die Heckenschützennester auszuheben oder um einfach nur ihre Frustrationen herauszulassen. Ganze Etagen waren dabei in Flammen aufgegangen, und einige der Fenster waren jetzt nur noch leere, schwarze Löcher. Es gab ganze Abschnitte mit heruntergebrochener Betonverkleidung, so daß man in manchen aufgerissenen Räumen immer noch die Wandbehänge und Teile der verrußten Einrichtung sehen konnte.

Auf der anderen Seite der Straße lag in Flußnähe ein Niemandsland völlig ausgebrannter Hochhäuser, eine Landschaft aus zerfetztem Metall und zerbrochenem Glas. Nachts riskierten hier immer wieder einige Leute ihr Leben dabei, alte Tür- oder Fensterrahmen, kaputte Möbel oder anderes Zeug zu ergattern, das man als Feuerholz benutzen konnte. Sie krochen durch die feuchte, moderige Dunkelheit und versuchten den Ratten und den über den Boden streichenden Lichtkegeln der Fernsichtgeräte der Heckenschützen auszuweichen.

Hinter den Wohnblöcken und außerhalb der Schußlinien hatte sich eine richtige Subkultur der Jugendlichen etabliert.

Die Jungen und Starken fanden immer einen Weg, sich zu vergnügen, koste es, was es wolle. Vlado ging an mehreren Gruppen sich unterhaltender Teenager vorbei, von denen ein paar ältere Jungen Uniformen oder Gewehre trugen. Auf einem feuchten Parkplatz war ein Basketballspiel im Gange. Jungen dribbelten mit einem glitschigen, schlecht aufgepumpten Ball, der ihnen unberechenbar wegsprang, wenn er auf die herumliegenden Patronenhülsen schlug. In das Stahlschild, gegen das sie in Ermangelung eines Korbes spielten, hatten sich die Muster von Granatensalven eingeprägt. Jeans und Hemden der Jungen waren ganz schwarz von dem Kontakt mit dem schmutzigen Ball, Gesichter und Hände waren verschmiert wie die von Bergmännern aus Kohlengruben.

Für einen Moment übertönte das Jaulen einer Rakete das Aufklatschen des Balles. Jeder hinter dem Gebäude war mittlerweile geschult genug, um an der Lautstärke und am Ton sofort zu erkennen, daß sie nicht nah genug war, um für sie gefährlich zu werden. So ging das Leben nach einem kurzen Innehalten weiter, nach einem so flüchtigen gemeinschaftlichen Zusammenzucken, das ein Neuling wohl niemals bemerkt hätte.

Eine fehlgelenkte Granate flog kreischend über die Häuser hinweg und explodierte sechs Blöcke weiter. Der kleinste Junge auf dem Platz streckte sich gerade auf die Zehenspitzen und fing den vom Schild abprallenden Ball auf, wobei ihm das dreckige Wasser entgegenspritzte.

Nach einem weiteren Block bog Vlado rechts ab, überquerte einen Eisenbahnübergang und stieg den leichten Hügel hinauf, bevor er nach links zum Eingang der Zigarettenfabrik ging.

Fast hundert Leute hatten sich draußen vor den mit Ketten versperrten Toren versammelt. Sie warteten dicht zusammengedrängt und dennoch ganz ruhig auf die tägliche Ausgabe der Plastiktüten mit jeweils einem Pfund Tabakfeinschnitt. Sie kauften die Tüten für zehn Mark das Stück und versuchten sie dann für das Doppelte in der Stadtmitte an Leute weiterzuverkaufen, die keine Kraft oder keinen Mut mehr hatten, selbst zur Fabrik zu gehen.

Vlado zeigte seinen Ausweis und schlüpfte an drei Wachen mit schweren Maschinengewehren vorbei. Die Sicherheitskräfte waren hier besser bewaffnet als vor dem Präsidentengebäude, auch wenn diese Männer nur einfache alte Hosen, bedruckte T-Shirts und dunkle Kappen aus rauher Wolle trugen. Ganz im Geiste des Unternehmens, für das sie arbeiteten, hatten alle drei Männer Zigaretten im Mundwinkel stecken.

Vlado passierte weitere Wachen im Eingangsbereich der Fabrik und gelangte dann über eine Treppe in einen weiträumigen, lauten Keller. Der überwiegende Teil der Herstellung war schon vor langer Zeit in den Keller verlegt worden, nachdem Granaten in den oberen Etagen eingeschlagen waren. Vlado betrat einen Raum, in dem zehn Frauen an einem langen Tisch Zigaretten verpackten. Jedes verfügbare Papier wurde für die Packungen benutzt: alte Verpackungen von Toilettenpapier oder Seife, Seiten aus alten Schulbüchern und sogar benutzte Behördenformulare. Vlado fragte sich, ob sich wohl auch von ihm verfaßte Verhaftungsberichte in den hohen Stapeln befanden. Er nahm eine der frischen Packungen und konnte darauf einen Abschnitt der Seite 283 eines Oberschulphysikbuches lesen. Irgend etwas über die Bernoullische Gleichung.

Überall um ihn herum rollten Männer riesige, grüne Tonnen mit geschnittenem Tabak zu den Einfülltrichtern der Maschinen, die zu Tausenden Zigaretten drehten und zurechtschnitten. Man hörte die Fabrikleitung ständig darüber klagen, daß sich die Tabakreserven dem Ende zuneigten, aber für

Vlado sah es so aus, als liefe die Produktion auf vollen Touren. Er ging weiter an einem Fließband entlang, das gerade fertiggestellte Zigaretten zu dem Tisch mit den Frauen transportierte. Ein Mann, der anscheinend der Vorarbeiter war, kam ihm mit finsteren Blick und hochgezogenen Augenbrauen entgegen. Sie schrien sich über den Lärm der Maschinen hinweg an.

»Vlado Petric. Ich habe eine Verabredung mit Herrn Kupric.«

Der Vorarbeiter nickte und verschwand hinter einer großen, grünen Maschine, die unentwegt surrte und knallte. Vlado erwartete fast schon, daß der Informant Kupric jemand war, der mit einem heimlichen Getue auftreten und sich die ganze Zeit nervös umschauen würde. Er fragte sich, ob er sich in eine dunklere Ecke begeben sollte. Wie liefen solche Verabredungen überhaupt ab?

Kurz darauf schlenderte ein Mann um die Ecke. Noch bevor er ganz zu sehen war, erkannte man schon seinen enormen Bauch, über den sich ein verschwitztes weißes T-Shirt spannte. Er streckte seine massige rechte Hand zur Begrüßung aus. Ein breites Lächeln teilte sein ganzes Gesicht, so als würde er einen geschätzten Kunden treffen, um mit ihm ein Geschäft abzuschließen.

Das ist also unser prächtiger und geheimnisvoller Undercoveragent, dachte Vlado.

»Bitte folgen Sie mir!« rief Kupric in den Lärm. »Der Manager hat uns sein Büro zur Verfügung gestellt, da können wir ungestört reden. Und außerdem«, sagte er mit einem noch breiter werdenden Grinsen, »können wir dort in Ruhe rauchen. Ich arbeite zwar den ganzen Tag zwischen all dem Tabak, aber ich darf nur in der Mittagspause rauchen. Zu gefährlich sonst. Wenn diese Fabrik jemals abbrennen sollte, hätten wir den Krieg ganz schnell verloren.«

Damit hatte er wohl nicht unrecht. Die Fabrik war eine der Hauptschlagadern, um den Krieg aufrechtzuerhalten, sie war genauso lebenswichtig wie die Munitionsfabrik. Man sagt, daß die meisten Armeen auf ihren Mägen marschieren würden, doch die bosnische Armee kroch qualvoll auf ihren Lungen. Mit den täglichen Zigarettenrationen hielten sie die Nächte in den kalten, schlammigen Schützengräben durch. Bei einem Fronteinsatz gab es höhere Rationen, außerdem waren die Soldaten die einzigen in der Stadt, die Filterzigaretten hatten. Das hörte sich nach keinem besonderen Privileg an, bis man eine filterlose Drina inhalierte. Der kratzende, beißende Geschmack hatte eine über die ganze Stadt verzweigte Heimindustrie für Zigarettenmundstücke aus Holz hervorgebracht.

Kupric führte Vlado nach oben in den Verwaltungsflügel des Gebäudes. Sie ließen den Lärm hinter sich und verschwanden für einen Moment in einem großen holzvertäfelten und mit Teppich ausgelegten Besprechungszimmer, das wohl einmal recht prachtvoll gewesen sein mußte. Jetzt war der lange Eichentisch im Zentrum des Raumes in der Mitte auseinandergebrochen, und heruntergefallener Putz und kaputte Dachziegeln bedeckten die beiden Teile. Umgekippte Drehstühle und Tafeln, die vergangene Produktionsleistungen anzeigten, stapelten sich in einer Ecke. Die Vertäfelung war in langen Streifen heruntergerissen. Oben hingen Kabel und zerfetztes Isoliermaterial aus einem klaffenden Loch in der Decke herunter.

»Eine Mörsergranate letzte Woche«, sagte Kupric strahlend, der den verwüsteten Raum mit Stolz zu betrachten schien. »Glücklicherweise wurde niemand verletzt.«

Sie durchquerten einen Korridor zum Büro des Managers und setzten sich auf ein Sofa vor einen niedrigen Tisch. Daneben stand ein riesiger Eichenschreibtisch, auf dem der Manager eine Ansammlung von ungefähr einem Dutzend schwerer, verbogener Metallteile zur Schau gestellt hatte. Es handelte sich dabei um die Überreste von Granaten, die in oder um die Fabrik herum eingeschlagen waren.

Vlado hatte schon in einigen Büros in der Stadt ähnliche Sammlungen gesehen, im Krankenhaus, in Läden, sogar im Gerichtsgebäude – eigentlich in allen Büros, die noch in Betrieb waren. Die Faszination für diese Instrumente des Terrors verblüffte ihn. Für einen Moment starrte er auf dieses bizarre Arrangement, auf die konischen Spitzen großer Granaten und auf die zackigen Splitter der kleineren Raketengranaten.

In Vlados Büro hatte Damir angefangen, Reste von Heckenschützenpatronen zu sammeln, die er auf den Straßen und Gehwegen gefunden hatte. Es waren alles aufgerissene und angelaufene Messingstücke. In sechs Monaten hatte er neunundsiebzig Teile in einer Dose angehäuft und zählte sie fast jede Woche nach. Wenn er überschüssige Energie loswerden mußte, saß er an seinem Schreibtisch und trommelte im Rhythmus eines Musikstückes, das er gerade im Kopf hatte, auf der Dose herum. Gelegentlich schüttelte er sie auch einfach nur wie einen Cocktailmixer.

In den Straßen konnte man Jungen sehen, die sich eifrig nach den Patronenhülsen bückten, um eigene Sammlungen für ihre Schreibtische und Schlafzimmer anzulegen. Scharen kleiner Amateurexperten, die gelernt hatten, die Reichweite, das Kaliber und die Herkunft jeder Waffengattung annähernd zu bestimmen. Genauso kannten sie die Eigenheiten und die Zielsicherheit von verschiedenen Heckenschützen in der Nachbarschaft. Wenn man sie fragen würde, könnten sie einem erzählen, mit welcher Wahrscheinlichkeit man beschossen werden würde, wenn man die nächste Straße oder Kreuzung betrat. Sie hatten einen genauen Plan von allen Schußlinien im Kopf, so wie andere südländische Jungen sich mit den Wegen zu den Ruinen und Wahrzeichen in ihrer Umgebung vertraut gemacht hatten, um Touristen herumführen zu können, von denen sie sich ein Trinkgeld erhofften.

Kupric stand kurz auf und nahm etwas aus einem Wandregal hinter dem Schreibtisch des Managers. Er kam zurück und reichte Vlado eine kleine, flache Dose mit Zigaretten. Der Deckel war sehr schön mit einem handgemalten Bild verziert, das Sarajevo in seinem früheren Glanz zeigte.

»Bitte schön, mit den besten Empfehlungen von mir. Und natürlich auch mit denen vom Manager«, sagte Kupric.

Jetzt fehlte nur noch, daß ein Willkommenskomitee durch die Tür marschierte und Plakate mit der Aufschrift WILLKOMMEN KOMMISSAR PETRIC ausrollte und dazu Fabrikparolen sang.

»Sagen Sie«, fragte Vlado, »sind Ihre Verabredungen mit der Polizei immer so offiziell?«

Kupric erschien beleidigt. Sein Lächeln verschwand. »Die Leute wissen natürlich nicht, worüber ich mit Ihnen rede«, sagte er. »Oder etwa, daß Sie für das Innenministerium arbeiten. Ich habe das Vertrauen des Managers. Ich bin Vorarbeiter. Und wenn ich sage, daß ich einen wichtigen Gast von der Polizei erwarte, dann kommt er mir nur zu gerne entgegen. Wenn er mehr hätte wissen wollen, hätte ich ihm erzählt, daß die Regierung in einer kleinen Angelegenheit meine Hilfe braucht, um ein paar Tabakschmuggler zu identifizieren. Aber er wollte gar nichts wissen. Wie gesagt, er vertraut mir. Genau wie Ihr Ministerium.«

Kupric zündete sich eine Zigarette an und ließ sein Zippo mit einem tadelnden Klicken zuschnappen. »Ich dachte eigentlich, daß meine Haltung und mein bisheriger Einsatz ein Grund wäre, um mir zu vertrauen und nicht, um mich zu verspotten.«

»Vielleicht bin ich einfach noch nicht genügend damit vertraut, wie diese Dinge ablaufen«, sagte Vlado und wußte nicht, ob er sich über Kuprics Worte ärgern oder sich deswegen verunsichert fühlen sollte. Er griff in seine Tasche und wühlte durch seine Papiere, bis er einen Spiralblock und einen Stift gefunden hatte.

»Na gut, Herr Kupric, wenn Sie mir meine gewisse Unerfahrenheit in solchen Dingen verzeihen würden – mir wurde gesagt, Sie hätten Wissenswertes über Herrn Vitas zu berichten. Vielleicht könnten Sie damit anfangen, mir zu erzählen, wann Sie das erste Mal seinen Namen in Zusammenhang mit – Ihrer Meinung nach – nicht ganz sauberen oder illegalen Aktionen gehört haben.«

Kuprics Gesicht wurde lang und ernst. Er sagte, daß er vor ein paar Monaten zum ersten Mal davon gehört hatte, daß Vitas in den Zigarettenhandel eingestiegen sei.

»Es gab nur ein paar Gerüchte, irgend etwas über den blödsinnigen Versuch, Drinas in leere Marlboroschachteln zu stekken. Nicht gerade sehr aussichtsreich. Eine Verkaufsrunde und die Glaubwürdigkeit ist im Eimer. Es sei denn, man ist der Polizeichef des Innenministeriums, dann hat man vielleicht das Gefühl, seine eigenen Regeln machen zu können.«

»Und wann war das?«

»Vor zwei, drei Monaten. Nicht länger. Dann, vor ein paar Wochen vielleicht, habe ich gehört, daß er sich von den Tabaklieferungen was abzweigte. Wir klagen hier gerne über die Versorgung, aber wir haben noch aus der Zeit vor dem Krieg eine Menge auf Lager. Und egal, wie heftig gekämpft wird, es scheint immer wieder eine Ladung rechtzeitig über die Berge zu kommen. Die UN würde keinen Finger für uns krumm machen, wenn man nicht die richtigen Leute bezahlen würde, und selbst dann ist es noch schwer. Aber mit LKWs und allen anderen möglichen Transportmitteln wird das Zeug hierhergeschafft. Einmal sogar mit einem Eselskarren. Tja, und Vitas wollte sich genau in diese Versorgungswege einklinken. Wie gesagt, es gab nur vage Gerüchte, aber angeblich hatte er seine Leute darauf angesetzt, einen Teil des Tabaks zu beschlagnahmen, wenn ein Transport über die Berge kommen sollte.«

»Seine Leute? Also die Polizei des Innenministeriums?«

»Wer weiß? Aber warum nicht. Er konnte doch leicht behaupten, daß sie den Tabak wegen einer Anklage in einem Schmuggelfall konfiszieren mußten. Ebenso einfach mußte es für ihn sein, danach alles verschwinden zu lassen.«

»Und darf ich fragen, woher dieses ›Gerücht‹ kommt?«

»Von meinen Informanten natürlich.«

»Ein paar Namen wären hilfreich. Oder wenigstens ein Name.«

Kupric sah ihn spöttisch an, so als würde er es mit einem ausgesprochenen Amateur zu tun haben.

»Ich wäre kein besonders guter verdeckter Ermittler, wenn ich die Namen meiner Informanten ausquatschen würde«, sagte er und blies Rauch durch die Nase aus. »Es reicht wohl, wenn ich sage, daß diese Leute wissen, worüber sie reden. Es sind alles Leute, die mitten im System stecken, in den Versorgungswegen, und wir wissen alle, wohin die Versorgungswege schließlich führen. Also haben sie offensichtlich Gründe dafür, anonym bleiben zu wollen. Und wenn wir mit ihnen nicht nachsichtig umgehen oder anfangen, ihre Namen in den falschen Kreisen herauszuposaunen, dann nützen sie uns ganz schnell überhaupt nichts mehr, das kann ich Ihnen versichern. Außerdem wollen Sie doch die Drahtzieher und nicht die kleinen Fische.«

Auch wenn das einleuchtend klang, verärgerte Vlado diese Vorstellung.

Kupric fuhr fort: »Je länger Vitas dabei war, um so mehr Druck übte er aus. Es gibt verschiedene Wege, wie man das in diesem Geschäft machen kann. Man kann seine Konkurrenten zum Beispiel einfach töten. Aber das macht heutzutage keiner mehr, weil das nur störende Aufmerksamkeit nach sich zieht. Dann kann man – wie in jedem Geschäft – rackern und in die Hände spucken. Man unterbietet die Preise der Konkurrenz, kümmert sich um bessere Kundenbetreuung und schnellere Lieferungen.«

Wieder so ein neuer Kapitalist, der glaubt, die Weisheit gepachtet zu haben, dachte Vlado amüsiert.

»Und dann kann man es so machen wie Vitas. Er ließ einfach seine Macht und seinen Einfluß spielen. Aber damit löst man nur Vergeltungsschläge aus, und zwar solche, die einem den Boden unter den Füßen wegziehen. Ich glaube, deshalb ist Vitas tot.«

»Sie glauben? Oder Sie wissen es?«

»Ich weiß es. Auf jeden Fall, soweit ich es wissen kann, ohne den Mord gesehen oder den Befehl dazu gehört zu haben.«

»Und weshalb?«

»Wie ich Ihnen schon sagte, so lautete das Gerücht im Netzwerk. Eines Tages schien es überall aufzutauchen: Vitas hätte es zu weit getrieben, aber keinen wirklichen Rückhalt gehabt. Er hatte einen Titel und einen Namen, aber nicht genug Verbindungen, die ihm geholfen hätten, irgendeine ernste Herausforderung zu überleben. Um mit der Bedrohung durch ihn fertig zu werden, mußte man nur den Namen und den Titel auslöschen, das heißt, nur der Mann selbst mußte ausgelöscht werden. Wenn man sich zu einer Zielscheibe in einem Kriegsgebiet macht, wird man früher oder später getroffen. Und genau das ist Vitas passiert, eher früher als später.«

»Gibt es über irgend etwas, das Sie im ›Netzwerk‹ – wie Sie es nennen – gehört haben, mehr Einzelheiten? Etwas über die Strukturen dieser konkurrierenden Unternehmen. Vielleicht ein paar Hinweise, wer dafür verantwortlich ist. Wer hatte zum Beispiel den größten Schaden durch Vitas gehabt?«

»Einzelheiten darüber, wer den Befehl gegeben hat? Keine. Es wird auch keiner, der etwas weiß, darüber reden, wenn er nicht genau so enden will. Was die Strukturen angeht oder wer den größten Schaden hatte, suchen Sie sich einen aus. Es gibt ein halbes Dutzend Männer in der Stadt, die genug Macht haben, um so einen Befehl zu erteilen. Und weitere zwei Dutzend ein Treppchen tiefer, obwohl die Auslöschung des Polizeichefs des Innenministeriums wahrscheinlich ganz oben angeordnet wurde. Sie haben doch bestimmt die Berichte des Geheimdienstes über diese Befehlsketten gelesen.«

Das hatte er tatsächlich – vier dichtbedruckte Blätter, die Kasic in die schmale Akte gelegt hatte, um Vlado über die gegenwärtige Situation der Schmuggelei in der Stadt zu informieren. Diese Informationen deckten sich genau mit Kuprics Einschätzung: Ein halbes Dutzend Männer, jeder an der Spitze eines eher kleinen Unternehmens, hielt einen Marktanteil für seine jeweilige Ware, vom Benzin bis zum Fleisch.

Nach einer kurzen Pause sagte Kupric: »Sehen Sie, ich werde den Fall nicht für Sie lösen oder mit dem Finger auf den Mann zeigen können, den Sie haben wollen. Ich erzähle Ihnen nur, was allgemein bekannt war und was jeder, der Ohren hat, während der letzten beiden Wochen hören konnte.«

»Und ich schätze, jetzt wollen Sie für das, was ›allgemein bekannt‹ war, eine besondere Entschädigung haben, wenn Sie sie noch nicht bekommen haben sollten. Oder welche Stückchen schneidet man Ihnen von dem großen Kuchen für diese ausgewählten Informationen ab?«

»Nur das, was mir zusteht. Nichts, was über ein bißchen illegalen Handel hinausginge. Die Stückchen vom Kuchen, die man mir abschneidet, wie Sie sich ausdrücken, sind nur der Anteil, der mir aus meinen Geschäften sowieso zugestanden hätte. Gerade genug, um weiter am Ball zu bleiben und meine Kontakte aufrechtzuerhalten.«

»Natürlich alles für einen höheren Zweck.«

»Sie tun so, als stünden Sie über allem, mit Ihrer Befreiung von der Armee und Ihrem regelmäßigen Gehalt und Ihrem beheizten Büro. Dann erzählen Sie doch mal, haben Sie Familie?«

»Ja.«

»Und ist sie immer noch in der Stadt?«

»Nein«, sagte Vlado. »In Deutschland.«

»Ah ja, ich weiß Bescheid«, sagte Kupric und starrte Vlado stumm an, als hätte seine Antwort den Fall erledigt. »Meine ist noch hier. Vier Jungen und ein Mädchen. Und meine Frau natürlich. Wir leben alle zusammen in vier Zimmern, obwohl wir das vierte und größte Zimmer eigentlich gar nicht benutzen können, weil es nach Süden zum Fluß rausgeht und die Fensterscheibe fehlt und die Wände voller Blei sind. Also erzählen Sie mir nicht, wie ich mein Leben zu führen habe oder daß ich mir zuviel in die Taschen stecke. Bilden Sie sich nicht ein, Sie könnten mir auf irgendeine Art vorschreiben, was ich zu tun oder zu lassen habe.«

Für den richtigen Preis könnte ich es, hätte Vlado fast gesagt, obwohl er überhaupt keine Ahnung hatte, wie hoch der Preis sein könnte oder wer ihn zahlen würde. Er wußte nur, daß er all diese Rechtfertigungen leid war, die jedermann für seine kleinen Betrügereien ablieferte, dieses ständige Spiel vom Fressen und Gefressenwerden, meistens für nichts weiter als Wasser, ein bißchen zusätzliches Essen und ein Dach über dem Kopf.

6. Kapitel

Um den zweiten Kontaktmann von Kasic zu treffen, mußte Vlado von der Zigarettenfabrik wieder zurück in die Stadtmitte laufen. Der Metzger Muhamer Hrnic betrieb einen Fleischstand in einer Markthalle ganz in der Nähe des Markale Marktes. Jetzt, am frühen Nachmittag, war dort nicht viel los. Nur ein paar Dutzend Leute gingen noch durch die Reihen der Stände und Tresen in der zugigen, düsteren Halle. Für die wenigen Metzger war jetzt die beste Jahreszeit, um einen Stand an der langen Mauer des Gebäudes aufzustellen. Man ließ alle Türen und Fenster in der Halle offen, so daß es kalt genug war, damit das Fleisch selbst ohne elektrische Kühlung nicht verderben konnte. Wenn die Kunden durch die Standfenster schauten, beschlug das Glas von ihrem Atem.

An den Ständen in der Mitte der Halle versuchten ein paar einsame, in Schals und Kopftücher gehüllte Frauen ihre letzten Zigaretten und anderen Krimskrams an den Mann zu bringen. Andere boten ein paar verwaiste Flaschen des hiesigen Bieres Sarajevska Piva an, das immer noch gebraut wurde, obwohl es in der letzten Zeit säuerlich nach Mais und alten Socken schmeckte.

An einem Ende der Halle wurden auf ein paar Tischen alte Gartenschläuche, Klempnerzubehör, Schraubzwingen, Schraubenschlüssel und Bolzen, verknotete Kabelreste und alte Glühbirnen verkauft, die nach nur wenigen Stunden ihren Geist aufgaben. Es sah so aus, als hätten ein paar Heimwerker ihre Werkzeugkisten ausgeleert. Vlado schaute sich nach Grebos Tisch um, aber entweder hatten er und Mycky für heute schon

Feierabend gemacht oder ihren Tisch an diesem Nachmittag draußen aufgebaut.

Hrnics Fleischstand befand sich am äußersten Ende der Markthalle. Er war ein großer Mann und trug einen weißen Kittel, auf dem das Blut von Kühen, Ziegen und Lämmern eingetrocknet war. Der mit dunklen Spritzern und Flecken übersäte Kittel sah so aus, als wäre er seit Wochen nicht gewaschen worden. Hrnic hatte ein breites Gesicht und graue Augen, kurzgeschnittene, silbrige Haare mit ein paar fransigen Strähnen über der Stirn, die ihm wie offene Schnürsenkel bis auf die Augenbrauen fielen.

Sein Fleisch sah einigermaßen frisch aus. An der Rückseite des Standes hingen zwei Lammhälften von glänzenden Fleischerhaken hinab. Auf jeden Fall sah das Fleisch so aus, als wäre es vom Lamm. In der Vitrine lagen ein paar ganz ordentliche Schweinekoteletts, obendrauf mehrere dicke, geräucherte Mettwürste und salziger Schinken, der am besten zu etwas Brot und einigen Gläsern Pflaumenschnaps schmeckte.

Bei den Preisen stockte Vlado der Atem: dreißig Mark für ein Pfund frisches Fleisch, vierzig und mehr für den geräucherten Schinken.

Vlado stellte sich mit ruhiger Stimme vor, und Hrnic beorderte ein junges Mädchen, das wohl seine Tochter war, hinter den Tresen. Dort goß sie gleich heißes Wasser aus einer Thermoskanne in einen Becher mit löslichem Kaffee und Zucker und rührte die Flüssigkeit um, bis sich obendrauf ein schokoladenfarbiger Schaum gebildet hatte. Sie brachte den Kaffee rüber zu dem leeren Stand, in den Hrnic Vlado geführt hatte. Dann schickte der Metzger seine Tochter zum geräucherten Fleisch und zeigte mit Daumen und Zeigefinger an, wieviel sie abschneiden sollte. Flink verpackte sie das Stück in weißes Papier und brachte es Vlado.

»Für Ihre Bemühungen«, sagte der Metzger.

Alle waren so großzügig heute.

Vlado ignorierte das Päckchen vorerst und sagte: »Ich schätze, Sie wissen, warum ich hier bin. Sie haben uns bestimmte Informationen über Esmir Vitas gegeben. Um herauszufinden, warum er ermordet worden ist und wer dafür verantwortlich sein könnte, suche ich nun nach Spuren oder weiteren Hinweisen.«

Hrnic gab eine Geschichte zum besten, die der von Kupric ähnelte, nur daß Vitas diesmal seine Fühler in Richtung Fleischmarkt ausgestreckt haben soll. Er hatte zu schnell zu viel gewollt und sich nicht an die Regeln gehalten, die man heutzutage befolgen mußte. Dann ging das Gerücht um, daß man ihn bald fertigmachen würde und seine Position als Polizeichef nicht ausreichte, um ihn zu schützen. Das war natürlich alles allgemein bekannt gewesen. Dann war er tot.

»Wenn das tatsächlich alles allgemein bekannt gewesen wäre, glauben Sie nicht, daß Vitas dann auch davon hätte gehört haben müssen? Und hätte er dann nicht etwas dagegen unternommen? Er wäre doch sicherlich nicht so dumm gewesen und hätte sich mit jemandem allein und im Dunkeln unten am Miljacka getroffen.«

»Da Sie von der polizeilichen Sondereinheit des Innenministeriums kommen, wissen Sie das wohl besser als ich«, sagte Hrnic. Seine Stimme war dabei mit einer Portion Hohn gewürzt, als würde Vlado in demselben Boot sitzen, das bis gestern noch von dem korrupten Kapitän Vitas geführt worden war.

Vlado nahm sich einen Augenblick Zeit, um seine Position als vom Ministerium unabhängiger Ermittler zu erklären. Es schien nichts zu bewirken als weitere höhnische Bemerkungen von Hrnic.

»Sie haben also nicht mal gute Kontakte im Ministerium«, sagte Hrnic.

Vlado fühlte sich in die Ecke gedrängt. »Nein, ich habe keine erwähnenswerten Kontakte im Ministerium. Aber wir sind hier, um über Ihre Kontakte zu sprechen. Wo kommt Ihr Fleisch her?«

»Igman«, sagte er stolz wie ein Weinbauer, der gerade erwähnt, daß seine Trauben aus Bordeaux stammen.

»Von dem Berg Igman? Ein in jeder Hinsicht gefährlicher Ort.«

»Stimmt. Wir sagen immer, es kommt nur darauf an, wo das Lamm bei der Schlachtung hinfällt, um auf dem Teller der einen oder der anderen Seite zu enden.«

»Wenn man derart zuverlässig aus einer so unzuverlässigen Bezugsquelle wie dem Igman beliefert wird, dann läßt das doch auf eine bestimmte Zusammenarbeit mit – wie sollen wir es nennen – feindlichen Subjekten schließen, oder? Vereinbaren Sie diese Zusammenarbeit, oder tun das Ihre Lieferanten? Oder vielleicht Sie beide?«

Das Lächeln verschwand aus Hrnics Gesicht. Er schaute sich zu seinem Stand um, als wollte er das Geschäft kontrollieren, obwohl Vlado sah, daß es gerade keine Kunden gab.

»Ich kann Ihnen das natürlich nicht mit Sicherheit sagen«, fuhr Hrnic mit gesenkter Stimme fort. »Ich weiß nur, daß mein Lieferant sagt, daß die Waren vom Igman stammen. Alle anderen Vereinbarungen überlasse ich ihm. Ich bin das letzte Glied in einer sehr langen Kette. Wie kann ich da Aussagen darüber machen, wohin die Kette wirklich führt?«

»Es sei denn, wir entscheiden uns, bei dieser Ermittlung herauszufinden, wer die einzelnen Glieder in dieser Kette sind. Sie wissen, daß wir das können, Hrnic.«

»Mir wurde garantiert, daß so etwas in diesem Fall nicht passieren würde. Und man hat mir absolute Sicherheit garantiert«, sagte Hrnic mit schriller Stimme, während sein Gesicht sich verfärbte.

»Ihre Sicherheit«, sagte Vlado und fühlte sich müde. »Wozu ist Ihre Sicherheit gut, wenn Sie mit den Informationen darüber, daß der Chef der polizeilichen Sondereinheit ermordet werden soll, erst dann rausrücken, wenn er bereits tot ist? Welchen Wert soll es haben, den Schutz eines solchen Informanten zu garantieren?«

»Ich sage Ihnen, mir wurde versprochen, daß ich geschützt werden würde.«

»Wer hat Ihnen das versprochen?«

»Das Ministerium. Die Leute, für die Sie gar nicht wirklich arbeiten, weil Sie ja so ›unabhängig‹ sind. Mir wurde gesagt, daß ich mit Ihnen kooperieren soll. Aber mir hat niemand gesagt, daß ich meine Verbindungen oder mein Unternehmen gefährden soll.«

»Ja, Ihr Unternehmen«, sagte Vlado. Er hatte plötzlich das Bild eines keuchenden und qualmenden Apparates mit abgenutzten Riemen und Rollen im Kopf. Er schaute hinüber zu Hrnics Stand, zu den harten, geräucherten Mettwürsten und dem geteilten Lamm, das auch Hammel oder sogar Ziege hätte sein können, und er dachte an die mageren Gewinnaussichten auf dieser Ebene des sogenannten organisierten Verbrechens. Er seufzte und fragte dann mit einem müden, aber freundlichen Ton: »Sie könnten wenigstens Ihren nächsten Verbindungsmann preisgeben. Ihren Lieferanten. Nur ein Name.«

Hrnic sagte nichts.

»Das ist also unser großartiges Netzwerk von verdeckten Ermittlern«, sagte Vlado. »Nachdem ich heute bisher zwei von euch kennengelernt habe, können Sie mir vielleicht sagen, warum ihr alle so widerwillig auf Fragen nach euren Informationsquellen reagiert und so schüchtern werdet, wenn ihr mal andere Namen nennen sollt als die von denjenigen, die gerade getötet worden sind? Werden Sie immer dafür bezahlt, so wenig so spät herauszufinden?«

»Wenn man etwas rausbekommen will, muß man sich ruhig verhalten«, sagte Hrnic ernst. »Keine Fragen stellen. Nur wenn die anderen glauben, dir ist alles völlig egal, bekommt man plötzlich was mit.«

»Und ich schätze, nur wenn der Chef der Sondereinheit des Innenministeriums auf der Abschußliste steht oder bei anderen völlig unbedeutenden Fällen, entschließt man sich, es Ihnen und jedem anderen zu erzählen.«

Hrnics Mund war zu einer geraden, dichtverschlossenen Linie geworden. Vlado schnappte sich das Fleischpaket vom Tresen und steckte es in die Tasche.

»Danke fürs Fleisch«, sagte er übertrieben freundlich und schlenderte davon.

Er war ungefähr zehn Meter weit gegangen, als der Metzger ihn zurückrief.

»Warten Sie!« rief Hrnic.

Vlado hielt an und drehte sich langsam um. Vielleicht wollte Hrnic das Fleisch zurückhaben, aber Vlado sollte verdammt sein, wenn er es ihm geben würde. Wenn man der Polizei unverschämt kam, hatte das seinen Preis. Außerdem hatte er Hunger.

Aber Hrnic schien alles andere als ärgerlich zu sein. Das breite Grinsen auf seinem Gesicht war ein anzügliches Aushängeschild boshafter Freude.

»Sie wollen dem nächsten Verbindungsmann in der ›Befehlskette‹ vorgestellt werden? Na schön. Sie sollen ihn treffen.« Er zog seine dreckige Schürze aus und pfefferte sie auf eine Waage. »Paß auf den Stand auf!« pfiff er seine Tochter an. Und mit der Entschlossenheit eines Mannes, der einen Auftrag zu erledigen hat, marschierte er dann an Vlado vorbei.

»Folgen Sie mir«, sagte er, ohne sich zu Vlado umzudrehen. »Sie werden ihn treffen, jetzt gleich.«

Mit schnellen Schritten gingen sie zwei Häuserblöcke entfernt einen steilen Hang hinauf. Hrnic keuchte wie eine alte Dampfmaschine, die nach jahrelangem Stillstand plötzlich ihren Rhythmus wiedergefunden hatte. Dann bogen sie in eine enge Seitenstraße ein, wo drei Jungen einen abgewetzten Fußball über das geschmolzene Eis auf dem Kopfsteinpflaster hin und her schossen. Ein zahnloser Bettler, der in einem Hauseingang kniete, erhob sich. Als würde er Hrnic kennen, streckte er flehend eine Hand nach ihm aus.

Hrnic ignorierte ihn und ging ohne ein Wort genauso forsch weiter, bis sie nach der Hälfte des Blocks eine verbeulte Stahltür erreichten. »Warten Sie hier«, sagte er über die Schulter und verschwand dann hinter der Tür.

Wenige Augenblicke später kehrte er zurück, schien ruhiger zu sein, fast selbstgefällig in der Art, wie er Vlado jetzt direkt in die Augen schaute – als hätte er sich diese Szene von Anfang an gewünscht.

»Er wird Sie jetzt empfangen«, verkündete Hrnic mit der Umständlichkeit eines Butlers.

Vlado folgte ihm durch die Tür in das Gebäude, wo ihm ein strenger, elementarer Geruch fast den Boden unter den Füßen wegzog. Die Luft stank so sehr nach frischem Blut, daß das hier nur der Schlachthof sein konnte. Es roch nach auf Knopfdruck dahinschwindendem Leben, nach Flüssigkeiten, die während des Abfließens schon verrotteten. Die Essenz tierischer Panik schwebte wie ein Geist in der Luft. Dieses Gefühl mußte es sein, das die Lämmer blöken ließ, noch bevor sie das Glitzern der Klinge sahen oder den ersten Stoß des Metalls fühlten, das in ihr Fleisch drang.

Im Dunkeln stiegen sie zwei Treppen hinauf, und mit jeder Stufe wurde der Geruch heftiger. Dann stieß Hrnic Vlado durch eine offene Tür in einen Raum, wo ihn zwei bärtige Männer in ausgeblichenen Tarnjacken mit groben Handgriffen durchsuchten.

»Setz dich hinter den Tisch, und dreh den Stuhl zur Wand!« befahl ihm der eine. Als Vlado zögerte, nahm der Mann eine Kalaschnikow von einem Stuhl und stieß sie Vlado in die Rippen.

»Beweg dich!«

Vlado setzte sich auf den quietschenden Bürostuhl und drehte sich zur Wand. Was mag das hier einmal gewesen sein? Ein Schlupfloch für einen kleinen Parteifunktionär? Das Büro irgendeines Ausbeutungsbetriebes? Nach allem, was er bisher von den beiden sogenannten Undercover-Leuten gesehen hatte, erschien ihm die ganze Szene ziemlich absurd. Er fühlte sich eher wie ein sündiger Schuljunge, der seine Bestrafung erwartete, und nicht wie jemand, der Ärger mit ein paar Gangstern hatte. Er fragte sich, wie weit sie ihre Macht gegenüber einem Polizisten ausspielen würden. Vielleicht waren sie noch wütender auf Hrnic, weil er ihn überhaupt hierhergebracht hatte.

Vlado schaute über seine Schulter und versuchte, sich im Raum zu orientieren.

»Du drehst den Kopf erst um, wenn man es dir sagt«, schnauzte der Mann mit der Kalaschnikow. Ohne ein Widerwort tat Vlado, was ihm gesagt wurde. Für ungefähr eine Minute waren alle ganz still, man wartete offensichtlich auf jemanden. Vlado wußte nicht, ob Hrnic gegangen war oder nicht. Von Minute zu Minute wurde er unruhiger und hatte für diesen armseligen Einschüchterungsversuch schon keine Geduld mehr.

Dann hörte er, wie die Männer mit den Füßen scharrten und sich erhoben, als aus dem Korridor die Schritte schwerer Stiefel näher kamen. Eine strenge, sehr kontrollierte Stimme sagte: »Das ist also unser Herr Petric.«

Der Ton machte Vlado hellwach. Das war nicht die unsichere Stimme eines Amateurs. Die Schritte bewegten sich quer durch den Raum und hielten genau hinter Vlado an.

»Und wenn ich darum bitten darf, Herr Petric, drehen Sie sich während unseres Gespräches nicht um, es sei denn, Sie wollen unten auf einem Haufen gemeinsam mit den Ziegen und Schafen enden.«

Vlado fühlte die unangenehme Kälte von Metall, als ihm ein Gewehrlauf in den Nacken gestoßen wurde. Dann hörte er das statische Knistern eines Handys. Jeder nannte sie hier nur Motorolas, und sie waren so etwas wie die Mitgliedsausweise der Gangster. Die Handys funktionierten nicht besser als andere Teile des örtlichen Telefonnetzes, aber sie waren eben nicht nur Kommunikationsmittel, sondern auch Statussymbol. In den Cafés war es immer wieder unterhaltsam, mit anzusehen, wie schnell ein gelangweilter Kellner plötzlich zur Höchstform auflief, sobald jemand ein Handy aus der Tasche zog.

Plötzlich begann hinter der Wand, gegen die Vlado starrte, ein wildes Schlagen, dem sich sofort ein langgezogenes, hohes, tierisches Schreien anschloß, dann ertönte das Klappern und Trommeln von Hufen, bis das Schreien abrupt erstickt wurde und in ein kehliges Würgen überging und schließlich in sich selbst ertrank. Nach kurzer Totenstille folgte der dumpfe Aufprall einer wuchtigen Last, die auf den Boden geworfen wurde. Kurz darauf hörte man das gedämpfte Kratzen und Gleiten von Messerklingen, die langsam zwischen Fell und Fleisch eindrangen. Auf jeden Fall klang es so in Vlados Ohren.

»Eine unvorhergesehene, aber nützliche Vorführung«, sagte die Stimme hinter Vlado. »Vielleicht denken Sie während unserer kleinen Unterhaltung daran. Man hat mir gesagt, daß Sie mich zu treffen wünschen.« Ein Hauch von Vergnügen bemächtigte sich der Stimme. »Daß Sie mir unbedingt ein paar Fragen stellen wollten.«

Vlado sagte nichts.

»Was nun, ja oder nein?«

»Ja.«

»Die Fragen können Sie vergessen. Alle. Denn ich werde Ihnen die einzige Antwort geben, die Sie hören müssen. Besonders wenn Sie etwas über Esmir Vitas wissen wollen. Und wenn ich fertig bin, ist auch Ihre Suche nach weiteren Leuten in unserer Befehlskette zu Ende. Es sei denn, Sie wollen mehr davon zu spüren bekommen«, sagte er und stieß den Gewehrlauf härter in Vlados Nacken. »Allerdings mit etwas mehr Biß beim nächsten Mal.«

Vlado fühlte deutlich seine körperliche Schwäche, seinen Gewichtsverlust der letzten Zeit, so als könnte sein Rückgrat unter dem Druck von ein paar Gramm mehr verbiegen und zerbrechen.

»Vitas war Abschaum, kapiert? Ein selbstherrlicher kleiner Schwanz, der sich für einen Mitkonkurrenten auf dem Markt hielt. Aber er war unwürdige Konkurrenz. Deshalb hat ihn letzten Endes ein weit würdigerer Konkurrent getötet. Nicht ich, kapiert? Obwohl ich es hätte tun können, wenn ich gewollt hätte. Damit sollte Ihnen auch klar sein, wieviel Hilfe Sie von Ihrem Ministerium erwarten können, wenn Sie nach diesem Treffen vorhaben, meine Identität oder etwas über meine Aufenthaltsorte herauszubekommen. Verstanden?«

Wieder wurde der Lauf des Gewehres tiefer in Vlados Nakken gebohrt. Er befeuchtete seine Lippen, um zu sprechen, aber er war zu langsam.

»Haben Sie verstanden, wie die Dinge von jetzt an laufen?«

»Ja.«

Laß das hier vorübergehen, dachte er. Diese Kerle haben schon lange aufgehört, unterhaltsam zu sein. Und Hrnic konnte auch sein verdammtes Fleisch wiederhaben. Hauptsache, er würde von diesem Gestank und diesem Druck in seinem Genick erlöst.

»Dann werden Sie jetzt gehen – mit geschlossenen Augen und die Hände hinter dem Kopf, bis Sie wieder draußen sind. Und sollte Sie jemand hier im Raum jemals wieder in dieser Straße sehen, wird er Sie auf der Stelle töten und in kleinen Stückchen den Ratten zum Fraß vorwerfen. Verstanden?«

»Verstanden.«

»Sehr schön.«

Als der Druck des Gewehrlaufs in seinem Nacken nachließ, fühlte Vlado, wie sich sein gesamter Körper entspannte. Vorsichtig versuchte er aufzustehen, doch sofort fiel eine kräftige Hand auf seine Schultern hinunter. Der Gewehrlauf nahm die alte Position ein, und die Stimme begann wieder zu sprechen.

»Nicht so hastig. Zuerst sollen Sie noch einen Moment unsere Gastfreundschaft genießen dürfen. Jetzt, wo wir das Geschäftliche geregelt haben, können wir von Mann zu Mann reden, als Familienväter und Patrioten, nicht wahr?«

»Ja.«

»Lassen Sie uns über unsere Frauen reden. Über Ihre zum Beispiel. Sie heißt Jasmina, oder?«

Vlado gefiel die Wendung gar nicht, denn die Frage ließ Mittel und Verbindungen dieser Leute erahnen, die sich Gott weiß wohin ausdehnen mochten.

»Soviel ich weiß, arbeitet sie als Angestellte eines Architekten in Berlin, richtig? Und wenn ich mich nicht täusche, ist sie praktisch eine illegale Arbeitskraft und hat keine Aufenthaltsgenehmigung von der deutschen Regierung. Was wohl so lange in Ordnung ist, bis es die Behörden herausfinden.«

Es stimmte alles. Vlado war losgegangen, um den Zugang zu einem Geheimnis zu finden, aber nun kam es ihm so vor, als sei er statt dessen durch eine Falltür in eine Grube gestürzt, auf deren Boden die Ziegen ausgenommen, klebrig und mit Fliegen übersät in ihrem eigenen Blut lagen. Was hatte Kasic gesagt? Es wird kein Zurück mehr geben. Vlado war deswegen froh und aufgeregt gewesen. Das war jetzt nur noch ein schwacher Trost.

»Da fällt mir ein«, fuhr die Stimme fort, »wir sollten Sie bald gehen lassen, sonst kommen Sie zu spät zu Ihrem Telefonat diesen Monat. Stellen Sie sich die unnötigen Sorgen Ihrer Frau vor, wenn Sie das Gespräch verpassen. Was würde Ihre kleine Tochter denken? Sonja heißt sie doch, oder?«

Mühsam versuchte Vlado zu antworten, bekam aber nur ein trockenes Krächzen zustande, das neben dem Knistern des Handys kaum zu hören war: »Ja, Sonja.«

»Ein reizender Name. Also gehen Sie, und rufen Sie Ihre Familie an. Und lassen Sie bitte Ihre Augen auf dem Weg nach unten zu, vorausgesetzt, Ihre wackeligen Beine können Sie noch tragen. Essen Sie das Fleisch, wenn Sie zu Hause sind. Es wird Sie stärken. Sehen Sie, wie sehr wir uns um unsere Polizisten kümmern? Ihr Freund Herr Hrnic ist doch ein richtiger Patriot. Das sehen Sie doch jetzt ein, Herr Petric, oder?«

»Ja.«

»Gut. Dann raus mit Ihnen.«

Vlado kniff die Augen zusammen, als er vom Lauf des Gewehres wie an einem Haken hochgezogen wurde. Er sah eine Wohnung in Deutschland, darin seine Frau und seine Tochter in einem Kreis von Menschen, von denen die meisten ebenfalls bosnische Flüchtlinge waren – einige waren Freunde und andere nicht. Er fing an zu begreifen, daß der Einfluß einiger zwielichtiger Gestalten nicht nur über die Fronten des Krieges, sondern über die Landesgrenzen hinausreichte. Keine Leute, die er gerne näher kennenlernen wollte. Auf jeden Fall nicht jetzt.

7. Kapitel

Vlado war mindestens drei Blöcke weit gelaufen, bis er sich seiner Umgebung wieder bewußt war. Ohne ein weiteres Wort war Hrnic verschwunden, wahrscheinlich ging er zurück zum Markt, um sich um sein Geschäft zu kümmern. Vlado stolperte auf seinem Weg den Hügel hinab über das Kopfsteinpflaster und steuerte dabei aber irgendwie in die richtige Richtung zur Brücke, über die er zum Jüdischen Gemeindezentrum gelangen würde.

Jetzt hätte er einen Drink vertragen können, einer, der ihn ordentlich durchrüttelte und seinen wilden Phantasievorstellungen ein Ende machte. Selbstverständlich hatte er schon Geschichten von solchen Einschüchterungsversuchen gehört. Hatte davon gehört, wie diese Leute an ihre Informationen herankamen und sie gegen einen verwendeten. Es hatte sich immer so angehört, als seien ihre Techniken billig und simpel, so einfach zu handhaben wie Kartentricks, nicht schwieriger, als es für eine Zigeunerin war, jemandem die Zukunft vorauszusagen, nachdem sie einen Blick auf seine Brieftasche geworfen hatte. Trotzdem hatte der beunruhigende Spuk auf ihn gewirkt. Egal wie sehr er versuchte, sich einzureden, daß es sich nur um leere Drohungen handelte und diese Machtvorführung ein Spiel gewesen war, er wurde das Gefühl nicht los, daß die Einsätze in dieser Ermittlung plötzlich erhöht worden waren. Das Problem war, daß er keine Ahnung hatte, wer sie erhöht hatte oder wer der Meinung war, daß er eine unsichtbare Grenze im Dunkeln überschritten hatte und dadurch mit diesen neuen, undefinierten Regeln in Konflikt geraten war.

Wie auch immer, die Begegnung hatte nicht annähernd so lange gedauert, wie Vlado angenommen hatte. Er hatte noch ein paar Minuten bis zu seinem monatlichen Anruf bei Jasmina, auch wenn er dem nun mit gemischten Gefühlen entgegensah. Obwohl er sich immer darauf freute, mit ihr zu reden, gab es doch in den Gesprächen häufig schwierige Momente. Entweder lag es an dem Trennungsschmerz oder an der Entfernung, die mit jedem Anruf größer zu werden schien. Und jetzt, wo er ganz besonders jemanden gebraucht hätte, dem er sich anvertrauen könnte, dem er seine Ängste und Sorgen erzählen könnte, durfte er sich statt dessen seine Angst nicht anmerken lassen. Jeder, der diese Telefongespräche in Anspruch nahm, war sich darüber im klaren, daß die Leitungen alles andere als abhörsicher waren. Vlado war davon überzeugt, daß seine Peiniger jedes Detail ihrer Informationen aus seinen früheren Anrufen gefiltert hatten. Die Funkverbindungen aus allen Teilen der Stadt wurden gerne von den mit Kopfhörern bewaffneten Soldaten der Armeen beider Seiten abgehört.

Vlado machte seine Anrufe vom Jüdischen Gemeindezentrum in der alten Synagoge, die auf der anderen Seite des Flusses nur wenige Blöcke vom Polizeipräsidium entfernt lag. Während der Belagerung war die Synagoge sozusagen zum Nervenzentrum der Stadt geworden. Das Jüdische Gemeindezentrum war nicht nur eine der wichtigsten verbliebenen Verbindungen zur Außenwelt, es war auch die einzige, die nicht direkt von der Regierung kontrolliert wurde.

Der Ferngesprächs-Dienst des Zentrums war eine geniale Errungenschaft. Alle Leitungen, die nach außerhalb gingen, waren schon lange gekappt. Ein Funkamateur hatte jedoch eine Verbindung zur Telefonzentrale in Zagreb hergestellt, der Hauptstadt im benachbarten Kroatien, von wo aus man überall hintelefonieren konnte, außer nach Serbien und in die anderen Teile Bosniens. Serbien war tabu, weil es noch mit Kroatien verfeindet war. Und die Verbindung nach Bosnien war ganz einfach deshalb gesperrt, weil zu viele Telefonleitungen gekappt worden waren. Man konnte in alle Welt telefonieren, aber nicht ein paar Kilometer weit weg in eine Stadt wie Kiseljak oder Pale.

Nicht nur die lauschende Armee nahm den Gesprächen jede Privatsphäre, denn auch den Leuten, die in der Funkstation arbeiteten, blieb nichts anderes übrig, als zuzuhören, während sie die Verbindungen hielten. Und direkt hinter einem standen die Leute in einer langen Schlange, die auf ihr eigenes Gespräch warteten.

Wenn das Bombardement nicht gerade besonders heftig war, befanden sich tagsüber immer ziemlich viele Menschen im Gemeindezentrum. Im ersten Stock konnte man eine Standardmahlzeit aus Bohnen, Nudeln, Reis und Brot bekommen. Wenn man sich langweilte, konnte man Karten oder Schach spielen, zudem gaben die Holzöfen und die vielen Menschen an den kleinen Tischen eine angenehme Wärme ab.

Das Zentrum betrieb außerdem einen Postdienst. Die Post wurde mit den Lastwagen der Hilfskonvois befördert, die in unregelmäßigen Abständen aus der Hafenstadt Split kamen. Eine Fahrt dauerte zehn Stunden und führte über holprige, von britischen Ingenieuren für die UN aus Ziegenpfaden gehauene Bergstraßen. Manchmal verzögerte sich die Ankunft der Konvois um Wochen, weil sie von den Kämpfen oder vom Papierkrieg der serbischen Kontrollpunkte an den Stadteingängen aufgehalten wurden.

Darüber hinaus organisierte das Zentrum einige der wenigen Evakuierungskonvois, die alle paar Monate die Stadt verlassen durften und immer mit Frauen, Kindern und alten Leuten vollgestopft waren. Für Männer, die im kampftauglichen Alter waren oder deren technischen Fähigkeiten von der Regierung für unentbehrlich erachtet wurden, gab es nur einen

Weg nach draußen: Man mußte auf sich allein gestellt die Berge überqueren und dabei die feindlichen Linien zweier sich bekämpfender Armeen überwinden.

Vlados Frau Jasmina und seine Tochter Sonja hatten die Stadt mit einem der ersten Flüchtlingskonvois verlassen. Sie hatten Bomben und Schüsse während der mühsamen Fahrt überstanden und waren schließlich über Kroatien nach Deutschland gelangt. Wenig später entschieden die Deutschen, daß sie genug Flüchtlinge aufgenommen hatten, und schoben ihren Asylgesetzen einen Riegel vor.

Wie der Mann im Schlachthof leider genau wußte, arbeitete Jasmina jetzt für einen Architekten. Da sie keine Papiere hatte, verdiente sie weit unter dem deutschen Standard und mußte mit Sonja in einem heruntergekommenen Hochhaus wohnen. Ein alter Freund von Vlado, der auch bei der Polizei war, hatte sowohl die Wohnung als auch den Job für Jasmina besorgt. Er war ein ostdeutscher Polizist, der alle Nachforschungen über seine Vergangenheit nach der Wiedervereinigung überstanden und seinen Job behalten hatte. Trotzdem mußte er sich immer noch mit seinem klapprigen, sowjetischen Lada-Streifenwagen herumschlagen, während seine Kollegen aus dem Westen einen VW-Bus fuhren.

Vlado hatte ihn ein knappes Jahr vor Kriegsausbruch in Berlin bei einem speziellen Trainingsseminar kennengelernt. Imamovic hatte die Vorschriften und das Budget ein bißchen ausgedehnt, damit Vlado daran teilnehmen konnte. Das Seminar befaßte sich mit dem Umgang von Beweismaterialien und der Spurensuche am Tatort, Lektionen, die er in der vergangenen Nacht, als er im Dunkeln über Vitas' Leiche gestolpert war, völlig vergessen zu haben schien.

Die Erinnerungen an diese Reise lieferten Vlado die einzigen Bilder, wenn er sich Jasminas neues Leben vorzustellen versuchte. Berlin war damals, nur wenige Wochen vor der

Wiedervereinigung, völlig in Aufruhr gewesen. Hauptsächlich erinnerte er sich an die Frauen, die fast alle gespenstisch groß waren und ausschließlich schwarze Kleider trugen und die mit ihren strengen Frisuren, schweren Stiefeln und ernsten Gesichtern so grimmig kalt wie der Winter selbst wirkten. Er erinnerte sich an die Fahrten mit der S-Bahn, an die Türen in den rüttelnden Pendlerzügen, die mit voller Wucht zuschlugen, an die Legionen düsterer Menschen, die bei jedem Halt rein- und rausschlurften und die Graffiti an den ordentlichen, aber baufälligen Gebäuden ignorierten, bedrohliche, an graue Wände gesprühte Botschaften, die AUSLÄNDER RAUS! forderten.

Der Weg zum Jüdischen Zentrum dauerte nur wenige Minuten, und als er ankam, hatte er sich wieder einigermaßen beruhigt. Je weniger er von der Begegnung im Schlachthof sagte, desto besser. Er überlegte, ob er Damir davon erzählen sollte. Vielleicht war ihm ja sogar bei seinen Treffen mit den anderen beiden Informanten etwas Ähnliches widerfahren.

Vor dem Gemeindezentrum befand sich eine Menschentraube. Jeder versuchte mit gerecktem Hals, eine lange Liste zu lesen, auf der die Namen derjenigen standen, die Post bekommen hatten. Vlado bahnte sich seinen Weg durch die Menge hindurch und ging die Treppen hoch zur Funkstation.

Bei seinem monatlichen Telefongespräch war er immer von denselben beiden Menschen eingerahmt: von einem jungen Soldaten mit Pferdeschwanz und Liebeskummer, der seine Freundin in Wien anrief, und von einer buckeligen alten Frau, die mit ihrem Enkel in Ungarn sprach. Um die Anrufe seiner Großmutter entgegennehmen zu können, fuhr er jedesmal von Belgrad über die serbische Grenze nach Ungarn. Nachdem er sich kurz mit ihr unterhalten hatte, kaufte er in aller Ruhe Whiskey, Benzin und Zigaretten ein, um alles in Belgrad wieder zu verkaufen.

Vlado kannte mittlerweile auch die anderen, die regelmäßig hierherkamen. Man nickte sich zu und unterhielt sich während der Wartezeit auf dem Flur, achtete aber immer darauf, dabei nicht zu viel von sich preiszugeben. Bei den Telefongesprächen kam unvermeidlich schon genug zum Vorschein. Heute fand Vlado es besonders angenehm, jeden an seinem gewohnten Platz zu sehen. Es gab ihm das Gefühl, als sei seit dem letzten Mal alles beim alten geblieben.

Nur eine Woche nachdem Jasmina fort war, begannen Vlados Tagträume von ihr, und er merkte bald, daß er viel mehr an sie dachte als früher, als sie noch zusammen waren und von der täglichen Arbeit und ihrer Tochter vereinnahmt worden waren. So plötzlich von dieser Routine abgeschnitten und mitten im Krieg auf sich allein gestellt, träumte er oft von ihr. Manchmal, wenn er nichts zu tun hatte und es am wenigsten erwartete, sah er plötzlich ihr Bild vor sich, sah ihre langen, schlanken Beine in schwarzen Strumpfhosen, die sich unter einem Kleid verloren. Diese Momente überkamen ihn völlig unvorbereitet und nahmen ihm jedesmal den Atem. Nachts träumte er, wie sie in fiebriger Begierde miteinander schliefen, bis Jasminas Gesicht am Ende immer zu einer seltsam vergnügten Grimasse erstarrte. Danach konnte er nicht mehr einschlafen und stellte sich vor, er könnte das langsame, gleichmäßige Atmen seiner Tochter durch den Flur hindurch aus ihrem Zimmer hören, wo sie zusammengerollt wie ein Fötus unter einer weichen, gelben Decke in ihrem Bettchen eingeschlafen war.

Das Liebesspiel mit Jasmina war in diesen Träumen wesentlich leidenschaftlicher und intensiver, als es in ihrem letzten gemeinsamen Jahr wirklich gewesen war. So mußte es wohl früher gewesen sein. Nach den ersten Wochen der Trennung entdeckte er sie als Liebhaberin wieder, und sie wurde wieder mehr für ihn als nur Ehefrau und Mutter. Doch als aus den Wochen Monate wurden, wurden die Träume unbestimmter und verschwommen. Meistens war das Gesicht auf dem Kissen in seiner Phantasie nun von irgendeiner Frau geliehen, der er tagsüber auf der Straße begegnet war. Eine dieser unglaublich gepflegten Frauen in einem frisch gebügelten Kleid, mit dunklem Lippenstift und tadelloser Frisur, die man überall in der Stadt sehen konnte.

Vor zwei Wochen hatte Vlado unbeholfen versucht, diese Entwicklung zu durchbrechen, indem er eines Nachts nach der Arbeit zu einer Prostituierten ging. Er achtete darauf, daß er als letzter das Büro verließ, und suchte dann die zwei Blöcke entfernte, mit Sandsäcken geschützte Allee vor dem Seiteneingang der französischen Garnison auf. Im Schein einer Sicherheitsleuchte der UN wägte er das Angebot ab: Schlaff und träge standen dort drei Frauen in viel zu großen Mänteln herum. Zwei von ihnen hatten ein Bein angewinkelt und zeigten ihre mit Nylon bestrumpften langen Beine, ohne daß irgendwo ein Kleid zu beginnen schien. Die dritte hatte sogar zu lächeln versucht. Nachdem sie dann ihre Kolleginnen bemerkt hatte, schob auch sie schnell einen Schenkel unter ihrem Mantel hervor.

Vlado hatte sie ausgewählt, weil sie so unprofessionell wirkte. Da er schon immer ein schlechter Geschäftsmann war, hatte er schnell einen Preis von sechs Schachteln Marlboro mit ihr ausgemacht. Eine Woche zuvor hatte er eine ganze Stange von einem UN-Funktionär ergattert. Er ging mit ihr zurück ins Präsidium, die Treppen hoch in sein Büro und hoffte, daß nicht zufällig jemand zurückgekommen war.

Zum Glück war niemand da, und auch der Generator lief noch, als er das Licht einschaltete. Er verschloß die Tür von innen und führte sie dann zaghaft am Ellenbogen zu einem Sofa an der Wand des kleinen Wartebereichs des Büros. Seit sie sich auf einen Preis geeinigt hatten, hatten sie kein Wort miteinander gesprochen oder sich gegenseitig berührt.

Vlado dachte, daß dies wahrscheinlich einer der besseren Orte war, an dem sie in letzter Zeit gearbeitet hatte. Sowohl die französischen als auch die ägyptischen Soldaten in diesem Teil der Stadt arrangierten ihre verbilligten Stelldicheins für gewöhnlich in einem gepanzerten Mannschaftstransporter. Ihre Kumpels lümmelten sich währenddessen vor den Türen und Luken herum, unterhielten sich und rauchten und machten vielleicht ein paar Witze. Für einen Augenblick stellte Vlado sie sich unter einem niedrigen gepanzerten Dach vor, es ist muffig und riecht nach kaltem Schweiß und Metall, sie bläst irgendeinem wildfremden Mann vom anderen Ende der Welt einen und spuckt dann diskret aus, während er schon seine Uniformhose zuknöpft und sie im stillen nachrechnet, was sie sich für die gerade verdienten Zigaretten würde leisten können.

Sie begann sich auszuziehen, und Vlado machte es ihr nach. Beide fummelten unsicher an Knöpfen und Reißverschlüssen, die Kälte des Raumes kroch an ihnen hoch, und sie bekamen beide eine Gänsehaut. Er betrachtete die im blauen Neonlicht blasse Haut ihres Gesichtes, und für einen Augenblick schoß ihm die Frage durch den Kopf, was für ein Leben sie wohl vor dem Krieg geführt haben mochte. Sie machte einen so verlegenen Eindruck, daß sie diesen Beruf noch nicht lange ausüben konnte. Er stellte sich vor, wie sie gepflegt und tüchtig, in Nylonstrumpfhosen und einem unaufdringlichen Kleid, in so ein Büro wie dieses hier kommt, einen ähnlichen Wollmantel ablegt und sich dann an eine Schreibmaschine setzt oder eine Aktenschublade öffnet oder vielleicht den Telefonhörer nimmt, um knapp mit einem Untergebenen in einer anderen Etage zu sprechen, wobei sie die ganze Zeit von dem gleichen blassen Neonlicht angestrahlt wird.

Mit leerem Gesichtsausdruck und fest verschlossenen Lippen drehte sie sich zu ihm um. Sie war immer noch mit dem Ausziehen beschäftigt.

»Bitte«, sagte er ruhig, »hören Sie auf.«

Sie schaute ihn mit einer Mischung aus Erleichterung und Sorge an. Schließlich brauchte sie diese Zigaretten.

»Hier«, sagte er hastig, »nehmen Sie.« Er gab ihr nicht nur die verabredeten sechs Packungen, sondern die ganze Stange. »Nehmen Sie, und gehen Sie, bevor ich es mir anders überlege.«

Plötzlich war ihre Unsicherheit verflogen. Sie zog ihren Rock schnell wieder hoch und knöpfte sich die Bluse zu. Dann machte sie sich auch schon eilig mit klappernden Absätzen Richtung Treppe davon, während sie noch den Mantel zuknöpfte. Vlado sank zurück auf das Sofa, wo ihm für einen Augenblick das Bild von Jasmina erschien, bis es wieder verblaßte und undeutlich wurde.

Seine Beziehung zu seiner Tochter Sonja hatte im Laufe der Zeit noch mehr gelitten. Als sie die Stadt verließ, war sie ein elf Monate altes, anhängliches Mädchen gewesen, das sich so oft es ging an den Vater klammerte, sich an seiner Hand auf die Füße zog und jeden Morgen wie der Blitz hinter ihm herkrabbelte, wenn er zum Rasieren ins Bad ging. Jetzt war sie zwei Jahre und acht Monate alt. Sie war fast dreimal so alt geworden, seit er sie das letzte Mal gesehen hatte. Sie hatte zu gehen, zu sprechen und bis fünf zu zählen gelernt.

Sie plapperte nun in einer Mischung aus Deutsch und Serbokroatisch, und selbst ihre Stimme schien sich verändert zu haben, wenn er sie manchmal bei seinen Anrufen in Berlin im Hintergrund hören konnte. Doch in letzter Zeit hatte er sie kaum noch gehört.

Am Anfang ging sie jedesmal ans Telefon, wenn er anrief, und war dann immer so schüchtern, daß sie nur ein Kichern herausbekommen konnte. Doch sie hörte ihm eifrig zu und gab den Hörer nur widerwillig und mit einem bockigen Jammern an ihre Mutter weiter. Schnell aber hatte sie die Lust verloren, und jetzt konnte man sie gar nicht mehr dazu bewegen, mit ihm am Telefon zu sprechen.

»Ich will nicht«, hatte er sie sagen gehört. Oder es drang einfach nur ein strenges, deutsches »Nein!« durch die knisternde Leitung aus Hunderten Kilometern Entfernung zu ihm. Meistens fragte er sie nun nicht mehr, obwohl er heute ein besonderes Bedürfnis verspürte, ihre Stimme wiederzuhören, ihren sanften, ruhigen Atem über all die Kilometer zu hören.

In der Post mit dem letzten Konvoi war ein Stoß Fotografien angekommen, abgestempelt im Oktober 1993. Wegen der langen Verzögerungen an den serbischen Kontrollpunkten kamen sie natürlich erst drei Monate später an. Die Fotos zeigten ein kräftiges, kleines, fremdes Mädchen, das selbstbewußt lächelnd in einem hellen, warmen Schneeanzug auf dem geharkten Sand eines Berliner Spielplatzes stand. Im Hintergrund sah man robuste Holzschaukeln, ein paar Kinderwagen sowie andere Kinder mit ihren Müttern, die sich sorglos einen schönen Tag in der Sonne machten.

Vlado war nun an der Reihe, um zu telefonieren. Der Funker sah ihn kurz an und diktierte dann die Berliner Nummer ins Mikrofon, ohne daß er erst danach fragen mußte.

Nach einer kurzen Pause gab er Vlado ein Zeichen. Vlado nahm den Hörer und lauschte auf das Rauschen und Knistern, bis er hörte, daß am anderen Ende abgenommen wurde. Dann wartete er die leichte, holperige Verzögerung in der Übertragung ab, die ihn immer daran erinnerte, wie er sich als Kind die sowjetischen Kosmonauten im Fernsehen angesehen hatte, die aus dem Weltraum anriefen.

»Hallo«, sagte Jasmina, »wie geht es dir?«

»Gut, ganz gut. Wie geht es dir?«

»Ich frage mich immer, was ich wohl tun würde, wenn du mal einen Anruf verpassen solltest oder zu spät dran bist. Ich würde mir solche Sorgen machen.«

»Nein, nein, es war recht ruhig diese Woche. Der Krieg geht nur schwerfällig voran. Vielleicht ist das eine gute Nachricht.«

Jedesmal, wenn er sich an der Wahrheit vorbeischlängelte,

hatte er das Gefühl, daß ein weiteres Stück von ihm abstarb, daß er zunehmend gefühllos, kalt und innerlich leer wurde. Er fragte sich nicht zum ersten Mal, wie es wohl für die Leute sein mußte, die in der Funkstation arbeiteten und diese Gespräche jeden Tag miterlebten und mit anhören mußten, wie die Beteuerungen der Hoffnung mit jedem Monat ohne irgendeine Verbesserung der Situation immer armseliger und durchschaubarer wurden.

Er erzählte Jasmina, daß er sich fast wünschte, es würde mehr Kämpfe geben, damit die Tage schneller vergingen. Aber kaum waren die Worte ausgesprochen, merkte er schon, was für einen Blödsinn er da erzählte.

»Also, wie geht es denn dir«, fragte er, »und wie läuft es bei der Arbeit? Und Sonja, wie geht es ihr?« Ohne daß er es wollte, fügte er dann noch hinzu: »Ich nehme nicht an, daß sie …«

»O nein, es tut mir leid. Ich hatte versucht, sie so lange wie möglich hierzubehalten, aber sie ist mit einer Freundin auf den Spielplatz runtergegangen. Sie wollten unbedingt schwimmen gehen. Es gibt hier ein neues Hallenbad. Da geben sie Unterricht für Kleinkinder, und sie freut sich immer so auf die Schwimmstunde.«

Im Hintergrund konnte Vlado den Fernseher hören. Es klang nach den schrillen, übertriebenen Geräuschen einer der Zeichentrickserien, die sich Sonja die ganze Zeit anschaute. Er spürte die Hitze in seinem Gesicht aufsteigen und sah sich nach den anderen Leuten im Raum um, aber niemand sah ihn an.

»Du wärst so stolz auf sie, Vlado. Sie sagt jetzt schon ganze Sätze. Richtig lange und komplexe Gedankengänge. Sie ist so klug. Und ihr Deutsch ist besser als meins. Du solltest sie mit ihren Freunden reden hören. Die anderen Eltern sagen, daß sie sogar besser als ihre eigenen Kinder sprechen würde.«

»Wunderbar. Ich werde ein Wörterbuch brauchen, um mit meiner Tochter zu reden.«

Es folgte eine Pause, in der er entweder ein tiefes Einatmen oder ein Knistern in der Leitung hörte.

»Bitte mach mir keine Schuldgefühle. Wir können hier doch nichts anderes tun. Du weißt, daß wir bei dir geblieben wären, wenn es nach mir gegangen wäre. Es ist schwer genug, hier klarzukommen, ohne die Sprache zu können. Außerdem müssen wir damit rechnen, daß wir für immer hierbleiben müssen.«

»Ich weiß, ich weiß. Es ist okay. Und ich will dir keine Schuldgefühle einreden. Und du darfst auch keine haben. Ich habe nur gesagt, wie es ist. Manchmal befürchte ich, sie hat sich völlig von mir entfernt, selbst wenn ich morgen kommen könnte. Das ist deprimierend, wie alles hier.«

»Ich weiß. Ich verstehe dich ja. Aber wir sollten unsere drei Minuten nicht damit verschwenden, daß wir uns streiten.«

Sie erzählte ihm, daß einige bosnische Freunde ein paar berüchtigte Serben in Berlin gesichtet hätten. Einer von ihnen soll ein besonders widerlicher Wachmann in einem Straflager gewesen sein. Sie haben ihre Beobachtung weitergegeben und ausführliche Aussagen bei der Polizei gemacht, aber es schien niemanden besonders zu interessieren. Es sei überhaupt immer schwieriger geworden, irgendwelche Nachrichten aus Sarajevo zu bekommen. Was man hörte, war immer das gleiche: die tägliche Auflistung der Bombardements, die Zahlen der Opfer oder ein paar Worte zu einem aufgehaltenen UN-Konvoi.

Der Funker deutete Vlado an, daß seine Zeit fast um war.

»Paß auf dich auf«, sagte er. »Vertrau nicht gleich jedem. Auch denen von zu Hause nicht.«

»Du bist derjenige, um den wir uns Sorgen machen müssen«, sagte sie. »Du lebst noch mitten im Kriegsgebiet.«

»Ich meine es ernst«, sagte er streng. »Paß auf dich und Sonja auf.« Er schaute sich wieder um, aber niemand im Raum beobachtete ihn. »Dieselben Leute, die mir gefährlich sind, können auch euch gefährlich werden. Sogar dort.«

»Okay«, sagte Jasmina zögernd. »Ich werde aufpassen.« Sie klang etwas verwirrt. Auch sie wußte, daß die Telefonate mit aller Wahrscheinlichkeit abgehört wurden. Sollte Vlado irgendwie in Gefahr sein, hätte er nicht deutlicher werden dürfen.

»Ich liebe dich«, sagte sie.

»Ich liebe dich auch.« Und zum ersten Mal war es ihm nicht peinlich, dies vor einem ganzen Raum voller schmuddeliger, gleichgültiger Zeugen gesagt zu haben. Dann verabschiedete er sich freundlich von dem Funker und verließ den Raum.

Wenige Augenblicke später konnte er sich nicht mehr daran erinnern, sich die zwei Etagen hinab durch die Menschenmenge gedrängelt oder die Eingangstür aufgestoßen zu haben. Er wußte nur, daß er plötzlich draußen gewesen war, wo ihn eine kalte, eisige Brise empfing und er in die Sonne blinzelte. Er war völlig von der neuen Welt seiner Familie vereinnahmt gewesen, von ihren Spielplätzen, ihren warmen Wohnungen und ihren prallgefüllten Supermarktregalen. Es überraschte ihn immer wieder, wie tief er nach nur wenigen Minuten stockender Unterhaltung in dieses Leben dort hineintauchen konnte und wie schwer es war, sich zurück an die Oberfläche zu kämpfen.

Er gähnte wie jemand, der gerade aus einem dunklen Theatersaal stolperte, und bahnte sich einen Weg durch die Menschenmenge, die sich vor der Postliste versammelt hatte. Ein Blick auf seine Uhr zeigte ihm, daß er noch genügend Zeit hatte, um drüben auf der anderen Seite der Brücke die nächsten Schritte zu unternehmen. Es gab keinen Grund zur Eile. In sich versunken, schlenderte er einen ganzen Block entlang, bis er bemerkte, daß die Leute um ihn herum mit eingezogenen Köpfen an ihm vorbeiliefen. Er war unversehens in ein offenes Gebiet geraten, in eine deutlich gekennzeichnete Heckenschützenzone, die in den letzten Tagen sogar besonders häufig beschossen worden war. Vlado zog seinen Kopf ein und fiel in einen halbherzigen Laufschritt Richtung Brücke.

8. Kapitel

Vlado hatte schon immer einen besonderen Reiz darin gesehen, die Zimmer und Wohnungen der Toten zu durchsuchen – jedenfalls, wenn die Leiche schon abtransportiert worden war. Es war, als würde man eine Zeitmaschine besteigen, denn man erhielt einen privilegierten Blick auf ein fremdes Leben, dessen Einzelteile sich für den Betrachter zu einem Ganzen zusammenfügten, während die arme Seele des Toten schon die letzte Reise angetreten hatte.

Diese etwas merkwürdige Vorfreude war es auch, die Vlado bis zu Vitas' Wohnung trieb und ihn davon abhielt, sich zu oft umzuschauen. Obwohl er von der Begegnung im Schlachthof immer noch mitgenommen war, bezweifelte er, daß sich irgend jemand die Mühe gemacht hatte, ihm zu folgen.

Er fragte sich, wie es wohl Damir inzwischen ergangen war. Wahrscheinlich war er schon fertig, während Vlado nach der Durchsuchung von Vitas' Wohnung noch eine weitere Station anlaufen mußte. Hoffentlich hatte Damir ein paar nennenswertere Ergebnisse vorzuweisen als er selbst. Aber vielleicht hatte Kasic auch recht. Vielleicht sollte Vlado wirklich den Hauptteil der Arbeit selbst übernehmen. Es hatte keinen Sinn, die Leute im Ministerium noch mehr zu beunruhigen, als sie es sowieso schon waren, sonst zogen sie ihn doch noch von dem Fall ab, ganz egal welchen Eindruck das machen würde.

Bis zu Vitas' Wohnung waren es nur noch zehn Minuten. Das Viertel, in dem das ehemals schöne Haus stand, war im späten achtzehnten Jahrhundert unter der Herrschaft des Kaiserreichs Österreich-Ungarn entstanden. Vlado stieg die

Treppen in den dritten Stock hinauf und holte den großen Schlüssel hervor, den Kasic ihm gegeben hatte. Es dauerte eine Weile, bis er im Dunkeln das Schloß aufbekam und die schwere Holztür aufstoßen konnte.

Was ihn sofort beeindruckte, war das Fehlen von Pracht und Luxus. Vitas war ihm nie wie ein Snob oder ein Kunst- und Antiquitätensammler vorgekommen, aber Vlado hatte wenigstens diese teure Geschmacklosigkeit erwartet, die noch jeden Junggesellen heimgesucht hatte, der in Vitas' Alter die Karriereleiter hochgeklettert war. Doch diese Wohnung hatte beinah etwas Spartanisches. Vitas' Fernsehgerät zum Beispiel war kein großes westliches Modell, sondern ein mindestens zwanzig Jahre alter, kleinformatiger Kasten aus braunem Kunststoff. Aber auch ein besseres Gerät wäre heute zu nichts gut gewesen.

Vitas' Stereoanlage war ungefähr genauso alt, der wuchtige Plattenspieler war noch mit einem Fünffachplattenwechsler ausgestattet. Allein vom Hinsehen hatte man den schmerzhaften Ton von aneinander kratzenden und schabenden Schallplatten im Ohr.

Außer einer alten Radierung von der Stadt, die über dem Sofa hing, waren die Wände nackt. Keine eingerahmten Urkunden oder Auszeichnungen aus seiner Armeezeit. Keine Bilder von der Familie oder Freunden.

Es gab auch keinen elektrischen Generator, eine ziemliche Überraschung in der Wohnung eines Mannes in dieser hohen Position. Statt dessen gab es einen stabilen neuen Holzofen, neben dem ein Stapel ordentlich geschlagenes Holz lag. Von ein paar Ecken an der Decke schimmerten die sauberen Kupferrohre einer fachmännisch installierten Gasleitung. Ohne Zweifel hatte er die Arbeit nicht selbst gemacht. Warum auch? Was war alle Macht und Ehre wert, wenn man nicht wenigstens ein paar Vorteile dadurch hatte.

Vlados zweiter Eindruck war, daß er nach Vitas nicht der einzige war, der in letzter Zeit hier gewesen ist. Unverkennbar hatte irgend jemand erst kürzlich die Wohnung verlassen. Er konnte die Gegenwart regelrecht spüren, obwohl ihm dieses Gefühl auch gleich wieder albern vorkam. Denn wenn Kasics Leute zuerst hiergewesen waren – und das waren sie mit Sicherheit, wenn man überlegte, wie Kasic ohne Bedenken Vitas' Büro durchsucht hatte –, dann sind sie wahrscheinlich erst heute morgen fertig gewesen.

Beim Gang durch die Wohnung entdeckte Vlado überall kleine Anzeichen für eine Durchsuchung: Schubladen, die nicht ganz zugeschoben, und Möbelstücke, die ein bißchen von ihren alten Stellen auf dem Teppich verrückt worden waren. Diese Spuren fielen deshalb so auf, weil die Wohnung ansonsten beinahe zwanghaft ordentlich und aufgeräumt war. Nirgendwo ein Staubkörnchen, nicht das kleinste Durcheinander. Vitas hatte sich kein bißchen gehenlassen, nur weil ein Krieg im Gange war.

Vlado dachte an seine eigene Wohnung, in der die Töpfe mit angekrusteten Bohnen nur halbherzig ausgescheurt wurden, bevor die nächste Ladung reinkam. Verschüttete Reiskörner lagen über den ganzen Küchenboden verteilt. In letzter Zeit konnte er sich überhaupt nicht mehr dazu aufraffen, sie wieder aufzusammeln. Sein Bett machte er seit Wochen nicht mehr, so daß die Laken schon ganz grau geworden waren. Er hatte sich zwar in der letzten Nacht noch gebadet und rasiert, genauso wie er es sich selbst gelobt hatte, aber das erinnerte ihn auch daran, daß er sein schmuddeliges Handtuch einfach in eine Ecke des Badezimmers geworfen hatte. Hier lagen ordentlich zusammengelegte Handtücher auf einem Regal im Bad, in dem es unaufdringlich angenehm nach Seife und After-shave duftete. Auf einer kleinen Untertasse stand eine Kerze in einer hartgewordenen Wachspfütze.

Das Bett war mit sauberen Laken bezogen, eine Tagesdecke war an jeder Seite ordentlich unter die Matratze geklemmt. Mit Ausnahme des Eßzimmers, das nach Norden rausging und dessen Fenster mit Plastik abgeklebt war, befand sich tatsächlich jeder Raum in einem tadellosen Zustand. Wer hier wohnte, konnte eigentlich weder in unlösbare Probleme verstrickt gewesen noch leichtsinnig geworden sein.

Als Vlado zur Küche ging, hörte er Krach aus der Nachbarwohnung. Erst klang es wie ein Schlag, dann weinte ein Kind. Da nebenan ging das Leben weiter. Dann war wieder Ruhe.

Vlado kontrollierte den Kühlschrank. Aus dem Eisfach wuchs ein dicker tropfender Eisklumpen. Ein Stück Fleisch begann schlecht zu werden. Vlado schraubte den Verschluß von einer halbvollen Milchflasche auf und roch daran. Immer noch frisch. Er war versucht, einen Schluck zu nehmen. Zum letzten Mal hatte er vor über einem Jahr Milch getrunken. Früher hatte er sich nie viel aus Milch gemacht, aber plötzlich schien sie ihm verlockend zu sein. Der Geruch weckte in ihm Erinnerungen an die Vergangenheit. Aber irgend etwas hielt ihn davon ab, die Milch zu trinken, vielleicht war es seine Professionalität oder die Wichtigkeit des Falles oder das Gefühl, daß man seine Arbeitsweise testen wollte. Wenn schon jemand hier gewesen war, könnte er auch jederzeit zurückkommen.

Den großen viktorianischen Schreibtisch in der Ecke von Vitas' Schlafzimmer hatte sich Vlado bis zum Schluß seiner Durchsuchung aufgehoben. Er war aus dunklem Mahagoni und voller Winkel und kleiner Fächer. An der Wand hinter dem Schreibtisch hing eine erst kürzlich installierte Kerosinlampe. Die Decke darüber war schon leicht verrußt, vermutlich vom häufigen nächtlichen Gebrauch.

Der Schreibtisch war der einzige Ort in der Wohnung, der sichtbar einen unordentlichen Eindruck machte. Ob die Unordnung von einer Durchsuchung oder von Vitas selbst resultierte, war unmöglich zu sagen.

Vlado überflog ein paar obenaufliegende Papiere, fand darin aber nichts von Bedeutung. In ein paar unteren Fächern lagen Stapel mit Rechnungen aus der Zeit vor dem Krieg sowie Abonnementsquittungen von ausländischen Magazinen. Sie waren bis zum letzten Monat, bevor solche Lieferungen eingestellt worden waren, chronologisch abgeheftet. Ein paar alte Briefe steckten noch in ihren säuberlich geöffneten Umschlägen. Einer von einem Freund aus Wien im banalen Plauderton gehalten, ein anderer aus Zagreb, ein dritter aus Belgrad. Alle waren aus der Zeit vor dem Krieg datiert und gaben nichts her. Vlado schrieb sich trotzdem die Namen und Adressen auf.

Was Vlado besonders irritierte war, daß er nirgendwo ein Adreßbuch entdecken konnte. Denn auch in dem Karton mit Vitas' Habseligkeiten im Büro hatte er keines gefunden – wahrscheinlich blätterte Kasic es jetzt gerade selbst durch. Vielleicht bekam Vlado dann später die gefilzte Version. Alles, was er in dieser Hinsicht in der Hand hielt, war der auf einen Fetzen Papier hingekritzelte Name und die Adresse, die Grebo in Vitas' Hosentasche gefunden hatte.

Unter den zerrissenen und zusammengeknüllten Blättern im Papierkorb am Schreibtisch befanden sich ein paar angefangene Briefe an Freunde. Sie enthielten jeweils nur wenige Absätze und waren wohl aus Unzufriedenheit mit dem Geschriebenen oder wegen der Aussicht verworfen worden, daß sie – wenn überhaupt – erst nach Monaten ankommen würden.

Ganz unten auf dem Grund des Papierkorbs fiel ihm dann einer dieser abgebrochenen Anfänge ins Auge, und zwar nicht wegen des Inhalts, sondern wegen der Adressatin.

Ohne Datum war er an die »Liebe Mutter« gerichtet.

Soviel dazu, daß seine Mutter tot sein sollte, obwohl Kasic diesbezüglich ziemlich überzeugt geklungen hatte. Vlado suchte nach ihrer Adresse, aber sie stand weder auf dem Briefpapier, noch lag ein Umschlag auf dem Schreibtisch oder im Papierkorb. Auch in den zwei Absätzen, die Vitas geschrieben hatte, gab es keinerlei Hinweise darauf. Es handelte sich lediglich um nichtssagende Floskeln, daß er gesund sei und hoffe, sie wäre es auch.

Er suchte noch einmal im Papierkorb nach den anderen beiden Briefen. Beide waren auf hauchdünnem Luftpostpapier geschrieben, denn selbst wenn man die Post abreisenden Journalisten mitgab oder sie durch das Jüdische Zentrum verschickte, mußte schließlich Porto bezahlt werden. Deshalb versuchte man das Gewicht so gering wie möglich zu halten.

Der Brief an seine Mutter war dagegen auf einem cremefarbenen Bogen verfaßt worden, auf so einem kräftigen Briefpapier, wie es eine Mutter ihrem Sohn schenkte, weil sie hoffte, es eines Tages selbst in ihrer Post zu finden. Dies war ein weiteres Überbleibsel aus Vitas' Leben vor dem Krieg, genauso überholt wie die Magazine und Rechnungen aus einer Zeit, die Jahrhunderte zurückzuliegen schien.

Er durchsuchte die restlichen Fächer des Schreibtisches. Eine abschließbare Schublade, bei der Vlado davon überzeugt war, daß sie aufgebrochen worden war, enthielt nur alte Finanzberichte, ein paar Familiendokumente und ein verblichenes Foto. Eine attraktive Frau war darauf neben einem noch sehr jungen Esmir Vitas zu sehen. Vlado drehte das Foto um, fand aber kein Datum auf der Rückseite. Es schien hier nichts weiter von Interesse zu geben. Keine Namen und Nummern von Metzgern oder Zigarettenhändlern oder Whiskeyschmugglern. Wenn es welche gegeben haben sollte, dann steckten sie jetzt in irgendwelchen Aktenordnern im Innenministerium.

Mittlerweile dämmerte es draußen schon, so daß er kaum noch genug Licht zum Lesen hatte. Als er vom Schreibtisch aufstand, stieg ihm der Geruch von dem Fleisch, das er vom

Metzger bekommen hatte, in die Nase und ließ seinen Magen knurren, obwohl ihm bei jedem Gedanken an Hrnic immer noch ein Schauer über den Rücken lief. Er verschloß die Wohnung und ging die Treppe hinab. Noch einmal hörte er das weinende Kind in der Nachbarwohnung. Draußen vor der Tür schaute er sich sicherheitshalber erst einmal genau um, aber die Straßen waren schon leer. Dann trottete er in Richtung Fluß zu seinem letzten Besuch heute.

Diesen Besuch hatte er seit dem Morgen unbewußt vor sich hergeschoben. Es machte Sinn, ihn besser bis zur Dunkelheit hinauszuzögern, doch in Anbetracht der Tatsache, daß er erst vor einer Stunde mit Jasmina gesprochen hatte, fühlte er sich auch fast schuldig, den Besuch überhaupt zu machen. Denn auf irgendeine unbestimmte Weise freute er sich sogar darauf.

Das Licht der wenigen Flutlichter, die die Franzosen an der Umzäunung ihres Lagers angebracht hatten, fiel auch auf ein paar Barracken der Skenderia. Sonst war es vollkommen dunkel dort. Vlado bahnte sich seinen Weg durch die am Eingang aufgestapelten Sandsäcke. Von nahem konnte man ihre Feuchtigkeit riechen, ein Geruch wie nasser Zement, der ihr Gewicht und ihre Dichte erahnen ließ. Die Franzosen hatten die Wälle vor langer Zeit gebaut, als die Kämpfe endlich abgeflaut waren. Von einem Bürofenster aus hatte Vlado beobachtet, wie sie die Säcke methodisch aufeinandergestapelt hatten. Bei dem tiefen Geräusch, mit dem dabei ein Sack auf den anderen fiel, konnte man sich gut vorstellen, wie es sich anhören würde, wenn eine Kugel in so einen Sack reinjagte – ein gedämpfter Einschlag, wenn die Kugel ein Loch in den Sack grub, gefolgt von dem Zischen des herausströmenden Sandes.

Wie Vlado von seinem einmaligen Versuch wußte, stieß man gleich um die Ecke des Einganges auf die meisten Prostituierten der Stadt. Mit dem Einbruch der Dämmerung versammelten sie sich hier wie Vögel, die sich bei Sonnenuntergang auf den wenigen schützenden Bäumen eines Parks niederließen.

Nur ein wenig früher und es wäre noch zu hell gewesen, so daß selbst die UN die Frauen hier nicht toleriert hätte. Sie wären von einem Wachposten vertrieben worden, der auf Tuchfühlung mit den Frauen gegangen wäre, um sowohl einen Hauch ihres Parfümes einzufangen und gleichzeitig die Diskretion zu wahren, wenn er sie – selbstverständlich in aller Höflichkeit – anwies, doch bitte zu gehen, Befehl des Kommandanten.

Aber sobald es dunkel war, gab es keinen Grund mehr, sie zu verscheuchen. Da es keine weiteren Vergnügungen für die Soldaten gab, hätte der Kommandant sonst auch schnell eine Meuterei am Hals gehabt. Die Franzosen hatten die Aufgabe, eine Grenze zwischen zwei eingeschworenen Feinden zu ziehen. Dazu hatten sie ihr Lager an den Ufern des Flusses aufgeschlagen, die von beiden Kriegsparteien begehrt wurden. Über das Lager pfiffen ständig Kugeln und Granaten aus beiden Richtungen. Der blaue Helm brachte ihnen außer einem garantierten Rückreiseticket, wenn sie ihre sechsmonatige Dienstreise unbeschadet überstanden hatten, nur Verachtung ein. Was machte es also aus, wenn man sich gelegentlich eine Frau kaufte oder als besonders unternehmungslustiger Soldat sogar ein eigenes kleines Geschäft eröffnete und die örtlichen Talente gleich selbst unter Vertrag nahm. Besser man lenkte sich auf diese Weise ab, als daß man zuviel trank und dabei noch zum Risiko für die Kameraden wurde.

Es war genau die Stelle, an der Vlado seine eigene lächerliche Transaktion mit der nervösen jungen Prostituierten vollzogen hatte. »Die Sekretärin«, dachte er jetzt immer. Auf jeden Fall war er aufgeregt, als er um die Ecke bog.

Mit ein paar Metern Abstand voneinander warteten dort vier Frauen. Ein kleines Stückchen weiter um die Ecke stand ein Wachposten. Man konnte nur seinen Gewehrlauf und seine Stiefelspitzen erkennen.

Keine der Frauen rauchte. Aber wer gibt schon sein Gehalt während der Arbeitszeit aus?

Vlado räusperte sich. Vier Gesichter hoben sich, vier Augenpaare sahen ihn an. Er erkannte sie sofort, sie war die dritte in der Reihe. Sie trug ein rotes Wollkleid und sah immer noch ein bißchen zu prüde und sekretärinnenhaft für ihren Beruf aus, auch wenn der Saum des Kleides sich jetzt, seiner Schätzung nach, ungefähr zehn Zentimeter weiter oberhalb des Knies befand. Außerdem war sie im Unterschied zu damals stärker geschminkt und aufgetakelt. Immer noch mit auffallender Sorgfältigkeit, aber es wirkte irgendwie – ja, wie eigentlich? Ganz bestimmt nicht leidenschaftlich oder hingebungsvoll. Eher melancholisch, steif. Doch es sah so aus, als wäre sie eindeutig selbstsicherer als noch vor einem Monat.

»Ich bin Kommissar Petric«, sagte er, »und ich muß Ihnen allen ein paar Fragen zu der Schießerei gestern nacht stellen. Es dauert nur einen Moment.«

»Zu welcher, es gab ja nur ein paar tausend«, entgegnete die, die ganz in seiner Nähe stand. Eine große Frau mit langen dunklen Haaren. Sie trug ihren Mantel aus imitiertem Fell offen, um das schwarze Seidenkleid darunter zu zeigen. Er bemerkte, daß die anderen beiden ganz normal angezogen waren. Entweder waren sie Neulinge, oder es war ihnen einfach gleichgültig. Oder vielleicht gab es bei dieser durch UN-Zäune eingeschlossenen Klientel auch einen Markt für eine reine, unverfälschte Normalität – als wenn eine ganz normale junge Frau von der Straße geradewegs in einen gepanzerten Mannschaftstransporter hineinspazieren würde.

»Mich interessiert ein einzelner Schuß, der kurz vor neun Uhr abgefeuert wurde, kurz vor der Ausgangssperre. Es war wahrscheinlich der lauteste, den Sie gehört haben werden, wenn Sie schon länger hier standen. Das Opfer befand sich auf der anderen Flußseite, ein bißchen stromabwärts. Vielleicht fünfzig Meter von hier. Vielleicht mehr. Und es war kein Heckenschütze. Wer immer ihn erschossen hat, stand auch dort drüben.«

»Und du glaubst, wir sind hier auf die Säcke geklettert, um eine bessere Sicht zu haben. Oder um ein besseres Ziel abzugeben«, keifte die Dunkelhaarige los und zündete sich jetzt eine Marlboro an. Damit zeigte sie nicht nur ihren Wohlstand, sondern auch ihre Stellung unter ihren Kolleginnen. »Paß mal auf, ein Schuß ist wirklich das letzte, auf das ich achte. Wenn sie nicht auf mich schießen, können sie von mir aus den ganzen Tag rumballern.«

»Mich interessiert nicht der Schuß an sich, sondern was davor und danach passiert ist. Vielleicht haben Sie irgend etwas gesehen oder gehört um die Zeit der Ausgangssperre. Hastige Schritte. Ein Auto, das die Straße zum Fluß runtergefahren ist. Das kommt ja heutzutage nicht so oft vor. Oder vielleicht ist irgendein Kunde kurz vorher in die Richtung gelaufen. Wirklich alles könnte wichtig sein. Um die Zeit wimmelt es in den Straßen nicht gerade vor lauter Zeugen.«

»Also, Süßer, es tut uns leid, aber wir haben hier gar nichts Ungewöhnliches mitbekommen.«

»Und Sie sind die Sprecherin für alle berufstätigen Damen hier, oder wie?«

»Für die UN, wenn du es wissen willst.«

Sie imitierte einen militärischen Gruß. »Leiterin der Öffentlichkeitsabteilung, UN-Büro für persönliche Dienste«, sagte sie und kicherte mit einem heiseren Krächzen los.

Vlado wendete sich an die anderen. »Ihnen ist also von gestern nacht nichts in Erinnerung geblieben? Nichts Ungewöhnliches oder Erwähnenswertes?« fragte er. Doch nur die Dunkelhaarige antwortete ihm wieder.

»Wenn wir dir erzählen würden, was uns von gestern nacht noch in Erinnerung geblieben ist, wirst du so geil, daß wir dir eine Rechnung stellen müßten«, sagte sie, während die anderen stumm mit den Achseln zuckten. »Wir waren nur wie immer auf einsame Opfer aus und haben beleidigende Angebote bekommen. Stimmt's, meine Damen?«

Die anderen nickten wortlos. Vlados alte Bekannte im roten Kleid starrte auf den Boden. Er wollte sie an den Schultern packen und zwingen, ihm in die Augen zu sehen, auch wenn er nicht mit Sicherheit sagen konnte, ob er das wirklich nur machen wollte, um ein paar Antworten auf seine Fragen zu erhalten. Wie auch immer, das hier war eine Sackgasse, solange sich die Dunkelhaarige so in den Vordergrund drängte. Er hätte, wie es sein erster Gedanke gewesen war, Damir diese Sache erledigen lassen sollen. Damir konnte so was, er hätte mit dieser alten Matrone ein bißchen geplaudert und mit ihr eine Zigarette geraucht, und sie hätte ihm wahrscheinlich nebenbei ihre halbe Lebensgeschichte erzählt.

»Na gut, wenn Ihnen später doch noch etwas einfallen sollte, Sie finden mich einfach den Block hier runter, in der vierten Etage. Kommissar Petric.«

»Keine Sorge, wir kennen uns da aus!« rief ihm die Dunkelhaarige hinterher, als er um die Sandsäcke herumging. »Da arbeiten einige unserer besten Kunden. Sollen auch gutes Trinkgeld geben, habe ich gehört.«

Ihr Gekicher wurde in der Dunkelheit immer lauter, und Vlado konnte nicht anders, als rot zu werden.

Als Vlado seine Wohnung erreichte, setzte ein kalter Regenschauer ein, der die Straßen in einen dichten Nebel hüllte. Er war erschöpft und hungrig. Er hatte seinen längsten Arbeitstag seit Monaten hinter sich.

Aber er war auch so aufgedreht wie seit Kriegsbeginn nicht

mehr. Sicherlich steckte dieser Fall voller Probleme, ganz grundlegender Probleme sogar. Doch auch wenn noch mehr Gefahren und Schwierigkeiten auf ihn lauern sollten, er wollte ebensowenig zurück zu den Fällen ermordeter Zigeuner und Trinker wie in den nach Blut und panischer Angst stinkenden Schlachthof.

Zu Beginn der Ermittlung hatte er an seinen eigenen Fähigkeiten gezweifelt, und ganz ließen ihn die Zweifel nicht los. Vielleicht wuchs ihm das alles über den Kopf. Aber war das nicht mehr als normal in dieser Situation, in der man sich auf nichts und niemanden verlassen konnte und die Regeln sich stündlich ändern konnten?

Weitaus beunruhigender als sein Mangel an Erfahrung mit solchen Fällen war jedenfalls das Bild, das sich langsam nach den ersten Beweisen und Aussagen zusammenfügte. Es erschien zu glatt, wie für ihn oder das Innenministerium extra angefertigt. Das sah alles nach einem Märchen aus, von dem entweder die Informanten oder ihre Bosse etwas hatten. Irgendwer jedenfalls, der darauf erpicht war, etwas viel Komplexeres und Lukrativeres zu verbergen. Und selbst wenn sie die Wahrheit erzählt haben sollten, machte es keinen Unterschied. Denn in ihren Geschichten steckten kaum nützliche Details.

Vlado könnte natürlich auch den althergebrachten Weg gehen und den Fall genauso abwickeln, wie es Garovic bestimmt am liebsten sehen würde. Dazu müßte er die vier Informanten einfach an Kasic übergeben. Es wäre nur eine Frage der Zeit, bis Kasics Leute die überzeugendsten Verhörmethoden gefunden hätten oder sich sonst was einfallen ließen, um irgendeine Lösung zusammenzubasteln.

Sie würden sich irgend jemanden aus der Liste der Gangster raussuchen und ihm die Schuld in die Schuhe schieben. Vielleicht würden sogar die Gangster diese Gelegenheit dazu nutzen, um ihre Konkurrenz ein bißchen auszusieben, und gleich selbst einen von ihnen für diese Rolle auserwählen. Die Typen im Schlachthof wären solchen Tricks gegenüber bestimmt nicht abgeneigt.

Um den Fall offiziell abzuschließen, würde man ihn dann wieder zurück an Vlado geben. Er müßte dieses Märchen nur noch unterschreiben und in dreifacher Ausfertigung an die zuständigen internationalen Beobachter weiterreichen. Zusammen mit Vitas' beflecktem Ruf würde das Ganze zu einem besudelten Paket verschnürt und ein paarmal der desinteressierten Welt zum Fraß vorgeworfen werden, um dann ganz schnell wieder in Vergessenheit zu geraten.

Doch Vlado hatte sich entschlossen, ohne einen anderslautenden Befehl nicht auf diese Weise zu verfahren, selbst wenn das bedeutete, wochenlang in weiteren Sackgassen zu enden. Außer der möglichen Gefahr, die dieser Entschluß in sich barg, war das größte Problem, daß er herzlich wenig Hinweise hatte.

Aber er hatte immerhin eine Spur. Sackgasse oder nicht, es wäre auf jeden Fall lohnenswert, sie zu verfolgen, selbst wenn er sich nur diesen Ort ansehen würde.

Er holte den zerknitterten Zettel mit dem Namen und der Adresse hervor, der in der Mordnacht in Vitas' Hosentasche gefunden worden war. Dann entzündete er eine schwache, kleine Flamme an der Düse des Schlauches, der quer über die Küchenwand führte. Er ging zu einem Bücherregal, zog einen Stadtplan hervor, der auch schon mal bessere Tage gesehen hatte, und breitete ihn im flackernden Licht auf dem Küchentisch aus.

»Milan Glavas« lautete der Name auf dem Zettel. Dic Adresse war tatsächlich in Dobrinja, was bedeutete, daß Vlado einen Wagen brauchte. Über die Falten und kleinen Risse der Karte fuhr er mit dem Finger die Route entlang.

Wie alle Landkarten führte ihn auch diese direkt zurück in seine Vergangenheit, in Parks und Spielplätze, die er mit seiner Tochter besucht hatte, und bis zurück in seine Jugend, auf abschweifende Wanderungen über enge, dichtbewaldete Pfade die Berge hinauf. Sein Finger fuhr über vertraute Straßen und Alleen, er konnte die süßen Düfte seiner Lieblingsbäckerei riechen und den Ruf eines alten Freundes hören, der jetzt tot war.

Auch wenn die Stadt damals noch kleiner gewesen war, die Welt erschien ihm unendlich weit. Man konnte einen Berg hinaufschlendern und von dort oben eine aus dem Nordosten kommende Brise einsaugen. Allein durch ihren Geruch und das Gefühl, wie sie die Lungen füllte, erzählte sie von den Grenzen und Ufern, die sie auf ihrem Weg bis hierhin passiert hatte. Über die Alpen und quer durch Italien, dann weiter über die Adria und durch die trockenen Hügel Dalmatiens, die grünen Pässe und Berge Bosniens hinauf und schließlich bis in dieses Tal und in seine Stadt hinunter.

Heute kam ihm die Luft nur noch einengend und abgestanden vor, obwohl das eigentlich nicht so sein konnte. Zum ersten Mal seit fast zwei Jahren hatte Vlado wieder das Bedürfnis, hinauf auf das Dach des Hauses zu steigen, um die Bergluft ganz tief einzuatmen und wieder dem Ruf entfernter Länder zu lauschen. Er würde auf seine Stadt blicken, die in tiefer Nacht vor ihm ruhte und deren Wunden man in der Dunkelheit nicht mehr sah. Warum sollten die Serben die einzigen sein, die diesen Blick genießen durften?

Er kletterte langsam die Leiter hoch und lauschte. Schon das leiseste Pfeifen einer Kugel hätte ihn wieder heruntergetrieben, aber die Nacht war ruhig. Überall auf dem Dach lagen Glasscherben verstreut, die leise knirschten, wenn er darauf trat. Schön, daß der Nebel sich aufgelöst hatte, dachte er. Von irgendwo hinter den Wolken warf der Mond ein fahles Licht auf das Vordach. Aus dem Westen hörte er das hackende Stakkato eines Gewehrfeuers, aber es war weit entfernt, harmlos.

Angestrengt schaute er rüber zu den Bergen im Süden und auf das gegenüberliegende Flußufer und versuchte zu erkennen, ob sich dort jemand an der Frontlinie entlangbewegte. Es schien alles ruhig zu sein, und er drehte sich weiter nach Westen und schaute auf den schwarzen Buckel des Berges Zuc, der da vor ihm lag wie ein schlafender Bär. Im Norden erkannte er weitere Bergkämme, genauso im Osten. Er wußte, daß auf jedem dieser Aussichtspunkte Männer mit Waffen lagen, die ihn augenblicklich töten würden, wenn sie wüßten, daß er hier draußen stand und in ihre Richtung blickte. Er fragte sich, was sich diesen Männern am Tage für ein Anblick bot, wenn sie hier herunterschauten. Sie mußten sich allmächtig fühlen dort oben, ihre Waffen auf Häuser oder Menschen zu richten und sich einfach auszusuchen, wer sterben sollte oder welche Häuser zusammenfallen sollten. Und wenn ihre Schüsse auf ihr Ziel zuschnellten, konnten sie in aller Seelenruhe die Auswirkungen beobachten.

Dieses Bild erinnerte ihn an ein paar Verse aus seiner Jugend, an ein Gedicht aus seinem Englischkurs. Wer hatte es geschrieben? Stevenson, fiel ihm ein. Ja genau, Robert Louis Stevenson, ein Name, der damals in seinen Ohren so komisch und fremd geklungen hatte. Das Gedicht hieß *»Das Spielzeugland«*, und da er es auswendig lernen mußte, hatten sich ihm ein paar Verse eingeprägt. Er hatte sie liebgewonnen, weil sie ihn an seine eigene Jugend erinnerten: Ein Kind war allein zu Hause und hatte im Bett all seine Spielsachen wie ein kleines Königreich um sich herum aufgebaut, in dem es der Herr und Gebieter war.

Er erinnerte sich an eine Zeile aus der Mitte, die etwa so lautete: »Flotten von Schiffen schlingern zwischen den Lakenriffen.«

Aber der letzte Vers gefiel ihm am besten und erinnerte ihn nun an die Artilleristen, die in ihren Bunkern auf den Bergen saßen und auf sein Haus starrten:

Ich war der mächtige Gigant
Hoch oben auf dem Kissenberge
Und sah hinunter auf die Zwerge
Im wunderbaren Spielzeugland

Er schaute wieder zum Berg hinüber. Wie schon früher stellte er sich eine unterirdisch arbeitende Maschine vor, ein Stoßen und Grollen unglaublicher Kräfte, die jederzeit die Säume des Horizonts zu durchbrechen drohten. Vielleicht, so überlegte er, könnte man die Maschine sogar hören, wenn man ein Ohr auf den Boden legen würde, ein gleichmäßiges Pochen wie ein Herzschlag, das für jedes Leben und für jede furchtbare Aktion dort oben verantwortlich war.

Er sehnte sich danach, nur einmal einen Blick auf diese Maschine werfen zu können, nur einmal unentdeckt durch die mahlenden Zähne ihres Getriebes zu rutschen und die Männer an den Kontrollhebeln zu finden, sie zu überraschen und zu wissen, wer sie sind. Einfach zu wissen, wer sie sind.

Bei allen Schwierigkeiten und Gefahren bot der Fall Vitas Vlado die beste Chance dazu. Natürlich mußte er zuerst daran glauben, daß es möglich sein könnte, einen Zugang zu finden. Er war der Meinung, daß es eine Möglichkeit gab, denn schon die wenigen Einblicke, die er bis jetzt bekommen hatte, zeigten ihm, daß die Leute an den Kontrollhebeln vielleicht gar nicht immer so wachsam waren. Zwei Jahre Krieg hatten sie wie jeden anderen abstumpfen lassen und unvorsichtig gemacht.

Mit einem letzten Blick auf die andere Seite des Flusses kletterte Vlado die Leiter zurück nach unten. Dann faltete er behutsam den Stadtplan wieder zusammen, schnitt ein Stück von dem Räucherfleisch ab, das ihm der Metzger so großzügig angeboten hatte, und schenkte sich ein Glas Wasser aus einem Plastikkrug ein. Das war sein Abendessen, und heute nacht erschien es ihm so reichhaltig wie ein Festmahl, das sich nur wenige Privilegierte leisten konnten.

Bevor er ins Bett unter die Daunendecke und drei Wolldecken stieg, griff er nach dem schweren Leitungshahn, der die Gaszufuhr regelte. Für einen Augenblick überlegte er, ob er noch ein paar seiner Soldaten bemalen sollte. Sie lagen seit Tagen unberührt auf der Werkbank in der Ecke und klagten ihn wegen seiner Schlampigkeit und Undiszipliniertheit an. Er lächelte bei dem Gedanken und drehte dann das Gas ab. Er wollte nur noch schlafen. Die Flamme züngelte noch kurz an der Spitze der Düse und verschwand dann lautlos, zurück in den Schlauch und zu ihrer Quelle tief im Untergrund.

Durch die Wand konnte er zum ersten Mal seit Wochen wieder das Radio der Nachbarn hören. Irgendwie mußten sie an neue Batterien gekommen sein. Zu den leisen, blechernen Klängen eines alten Volksliedes von der dalmatinischen Küste sank er in den Schlaf. Und während eine Gitarre gegen das Rauschen anklimperte, kroch eine samtige Kälte unter seine Decken.

Nach einer Weile fiel er in einen unruhigen Traum. Er sah die hübschen Gesichter der Frauen vor sich, die ihm heute auf der Straße begegnet waren. Beängstigend und verlockend zugleich, bewegten sie sich in einer Art Prozession auf ihn zu. Alle lächelten, waren aber so stark geschminkt, daß die Farbe schon fast von ihren Gesichtern fiel. Sie waren auf eine grelle Art blaß, als hätten die kalten Hände eines Leichenbestatters sie beschmiert und hergerichtet. Trotzdem gab er sich ihnen hin.

9. Kapitel

Die Vorbereitungen für die Fahrt nach Dobrinja unterschieden sich kaum von denen für eine Expedition in die Wildnis. Vlado mußte Bargeld besorgen, ein Auto mieten, Benzin auftreiben, die Route im voraus planen und schließlich mit einem ebenso waghalsigen wie präzisen Fahrstil den Bombenkratern und aufgerissenen Granatenresten ausweichen. Er durfte nicht zu langsam werden, wenn er keine Zielscheibe abgeben wollte. Es war nicht gerade die richtige Umgebung, in der man anhalten konnte, um sich auf der Karte zu orientieren. Denn wenn Sarajevo zu einer Art Hölle auf Erden geworden war, war Dobrinja in seiner Verzweiflung und Isolation ihr innerstes Zentrum.

Dobrinjas Hochhaussiedlungen kauerten sich auf einer einsamen Halbinsel im Südwesten zusammen und wurden von drei Seiten durch serbische Kanonen und Schützengräben bedrängt. Eine enge Straße entlang verlassener Gebäude und aufeinandergestapelter Auto- und Buswracks war die einzige Verbindung zum Rest der Stadt. Die Strecke führte an Kontrollpunkten und Sicherheitsoffizieren vorbei, und am Ende stand man zur Belohnung vor einer kleinen, ausgestorbenen Ansammlung zerstörter Gebäude, die gegen die täglichen Angriffswellen der Artillerie mit Sandsäcken verbarrikadiert worden waren.

Am sichersten gelangte man dort hin, wenn man sich von einem gepanzerten UN-Wagen mitnehmen ließ, aber dafür mußte man einen Antrag stellen, der erst durch die offiziellen Kanäle gehen mußte. Man verschwendete mindestens einen

Tag damit, Formulare und Verzichtserklärungen zu unterschreiben, und zog dadurch auch noch unnötige Aufmerksamkeit auf sich.

Einen Wagen trieb Vlado ziemlich mühelos auf. Er bekam den weißen VW Golf seines Nachbarn, der in der Beifahrertür zwei Einschußlöcher und eine flatternde, aufgeklebte Plastikplane statt eines Heckfensters hatte. Da der Nachbar wenig Lust auf einen Ausflug nach Dobrinja verspürte, händigte er Vlado ohne weiteres die Schlüssel aus und wünschte ihm alles Gute. Eigentlich hatte er auch wenig Lust darauf, daß sein Wagen nach Dobrinja fuhr, doch Vlado versüßte ihm das Geschäft mit vier Schachteln Drinas und der Hälfte des restlichen Fleisches vom Metzger. Der Nachbar hatte das Angebot so schnell akzeptiert, daß Vlado den Handel wahrscheinlich auch mit weit weniger Einsatz hätte abschließen können.

Angebot und Nachfrage, Vlado würde es wohl nie lernen.

Benzin aufzutreiben war nicht ganz so einfach, auch wenn fast jeder auf Hauseingänge oder Läden zeigen konnte, in denen jemand Benzin verkaufte. Das Angebot war in letzter Zeit knapp geworden, und so ging Vlado von den ersten beiden einschlägigen Anlaufstellen wieder mit leeren Händen davon. Als drittes versuchte er es zwei Blöcke vom Markt entfernt. Vlado parkte den Wagen an einer Ecke am Fußweg, wo ein unrasierter Mann mit einer Wollkappe hinter einem aufklappbaren Tisch in der Nische eines geschlossenen Geschäftes stand. Sein Angebot bestand hauptsächlich aus gebrauchten Taschenbüchern. Vlado schaute sich die Titel an, billige Groschenromane mit vergilbten Seiten und halbnackten Frauen auf den Umschlägen, ein Reparaturbuch für einen dreiundachtziger Yugo, ein Reiseführer von Griechenland, *Die Pickwickier* von Dickens in einer serbokroatischen Übersetzung.

»Haben Sie Benzin?« fragte Vlado.

»Haben Sie Geld?«

Vlado zeigte ihm fünf zusammengeknüllte Scheine, insgesamt sechzig Mark. Er hatte sie vorhin von Garovic bekommen, der die Treppe im Präsidium hochgetrottet war, um zu einem geheimen Ort zu gehen, wo er Bargeld für besondere Gelegenheiten bereithielt. Er ging immer gebeugt und murmelnd wie ein bedrückter alter Troll dort hoch und kam wenige Minuten später mit säuberlich in seiner Hand gefalteten Scheinen zurück.

»Ich habe nur zwei Liter«, sagte der Mann zu Vlado. Mit der Pfütze, die noch im Tank war, würde das gerade eben für die Fahrt ausreichen.

Der Mann ging über die Straße zu dem Eingang eines anderen verlassenen Hauses und öffnete das mächtige Vorhängeschloß an der verbogenen Türeinfassung. Mit einiger Mühe schob er eine quietschende Metalltür auf, die mit schon völlig ausgeblichenen Plakaten von Konzerten und Zirkusveranstaltungen aus der Zeit vor dem Krieg zugeklebt war. Dann stieg er eine dunkle Treppe hoch und verschwand.

Vlado begann nicht nur wegen der Kälte zu frösteln. Die ganze Situation hatte eine unheimliche Ähnlichkeit mit der Schlachthofszenerie am Tag vorher. Er schaute hoch zu den Fenstern im oberen Stockwerk, versuchte zu erkennen, ob da ein Licht brannte oder sich etwas bewegte. Er fragte sich, wer wohl dort oben war – wie viele Männer in Phantasieuniformen sich dort mit ihren Gewehren herumfläzten. Wie viele Männer mit Motorolas dort rauchend vor ramponierten Schreibtischen saßen und durch ihre schwarzen Listen gingen. Daneben Stapel von Kanistern, die genauso nach Benzin stanken, wie es im Schlachthof nach Blut gestunken hatte. Wer weiß, vielleicht war sogar sein unsichtbarer Freund aus dem Schlachthof dort oben und stattete gerade einem weiteren Teil seines Reiches einen Besuch ab.

Ein paar Minuten später tauchte ein zweiter Mann in der

Tür auf, schaute sich kurz um und überquerte dann die Straße. In der einen Hand trug er einen Plastiktrichter, in der anderen eine große Weinflasche, in der eine ölige Flüssigkeit umherschwappte. Vlado erkannte das Etikett eines miserablen Weins aus Mostar. Aber das Bild auf dem Etikett war ganz anziehend, eine Pastellzeichnung von der historischen Steinbrücke der Stadt. Vor einigen Monaten war sie zerbombt worden und in den Fluß gestürzt.

Als der Mann näher kam, runzelte Vlado die Stirn.

»Sind Sie sicher, daß das zwei Liter sind?«

»Ganz sicher. Sehen Sie?« sagte er und zeigte auf die Markierungen auf dem Etikett. »Da steht's.«

»Ja, aber die Flasche ist noch nicht einmal bis zum Hals gefüllt.«

»Voller kriegen Sie sie nirgends diese Woche«, sagte der Mann, grinste ihn schief an und atmete dabei eine Wolke aus Slibovitz und Zigarettenrauch aus.

Die Benzindämpfe strömten Vlado in die Nase. Der Geruch machte ihn kurzzeitig wehmütig und erinnerte ihn an lange Reisen durch die Landschaft. Die Reifen trommelten über eine leere Autobahn, grüne und unberührte Hügel huschten vorbei. Mit einem wohligen Schauer erhaschte man dann nach einer langen Fahrt zur Küste plötzlich den ersten Blick auf das blaue Meer. Nur noch ein großer Bogen, bis die Welt aus nichts als Himmel und Wasser zu bestehen schien. Und von weit draußen aus einem schier unendlichen Meer rollten die Wellen heran.

Mit einem dumpfen Krachen knallte der Tankdeckel zu.

Ohne sich diesmal umzuschauen, schlurfte der Mann zurück über die Straße. Als er durch die Tür verschwand, zündete er sich eine neue Zigarette an. Der Büchertisch blieb unbewacht zurück. Vlado schaute noch einmal verstohlen zum Fenster hoch, wo jetzt hinter der verschmierten Scheibe kurzzeitig ein bleiches Gesicht auftauchte. Dann wurde ein Vorhang zugezogen, und das Gesicht war weg. Vlado stieg in den Golf und wendete ihn Richtung Dobrinja.

Am frühen Morgen hatten er und Damir ihre Ergebnisse vom Vortag zusammengetragen. Damirs Informanten hatten ungefähr genauso ergiebig Auskunft gegeben wie Vlados – er hatte also auch nur Allgemeinheiten von ihnen erfahren. Und ihre Geschichte war die altbekannte gewesen: Vitas drängte sich in ihren Markt, diesmal ging es um Alkohol, und machte sich dabei mehr als unbeliebt.

»Wenn du mich fragst, diese Typen sind ein einziger Scheißhaufen«, beendete Damir seinen Bericht verärgert. »Marionetten von irgend jemandem, und zwar verdammt schwerfällige in diesem Fall. Aber wer hat die Fäden in der Hand? Und zu welchem Zweck? Wollen die uns auf eine bestimmte Spur stoßen oder von ihr ablenken?«

Vlado erwähnte den Vorfall im Schlachthof, spielte ihn aber ziemlich runter. Teils war es ihm peinlich, teils wollte er sich an das Versprechen halten, das er Kasic gegeben hatte, nämlich die meisten Fakten in diesem Fall für sich zu behalten.

Er fühlte sich verunsichert, weil er nicht wußte, wie er mit Damir weiter verfahren sollte, wenn er dieses Versprechen halten wollte. Damir würde sich zu Recht ärgern und bei ihm beschweren, sobald er spürte, daß er nur als Laufbursche dienen sollte. Trotz ihres Altersunterschiedes hatten sie den gleichen Dienstgrad und trugen die gleiche Verantwortung. Er hatte genauso einen Fall von dieser Bedeutung verdient.

Aber als sie ihre weiteren Schritte besprachen, erzählte Vlado nur, daß er vorhatte, eine Spur in Dobrinja zu verfolgen. Sofort merkte er, daß Damir unzufrieden war.

Damir erklärte sich dann freiwillig dazu bereit, noch einmal zu den Huren an der Skenderia zu gehen, womit Vlado sofort einverstanden war.

»Vielleicht komme ich da ein bißchen besser zurecht«, hatte er grinsend gesagt. »Mit Sicherheit werde ich das. Vlado, überlaß die Frauen denjenigen, die etwas von ihnen verstehen, oder wenigstens den unverheirateten Männern.«

Das Wetter war ideal für eine Fahrt durch Sarajevo. Niedrighängende, dunkle Wolken vermischten sich mit dem kalten Nebel, nur im Westen klarte es besorgniserregend auf. Aber trotz der schlechten Sicht gab Vlado sofort Gas, als er in die weitläufige Schlucht der Heckenschützen-Allee stieß. Kein anderes Auto war zu sehen, nur ein paar Passanten schlenderten gemütlich die Straße entlang. Entweder waren sie besonders mutig, oder sie hatten bereits jede Hoffnung aufgegeben. Er wich zwei Schlaglöchern aus und hatte das Gefühl, daß sich mit jedem Gluckern des Benzins ein paar Mark pro Minute in Luft auflösten. Das Einkommen einer ganzen Familie für mehrere Wochen jagte er gerade durch den Auspuff.

Er bog nach links ab und überquerte einen Bahnübergang, an dem ein paar ausgeschlachtete Straßenbahnwaggons auf den Schienen lagen, so als wären sie aus großer Entfernung dort hingeworfen worden. Sie waren voller Löcher, und die Fenster waren alle in Scherben. Um ihrem ungebrochenen Elan und ihrer Entschlossenheit Ausdruck zu verleihen, sprach die Regierung immer noch davon, das Straßenbahnnetz wiederaufzubauen. Großartige Idee, dachte er, an so einem beweglichen Ziel auf festgelegtem Kurs hätten die Heckenschützen ihre helle Freude.

Vlado war nur einmal seit Kriegsausbruch in Dobrinja gewesen, aber er erinnerte sich noch einigermaßen an die Fahrt über die Bürgersteige hinweg und vorbei an den Sperren der Armee. Er fuhr Richtung Westen durch ein paar neuere Vororte, in denen immer weniger Hochhäuser standen. Vlado schlingerte mit dem Golf über einen Bordstein und quer über den Parkplatz eines leeren Supermarktes, krachte auf den Bürgersteig und beschleunigte wieder. Zwei Fahrradfahrer suchten das Weite. Der Wagen knirschte über Glasscherben und knallte dann wieder auf den Parkplatz. Nach einem weiteren halben Kilometer in diesem Stil bog er links ab, fuhr einen leichten Anstieg hinauf und hinein in ein Parkhaus, in dem ein Kontrollpunkt der Armee war, der letzte Halt vor Dobrinja. Ein gelangweilter Soldat kauerte im schützenden Schatten der unteren Ebene, kontrollierte seine Papiere und winkte ihn durch.

Eigentlich hätte Vlado vor Angst zittern müssen, als der Golf wieder ins Freie rollte. Ein paar hundert Meter von jeder Seite entfernt lagen die vorgeschobenen Stellungen der Serben. Erst nach einem halben Kilometer Spießrutenlauf bot dann ein Hochhauskomplex, der sich an der breiten Straße ein ganzes Stück entlang erstreckte, wieder Deckung. Doch aus irgendeinem Grund fühlte sich Vlado in dieser Umgebung sicher. Vielleicht weil dies ein ereignisloser Tag zu sein schien, an dem die Heckenschützen Karten spielten und ihre Gewehre einölten und entweder zu gelangweilt oder zu geizig mit ihrer Munition waren, um ihm die Ehre ihrer Aufmerksamkeit zuteil werden zu lassen. Es war so weit gekommen, daß er seine eigene Stadt fürchtete – die Mächtigen in ihrem Inneren ebenso wie diejenigen oben auf den Bergen.

Zweifellos war auch Dobrinja die Spielwiese eines Möchtegernkriegsherrn oder Schmugglers, aber es lag zu isoliert, um mit dem Rest verbunden zu sein, und das beruhigte ihn. Vielleicht war es einfach nur das Gefühl, vom Rest losgelöst und für einen Moment befreit zu sein. Die enge, von nahen Schützengräben umzingelte Halbinsel erwartete ihn wie eine zeitweilige Zuflucht. Jeder Verfolger würde schrecklich einfach auszumachen sein. Als er in den Rückspiegel schaute, sah er, daß die Straße hinter ihm leer war.

Als der Golf weiterschepperte, gab es plötzlich einen heftigen Knall. Vlado zuckte zusammen und duckte sich tief hinter das Lenkrad, aber der Knall war weit weg. Die Wolken hatten sich mittlerweile verzogen.

Auf beiden Seiten der Straße lag jetzt das olympische Dorf. Auf diesem Stück war es fast vollständig verwüstet. Ganze Mauerbrocken fehlten in den Gebäuden. Einige Fensteröffnungen waren schwarz verkohlt. In anderen flatterten Vorhänge. Er kam sich wie ein Archäologe vor, der die Stätte eines vergessenen Tempels erreichte, einen Ort, der von der gesamten Bevölkerung schon vor Jahrhunderten verlassen und dann geplündert worden war.

Vlado steuerte den Golf bergab, vorbei an aufgestapelten Autos und Bussen, und erreichte dann erleichtert Dobrinjas Hauptboulevard inmitten eines Labyrinths aus Wohnblöcken und schlammigen Hinterhöfen.

Mehrere hundert Meter zur Linken zeichnete sich die mit Gras bewachsene Wand des Momilloberges ab. Im fahlen Licht leuchtete das Grün beinahe. Der Berg wirkte einsam und wie ein Talisman oder ein großer Prozessionshügel, der die wilden Himmelsgewalten besänftigen sollte.

In den schlimmsten Tagen des Krieges war der Berg mit Gefechtsunterständen und Kanonenrohren durchzogen und zu einem Garten des serbischen Waffenarsenals geworden. Im ersten Frühling des Krieges erblühte er und wollte anscheinend nicht mehr aufhören zu wachsen. Doch irgendwie haben die Leute hier mit ihren leichten Waffen die Serben hartnäckig vertrieben, Kanone für Kanone, so daß der Berg nun leer war. Eine bedrohliche Erscheinung ist er jedoch geblieben. Beim näheren Hinsehen kamen noch schwach die kreuz und quer verlaufenden Linien der Schützengräben wie die Nähte alter Wunden zum Vorschein.

Jedes Wohnhaus war hier bis zum Erdgeschoß mit Sandsäkken eingekleidet. Wenn es keinen Nachschub an Sandsäcken mehr gegeben hatte, hatten sich die Leute aus alten Kleidern, Decken, Vorhängen und allem, was ein paar Schaufeln Erde hielt, selbst welche gemacht. Als er sein Tempo drosselte, um sich auf der Karte zu orientieren, bemerkte Vlado zwei Jungen, die auf gleicher Höhe neben ihm hertrabten. Ihm ging plötzlich auf, daß sie ihn als Deckung benutzten, um die Straße hinunterzukommen. Sie suchten hinter ihm Schutz, als würde er einen gepanzerten Wagen fahren. Doch instinktiv trat er aufs Gaspedal. Er hatte Angst, er könnte bei der niedrigen Geschwindigkeit zur Zielscheibe werden. Dann schaute er mit Gewissensbissen in den Rückspiegel und sah die Jungen nun schneller laufen. Sie machten kein böses Gesicht, drohten ihm auch nicht, sie liefen einfach nur schneller.

Das Haus, in dem Milan Glavas wohnte, war wie alle anderen – groß, vernarbt und grau. Mit den benachbarten Häusern war es nur durch ein paar Gräben verbunden, die als Gehwege benutzt wurden. Am Ende des Gebäudes lag ein kleiner, schlammiger Friedhof mit rohen Holzkreuzen. In Dobrinja begrub man die Toten, wo man konnte.

Ganz in der Nähe knallten Gewehrschüsse. Nur wenige Augenblicke davor war eine Granate ein paar Blöcke weiter durch die Luft geheult. Doch die Wolken hingen noch immer ziemlich niedrig. Auf einem nahe gelegenen Feld spielten ein paar Kinder zwischen matschigen Schneeresten Fußball.

Die meisten Namen auf den Briefkästen waren abgeblättert, so daß Vlado vergeblich nach »Glavas« suchte, bis eine junge Frau die Treppen herunterkam und ihn fragte, nach wem er suchte.

»Kennen Sie Herrn Glavas?«

»Ja. Vierte Etage, die rechte hintere Tür.«

Vlado ging los.

»Erwartet er Sie?« rief ihm die Frau hinterher.

Er schaute zurück und sah in ihr schüchtern nach oben gewandtes Gesicht. Ihr herzförmiger Mund war hübsch mit einem hellen Lippenstift nachgezeichnet.

»Leider nicht. Ich hatte keine Gelegenheit, ihn anzurufen. Ich bin gerade aus der Innenstadt hergekommen.«

Sie schien beeindruckt, fast ein bißchen wehmütig, als könnte sie sich nicht einmal vorstellen, noch vor wenigen Momenten in der Innenstadt gewesen zu sein.

»Dann klopfen Sie fest«, sagte sie, »und stellen Sie sich darauf ein zu warten.«

»Ist er schwerhörig, oder kann er einfach nicht mehr so gut laufen?«

»Beides, aber nur wenn er will. Hauptsächlich ist er einfach alt und grantig, und manchmal ist er ein richtiger Fiesling. Auf jeden Fall will er, daß wir das glauben.«

»Meinen Sie, er ist zu Hause?«

»Er ist meistens zu Hause. Warten Sie nur lange genug vor seiner Tür, dann hören Sie ihn husten. Daran merken wir, daß er noch lebt. Er hustet die ganze Zeit wie ein Hund, der nicht zu bellen aufhört. Winter wie Sommer, er hört nie auf. Wenn man neben ihm wohnt, geht es einem auf die Nerven wie ein tropfender Wasserhahn. Manchmal betet man für eine gezielte Granate, die ihn übertönt.«

Vlado lächelte. »Ich werde ihm ein paar Zigaretten anbieten. Vielleicht hilft das ja.«

»Ja, machen Sie das.« Sie lächelte zurück. »Viel Glück mit ihm.«

Vlado ging hoch in den vierten Stock und klopfte laut. Dann trat er zurück und schaute auf die schwere grüne Tür. Er lauschte den Geräuschen aus dem Treppenhaus. Kinder liefen einen Gang entlang, unten schrie jemand. Es roch nach altem Essen und Feuchtigkeit. Irgendwo weit weg begann ein Maschinengewehr zu rattern.

Vlado klopfte erneut. Wieder war das Echo der Tür die einzige Antwort.

Dann, wie die Frau es vorausgesagt hatte, hörte er einen tiefen, rasselnden Husten aus der Wohnung. Er steigerte sich zu einer Serie anfallartiger, trockener und keuchender Hustenstöße, die so klangen, als würden Blechplatten mit einem kurzen Ruck in Streifen gerissen. Mein Gott!

Er klopfte ein drittes Mal und wartete eine Minute. Dann ein viertes Mal. Es vergingen fast zehn Minuten, bis Vlado endlich ein herannahendes Schlurfen hörte, wahrscheinlich Hausschuhe, die über Linoleum rutschten. Dann rasselte eine Sicherheitskette, was man nicht oft in der Stadt hörte. Ein Riegel wurde mit einem Schlag zurückgezogen. Dann ein weiterer, gefolgt von einem tiefen, asthmatischen Hustenanfall und einem feuchten Schniefen. Schließlich hörte er das Klicken des Griffes, die Tür stöhnte und schwang dann auf.

Er schaute in ein Gesicht, dessen Anblick ihn schockierte. Nicht wegen der Spuren von Alter und Krankheit, obwohl auch sie in tiefen Falten und Flecken sichtbar waren, sondern weil man sofort den Eindruck hatte, daß hier eine eigentlich gepflegte und ordentliche Erscheinung plötzlich heruntergekommen war. Zuerst fiel das Haar des Mannes auf. Die dichte weiße Mähne überstrahlte ein unrasiertes Gesicht, in dem zahlreiche Kratzer und Schrammen zwischen den grauen Stoppeln von einigen mißlungenen Rasuren zeugten.

Trotzdem hatte er noch etwas von einem alten vornehmen Gentleman an sich. Oft erkannte man ja eine prachtvolle alte Gartenanlage auch dann noch, wenn das Unkraut schon überhandgenommen hatte. Dies war einst ein eleganter Mann gewesen, vermutete Vlado, einer, der sich die Fingernägel hatte schneiden und feilen lassen und der vielleicht ein adrettes Taschentuch in seiner Brusttasche stecken gehabt hatte. Ein Mann, dessen Hosen eine perfekte Bügelfalte besessen hatten.

Jetzt trug er jedoch einen alten marineblauen Bademantel über dicken Wollhosen. Wie eine Plane hatte er um alles eine grüne Decke gewickelt.

Der Geruch von altem Schweiß lag in der Luft, allerdings auch ein leichter Duft von Seife und Creme, so als wäre er gerade einem heißen Bad entstiegen.

Glavas musterte Vlado eine ganze Weile eindringlich, bevor er mit einem tiefen Krächzen, das jahrelangen Zigarettenkonsum offenbarte, sagte: »Was verschafft mir die Ehre?«

Beim Sprechen zeigte er eine Reihe gelber, stumpfer Zähne, die wie bei einem Totenkopf nach innen gebogen waren.

»Und wer zum Teufel sind Sie, daß Sie den ganzen Weg aus der Stadt hierherkommen, um mich zu stören?«

»Vlado Petric. Polizeikommissar. Sind Sie Herr Glavas?«

»Milan Glavas, ja«, sagte er. Am Funkeln seiner Augen erkannte man sein Interesse. Er hob seinen Kopf etwas nach oben, so als wollte er Vlado genauer ansehen, sagte aber nichts weiter.

»Woher wissen Sie, daß ich aus der Stadt gekommen bin?« fragte Vlado.

»Weil Sie nicht nach Kohl stinken«, sagte Glavas. »Oder nach schmutzigen Kindern und Windeln und verrotzten Nasen. Und Sie husten nicht wie ein Tuberkulosefall. Außerdem sehen Sie nicht aus, als hätten Sie die letzten zwanzig Monate im Dreck verbracht oder hätten sich in irgendeiner Ecke weit weg vom Fenster niedergekauert. Soll ich fortfahren? Na gut, wenn Sie schon das Risiko auf sich genommen haben hierherzukommen, dann herein mit Ihnen.«

Sie gingen in ein Hinterzimmer, das vermutlich einmal das Gästezimmer gewesen war. Den Möbeln nach zu urteilen, war es nun das Wohnzimmer. Glavas hatte es bestimmt wegen der Lage ausgewählt, denn es war am weitesten von den Schußlinien entfernt. In einer Ecke stand ein kleiner, selbstgebauter

Holzofen, der recht einfach aus schweren Blechen zusammengebastelt worden war. Er sah so aus, als würde er sofort zusammenkrachen, wenn man sich draufsetzte. Außerdem schien er auch nicht besonders zu funktionieren. Er war kalt und lediglich verrußt.

»Mein genialer Nachbar hat ihn gebaut«, sagte Glavas, der Vlados Blick verfolgt hatte. »Als ich ihn zum ersten Mal ausprobiert habe, hätte ich fast die ganze Wohnung abgefackelt. Aber er funktioniert, auf seine Art. Jetzt allerdings nicht. Mir ist nach drei Tagen das Holz ausgegangen. Und ich habe vierzig Mark dafür hingelegt. Man lernt nie aus.«

Glavas nahm sich noch eine Decke und legte sie über seinen Rücken, als er auf das Sofa sank. Auf dem Tisch stand eine halbvolle Schüssel Bohnen.

»Ich hoffe, ich habe Sie nicht beim Mittagessen gestört«, sagte Vlado.

»Kein Problem. Um diese Zeit ist mir jede Störung willkommen. Beim Essen und wenn ich auf diesem stinkenden Scheißhaus sitze. Ich erlaube mir, nur einmal pro Woche zu spülen. Ich bringe es einfach nicht übers Herz, das Wasser ins Klo zu schütten, nachdem ich es die Treppen hochgeschleppt habe.«

Vlado schaute sich im Zimmer um. Er sah einen eleganten grünen Lehnstuhl mit Seidenpolstern und einen feingewebten Orientteppich auf dem Boden. Er schaute hoch und sah zwei schöne, stilvoll gerahmte Bleistift- und Tuschezeichnungen und ein Ölgemälde. Selbst für Vlados ungeschulten Blick sahen sie nach einem kleinen Vermögen aus.

»Ich bin bestimmt nicht ungeduldig, Herr Petric, aber erzählen Sie mir doch bitte, was einen Polizeikommissar hierherführt.« Er beugte sich ein wenig nach vorn, so als hätte er selbst eine kleine Überraschung parat.

»Ich ermittele in einem Mordfall. Ihr Name und Ihre

Adresse befanden sich in der Tasche des Opfers. Er muß Sie also erst kürzlich besucht haben, vielleicht sogar erst in den letzten Tagen.«

Glavas lehnte sich langsam zurück und zog seine Augenbrauen hoch. »Aha. Ist es Esmir Vitas?«

»Genau. Also war er hier?«

»O ja. Ich glaube am Dienstag. Welcher Tag war denn vor drei Tagen? Ich kümmere mich nicht mehr darum, welchen Tag wir haben. Je nach Laune sind es entweder gute oder schlechte Tage, und dann sind sie auch schon wieder vorbei. Aber ich erinnere mich an Vitas. Buchstäblich mein einziger Gast seit Monaten. Und bevor Sie hier eintrudelten, dachte ich, er wäre der letzte für einige Monate. Als Sie geklopft haben, dachte ich nur, es wäre schon wieder so ein gelangweiltes Kind, das einen alten Mann ärgern will und dann lachend wegläuft, wenn man die Tür aufmacht. Oder noch schlimmer, es läuft nicht weg. ›Bitte‹, sage ich immer, ›warum lauft ihr nicht draußen rum und spielt im Bombenhagel? Dann können wir vom Fenster aus zugucken, wie ihr um euer Leben rennt.‹«

Er brach in ein keuchendes Gelächter aus, das in einen tiefen Hustenanfall überging, bis er sich irgendwie wieder unter Kontrolle brachte.

»Na dann«, fuhr er lächelnd fort, »Sie verdächtigen mich nun also, den Mord begangen zu haben?« Er sagte das, als würde ihm diese Aussicht gefallen.

»Hauptsächlich möchte ich Ihnen ein paar Fragen stellen. Ich möchte wissen, warum Vitas zu Ihnen gekommen ist und worüber Sie gesprochen haben. Kannten Sie sich eigentlich?«

»Nein. Ich habe ihn an dem Tag zum ersten Mal gesehen. Ein Dienstag, sagte ich, oder? Ein furchtbarer Dienstag war das. Den ganzen Morgen flogen Granaten umher. Den Mann nebenan hat es erwischt. Er stand einfach unten im Hof rum, als würde er nur darauf warten. Manche Leute machen das, wissen Sie. Die geben einfach auf und gehen raus und bitten richtig darum. Ein Junge ein Stockwerk über mir war draußen auf dem Balkon. Verlor einen Arm. Und da klopft es plötzlich an der Tür. Es waren eigentlich drei. Als ich schließlich aufgemacht habe, stand da dieser Vitas in so einem dunkelblauen Mantel in der Tür. Ich wußte sofort, daß er nicht von hier war. Blitzsauber. Piekfein.«

»Sie hatten ihn nicht erwartet?«

»Genausowenig, wie ich Sie erwartet habe. Das Telefon ist tot, deshalb konnte er nicht anrufen. Er hatte meinen Namen in der Stadt bekommen und kam einfach mal vorbei. Sagte er jedenfalls. Er wollte reden.«

»Worüber?«

»Über eine ganze Menge, wie sich herausstellte. Er war ein paar Stunden hier, und er kam sofort zur Sache, wie Sie wohl auch gleich.«

»Vielleicht können wir damit anfangen, daß wir Ihr Gespräch durchgehen, soweit Sie sich daran erinnern können. Auch die Dinge, die Sie nicht so wichtig finden, wenn es Ihnen nichts ausmacht. Vielleicht können gerade die für mich wichtig sein.«

»Ja, ich dachte mir, daß Sie das sagen würden. Genau das gleiche hat Vitas auch gesagt.« Wieder brach Glavas in ein heiseres, keuchendes Lachen aus, das sich schnell zu einem Hustenanfall ausbreitete. Es dauerte eine volle Minute, bis der Anfall abklang.

»Er brachte eine Karte mit«, sagte Glavas. »Und darüber wollte er etwas wissen. Eine Karteikarte mit meinem Namen und meiner Unterschrift und einem kleinen roten Kreis auf der oberen rechten Ecke. Eine Karte der Inventurakten des Nationalmuseums. Kennen Sie das Museum?«

»Ja, direkt am Fluß. Konnte gerade noch so gerettet werden.«

»Genau, gerettet. Von unserem tapferen Militär. Unsere Schläger in grünen Tarnanzügen. Sicherlich alles Kunstliebhaber. Haben sich in einem selbstlosen, großartigen Kampf gegen die serbischen Philister aufgelehnt. Aber das ist eine andere Geschichte. Also, Vitas hat mir diese Karte gezeigt, hat sie mit einem Getue aus seiner Manteltasche gezogen, als würde er mir den Heiligen Gral bringen. Dann sah er mir direkt in die Augen, genau wie Sie jetzt, und sagte: ›Können Sie mir die Bedeutung dieser Karte erklären?‹

Und ich sagte: ›Aber sicher kann ich das, stundenlang, Herr Vitas, stundenlang. Ich weiß nur nicht, ob Sie die ganze Geschichte hören wollen.‹ Darauf sagte er dann das gleiche, was Sie gerade gesagt haben. Erzählen Sie alles, egal wie unwichtig es zu sein scheint. Er würde sich das Wichtige schon rausfiltern. Ich sollte einfach nur erzählen, bis es nichts mehr zu erzählen gab. Dann bot er mir aus einer frischen Packung eine Zigarette an. Marlboro. Ich nehme an, Sie haben keine dabei, oder?«

»Nein. Nur Drinas. Aber eine ganze Schachtel.«

Glavas zog eine Hand unter seinem Mantel hervor und wartete, bis Vlado das Staniolpapier aufgerissen hatte. Gierig nahm er die erste Zigarette und sah richtig erleichtert aus, als sich Vlado vorbeugte und ihm Feuer gab. Glavas sank zurück auf das Sofa und inhalierte den ersten Zug gerade noch rechtzeitig, um einen Hustenanfall zu unterdrücken. Ein breites Grinsen teilte sein Gesicht. »Ahh«, sagte er, »jetzt geht's mir besser. Auch wenn es nur Drinas sind.«

Während Vlado wartete, inhalierte er ein zweites Mal und atmete dann eine dicke Rauchwolke aus, bevor er den Faden wiederaufnahm. Einen Takt langsamer diesmal.

»Also, Vitas zündete mir dann die erste von vielen, vielen Zigaretten an. Ich hoffe, Sie haben auch mehr als eine Schachtel mitgebracht. Dann sagte er: ›Warum erzählen Sie mir nicht einfach alles, was Sie über die Karte wissen, und wenn Sie fertig sind, frage ich nach den Dingen, die mich besonders interessieren.‹ Ich sagte ihm, das könnte mehrere Stunden in Anspruch nehmen, denn die Karte hat eine Geschichte, die ein halbes Jahrhundert zurückgeht. Und die Tatsache, daß er zu dieser Karte gekommen war, sagte mir, daß die Geschichte noch nicht zu Ende war.

›Machen Sie sich darüber keine Sorgen, Herr Glavas‹, sagte er. Ganz wie ein Gentleman. Er war wie ein netter Verwandter, der zum Tee reinschaute. Sehr angenehmes Wesen. Hat mich völlig überrumpelt. ›Ich habe viel Geduld‹, sagte er, ›und so wie es sich da draußen anhört, wird keiner von uns so schnell irgendwo hingehen.‹ Die Granaten machten nämlich immer noch einen Heidenlärm. Es überraschte mich, daß er überhaupt hergekommen war. Aber er war die Ruhe selbst. Und jetzt sagen Sie, daß er ermordet wurde. Sind Sie sicher?«

»Leider ja. Ich habe seine Leiche selbst gesehen.«

»Eine Schande.« Glavas schüttelte den Kopf. Die Asche seiner Zigarette fiel auf die Sofalehne, und er wischte sie mit einer knappen, pingeligen Bewegung weg. Dann lehnte er sich zurück und nahm noch einen genüßlichen Zug.

»Darf ich fragen, wie es passiert ist?« fragte Glavas. »Der Mord, meine ich.«

»Kopfschuß. Unten am Fluß, nachts. Es sollte so aussehen, als wenn es ein Heckenschütze getan hätte.«

Einen Augenblick schien Glavas darüber nachzudenken, dann brummte er vor sich hin, als hätte er sich entschlossen weiterzumachen.

»Wo war ich stehengeblieben?«

»Die Karteikarte. Die mit einem roten Punkt. Sie sagten, Vitas hätte so eine gehabt.«

»Genau. Sie stammte aus der sogenannten Transferkartei, ein sehr wichtiger, aber kaum bekannter Teil unseres ›kulturellen Erbes‹. So nannten es die Kunstbürokraten. Ich sagte Herrn Vitas, daß es mich sehr überraschte, daß er überhaupt so eine Karte hatte. Er lächelte bloß und sagte nichts. Ich fuhr fort und erzählte ihm alles, was ich über diese Karte und Hunderte andere dieser Art wußte. Ich schätze, Sie wollen jetzt eine Wiederholung der Geschichte, obwohl Sie nur Drinas haben und keine Marlboros und wahrscheinlich auch keinen Kaffee, oder?«

»Nicht ein Körnchen.« Vlado lächelte.

»Hätte ich mir denken können. Ich habe sowieso kein heißes Wasser. Obwohl ich zu meinen netten Nachbarn gehen könnte und ihnen im Gegenzug einen Löffel Nescafé anbieten könnte. Aber wenn Sie keinen haben …«

Unter großer Anstrengung atmete Glavas dann so tief ein, wie es seine keuchenden Lungen erlaubten. Er sah aus wie ein Taucher kurz vor dem Sprung ins tiefe Wasser. Dann betrachtete er seine Hände, als würden sie genau die Karte halten, die Vitas ihm damals mitgebracht hatte. Und er begann, seine Geschichte zu erzählen.

10. Kapitel

Die Karte hat etwas mit Kunst zu tun, verstehen Sie«, sagte Glavas. »Mit wunderbaren Kunstschätzen.«

Vlado war enttäuscht. Das sollte das Geheimnis von Vitas' Tod sein? Ein paar Gemälde aus dem Museum? Ein Stück Kultur, das von der Wand gerissen worden war?

»Aha«, sagte Glavas, »ich sehe, daß ich Sie bereits langweile. Scheint nicht mal interessant genug zu sein, um sich Notizen zu machen.«

Vlado wurde rot, als er bemerkte, daß er seinen Stift niedergelegt hatte.

»Hat man mir das angesehen?« fragte er. »Ich hatte wohl gehofft, es würde um mehr gehen. Um mehr als ein paar Alkohol- oder Zigarettendelikte oder ein paar Scheiben Hammelfleisch. Es tut mir leid, aber ein paar Bilder halte ich für einen noch geringeren Grund, um mitten im Krieg ermordet zu werden. Vorausgesetzt natürlich, daß es darauf hinausläuft. Fleisch kann man wenigstens essen.«

»Ja, Fleisch«, sagte Glavas. »Mit Fleisch, Alkohol, Benzin und Zigaretten kann man auf dem Schwarzmarkt reich werden. Aber das braucht seine Zeit. Außerdem hat man ständig die Konkurrenz auf dem Hals. Aber mit ein paar Bildern, wie Sie sich ausdrückten, kann man fast über Nacht reich werden. Ein mehrfacher Millionär, wenn man sich nicht ganz dumm anstellt. Selbst mit den mageren Angeboten in dieser Stadt.

Nebenbei kann man damit auch eine ganze Kultur zerstören. Sind das nicht genug Gründe, um jemanden in diesem Klima aus Habgier und Völkermord zu töten, was meinen Sie,

Herr Petric? Jedenfalls könnte es das Gewissen beruhigen, wenn man damit prahlen kann, daß man das emotionale Erbe einer Nation zerstört. Eine schöne Ausrede, während man seine Taschen mit einem Vermögen füllt, das für ein ganzes Leben reicht.«

»Na ja, wenn man es so sieht, kommt man der Sache schon näher.« Vlado nahm sich eine Zigarette aus der Schachtel Drinas, die zwischen ihnen lag.

»Im Falle dieser Transferkartei oder dieser Karten mit dem roten Kreis«, sagte Glavas, »sprechen wir nicht nur von Gemälden, sondern auch von Manuskripten, Skulpturen und Ikonen der katholischen und orthodoxen Kirche. Selbst ein paar jüdische Relikte sind dabei, die sich die Kommunisten in die Tasche gesteckt hatten. Außerdem ein paar alte Münzen, Schwerter, Vasen, hübsche alte Schatullen, all so ein Kram. Und jedes Kunstwerk – oder fast jedes – aus der Transferkartei landete in den Inventurakten des Museums. Alle mit einem roten Kreis in der oberen rechten Ecke und meinem Namen untendrauf. Wenn man noch ein bißchen weiter nachforschen will, findet man heraus, daß jede dieser Karten ihre eigene Geschichte davon erzählt, wie Kunstschätze ständig umhergeschoben werden und auf Wanderschaft sind. Wie sie abhängig von Kriegsgeschicken, der Gier von Bürokraten, der Gerissenheit von Politikern und den Launen des Schicksals kommen und gehen, mal hierhin und mal dorthin. Denn, unterschätzen Sie das nicht, Herr Petric, letztlich erzählt jede Geschichte eines Krieges auch immer davon, wie Kunstschätze umhergeschoben werden. Da versucht immer eine Kultur die Seele der anderen zu stehlen. Entweder ist es schlicht und einfach Beutegut, oder man tut so, als wolle man die Kunstwerke ›erhalten und bewahren‹.

Wenn ich Ihnen also etwas über die Transferkartei erzählen soll, muß ich zuerst zurückgehen in den Frühling des Jahres

1945. Zurück zum erbärmlichen Ende eines anderen erbärmlichen Krieges. Also fangen wir dort an, wenn Sie nichts dagegen haben.«

»Bitte, tun Sie das.«

Glavas rückte auf dem Sofa nach vorn, schob die Decke über seiner Schulter zurecht und sammelte sich wieder, indem er tief einatmete.

»Es war verdammt viel schlimmer als heute, das kann ich Ihnen sagen. Denken Sie nicht, ich wäre bloß ein alter Mann, der euch jungen Leuten erzählen will, daß es mir damals schlechterging als irgend jemandem heutzutage. Ich sitze hier ohne Heizung unter einem Stoß Decken. Wenn es hoch kommt, gibt es vielleicht zwei Stunden in der Woche fließendes Wasser. Aber, verdammt noch mal, das ist Luxus, verglichen mit dem Zweiten Weltkrieg. Das Essen ist jeden Tag das gleiche, aber es ist Essen. Die Wände sind voller Granatsplitter, aber sie stehen noch. Der Feind schießt auf uns, aber er bleibt wenigstens in den Bergen. Das hier ist wie Roulette. Aber der Zweite Weltkrieg bedeutete ein Massaker nach dem anderen. Wollen Sie wissen, was ethnische Säuberung wirklich heißt? Dann lesen Sie was über dieses Schlachtbankett damals. Oder noch besser: Fragen Sie Ihren Vater oder Ihren Onkel.«

Vlado mußte niemanden fragen. Er kannte die meisten dieser Geschichten bis in ihre blutigen Einzelheiten. Während in fast allen ruhmreichen Heldengeschichten zur Übertreibung geneigt wurde – da mußte man beispielsweise nur Damirs Vater fragen –, wurden die Berichte über Elend und Grausamkeit meistens heruntergespielt. Doch Kroaten töteten Serben, Serben töteten Moslems, Kommunisten töteten Royalisten, und die Deutschen töteten praktisch jeden. Furcht und Mißtrauen gegeneinander hatten die Überlebenden nie ganz vergessen können. Aus der Glut ihrer Erinnerungen waren die Flammen aufgelodert, die nun ganz Bosnien verbrannten, als wenn das

Feuer nur für ein halbes Jahrhundert im Untergrund verborgen geschwelt hatte.

»Mein Dorf ist verschwunden, bis auf die Grundmauern abgebrannt. Es war ein kleines Kaff im Osten, kaum ein Dutzend Häuser im ganzen«, sagte Glavas. »Ausgelöscht von den Nazis und diesen verdammten Kroaten von der Ustascha. Bis alles den Bach runterging, war ich an der Universität. Ich hatte Kunstgeschichte studiert und träumte davon, irgendwann einmal ein staatliches Museum zu leiten. Als der Krieg begann, hatte ich gerade ein Stipendium einer Stiftung in Belgrad bekommen. Das wurde dann natürlich alles nichts mehr. Das Dorf war so schnell weg, so schnell können Sie gar nicht gucken. Als die Soldaten kamen, bin ich mit vier anderen in meinem Alter auf einem Treckerhänger abgehauen. An einer Straßensperre haben wir uns in die Wälder geschlagen, bis ich hier ankam. Keiner von den anderen hat es geschafft. Auf der Flucht erschossen. Ich habe mich nicht einmal umgesehen. Ich habe nur gespürt, wie sie um mich herum gefallen sind. Die sind umgefallen, als wenn sie plötzlich vor Müdigkeit nicht mehr gekonnt und einfach aufgegeben hätten. Erstaunlich, daß ich nicht getroffen wurde. Für drei Tage lebte ich vom Schnee und von einem einzigen Brocken Brot. Den Rest des Krieges habe ich mich in Kellern und Hinterzimmern verkrochen und vor den Behörden versteckt. Was man damals so Behörden nannte.«

Glavas erzählte noch zwanzig Minuten weiter von dieser Zeit. Er klang dabei so erregt, als hätten die Ereignisse erst letzte Woche stattgefunden. Vlado suchte nach einer Möglichkeit, ihn wieder zum Thema zurückzubringen, aber Glavas war jetzt nicht mehr zu stoppen. Ein Mann wie er bekam eben auch nicht mehr viele Besucher. Also laß ihn reden, dachte sich Vlado und blinzelte verstohlen auf seine Uhr. Es hörte sich so an, als hätte sich Glavas endlich dem Ende des Zweiten Weltkrieges genähert.

»Wenn man so was überlebt hatte, hatte man nicht nur die Furcht vor Gott verloren, man brannte auch auf Rache. Man war bereit, jede Chance zur Rache zu nutzen, egal welche. Meine Chance erhielt ich durch die Kunst. Ein paar Monate nach Kriegsende wurde ich eingeladen, eine Delegation nach Deutschland zu begleiten. Wir sollten dort alle Gegenstände wiederfinden, die während des Krieges dem neuen jugoslawischen Staat gestohlen worden waren. Delegation klingt ein bißchen großspurig. Es waren eigentlich nur ich und ein paar andere Typen. Wenn nicht so viele Museumsangestellte getötet oder in ein Lager gebracht worden wären, wäre ich niemals dafür ausgewählt worden. Aber so haben sie mich einfach mitgenommen. Durch meine Ausbildung war ich aufgefallen, und als ich hörte, daß sie Hilfe brauchten, habe ich die Chance genutzt. Ich konnte Gemälde für Gemälde Rache üben. Eines kann ich Ihnen sagen, am Anfang hatte ich überhaupt nicht die Absicht, mich an irgendwelche Vorschriften zu halten. Ich war so voller Eifer gewesen, daß ich auf alles hatte Anspruch erheben wollen. Am liebsten auf solche Stücke, die wirklich den Deutschen gehörten. Meine größte Sorge war gewesen, daß mein Chef – Pencic, der Museumsdirektor von Belgrad – davon hätte Wind bekommen können. Und dann mußte ich natürlich mit den alliierten Offizieren, die für die Operation verantwortlich waren, fertig werden. Die Denkmal-Offiziere nannten sie sich selbst. Hauptsächlich Amerikaner.

Aber Pencic war mir weit überlegen. Kurz bevor wir abreisten, gingen wir unseren Schlachtplan durch. Er zeigte mir alle Dokumente, jede verfügbare Bescheinigung, jeden Stempel und jedes Versicherungsformular für alle Gegenstände, die vermißt wurden. Insgesamt mehrere tausend Stücke. Erstaunlich, mit welcher Gründlichkeit alles weggeschleppt worden war.

Dann zog er einen Stapel Blankoformulare hervor. Blanko!

Und wozu sind die gut, fragte ich, obwohl ich es mir schon denken konnte. Für alles, was wir sonst noch so zurückbringen können, sagte er. Ich hatte meinen Meister gefunden. Vor uns lagen die Werkzeuge für einen völlig sicheren Diebstahl. Und er hatte nicht vor, ein Dutzend oder zwanzig oder sogar fünfzig mitzunehmen. Wenn ich einen kleinen Betrug oder Schwindel riskieren wollte, dann war er dabei, das ganz dicke Ding zu drehen. Er hatte zweihundert Blankoformulare. Zweihundert! Wir wollten sie überlegt einsetzen, nicht für jeden greifbaren Schrott. Und nicht für unsere persönlichen Bedürfnisse. Wir waren im Auftrag von Gott und Vaterland unterwegs.«

Glavas hielt inne und seufzte.

»Haben Sie noch eine Drina? Die hier ist gleich aus. Danke.«

Draußen folgte auf ein heulendes Pfeifen eine gewaltige Explosion. Das Haus schien in seinen Grundmauern zu erzittern. Glavas schaute zu seinen mit Plastik bedeckten Fenstern rüber.

»Aha, es klart auf. Wird wahrscheinlich ein lauter Nachmittag werden. Aber gut. Wir reisten an einem Montag im Juni nach Berlin ab. In einer weiß übergestrichenen, erbeuteten Fokker. Mein erster Flug, ich kann mich noch gut erinnern, wie ich gestaunt habe. Wir flogen von hier ab. Ich begriff zum ersten Mal, wie schön die Stadt eigentlich war. Vorher hatte ich Sarajevo immer als eine Art Narbe in den Bergen betrachtet, eine große, graue Wunde im Grünen. Selbst als Junge vom Lande, der mit großen Augen hierher zu Besuch kam. Aber von da oben wurde es plötzlich lebendig. Die Stadt sah aus wie ein langer, graziler Körper, der nach einer furchtbaren, schlaflosen Nacht ein Nickerchen im Tal macht. Rauch stieg in Kringeln aus den Schornsteinen auf. Und der Fluß – wir hoben am frühen Morgen im hellen Sonnenschein ab –, der Fluß sah aus wie eine wunderschöne, goldene Kette am Hals einer eleganten Frau. Ein wunderbarer Augenblick. Dann ging es hoch, über die Berge und ab nach Deutschland.

Berlin. Mein Gott, Berlin. Wenn Sie die Verwüstungen eines Krieges sehen wollen, dann hätten Sie Berlin sehen sollen. Trotz allem, was die Deutschen getan hatten, taten mir diese Leute leid. Wo einmal ganze Häuserreihen gestanden hatten, lagen jetzt die Ziegel einzeln herum. Obwohl alles schon wieder ganz ordentlich aussah. Überall gab es preußisch ordentliche Ziegelstapel. Und überall stapelten diese strammen Frauen mit Kopftüchern neue auf, immer höher und in langen Reihen. Manche der Frauen waren ziemlich jung und wirklich schön, ein bißchen abgemagert vielleicht, weil es nichts zu essen gab. Einsame Geister, die durch die Ruinen wanderten. Und wenn Sie glauben, die Frauen hier würden alles für Zigaretten machen, nun gut ... Aber am meisten erinnere ich mich an den Gestank. Der Himmel sollte einen davor bewahren, daß man mit dem Kopf nach unten in der Spree endete. Der Fluß war eine gigantische Kloake, voller Leichen. Die waren angeschwollen wie tote Ratten, aufgedunsen, dunkel angelaufen. Wie kleine Wale.«

Er hielt inne und zog an der Zigarette. Vlado befürchtete, daß das noch eine Weile so weitergehen könnte. Deshalb erinnerte er Glavas vorsichtig an das eigentliche Thema. »Und dann begannen Sie mit Ihrer Suche nach den gestohlenen Kunstschätzen.«

»Richtig. Wir machten uns mit allem vertraut und meldeten uns bei den Behörden an. Zuerst bei den Russen, in ihrer Besatzungszone, aber das brachte nicht viel. Wir fanden nur heraus, daß sie alles aus ihrer Zone nach Moskau schafften. Sie plünderten die Plünderer. Nach dem, was sie durchgemacht hatten, wollten wir ihnen keinen Vorwurf machen. Aber nach der ersten Woche war ich von ihnen genauso angeekelt wie von den Deutschen. Die Russen stolzierten mit ihren Stiefeln und dicken Mänteln durch die Stadt, rollten mit ihren Panzern über die Trümmer und kontrollierten von jedem die Papiere. Machten willkürliche Verhaftungen. Außerdem bedienten sie sich bei der halben weiblichen Bevölkerung von zehn Jahren an aufwärts. Die Russen waren wirklich Schweine. Aber ihre Kunstfachleute waren allererste Klasse. Die wußten genau, was sie mitgehen ließen.«

Die nächsten zwanzig Minuten folgte eine ausufernde Erörterung über die Arbeitsweisen und Bedeutungen der russischen Kunstdezernate. Sehr faszinierend, aber leider zum Verrücktwerden weit weg vom eigentlichen Thema. Vlado unterbrach ihn ein paarmal, aber es war genauso zwecklos, wie eine vom Kurs abgekommene Lokomotive steuern zu wollen. Glavas würde wohl erst wieder in die richtige Spur einfädeln, wenn er Lust dazu hatte.

»Dann kamen die westlichen Alliierten«, sagte Glavas und hakte die Russen endlich ab. »Die waren auch nicht viel besser, aber man mußte sich wenigstens keine Sorgen machen, daß sie alles, was sie hatten, mit dem nächsten Schiff nach Hause schickten. Und die Franzosen wären genauso schlimm wie die Russen gewesen, wenn sie die Gelegenheit dazu gehabt hätten. Aber glauben Sie nicht, die Briten oder Amerikaner hätten sich nicht ihren Teil abgezweigt. Jeder hat sich bedient.

Der Hauptsammelpunkt der Amerikaner war in München. Aber zu der Zeit gab es auch noch eine Menge Zeug auf dem Land, ein Haufen davon mitten im Nirgendwo. Die Deutschen hatten in den letzten Kriegsmonaten noch viele Sachen beiseite geschafft, die noch nicht eingesammelt worden waren. Wir holten unsere Landkarten raus und zogen mit unserem amerikanischen Führer los. Eine Tour in den Untergrund nach der anderen. Wir besuchten alte Verliese, Höhlen und Minen, und stiegen in die Keller von Klöstern, Weingütern, Brauereien und Schlössern. Überall, wo wir hinkamen, gab es eine prachtvolle Sammlung. Zu der Zeit dachte ich an manchen Tagen, daß mir die Augen aus dem Kopf fallen würden. Langsam machten wir Fortschritte. Ich hatte meine Liste und hakte ein Stück nach dem anderen ab. Sie verpackten unsere Gegenstände und schickten sie zu einem Sammelpunkt, von wo aus alles nach Jugoslawien ging.

Natürlich hielten wir unterwegs immer wieder Ausschau nach – wie Pencic zu sagen pflegte – den ›verlorenen Lämmern der Kunst‹. Die Stücke, die ohne Brandzeichen auf leeren Weiden herumliefen. Es sei unsere Aufgabe, sagte er, sie in unserer Herde so willkommen zu heißen, als würden sie zur Familie gehören. Und das haben wir getan.«

Glavas lachte leise in sich hinein.

»Ich kann mich noch gut an die Märchen erinnern, die wir den Leuten aufgetischt haben. Wir waren ganz schön raffiniert, wenn wir unsere Besitzansprüche geltend machen wollten. Manche Leute haben uns schlichtweg nicht geglaubt, aber schließlich hatten sie oft keine andere Wahl. Meistens hatten wir es nicht mit Kuratoren zu tun, nur bei den größeren Sammlungen gab es welche. Wir mußten nur einfache Angestellte und niedrigrangige Offiziere anschwindeln, allesamt Bürokraten, die nicht mal den Unterschied zwischen einem Botticelli und einem Beaujolais kannten. So haben wir uns in neun aufreibenden Wochen selbst übertroffen. Als wir soweit waren, unsere schöne, kleine, weiße Fokker zum Rückflug nach Sarajevo zu besteigen, hatten wir hundertfünfundsechzig von unseren zweihundert Blankoformularen benutzt.«

»Hatten Sie keine Angst, daß man Ihnen auf die Schliche kommt?«

»Oh, wir wußten, daß man uns schließlich irgendwie auf die Schliche kommen würde. Und so war es auch. In den späten fünfziger Jahren kam dann heraus, was damals passiert ist. Unser Verhalten wurde in einigen europäischen Kunstkreisen als

Skandal betrachtet, aber gar nicht mal so sehr wegen Anzahl und Wert der Kunstschätze, die wir mitgenommen hatten. Das war im großen und ganzen eher wenig für diese Szene. Was die Leute wirklich aufregte war, daß zwei so unbedeutende Kerle wie wir sich ganz dreist dieses Ding geleistet hatten und wir überhaupt nicht daran dachten, uns zu entschuldigen. Außerdem war das Erinnerungsvermögen besonders bei der Horde der Armeeangestellten sehr schnell beeinträchtigt. Die konnten sich nicht mehr daran erinnern, was sie uns überschrieben hatten, und die Details unserer kleinen Geschichten und Ausschmückungen hatten sie erst recht vergessen. Aber die Leute, die ganz oben saßen, wußten, daß wir mit dem Zeug abgehauen waren.«

»Also mußten Sie alles zurückgeben?«

»Aber nein. Wir hatten von Anfang an damit gerechnet, daß man uns erwischen würde. Uns war klar, daß sich in einigen Fällen die rechtmäßigen Besitzer schließlich melden würden. Deshalb haben wir von Beginn an Vorsichtsmaßnahmen getroffen, die es so schwer wie möglich machen sollten, diese Gegenstände von uns zurückzufordern. Und hier kommt die Transferkartei ins Spiel.«

»Inwiefern?«

»Uns war klar, daß wir die Kunstschätze nicht in unseren Museumssammlungen behalten konnten, weil man sie dort zu leicht aufgespürt hätte. Deshalb haben wir sie sofort über das ganze Land verteilt. Einige Stücke gingen an Ministerien, wunderschöne Gemälde endeten an der Wand hinter irgendwelchen farblosen, grimmigen Bürotypen, die den ganzen Tag Formulare vollschmierten. Die Ikonen gingen an Kirchen, hauptsächlich an kleine Gemeinden auf dem Lande, die überglücklich waren, so etwas zu bekommen. Das war das einzige Mal, daß Titos Regierung der Kirche wohlwollend gegenüberstand.

Andere Stücke gingen an ein paar der staatlich betriebenen Hotels. Aber der Großteil ging an Einzelpersonen. Parteifunktionäre. Hohe Tiere der Ministerien. Moralisch betrachtet entsprach unser Verhalten dem eines millionenschweren Sammlers, der seine Kunstschätze auf dem Klo versteckt. Aber es war der beste Weg, um die Schätze offen zu zeigen und dabei sicherzugehen, daß sie dennoch im Land bleiben konnten. Sobald jemand von außen kam und die Werke wiederhaben wollte, konnten wir ehrlich sagen: ›Ach, du meine Güte, diese Exponate sind nicht mehr in unseren Museen. Sie wieder aufzuspüren würde Jahre in Anspruch nehmen. Wir würden diese Arbeit natürlich gerne in Angriff nehmen, aber Sie werden verstehen, daß sie unmöglich Vorrang haben kann.‹ Nur wir wußten die ganze Zeit, wo alles war.«

»Weil alles in der Transferkartei festgehalten worden war.«

»Genau. Und ich war der Herr und Meister der Kartei. Selbst als sich meine Aufgaben im Museum auf andere Bereiche ausdehnten, behielt ich diese Rolle. Teils weil ich am besten Bescheid wußte, teils weil ich einen emotionalen Bezug dazu hatte. Schließlich hatte ich all diese Kunstwerke gerettet und zurückgebracht.

Aber dann passierte etwas Komisches. Alle Parteioffiziellen und Ministerialhäuptlinge, die Nutznießer unseres Systems waren, wollten so schöne Kunstwerke plötzlich auch ganz gerne zu Hause haben. Da wurden ihre Befehlsempfänger natürlich neidisch und wollten auch Kunst in ihren Wohnungen haben. Je mehr sich die Bürokratie ausweitete, um so größer wurde das Verlangen nach den Kunstschätzen. Wir hatten natürlich nichts mehr, was wir ihnen geben konnten. Nur noch unsere eigenen Museumsstücke.«

»Und haben Sie die hergegeben?«

»Natürlich. Auch wenn die Leute keine Minister waren, konnten sie einem das Leben verdammt schwer machen, wenn man sich mit ihnen anlegte. Deswegen haben wir eingewilligt, und die Transferkartei begann zu wachsen. Die Museumsexponate gingen Stück für Stück auf Wanderschaft.«

Er lachte wieder in sich hinein.

»Eines der originalen Transferstücke ist sogar bei mir gelandet.«

Er deutete auf das Ölgemälde, das Vlado gleich beeindruckt hatte, als er hereingekommen war. Es zeigte ein leuchtendgrünes Feld mit Lilien im Licht eines späten Nachmittags. Ein impressionistisches Meisterwerk.

»Neunzehntes Jahrhundert. Wahrscheinlich gehörte es einem kleinen Museum in Stuttgart. ›Tut mir leid‹, würden die Deutschen wohl sagen.«

»Haben Sie keine Angst, daß es beschädigt werden könnte?«

»Hatte ich erst. Als der Krieg anfing, habe ich es in den Keller gebracht, in ein abschließbares Abteil. Aber nach einer Weile konnte ich den Gedanken nicht mehr ertragen, daß es da unten zwischen Mäusen und verrosteten Fahrrädern und den dreckigen Straßenbälgern verkommt. Manche Familien sind so verängstigt, daß sie nach den Bombenangriffen gleich unten bleiben und gar nicht mehr zurück in ihre Wohnung ziehen. Deshalb bin ich eines Nachts runtergegangen, um es zu holen. Wie gut, daß ich es getan habe, denn im Keller stand knöcheltief Wasser. Eine Leitung war bei einem Granateneinschlag geplatzt. Nur ein paar Zentimeter höher, und das Bild wäre vollständig zerstört gewesen. Es war seltsam. Genauso haben wir damals in Deutschland viele Keller oder Minenschächte vorgefunden. Die Kunstwerke standen dort im Wasser oder waren mit Salz verkrustet. Oder von Schimmel überzogen. Einige waren ruiniert, oder jedenfalls fast. Andere waren mit Staub bedeckt oder von Mäusen angeknabbert – oder unter einem eingestürzten Haus lebendig begraben. Die Deutschen hatten Bilder zwischen Matratzen geschoben, eingewickelt in Unterwäsche, Decken und Spitzenvorhänge. Erstaunlich, was sie mit manchen Sachen gemacht haben. Und dann wäre mein eigenes, kostbares Ölgemälde fast in dem steigenden Wasser in meinem Keller gestorben. Hat nicht mehr viel gefehlt. Also habe ich es wieder hochgeholt. Wenn es von einer Kugel getroffen wird und ein Scharfschütze ein Loch reinmacht, na gut, besser ein schneller Tod als langsame Folter durch Feuchtigkeit und Schimmel. So kann ich mich wenigstens noch daran erfreuen, bis das Bild oder ich dran glauben muß. Wie auch immer – wo war ich stehengeblieben?«

Vlado sah in seinem Notizbuch nach. »Sie sagten, Stück für Stück wanderten die Kunstschätze aus dem Museum.«

»Genau, und zwar strikt nach Vorschrift. Es konnte bestimmt nicht jeder daherkommen und sich für den Rest seines Lebens ein Gemälde ausleihen. Man mußte Beziehungen haben oder für die Partei von Bedeutung sein. Wir haben einige Anfragen abgelehnt. Ich mußte mit entscheiden, wem die Ehre zuteil wurde. Das hat mir natürlich bestimmte Vorteile verschafft. Eine Hand wäscht die andere. Der Teppich zum Beispiel. Oder der Stuhl, auf dem Sie sitzen. In meiner Position konnte ich mich nicht beklagen. Und dabei konnte man immer davon ausgehen, daß die Kunstwerke sicher, katalogisiert und ausreichend versichert waren.

Nach einiger Zeit entdeckten wir einen schönen Nebeneffekt dieser Vorgehensweise. Mal abgesehen von unserer eigenen Bereicherung natürlich. Wir merkten, daß wir Platz für neue Künstler schufen. Die meisten Museen mußten ihre Exponate dafür ins Lager stellen. Wir jedoch konnten unsere Gönner glücklich machen, indem wir ihnen die Kunstwerke mit nach Hause gaben, und boten nebenbei noch unseren jungen Künstlern die Möglichkeit, ihre Arbeiten auszustellen. Das Ironische daran ist, daß einige von ihnen richtig berühmt wurden. Manche ihrer Arbeiten wurden schließlich auch ausgeliehen. Sie sehen also, die Kunst befruchtet sich selbst, während sie auf Wanderschaft ist.«

»Es hört sich so an, als hätte dieses Verfahren ein riesiges Ausmaß gehabt.«

»Ich würde sagen, in den späten achtziger Jahren umfaßte es annähernd tausend Werke. Sobald ein Werk rausgehen sollte, nahm ich es unter meine Fittiche. Wir besorgten die Karte aus der zentralen Kartei, markierten sie in der oberen Ecke mit einem roten Punkt und meiner Unterschrift und steckten sie in die Transferkartei. In Belgrad haben sie von der Sache nie wirklich Wind bekommen. Ich denke, als das Ganze richtig groß und unübersichtlich geworden war, hatte niemand mehr Lust, sich damit rumzuschlagen. Und nach Pencic' Tod war ich der einzige, der die ganze Sache noch bis zu den Anfängen zurückverfolgen konnte. Ich bin also zum Kurator der verstreutesten Sammlung der Welt geworden. Wenn Sie so wollen, war ich der Hirte aller verirrten Lämmer unseres Landes.«

»Hat sich nie jemand dafür interessiert? Ich meine, wenn so viele Kunstwerke – rund tausend Stück, sagten Sie? – in alle Winde verstreut waren?«

»Wofür sollte man sich interessieren? Tausend Stück sind nichts, verglichen mit dem nationalen Gesamtinventar. Außerdem vollzog sich alles viel zu langsam, um jemanden zu alarmieren. Und seien wir doch ehrlich, Herr Petric, wie viele Leute außer ein paar alten buckeligen Exzentrikern kennen wirklich das Inventar eines Museums? Wer merkt denn schon, wenn hier und da ein paar Exponate fehlen? Tja, die Dinge entwickelten sich ungestört, und mein Reich wuchs die ganze Zeit.

Dann braute sich der Krieg zusammen. Eine gewisse Nervosität griff um sich. Ich bremste die Aktion etwas und stoppte sie schließlich ganz. Denn jetzt mußten wir unsere Exponate an sichere Plätze schaffen. Banktresore oder so. Also verlagerten wir unsere Aktivitäten. Und genau zu dieser Zeit erhielt ich Besuch – hier, nicht im Büro. Von jemandem, mit dem ich noch weniger gerechnet hätte als mit Ihnen oder Herrn Vitas.«

»Wann war das?«

»Im März zweiundneunzig. Kurz bevor die Hölle losging. Es war ein Brigadegeneral der Jugoslawischen Volksarmee. Ein General Markovic. Er steckt jetzt hier in der Nähe irgendwo in den Bergen, habe ich gehört. Seine Leute bombardieren uns jeden Tag.«

»Also ein Serbe.«

»Ja, ein Serbe. Er war plötzlich furchtbar interessiert an der Welt der Kunst und besonders an meiner kleinen verstreuten Sammlung. Natürlich in rein offizieller Eigenschaft. Er sagte, er würde ›Regierungsinteressen‹ vertreten. Allerdings war er nicht gerade der Typ, den man zufällig in den Galerien des Nationalmuseums antrifft.«

»Was wollte er wissen?«

»Alles. Er hatte sich die Transferkartei entweder schon angesehen, oder jemand hatte ihm davon erzählt. Auf jeden Fall wußte er verdammt genau, was die roten Punkte bedeuteten. Er wollte eine Zusammenfassung über alle Transferartikel in der Stadt. Außerdem eine Auflistung der Standorte – er wollte wissen, wie weit die Stücke verstreut waren, wie leicht sie zu finden sein würden, wie unsere Buchhaltung funktionierte und was die Versicherungsgesellschaften wissen könnten. Er sagte, man müsse die Kunstschätze aus Sicherheitsgründen möglicherweise zurückholen, und wollte wissen, ob sich die Eigentümer wohl dagegen sträuben würden. Und er wollte selbstverständlich wissen, welches Zeug am meisten wert sei. Oder, wie er sich recht einfallslos ausdrückte, welche Artikel sofortige Aufmerksamkeit bräuchten, falls wir sie vor dem Krieg retten müßten, wenn er wirklich ausbrechen sollte.

Glauben Sie, er wollte etwas über Techniken wissen oder über die Vorzüge bestimmter Stilrichtungen oder etwas über den Wert einer Landschaft im Gegensatz zu, sagen wir, irgendeinem abstrakten Werk, das vielleicht tiefere Bedeutungen erkennen ließ, irgendwelche Visionen oder einen Glauben, eine höhere Idee? Nicht die Spur. Wie ich schon sagte, das war ein reiner Geschäftsmann.«

»Hat er sich irgendwie darum bemüht, sein Interesse zu erklären? Ich meine, außer daß er behauptete, die Regierung zu repräsentieren.«

»Oh, seine Motive waren natürlich ganz und gar patriotischer Natur. Er sagte, daß er und seine Vorgesetzten befürchteten, daß bald der Krieg beginnen könnte. Deshalb wollten sie sich rechtzeitig um diesen empfindlichen Teil unseres nationalen, künstlerischen Vermächtnisses kümmern. Dazu müßten sie die Aufenthaltsorte der Kunstschätze, ihren Wert und das Ausmaß der ganzen Angelegenheit kennen, so daß sie, wenn die Situation sich verschlimmern sollte, alles in Sicherheit wüßten. Er sagte, daß Leute aus den höchsten Ebenen ihre Sorge geäußert und ihn mit der Aufgabe betraut hätten.«

»Haben Sie ihm geglaubt?«

»Hätten Sie ihm geglaubt? Diesem nach Knoblauch und Slibovitz stinkenden, fetten Kleingeist? Nicht einen Moment habe ich ihm geglaubt. Kein Wort. Wenn jemand wirklich an dem Schutz der Sachen interessiert gewesen wäre, dann wäre das über die offiziellen Kanäle gelaufen. Man hätte mich im Museum besucht, nicht zu Hause. Man hätte Formulare in dreifacher Ausfertigung unterschreiben müssen, Mitteilungen weiterleiten müssen und Konferenzen abgehalten. Da wäre mehr Papier in Umlauf gewesen, als Sie sich vorstellen können. Es wäre so korrekt abgelaufen, daß alles wunderbar verpfuscht worden wäre. Bei Kriegsausbruch wären die Kunstschätze dann genau dort gewesen, wo sie am meisten der Gefahr einer Zerstörung ausgesetzt gewesen wären.

Der General war statt dessen nur daran interessiert, das Ganze so schnell und effektiv wie möglich über die Bühne zu kriegen. Wenn Sie mich fragen – er war nicht ganz koscher. Hörte sich das nach einem offiziellen Regierungsunternehmen an? Nein, er war ein geldgieriger Bolschewik im Seidenanzug, der nur mehr über den Marktwert der Kunstwerke erfahren wollte. Ein Kapitalist in den Kinderschuhen, der nach seiner großen Gelegenheit suchte. So ein Unglück mußte ja irgendwann nach Titos Tod passieren.«

»Was haben Sie ihm also erzählt?«

Glavas richtete sich gerade auf und zog die Decke über seine Schultern.

»Alles, was ich wußte. Orte, Werte, Schätzungen, auf wieviel er in welcher Zeit ungefähr kommen konnte. Ich sagte ihm wirklich alles, was er wissen wollte.«

Für einen Moment war Vlado fast erschrocken. Er runzelte die Stirn und bekam sofort einen ungeduldigen Blick von Glavas zugeworfen.

»Warum haben Sie ihm geholfen?« fragte Vlado.

»Warum nicht? Warum sollte ich den Zorn dieses Mannes riskieren? Ich dachte mir, wenn ein Krieg ausbricht und die Serben über die Stadt herfallen, könnte ein Freund auf der anderen Seite in Grbavica ganz nützlich sein. Außerdem bin ich Serbe, Herr Petric.« Er beugte sich wieder nach vorn. Die Decke rutschte herunter. »Kein serbischer Patriot oder orthodoxer Fanatiker. Auch keiner, der über unsere großen Verluste vor wer weiß wie vielen Jahrhunderten in den Ebenen des Kosovo herumlamentiert. Dennoch bin ich Serbe. Ich habe eine Identität, die mir vielleicht einmal nützlich sein wird. Damals war sie nützlich. Mir liegt nichts daran, diese Identität gegen andere auf- oder abzuwerten, Herr Petric – weder für Sie noch für alle gottverdammten Ölgemälde in der Stadt. Würden Sie das unter diesen Umständen tun, Herr Petric? Ich meine, würden Sie auf Ihre Sicherheit pfeifen und sich aus Idealismus gegen diese Militärs stellen, um ein paar hundert Kunstwerke davor zu retten, daß sie aus dem Land geschafft werden?«

»Glauben Sie, daß das passiert ist? Daß die Kunstwerke außer Landes geschafft wurden?«

»Entweder sind sie es schon, oder sie werden es noch. Sie können es sich aussuchen. Wie sollte man sonst Profit aus ihnen schlagen? Soll man sie auf dem Markale Markt neben Kartoffeln und Klempnerzubehör verhökern? Soll man sie auf Klapptische legen und die Gutachten der Versicherung an den Rahmen heften? Denken Sie nach, Herr Petric! Möglicherweise kann Kunst im Kriegsgebiet überleben, aber die sogenannte Kunstgemeinde, die die Werke angeblich schützen will, huscht normalerweise auf leisen Pfoten davon. Ein paar Unverbesserliche bleiben immer, um zu versuchen, die alten Regeln aufrechtzuerhalten, oder – wie sie selbst sagen würden – um unsere Kultur zu retten. Aber alle anderen nutzen jede verfügbare Beziehung aus und hauen wenn möglich ab. Reicht ja, wenn die anderen getötet werden. Wie ihr Freund Herr Vitas, zum Beispiel.«

»Hat Vitas auch geglaubt, daß die Kunstschätze außer Landes geschafft werden?«

»Ich nehme an, daß er dahin gehend schon einen starken Verdacht hatte, bevor er zu mir kam. Und nachdem ich ihm von meiner kleinen Plauderei mit dem guten General Markovic erzählte, schien er sich dessen ziemlich sicher zu sein. Das schloß ich auf jeden Fall aus seinen Fragen.«

»Was für Fragen?«

»Er fragte nach der gegenwärtigen Situation und wollte wissen, welche Stücke aus der Transferkartei noch in der Stadt sein könnten. Was seit Kriegsbeginn weggeschafft worden sein könnte und wer dafür möglicherweise verantwortlich gewesen ist. Wer für den Schutz der Dinge zuständig war, ob es überhaupt jemanden gab. Wer die Bücher führte oder außer mir Zugang zu ihnen hatte. Er fragte, ob sich irgend jemand mit den Versicherungen in Verbindung gesetzt oder ob jemand von der UN Interesse gezeigt hätte. Er wollte wissen, welche Art von Markt es für diese Artikel geben könnte, wenn man voraussetzte, daß sie wirklich die Stadt und das Land verlassen hatten. Wenn man will, wollte er fast genau das gleiche wissen wie General Markovic, nur daß er ein paar Jahre hinterherhing.«

»Hatten Sie den Eindruck, daß er in irgendeiner Beziehung zu dem General stand? Vielleicht wollte er nur herausfinden, ob der General ihn fair behandelt hatte.«

»Ich schätze, das könnte möglich sein. Als ich später darüber nachdachte, fiel mir auch auf, daß Vitas einfach die Spuren des Generals verfolgt haben könnte, um zu sehen, ob er die Wahrheit erzählt hat. Andersrum gesagt: Er könnte versucht haben herauszufinden, ob er betrogen worden ist oder nicht. Ja, der Gedanke kam mir. Es erschien mir auch ungewöhnlich, daß der Polizeichef des Innenministeriums selbst ermittelte. Ich kenne mich natürlich in Ihrem Job nicht aus, aber ich schätze, daß der Chef normalerweise einen unter sich hat, der für die Laufarbeit zuständig ist und sich die Hände schmutzig machen darf. So einen wie Sie. Erst recht, wenn man an so einen Ort wie diesen muß. Was denken Sie?«

»Ich bin mir nicht sicher, was ich denken soll. Wenn Vitas die Untersuchung selbst geführt hat, mußte er einen triftigen Grund dafür gehabt haben. Oder – wie Sie sagten – er kontrollierte vielleicht tatsächlich seinen Partner.«

»Nein, letztlich halte ich das eher für unwahrscheinlich. Aber er könnte selbst versucht haben, sich in dieses Projekt einzuklinken. Ein Nachzügler, der Wind von der Sache bekommen hatte und sich etwas in die eigene Tasche stecken wollte, bevor das ganze Zeug weggewesen wäre. Das könnte sein Interesse genausogut erklären. Denn er schien auch daran interessiert zu sein, wie man die Spur der Kunstwerke erkennen und verfolgen konnte, die schon verschwunden waren. Welche Spuren bei diesen Aktivitäten eventuell zurückgeblieben sein könnten.«

»Und welche Spuren könnten zurückgeblieben sein?«

»Hauptsächlich leere Flächen. Leere Flächen an den Wänden, an denen die Gemälde gehangen haben.« Glavas brach in ein gackerndes und keuchendes Lachen aus und steckte sich die nächste Zigarette an. Er nahm einen tiefen Zug, keuchte noch einmal und hielt dann inne, um Luft zu holen.

»Leere Flächen? Ist das alles?«

»Nein. Die fallen nur am meisten auf. Wenn man den Anschein von Korrektheit erwecken und die Spuren verwischen wollte, mußte man nur die Karten der Transferkartei für jeden verschwundenen Gegenstand mit neuen Notizen versehen. Im Krieg ist das überhaupt kein Problem: ›Zerstört, Schadensersatz beantragt‹ oder: ›Geplündert, Schadensersatz beantragt.‹ Alle Karten sind seit Beginn des Krieges mit Daten versehen. Natürlich sind die Werke aus Gebäuden verschwunden, von denen jeder weiß, daß sie getroffen oder angegriffen oder von den falschen Leuten eingenommen worden sind. So lief das eben. Oder, wenn man schlichtweg zu faul dazu gewesen ist und auch noch ein bißchen zu gierig, dann gab es noch eine andere Methode: Man vernichtete einfach die Karte aus der Transferkartei, dann mußte man nicht mal mehr die Dokumente frisieren. Und vor elf Monaten ist genau das mit allen Karten passiert.«

»Vernichtet? Die gesamte Kartei?«

»Jede einzelne Karte. Eine fehlgeleitete Granate schoß durch ein Fenster, und dann gab es ein Feuer. Das erzählen sie auf jeden Fall im Museum. Das Feuer loderte wundersamerweise nur in einem Raum.«

»Sie vermuten, es ist mit Absicht geschehen?«

»Wissen Sie, wer das Museum bewacht hat? Dieselben Gangster, die es damals gerettet haben. Und plötzlich ist die ganze Kartei verschwunden, oder besser gesagt, zu einem Aschehäufchen verbrannt. Aber nicht ein einziges Gemälde im Museum hat etwas abbekommen. Ich wollte Stunk machen und würde es immer noch tun, aber zwei Tage danach wurde ich gefeuert.«

»Warum?«

»Wegen diesem Scheißkerl Murovic, dieser junge Schwachkopf, der das Museum drei Wochen nach Kriegsbeginn übernommen hatte, gleich nachdem der Direktor von einer Mörsergranate getötet worden war. Murovic haßte alle alten Mitarbeiter, und er haßte jeden, der mehr wußte als er. Das waren gleich zwei Punkte gegen mich. Daß ich ein Serbe bin, hat mir auch nicht gerade geholfen. Und da die Transferkartei weg war, hatte er einen perfekten Grund gefunden, mich rauszuschmeißen: Ich war überflüssig ohne meine Sammlung.«

»Was spielt er für eine Rolle in dieser ganzen Angelegenheit?«

»Murovic? Bis vor kurzem keine große. Im Museum herrschte ein totales Durcheinander seit Kriegsbeginn. Während der schlimmsten Kämpfe hielten sich alle mehr oder weniger in ihren Kellern auf. Als sie dann wieder rauskletterten, sich die Augen rieben und den Staub abklopften, wurde den Leuten erst mal bewußt, was sie da gerade mitgemacht hatten. Sie waren völlig mit sich beschäftigt. Und erst viel zu spät begannen sie, sich Sorgen um die Kunstschätze zu machen.

Aber zu dem Zeitpunkt waren Murovic und seine jungen Bürokraten schon dabei, mich auszustechen. Sobald es ging, war er zurück an Ort und Stelle, machte seine Ansprüche auf den Posten des Direktors geltend und lag jedem, der noch im Kulturministerium übriggeblieben war, damit in den Ohren. Durch die Kämpfe saß ich währenddessen hier draußen in Dobrinja fest. Es dauerte noch sechs Wochen, bis ich wieder in die Stadt konnte, und das auch nur in einem gepanzerten Mannschaftstransporter der UN. Zu jener Zeit blieb ich immer eine Woche oder ein paar Tage in der Stadt, um zu arbeiten, weil ich nur mit diesen furchtbaren rollenden Särgen der UN hierher zurückkommen konnte. Als ich nach den sechs Wochen zum ersten Mal wieder in die Stadt kam, hatte Murovic schon das gesamte Ministerium davon überzeugt, daß ich ein beschissener serbischer Fanatiker sei, dem man nicht mehr vertrauen könne. Außerdem würde ich langsam senil werden und bekäme meinen Job nicht mehr hin, besonders, wie er sich ausdrückte, ›im Chaos eines Krieges‹.

Ich konnte nicht leugnen, daß ich in den letzten paar Jahren die Dinge ein bißchen hatte schleifen lassen. Ich war ein wenig nachlässig und faul geworden, stimmt schon. Aber meine Buchführung war immer noch korrekt, und ich hatte von allen im Ministerium immer noch sämtliche Museumsangelegenheiten am besten im Gedächtnis. Der letzte, den Murovic allerdings in seiner Nähe haben wollte, als er die Leitung übernahm, war jemand, der ihn ständig korrigierte oder ihm in seine Arbeit reinredete. Ich könnte immer noch die Angaben zu einem Viertel der Kunstwerke aus der Transferkartei aus dem Gedächtnis runterschreiben. Bis auf den letzten Pfennig ihres geschätzten und versicherten Wertes. Und ich weiß von den meisten Kunstwerken auch noch, wo sie sich jetzt befinden. Ich bräuchte nur eine Woche in einem sauberen, ruhigen Zimmer mit gutem Essen und einen unbegrenzten Vorrat an Marlboros.

Natürlich habe ich das Murovic damals auch angeboten, aber er hat nur gelacht. Er hielt das für eine bizarre Idee, wünschte mir ein angenehmes Rentnerdasein und empfahl mir, jeder Gefahr aus dem Wege zu gehen. Er sagte mir, am Ende würde die UN schon alles herausfinden, und zwar wesentlich wissenschaftlicher. Dann verfrachtete er mich geradewegs nach Dobrinja und entzog mir jegliche Berechtigung für eine UN-Eskorte in die Stadt. Da hätte er mich auch gleich nach Elba verbannen können. Also sitze ich hier in meiner Zelle, wo ich leider Gottes jeden Bezug zu dieser abgeschotteten kleinen Welt der sogenannten Kunstgemeinde verloren habe.«

Er hielt inne und sank zurück aufs Sofa.

»Geben Sie mir bitte noch eine Zigarette«, sagte er schwach.

Während er ihm Feuer gab, versuchte Vlado, die ganze Geschichte zu verdauen. An einer Stelle kam sie ihm plötzlich ungereimt vor. Er ging noch einmal seine Notizen durch und fragte dann: »Wenn die Kartei vor elf Monaten zerstört wurde, wieso hatte dann Vitas am letzten Dienstag eine der Karten dabei?«

»Genau das wollte ich auch wissen. Denn es war ein Original, keine Kopie. Sie war auf der Rückseite von mir selbst unterschrieben worden. Er tat ziemlich geheimnisvoll, blieb aber der höfliche Gentleman. Er sagte mir, es wäre besser für uns beide, wenn ich es nicht wüßte. Dabei lächelte er mich vielsagend an. Als ich ihn fragte, ob der Rest der Kartei auch noch existieren würde, sagte er etwas Seltsames: Sie wäre in sicheren Händen in einer unsicheren Umgebung. Was immer das bedeuten mag.«

»Sie haben gesagt, daß er Sie auch gefragt hat, ob sich irgend jemand außer General Markovic jemals für die Kartei interessiert hätte. Andere Regierungsleute oder irgend jemand von der UN. War das denn so?«

»Soweit ich weiß, nicht. Das müßten Sie vielleicht Murovic fragen.«

»Haben Vitas oder Markovic andere Namen erwähnt, andere mögliche Kontakte?«

»Keinen einzigen. Wie ich schon sagte, Vitas war sehr vorsichtig. Aus seinen Fragen wurde ich nicht richtig schlau. Hauptsächlich saß er nur da, hörte zu und nickte, als wüßte er schon alles. Sollte er vorher schon jemals etwas von General Markovic gehört haben, dann merkte man es ihm nicht an. Er zeigte soviel Regung wie ein Stein. Kein Typ, mit dem ich pokern wollte.«

Vlado ließ sich das für einen Augenblick durch den Kopf gehen, dann bot er Glavas noch eine Zigarette an.

»Also gut«, sagte Vlado. »Vielleicht können Sie mir einen Tip geben, wo ich anfangen soll. Wo ich von hier aus als nächstes hingehen kann. Wenn die Kartei verschwunden ist oder versteckt wurde, dann könnte ein nächster Schritt darin bestehen, die Kunstwerke aufzuspüren, die möglicherweise das Land verlassen könnten. Vorausgesetzt, die Werke werden immer noch weggeschafft oder es sind überhaupt welche weggeschafft worden, wie würde man dabei vorgehen? Wie bringt man ein Gemälde außer Landes, ohne sich verdächtig zu machen?«

»Unter diesen Umständen? Denken Sie nach, Herr Petric! Es gab nie eine bessere Zeit dafür. Die Hälfte der Stadt ist evakuiert oder tot und begraben. Die Gebäude sind zerstört oder halb verwüstet. Selbst die Nazis hatten es nicht so leicht. Als der Krieg damals zu Ende war, wußten wir wenigstens, wer unsere Schätze mitgenommen hatte und wo wir suchen mußten. Aber wer will unter diesen Umständen heute sagen, wo die geplünderten Sachen schließlich landen werden? Wir werden unter Tausenden Verdächtigen auswählen können. Die Serben werden die Moslems beschuldigen, die Moslems werden die Tschetniks und natürlich auch die Kroaten beschuldigen. Jeder wird jeden beschuldigen. Und dann gibt es da noch

Enko und Zarko und Dutzende anderer Gangster allein in dieser Stadt. Und wenn Ihnen das Gesicht von Ihrem Nachbarn nicht gefällt, dann beschuldigen Sie einfach ihn. Ich bin Serbe, und ich weiß Bescheid, also wird man vielleicht sogar mich beschuldigen. Vielleicht ist das auch schon geschehen. Oder man schiebt jetzt einfach alles auf Vitas. Tote haben immer das Talent, die ganze Schuld auf sich zu ziehen.

Die Sache ist die: Es gibt tausend vorprogrammierte Entschuldigungen, mit denen man den Verlust einer Menge verlorener Kunstschätze erklären kann. So hat jeder ungeahnte Möglichkeiten, jedes Stück, das man in die Hände bekommt, mitzunehmen, zu rauben oder einfach nicht wiederzufinden. Gerade war es noch da! Und bei den Artikeln aus der Transferkartei, die nicht in den Büchern auftauchen, ist es doppelt so leicht. Wer soll denn sagen, was mitgenommen wurde, wenn man nicht mal sagen kann, ob es überhaupt je existiert hat? Und selbst wenn dieser Idiot Murovic jemals die UNESCO zu Hilfe holen sollte, wird es schon zu spät sein. Alle vermißten Schätze werden als Kriegsschäden abgeschrieben. Und wer immer sie sich unter den Nagel gerissen hat, sitzt als freier Mann zu Hause.«

»Tja, aber wie man die Dinge im einzelnen hier rausschafft, ist eine andere Sache. Man kann ja nicht einfach ein Bild in eine Kiste packen und es mit einem LKW über die Berge fahren – es sei denn, man wird von einer UN-Eskorte begleitet. Selbst dann besteht die Gefahr, daß man es an den Kontrollpunkten wieder abgeben muß. Einzig sicher wäre der Luftweg, aber der ist allein der UN vorbehalten.«

»Und Sie glauben, das wäre ein Hindernis?«

»Ist es keins?«

»Ach, die UN.«

Glavas gackerte und keuchte wieder los. Der einsetzende Hustenanfall schien ihn fast zu zerreißen. Spätestens jetzt erwartete Vlado, daß gleich seine Innereien in einem rotgrauen Schleim aus seinem Mund herausschäumen müßten. Glavas hustete lautstark in ein verkrustetes, gelbes Taschentuch, und als er es wieder wegnahm, zog er einen schleimigen grünen Faden aus seinen Nasenlöchern, der wie geschmolzener Käse aussah, der zäh zwischen zwei Stücken Pizza hängt. Glavas wischte ihn sorglos mit einem Ärmel seines Bademantels ab und schüttelte sich vor Lachen.

»Sie müssen mich entschuldigen, Herr Petric. Aber eines gefällt mir am Krieg. Man muß sich nicht mehr mit Konventionen und guten Manieren aufhalten. Viel zu ermüdend. Deshalb darf ich jetzt einfach nur ein grotesker, alter Mann sein. Und schuld daran sind die Tschetniks.«

Er lachte wieder los, und Vlado befürchtete, er würde von einem weiteren Hustenanfall geschüttelt werden. Aber das Keuchen legte sich diesmal bald, und Glavas ließ sich erschöpft zurück in das Sofa fallen.

»Ja, die UN«, fing er in einem sanfteren Ton wieder an und schaute dabei zur Decke hoch. »Unsere Beschützer gegen das Böse. Ist Ihnen schon mal aufgefallen, Herr Petric, daß die UN keine anderen Lieferungen als Bohnen, Reis und Mehl zuläßt? Es wäre nicht fair, sagen sie. Damit würde man im Krieg Partei ergreifen. Sie lassen nicht mal Medikamente rein. Die Serben würden protestieren, sagen sie. Dann vielleicht ein bißchen Salz und Pfeffer? Oder vielleicht ein, zwei Ladungen Gemüse? Nein, unmöglich. Das ist gegen die Vorschriften. Trotzdem glaube ich fest, daß es überhaupt kein Problem wäre, wenn man unbedingt etwas mit einem dieser leeren, wieder abfliegenden Frachtflugzeuge aus der Stadt *raus*schaffen will. Irgendwas Kleines, Tragbares, was einfach in eine Luftfrachtkiste paßt. Natürlich muß man die passende Summe Geld dafür haben. Ob ich das offiziell weiß? Oder es mit Sicherheit sagen kann? Nein, Herr Petric, das kann ich nicht. Aber ich vermute es. Zu Beginn des Krieges hat man sich im Museum so einiges hinter vorgehaltener Hand erzählt, über private Sammler beispielsweise, die sich ihre ausgewähltesten Stücke von süßholzraspelnden UNESCO-Leuten und blaubehelmten Frachtoffizieren ausfliegen ließen. Ein paar D-Mark hier und da. Selbstverständlich handelte es sich immer um rein private Angelegenheiten, nur kleine Gefälligkeiten für Freunde, über die man später keine Worte mehr verlieren mußte. Also, um Ihre Frage zu beantworten: Ich glaube nicht, daß die UN ein großes Hindernis wäre.«

»Aber sobald man die Kunstschätze ausgeflogen hat, was dann? Gibt es einen internationalen Markt für Beutekunst? Würde nicht jemand wissen wollen, wo die Stücke herkommen?«

»Haben Sie eine Ahnung, wieviel von der Beutekunst jemals wiedergefunden wird, Herr Petric? Was meinen Sie?«

»Ein Drittel? Vielleicht ein Viertel?«

»Weniger als ein Prozent. Und wenn es nicht mal Dokumente gibt, um die internationalen Auktionsmärkte zu warnen, dann wird dieser Prozentsatz noch niedriger. Sie brauchen nur einen Händler, der keine Fragen stellt. So jemand läßt sich in London, Zürich oder New York leicht auftreiben. Sollte es trotzdem Bedenken geben, findet sich immer ein diskreter, texanischer Ölmulti, der sich ein Bild in den Keller hängt. Oder einen reichen, alten Deutschen in Südamerika, der die Hälfte der örtlichen Polizei mit dem Kleingeld aus den Taschen seiner Lederhose bezahlt. Der Verkauf und die Geheimhaltung machen keine großen Probleme, es sei denn, es handelt sich um ein so berühmtes Werk, daß es jeder sofort erkennt. Aber solche Stücke haben wir hier nicht. Trotzdem kann man mit dem, was es hier gibt, eine Menge Geld machen.«

»Über wie viele Stücke sprechen wir also? Sie sagten, die

Transferkartei beinhaltete mehr als tausend, aber davon waren wohl nicht alle in Sarajevo.«

»Nein. Aber mehr, als Sie glauben. In Belgrad und Zagreb schienen die Leute nie so daran interessiert zu sein wie hier. Diese Stadt war schon immer stolz auf ihren guten Geschmack und ihre privaten Sammlungen. Ungefähr dreihundert Werke waren hier.«

»Über wieviel Geld reden wir dann? Durchschnittlich.«

»In der Kunst gibt es keine Durchschnittswerte. Auf jeden Fall habe ich das immer gesagt, um die Leute von meiner reinen Kunstliebe zu überzeugen. Aber auf meine alten Tage bin ich ordinär geworden und sage Ihnen jetzt einfach mal, daß sich der Wert der circa dreihundert Transferartikel in dieser Stadt wahrscheinlich auf durchschnittlich hundertsechzigtausend Dollar pro Stück beläuft. Damit lockt man das Kunstdezernat von Scotland Yard kaum hinter den Schreibtischen vor. Doch muß man nur ein Drittel der ganzen Werke in die Hände bekommen, und man hat sechzehn Millionen im Sack. Nicht schlecht für ein Bargeldgeschäft. Und wenn man nicht gleich an den Erstbesten verkauft, kann man den Durchschnitt leicht erhöhen, auf vielleicht vierhunderttausend Dollar das Stück für die besten dreißig Prozent der Werke. Jetzt hat man vierzig Millionen oder wenigstens zwanzig, wenn man den Preisnachlaß mitberechnet, den man beim Verkauf von Artikeln fragwürdiger Herkunft manchmal hinnehmen muß. Ich kann mir vorstellen, daß jemand deswegen getötet wird, Herr Petric. Sie auch?«

Soviel zu Fleisch und Zigaretten, dachte Vlado. Soviel zu dem traurigen, aufgeblähten Bauch des organisierten Verbrechens in der Stadt. Jetzt begann der Tod auf der unteren Ebene eine bestimmte Logik zu bekommen.

»Ich möchte, daß Sie mir einen kleinen Gefallen tun«, sagte er zu Glavas. »Ich kann Ihnen weder ein sauberes, warmes

Zimmer oder gutes Essen anbieten, noch habe ich Marlboros. Aber ich kann Ihnen eine volle Schachtel Drinas hierlassen, wenn Sie versuchen, mir eine Liste mit allen Kunstschätzen aus Sarajevo, die in der Transferkartei waren, zusammenzustellen. Soweit Sie sich erinnern können.«

»Unter diesen Umständen halten ich das für ein großzügiges Angebot.«

»Nehmen Sie sich die nächsten zwei Tage Zeit, und schreiben Sie über die wertvollsten Stücke alles auf, was Ihnen noch in Erinnerung geblieben ist. Wer sie hat. Wo sie sind. Besonders Adressen im Stadtzentrum. Und vergessen Sie Ihr Gemälde an der Wand. Ich möchte nach den leeren Flächen an den Wänden suchen, von denen Sie sprachen. Je weniger lang es her ist, daß sie leer sind, desto besser. Ich habe nur eine Chance, sie zu finden: nur durch die Hilfe Ihres Gedächtnisses.«

»Betrachten Sie die Aufgabe als erledigt«, sagte Glavas. In ihm blitzte wieder etwas seiner früheren eleganten und vornehmen Art auf, die er sich während all der Jahre im Dunstkreis von Künstlern und Museen angeeignet haben mußte. »Es ist mir ein Ehre, wieder gebraucht zu werden. Sobald Sie weg sind, werde ich anfangen.«

Vlado schloß sein Notizbuch, beugte sich nach vorn, bereit zu gehen, doch dann fiel ihm noch etwas ein. »Hat Vitas erwähnt, wo er als nächstes hingehen wollte? Oder wen er vielleicht sonst noch treffen würde?«

»Leider nein. Wie ich sagte, er war ziemlich vorsichtig, was solche Dinge betraf. Und wenn ein so vorsichtiger Mann so leicht getötet werden kann, dann glaube ich, Sie sollten auf sich aufpassen, Herr Petric.«

»Daran habe ich auch schon gedacht. Und sollten Sie zu diesem Thema noch mehr Besucher bekommen, lassen Sie es mich bitte wissen, Herr Glavas.«

»Und wie kann ich das tun? Wie kann ich Ihnen zum Beispiel die Liste zukommen lassen, wenn ich fertig bin? Die Telefone hier funktionieren ungefähr einmal im Monat, und ich nehme mal an, sie wollen nicht, daß ich Ihnen Nachrichten durch die Polizei oder die UN zukommen lasse.«

»Ich hole sie mir selbst ab. In zwei Tagen zur gleichen Zeit. Aber seien Sie nicht beunruhigt, wenn ich später komme, selbst wenn es ein oder zwei Tage sind.«

»Ich werde ganz bestimmt nicht weggehen.«

Vlado stand auf und ging zur Tür.

»In der Zwischenzeit sollte ich wohl unserem Freund Murovic einen Besuch abstatten. Wissen Sie, wo ich ihn finden kann?«

»In seinem neuen Büro in der Nationalbank Bosniens. Gleich neben dem Haupttresor, wie Tutanchamun in seinem Grab. Unser jugendlicher König der Kunst, ebenso naiv und leicht zu beeinflussen. Wenn Sie wirklich daran interessiert sind, diese leeren Flächen zu suchen, Herr Petric, habe ich vielleicht einen Anhaltspunkt für Sie.«

Vlado hatte schon den Türgriff in der Hand und hielt inne.

»Ja«, sagte er, »dafür wäre ich Ihnen dankbar.«

»Fangen Sie mit Murovics Kopf an«, sagte Glavas. »Etwas Leereres werden Sie in ganz Sarajevo nicht finden.«

Und damit stürzte er in einen neuen keuchenden Lachanfall, der auch noch anhielt, als er Vlado hinauswinkte.

Während Vlado die Stufen hinunterging, verhärtete sich das Keuchen zu einem scharfen Husten, der noch zu hören war, als Vlado durch den Ausgang im Erdgeschoß trat, bis er draußen schließlich von den durchdringenden Schreien der Kinder und dem Rattern eines Maschinengewehres übertönt wurde.

11. Kapitel

Die Rückfahrt von Dobrinja war zum Glück ereignislos. Als Vlado aus dem Wagen stieg, schien die Sonne auf die lieblichen Berghänge, die immer zuerst und besonders lange eingeschneit waren. Von unten aus der Stadt glich die Ansammlung schneebedeckter Dächer und Baumkronen dort oben kleinen Weihnachtsdörfern, die für Fotografen in Szene gesetzt worden waren. Man brauchte schon ein Fernglas, um die Stellen zu erkennen, an denen das Bild einer Retouche bedurft hätte – die Löcher in den Dächern, die Brandstellen und zerschlagenen Fenster. Nur mit einem besonders starken Glas und viel Geduld hätte man die aus den getarnten Gräben herausstakenden Kanonenrohre gesehen.

Die Bank von Bosnien, ehemals JugoBanka, war während des Krieges aufgrund mangelnder Liquidität gezwungenermaßen in einen Winterschlaf gefallen. Außerdem beanspruchte die Regierung die tiefverborgenen und robusten Tresore, die vor vierzig Jahren direkt in die Berghänge hineingebaut worden waren. Man konnte sie wohl nur mit einer Atombombe knacken, aber nicht zerstören. Aus diesem Grund lagerte die Regierung hier ihre wertvollsten Schätze, angefangen von seltenen Museumsstücken bis zu Dokumenten des Finanz- und Katasteramtes über Grundbesitz und Vermögen. Laut Milan Glavas konnte Vlado hier Enver Murovic finden, den jungen, neuen Direktor des Nationalmuseums.

Vlado ging durch den Eingang und stand vor einem Zeltlager. Fünf mit Maschinengewehren schwer bewaffnete Männer erhoben sich sofort und kamen auf ihn zu wie eine Gruppe gelangweilter Verkäufer, die ihm unbedingt einen Anzug aufschwatzen wollten. Im ganzen Raum roch es nach einem Jahrespensum an Schweiß und Zigaretten, und auf den leeren Schaltern und Tresen hatte sich eine dicke Staubschicht gelegt.

»Enver Murovic?« fragte Vlado unbestimmt, und als er keine Antwort erhielt, fügte er hinzu: »Ich bin Kommissar Petric ... und vertrete die Polizei des Innenministeriums.«

Statt zu antworten, verschwand einer der Männer durch eine Hintertür, während sich drei andere gemächlich wieder hinsetzten. Der fünfte ging ohne einen weiteren Blick an Vlado vorbei durch den Haupteingang und stellte sich draußen als Wache auf, wo er wahrscheinlich schon die ganze Zeit hätte sein sollen.

Den ersten Vorgeschmack auf Murovic bekam Vlado durch seine Stimme, die vor ihm im Raum ankam. Anscheinend fühlte er sich in seiner Autorität verletzt und machte seinem Ärger nun mit lautstarken Worten voller Verachtung Luft. Vlado bekam nur noch den Schluß mit.

»... und wenn es schon keinen Termin gibt, muß sich wenigstens entsprechend ausgewiesen werden, ansonsten verbiete ich mir in Zukunft solche Störungen!«

Er marschierte um eine Ecke herum in die düstere Halle. Ein großer, schlanker Mann, der völlig in Schwarz gekleidet war und eine leuchtend rote Brille trug. Sein Kopf war kahlgeschoren. Deswegen und wegen seiner brüsken, übereifrigen Art kam er Vlado wie eine vornehme Version von Garovic vor. Doch auch wenn seine Erscheinung die eines Ästheten war, konnte sie nicht die berechnende und habgierige Seele des Bürokraten verbergen, der mit aller Macht nach oben will. Vlado konnte sich sehr gut vorstellen, wie dieser Typ lästige alte Käuze wie Glavas vor die Tür setzte. Oder gleich die Treppen runterstieß.

Sobald Murovic vor ihm stand, musterte er Vlado eindringlich. Sein abschätzender Blick strich von oben nach unten, dann zurück zum Gesicht. Der paßt mir zwar überhaupt nicht, schien der Blick zu sagen, aber wir werden so höflich sein, wie es das Protokoll verlangt.

»Ich bin Murovic«, stellte er sich ungeduldig vor.

»Kommissar Petric«, sagte Vlado. »Ich leite eine Ermittlung für das Innenministerium.«

»Können Sie sich ausweisen?«

Vlado zeigte ihm seinen verwaschenen Polizeiausweis. »Ich bin momentan der polizeilichen Sondereinheit des Ministeriums unterstellt«, erklärte er. »Sie können Polizeichef Kasic anrufen, wenn Sie Bedenken haben.«

»Keine Bedenken«, sagte Murovic nonchalant, als hätte er Vlado nur testen oder ein wenig mit ihm spielen wollen.

»Dann gehen wir in mein Büro. Hier entlang.« Er ging voran und fügte mit einem Blick über die Schulter hinzu: »Vielleicht möchten Sie eine kleine Führung haben, bevor wir zur Sache kommen. Das ist wirklich ein recht beeindruckender Komplex hier, der nicht einfach jedem offensteht. Wenn Sie schon mal hier sind, möchten Sie vielleicht die Gelegenheit nutzen und sich umsehen.«

Als Vlado Murovics Büro sah, mußte er grinsen. Es war ordentlich, staubfrei, der Papierkorb war leer, und auf dem Schreibtisch lagen nur ein paar spärliche Stapel mit weißem Papier. Zusammen mit der Einladung entlarvte es die anfängliche Eile und Ungeduld als bloße Show, denn außer herumzusitzen und Däumchen zu drehen hatte dieser Mann anscheinend wenig zu tun. Also spielte er sich vor jedem Besucher auf, solange es nicht »einfach irgend jemand« war.

Sie gingen eine feuchte Treppe hinab. Murovic knipste das Licht an und drückte dann ein paar Knöpfe auf einer kleinen Tastatur, um die Alarmanlage abzuschalten. Er schloß die Tür zu einem Keller auf, in dem sich zwei mit Gittern voneinander getrennte Räume befanden, durch die man in den Haupttresor gelangte.

Er öffnete den ersten vergitterten Raum und ging mit wiegendem Schritt in eine Kammer, die mit Aktenschränken und riesigen Stapeln gebundener Bücher vollgestopft war. »Alte Urkunden und Unterlagen des Katasteramtes, die bis weit vor Tito zurückgehen«, erklärte Murovic. »Irgendwann werden sie alle aussortiert, aber das gibt ein unglaubliches Durcheinander. Ich hätte nicht mal gewußt, daß diese Dinge den letzten Krieg überlebt haben, geschweige denn die letzten fünfzig Jahre.«

Er öffnete die zweite Gittertür, die in eine größere Kammer führte. Nur mit Tüchern geschützt, lehnten hier Bilderrahmen jeder Größe aneinander.

Murovic seufzte.

»Dies sind einige der wertvollsten Exponate des Nationalmuseums«, sagte er. »Leider haben wir hier nicht die Temperatur- und Feuchtigkeitsregelung, die wir uns für die Bilder wünschen. Außerdem würde ich es vorziehen, wenn sie nicht so aneinanderlehnen würden. Aber wie Sie sehen, ist der Raum begrenzt. Das ist wohl das Beste, was wir im Moment für unsere Schätze tun können, befürchte ich.«

Dahinter befand sich der Haupttresor. Das gigantische Schloß glänzte wie das Steuerrad eines Schiffes. Als Murovic gegen die dicke Metalltür klopfte, erzeugte er nur ein gedämpftes Klacken.

»Und hier drinnen«, sagte er stolz, »sind unsere allerwertvollsten Stücke überhaupt. Kleine Schätze, die Jahrhunderte alt sind. Königliche Juwelen, die seltensten Gemälde und eine Haggada, eine jüdische Lehrschrift aus dem fünfzehnten Jahrhundert. Die allein ist ein paar Millionen wert. Die gesamte internationale Kunstszene würde diese Haggada liebend gern in die Hände bekommen. Natürlich nur, um sie bis Kriegsende aufzubewahren, sagen sie. Aber keine Chance. Wenn wir sie jetzt weggeben, werden wir sie bestimmt nie wiedersehen.

Die meiste Zeit darf hier niemand außer mir und drei anderen herein. Also betrachten Sie das als Ihren Glückstag heute. Sehen Sie dieses kleine fahrbare Bett? Darin schläft unser Präsident, wenn die Lage besonders kritisch ist.«

Er erzählte das mit einem breiten Grinsen, als hätte sich ihr Oberhaupt hier möglicherweise ein Liebesnest eingerichtet. Die Nähe zu diesem kleinen Zipfel der Macht schien Murovic ziemlich zu erregen. Vlado mußte sich zusammenreißen, um nicht loszulachen. Mittlerweile hatte er nun schon einige dieser frisch an die Macht gekommenen Leute in Aktion erlebt. Größtenteils versuchten sie, das Land vom Schreibtisch aus zu regieren. Sie waren wie alle anderen in dieser Stadt eingepfercht, und mit jedem Tag wurde ihre Welt enger. Deshalb fühlte sich Vlado in der Nähe der Macht genau wie in diesem Tresor, in diesem Grab mit seinen Schätzen: Er bekam Platzangst.

Glavas hatte recht gehabt. Murovic gebärdete sich hier unten ein bißchen wie Tutanchamun – ihm fehlte nur die Goldmaske und der prächtige Brustschmuck. Wenn ihn eine Explosion hier unten einschließen sollte, wird er vielleicht auch erst zwei Jahrtausende später ausgegraben und neben seinen Schätzen und dem Bett des Präsidenten als Mumie gefunden werden.

Er führte Vlado durch die ersten beiden Räume zurück und verschloß geräuschvoll die Gittertüren hinter sich. Dann stiegen sie die Treppen wieder hinauf und gingen in Murovics Büro, wo er auf einen Stuhl vor seinem Schreibtisch deutete.

Vlado bekam kaum noch Luft und atmete tief ein. Doch die Luft in dem ruhigen Büro war muffig und alles andere als frisch und belebend.

»Also«, sagte Murovic, »eine Ermittlung. Worum geht es?«

»Möglicherweise hat Ihre Transferkartei etwas damit zu tun. Ich habe gehört, daß sie verlorengegangen ist.«

»So würde ich das nicht sagen. Sie ist nicht verlorengegangen, sondern völlig verschwunden. Ein Feuer hat sie zerstört.«

»Es war wohl eine Panzerrakete, oder?«

»Panzerrakete, Granate, Mörser. Welchen Unterschied macht das? Sie drang durchs Fenster ein und zerstörte alles in dem Raum.«

»Durch das Fenster?«

»Ja, wahrscheinlich ein Querschläger. Ich sah den Schaden selbst am nächsten Morgen. Die Wachen zeigten mir sogar ein paar Reste der Granate, die sie gefunden hatten. In der Nacht davor hatte es einen großen Angriff gegeben. Ich erinnerte mich, daß ich deswegen schlecht einschlafen konnte.«

»Und die ganze Transferkartei wurde zerstört? Bis zur letzten Karte? Selbst bei den schlimmsten Bränden kann man meistens noch etwas retten.«

»Es blieb nichts übrig. Praktisch verdunstet. Ich habe es persönlich kontrolliert. Es waren ja nur drei oder vier Schubladen voll. Nichts als Asche. Das war schon schlimm genug, aber die Schubladen mit den Versicherungsunterlagen wurden auch zerstört. Es ist wirklich eine Tragödie. Es ist der einzige Teil der städtischen Sammlung, den wir noch nicht in den Griff bekommen haben. Aus diesem Grund fühlen wir uns zur Zeit angreifbar.«

»Und Sie sagen, es hat Wachen gegeben?«

»Ja. Ein ganzer Trupp.«

»Armee? Polizei?« Natürlich kannte Vlado die Antwort schon.

»Es waren ein paar von Zarkos Männern«, sagte Murovic und schaute Vlado dabei direkt in die Augen, als wollte er mit seinem festen Blick eine mißbilligende Reaktion gleich im Keim ersticken.

»Sie würden diese Männer wahrscheinlich als Schlägertypen bezeichnen«, fuhr er fort. »Und das sind sie wohl auch. Aber für mich sind sie zuerst einmal Retter. Zigarette? Es sind französische. Dieses Drinakraut kann ich nicht vertragen.«

»Weil sie Ihr Museum gerettet haben, meinen Sie. Danke.«

»Das Museum und alle darin enthaltenen Schätze. Vor dem Feuer waren wir gerade dabei, die wertvollsten Exponate hier unten einzulagern. Auch die Inventurlisten und die Schätzungen der Versicherungen. Die Transferkartei wäre am nächsten Morgen dran gewesen. Zwölf Stunden später, und sie wäre hier unten im Tresor gewesen.«

»Also ein richtiger Schicksalsschlag.«

»Ich bin mir natürlich darüber im klaren, daß es merkwürdig klingt. Ich kann mir vorstellen, was Sie denken. Sie sind Polizist. Aber diese Männer waren ziemlich diensteifrig und fügten sich den Befehlen eines Museumsdirektors. Wachsam waren sie auch. Außerdem kann eine Handvoll Männer kaum eine Granate aufhalten.«

»Sie waren nie mißtrauisch? Egal wie wachsam, diese Männer sind nicht gerade Heilige.«

»So sagt man, ja. Aber was mich betrifft, hielt ich ihr Verhalten für beispielhaft. Wenn sie nur auf ihre Vorteile aus gewesen wären, hätten sie uns in jeder beliebigen Nacht ausplündern können. Sie hätten mitnehmen können, was sie wollten. Aber das haben sie nicht getan. Sie sind sauber geblieben. Blitzsauber.«

»Aber Sie sagten selbst, daß schon die Kartei allein wertvoll ist und daß die Transferartikel in Gefahr sind, solange die Kartei verschwunden bleibt.«

Murovic setzte ein spöttisches Lächeln auf. »Diese Männer waren couragiert, aber sie waren auch, wie soll ich sagen – etwas einfach gestrickt. Wenn sie zu Diebstahl neigten, dann hätten sie sich ganz nach Laune das genommen, was sie gerade gereizt hätte. Sie kamen mir nie wie Typen vor, die ein kompliziertes System kapieren und die vielleicht erkannt hätten, daß die Kartei der Schlüssel zu etwas Wertvollem hätte sein können – besonders wenn genau vor ihrer Nase die ganzen Schätze rumliegen. Sie hatten eher Piratenmentalität. Warum soll man sich mit den Tricks der Buchführung rumschlagen, wenn man eine Goldtruhe raustragen kann?«

»Ich habe mehr an ihren Boß gedacht. Ich bin mir sicher, daß Zarko genau wie jedem anderen in der Stadt der Wert richtiger Informationen bewußt war.«

»Ja, aber jetzt ist er tot, oder?« Und damit gab es für Murovic offensichtlich keine Gründe mehr für weitere Verdächtigungen.

»Erzählen Sie mir ein bißchen mehr von diesen Männern. Was für ein Trupp übernahm für gewöhnlich die Nachtwachen?«

»Fünf Männer, und zwar nicht die untersten Fußsoldaten. Zarko versicherte mir, daß wir die besten Männer bekämen, so lange, wie wir sie bräuchten.«

»Seine besten Leute. Sie meinen Offiziere.«

»Sogar seinen höchsten Offizier. Jede Nacht im Einsatz.«

»Erinnern Sie sich an seinen Namen?«

»Halilovic. Leutnant Neven Halilovic. Haben Sie schon mal von ihm gehört?«

Das hatte er. Als Vlado den Namen hörte, hatte er das Gefühl, diese unsichtbare Grenze in der Dunkelheit zu überqueren, die ihm früher Sorge bereitet hatte. Halilovic war Zarkos rechte Hand gewesen und seit der Razzia im Oktober inhaftiert. Oder gehörte auch er zu denen, die beim letzten Angriff getötet worden waren? Oder vielleicht später, wie Zarko bei einem »Fluchtversuch«?

»Er war also dabei, als die Granate einschlug?«

»Ja.«

»Und gab es irgendwelche Opfer unter den Wachleuten?«

»Nein, keine.«

»Nein, natürlich nicht. Noch eine Wendung des Schicksals. Hat danach irgend jemand daran gedacht, Sie eingeschlossen, Herr Murovic, vielleicht einen Ermittler in Sachen Brandstiftung zu bitten, sich mal kurz hier umzuschauen? Wenn auch nur, um den guten Namen des wachsamen Herrn Halilovic zu schützen.«

»Wie ich sagte, Herr ...«

»Petric. Kommissar Petric.«

»Kommissar Petric. Für mich gab es keinerlei Bedenken. Wir waren in sicheren Händen, Hände, die praktisch alles gerettet hatten, was wir besitzen. Und da wir ziemlich dicht an der Front eines Kriegsgebietes liegen, erschien es nicht sehr ratsam, einen Ermittler um das Gebäude herumlaufen zu lassen. Ehrlich gesagt, hätten wir damit auf ziemlich geschmacklose Weise unser Mißtrauen bekundet. Eine peinliche Angelegenheit nach allem, was diese Männer für uns getan haben. Vielleicht gab es in dieser Nacht keine Opfer, aber es hatte vorher welche gegeben, und zwar wortwörtlich auf unserer Türschwelle. Ich weiß, was sie auf dem Kerbholz haben sollen, weiß von ihrer Schmuggelei und ihren Schwarzmarktgeschäften. Aber wie ich schon sagte, für uns sind es Retter.«

Er nahm einen langen, dramatischen Zug von seiner Zigarette. Vlado schrieb in sein Notizbuch. Dann fragte Murovic: »Wie sind Sie übrigens auf das alles gekommen, Herr Petric? Oder haben Sie ganz einfach Interesse an der Kunst?«

»Eigentlich von einem Ihrer früheren Kollegen. Milan Glavas.«

»Oh, ja, Milan. Das hätte ich mir denken können. Er hat immer überall eine Verschwörung gewittert. Er versuchte, jeden sofort richtig einzuschätzen, und unterstellte den Leuten immer irgendwelche Absichten. Der Politiker hier im Büro.«

»Anscheinend kein sehr guter.«

»Ich schätze, er hat Ihnen erzählt, daß ich ihn gefeuert habe. Natürlich völlig ungerechtfertigt. Er wollte diesen Posten, wissen Sie. Museumsdirektor. Aber selbstverständlich war er bereits ein paar Jahre jenseits der erforderlichen Leistungsfähigkeit. Seien wir ehrlich, Herr Petric, es hat ihm auch nicht gerade geholfen, daß er Serbe war. Meinetwegen ein guter. Aber nach dem, was in den letzten zwei Jahren passiert ist, passen sie jetzt nicht so recht auf hohe Positionen. Jedenfalls nicht in diesem Teil der Stadt.«

»Also haben Sie ihn gefeuert.«

»Ja. Was ihn zweifellos für immer verbittert und gegen mich eingenommen hat. Dabei hatte er mir noch nie zugetraut, daß ich etwas von meinem Job oder überhaupt von Kunst verstehe. Aber wenn Milan nur halb so schlau wäre, wie er glaubt, dann hätte er wissen müssen, daß es in Belgrad eine Kopie der gesamten Transferkartei gibt.«

Murovic sagte das so triumphierend, als würde er einem besonders beschränkten Schüler die Antwort auf eine kniffelige Frage verraten. Sein Gesicht leuchtete vor lauter Selbstzufriedenheit und Stolz.

»Belgrad?« wiederholte Vlado. Er mußte zugeben, daß er überrascht worden war. Wenn das stimmte, erklärte es Vitas' Bemerkung gegenüber Glavas, daß die Kartei – wie hatte er sich ausgedrückt? – »in sicheren Händen in einer unsicheren Umgebung« sei.

»Also haben Sie die Kartei oder zumindest eine Kopie«, sagte Vlado.

»Erst in einem Monat. Sie können sich vorstellen, daß Belgrad nicht gerade erpicht darauf ist, mit der erst jüngst unabhängigen Republik Bosnien-Herzegowina zu kooperieren, deren Existenz von der Belgrader Regierung nicht einmal anerkannt wird. Allerdings habe ich gehört, daß die Kartei ganz öffentlich Studenten und Kunsthistorikern zur Verfügungs steht – wahrscheinlich kann da so gut wie jeder von der Straße kommen und hineinschauen. Wären wir etwas gewitzter gewesen, hätten wir jemanden dorthin schicken können, um die Kartei Stück für Stück abzuschreiben und dann zurückzuschmuggeln. Vielleicht bin ich naiv gewesen, aber ich wollte die Angelegenheit korrekt klären. Der Krieg wird nicht ewig dauern, und irgendwann werden wir mit diesen Leuten wieder zusammenarbeiten müssen. Also entschied ich mich, zuerst gute Absichten zu signalisieren und die entsprechenden internationalen Kanäle zu bemühen.«

»Die UN?«

»Ja, die UNESCO. Belgrad stimmte schließlich zu, und am 15. Februar werden wir eine Kopie des Dokumentes durch einen UNESCO-Kurier erhalten.«

»Das ist in einem Monat. Warum die Verzögerung?«

»Weil die Subventionsgelder der UNESCO vorher nicht fließen. Das Geld ist speziell für die Erhaltung der Kunstschätze in Sarajevo vorgesehen. Ein UNESCO-Mitarbeiter kann noch nicht einmal eine Büroklammer anfordern und erst recht keine Züge oder Flüge buchen, bevor das Geld nicht offiziell verfügbar ist. Erst dann reist er nach Belgrad. Ich muß sagen, das wird eine Erleichterung sein. Monatelang haben wir gedacht, daß wir möglicherweise den harten Weg gehen und Veteranen wie Milan konsultieren müssen, um alle Informationen aus ihren müden alten Gedächtnissen herauszuquetschen.«

»Warum machen Sie das nicht trotzdem, wenigstens hinsichtlich einiger der wertvolleren Stücke? Es gibt garantiert ein paar, die einem sofort einfallen würden. Glavas ist überzeugt, daß er einen Teil der Kartei rekonstruieren könnte, wenn er Zeit und Lust dazu hat und vielleicht ein bißchen Hilfe.«

»Ohne Zweifel. Das hört sich nach Milan an. Auf seine Art

wirklich ein reizender alter Mann voll obskuren Wissens, alte Überlieferungen, mit denen er einen ganz schön beeindrukken kann, wenn er erst mal loslegt. Natürlich muß man den Knopf zum Ausschalten finden. Aber ich befürchte, er verfügt über weit weniger Wissen, als er uns immer glauben machen wollte. Ich denke, wenn Sie sein Angebot annehmen, würden Sie ihn ein paar Stunden später immer noch vor ein paar leeren Blättern sitzend finden, neben ihm ein mit Kippen überlaufender Aschenbecher. Natürlich werden es Ihre Zigaretten gewesen sein.«

»Ich habe sein Angebot tatsächlich angenommen. Und Sie haben wahrscheinlich recht, was den Aschenbecher betrifft. Was die leeren Blätter angeht, das werden wir sehen. Aber wenn die UNESCO mit den Kopien ankommt, würde ich sie mir gerne anschauen. Wenn Sie nichts dagegen haben.«

»Aber wozu? Wenn Milan für Sie arbeitet, werden Sie sicherlich bald alles haben, was Sie brauchen.« Er begann auf diese leise und gehässige Art loszulachen, die am besten zu den dunklen Ecken einer Cocktailparty oder kleinen, schicken Restaurants paßte.

Dann führte er Vlado zur Tür.

»Passen Sie auf die Schießereien heute auf«, warnte er ihn herablassend. »Grüßen Sie bitte Milan von mir. Seien Sie nicht zu streng mit ihm, wenn er nichts zustande gebracht hat.«

Mit keiner Frage hatte sich Murovic nach Glavas' Befinden erkundigt, fiel Vlado auf. Keine Frage nach der Gesundheit oder Sicherheit des alten Mannes draußen in Dobrinja. Der Krieg hatte die halbe Stadt verschlungen, aber man konnte immer noch von den gleichen alten Belanglosigkeiten wie zu Friedenszeiten eingeholt werden.

Doch Vlado hatte immerhin zwei wichtige Informationen erhalten. Die Transferkartei wird in einem Monat wieder in den Händen des Museums sein. Wenn die Kunstwerke immer noch außer Landes geschmuggelt werden, müssen die Schmuggler also höchstwahrscheinlich gegen diese Frist arbeiten und sind deshalb vielleicht unachtsam und nervös.

Außerdem hatte er erfahren, daß es sinnvoll sein konnte, mit Neven Halilovic zu reden. Vorausgesetzt, er würde noch leben und machte den Mund auf. Kasic würde wissen, wo man ihn finden könnte. Vielleicht würde es auch Damir wissen, bei all den Clubs und Bars, die er frequentierte.

Aber auch Goran Filipovic würde es wissen.

Goran war ein Freund Vlados, der im ersten Jahr des Krieges als Offizier in der kroatischen Brigade der bosnischen Armee gedient hatte. Als der Kampf zwischen Kroaten und Moslems in Mostar begann, wurden einige Funktionäre in der Regierung nervös und lösten die Einheit auf. Die Soldaten wurden auf andere, mehrheitlich moslemische Einheiten verteilt, womit man versuchte, die Bedrohung durch die Kroaten aufzuheben. Die Brigade unterhielt jedoch trotzig noch immer ein kleines Hauptquartier im Westen des Stadtzentrums. Es war ein schmuddeliges Büro in einer ehemaligen Pizzeria, über deren Eingang die kroatische Flagge mit dem karierten Wappen flatterte.

Goran hatte die Gelegenheit genutzt und verwies auf eine Splitterwunde am rechten Bein, um für immer aus der Armee auszuscheiden. Durch die Verletzung zog er sein Bein nach, besonders schlimm allerdings erst dann, wenn ein vorgesetzter Offizier in Sichtweite war. Jedenfalls hatte niemand mehr in Frage gestellt, daß er untauglich für den Dienst war.

Dann hatte er die Ersparnisse in harter Währung von seinen Schwiegereltern und zwei alten Tanten aus der Zeit vor dem Krieg zusammengelegt und in einem kaum beschädigten und gut bewachten Gebäude in der Innenstadt ein Café eröffnet. Er hatte genau den richtigen Zeitpunkt dafür erwischt, denn die Leute begannen gerade wieder, sich für das Nachtleben zu interessieren, weil sie wohl erkannt hatten, daß sie den Rhythmus des normalen Lebens nachahmen mußten, wenn sie nicht in ihren Kellern verrückt werden wollten. Das Café lief bald so gut, daß er gleich nebenan ein kleines Kino aufmachen konnte. An eine Wand hatte er ein Laken als Leinwand aufgehängt und davor achtzig zusammengesuchte Klappstühle aufgestellt.

Wenn man heutzutage irgendwelche Geschäfte machte, besonders erfolgreiche Geschäfte, kam man unvermeidlich mit den Leuten in Kontakt, die den Schmuggel und den Schwarzmarkt beherrschten. Goran hatte diese Kontakte und seine alten Verbindungen zur Armee dazu genutzt, um selbst zu einem informellen Experten zu werden, der über die ganzen Rivalitäten und Beziehungsgeflechte genau Bescheid wußte. Von den Razzien im Oktober hatte er drei Tage vorher Wind bekommen. Er konnte einem jede Woche sagen, wer gerade oben war und wer unten und wer sich besser nach einer Möglichkeit umsah, die Stadt zu verlassen. Er hatte ein Talent dafür entwickelt zu wissen, wann man bedenkenlos herumtratschen konnte und wann man besser aufhörte, Fragen zu stellen. Außerdem wußte er genau, daß man lieber nicht mehr für sich beanspruchte als seinen eigenen kleinen Platz im ganzen Spiel. Für ihn reichte es, wenn er ungestört seine Bar und sein Kino am Laufen halten konnte. Es war schon schlimm genug, wenn man diesen Leuten Geld schuldete. Ihnen aber einen Gefallen schuldig zu sein war wirklich das letzte, was man wollte.

Man traf ihn heutzutage meistens entweder hinter der Bar oder nebenan in einem Büro, das zum Kino gehörte. Es war ein sehr beengter, nach Benzin riechender Raum, in dem der Puls von zwei Generatoren hämmerte, die in einer kleinen Abstellkammer standen und sein Firmenreich in Gang hielten.

Er saß fast ständig über die Tastatur eines Computers gebeugt und tippte mit einer speziellen Software Untertitel auf die neuesten Videobänder, die er durch einen freundlichen Journalisten oder Mitarbeiter einer Hilfsorganisation ins Land schmuggeln konnte. Mittlerweile hatte er genug Titel auf Lager, um ein kleines Programm für die nächsten Monate zu drucken. Seine Bemühungen in der Werbung und der Aushang von Plakaten in der ganzen Stadt hatten sich ausgezahlt. Außer bei schweren Bombardements war sein Kino immer gerammelt voll, obwohl er einen fürstlichen Eintrittspreis von einer Mark pro Kopf verlangte.

Ab und zu tranken er und Vlado ein paar Biere zusammen, gerade genug, um ein oder zwei Rülpser zustande zu bringen und die Erinnerungen des Tages verschwimmen zu lassen und zu vergessen. Genug, um benebelt nach Hause zu gehen und in einen tiefen, traumlosen Schlummer zu fallen.

Vlado versuchte es erst im Café. Als er die Tür öffnete, kamen ihm Lärm und dicke Rauchschwaden entgegen, so daß er das Gefühl bekam, er müßte sich erst einen Weg mit einer Machete frei schlagen. Er ließ seinen Blick durch den Raum wandern. Jeder Tisch war besetzt, insgesamt waren vielleicht vierzig Gäste da. Es war erst halb fünf nachmittags, aber da ab neun Uhr Ausgangssperre war, begann das hiesige Nachtleben mit der einsetzenden Dämmerung. Die Gespräche waren laut und ausgelassen. Es gab niemanden, der nicht rauchte, aber Vlado konnte nur vier Leute sehen, die tatsächlich ein Getränk bestellt hatten – zwei von ihnen Bier, die anderen beiden Kaffee. Die Gitarren und Stimmen der früheren jugoslawischen Rockband NO SMOKING plärrten aus den Boxen in jeder Ecke. Vor dem Krieg war die Band populär gewesen. Jetzt hatten sie sich getrennt, und der Sänger lebte in Belgrad. Aber das schien hier niemanden etwas auszumachen.

Vlado schlängelte sich an den Tischen vorbei zur Bar. Dahinter stand eine junge Frau, die gelangweilt in einem Schuhkarton mit Kassetten nach dem nächsten Titel suchte. Bis sie ihn bemerkte, mußte er sie zweimal anschreien.

»Ist Goran da?«

»Nebenan«, sagte sie, »im Kino.«

Er ging hinaus auf den Flur und mußte sich an vier Typen in Feierlaune vorbeiboxen, die gerade ankamen. Er erreichte einen anderen Gang, wo ein Mann an einem Tisch saß und gerade die letzten Karten für die erste Vorführung des Abends verkauft hatte.

»Vlado«, begrüßte ihn der Mann und grinste. Vlado kam nicht auf seinen Namen. »Suchst du Goran?«

»Genau. Ist er im Büro?«

»Am Telefon. Aber ich sage ihm, daß du hier bist. Warte doch drinnen. Da kannst du dir solange den Anfang des Films anschauen. Auf Kosten des Hauses.«

Vlado schlüpfte durch die Tür. Drinnen war es kühl, dafür nicht so verraucht. Abgesehen von der englischen Unterhaltung, die ab und zu von der Leinwand herunterplärrte, war es still wie in einem Grab. Nachdem sich seine Augen an die Dunkelheit gewöhnt hatten, sah er, daß jeder Platz besetzt war. Alle Leute trugen noch ihre dicken Mäntel. Im Lichtkegel des Projektors konnte man den aufsteigenden Dunst ihres Atems sehen.

Von zahllosen anderen Filmen und Fernsehserien wußte Vlado sofort, daß dieser in New York spielte. Aufgrund der dramatischen Akkordfolgen und dunklen Tönen der Musik war es offensichtlich, daß etwas Unheimliches geschah und Gefahr im Verzug war. Aber am meisten beeindruckte ihn die Sauberkeit und Ordnung in der Szene. Er sah eine arbeitende Gesellschaft mit Straßen, die nicht von Einschußlöchern und ausgebrannten Wagen übersät waren. Ein Ort mit hellen Straßenlaternen und gläsernen Ladenzeilen. Man konnte um die

Ecke gehen und ein Bier trinken, eine warme Mahlzeit bekommen, eine Tasse Kaffee, konnte solange ausbleiben, wie man wollte, und zurück nach Hause in eine warme Wohnung gehen, wo die Laken sauber waren und es an den Wänden Lichtschalter gab. Man mußte lediglich auf ein paar Kriminelle aufpassen, die einen erschießen wollten. Das sah wie im Paradies aus. Jetzt war ihm klar, warum diese Leute gerne einen Wochenlohn für zwei Stunden Unterhaltung ausgaben.

Eine Hand tippte ihm auf die rechte Schulter.

»Komm mit«, flüsterte eine Stimme, »er hat jetzt Zeit.«

Widerwillig verließ Vlado die Straßen von New York und ging in den Nebenraum. Goran saß vor dem Computer und brummelte vor sich hin. Ein Zipfel von seinem Hemd hing durch die offene Rückenlehne des Klappstuhls.

Als er sich umdrehte, lächelte er über sein ganzes breites, unrasiertes Gesicht. »Vlado. Wird ja auch mal wieder Zeit. Du hast dich zwei Wochen nicht blicken lassen. Und gerade heute muß ich eine Komödie zu Ende kriegen. Ich bin mir nicht mal sicher, ob ich sie überhaupt richtig übersetzen kann. Alles voller Hip-Hop-Slang und amerikanischer Insiderwitze. Also, wo warst du?«

»Hier und da.«

»Das habe ich gehört. Der Mann der Stadt. Geht spätnachts alleine ins Bett. Ein unglaublich aufregendes Leben, Vlado.«

Vlado lächelte. Goran zog ihn immer wieder damit auf.

»Also, was ist los? Irgend etwas in deinem Blick sagt mir, daß du nicht wegen des Films oder auf ein Bier hergekommen bist.«

»Ich suche jemanden. Neven Halilovic. Ich kann mich nicht mehr erinnern, was nach der Razzia passiert ist. Entweder wurde er getötet, oder die Armee hat ihn begnadigt, oder er ist immer noch im Gefängnis.«

»Die Suche kannst du abblasen. Soweit ich gehört habe, ist

er tot. Er wurde in die Armee gesteckt, richtig, aber er hat es nicht länger als einen Monat ausgehalten. Er war bei einem dieser unkoordinierten Angriffe auf dem jüdischen Friedhof dabei, bei denen nichts rauskommt als nur noch mehr Leichen auf den Gräbern. Auf Anhieb erinnere ich mich allerdings nicht, wer mir das erzählt hat. Ich könnte mich mal umhören, um sicherzugehen. Seid ihr jetzt auch hinter Korruptionsfällen her, oder bist du der polizeilichen Sondereinheit beigetreten, ohne es mir zu sagen?«

»Nur als Leihgabe. Es geht um Vitas. Du hast bestimmt davon gehört.«

»Erst heute morgen.« Er schüttelte den Kopf. »Also ist das dein Fall?« Goran hielt einen Moment inne, nickte dann. »Ja. Hätte ich mir denken können. Sie wollen die Blauhelme mit einem unabhängigen Mann zufriedenstellen und beweisen, daß wir mit unseren Angelegenheiten wirklich allein zurechtkommen.« Er lachte. »Und das glaubst du natürlich alles voll und ganz, Vlado, oder?«

»Als loyaler Staatsdiener kann ich da nur von ganzem Herzen zustimmen.«

»Was steckt hinter der Vitas-Geschichte? Jesus, er steckte selbst bis zum Hals im Dreck, oder?«

Er gab Vlado ein Bier.

»Danke. Ich hatte gehofft, daß du dir schon eine fundierte Meinung gebildet hättest. Das Ministerium glaubt auf jeden Fall, daß Vitas Teil des Rattennests war. Zumindest glauben das Kasic und ein paar Spitzel.«

»Kasic«, grunzte Goran. »Als wenn der Bescheid wüßte.«

»Was meinst du?«

»Nichts. Irgendwie lief bei ihm immer alles ein bißchen zu geschmiert. Mehr Schein als Sein, und damit kam er immer durch. Einer von den Typen, die immer zur richtigen Zeit zur Stelle sind, wenn es um die nächste Beförderung geht.«

»Wir können ja nicht alle davon leben, Filme und Bier zu verkaufen.«

»Richtig. Manche unterhalten uns statt dessen damit, kleine französische Zinnsoldaten zu bemalen.«

Vlado lachte. »Jetzt wirst du persönlich. Du machst dich über meine Freunde lustig. Mit denen kann ich mich vernünftiger unterhalten als mit Damir. Außerdem sind sie nicht immer nur hinter dem Geld her wie Grebo, und ich muß keinen Monatslohn oder eine Stange Marlboro ausgeben, um einen Abend mit ihnen zu verbringen.«

»Wenn du es jetzt noch schaffst, eine Figur zu gießen, die ungefähr eins fünfundsechzig groß und rothaarig ist, lange Beine und eine tief ausgeschnittene Bluse hat, dann kannst du auch Geschäftsmann werden. Und du kannst wesentlich mehr dafür verlangen als einen Monatslohn.«

»Dafür müßte ich eine ganze Division einschmelzen. Die Franzosen in der Kaserne sind ja nicht so wählerisch. Ich könnte sie einfach direkt an den Eingang stellen und eine Preisliste nebendran aufhängen. Die werden mit Marlboroschachteln vor meiner Tür Schlange stehen.«

»Paß nur auf, daß du die Löcher an die richtigen Stellen machst. Falls du nicht mehr weißt, wo sie hingehören, kannst du mich jederzeit fragen.«

»Noch ein paar Monate, und ich komme vielleicht drauf zurück.«

»Es läuft also immer noch nichts?«

Vlado sagte nichts und schüttelte nur mit einem mitleiderregenden Grinsen den Kopf.

»Was hörst du denn so von Jasmina?« fragte Goran. Durch seine Beziehungen hatten Jasmina und Sonja mit dem Konvoi die Stadt verlassen können.

»Immer das gleiche. Sie versucht sich immer noch einzugewöhnen und Deutsch zu lernen. Mit jedem Telefonat werden wir uns fremder. Manchmal denke ich, ich sollte doch in die Armee gehen. Dann könnte ich wenigstens versuchen, über den Igman abzuhauen.«

»Also willst du tatsächlich weg.«

»Glaubst du, es macht mir Spaß hier?«

»Nein. Aber du wirst nicht weggehen. Du hast viel zuviel Schiß, daß sich hier alles in Rauch auflöst und nur noch ein riesiges Loch im Boden ist, wenn du zurückkommst.«

»Du weißt genau, warum ich bleibe. Mal abgesehen davon, daß ich sowieso keine Wahl habe. Wenn ich jetzt gehe, hat sich bis Kriegsende eine Flüchtlingsfamilie in meiner Wohnung eingenistet. Mit Billigung der Regierung. Ich werde keinen Job mehr haben und auch kein Geld. Am Ende werde ich vielleicht noch als Deserteur angeklagt. Außerdem, wenn ich zwei solche Jahre aushalte, dann sitze ich den Rest auf einer Arschbacke ab.«

»Aber für was? Nur um nach dem Krieg hier leben zu können?«

»Warum nicht? Das ist meine Heimat hier. Deine doch auch. Wenn wegzugehen eine so gute Idee sein soll, warum schleichst du dich dann nicht über die Berge davon?«

»Glaubst du, ich habe noch nicht daran gedacht? Aber ich mache jetzt Geld hier. Richtiges Geld. D-Mark und Dollar. Um wegzukommen, müßte ich die Hälfte davon ausgeben und den Rest dort, wo ich lande, während ich mir eine Arbeit suchen muß. Aber angenommen, der Krieg ist morgen zu Ende, dann bin ich sofort weg. Ich gehe nach Kroatien. Oder Slowenien. Auf jeden Fall weg von hier.«

»Gerade wenn alles vorbei ist, sollte man hierbleiben und nicht abhauen.«

»Ist das dein Ernst? Wann hast du zum letzten Mal einen schönen Spaziergang durch deine Nachbarschaft gemacht?«

»Wer macht das heutzutage schon.«

»Du weißt genau, was ich meine. Wie viele von deinen früheren Nachbarn sind entweder tot oder abgehauen?«

Vlado zuckte mit den Schultern. »Vielleicht ein Viertel. Vielleicht mehr.«

»Eher zwei Drittel – und wer zieht neu ein, wenn sie weg sind? Leute vom Land und Flüchtlinge. Bauern und Proleten. Alle voll mit Komplexen und nur auf ihren eigenen Vorteil bedacht. Die Hälfte der Frauen trägt Kopftücher und schimpft über jeden, der nicht so wie sie ist. Du bist ein Katholik mit einer moslemischen Frau. Glaubst du, so was wird nach dem Krieg noch toleriert? Sieh dir nur mal die Regierung an, dann weißt du, wie sich die Bevölkerung nach dem Krieg zusammensetzen wird. Moslems werden die obere Schicht bilden und die Politik bestimmen. Da können sie noch solange von einer multikulturellen Gesellschaft schwafeln. Nichts als Lippenbekenntnisse. Die Möglichkeit dazu ist mit den ersten vierhundert Bomben gestorben.«

»Ja, im Moment sieht es so aus. Aber wenn die Leute nicht mehr ums Überleben kämpfen oder für Wasser anstehen oder jedesmal Angst um ihre Kinder haben müssen, wenn sie nach draußen gehen, dann werden sie sich wieder ändern.«

»Darauf würde ich nicht wetten, und glaub ja nicht, daß diese Flüchtlinge jemals wieder abziehen werden. Dafür geht es ihnen viel zu gut. Sie kriegen die besten Jobs und die besten Wohnungen. Und sie halten zusammen. Wenn einer von ihnen einen Job bekommt, dann holt er gleich seine ganzen Freunde und Verwandten nach. Außerdem darfst du die Erinnerungen nicht unterschätzen. Hast du schon mal mit einem alten Partisanen aus dem Zweiten Weltkrieg gesprochen, der auch nur ein gutes Haar an den Deutschen läßt? Oder mit irgendeinem alten Tschetnik, der was für Tito übrig hat? Ganz zu schweigen von den Faschisten der Ustascha. Die Stadt ist tot, Vlado – und jeder, der sich dieser Tatsache verschließt, auch.«

»Vielleicht. Vielleicht bin ich auch einfach zu blöd, um das zu kapieren.«

»Nicht zu blöd. Zu sentimental. Du bist einer von denen, die sich in ihren eigenen Bunker eingraben und einschlafen. Als könntest du dich einfach vor den Bomben und Heckenschützen verstecken und in ein paar Jahren aufwachen, die Sonne kommt wieder raus, deine Familie kommt wieder nach Hause, und du kannst wieder da weitermachen, wo du aufgehört hast.«

»Nicht da, wo ich aufgehört habe. Ich bin ja nicht naiv. Ich weiß auch, daß alles anders sein wird. Ich werde zum Beispiel nicht mehr die gleiche Sprache sprechen wie meine Tochter.«

»Das kriegst du wieder hin. Das hast du in ein paar Monaten wieder auf die Reihe bekommen. Vielleicht sogar noch schneller. Aber vielleicht sollte Jasmina besser ein Kopftuch tragen, wenn sie zurückkommt. Und solltest du noch ein paar Freunde in Grbavica haben, dann schreib ihnen besser gleich einen Abschiedsbrief. Denn entweder werden sie wegziehen müssen oder hinter einer Mauer leben, die am Fluß entlang verläuft und wo an jeder Brücke Kontrollpunkte sind. Wenn wir Glück haben, werden wir das zweite Berlin – wenn wir Pech haben, das zweite Beirut.

Du bist eine dieser armen, irregeführten Seelen, die denken, sie wissen Bescheid, Vlado. Die glauben, es geht nur darum, zu überleben. Als könntest du hier einfach so rauskommen, wie du warst, solange du nur den Kopf einziehst, die Finger von der Flasche läßt und dich ab und zu rasierst. Als müßtest du dich in der glorreichen Zukunft, die vor dir liegt, nur mit ein paar schlechten Erinnerungen rumschlagen. Genau so bist du, Vlado. Du malst deine Soldaten im Dunkeln an und rennst deinen Kriminellen hinterher, für die sich sonst keiner mehr interessiert.«

»Was schlägst du also vor? Soll ich etwa anfangen zu trinken? Soll ich meinen Job aufgeben und in die Armee gehen? Oder soll ich alle paar Tage durch die Stadt huren, damit ich mich wieder lebendig fühle? Sind das die Heilmittel für Leute wie mich?«

»Du sollst einfach *irgend etwas* machen, mehr sage ich ja gar nicht. Irgendwas Verrücktes. Was weiß ich. Hauptsache, du hörst endlich auf zu glauben, du wärst immer noch der selbstsichere, vorsichtige Mann, für den du dich noch zu Kriegsbeginn gehalten hast. Selbstbeherrschung ist eine Tugend und keine Religion. Jeder Schritt in dieser Stadt kann dich töten – wirklich jeder Schritt. Wenn man das kapiert hat, kann man wenigstens sinnvolle oder leidenschaftliche Schritte machen. Vielleicht wirst du dann nicht eines Morgens in zehn Jahren aufwachen und entdecken, daß du dich selbst lebendig begraben hast und keiner mehr da ist, um dich auszubuddeln.«

Als Vlado noch krampfhaft nach einer Antwort suchte, ging die Tür vom Kinosaal auf und der Kartenverkäufer schob seinen Kopf herein. »Gleich kommt deine Szene, Goran.«

»Danke. Ich bin sofort da.«

Vlado setzte einen fragenden Blick auf. Er fühlte sich unwohl und durcheinander und war froh über die Unterbrechung. »Deine Szene? Machst du jetzt eine Show, oder was?«

»Eine Essensszene«, sagte Goran etwas verlegen. »Sie gehört zum Film, und, tja, was soll ich sagen, ich versäume sie nicht gern. Sie kommt gleich nach der Schießerei. Ein gewaltiges, amerikanisches Festtagsessen. Ein Vogel, so groß wie die Heckklappe eines Yugos. Knusprig braun gebraten. Auf dem Tisch Suppenterrinen, Kartoffeln, Gemüse, Nachspeisen. Wein und andere Getränke. Die Szene dauert nur ein oder zwei Minuten, aber das Publikum fällt immer fast in Ohnmacht dabei. Man kann regelrecht hören, wie der Speichel auf den Boden tropft. Wen kümmert da noch die Geschichte des Films? Ich habe die Szene schon neunmal gesehen und immer noch nicht genug davon.«

Er stand mit einem Ruck auf. »Aber hör zu, ich versuche, etwas über Neven herauszubekommen, und halte dich auf dem Laufenden.«

Als er zur Tür ging, fiel Vlado noch etwas anderes ein.

»Noch was«, sagte Vlado. »Hast du jemals etwas über Vitas' Mutter gehört? Wo sie ist? Was mit ihr los ist?«

Goran hatte schon den Türgriff in der Hand.

»Ja, sie ist tot.«

»Bist du sicher?«

»So sicher wie ich sein kann, ohne ihre Leiche gesehen zu haben.«

»Keine besonders überzeugende Auskunft von einem Experten, der mal gesagt hat, daß der Krieg in drei Monaten vorbei sein wird. Wie verläßlich ist deine Quelle?«

»Ziemlich verläßlich. Vitas hat es mir erzählt.«

»Wann?«

»Muß vor einem Jahr gewesen sein. Er kam hier mit ähnlichen Absichten vorbei wie du und wollte etwas über den Stammbaum von dem einen oder anderen Gangster wissen. Ich fragte nach seiner Familie, und er murmelte etwas von dem Tod seiner Mutter. Sie wäre ein paar Monate vorher gestorben. Weißt du, alte Leute sterben, selbst wenn nicht gerade Krieg ist. Besonders wenn sie sich langweilen und einsam sind, so wie du. Vlado, ruf mich bitte nächste Woche an. Sonst schleife ich dich eigenhändig aus deiner Bude heraus. Und wenn ich schon mal da bin, werde ich mir auch gleich ein paar von deinen kleinen Männern vornehmen. Aber jetzt ab in die Speisesäle von New York.«

Als er die Tür aufmachte, hörte man das Geräusch quietschender Reifen und das typische Hollywood-Geballere. Im Gegensatz zum schneidenden, krachenden Knall eines Hekkenschützengewehrs hörten sich diese Schüsse sanft und niedlich an, so wie Kinder sie im Spiel nachahmten.

Nachdem er das Kino verlassen hatte, war es schon zu spät, um Damir noch im Büro zu erwischen. Die Telefone würden wohl auch tot sein, was ihn ärgerte, denn es gab eine Menge zu besprechen. Sie müßten jetzt eigentlich eine neue Strategie entwickeln. Wenn Glavas wie versprochen die Liste ablieferte, würden sie massenweise Spuren in der ganzen Stadt verfolgen und nach verschwundenen Gemälden aus der Transferkartei suchen müssen.

Als er seine Wohnung erreichte, war er durchgefroren und hundemüde. Zum ersten Mal seit Wochen war er wieder so richtig erschöpft, ein Gefühl, das er vielleicht sogar genossen hätte, wenn er ein heißes Bad hätte nehmen können. Statt dessen gab es nur eine tote Telefonleitung. Drinnen schien es noch kälter zu sein als draußen.

Er machte die Ofenklappe auf und schaltete das Gas ein. Schwach zischte es aus den Düsen, und er entzündete das Gas mit einem Streichholz. In der Schachtel waren kaum noch ein Dutzend Streichhölzer. Er mußte daran denken, neue zu schnorren.

Ein schwacher, blauer Flammenkreis züngelte aus dem Brenner. Je mehr Familien die Leitungen anzapften, desto stärker sank der Druck. Bei der Gaszufuhr gab es immer häufiger zeitweilige Unterbrechungen, manchmal für ganze Tage. So schwach wie die Flamme jetzt war, würde es zwanzig Minuten dauern, bis ein Topf Wasser kochte. Bis dahin würde sogar schon seine Wohnung ein wenig beheizt sein.

Er setzte sich an die Werkbank in der Ecke der engen Küche und beschäftigte sich eine Weile mit ein paar halbbemalten Soldaten. Aber seine Hände waren immer noch zu steif, um exakt arbeiten zu können.

Er schnitt sich ein Stück vom Räucherfleisch des Metzgers ab, kaute es langsam und packte den Rest wieder in das Papier ein. Dann trank er einen Schluck Wasser aus einer Plastikmilchkanne und brach sich einen trockenen Kanten Brot ab.

Vlado schob sein Bett an die Küchentür und hoffte, soviel Wärme wie möglich abzukriegen. Auch wenn es riskant war, wollte er den Ofen die ganze Nacht anlassen. Wenn die Gaszufuhr plötzlich abbrechen würde, würde die Flamme ausgehen, und wenn das Gas dann irgendwann wieder strömte, würde er entweder ersticken oder in die Luft gehen. Das eine oder andere passierte ungefähr einmal die Woche in der Stadt. Entweder war ein defekter Anschluß die Ursache, oder man war einfach selbst schuld, so wie in diesem Fall. Es war auch nicht gerade hilfreich, daß die Vorräte des Gaswerks an dem Zusatzstoff, der dem Gas seinen verräterischen, warnenden Geruch verlieh, schon lange erschöpft waren. Und die Serben würden so bald nichts von ihren Vorräten abgeben.

Vlado zog eine zusätzliche Decke aus einem Wandschrank und ging noch einmal die Fakten des Falles durch. Es war mehr als offensichtlich, wohin die Transferkartei verschwunden war. Zarkos Leute hatten sie mit Hilfe ihrer Beziehungen zu General Markovic und Gott weiß wem auf die Seite gebracht. Vielleicht hatten sie auch versucht, sich gegenseitig auszuspielen. Aber wie war Vitas an eine der Karten gekommen? Steckte er tatsächlich auch in dieser Sache mit drin? Oder hatte er bei seinen eigenen Ermittlungen eine Karte in die Hände bekommen? Vielleicht hatte er sie bei der Razzia im Oktober in Zarkos Hauptquartier gefunden. Neven Halilovic hätte die Antwort gewußt, aber er war tot. Tatsächlich war jeder, der etwas zu wissen schien, entweder tot oder auf der falschen Seite der Stadt. Murovic, der Museumsdirektor, würde auch erst in einem Monat eine Hilfe sein, wenn das Geld der UNESCO kam und seine Wirkung zeigte. Wenn

Glavas nicht Wort halten könnte, würde Vlado vor einer Sackgasse stehen. Auch wenn Vlado diesen Murovic auf Anhieb unsympathisch gefunden hatte, vielleicht hatte er doch recht, was Glavas betraf. Vielleicht würde Vlado am Ende wirklich nur einen überfüllten Aschenbecher vorfinden.

Aber welchen Sinn ergaben die Geschichten des Metzgers und des Zigarettenmannes? Wozu dieses Spiel mit den Muskeln und die Einschüchterung im Schlachthof? Zwar paßten die Geschichten und der Einschüchterungsversuch zusammen, aber zu allem anderen paßten sie nicht. Handelte es sich einfach um ein paar Mitläufer, die auch eine Mark machen wollten? War Kasic ihnen einfach auf den Leim gegangen? Vielleicht war dieser Fall auch für ihn eine Nummer zu groß. Das Gerücht lautete immer, daß Vitas der Kopf des Innenministeriums gewesen sei, und vielleicht stimmte das sogar. Goran hatte eine wichtige Bemerkung gemacht. Kasic war immer mehr durch Schein als durch Sein aufgefallen. Wenn andere bestimmten und handelten, war er vielleicht nicht besser als Garovoc und genauso ein Mitläufer. Die ersten Berichte der Informanten versprachen nichts anderes als eine schnelle Auflösung. Zweifellos stand Kasic mächtig unter Druck und mußte diesen Fall zügig unter Dach und Fach bringen.

Als Vlado steif und schwer ins Bett stieg, klapperte er vor Kälte mit den Zähnen. Heute nacht spielte kein Radio nebenan. Ein bißchen Spaß für eine Nacht, dann mußten die Batterien wieder für wichtigere Dinge aufgehoben werden. Er drehte seinen Kopf auf dem Kissen und sah durch die Küchentür in den offenen Ofen. Die schwachen blauen Flammen glühten wie die Bodenlichter in einem abgedunkelten Theater, kurz bevor das Ensemble auf die Bühne tanzte. Er glitt langsam in den Schlaf hinüber und wartete, daß die Vorführung begann. Schon bald träumte er von einer Frau, die ihn verschämt und bleich von der Bühne herunter anstarrte. Sie hatte geschwungene, herzförmige Lippen, die mit einer Spur zuviel Lippenstift geschminkt waren. Das Gesicht war anziehend, aber irgendwie nur schwer zu erkennen. Es war die Frau, die er in Glavas' Wohnhaus getroffen hatte. Oder war es nur eine Maske? Nein, es war ein Gesicht. Doch plötzlich wurde es entsetzlich weiß und starrte jetzt vom Absatz einer Treppe zu ihm hoch. Die Frau stieß einen erstickten, dünnen Ton hervor, der zu verzerrt war, um etwas zu verstehen. Trotzdem hatte Vlado das Gefühl, daß sie ihm etwas sagen wollte, wenn sie sich nur verständlich machen könnte. Die Frau machte einen Schmollmund und preßte einen Finger vor ihre Lippen. Machte sie sich lustig über ihn, oder wollte sie ihn warnen? Verunsichert schreckte er zurück und wußte nicht, ob er lächeln oder besorgt sein sollte. Und dann ging er einfach weiter, wie ferngesteuert, immer weiter weg von ihr die Treppe hoch, wo es mit jedem Schritt kälter wurde.

12. Kapitel

Eine gewaltige Explosion riß Vlado aus dem Schlaf. Als er die Augen öffnete, blinzelte er in die Morgensonne und zitterte noch von dem Schock, während das Nachbeben des entfernten Donnerschlages verebbte. Für einen Augenblick hatte er das Gefühl, jemand hätte seinen Bauch als Trampolin benutzt. Draußen hörte er Gegenstände zu Boden fallen.

Eine Welle kalter Luft wehte über ihn hinweg. Als er sich aufrichtete und sich im Zimmer umsah, wußte er, warum. Sein letztes intaktes Fenster war eingedrückt worden. Ein Haufen schimmernder Glasscherben lag auf dem Boden. Einige Splitter waren bis an die gegenüberliegende Wand geflogen. Andere stakten wie die Stacheln eines Stachelschweins aus einem alten, blauen Lehnstuhl hervor.

Er stand auf, um seine letzte Rolle Plastikplane im Küchenschrank zu suchen, und schnitt sich prompt den Fuß an einer Scherbe auf, die vor der Küchentür lag. Sogar auf seinem Bett waren ein paar Splitter gelandet. Zum Glück hatten sie nicht mehr genug Kraft gehabt, um sich in seinen Körper zu bohren. Er untersuchte sich im Bad vor dem Spiegel und zog zwei oder drei Splitter aus seinem Haar.

So läuft das hier, sagte er sich selbst. Mitten in der Nacht war er noch aufgestanden, um das Gas abzuschalten. Plötzlich hatte ihn die fürchterliche Angst wach gerüttelt, er könnte entweder ersticken oder in die Luft gejagt werden. Und dann weckte ihn eine Explosion von draußen, als sollte er daran erinnert werden, daß alle Vorsichtsmaßnahmen ganz umsonst waren. Was passierte, das passierte, und man war völlig machtlos dagegen.

Als er mit bereits vor Kälte schon wieder tauben Händen und klappernden Zähnen aus dem aufklaffenden Fenster schaute und die Plastikplane anklebte, begutachtete er den Schaden draußen. Die Vorderwand der Wohnung nebenan war aufgerissen worden. Bis vor einer Woche war sie unbewohnt gewesen, dann war dort eine sechsköpfige Familie eingezogen. Flüchtlinge aus irgendeiner kleinen, besetzten Stadt in den Bergen.

Dem Schaden am Dach und an der Vorderfront nach zu urteilen, war eine Granate direkt in die obere Ecke des Hauses eingeschlagen. Kein großes Kaliber, wahrscheinlich nur eine kleine raketenangetriebene Granate, aber sie war wirkungsvoll gewesen. Das ganze vordere Zimmer der Wohnung war verwüstet, und fast jedes noch intakte Fenster in der Nähe des Hauses war kaputtgegangen. Man konnte nur hoffen, daß die Familie in einem hinteren Zimmer geschlafen hatte. Durch das in der Wand klaffende Loch konnte Vlado keine Leichen erkennen, und er hatte auch wenig Lust, in der Kälte rüberzugehen und genauer nachzuschauen. Erst recht nicht, da man noch mehr Granaten erwarten konnte.

Irgend etwas hielt ihn jedoch am Fenster fest. Er konnte niemanden sehen, lauschte angestrengt, aber er hörte auch kein Stöhnen, keine Hilfeschreie. Es war nur ein stiller, früher Morgen, an dem die Sonnenstrahlen auf eine frische Schneeschicht fielen. Ein heißer, metallischer Geruch vermischte sich mit der gewöhnlichen Schärfe des Holzqualms und dem brennenden Müll.

Er beeilte sich, sein Fenster notdürftig zu reparieren, und brachte den letzten Klebestreifen an. Die Plane blähte sich durch die leichte Brise auf, und ihm fröstelte. Noch immer hörte er keinen Ton von nebenan. Irgendwer wird sich später schon darum kümmern, sagte er sich. Dann entschloß er sich, doch noch einmal einen Blick rüberzuwerfen. Als er die Plane ein wenig beiseite zog, hörte er die Stimme eines Mannes, die jemanden aufforderte, drinnen zu bleiben. Vlado zog die Plane noch weiter weg und sah einen angeschlagen aussehenden Mann, dessen Haare und Bart voller Ziegelstaub waren und der schwankend durch das Loch in der Mauer nach draußen in den Schnee stieg.

»Sind Sie in Ordnung?« fragte Vlado. Apathisch drehte sich der Mann um und fixierte ihn mit einem leeren Blick. Aus beiden Nasenlöchern liefen schmale Blutrinnsale, aber ansonsten schien ihm nichts passiert zu sein. Ohne ein Wort wendete sich der Mann wieder ab. Als nach einer Minute immer noch keine Antwort von ihm kam, klebte Vlado die Plane wieder vor das Fenster.

Er sollte lieber Wasser für Kaffee aufsetzen, sagte er sich, als er wieder in die Küche ging. Er sollte sich waschen und rasieren und für die Arbeit fertigmachen. Es wird ihnen schon gutgehen da drüben, wer immer diese Leute auch sein mochten. Und wenn nicht, würde das Krankenhaus viel besser ausgerüstet sein als er, um das wieder in Ordnung zu bringen.

Vor ein paar Tagen hatte er die beiden jüngsten Kinder der Familie vor dem Haus spielen gesehen. Ein Junge und ein Mädchen, die mit einer zerlumpten Puppe spielten und dabei jauchzten und lachten. Er ging zur Tür und stapfte raus in den Schnee.

Den Mann konnte er jetzt durch die Öffnung des eingedrückten Fensters sehen. Vlado ging quer über den Hof auf die Türöffnung zu. Er sah, daß der Mann am ganzen Leib zitterte und kurz vor einem Kollaps war. Vlado packte ihn an den Schultern und drückte ihn in einen mit Staub und Ziegelresten bedeckten Stuhl. Eine zweite Explosion krachte los, vielleicht einen Block weit weg. Am anderen Ende des Flurs begann ein kleines Kind zu weinen. Jetzt konnte er auch ein großes, zerklüftetes Loch in der Decke sehen.

»Kommen Sie«, sagte Vlado streng. »Die Schüsse kommen aus dem Norden, und es wird noch mehr geben. Sie haben hier jetzt überhaupt keinen Schutz mehr. Bringen Sie Ihre Familie zu mir rüber, bis das vorbei ist.«

Der Mann sprach noch immer nicht, aber er hatte sich jetzt wohl selbst wach gerüttelt und ging schwankend durch den Flur, dorthin, wo das Weinen gerade noch hergekommen war. Als er wieder auftauchte, trotteten seine Frau und seine Kinder hinter ihm her. Die vier Kinder waren alle genauso still wie der Vater und starrten ihn mit weit aufgerissenen Augen an. Die Mutter schien völlig gleichgültig zu sein, so als hätte sie bereits aufgegeben.

»Kommen Sie, schnell«, drängte Vlado, damit sie sich endlich in Bewegung setzten und nicht etwa, weil er Angst vor der nächsten Explosion hatte. Meistens bestanden diese »Bombardements« jeweils nur aus zwei oder drei Granaten, die nach dem Zufallsprinzip auf über die Stadt verstreute Punkte abgefeuert wurden. Nachdem die Artilleristen sich so mal wieder zu Wort gemeldet hatten, begannen sie sich auch schon wieder schnell zu langweilen und setzten lieber ihr Nickerchen oder ihr Kartenspiel fort.

Je schneller dieser traurige Haufen hier raus war, desto eher würden sie sich von dem Schock erholen, dachte Vlado.

Sie sagten zwar immer noch kein Wort, aber Vlado war erleichtert, daß keinem aus der Familie etwas passiert war. Sie folgten ihm durch den Schnee, waren aber kaum passend angezogen für das Wetter. Wenigstens hatten die Kinder Schuhe an.

In seiner Wohnung mußte er sie regelrecht zwingen, sich auf die Stühle zu setzen. Als er die Glassplitter von den Bezügen strich, schnitt er sich an der rechten Hand. Dann begab er sich wie ein besorgter Gastgeber einer Dinnerparty in die Küche und setzte Kaffeewasser auf.

»Sie sollten sich besser von einem Arzt untersuchen lassen!« rief er aus der Küche und erhielt immer noch keine Antwort. »Die Gehirnerschütterungen von diesen Explosionen können schlimmer sein, als man glaubt. Man hat keinen Kratzer, und eine Stunde später stirbt man an den inneren Blutungen.«

»Das Krankenhaus«, sagte endlich jemand. Es war die Frau. »Können Sie uns sagen, wie wir dort hinkommen?«

Mein Gott, die waren wirklich ganz neu hier, wenn sie nicht mal das wußten. »Es ist oben auf dem Berg da drüben«, sagte Vlado und zeigte auf das abgedeckte Fenster, das nach Osten rausging. »Quer über den Friedhof und von da die Straße hoch. Aber ich würde wenigstens noch eine halbe Stunde nach dem Abschuß der letzten Granate warten.«

Er spielte weiter den Gastgeber und spülte zwei staubige, schon lange nicht mehr benutzte Kaffeetassen und vier kleine Becher für die Kinder aus. Er fragte sich, was er ihnen zum Frühstück anbieten sollte. Brot mußte genügen, dachte er, und wahrscheinlich waren sie auch nichts anderes gewohnt.

Die Stille griff wieder um sich, und er begann sich unwohl zu fühlen. Er schaute sich verstohlen um, als wollte er sichergehen, daß dort keine Horde Zombies in seinem Wohnzimmer saß, die in den Stühlen hingen und langsam von der Leichenstarre ergriffen wurden. Er war richtig erleichtert, als er sah, daß die beiden jüngsten Kinder sich auf den Boden gesetzt hatten und irgend etwas spielten.

Als er bemerkte, daß sie mit seinen Soldaten spielten, wollte er es ihnen erst verbieten. Aber dann sagte er sich, daß sie ja gar keinen besseren Zweck erfüllen könnten. Spielt ruhig mit ihnen, wenn ihr wollt. Die Eltern blieben derweil stumm wie Steine.

»Wie lange sind Sie denn schon in der Stadt?« fragte Vlado.

Zuerst wollte anscheinend keiner antworten. Dann befeuchtete der Vater schwerfällig seine Lippen und begann zu sprechen. »Vier Wochen«, sagte er. Er hatte aufgehört zu zittern und schien sich wieder gefangen zu haben.

Vlado reichte ihm und seiner Frau eine Tasse mit heißem, dünnem Kaffee. »Haben die Kinder was gegessen?«

»Ja, ein wenig Brot«, sagte die Mutter. »Wir werden gleich noch mehr besorgen.«

»Wo kommen Sie her?« fragte Vlado. »Aus welcher Stadt?«

Sie nannten ihm irgendein Dorf, von dem Vlado kaum etwas gehört hatte. Ein Fleck auf einer seiner Landkarten, ungefähr fünfzig Kilometer von hier entfernt in der Mitte eines engen, belagerten Versorgungskorridors. Sie mußten in den letzten Jahren eine Menge durchgemacht haben. Und hierherzukommen war bestimmt nicht leichter gewesen.

»Wie haben Sie es in die Stadt geschafft?«

»Mit einer anderen Familie«, sagte der Vater. »Auf einem Karren. Wir sind über den Igman gekommen. Manchmal kommt man noch durch. Wir hatten Glück. Eine Familie, die nur eine Stunde nach uns losgegangen ist, hat auf dem Weg zwei Söhne verloren. Heckenschützen.«

»Ich habe nicht mal gewußt, daß überhaupt noch jemand versucht reinzukommen«, sagte Vlado. »Ich dachte, die Leute würden nur versuchen rauszukommen.«

»Man schafft es eigentlich auch nicht«, sagte der Mann. »Auf jeden Fall nicht über den Igman und nicht als Mann. Die Soldaten lassen nur Familien mit tauglichen Männern durch. Die werden gleich eingezogen. Ich habe mich die ganze Zeit gefragt, wann sie mich rauspicken. Aber es gibt keinen anderen Weg hier rein.«

»Oh, ich kann mir vorstellen, daß man Sie schnell genug finden wird. An Ihrer Stelle würde ich von jetzt an Ihre Frau allein zu den Brot- und Wasserausgaben schicken, auch wenn sie dann nicht soviel zurückschleppen kann. Aber auf diese Weise kriegen sie die meisten.«

Dem Mann schien etwas klarzuwerden. Er sah Vlado direkt in die Augen. »Und Sie?« fragte er. »Warum werden Sie nicht eingezogen? Sie sind mir gleich aufgefallen, als wir hier ankamen. Sie sind jung und kräftig.«

»Kräftig nicht gerade. Und ob ich jung bin, darüber kann man nach zwei solchen Jahren auch diskutieren. Aber Sie haben recht. Ich bin ganz klar im richtigen Alter für das Militär. Aber ich bin bei der Polizei. Mordkommission.«

Der Mann schüttelte den Kopf und sah Vlado an, als wäre er ein Geisteskranker, der nichts für sein Verhalten kann. Es war nicht gerade das erste Mal, daß Vlado so eine Reaktion auf seinen Job erlebte.

»Ich schätze, jetzt müssen wir uns ein neues Dach über dem Kopf suchen«, sagte der Mann. »Aber es sollte nicht schwer sein. Es gibt so viele freie Wohnungen, und es werden immer mehr.«

Eine gewaltige, endlose Umwälzung, eine einzige Völkerwanderung, dachte Vlado, und sie findet genau vor meiner Nase statt.

»Ich bin Alijah Konjic«, sagte der Mann dann, als hätte er sich plötzlich an seine guten Manieren erinnert. »Meine Frau Leyla.«

»Vlado Petric.«

»Ich denke, wir sollten jetzt gehen. Wir müssen etwas zu essen und eine andere Wohnung finden. Und Sie haben wohl recht, wir sollten zuerst zu einem Arzt gehen.«

Sie standen alle ohne ein weiteres Wort auf und machten jetzt wieder einen ganz gefaßten Eindruck. Trotzdem erinnerten sie ihn immer noch irgendwie an einen Trupp Soldaten mit akutem Kriegstrauma, die von einem Arzt für tauglich erklärt wurden, weil er dem Druck ausgesetzt ist, für Nachschub zu sorgen.

»Kommen Sie zurück, wenn Sie irgendwas brauchen«, sagte

Vlado, der etwas enttäuscht sah, daß der kleine Junge die Spielzeugsoldaten wieder dahin zurückstellte, wo er sie weggenommen hatte. »Und falls Sie meine Wohnung brauchen, während Sie sich eine neue suchen, sind Sie jederzeit willkommen.«

»Vielen Dank, aber ich glaube wirklich, daß es nicht schwierig sein wird. Diese hier war die dritte leere Wohnung, die wir nach unserer Ankunft gesehen haben. Es gibt wirklich einige zur Auswahl.«

»Brauchen Sie ein paar zusätzliche Kleider?« fragte Vlado wie jemand, der voller Verzweiflung bemerkt, daß seine Party nicht ankommt und die Gäste viel zu früh gehen wollen. »Oder Decken? Ich habe ein paar übrig.«

»Nein, danke. Wir haben alles«, sagte die Mutter. Aber sie lächelte immerhin, und für den Augenblick schien das mehr als genug zu sein.

»Kinder«, rief sie, »wir müssen gehen! Bedankt euch bei Herrn Petric.«

Und das taten sie, eines nach dem anderen, angefangen mit dem ältesten, zum Schluß das jüngste, als hätten sie es lange einstudiert.

»Und wie gesagt«, fügte Vlado noch an, »ich werde heute abend wieder hier sein, falls Sie mich brauchen.« Aber er wußte, daß er sie wahrscheinlich nie wiedersehen würde.

Mit den zwei leeren Kaffeetassen in den Händen sah er zu, wie sie sich von seiner Tür entfernten. Als sie durch den Hof davontrotteten und ihre Fußspuren eine schmale Linie im Neuschnee zurückließen, dämmerte ihm, daß sie seine ersten Gäste waren, seit Damir vor vielen Monaten beschwipst bei ihm hereingeplatzt war.

Er schloß die Tür und bemerkte, daß in der Wohnung noch ihr Geruch lag, kein unangenehmer, sondern einfach eine weitere Variante der hiesigen Mischung aus Rauch und Schweiß.

Als er seinen abschließenden Pflichten als Gastgeber nachkam und aufräumte, fühlte er einen leichten Auftrieb, eine innere Erfüllung, wie er sie schon lange nicht mehr empfunden hatte.

Er machte sich selbst einen Kaffee und achtete darauf, ihn genauso dünn zu machen wie den für seine Gäste. Unvermittelt kehrten dabei die Gedanken zurück, die er noch kurz vor dem plötzlichen Aufwachen gehabt hatte. Im Geiste war er wieder durch alle Fakten seines Falles gegangen, und wie am vergangenen Abend war ihm alles wie ein großes, undurchdringliches Rätsel erschienen. Doch jetzt, mit seinem ersten Schluck Kaffee, fiel ihm plötzlich die Lösung ein: Es gab einen Weg, die Kopie der gesamten Transferkartei zu bekommen, und zwar noch bevor Murovic oder sogar die UNESCO sie haben würden. Er müßte sich dabei auch nicht auf das fragmentarische Gedächtnis von Milan Glavas verlassen. Aber er würde ein Satellitentelefon und ein Faxgerät brauchen, vor allem eine Leitung, die weder von der Regierung noch sonst jemandem belauscht wurde. Dafür müßte er dem Holiday Inn einen Besuch abstatten.

Die Telefone dort konnten auch angezapft sein, aber da die Leitungen ständig von den vielen Journalisten benutzt wurden, hatte man weitaus bessere Chancen, keine unnötige Aufmerksamkeit auf sich zu ziehen.

Er versuchte wieder, bei Damir anzurufen, doch es war zwecklos. Wenn die Leitungen über Nacht wieder funktioniert haben sollten, dann waren sie in seinem Viertel wahrscheinlich durch die Explosion wieder lahmgelegt worden. Also zog er Stiefel und Mantel an und verließ seine Wohnung.

Drüben, jenseits des improvisierten Friedhofes, sah er seine Nachbarsfamilie. Der Dunst ihres Atems stieg über ihre schwankenden Köpfe in die kalte Morgenluft, als sie sich den Berg hinauf zum Krankenhaus kämpften.

Das Holiday Inn war die begehrteste Unterkunft für ausländische Journalisten und internationale Delegationen, hauptsächlich allerdings deshalb, weil man keine andere Wahl hatte. Praktisch jedes andere Hotel vergleichbarer Größe war dichtgemacht oder ausgebombt worden, und unter den jetzigen Bedingungen würde auch so bald kein Hilton oder Hyatt hier aufgemacht werden. Deshalb war das Holiday Inn trotz seiner gefährlichen Lage mit nur dreihundert Metern Entfernung von der Front fast jede Nacht ausgebucht.

Von der grellen, eigelbfarbenen Fassade des Hotels schaute man über die Heckenschützen-Allee und den Miljacka direkt auf die leeren, fensterlosen Hochhäuser von Grbavica. Mit bester Aussicht und Schußposition hockten dort die Heckenschützen und Granatenwerfer und gingen ihrer regen Beschäftigung nach. Nachts wurde die Zone dazwischen von den roten Schweifen der Verfolgerraketen und den gelben Explosionen der Granaten hell erleuchtet.

Deshalb war praktisch jedes Hotelzimmer auf der Front- oder Südseite unbewohnbar. Dasselbe galt für einige Zimmer der Ostseite, wo die Mauern mit klaffenden Einschlaglöchern versehen waren.

Während der Olympischen Winterspiele 1984 war es das einzige neue Hotel in der Stadt und das Zentrum allen sozialen Lebens gewesen. Vlado erinnerte sich gern an diese Zeit. Er war damals noch Single gewesen, Mitte Zwanzig, und hatte ausgelassen in der überfüllten Disco gefeiert, im hämmernden Beat der Musik und im flackernden Licht getanzt, bis er spätnachts nach Hause getorkelt war. Nicht selten hatte er dann ein Mädchen aus einem fremden Teil der Welt im Arm gehabt und das Beste aus seinem Englisch herausgeholt und das Gefühl genossen, daß sich die Schulstunden schließlich doch gelohnt hatten.

In den kurzen Wochen während der Spiele hatte die Stadt

wie nie zuvor funktioniert: Die Telefonleitungen waren wundersamerweise nie tot, die Fernsehübertragung war klar und deutlich, und das Straßenbahnsystem hatte mit regelmäßigen und pünktlichen Fahrten geglänzt. Tito hatte schon vier Jahre unter der Erde gelegen, und mit den Spielen war die Gewißheit gekommen, daß Sarajevo sich endlich nach vorne entwickeln und den Kommunismus und Jugoslawien hinter sich lassen würde. Ein neues Zeitalter schien anzubrechen, und es konnte nur besser werden und voller Möglichkeiten stecken. Die Welt hatte ihre Spur hinterlassen, und diese Spur konnte nie wieder ausradiert werden.

Doch jetzt war die Hoteldisco dunkel und geschlossen. Das Restaurant im Eingangsbereich war an einen sicheren Ort in einen hinteren Konferenzraum verlegt worden, wo es nun durch die Plastikfenster kühl und düster drinnen war. Die einzigen Spuren, die die Welt jetzt hinterließ, waren die grellen Scheinwerfer der Fernsehteams und die weißen Fahnen und blauen Helme der UN-Soldaten.

Aber mit Mafiageld und durch Beziehungen erhielt das Hotel den Betrieb aufrecht. Außerdem klammerte sich die Belegschaft hartnäckig an ihre Jobs. Sie schafften es immer noch, drei warme Mahlzeiten am Tag zu servieren, fast immer mit Fleisch. Kellner in fleckigen weißen Smokingjacken patrouillierten halbherzig durch die Tischreihen des Restaurants und steckten sich stumm die halbvollen Wein- oder Wasserflaschen ein, die von der wichtigtuerischen Meute müder Journalisten auf den Tischen stehengelassen worden waren. Jeden Nachmittag parkte ein Tanklastzug vor dem Hintereingang und füllte die Wassertanks des Hotels auf und machte für ein paar weitere Stunden das Zähneputzen, eine kalte Dusche oder die Benutzung der Toilettenspülung möglich. Ein unaufhaltsamer, aber ständig teurer werdender Vorrat an Benzin betrieb genug Generatoren, um die Stromversorgung für ein paar Stunden am Tag aufrechtzuerhalten. Wenn auch unregelmäßig, gab es manchmal sogar warmes Wasser. Dann konnte man von der Straße aus die Journalisten fast vor Entzücken aufjauchzen hören.

So war das Hotel wieder einmal zum obligatorischen Ziel jeder Berühmtheit geworden, die zu Besuch kam. Obwohl die Schauspieler und Musiker, die heute noch gelegentlich in die Stadt kamen und sich vor ihrem Rückflug über die Berge unbedingt ihren Sarajevo-Verdientsorden anstecken wollten, nicht gerade zu den Topstars zählten. Sarajevo war zu einem Ort geworden, wo man eine abflauende Karriere mit schneller, wenn auch etwas riskanter Publicity aufpolieren konnte. Selbstverständlich machte man sich nebenbei noch im »Dienste der Menschheit« und durch die »Solidarität mit dem bosnischen Volk« einen Namen.

Auf jeden Fall konnten diese Eindringlinge den Einwohnern Sarajevos nichts mehr vormachen. Am Anfang freuten sie sich noch über die Aufmerksamkeit von außen, schmeichelten sich fast bei den Besuchern ein und sahen einen Silberstreif am Horizont, um einen Weg aus ihrem Dilemma zu finden. Vielleicht könnte diese Publicity ihnen ja helfen. Aber jetzt waren sie eines Besseren belehrt und erkannten in den Besuchern mit ihren schußsicheren Westen genau das, was sie waren: Durchreisende, die für einen kurzen Augenblick auf die Ruinen und somit ins Rampenlicht der Welt stiegen, nur um sofort wieder abzureisen, sobald die Lichter aus waren. Die einzigen Auswirkungen, die diese kurzen Gastspiele für die Einwohner Sarajevos noch hatten, waren ein paar wahllos ausgestreute Schachteln Marlboros und D-Mark-Scheine.

Vlado näherte sich dem Hotel von der Rückseite und überquerte den offenen Hof. Wie immer hatte sich eine Gruppe Schnorrer am Hintereingang versammelt. Kleine Jungen standen vor der Tür und bettelten um Almosen. Heruntergekommene junge Männer rauchten Kette und gaben mit ihren paar Brocken Englisch an. Sie hofften, als Dolmetscher oder Führer engagiert zu werden, was ihnen bis zu hundert Mark am Tag einbringen konnte. Wenn man Glück hatte und sich einem japanischen Fernsehteam anschließen durfte, konnte man noch mehr herausschlagen.

Das Gespräch der Bande drehte sich an diesem Morgen um einen Hotelangestellten, dem ein Heckenschütze in den Rükken geschossen hatte. Er war der Aufseher der Tiefgarage und damit der König über die kleine, aber teure Flotte der Fahrzeuge der Journalisten und Mitarbeiter der Hilfsorganisationen, die im Hotel wohnten. Er mußte darauf aufpassen, daß kein Fahrzeug gestohlen oder beschädigt wurde und daß niemand Benzin abzapfte, während sie nachts hinter dem mit einer Kette verschlossenen Eingang standen. Die meisten waren gepanzert, aber leider nicht alle, wie er heute morgen feststellen mußte, als er einen Wagen für einen Journalisten vor das Hotel fuhr. Eine Kugel war durch das Heckfenster eingedrungen, durch den Fahrersitz gegangen und hatte ihn in der linken Niere getroffen. Vor ein paar Minuten erst war er mit blutgetränkter Hose und Hemd ins Krankenhaus gebracht worden. Der Journalist selbst inspizierte das Fahrzeug jetzt im Schatten des Hotels. Mit offener schußsicherer Weste guckte er hinein und sah sich stirnrunzelnd den blutverschmierten Sitz an. Dann ging er zum Heck und befühlte sichtlich fasziniert das Einschußloch. Da er für eine der schamloseren Londoner Boulevardzeitungen arbeitete, dachte er wahrscheinlich schon darüber nach, wie er den Schaden des Morgens für ein billiges Melodrama aus erster Hand ausbeuten konnte: »Auf der Kugel stand mein Name, doch diesmal traf sie jemand anderen.« Ja, das würde ganz gut klingen. Er würde noch daran arbeiten.

Im Eingangsbereich des Hotels saß ein Wachmann in einer

Glaskabine und schaute sich auf einem brummenden Fernsehapparat einen untertitelten amerikanischen Film an. Vlado sah, daß er vom bosnischen Fernsehen ausgestrahlt wurde. Da es in der restlichen Stadt meistens keinen Strom gab, war dies einer der wenigen Orte, an dem man den lokalen Sender empfangen konnte.

Der Wachmann kam aus der Kabine und hielt ihn mit einem strengen Knurren an. Leute von hier wurden nicht so leicht hereingelassen, besonders wenn sie ungebeten kamen und die zahlenden Kunden belästigten. Vlado zeigte kurz seinen Ausweis vor und wurde von der Wache mit einem weiteren Knurren durchgewunken.

Wenn man in die kaufhausähnliche Lobby des Hotels ging, fühlte man sich wie in einer tiefen Schlucht während der Dämmerung. Es war düster und kühl, und jeder Schritt erzeugte ein hohles Echo. Man wäre nicht überrascht, wenn man an den zerschmetterten Deckenlichtern acht Stockwerke höher Eiszapfen herunterhängen sehen könnte. Angeblich soll ein französischer Radiojournalist in seiner Freizeit seine Bergsteigerfähigkeiten dadurch trainiert haben, daß er die Wände in der Halle hinaufgekraxelt war.

Die Rezeption war von einem schlampig aufgebauten Gestell aus Holz und Plastik umgeben, das die Wärme eines kleinen Heizlüfters halten sollte. Der Rezeptionist war so lange mißtrauisch, bis Vlado seinen Ausweis zeigte. Er fragte nach Toby Perkins und wurde zu Zimmer 434 geschickt.

Über eine stockdüstere Treppe kam er in den vierten Stock. Dort mußte er sich durch den Flur tasten, bis er endlich die Nummern auf den Türen ausmachen konnte. Bei Nummer 434 klopfte er an.

»Nigel? Komm rein!« antwortete eine Stimme von drinnen.

Vlado öffnete die Tür. Mit dem gleichen rosafarbenen und schwammigen Gesicht wie vor ein paar Tagen saß Toby Perkins am Ende eines ungemachten Bettes und blätterte durch ein kleines Notizbuch.

»Ach, ist das nicht unser unerschrockener Kommissar?«

»Ja, Kommissar Petric. Ich hoffe, ich störe nicht.«

»Überhaupt nicht. Eine nette Überraschung. Haben Sie noch mal über das Interview nachgedacht? Oder hat mein kleiner Vortrag über die soziale Verantwortung doch Erfolg gehabt? Na ja, wohl eher nicht. Wie auch immer, ich habe eigentlich meinen Fotografen erwartet, aber Sie passen mir noch besser. Bestimmt haben Sie einen heißen Tip für mich, oder?«

Er hatte wieder dieses engelhafte Grinsen aufgesetzt und sah so aus, als hätte er gerade einen lustigen Abend unten in der Kneipe hinter sich. Vlado blieb zögernd in der Tür stehen.

»Bitte, kommen Sie doch herein«, sagte Toby. »Setzen Sie sich, und erzählen Sie, was ich für Sie tun kann. Kaffee habe ich leider nicht mehr da.«

Die versteckte Anklage traf, und Vlado dachte, daß er es wohl nicht besser verdient hatte.

»Eigentlich wollte ich Sie um einen Gefallen bitten. Ich brauche Zugang zu einem Satellitentelefon, wenn Sie eins haben.« Aber Vlado hatte bereits gesehen, daß er eines hatte. Es lag auf einem Stuhl, und die geöffnete Antenne war wie ein weißer Regenschirm zum Fenster ausgerichtet, das selbst hier mit einer Plastikplane verhängt worden war.

»Da sind Sie hier genau richtig«, sagte Toby. »Ich wollte es gerade zusammenpacken und vielleicht schon einen Tag früher als geplant zum Flughafen fahren. In der letzten Zeit war hier nicht mehr viel los. Mein Käseblatt schickt in den nächsten Wochen jemand anderen her, und da dachten wir, wir könnten den Posten hier solange auch mal unbesetzt lassen. Aber vor zehn Minuten rief mein verdammter Chefredakteur an und meinte, ich soll in der Zwischenzeit hierbleiben. Er meint, es wird bald wieder brenzliger. Er hat das im Urin, sagt er. So sind Chefredakteure eben. Sie scheinen immer genau das zu wissen, was man nicht hören will. Na egal. Kein Problem mit dem Telefon. Kommen Sie rein, und ich stelle die Verbindung her.«

Vlado kramte die Telefonnummer aus seiner Tasche.

»Okay«, fuhr Toby fort, »wo wollen Sie denn anrufen, wenn ich fragen darf?«

Vlado zögerte, dachte sich dann aber, daß Toby es anhand der Vorwahl sowieso herausbekommen würde. Es hatte gar keinen Sinn, ein Geheimnis daraus zu machen.

»Belgrad.«

»Na dann.« Tobys Lächeln ging in einen neugierigen Blick über. »Ich kann mir nicht vorstellen, daß heutzutage viele Angestellte der bosnischen Regierung mit Belgrad telefonieren wollen. Familie?«

»Ein Freund.«

»Meinetwegen. Solange ich nicht in was Illegales reingezogen werde.« Er sagte das mit einem Lächeln und einem wissenden Funkeln in den Augen. »Ich gebe einfach die Satellitenverbindung ein, dann können Sie den Rest machen. Die Vorwahl für Jugoslawien ist jetzt drei-acht-eins, falls Sie es nicht wissen sollten. Belgrad ist immer noch eins-eins.«

Vlado wollte schon vorsichtig fragen, ob Toby solange rausgehen könnte. »Ich werde selbstverständlich draußen warten«, sagte er dann jedoch von allein. »Obwohl es interessant sein könnte zu belauschen, was ein Polizist der Hauptstadt des Feindes zu sagen hat. Aber ich verstehe Ihre Sprache ja sowieso nicht, und mein Dolmetscher trinkt schon den ganzen Morgen Kaffee.«

»Noch eine andere Bitte, bevor Sie rausgehen, wenn es okay ist.«

»Sicher, schießen Sie los.«

»Wie ich sehe, haben Sie ein Faxgerät. Wenn mein Freund

mir etwas schicken will, welche Nummer muß er dann wählen?«

»Jetzt wird es ja richtig interessant. Könnten Sie mir vielleicht sagen, worum es geht? Natürlich erst, wenn es vorbei ist. Ich nehme an, das muß etwas mit Ihrer Arbeit zu tun haben, zumindest am Rande.«

»Ja, am Rande, so in der Art. Wenn Sie mir helfen können, verspreche ich Ihnen, daß Sie der erste sein werden, der etwas davon erfährt.«

»Wenn niemand sonst fragt, können Sie das ja sehr einfach versprechen. Aber gut, abgemacht. Es ist exklusiv und von daher fair. Na, dann mal los … Ach ja, versuchen Sie das Gespräch nicht so in die Länge zu ziehen, wenn es geht. Pro Minute sind das zehn Mark auf meine Rechnung. Und die Faxnummer steht übrigens auf dem Gerät.«

Vlado lauschte, bis das Freizeichen ertönte, und wählte dann die Nummer. Auf ein kurzes Zischen folgte das übliche Knistern und Rauschen, das man durch die Telefonverbindungen im früheren Jugoslawien schon gewohnt war. Während er auf eine Antwort wartete, dachte er an seinen Freund am anderen Ende. Bogdan Delic hatte er beim Studium kennengelernt, und bis Kriegsbeginn hatten sie unregelmäßig Kontakt gehalten. Er war Künstler, oder er betrachtete sich wenigstens als solcher. Mit seiner Geschwätzigkeit wechselte er von einem Job zum anderen, überzeugte Galerien davon, seine Werke auszustellen, und machte die Nächte mit Freunden und selbstgebranntem Brandy durch.

Bogdan gab dem Ausdruck »hungernder Künstler« eine ganz neue Bedeutung. Sein Gesicht war von Wange zu Wange mit einem prächtigen, wilden Bart bedeckt, und über seinem Gürtel hing ein mächtiger, wabbeliger Bauch. Als Vlado ihn das letzte Mal sah, hatte er zwei laute, schmuddelige Kinder im Schlepptau sowie eine spindeldürre Frau, die scheinbar nie mehr als zwei Worte auf einem Mal sagen konnte. Das war Bogdan gewesen, wie er leibte und lebte: Er redete und philosophierte von seinen ganzen fixen Ideen, während er die herumflitzenden Kinder oder dieses irgendwie bedrängt ausschauende heimatlose Kind von einer Frau, die hinter ihm herzockelte, gar nicht wahrzunehmen schien. Er brachte es sogar fertig, die aufkommende Welle des serbischen Nationalismus auch dann noch zu ignorieren, als sie schon durch die Straßen Belgrads schwappte. Wollen wir mal sehen, dachte Vlado, ob sie schon einen richtigen Serben aus ihm gemacht haben.

Und plötzlich war da seine Stimme am anderen Ende der Leitung, schroff und laut wie immer. Die Verbindung war bemerkenswert gut.

»Bogdan, hier ist Vlado Petric. Aus Sarajevo.«

»Vlado? Mein Gott, bist du es wirklich? Aus Sarajevo? Als würde man von den Toten angerufen. Ein Anruf aus Sarajevo. Ist es so schlimm dort, wie man sagt?«

»Kommt drauf an, was man sagt.«

Bogdan antwortet mit einem fetten Lachen tief aus seinem Bauch.

»Ganz der alte Vlado. Ohne einen Witz oder Gegenwehr gibt er seine Gefühle nicht preis.« Diese Beobachtung überraschte Vlado etwas, ja ärgerte ihn sogar ein bißchen. Aber bei zehn Mark pro Minute war die Zeit zu kostbar, um weiter darauf einzugehen.

»Übrigens, Belgrad haßt dich. Nicht dich persönlich, aber dich als Einwohner von Sarajevo. Und selbst mir geht ihr langsam ein bißchen auf die Nerven. Die ganze Welt hört nur was von euch, wenn sie was vom Krieg hört. Ihr tut der ganzen Welt leid, und wir werden von allen gehaßt. Wir haben keine Jobs, kein Benzin, die Inflation verdoppelt sich mit jedem Tag, aber auf CNN heulen sie nur für euch. Jetzt habe ich mir das mal von der Seele geredet, mein Freund. Um Himmels willen, wie geht es dir? Und wie geht es deiner Familie?«

»Sie sind nicht mehr da.«

Eine Stille setzte am anderen Ende ein. Vlado merkte, daß er falsch verstanden worden war.

»Ich meine, sie sind nicht mehr hier, sondern in Deutschland, in Berlin, um genau zu sein. Seit Juni zweiundneunzig.«

»Mein Gott. Eine lange Zeit. Aber sie sind wenigstens am Leben.«

»Ja, sie leben und wachsen. Sonja ist jetzt fast drei Jahre alt.«

Als Vater zweier Kinder verstand Bogdan das Gewicht dieser Bemerkung und alle damit verbundenen Probleme ohne ein weiteres Wort. Er wußte, wie schnell sich Kinder in diesem Alter veränderten und wie schnell sie sich von jemanden entfremdeten, der nicht in der Nähe war.

»Hör zu, Bogdan, ich bin hier an einem geliehenen und sehr kostspieligen Telefon und darf nicht viel Zeit verlieren. Du mußt mir einen Gefallen tun, wenn du kannst. Ich glaube nicht, daß es riskant ist, aber wenn du anderer Meinung bist, dann sage es einfach.«

Vlado erklärte ihm, was er brauchte: eine Abschrift von der Transferkartei oder wie auch immer sie in Belgrad genannt wurde, insbesondere aber von allen aufgelisteten Artikeln, die sich in Sarajevo befanden. Bogdan sagte, daß er es versuchen würde. Er hatte Freunde im Kulturministerium, die die Liste für ihn auftreiben könnten und keine Fragen stellen würden. Der Rest würde einfach sein.

»Obwohl ich in der letzten Zeit mit ein paar Leuten von ihnen rumgestritten habe. Ich war endlich dabei, mir einen Namen zu machen, da kommen ein paar von denen an und halten meine Arbeit für etwas zu abenteuerlich. Subversiv, wollten sie wohl eher sagen.« Er lachte wieder. »Ich werde ihnen einfach sagen, daß ich eine Liste mit unseren nationalen

Kunstschätzen zusammenstellen will, die immer noch in den Händen dieser dreckigen Mullahs in Bosnien sind. In dieser inzestuösen Stadt der Heiden und gemischten Ehen. Das sollte sie genügend antreiben.«

»Es geht um mehrere hundert Werke. Schreibe mir einfach soviel ab, wie du kannst, oder wenigstens die Vermerke über die wertvollsten Artikel. Und dann kannst du die Liste an diese Nummer faxen. Es ist ein Satellitentelefon und könnte ein bißchen was kosten. Aber es wäre eine große Hilfe für mich.«

»Kannst du mir sagen, worum es geht?«

»Eine Ermittlung in einem Mordfall. Mehr kann ich leider nicht sagen. Tut mir leid.«

»Schon gut, Vlado, ich verstehe. Ich werde tun, was ich kann.«

Im Büro wartete Damir auf ihn. Er sah müde und niedergeschlagen aus.

»Hast du in Dobrinja Glück gehabt?« fragte er.

»Vielleicht«, sagte Vlado. »In ein paar Tagen sollte ich alle nötigen Hinweise beisammenhaben. Ich hoffe nur, daß sie uns nicht wieder in eine Sackgasse führen.« Damir hätte natürlich gerne mehr gewußt, aber im Moment mußte er damit vorliebnehmen. Vlado wußte, daß es unfair war, aber er fuhr einfach fort. »Was ist mit dir? Hast du etwas erfahren?«

»Meine Quellen geben nichts her. Sie sind sich alle nur darin einig, daß die Informanten des Ministeriums seltsame dunkle Figuren sind. Vielleicht bedeutet das auch einfach, daß sie gute Informanten sind. Wer weiß. Je länger ich über die ganze Sache nachdenke, desto stärker habe ich das Gefühl, daß wir uns auf fremdem Terrain bewegen. Vielleicht gab es doch gute Gründe, daß das Ministerium und nicht wir in den letzten Monaten solche Fälle bearbeitet hat.«

»Was ist mit den Huren?«

Damirs Miene hellte sich auf. »Eine hat mir ganz gut gefallen«, sagte er. Vlado versetzte es sofort einen eifersüchtigen Stich. Er fragte sich, ob es »seine« war, die »Sekretärin«, wie er sie nannte. Doch kaum hatte er das gedacht, fühlte er sich deswegen auch schon wieder schuldig. Irgendwie mußte der Katholizismus seiner Mutter wohl doch auf ihn abgefärbt haben.

»Sie nannte sich Francesca. Eine niedliche, kleine Blonde, ein bißchen pummelig, aber genau an den richtigen Stellen.« Und zu seinem Erstaunen war Vlado jetzt wieder beruhigt. Er glaubte zu wissen, wen Damir meinte. So wie die sich verhalten hatte, war sie schon genausolange in dem Job wie die Dunkelhaarige, die sich als Sprecherin aufgespielt hatte.

»Hast du etwas von ihr erfahren?«

»Für unsere Zwecke? Nein. Das gleiche Problem wie bei dir. Nur die Anführerin hat geredet. Was für eine Schlampe! Aber ich denke, ich werde Francesca noch mal wiedertreffen. Sie weiß noch, wie schön es sein kann, ganz normal von einem Mann ausgeführt zu werden. Natürlich nur, solange er sie freihält.«

Damir steigerte sich gerade in nähere Beschreibungen der Vorteile und Eigenschaften dieser Frau, als Vlados Telefon klingelte. Schön, daß sie überhaupt noch klingelten, dachte er.

Es war Goran.

»Vlado!« rief er. Als Vlado den Hörer abnahm, hatte Goran noch am Computer geschrieben, aber jetzt hatte das Klappern der Tasten aufgehört.

»Das Gespenst lebt, Vlado. Neven Halilovic, ehemals rechte Hand des verstorbenen, beklagenswerten Zarko. Dein Mann. Er lebt oben auf dem Zuc in seiner eigenen, kleinen Festung. Wenn man das leben nennen kann. Sieht so aus, als hätte er sich da oben eine Privatarmee aufgebaut. Er macht die Armee glücklich, indem er einen wichtigen Abschnitt der Frontlinie hält. Im Gegenzug lassen sie ihn machen, was er will. Trotzdem soll er gar nicht zufrieden sein, nach allem, was man hört. Verständlich unter den Bedingungen. Ich kann mir keinen Frontabschnitt vorstellen, an dem mehr geschossen und gebombt wird, und das tagein, tagaus.«

Vlado hielt inne. Er war froh, daß Halilovic noch lebte, aber das war kaum der Ort, wo er ihn zu finden hoffte. Eine Gefängniszelle wäre für ein schnelles und produktives Verhör weitaus dienlicher gewesen. Aber wollte er nun diesem Fall auf den Grund gehen oder nicht?

»Wie kann ich da hochkommen?« fragte er.

»Auf den Zuc? Ist das dein Ernst? Selbst wenn du hochgehst, gibt es keine Garantien, daß dich seine Wachen durchlassen und du ihn tatsächlich treffen kannst. Und dann könnte er dich auch eine Weile da oben festhalten. Er mag der Armee verpflichtet sein, aber nicht der Polizei.«

»Willst wirklich gerade du mich zur Vorsicht drängen, Goran? Warst du nicht der Meinung, ich sollte mal ein bißchen leben, selbst wenn ich dabei draufgehe? Sag mir einfach nur, wie ich da hochkomme.«

»Es ist eigentlich ganz einfach«, sagte Goran ruhig. »Jede Nacht marschieren Ersatzeinheiten hoch. Kleine Gruppen. Hauptsächlich blutige Anfänger, ohne Ausbildung und ohne eigene Waffen. Sie bleiben eine Nacht oben und kommen morgens kurz vor Sonnenaufgang wieder zurück. Sie geben die Waffen wieder ab, stecken ein paar Zigaretten als Lohn ein und gehen nach Hause zum Schlafen. Junge Kerle größtenteils. Pickelige Kinder in Lederjacken und mit nervösen Freundinnen, die auf sie warten.«

»Jede Nacht?«

»Wenn du willst, auch heute nacht. Ich hätte fast gesagt, es ist keine günstige Zeit. Heute morgen war das Bombardement wieder heftiger. Aber morgen nacht ist das orthodoxe Neujahrsfest, und da willst du bestimmt nicht gehen. Okay, mach es besser heute nacht, wenn du so leichtsinnig und beschränkt bist zu gehen. Du bist leichtsinnig und beschränkt, oder? Sonst hättest du da oben nichts verloren.«

»Dann halte mich eben für leichtsinnig und beschränkt.«

»Jetzt sollte ich mir wohl wünschen, daß ich besser nie meinen Mund aufgemacht hätte, oder?«

»Genau das hatte ich gehofft.«

»Ich wollte nur, daß du mal rauskommst und dir ein paar Biere genehmigst oder so. Bist du dir sicher, daß es die Sache wert ist?«

»Keine Ahnung. Das finde ich nur raus, wenn ich gehe. Ganz egal, es ist sowieso die einzige Möglichkeit, mehr herauszufinden, als ich schon weiß. Und das ist so gut wie nichts.«

»Wie du willst«, sagte Goran seufzend, »du kannst einen Freund von mir anrufen, um alles zu arrangieren. Die Einheiten sammeln sich bei der Zigarettenfabrik. Ich werde ihn anrufen und ihm deinen Namen und deine Nummer geben. Er soll dich dann zurückrufen, wenn du willst.«

Für einen Moment hielt Vlado noch einmal inne. Dann faßte er sich ein Herz. »Ja. Mach das.«

»Okay«, sagte Goran. »Aber wenn du wieder vernünftig geworden bist, ruf mich zurück, und wir trinken ein Bier zusammen.«

»Irgendwas muß los sein«, sagte Damir, sobald Vlado eingehängt hatte. »Du siehst ziemlich aufgeregt aus.«

»Entweder das, oder ich bin zu Tode erschrocken«, sagte Vlado. Nachdem er noch einmal die Tragweite seines Vorhabens kurz überdacht hatte, entschied er sich, wenigstens diesmal Damir nicht im ungewissen zu lassen.

»Ich werde heute nacht auf den Zuc gehen, um Neven Halilovic zu suchen.«

»Großer Gott«, murmelte Damir. »Ich wußte nicht mal, daß er noch lebt. Und wenn er sich da oben versteckt, wird er wohl auch nicht mehr lange leben.«

»Angeblich unterhält er seine eigene Armee. Sie haben ihn nach der Razzia zur Bewährung in den Kampf geschickt.«

»Irgendwie verdreht, aber es macht Sinn, schätze ich. Auf jeden Fall mehr Sinn als das, was du vorhast. Ich nehme an, wenn sich jemand in der Welt der Gangster auskennt, dann so jemand wie er. Aber was ist, wenn du den ganzen Weg in Kauf nimmst, und er will dich nicht mal sehen?«

»Kann passieren. Und wenn ich ihn treffe, könnte es auch sein, daß er nichts sagt. Aber es besteht die Chance, daß er genau der ist, den wir suchen. Ehemalige Gangster können immer einen Freund bei der Polizei gebrauchen.«

»Vorausgesetzt, er ist ein ehemaliger Gangster und nicht immer noch aktiv.«

»So oder so, wenn er da oben hockt, ist er ziemlich weitab vom Schuß. Das gibt ihm eine gewisse Glaubwürdigkeit, denke ich. Falls er redet.«

»O.k., aber der Zuc? Ich mache diesen beschissenen Job nur noch deshalb, um solche Orte zu vermeiden.«

»Und ich dachte, du wärst wegen der Kameradschaft und der guten Ausbildung hier. Oder um interessante neue Leute wie Francesca kennenzulernen.« Vlado seufzte auf. »Aber ich weiß, was du meinst. Mit so was wie dem Zuc haben wir nicht gerade gerechnet.«

»Dann laß lieber mich gehen. Du hast Familie. Ich habe nur ein paar Freundinnen, die nur ein paar durchzechten Nächten nachtrauern würden. Meine Mutter und mein Vater kommen alleine zurecht, insofern es mich überhaupt noch interessiert. Schreib mir einfach die Fragen auf, und ich stelle sie dann. Ganz einfach. Du mußt wirklich niemandem etwas beweisen, oder?«

»Danke. Aber ich befürchte, Kasic würde das nicht zulassen. Auch wenn dich das ärgert, dies ist mein Fall. Und wenn ich schon kaum Informationen mit dir austausche …«

»Ja, das habe ich gemerkt.«

»… dann kann ich dir jetzt auch nicht den gefährlichen Teil überlassen. Ich habe diesen Einschüchterungsversuch neulich ziemlich runtergespielt. In Wirklichkeit haben sie mich zu Tode erschreckt. Und wie ernst es ihnen war, weiß ich immer noch nicht.«

»Dann war es eine gute Übung für heute nacht. Du wirst eine Menge Zeit haben, dich zu Tode zu erschrecken.«

Damir gab Vlado einen Klaps auf den Rücken und ließ seine Hand dort liegen wie jemand, der einen Hinterbliebenen am offenen Grab tröstete. »Viel Glück«, sagte er dann ohne eine Spur seiner üblichen Heiterkeit. »Da oben wirst du soviel brauchen, wie du nur kriegen kannst.«

13. Kapitel

Was nimmt man mit, wenn man in einen Krieg zieht? Denn genauso kam es Vlado vor: Er zog in den Krieg. Er hatte angenommen, in den letzten zwei Jahren bereits mittendrin zu leben. Aber jetzt, da ihm ein Marsch zu den Schützengräben auf den Bergen bevorstand, sah er das plötzlich ganz anders. Er hatte sich bisher nur am Rande des Krieges aufgehalten. Und genau wie jeder andere war er dort in der Hoffnung umhergetapst, der Aufmerksamkeit der Heckenschützen und den Granaten zu entkommen.

Nach den ersten heftigen Monaten des Krieges waren die größeren Geschütze wieder auf die Stadtränder gerichtet worden, wo die Fronten verliefen und die Armeen in Schnee und Schlamm kampierten. Jetzt lag das Stadtzentrum nur noch gelegentlich unter starkem Beschuß. Nur noch ab und zu fiel eine einzelne Granate mit tödlicher Genauigkeit in Menschenmengen, die sich auf einem Kinderspielplatz versammelten, ein Begräbnis betrauerten, auf dem Markt einkauften oder für Brot und Wasser anstanden.

Vlado stöberte durch seine Wohnung und öffnete Türen und Räume, die seit Monaten verschlossen waren. Er fühlte sich seltsam unausgerüstet für seine Reise. Ein Schlafsack? Er besaß keinen. Einen Helm? Auch nicht. Aber das war nicht ungewöhnlich. Die meisten Soldaten hatten auch nicht mehr als ihre Mäntel und dunkle Wollmützen, die jeder Mann im Winter zu tragen schien. Ein Gewehr? Man bekam eines oben auf dem Berg und gab es auf dem Rückweg wieder ab.

Er öffnete den Schrank seiner Tochter und wühlte ziellos

darin herum. Dann nahm er ein paar Spielsachen von einem Haufen am Boden neben den Brettern ihres auseinandergebauten Kinderbettes. Er roch an einem flauschigen roten Hund. Das synthetische Fell war steif und kalt und roch leicht nach Speichel und alten, eingekochten Früchten.

Er ging ins Schlafzimmer und zog die Schublade des Nachttisches auf. Darin lag ein halbgelesenes Buch. Der Umschlag steckte in der Mitte und markierte die Stelle, an der es Jasmina zum letzten Mal beiseite gelegt hatte. Er konnte sie jetzt dort sitzen und dieses Buch lesen sehen. So hatte er sie jeden Abend erlebt: auf einem Kissen an die Wand gelehnt, der schmale Lichtkegel der Leselampe beleuchtete die Seiten des Buches, die weißen Bettücher verhüllten ihre Knie, und ihr langes braunes Haar fiel auf ihre nackten Schultern.

Er erinnerte sich an ein Gespräch in einer ihrer letzten gemeinsamen Nächte.

»Am Montag verläßt ein Konvoi mit zwanzig Bussen die Stadt. Goran sagt, er könnte dir und Sonja Plätze besorgen.«

Sie ließ das Buch auf ihren Schoß sinken. Sonst konnte man sie kaum vom Lesen ablenken. Mit weit aufgerissenen Augen schaute sie auf. »Und du?«

»Du kennst die Gesetze.«

Die Gesetze lauteten wie immer: Kein tauglicher Mann zwischen sechzehn und sechzig durfte die Stadt verlassen. Man brauchte sie zur Verteidigung. Nach ungeschriebenen Gesetzen konnten sich diejenigen, die nicht regulär in der Armee dienten, für umgerechnet dreitausend Dollar freikaufen. Allerdings brauchte man dazu die richtigen Beziehungen. Aber selbst das barg große Risiken in sich. Nicht wenige wurden entweder erschossen oder bis auf den letzten Pfennig ausgenommen.

Für einen kurzen Augenblick schaute sie wieder runter auf ihr Buch. Sie starrte nur auf die Seiten, ohne zu lesen. Als sie ihn wieder ansah, hielt sie das Buch immer noch offen auf ihrem Schoß.

»Gerade deswegen sollten wir bleiben«, sagte sie. »Warum warten wir nicht einfach, bis wir alle gehen können?«

Aber sie wußten beide, daß ihre abwehrende Haltung allmählich zusammenfiel. Wenn nicht an diesem Abend, dann an einem anderen. Wie alle anderen hatten sie zu Beginn angenommen, daß der Krieg schnell vorbei sein und entweder Vernichtung oder Erlösung bringen würde. Er würde wie ein hohes Fieber vorbeigehen, das schnell zum Tode führte oder einfach wieder von allein absank. Statt dessen war der Krieg zu einer langen Krankheit geworden, die in kleinen Schritten ihren Tribut forderte. Sie wußten beide, daß die Prognose so bald keine Veränderung versprach. Wer bei Verstand war und rauskommen konnte, der tat es. Selbst wenn man Söhne oder Väter zurücklassen mußte.

»Wir können noch zwei Jahre warten und trotzdem nicht alle zusammen rauskommen«, sagte er.

Sie klappte ihr Buch zu, legte es neben sich aufs Bett und schaute zum Fenster, hinaus in die Nacht. Dann blies sie die Kerze neben dem Bett aus. »Ich weiß nicht. Aber wahrscheinlich hast du recht.«

Für einen Moment war es völlig still. Am Rhythmus ihres Atems konnte er hören, daß sie mit ihren Gefühlen kämpfte und versuchte, nicht die Kontrolle zu verlieren. Vielleicht legte sie sich aber auch schon die nächste Entgegnung zurecht.

»Ich bleibe und passe auf die Wohnung auf«, sagte er. »Ich erledige die Reparaturen, wenn welche nötig sind. Ich kümmere mich darum, daß das Dach ganz bleibt und die Fenster abgedeckt sind. Und daß keine Flüchtlingsfamilie hier einzieht. Wenn alles vorbei ist, werden wir wieder zusammensein.«

»Und wo sollen wir hingehen? Nach Zagreb? Wo sollen wir da leben? In Karlovac? Sollen wir in einem Zelt mit zehntausend anderen Flüchtlingen leben? Oder nach Deutschland? Damit sich Sonja ihr ganzes Leben lang Vorhaltungen deswegen anhören muß? Österreich? Oder in die Schweiz? Und was soll ich dort tun? Und was soll Sonja ohne ihren Vater machen?«

»Willst du, daß sie hier aufwächst? In diesem Chaos? Willst du, daß sie sich an so ein Leben gewöhnt? Soll sie denken, es ist normal, vor Gewehrkugeln davonzulaufen oder sich jeden Tag mit Eimern für Wasser anzustellen?«

Jasmina zog die Bettdecke über ihre Schulter, drehte sich um und zog die Beine an, um nachzudenken. Er rutschte näher und schmiegte sich an sie, legte einen Arm um ihren Körper und nahm ihre Hand und hielt sie fest. So beruhigten sie sich langsam wieder und schliefen schließlich ein.

Am nächsten Morgen wurde Vlado von donnernden Explosionen und krachenden Schüssen aufgeweckt. Als er seine Augen öffnete, sah er Jasmina angezogen vor ihrem Schrank stehen. Auf dem Bett lag bereits ihr geöffneter Koffer.

Vlado wendete sich vom Bett ab und zog die Schubladen seines Kleiderschranks auf. Die Sachen im Schrank hatte er seit Jahren nicht mehr getragen. Er hatte seine Garderobe auf ein paar robuste Hemden und Hosen und einen einzigen Pullover aus grober, brauner Wolle beschränkt. Die Sachen in den Schubladen kamen ihm so fremd vor, als gehörten sie wie die Beigaben in einem geöffneten Grab einer anderen Ära an. Selbst die Staubkörner, die durch das blasse Licht des Zimmers tanzten, schienen Elemente der Vergangenheit zu sein. Er atmete die muffige Luft ein und konnte den Unterschied förmlich schmecken: Es war die Stimmung und das Lebensgefühl von früher, das er inhalierte und sich wieder in ihm einzunisten begann. Irgendein innerer Schalter schien auf die durch den Geruch hervorgerufenen unerwarteten Eindrücke zu reagieren. Als er mit aller Macht ausatmete, um wieder zu sich zu kommen, stiegen ihm Tränen in die Augen. Er richtete sich auf, blinzelte einmal und schluckte schwerfällig alles hinunter. Dann begann er, einen Seesack mit ein paar dunklen, warmen Sachen vollzupacken. Alte Sachen, die ruhig schmutzig werden konnten. Sicherheitshalber stopfte er noch eine Decke, eine Feldflasche und eine alte Regenjacke dazu.

Das war schon alles, was er tun konnte. Es gab zwar eine kleine Taschenlampe in der Wohnung, aber keine Batterien. Ein wenig Proviant konnte er auch nicht so einfach besorgen, und seine Waffe, der Dienstrevolver, lag eingeschlossen in der Schublade im Büro. Er wäre dort oben wahrscheinlich auch noch nutzloser, als er es hier unten schon war.

Als er sich auszog, um die Sachen zu wechseln, stieg ihm der säuerliche Geruch seiner ungewaschenen Haut in die Nase. Wann hatte er zum letzten Mal gebadet? Vor vier Tagen? Vor fünf Tagen? Er wischte sich im Dunkeln mit einem kalten Waschlappen ab und schäumte sich mit einem nur noch hauchdünnen Stück Seife ein. Sonst hätte seine Haut den ganzen nächsten Tag gejuckt.

Dann betrachtete er sich in dem langen Spiegel, der innen an Jasminas Schranktür hing. Ein blasser, gespenstisch wirkender Mann starrte ihn an. Man konnte jede einzelne Rippe erkennen, und er hatte überall eine Gänsehaut. Plötzlich wurde er von dem Gefühl überwältigt, wie es wäre, wenn er seinen eigenen Leichnam auf einem Seziertisch vor sich liegen sehen könnte.

Der Brustkorb würde noch eingefallener aussehen als jetzt. Weiß und luftleer wie der zerbrochene Boden einer zugefrorenen Pfütze. Seine Armmuskeln würden schlaff und weich, seine Augen leer, die Lider geschwollen, die Wimpern verklebt sein, und das Haar würde steif in alle Richtungen abstehen. Nur die Fingernägel würden noch wachsen, das stand jedenfalls in den Büchern. Aber sie würden nicht länger rosig oder sauber sein. Er betrachtete seinen Brustkorb im Spiegel und fragte sich, ob er auch von einer dieser Wunden aufgerissen werden würde, an deren Anblick er sich schon gewöhnt hatte. Vielleicht wäre sie noch häßlicher, die ausgefransten Ränder mit Dreck verkrustet, wie ein widerliches, rostiges Bullauge, aus dem die glitschigen Innereien in einer dampfenden Spirale hervorquollen. Er kannte sogar schon den Geruch, die Essenz aus kalter und feuchter Erde und modernder Fäulnis nach ein paar Tagen in den Gewalten der Natur.

Um dieses Bild schnell wieder abzuschütteln, drehte er sich ruckartig zum Bett und schaute dann doch wieder in den Spiegel. Das Bild wollte nicht verschwinden. Der gespenstische Anblick einer Zukunft, die er nie erreichen wollte und der er dennoch in ein paar Stunden entgegenmarschieren würde. Warum blies er die ganze Sache nicht einfach ab? Kasic würde bestimmt nichts dagegen haben, wenn er ihm jetzt einfach seine bisherigen Resultate übergeben würde. Dann aber stellte er sich vor, am nächsten Tag wieder seine Beine auf den Schreibtisch zu legen und die kraftlosen Leuchtstoffröhren über seinem Kopf summen und pochen zu hören. Oder wie Garovic mit einem Aktenordner in der Hand auf seinen Schreibtisch zusteuerte und Damir mit seiner Dose voller Patronen herumklapperte und mit seinen neuesten Eroberungen angab. Und währenddessen ruckelte die Belagerung mit ihrer unaufhaltsamen mechanischen Kraft weiter und weiter. Nein, er würde auf den Berg gehen. Er würde sehen, was es dort zu erfahren gäbe, sei es über den Krieg oder über diesen Fall.

Er schloß die Schranktür, drehte damit den Spiegel aus seinem Blickfeld und verließ dann das Zimmer.

So fühlte sie sich also an, die berühmte Angst davor, in den Krieg zu ziehen. Düstere, schreckliche Vorstellungen mit einem trockenen, metallischen Beigeschmack. Er hatte schon genug von Schützengräben und Bunkern und offenen Schlachten gelesen, um sich vorstellen zu können, was ihn bei seinem Marsch den Zuc hinauf erwarten könnte. Die zersplitterten Bäume, die Mondlandschaft der Bombenkrater, die fett werdenden Ratten und die in durchnäßten Stiefeln wund und runzlig werdenden Füße schienen ihm allein durch die Bücher schon vertraut zu sein. Und das Heulen und Donnern einer Granatexplosion war nun wirklich nichts Neues für ihn.

In den Bars hatte er manchmal zufällig den jungen Kerlen zugehört, die von ihren Nächten an der Front erzählten. Sie lächelten schwach und machten zwanghaft ein paar Witze. Halb ermahnten sie sich selbst zur Tapferkeit, halb befreiten sie sich damit von den Schrecken, die sie erlebt hatten und mit denen sie sonst nicht fertig werden würden. Sie redeten so lange weiter, bis sie ihre tiefsten Ängste weit genug von sich weggeschoben oder verdrängt hatten. Auf jeden Fall bis zum nächsten Einsatz.

Er wußte auch, daß es dort oben selten Kämpfe Mann gegen Mann gab. Sie brachten keiner Seite irgendwelche Vorteile, also ließ man es lieber. An der Front waren beide Seiten ziemlich schwach besetzt, so daß weder die einen noch die anderen eine starke Offensive starten konnten, ohne daß sie ihre Stellungen an anderen Abschnitten schwächten. Der Gegner würde sofort Wind davon bekommen und mit einer Gegenoffensive antworten. Zur Verteidigung trugen hauptsächlich Minen und die Artillerie bei. Ein Nachtdienst bedeutete deshalb üblicherweise, den Bombenhagel auszusitzen, während man sehnsüchtig auf den Nachhauseweg wartete. Der Lohn für die durchgehaltene Nacht war dann eine Wanderung vor Sonnenaufgang zurück in den Kessel der Stadt. Zurück in die monotone Behaglichkeit der Belagerung mit ihren vereinzelten Schüssen, zurück zu den aufgerissenen Rohrleitungen und schwachen Gasflammen, zu den harten, von Fenstern weggeschobenen Betten, zurück zu den Rauchkringeln aus Holzqualm und Mülldampf und zu der tintenschwarzen Dunkelheit der Nacht.

Treffpunkt war ein Brigadehauptquartier im Westen des Stadtzentrums. Vlado kam dort mit Einbruch der Dunkelheit an. Auf dem Boden neben einem Wasserhahn hockte eine alte, in einen roten Schal gehüllte Frau und verkaufte von einem kleinen Haufen eine Zigarette nach der anderen.

Die Truppe, die sich für den Marsch auf den Berg versammelt hatte, bestand aus ungefähr sechzig Männern. Sie wurden in sechs Zehnergruppen aufgeteilt, die in einem Abstand von jeweils zehn Minuten losgehen sollten, um den feindlichen Stellungen sowenig wie möglich aufzufallen. Ein unrasierter Kommandant forderte Vlado auf, ihn in der ersten Gruppe zu begleiten.

»Halten Sie einfach den Mund, und tun Sie, was ich Ihnen sage. Mehr verlange ich nicht. Wenn Sie getötet werden, kann ich Ihnen nur versprechen, daß wir Sie zurückbringen werden. Wenn Sie verwundet werden, müssen Sie mit der Versorgung oben vorliebnehmen. Sie werden nicht besser behandelt werden als die Soldaten, also nicht gerade großartig. Es ist Ihre Entscheidung.«

Keiner der ankommenden Soldaten gehörte zu einer gut ausgebildeten Einheit. Sie erschienen in Straßenkleidung und leichten Schuhen, als würden sie sich für ein Basketballspiel versammeln. Manche trugen die gleichen dreckigen Jeans und Jacken, die sie schon beim letzten Einsatz getragen hatten. Sie zwischendurch zu waschen wäre völlig überflüssig gewesen.

Der Kommandant ernannte für jede nachfolgende Gruppe einen Anführer und rief dann die ersten zehn zusammen. Verbrüdert durch ihr Alter, standen ganz still drei Männer Ende Vierzig zusammen. Sie schienen sich ihre Kräfte dafür aufzusparen, den Berg hinaufzumarschieren und die Nacht sicher zu überstehen.

Die jüngeren jedoch verhielten sich wie Schuljungen, die selbst die ernsteste Angelegenheit auf die leichte Schulter nehmen. Sie zappelten und rangelten herum und spielten Kassetten auf einem riesigen Ghettoblaster ab, den ein großer verpickelter Junge mit einem schwarzen Pferdeschwanz auf der Schulter trug.

Mit einer Zigarette im Mundwinkel suchte er aus einem Stoß Kassetten eine aus. Wenn er redete, wippte die Zigarette hoch und runter. Einer von den jüngeren gab ihm eine Kassette, die er während des Marsches den Berg hinauf hören wollte.

Ein anderer aus der Gruppe küßte daneben seine Freundin zum Abschied. Er gab sich so gefaßt und diensteifrig, daß er Vlado wie die Karikatur eines Soldaten vorkam. Das Mädchen dagegen kämpfte mit den Tränen und drückte wie ein Pantomime ihre Besorgnis aus.

Dann setzte sich die erste Kolonne in Bewegung. Vlado schloß sich den jüngeren Männern an. Einerseits war er einfach neugieriger auf sie, andererseits ahnte er, daß es mit den älteren sowieso zu keiner Unterhaltung kommen würde. Ein kleines Gespräch, so hoffte er, würde die Zeit ein bißchen schneller vergehen lassen. Vielleicht entsprang dieser Wunsch allein Vlados Gewißheit, daß dies für ihn eine einmalige Reise sein würde. Wenn man diese Märsche wie die anderen Tag für Tag machen mußte, spielte die Zeit wohl keine Rolle mehr.

Für eine Weile sorgte das Hämmern des Basses aus dem Kassettenrecorder für das einzige Geräusch. Der große Junge mit dem Pferdeschwanz trug das Gerät immer noch stoisch auf seiner Schulter. Dabei schien der heraushängende Zipfel seines karierten Flanellhemdes bei jedem Schritt im Takt der Musik hin und her zu schwanken.

In der Dunkelheit kamen ihnen ein paar Leute entgegen, manche grüßten, andere trugen einfach stumm Wasserkanister nach unten oder zogen kleine Karren hinter sich her. Die meisten wollten vor der Nacht zu Hause sein, ein paar jüngere aber waren auf dem Weg ins magere und teure Nachtleben Sarajevos.

Nach ein paar Straßenzügen begannen die Häuserreihen sich zu lichten. Je höher die Gruppe den Berg hinaufgelangte, desto mehr schien die Umgebung von der Zerstörung gezeichnet zu sein.

Zwei der Jungen fingen an, den dritten wegen seiner Freundin aufzuziehen. Aus ihrem Gespräch konnte man heraushören, daß er sie erst vor ein paar Tagen kennengelernt haben mußte. Nach ein paar Minuten schaltete sich Vlado ein und fragte, wie man während des Krieges so einfach eine neue Freundin finden könne.

Ohne etwas zu sagen, schauten ihn die drei fragend an. Er erzählte ihnen, daß er Polizist sei und nach einem Zeugen suche. Deswegen sei er bei dem Ausflug einfach dabei.

»Das ist nicht gerade ein Ausflug«, sagte der Junge mit der neuen Freundin.

Die anderen lachten wie über einen alten Insiderwitz.

»Sie wollen also wissen, wie man an eine Freundin kommt?« fragte der Junge.

»Das nicht gerade. Ich bin verheiratet. Ich fragte mich nur gerade, wie das in eurem Alter so läuft. Soweit ich mich erinnern kann, war es schon schwer genug, ohne einen Krieg jemanden kennenzulernen.«

»Ach, das ist ganz einfach. Vielleicht sogar noch einfacher als früher. Eine Frau kennenzulernen ist auf jeden Fall einfach. Schwierig wird es erst, wenn man mit ihr allein sein will. Die Eltern sind heutzutage immer zu Hause. Man ist immer drinnen. Man kann sich ja nicht einfach in einen Park legen. Früher wartete man einfach darauf, bis alle anderen im Bett waren. Heute gibt es die Ausgangssperre, und man muß selber nach Hause gehen. Aber irgendeinen Weg gibt es immer. Sie schläft bei einer Freundin und du bei einem Freund. Oder man erzählt den Eltern, daß man wieder an die Front geht. Nur daß man ganz woanders hingeht.«

»Und das Kennenlernen ist einfacher? Das kapiere ich noch nicht.«

»Man lernt auf jeden Fall diejenigen schneller kennen, die im selben Haus wohnen. Die Typen hier zum Beispiel.« Er deutete auf seine Freunde in der Gruppe. »Vor dem Krieg haben wir uns nicht gekannt. Wir hingen alle mit anderen Leuten zusammen. Aber jetzt sind fast alle meine früheren Freunde weg, ihre auch. Die meisten sind abgehauen. Einige sind tot. Sie erinnern sich bestimmt, wie es in den ersten Monaten zuging. Jeder saß im Keller oder in den Schutzräumen. Alle aus deinem Haus hockten da unten. Und man wollte ja nicht jeden Abend mit seinen Eltern quatschen. Also hat man sich mit den Leuten in seinem Alter zusammengetan und Party gemacht. Nach ein paar Wochen hattest du einen neuen Freundeskreis. Noch ein paar Wochen mehr, und einige der Jungs und Mädchen gingen miteinander. Im Krieg kommt dir ein Monat mit einem Mädchen wie ein Jahr vor. Das ist alles viel intensiver und auch ernster. Sie fangen an, über Babys zu reden, und wollen ein ganz neues Leben beginnen.«

»Und du sagst, ja, ja, laß uns ein Baby machen«, mischte sich sein Freund ein. »Du denkst natürlich überhaupt nicht an ein Baby. Auch wenn du die ganze Zeit dein Bestes gibst.«

Die anderen lachten.

Der eine aus der Gruppe, der dem Jungen mit dem Recorder unten seine Kassette gegeben hatte, wiederholte gerade die Forderung, daß seine Musik gespielt werden sollte. Diesmal mit etwas mehr Nachdruck.

Der große Junge mit dem Pferdeschwanz nahm wortlos die Kassette aus dem Ghettoblaster und steckte eine neue rein. Aber es war immer noch nicht die gewünschte.

»Hey, das ist immer noch Aerosmith!« schrie der andere. »Scheiß auf Aerosmith!«

»Scheiß auf Guns'N'Roses!« schrie der mit dem Pferdeschwanz zurück.

»Der ist immer so«, klagte der andere Junge. »Spielt seinen Kram, bis wir oben sind. Und wenn wir still sein müssen, steckt er unsere Kassetten rein.«

»Wie ist es denn da oben?« wollte Vlado wissen. »Was muß ich erwarten?«

»Kälte«, sagte einer. »Dreck. Einen Haufen Dreck und einen Haufen Tschetniks.«

»Unheimlich?«

»Manchmal. Meistens nur ruhig und langweilig. Man sitzt nur da und redet und raucht die ganze Nacht.«

»Kann man die Tschetniks auf der anderen Seite hören?«

»Die ganze Zeit. Manchmal brüllt man hin und her. Sie schreien irgendwas rüber, wir schreien zurück, und das geht dann so weiter, bis ein Offizier kommt oder bis es fies wird. Wenn es nämlich zu fies wird, fängt immer jemand an rumzuballern. Dann ist jeder sauer auf den, der mit dem Geschrei angefangen hat. Also paßt man besser auf, was man sagt.«

»Kommt man zum Schlafen?«

»Das sollte man nicht, aber Sie können es ja versuchen. Wir sind da oben nie müde. Wir werden erst müde, wenn wir den Berg wieder halb unten sind. Und dann spielt das Arschloch mit dem Recorder unsere Musik.«

Alle anderen lachten wieder los.

Mittlerweile hatten sie offenes Gelände erreicht. Der Weg wand sich in der Dunkelheit durch grüne Hügel den Berg hinauf. Wenn jetzt eine Granate abgefeuert wurde, konnte man die Blitze am Himmel sehen. Sie gingen über Wiesen und Äcker. Jedes Haus war ungefähr hundert Meter vom nächsten entfernt. Dazwischen weideten früher Ziegen und Kühe, oder es wuchsen in langen Reihen Mais, Kürbis und Kohl. Jetzt waren die Häuser leer, die Dächer verschwunden und ebenso die Tiere.

Sie kamen an einem armeegrünen Bus vorbei, der explodiert und in einen Graben gekippt war. Irgendein Armeetransporter, der von der Spur abgekommen war. Selbst in der Dunkelheit konnte man sehen, daß die Felder mit Bombenkratern übersät waren. Es sah aus, als hätten gigantische Hamster seit Jahren dort herumgebuddelt.

Von vorne kreischte und schepperte endlich Guns'N'Roses durch die Nachtluft. Die vier Jungen neben Vlado nahmen das mit Beifall zur Kenntnis.

Von irgendwo oberhalb des Anstiegs hörte man dann kurz den Verschluß einer automatischen Waffe klacken. Daraufhin befahl der Kommandant an der Spitze der Kolonne Ruhe.

»Musik aus, und Klappe halten!« rief er. »Und alle Zigaretten aus, bis wir oben sind!«

»Leck mich am Arsch, mein Führer«, knurrte der Junge, dem die Kassette gehörte. Er nahm noch einmal einen kräftigen Zug und schnippte dann seine Zigarette in den Graben.

Die Kassette sprang mit einem Klicken aus dem Gerät. Es war wie ein Signal, mit dem sie eine unsichtbare Linie überquerten. Ein paar Minuten später wurden sie von einer Granate begrüßt, der sofort ein Donnerschlag folgte. Dann wurde der Himmel von einem Schwarm roter Verfolgerraketen erleuchtet, die wild hin und her rasten auf der Suche nach einem Ziel. Mit dem Näherrücken des Neujahrsfestes der orthodoxen Christen waren diese Feuerwerke immer alltäglicher geworden. Und in der kommenden Nacht würden sie nicht vor dem Morgengrauen aufhören.

Sie erreichten eine kleine Ansammlung zertrümmerter Häuser, ein Dorf, das hoch oben auf dem Berg kurz vor dem Bergkamm lag. Hier machten sie halt. Ein Offizier nahm sie in

Empfang und winkte sie nach links weiter. Vlado ging zu ihm hin, sagte, wer er war und was er wollte.

»Sie wollen zu Neven. Na, dann mal los. Hier runter, ungefähr dreihundert Meter, vielleicht mehr. Ich hole jemanden, der Sie hinführt.«

Es war wieder ein Teenager. Er trug eine verdreckte, karierte Wolljacke und schien ganz erfreut über die Abwechslung zu sein.

Zwischen den Häusern zogen sich festgenagelte Bretterzäune entlang, die mit Lehm verstärkt und abgedichtet worden waren. Dahinter hockten Männer auf dem Boden, redeten leise miteinander und rauchten Zigaretten. Einer kochte auf einem kleinen Ofen Kaffeewasser.

Vlado hörte Gesprächsfetzen in der nahen Entfernung, dann ein Lachen. Er fragte sich, ob das schon von der Gegenseite kam. Plötzlich ein Schrei, mehr Gelächter, dann brüllte jemand, diesmal ganz nahe.

Gemeinsam mit dem Jungen ging er über einen Pfad an weiteren Häusern vorbei. Er stolperte über zerbrochene Zweige und versank knöcheltief im Matsch. Der Pfad führte um den Abhang des Berges herum in ein weniger geschütztes Gelände. Dort gab es keine Häuser oder Bäume mehr.

Wenige Augenblicke später zischte eine Granate auf, ein gelber Blitz zeichnete sich am Himmel ab, und irgendwo in Vlados Magengegend schlug es krachend ein. Auch der Boden bebte leicht, auf jeden Fall kam es Vlado so vor, als er sich plötzlich mit angsterfülltem Gesicht zusammenkauerte.

Er schaute sich nach seiner Eskorte um und sah, daß der Junge aufrecht und entspannt dastand, an seiner Zigarette zog und Vlado ein wenig neugierig betrachtete. »Immer locker bleiben«, sagte der Junge. »Das war nicht besonders nah.« Wenn Vlado noch länger hier oben bleiben müßte, würde er wohl seine Definition des Wörtchens *nah* überdenken müssen.

Sie erreichten endlich ihr Ziel und stiegen in einen Verbindungsgraben, der zu einem engen Bunker führte. Im Schein einer Kerosinlampe las drinnen ein Wachposten ein Taschenbuch. Der Junge ging ohne ein Wort wieder fort, als der Wachposten aufschaute.

»Ich möchte zu Neven Halilovic«, sagte Vlado, als würde er an der Rezeption eines Hotels oder im Anmeldungssekretariat einer Firma stehen.

»General Halilovic trifft normalerweise ausschließlich seine eigenen Leute«, gab die Wache zurück.

General. Ein Witz. Aber wenn man es schaffte, seine eigene Armee zusammenzustellen, während man offiziell unter Armeearrest stand, hatte man sich vielleicht das Recht verdient, sich nennen zu lassen, wie man wollte.

»Sagen Sie ihm, Kommissar Petric vom Innenministerium möchte mit ihm über einen Fall sprechen, an dem er interessiert sein dürfte.«

»Das bezweifle ich zwar, aber ich werde es weitergeben.«

Die Antwort ließ keine fünf Minuten auf sich warten.

»Neven sagt, du sollst dich verpissen und dahin zurückgehen, wo du herkommst.«

Für einen Moment wußte Vlado nicht, was er tun sollte. Wahrscheinlich hatte der Wachposten keine Lust, noch einmal fragen zu gehen. Vlado fischte ein Fünfmarkstück aus seiner Hosentasche, das er zu Hause in einer Schublade gefunden hatte. Der Wachposten sah es verächtlich an, steckte es aber ein.

»Sagen Sie ihm, ich würde gern darüber sprechen, wieviel Sinn der verstorbene Esmir Vitas für Kunst gehabt hatte.«

Diesmal dauerte es zehn Minuten. Doch als der Wachposten zurückkam, deutete er Vlado an, ihm zu folgen. Sie gingen durch einen langen, ordentlich ausgehobenen Schützengraben und gelangten immer tiefer in den Privatkrieg des Neven Halilovic.

14. Kapitel

Sie gingen ein paar hundert Meter weit durch das verzweigte System der Schützengräben. Nach einigen Minuten kamen sie zu einem aus Baumstämmen und Grassoden errichteten Bunker, vor dem sich bewaffnete Soldaten auf Munitionskisten herumlümmelten. Rauch qualmte aus einem Ofenrohr, das sich durch das Bunkerdach bohrte. Dann wurde er von einer Stimme hereingerufen. Der Bunker wurde von einer Kerosinlampe erleuchtet und war völlig verqualmt, aber warm.

Und dort thronte Neven in einem Gartenstuhl aus Aluminium, dessen Kunststoffstreifen an den Kanten ausfransten. Auch wenn er unrasiert war und müde aussah, vermittelte er dennoch eine gewisse Härte. Diesen Eindruck erzeugten besonders seine leuchtenden, dunkelbraunen Augen, deren Pupillen fast unnormal erweitert waren.

»Soso. Der gute Esmir Vitas?« sagte Neven, ohne sich zu erheben, geschweige denn, Vlado die Hand zur Begrüßung zu geben.

»Genau. Können Sie was damit anfangen, oder macht Ihnen das eher Probleme?«

»Wahrscheinlich weder noch. Aber ich wüßte gerne etwas mehr darüber. Sie haben alles, was überhaupt noch einen Wert für mich hat: Informationen.«

Für einen Augenblick sah er Vlado an, als ob er gerade eine Entscheidung fällen würde. Dann deutete er auf einen zweiten ramponierten Gartenstuhl auf der anderen Seite eines kleinen Holztisches. »Bitte. Setzen Sie sich.«

Neven rief einen Adjutanten heran und bestellte wie in einem Restaurant zwei Kaffee. Eine kleine Vorführung seiner Autorität. Hier gehorchte man ihm, hier war er der König.

»Es ist richtiger Kaffee«, sagte er, »kein löslicher.«

Vlado wußte darauf nichts zu erwidern, somit fuhr Neven fort. »Sie sind also hier, um über Kunst und Herrn Vitas zu sprechen.«

Vlado entschied sich, sofort alle Karten auf den Tisch zu legen. »Genaugenommen wollte ich Sie nach der Transferkartei fragen und wie Zarko sie benutzt haben könnte. Vitas wußte anscheinend etwas von diesen Machenschaften, und das scheint ihm auch das Leben gekostet zu haben. Vielleicht hat er in der Sache mit dringesteckt, vielleicht hat er sie aber auch nur untersucht. Ich denke, Sie können mir bei der Entscheidung helfen.«

»Es gibt sehr wenig, was ich Ihnen darüber sagen kann. Nur soviel, daß wir die Karteikarten hatten und daß man sie aus irgendwelchen Gründen für sehr wichtig hielt. Aber sie wurden bei der Razzia entweder beschlagnahmt oder zerstört. Was haben sie also noch für eine Bedeutung?«

Das war immerhin schon mal eine interessante Information. Genau wie Vlado es vermutet hatte, hatte die Kartei das »Feuer« im Museum überlebt. Sie könnte also immer noch in der Stadt sein. Wahrscheinlich befand sie sich im Innenministerium oder bei der Armee. Ihm fiel wieder Vitas' Bemerkung ein: »In sicheren Händen in einer unsicheren Umgebung.«

»Wer hat sie beschlagnahmt?« fragte Vlado.

»Fragen Sie im Innenministerium nach. Sie arbeiten für das Ministerium, oder? Ich weiß nur, daß wir die Kartei zurückließen, als wir uns ergaben. Zu dem Zeitpunkt hatte das Haus schon Feuer gefangen. Wer weiß, was passiert ist.«

»Und nach ein paar Wochen im Gefängnis wurden Sie begnadigt. Sie kamen auf Bewährung in die Armee, in Anerkennung ihrer … – wie hat man sich ausgedrückt?«

»Meiner unschätzbaren Verdienste fürs Vaterland«, sagte Neven und grinste zum ersten Mal. Ein schiefes, gehässiges Grinsen, das krumme, nikotingelbe Zähne zum Vorschein brachte. Sein Atem roch nach Zwiebeln und in altem Fett gebratenen Fleisch. Vlado stellte sich fette Lammstücke vor, die über einem Ofen in einem dunklen, verqualmten Bunker gebraten wurden. Als sich Neven vorbeugte, um eine Zigarette auf dem Tisch auszudrücken, begann Vlados Magen zu knurren.

»Und so soll meine Beziehung zu meinem Vaterland auch bleiben«, fuhr Neven fort. »Ausgeglichen und herzlich. Und ich befürchte, daß ich diese Beziehung riskiere, wenn ich mit Ihnen über diese Dinge spreche. Nachher kommt die Regierung noch zu der Überzeugung, ich hätte doch lieber im Gefängnis bleiben sollen.«

»Oder sie kommt zu der Überzeugung, daß statt dessen jemand anderes im Gefängnis sein sollte.«

»Wer?«

»Wer immer dafür verantwortlich ist, daß Sie hier oben in diesem Zustand sitzen müssen, umringt von Männern mit Kalaschnikows. Wenn Sie sich in der Nähe der serbischen Armee wohler fühlen als in der Nähe Ihrer eigenen Regierung, dann ist da was faul. Sie haben anscheinend Feinde, gegen die Sie nichts unternehmen können. Vielleicht sind ein paar von ihnen in dieses Kunstgeschäft verwickelt. Dabei muß mehr Geld rausgesprungen sein als bei allen anderen Geschäften, mit denen Zarko jemals zu tun hatte.«

Neven hatte bis jetzt einen ziemlich gelangweilten Eindruck gemacht; doch nun sah er Vlado direkt in die Augen. In seinem Blick lag eine durchdringende, verächtliche Arroganz. »Ich werde Ihnen mal erklären, wie das hier oben läuft, Herr Kommissar. Und bitte sagen Sie mir Ihren Namen nicht noch einmal. Ich will ihn nicht wissen und mich auch nicht daran erinnern müssen. Ich habe hier oben meine eigenen Männer, und die Armee läßt mich in Ruhe. Die Armee haßt das Innenministerium noch mehr als ich. Die einzigen, die sie noch mehr hassen, sind die Leute von der Militärpolizei. Diese ganzen Rivalitäten können einen töten. Wenn man aber weiß, wie man damit umgehen muß, können sie einen am Leben erhalten und sogar reich machen.«

»In der Stadt ging aber das Gerücht um, daß man Sie getötet hätte.«

»Ja, ich weiß. Auf dem jüdischen Friedhof. Eine hilfreiche Geschichte. Obwohl einige Leute wußten, daß sie nicht stimmte, hat ihnen nie was daran gelegen, sie zu berichtigen. Mit der Geschichte waren sie nämlich aus dem Schneider. Denn wenn alle in der Stadt glaubten, ich sei tot, müßte man mich früher oder später nicht mehr vors Gericht zerren. Und ich war tatsächlich bei einem dieser idiotischen Angriffe auf dem jüdischen Friedhof dabei. Das hat mich davon überzeugt, daß ich meine eigenen Männer zusammenkriegen und von dort wegkommen mußte. Selbst wenn das bedeutete, an so einem Ort wie diesem zu landen. Also habe ich ein paar Soldaten überzeugt, mich zu begleiten. Auf die übliche Weise.«

»Sie haben sie gekauft.«

»Selbstverständlich.«

»Und haben sich nicht ein paar Offiziere in der regulären Armee ihre eigenen Gedanken dazu gemacht?«

»Das haben sie bestimmt, aber ich hatte genügend D-Mark, beziehungsweise ich war immerhin bereit, das Geld auszugeben. Warum sollten sie ihr Geld damit verschwenden, mich zu überbieten, wenn sie selbst dabei profitieren konnten.«

»Sie wollen sagen, Sie haben die Offiziere auch bezahlt.«

»Natürlich zu Offizierskursen. Alles für das Privileg, mein eigenes gemütliches Quartier hier oben zu haben. Es ist abgeschieden genug, damit mir kein General auf die Finger schauen kann, aber auch ein so wichtiger Abschnitt der Front, daß ich gebraucht werde. Ich bin immer ein guter Kämpfer und Soldat gewesen. Die Armee weiß das. Außerdem sind manche Frontabschnitte so dünn besetzt, daß sie froh sind, mich zu haben.«

Der Kaffee wurde auf einem kleinen Kupfertablett serviert. Der Adjutant schenkte den starken türkischen Kaffee aus einer Kanne in der Form einer Sanduhr in die Tassen. Vlado nahm einen Schluck und war überrascht, daß er sogar mit Kardamom gewürzt war. Es war völlig unmöglich, heutzutage in der Stadt Kardamom aufzutreiben.

»Warum wechseln Sie nicht auf die andere Seite? Das machen viele.« Das passierte tatsächlich jede Woche, manchmal liefen gleich ganze Einheiten von zwanzig und mehr Männern über.

»Lassen Sie es mich so sagen: Auf der anderen Seite müßte ich noch mehr Leute fürchten als auf unserer Seite. Die andere Seite hat die Ereignisse vor zwei Jahren immer noch nicht verkraftet. Eine Menge Offiziere der Jugoslawischen Volksarmee sahen damals ganz schön alt aus. Sie wollten mit ihren Panzern die Stadt einnehmen, und wir haben sie mit leichten Waffen davon abgehalten. Und es gibt da welche, die sind aus anderen Gründen Feinde.«

»Wie beispielsweise General Markovic.«

Zum ersten Mal schien Neven leicht beeindruckt zu sein. Er neigte seinen Kopf ein wenig, als würde er das Potential dieses Treffens noch einmal abwägen. »Genau«, sagte er dann langsam, »beispielsweise General Markovic.«

»Auch ein großer Kunstliebhaber, wurde mir gesagt.«

»Das ist er.« Neven hielt einen Moment inne. »Sie sagten, Sie könnten mir helfen. Wie?«

»Sehen Sie, wir wissen, daß Kunstschätze außer Landes geschafft werden, auch wenn das Museum keine Ahnung davon zu haben scheint. Wenn wir diese Machenschaften mit Vitas' Ermordung in Verbindung bringen und das Übel an der Wurzel packen können, dann könnte ich mir vorstellen, am Ende ein paar Leute einzusperren, die eigentlich Sie hinter Gittern sehen wollen.«

»Wie General Markovic? Das schaffen Sie nicht ohne eine zielsichere Granate und die richtigen Verbindungen auf der Gegenseite.«

»Da haben Sie wahrscheinlich recht. Aber wir könnten ihn bestimmt in Verruf bringen.« Vlado pokerte jetzt mit ganz hohem Einsatz. »Wir haben die volle Rückendeckung und Unterstützung der internationalen Beobachter.«

»Meinen Sie die UN?«

»Damit haben wir die Möglichkeit, auch auf der anderen Flußseite einzugreifen.« Vlado sah an Nevens Reaktion, daß sein Einsatz für die Katz war.

»Die UN«, schnaubte Neven verächtlich und grinste wieder schief. »Wer, glauben Sie, macht es möglich, daß die Kunstwerke außer Landes geschafft werden?«

»Genau das wollen wir wissen.«

»Sie wollen zuviel wissen. Wenn ich Ihnen sage, was ich weiß, werde ich mir nur noch mehr Feinde machen, und zwar genau dort, wo ich sie nicht gebrauchen kann.«

»Sehen Sie, Sie sollen mir gar nicht alles sagen, was Sie wissen. Wir gehen einfach Frage für Frage durch, und wenn Sie das Gefühl bekommen, daß die Risiken die Vorteile überwiegen, dann antworten Sie nicht mehr. Aber geben Sie sich selbst eine Chance.«

Und dann fiel diese erste und einzige Vorsichtsmaßnahme, die Vlado Neven anbot, buchstäblich zu Boden. Von den serbischen Stellungen heulte eine Granate heran, direkt auf ihre Position zu. Im hohen Bogen kam sie aus ein paar hundert Metern Entfernung angeflogen und schlug ganz in der Nähe ein. Sie ließen sich beide flach auf den bebenden und zitternden Boden fallen und wurden von einer Ladung Dreck überschüttet. Als Neven wieder aufschaute, saß das Barett schief auf seinem Kopf, und die Kordeln seiner Uniform waren mit Schlamm verkrustet. Die Holzbalken, aus denen sein »Büro« hauptsächlich bestand, waren nach innen eingebrochen. Das Kaffeetablett lag umgestoßen auf dem Boden. Neven wirkte überhaupt nicht mehr wie ein Herrscher, nicht mal für diesen schmalen Abschnitt der Front. Sein Gesichtsausdruck verriet für einen Augenblick, daß er sich dessen auch bewußt war. Eine Weile verharrten sie noch in ihrer Position und warteten den Einschlag der zurückgefeuerten Granaten und den kurzen Schußwechsel zwischen den automatischen Waffen ab. »Was für Fragen«, sagte Neven dann kaum hörbar.

Vlado zeigte keine Schadenfreude und ließ sich auch nicht anmerken, daß er genau wußte, daß diese Granate Nevens Widerstand gebrochen hatte.

»Lassen Sie uns mit der Kartei anfangen. Sie haben die Explosion und das Feuer im Museum inszeniert und die Kartei gestohlen, richtig?«

»Ja.«

Zu Vlados Überraschung sagte Neven dann, daß die ganze Aktion von der Artillerie General Markovics gedeckt worden war.

»Und an dieser Stelle ist Zarko mit in das Unterfangen eingestiegen?«

»Es war seine erste Hauptrolle, könnte man sagen. Markovic hatte ein paar Tage vorher die Aktion mit uns abgesprochen.«

»Aber wie wurde das arrangiert? Immerhin war es doch ein bißchen ungünstig, daß Sie zu dem Zeitpunkt Krieg gegeneinander führten, und Sie haben selbst gesagt, daß Zarko Markovics Armee ziemlich schlecht aussehen ließ.«

»Wenn sie uns hätten vernichten können, hätten sie es getan. Markovic genausogut wie jeden anderen auch. Aber zu der Zeit war schon klar, daß sie weder die Brücken noch das Museum einnehmen konnten. Nachdem Markovic das begriffen hatte, hat er ein Treffen arrangiert.«

»Wie funktioniert so was?«

»Ganz einfach. Man bemüht sich um Verhandlungen für einen Waffenstillstand auf der Ebene einzelner Einheiten. Auf diese Weise kriegt man die Blauhelme am besten dazu, daß sie sich für unsere Ziele einsetzen, um einen offiziellen Kontakt mit der Gegenseite herzustellen. So kamen wir eines Morgens alle zusammen: Markovic und zwei seiner Offiziere, Zarko, ich und ein paar andere von uns sowie zwei Beobachter der Europäischen Gemeinschaft. Diese Typen sehen in ihren weißen Uniformen wie Eisverkäufer aus. Die glauben fest daran, daß wir dem Frieden näher kommen, je häufiger sie die verfeindeten Seiten für Gespräche zusammenbringen.«

»Man wird unter diesen Umständen kaum Einzelheiten für eine Schmuggelei besprechen können.«

»Das haben wir am Anfang auch nicht getan. Wir haben den Austausch von Gefangenen besprochen oder die Überwachung der Artillerie oder das Verbot über den Einsatz von Heckenschützen. Es liegt natürlich keiner Seite etwas daran, an diesen Dingen etwas zu verändern. Denn egal wieviel Geld wir vielleicht zusammen machen wollten, so haßten wir sie im Grunde immer noch, und sie haßten uns. Als es Zeit wurde, das richtige Geschäft zu besprechen, sagte Markovic den EU-Beobachtern, daß er und Zarko sich einen Augenblick unter vier Augen unterhalten wollten. Sie wissen schon: mehr Offenheit und Ehrlichkeit und so. Sie stimmten natürlich zu. Da haben wir dann alles arrangiert. In einem weißen UN-Bus direkt am Fluß.«

»Und dort hat Ihnen Markovic den Plan erklärt und angeboten, daß Sie dabeisein könnten, wenn Sie helfen.«

»Er sagte Zarko, daß er an die Kunstschätze auf unserer Seite des Flusses ranwolle. Dort seien die besseren Teile. Er würde den Transport außer Landes regeln, wenn wir die Kunstschätze über die Brücke bringen würden. Aber zuerst sollten wir uns um die Transferkartei kümmern. Er hatte schon von irgendwoher eine Kopie.«

Die Kopie aus Belgrad, vermutete Vlado. Wenn einer von Vlados Freunden eine Kopie organisieren konnte, würde Markovic erst recht kein Problem damit gehabt haben.

»Wir sollten die Kartei im Museum zerstören«, sagte Neven. »Er gab uns einen Termin und wollte für die Rückendeckung sorgen. Zarko sagte, daß sei in Ordnung, solange seine Leute nicht das Museum treffen, während wir drinnen sein würden. Wir lachten ein bißchen zusammen, rauchten ein paar Zigaretten, tranken Brandy und gingen dann wieder auseinander. Die Typen von der EU sahen ziemlich enttäuscht aus, als wir ihnen sagten, daß wir leider nichts erreicht hätten.«

»Sie sollten also ins Museum gehen und irgendwie die Kartei zerstören. Aber statt dessen haben Sie sie behalten, oder? Die Zerstörung war nur vorgespielt.«

»Zarko war kein Idiot. Er wußte, daß er die Aktion mit einer eigenen Kopie viel leichter über die Bühne bekommen würde. Viel unabhängiger. Er verkaufte diese Idee sogar Markovic: Wir könnten mit einer eigenen Kopie die Logistik vereinfachen. Wir müßten dann nicht jedesmal das Risiko in Kauf nehmen, Kuriere oder verschlüsselte Radiobotschaften zu benutzen, wenn Markovic wollte, daß wir ihm ein Gemälde bringen sollten. Ich glaube nicht, daß Markovic diese Idee jemals wirklich gefallen hat, da er jedoch seinen Anteil regelmäßig bekam, konnte er damit leben.«

»Aber zuerst mußten Sie sich Anerkennung im Museum verschaffen. Sie mußten dort als Beschützer auftreten. Ich schätze, das war wohl mit Murovic als Museumsdirektor ziemlich einfach.«

»Er liebte uns. Und ich meine das wörtlich. Er fiel immer fast in Ohnmacht, wenn er uns in seinem Laden hatte, und schwärmte davon, daß wir so männliche Kämpfer seien. Er hat uns Kaffee und Kuchen vorbeigebracht, und ich glaube sogar, daß er mich besonders mochte.« Neven lachte. »Für ihn waren wir über jeden Vorwurf erhaben. Wir hatten sein wunderbares Museum gerettet und seinen Job dazu. Wir waren seine edlen Retter, die sogar so edel waren, daß sie dem Reiz widerstanden, das Museum zu plündern. Darin war Zarko unglaublich streng. Das Museum durfte auf keinen Fall geplündert werden, nicht mal die kleinsten Gegenstände durften eingesteckt werden – denn die waren häufig besonders wertvoll.«

»Weil er die Kartei haben wollte. Und nachdem Sie die Kartei hatten, was dann?«

»Von da an waren neben Zarko nur noch zwei andere in die Sache eingeweiht. Alijah Nerevic und ich. Alijah wurde gleich am ersten Tag der Oktoberrazzia getötet. Er stand draußen wie ein Idiot rum und dachte, es wären nur ein paar Bomben von den Tschetniks, während wir anderen alle in Deckung gelaufen sind.«

»Nur zwei andere außer Zarko?«

»Mehr Leuten konnte er nicht vertrauen. Er blätterte durch die Kartei, zog eine Karte heraus, die ihm gefiel, eine von höherem Wert, und dann schickte er uns los, das Kunstwerk abzuholen.«

»Einfach so? Ein paar Gangster marschieren in das Haus von irgend jemandem und nehmen ein Gemälde von der Wand?«

»Das war leichter, als Sie glauben. Während wir im Museum waren, haben wir uns an Murovics Briefpapier bedient. Wir haben seine Unterschrift gefälscht und ganz offizielle Papiere angefertigt. ›Schutzverwahrung‹ wurde das genannt. Die haben wir den Leuten unter die Nase gehalten und ihnen zusätzlich hundert Mark für ihre Kooperation und die Unannehmlichkeiten in die Hand gedrückt. Es war erstaunlich, wie schnell die Leute sich damit abgefunden haben. Selbst wenn sie mißtrauisch waren, stellten sie keine Fragen mehr nach dem Museum oder anderen Behörden, sobald wir sie bezahlt hatten. Hundert Mark sind hundert Mark. Warum sollten sie den Verlust ihres kostbaren Geldes riskieren? Besonders wenn ihnen die Gemälde offiziell ja sowieso nie gehört haben.

Aber noch lustiger war, daß einige Leute schon selbst darauf gekommen waren, Geld aus den Bildern zu machen. Bei ungefähr jedem fünften Besuch waren sowohl die Gemälde als auch die Leute verschwunden. Ein paar andere hatten die Gemälde in Kisten im Keller oder in einem Schrank versteckt. Sie liefen alle rot an und beteuerten, die Dinger nur sicherheitshalber weggepackt zu haben. Nur ein einziger Mann wollte Ärger machen. Er brüllte uns an und drohte, zur Polizei zu gehen.«

»Und?«

»Wir schleppten ihn runter zum Fluß und jagten ihm eine Kugel durch den Kopf. Am nächsten Morgen hat ihn das Leichenschauhaus aufgesammelt. Es war viel los an dem Tag, und sie schrieben ihn als Heckenschützenopfer ab.«

»Eine bekannte Methode. Genauso war es bei Vitas.«

Neven schien kein bißchen überrascht zu sein.

»Und dann läuft man mit so einem Gemälde einfach durch die Straßen?« fragte Vlado.

»Wir haben sie an Ort und Stelle in Kisten verpackt. Wir hatten immer Bretter, Nägel und Tücher dabei. Dann luden wir die Kiste auf einen LKW und warteten, bis es dunkel wurde, um sie wieder abzuladen.«

»Wo?«

»Eine Zeitlang an einer Stelle am Fluß in der Nähe eines Kontrollpunktes. Das war ein Umschlagplatz für alle möglichen Lieferungen. Es gab dort sogenannte Vermittler, die für beide Seiten arbeiteten und Tabak, Fleisch und Alkohol reinbrachten. Ziemlich gefährlicher Job, aber man verdiente sich dumm und dämlich, solange man am Leben blieb. Und beide Seiten bekamen von diesen Vermittlern ihre Informationen.

Diese Leute nahmen unsere Kisten mit rüber, zumindest solange die Unkosten noch nicht so irrwitzig hoch waren.«

»Die Unkosten?«

»Es mußten zu viele Leute bestochen werden. An allen Ecken und Kanten wurde abgeschöpft. Die Operation leckte wie ein Sieb. Da Markovic alles mit LKWs über die Berge schickte, mußte man an jedem Kontrollpunkt wieder blechen; und manchmal erreichte die Fracht selbst dann nicht ihr Ziel. Also haben wir die Sache vereinfacht.«

»Und wie?«

»Wie wohl?! Mit der ›Vielleicht-Airline‹. So nennen die UN-Soldaten ihre täglichen Flüge, weil sie vielleicht fliegen, vielleicht aber auch nicht. Garantierte Zustellung über Nacht, solange die Serben den Flughafen am nächsten Tag nicht beschossen oder bombardierten. Manchmal konnte sich Markovic um dieses Problem kümmern, aber nicht immer.«

»Wo genau gaben Sie die Gemälde ab?«

»Im Frachtdepot der UN in der Nähe des PTT-Gebäudes auf dem Weg zum Flughafen. Gleich hinter dem UN-Hauptquartier. Das war sehr praktisch, denn es lag auf unserer Seite der Front. Wir fuhren einfach durchs Tor, winkten mit unseren UN-Frachtpapieren und ließen die Kiste auf der hinteren Laderampe liegen. Fix und fertig für den ersten Flug am Morgen nach Frankfurt.«

»Wie oft?«

»Am Anfang vielleicht einmal in der Woche. Zarko wollte nichts übertreiben und keine unnötige Aufmerksamkeit erwecken. Unser UN-Kontakt machte sich deswegen auch immer in die Hosen. Markovic drängte darauf, mehr Lieferungen zu machen, der UN-Mann wollte lieber weniger. Ungefähr einen Monat vor der Razzia hörten wir dann, daß Murovic sich darum bemühte, die Kartei mit Hilfe der UNESCO aus Belgrad zu schaffen. Also erweiterten wir das Programm. Dreimal in der Woche gab es Lieferungen, und wenn es ruhig war und die Flüge jeden Tag gingen, sogar vier- oder fünfmal. Wir wußten, daß es riskant war, aber sobald Murovic eine Kopie von der Kartei in die Hände bekommen hätte, wären wir aus dem Geschäft gewesen. Wir haben darüber gesprochen, ihn zu töten, aber dann dachten wir, daß sein Nachfolger noch schlimmer sein könnte. Es könnte sogar jemand sein, der sich mit der Ursache für das Feuer etwas genauer beschäftigen wollen würde.«

»Murovic hat die UNESCO schon auf seiner Seite. Aber die Subvention tritt erst im Februar in Kraft.«

»Dann läuft das Geschäft wahrscheinlich noch.«

»Aber wie? Die Razzia hat Ihnen doch das Geschäft verdorben.«

»Richtig. Und alleine das wäre Grund genug gewesen, Vitas zu töten. Er hat uns einen harten Schlag ins Kontor versetzt. Zarko hat sich maßlos geärgert, weil er nicht vorher gewarnt worden ist. Er hatte immer damit geprahlt, jemanden im Ministerium zu haben. Allerdings kann das keine große Nummer gewesen sein, denn Zarko hat kein Wort von ihm gehört. Als Zarko kurz danach getötet wurde, war ich sicher, daß sein Kontakt keinen Wert hatte.«

»Wurde er nicht bei einem Fluchtversuch erschossen?«

»Das ist die offizielle Version, aber es kann unmöglich so gewesen sein. Zarko hatte einen guten Anwalt und eine Menge D-Mark. Auch nachdem er gefaßt worden war, hatte er noch genug Möglichkeiten gehabt, aus der Stadt zu verschwinden. Eine Flucht hätte er nie riskiert. Vielleicht hätte er später im Schutze schwerer Kämpfe einen gut geplanten Ausbruch aus dem Gefängnis unternommen, mit jeder Menge Bestechungen und Hilfe von innen. Aber niemals wäre er so schwachsinnig gewesen, blind wegzulaufen.«

»Warum nicht? Selbst so jemand wie Zarko kann mal durchdrehen.«

»So ist es nicht gewesen!« schrie Neven wütend.

Vlado wartete einen Moment, bis er sich wieder abgeregt hatte. »So wie Sie die Sache beschreiben, könnte sogar Vitas Zarkos Kontaktmann im Innenministerium gewesen sein. Er stellt Zarko kalt, nimmt sich die Kartei, erhöht seinen eigenen Anteil und macht weiter.«

»Das würde auch erklären, warum Vitas ermordet wurde. Mehr Rivalität heißt auch mehr Blut. Man lebt eine ganze Weile davon und stirbt schließlich daran.«

Aber ein Insider hätte sich nicht erst letzte Woche von Glavas aufklären lassen müssen, dachte Vlado. Das hörte sich eher nach einem Ermittler an, der eine Spur verfolgt.

»Wahrscheinlicher ist, daß er ermordet wurde, weil er dabei war, die Machenschaften aufzudecken«, sagte Vlado. »So bleibt die Frage, mit wem Markovic jetzt zusammenarbeitet. Vielleicht hat er einen neuen Partner angestellt.«

»Es gibt immer jemanden, der so einen Job übernehmen würde«, sagte Neven. »Und sobald ein Verein wie die UN in die Sache verwickelt ist, wird die Bürokratie schnell schwerfällig. Man stoppt so eine Sache nicht einfach, indem man einen der Köpfe rollen läßt. Damit macht man es nur lukrativer für die, die übrigbleiben.«

»Dann lassen Sie uns doch mal schauen, wer nach der Razzia noch im Geschäft geblieben ist. Da ist Markovic, und da ist jemand von der UN. Und wer könnte das sein?«

»Jemand vom Frachtbüro. Die Frachtpapiere waren immer schon im voraus unterschrieben und abgestempelt. Zarko mußte nur noch die Details ausfüllen. Wir schickten das Zeug an einen Kontaktmann nach Frankfurt, der wahrscheinlich einen Anteil für die Verkaufsabwicklung, das Marketing und so weiter einsteckte. Alijah und ich wurden pro Lieferung bezahlt. Aber das war bestimmt nicht annähernd soviel Geld, wie die ganz oben verdienten. Wir waren nur ein Teil der Unkosten.«

»Nennen Sie mir ein paar Namen. Angefangen mit dem Mann in Frankfurt und dem bei der UN.«

»Ich kenne keine Namen.«

»Wie kann das sein? Beide Namen müssen auf den Papieren gestanden haben. Es sei denn, die Unterschriften von der UN waren gefälscht und der Name in Frankfurt war ein Deckname.«

Neven runzelte die Stirn und schaute nervös zu Boden. Für einen Moment war es totenstill. Neven bückte sich, um eine der heruntergefallenen Kaffeetassen aufzuheben.

»Na los«, sagte Vlado. »Sie können die Namen unmöglich vergessen haben.«

»Vielleicht habe ich sie nie gewußt«, sagte Neven verbittert. Er schaute Vlado jetzt direkt in die Augen. »Ich kann nämlich nicht lesen. Ich habe es nie gelernt. Analphabetismus nennt man das wohl heute. Nur daß unsere fortschrittlichen Schulen unter Marschall Tito das nie in den Griff bekommen haben. Ich war ein kräftiger Junge, das hat ausgereicht. Es gab immer andere Aufgaben für mich. Und so jemand wie Zarko war froh darüber, mich zu haben. Ich hielt es immer für eine Schwäche, bis Zarko mit seinen Kreditgeschäften ankam. Da war meine Zukunft gesichert. Als der Krieg begann, sah meine Zukunft noch rosiger aus. Deshalb konnte Zarko mir auch immer vertrauen. Ich konnte alles für ihn machen, konnte jede geschriebene Nachricht überbringen, bei mir war das Geheimnis garantiert sicher. Ich war der perfekte Kurier.«

»Aber Alijah konnte lesen.«

»Aber Alijah durfte die Papiere nie einstecken, nicht mal sehen. Er war nur ein Teil des Lieferteams. Ich habe von den Namen des UN-Frachtoffiziers und des Typen in Frankfurt wirklich keine Ahnung. Nur Zarko kannte sie.«

»Damit bin ich wieder da, wo ich angefangen habe. Es sei denn ...«

»Es sei denn?«

»Es sei denn, Sie sind immer noch in die Sache verwickelt und lenken alles von hier oben und benutzen mich, um eine falsche Spur zu legen.«

Neven lächelte, fast ein bißchen wehmütig.

»Genau. Von hier oben, ohne die Kartei und ohne eine direkte Kommunikationsverbindung außer den armen, bescheuerten Jungs, die jeden Tag mit ihren lauten Radios und Typen wie Ihnen hier hochmarschieren. Außerdem, wenn ich noch mit der Sache zu tun hätte, wären Sie jetzt in einer ziemlich brenzligen Lage. Jetzt, wo ich alle Informationen von Ihnen habe, die ich brauche, wäre es ziemlich einfach, Sie in ein schlammiges Loch zu stecken und zu vergessen. Genau wie Sie jeder andere bald vergessen würde. Eines Tages würde der Pflug eines Bauern ihre Knochen zutage befördern. Oder vielleicht würde ein Tourist ihre Gürtelschnalle mit seinem Metalldetektor finden. Sind Sie sich darüber im klaren, Herr Kommissar, wie wenig Sie davon wissen, was den Ort da unten am Leben erhält?« Er zeigte nach unten in das dunkle, tiefe Tal, in dem die Stadt schlief. »Es ist genau das, was den Ort hier oben am Leben erhält. Schauen Sie sich in den Scheißlöchern und Schützengräben um. Das ist die Zukunft unserer wunderbaren Heimatstadt. Und wenn Leute wie ich hier oben das Sagen haben, dann können Sie sich vorstellen, welche Leute da unten das Sagen haben. Glauben Sie, daß irgend jemand von denen Ihnen noch länger vertrauen wird, wenn Sie weiter darauf aus sind, diesen idiotischen Fall aufzuklären, Herr Kommissar? Ich würde sagen, Sie werden ein verdammt einsamer Mann werden.«

Er schnippte seine Marlboro in den Matsch und stand auf.

»Und jetzt, Herr Kommissar, ist unser Gespräch beendet.«

Er drehte sich um, ging weg und verschwand hinter einer Kurve des Schützengrabens.

15. Kapitel

Die Jungs auf dem Marsch nach oben hatten recht gehabt. Die Besucher, die über Nacht auf dem Zuc blieben, schliefen nicht. Sie liefen nervös herum und redeten, rauchten und tranken. Sie fluchten über den Krieg, die Bomben und die Tschetniks. Aber hauptsächlich spähten und horchten sie wie verängstigte Kinder in ihren Betten, die für jedes noch so leise Quietschen der Dielenbretter sensibilisiert waren.

Gelegentlich flitzten Schwärme roter Verfolgerraketen über ihre Köpfe hinweg und erleuchteten das zertretene, schlammige Feld. Granateneinschläge donnerten von der anderen Seite des Berges herüber und blitzten vor einer entfernten Bergwand auf. Glücklicherweise spielten sich die Kämpfe größtenteils weit von der Frontlinie entfernt ab.

Am meisten überraschte Vlado die Zufälligkeit und Ziellosigkeit des Ganzen. Selbst in den entsetzlichsten Beschreibungen früherer Kriege, die er gelesen hatte, erkannte man immer noch so etwas wie einen Plan. Sogar die Sinnlosigkeit des Ersten Weltkrieges wies Anzeichen eines gewaltigen, unaufhaltsamen Systems aus Menschen und Maschinen auf, in dem ein weitläufiges Kommunikationssystem noch die hintersten Ecken der Front erreichte. Die Bombardements waren koordiniert und dauerten manchmal ganze Tage an, auch wenn sie nur zu einem einzigen rasenden, selbstmörderischen Sturmangriff führten. Doch jede massive Todeswelle war von langer Hand geplant.

Aber hier? Der Krieg kroch durch die Dunkelheit wie ein schwer verletztes Ungeheuer. Bombardiert und gefeuert wurde je nach Lust und Laune nur ganz sporadisch. Halbherzige Schußwechsel unter Heckenschützen steigerten sich schnell zu hitzigen, persönlichen Rachefeldzügen und klangen dann genauso schnell wieder ab. Die Artillerieeinheiten feuerten ihre Geschütze ab oder auch nicht, immer abhängig von ihrem Vorrat an Granaten, Schlaf und Pflaumenschnaps, meistens von letzterem. Man hatte den Eindruck, daß solche Konzepte wie Kommando und Kontrolle für irgendeinen anderen Bergzug gelten mochten, in einem anderen Landesteil, wo sich die Fronten gelegentlich noch bewegten. Vielleicht gehörten sie auch in einen ganz anderen Krieg. Aber vielleicht nahm man einen Krieg von innen auch immer so wahr. Man war nur ein kleiner Teil eines riesigen Gemäldes, das erst Form und Ordnung annahm, wenn man es aus der Entfernung betrachtete.

Um vier Uhr morgens begann es zu regnen. Aus einem anfänglichen dichten Nebel entwickelte sich ein ununterbrochener Nieselregen. Kalte, dicke Tropfen fielen in die Gräben. Vlado zog seinen Kopf ein und beobachtete im Dunkeln, wie das Wasser von seiner durchnäßten Mütze in eine Pfütze vor seinen Füßen lief.

Der schmale Lichtkegel einer Taschenlampe strich durch den Schützengraben und leuchtete Männer an, die genauso dahockten wie Vlado. Von hinten legte sich eine Hand auf seine rechte Schulter und schüttelte ihn, als wäre er eingenickt. »Wollen Sie mit? Dann los.«

Es war der Offizier, mit dessen Einheit Vlado hochmarschiert war. Sie zogen wieder ab.

Mühsam kletterte er aus dem Graben. Der weiche, matschige Boden gab immer wieder unter seinem Gewicht nach. Vom langen Stehen und Sitzen in der Kälte waren seine Gelenke steif geworden.

Sie sammelten sich in einem kleinen Wäldchen aus zersplitterten Bäumen und formierten sich für ihren Rückmarsch nach unten. Vlado war zu müde, um darauf zu achten, wer vor oder hinter ihm lief. Alle starrten nach unten auf ihre Füße. Niemand sagte ein Wort. Die Feuerstellen, die noch vor ein paar Stunden gebrannt hatten, waren jetzt alle aus.

Erst nach zwanzig Minuten sah er sich unter den Männern um. Er ging die chaotische Kolonne von vorne nach hinten durch und verglich sie im Geiste mit den Gesichtern, die er vom Hinweg kannte. Ganz vorne gingen unverändert in einer Gruppe die älteren Männer. Als er sich nach hinten umdrehte, sah er erschrocken, daß zwei der Teenager eine Decke wie eine Trage hinter sich herzogen. Ganz bestimmt lag dort jemand drinnen, entweder tot oder verwundet. So wie das Bündel über den Boden holperte, war er wohl eher tot.

Es stellte sich heraus, daß es der Junge mit dem Pferdeschwanz war, der mit dem Ghettoblaster. Er war von einem Granatsplitter direkt an der Nase getroffen worden, was ihm das halbe Gesicht weggerissen hatte. Ansonsten war er völlig unversehrt geblieben. Die anderen Jungs hatten ihn mit dem Gesicht nach unten in die Decke gewickelt und schleppten ihn, als würde er in einer durchnäßten Hängematte ein Nickerchen machen. An einer Seite baumelte sein karierter Hemdzipfel herunter. Sein Kassettenrecorder war nirgends zu sehen. Entweder war das Gerät bei der Explosion auch zerstört worden, oder irgend jemand an der Front hatte es sich gleich unter den Nagel gerissen.

Als sie den Fuß des Berges erreichten, stieg an dem dunkelgrauen Himmel im Osten ein schwaches Licht auf, und es hörte auf zu regnen. Am Treffpunkt des vergangenen Abends händigte der Kommandant jedem eine Tagesration Zigaretten aus. Für eine Nacht an der Front bekam man eine ganze Schachtel. Die Männer, die regelmäßig mit an die Front kamen, erhielten sogar Filterzigaretten. Der Offizier reichte auch Vlado eine Schachtel, was ihn erst angenehm überraschte, aber dann ging ihm auf, daß die Schachtel nur deshalb übrig war, weil einer aus der Truppe nichts mehr damit anfangen konnte. »Geben Sie die Schachtel lieber einem seiner Freunde«, wehrte Vlado ab.

»Welche Freunde?« fragte der Offizier schroff. »Jeder hat ihn gehaßt. Ihn und seinen verfluchten Kassettenrecorder.«

Wie betäubt wollte Vlado die Schachtel nehmen, doch dann überlegte er es sich anders und zog seine Hand wieder zurück.

»Geben Sie es einem von den Jungen«, sagte er und deutete auf die anderen der Gruppe. »Ich habe genug von Almosen.«

»Wie Sie wollen«, sagte der Offizier. »Dann behalte ich sie selbst. Wer hier keine Almosen nötig hat, kann sich dann auch genausogut erschießen, bevor er verhungert.«

Bis nach Hause brauchte er noch eine halbe Stunde. Vlado war so erledigt, daß er nur apathisch einen Fuß vor den anderen setzen konnte. Es kam ihm vor, als würde das Gespräch mit Neven schon Tage zurückliegen. Die ganze Szenerie, die Lichtblitze, der scharfe Geschmack des türkischen Kaffees, das alles erschien ihm in der Erinnerung beinahe unwirklich. Ganz bestimmt existierte diese Welt dort oben auf dem Berg nur in Vlados Kopf.

Als er seine Wohnung erreichte, war er bis auf die Knochen durchnäßt. Gerade in solchen Momenten wünschte er sich ein heißes Bad und ein warmes Bett am meisten. Statt dessen schälte er sich aus seinen Sachen, legte sie über das Waschbekken im Bad und wischte sich den Dreck mit einem feuchten, kratzigen Schwamm vom Körper. Auf dem Küchenofen zündete er zwei Flammen an, die eine, um einen Topf Bohnen heiß zu machen, die er über Nacht eingeweicht hatte, die andere, um Kaffeewasser aufzusetzen. Der Nescafé war fast alle, also nahm er den ganzen Rest. Lieber einen richtig starken Becher als ein paar dünne.

Ein paar Augenblicke später kippte er das dampfende Gebräu runter. Der heiße, kurze Schauer in seiner Kehle und seinem Magen tat gut. Dann zog er sich dicke, trockene Socken, lange Unterwäsche, ein T-Shirt und einen Pullover an und krabbelte unter die Decken.

Erst mittags wurde er von einer entfernten Explosion aufgeweckt. Er fühlte sich kein bißchen ausgeschlafen oder erholt. Er hatte Magenkrämpfe und einen schalen Geschmack nach Bohnen und Kaffee im Mund. Er versuchte, im Büro anzurufen, um zu sagen, wo er war, aber die Leitungen waren mal wieder tot. Er sah sich im Spiegel an und rieb mit einer Hand über seine stoppeligen Wangen. Der Gedanke daran, seinen Zweitagebart mit einer kalten, stumpfen Klinge abzurasieren, behagte ihm überhaupt nicht. Draußen war es immer noch grau. Er spülte seinen Mund mit einem Glas Wasser aus, spuckte in das Waschbecken und zog dann seine schmutzigen, aber trockenen Hosen an und warf sich den Mantel über. Es war Zeit, ins Büro zu gehen.

Damir begrüßte ihn, als wäre er erstaunt, ihn zu sehen.

»Zurück von den Toten!« rief er und wollte dann eine komplette Zusammenfassung von der Nacht hören. Vlado erzählte ihm, was er erfahren hatte, gab aber nur wenige Einzelheiten preis. Er erwähnte lediglich etwas von einem großangelegten Schmuggelgeschäft, sagte aber mit keinem Wort, was geschmuggelt wurde. Mit weiteren Einzelheiten konnte er warten, bis er die Liste von Glavas hatte. Außerdem fühlte er sich immer noch seinem Versprechen gegenüber Kasic verpflichtet, soviel wie möglich für sich zu behalten. Er war schon wieder erschöpft und ließ sich in einen Stuhl sinken.

»Kaum zu glauben, daß der Schweinehund nicht lesen kann«, sagte Damir. »Kein Wunder, daß Zarko ihm vertraute.

Wenn der Krieg erst mal vorbei ist, müssen wir uns ein paar gebildetere Kriminelle heranziehen. Sonst lassen sie uns nie in die EU.«

»Hast du noch irgendwas gehört?« fragte Vlado.

»Nichts. Hier war alles ruhig. Heute morgen hatte ich so die Schnauze voll davon, hier nutzlos rumzuhängen, daß ich mir fast noch einen Mord gewünscht hätte. Doch Pustekuchen, kein Glück. Aber was den Vitas-Fall angeht – wir brauchen neue Spuren, Vlado. Wir laufen sonst wieder in eine Sackgasse. Ich weiß nicht, welche Spur du vor ein paar Tagen verfolgt hast, aber die ist jetzt wahrscheinlich auch schon wieder verwischt.«

»Das war die längste Aneinanderreihung von Detektivklischees, die ich jemals aus deinem Munde gehört habe, seit wir zusammenarbeiten«, sagte Vlado.

Damir lachte, aber es kam nicht von Herzen. Für einen Augenblick entdeckte Vlado wieder dieselbe Trostlosigkeit, die schon in Damirs Blick gelegen hatte, als er vor ein paar Tagen durch die Heckenschützenzone geschlendert war.

»Was ist los mit dir?« fragte Vlado besorgt, obwohl er es sich schon ziemlich genau vorstellen konnte. »Ich dachte, daß dir wenigstens deine neue Freundin Francesca ein bißchen die Zeit vertreiben würde. Auf jeden Fall kann deine Nacht nicht so mies wie meine gewesen sein.«

»Du schließt mich aus, Vlado. Als du mich gefragt hast, ob ich dir bei dieser Ermittlung helfe, war ich begeistert. Aber du läßt mich total außen vor. Ich bin nur dein Laufbursche. Du verbringst die Nacht mit dem wahrscheinlich berüchtigsten noch lebenden Gangster der Stadt, und du faßt es in drei Minuten nichtssagendem Blabla zusammen. Neulich hast du vier Stunden mit irgendeinem alten Mann in Dobrinja gesprochen. Vier Stunden! Und mir erzählst du danach in zwei Minuten nur ganz allgemein, daß wir bald viele neue Spuren haben werden. Ich soll dir glauben, ohne seinen Namen zu kennen oder zu wissen, was er macht, und dann soll ich mich glücklich schätzen, mit den Huren reden zu dürfen. Mehr traust du mir anscheinend nicht zu. Selbst wenn ich diesen Spuren hinterherrenne, warum habe ich das Gefühl, daß ich überhaupt keine Ahnung habe, was ich eigentlich suche?«

Damir hatte sich total in Rage geredet. Am Ende schrie er beinahe. Erschöpft lehnte er sich wieder zurück.

»Du hast recht«, sagte Vlado, »und es tut mir leid.«

Einen Augenblick wollte er Damir sagen, daß er ihn nur zu seinem eigenen Schutz im dunkeln ließ, denn er machte sich tatsächlich Sorgen. Je weniger Leute mit den Informationen herumjonglierten, desto besser, und wenn man Damirs Schwäche für nächtliche Touren durch die Bars bedachte, war es auch besser für Vlados Sicherheit.

Doch er wußte auch, daß Damir seinen Mund wie jeder andere halten konnte, wenn es hart auf hart käme. Hinter seinem sorglosen Auftreten steckte ein fast übereifriger beruflicher Ehrgeiz, der von Zeit zu Zeit zum Vorschein kam. Und gerade jetzt konnte ihn Vlado an Damirs beleidigt zusammengepreßten Lippen und in seinem sturen Blick erkennen. Das war kein vergnügter Bursche, der nur einen draufmachen wollte. Damir wollte ernst genommen werden und fühlte sich herabgesetzt.

Bei allem Risiko, das in der Weitergabe der Informationen lag, fühlte man sich doch immer sicherer, wenn man nicht allein war. Wenn Damir eingeweiht sein würde und wüßte, wonach er suchen sollte, wäre er viel besser dazu in der Lage, auf Vlado aufzupassen und erst recht auf sich selbst.

»Es ist wegen Kasic«, sagte Vlado schließlich. »Ich mußte ihm versprechen, alles für mich zu behalten.«

Damir sagte nichts. Ob nun wahr oder nicht, diese Erklärung reichte auch nicht aus, und Vlado konnte das verstehen.

Nachdem sie zwei Jahre lang zusehen mußten, wie das Innenministerium sie von den wichtigsten Fällen ausschloß, hatten sie nun endlich ihren Fall bekommen. Nur daß Vlado ihn für sich ganz alleine beanspruchte.

»Wir werden später darüber reden«, sagte Vlado. »Versprochen. Und ich werde dir mehr erzählen. Soviel Einzelheiten, wie ich kann. Dann habe ich hoffentlich auch die neuen Spuren aus Dobrinja.«

Ihm war klar, daß er sich etwas einfallen lassen mußte, um wenigstens annähernd sein Versprechen gegenüber Kasic einhalten zu können und gleichzeitig nicht weiter das Ego seines Partners zu verletzen. Wer weiß, vielleicht würde sich mit einem besser informierten Damir auch bald das Blatt wenden. Aber das mußte alles bis zum frühen Abend warten. Vlado hatte heute erst spät loslegen können und mußte die Zeit nun aufholen.

Trotzdem entschloß er sich, ihm schon mal ein kleines bißchen Information anzubieten, einen kleinen Happen, um Damir davon zu überzeugen, daß er sein Herz am rechten Fleck hatte.

»Der alte Mann in Dobrinja heißt Glavas. Er war mal Angestellter im Museum und meint, daß sich der ganze Fall um Kunstschätze dreht, die außer Landes geschmuggelt werden.«

Damir schaute ihn mit großen Augen an und schien einigermaßen zufriedengestellt zu sein. »Ach ja, fast hätte ich es vergessen«, sagte er und rappelte sich hoch, um sein Notizbuch aufzuschlagen. »Dein Nescafélieferant hat heute morgen angerufen.«

Vlado brauchte eine Weile, um zu kapieren, daß Toby gemeint war, der englische Journalist.

»Er sagt, dein Paket ist angekommen. Wenn damit Kaffee gemeint ist, dann denk an deine Freunde. Auf jeden Fall sollst du vorbeikommen. Er schien vor Neugier zu platzen.«

Das war das letzte, was Vlado gebrauchen konnte: ein Reporter, der in der ganzen Stadt herumfragt, um etwas über die Kopie der Transferkartei herauszufinden. Die Aussicht auf einen weiteren langen Marsch, nachdem er sich gerade vom Zuc heruntergekämpft hatte, erfüllte ihn mit Widerwillen. Aber es war klüger, sofort rüber ins Holiday Inn zu gehen.

Toby war in glänzender, um nicht zu sagen übermütiger Stimmung. Das laufende, warme Wasser des Holiday Inns hatte ihm wohl ein Bad und eine frische Rasur ermöglicht.

Allein bei dem Gedanken daran fühlte sich Vlado noch schmutziger und erledigter, fast wurde er sogar übellaunig. Vielleicht lag es auch nur daran, wie er die Nacht verbracht hatte. Einen Moment lang dachte er an den Jungen mit seiner Freundin und fragte sich, was er wohl gerade tat. Wahrscheinlich schmuste er irgendwo weit weg von den Eltern mit ihr und schmiegte sich an ihren weichen, schlanken Hals. Und dabei erzählte er ihr von dem Jungen mit dem Radio und wie der Granatsplitter sein Gesicht mit einem matten, klatschenden Ton weggerissen und dort, wo sein Kopf war, für einen Moment nichts als roten Nebel in der kalten Nachtluft zurückgelassen hatte. Oder er sprach überhaupt nicht darüber und verdrängte es und schluckte die Erinnerung daran ganz tief hinunter, damit sie ihn nie wieder überfallen konnte.

»Sie sind also so eine Art Kunstliebhaber, nehme ich an«, sagte Toby grinsend und wedelte mit einem Stoß Faxpapier in seiner rechten Hand.

Vlado konnte sehen, daß der Text in kyrillischer Schrift geschrieben war, mit dem Alphabet der Serben und Russen, und er fragte sich, wieviel Toby davon entziffern konnte. Toby schien seine Gedanken zu lesen.

»Ich konnte nicht widerstehen und habe meinen Dolmetscher einen Blick darauf werfen lassen«, sagte Toby.

Wer weiß, wer das war, dachte Vlado. Er erinnerte sich an den nicht gerade vertrauenerweckend aussehenden Haufen, der am Hintereingang des Hotels herumlungerte.

»Er sagte, da steht nur was von Museumszeug, von Kunstwerken, die hier irgendwo gelagert werden. Sind Sie jetzt auf Kunstdiebstähle angesetzt? Oder ist es was Privates, ein kleines Nebengeschäft?«

»Bitte«, sagte Vlado und fühlte sich eigentlich zu müde, um solch gieriges Interesse abzuwehren. »Sie dürfen das niemanden zeigen. Wirklich niemanden. Es ist eine ganz sensible Angelegenheit, eine gefährliche sogar.«

Tobys Gesicht wurde plötzlich sehr ernst.

»Nein, natürlich nicht. Keine Sorge. Ich weiß, Sie werden mich einweihen, sobald Sie können. In der Zwischenzeit«, sagte er und bückte sich runter zu seiner großen Tasche, »können Sie bestimmt mehr davon vertragen.«

Es war wieder eine Packung Nescafé.

Lieber nicht, dachte Vlado, aber die Worte verließen nie seinen Mund, und seine rechte Hand griff nach der Packung.

Er machte sich nichts vor hinsichtlich dessen, was Toby mit diesen Transaktionen beabsichtigte. Mit jeder Spende sicherte er sich ein Stück von Vlados Loyalität und leistete sozusagen für alle Polizeigeheimnisse, die am Ende vielleicht für ihn dabei herausspringen könnten, schon einmal eine Anzahlung. Und es sollte besser bald welche geben, schien er Vlado zu sagen. Ansonsten würde er die greifbaren Fakten auf seine Weise verwerten. Vlado war davon überzeugt, daß Toby die Faxliste kopiert hatte. Er hatte wirklich klüger sein sollen, als einem Journalisten die Kurierdienste für sensible Informationen anzuvertrauen. Das war so, als würde man einen Alkoholiker bitten, eine Flasche Wein zu besorgen. Aber bei dem Mangel an Faxgeräten oder internationalen Telefonleitungen hatte er kaum eine andere Wahl gehabt.

»Danke. Das ist sehr großzügig«, sagte Vlado.

»Das bringt das Geschäft so mit sich. Es ist jetzt schon fast zur Routine geworden, das Zeug zu verteilen. Und ich bin hier nur halb so beladen angekommen wie andere Typen. Whiskey, Zigaretten, Zucker, Schokolade. Mein Gott, mehr paßt neben einem Stück Seife und frischer Unterwäsche auch gar nicht in den Koffer, wenn sie die Gewichtsbeschränkung der UN einhalten wollen. Bakschisch für Sarajevo.«

Genau, dachte Vlado. So kann man die Kaffer auch dazu bringen, in die Kameras und auf die Tonbänder zu sprechen. Aber solange sich Toby an diesem Morgen derart großzügig gebärdete, konnte man ihn doch noch ein bißchen länger in Beschlag nehmen. Bestimmt hatte er einen Wagen, auf jeden Fall konnte er einen benutzen, und Vlado mußte irgendwie nach Dobrinja kommen, um mit Glavas die Kartei durchzugehen. Es sah so aus, als hätte es Bogdan geschafft, Einzelheiten über mehr als hundert Kunstwerke zu faxen.

»Wären Sie interessiert daran, jetzt gleich mit mir rüber nach Dobrinja zu fahren?« fragte er Toby. »Wir sind ein bißchen knapp mit Polizeiautos ausgestattet, ich muß aber jemanden dort treffen. Es würde nur ein paar Minuten dauern.«

Toby dachte einen Moment nach, dann zuckte er mit den Achseln. »Okay. Warum nicht. Ich habe sowieso nichts zu tun heute nachmittag. Heute morgen gab es eine kleine Besprechung, und jetzt sitze ich hier nur dumm rum und versuche, ein paar Telefonate zu machen. Aber die Leitungen sind schon wieder tot. Außerdem war ich schon eine ganze Weile nicht mehr in Dobrinja. Das ist ja immer ein Abenteuer. Hier gibt es nichts zu tun, bis die Serben morgen nacht mit ihrem Neujahrsfeuerwerk loslegen. Sieht so aus, als wenn hier alle nur noch auf dieses Feuerwerk warten, und diese Warterei nervt langsam.«

Vlado fragte sich, ob Toby mit jedem in der Stadt so reden

würde. Ob er seine Verachtung für die Trägheit und die mangelnde Medienwirksamkeit des Krieges auch so offen vor anderen Leuten zur Schau stellen würde. Beispielsweise vor einer hungernden Mutter mit ihrem Kind in einer düsteren Wohnung. Wahrscheinlich nicht. In dem Falle würde er wohl sein professionell mitleidiges Gesicht aufsetzen und einschmeichelnde Banalitäten von sich geben, um ein paar verwertbare Zitate zu ergattern. Vielleicht ließ Toby vor Vlado die Maske fallen und verhielt sich so, als würde er mit seinen Kollegen zusammensitzen, weil Vlado Polizist war. Bullen und Reporter, so ging es Vlado durch den Kopf, das waren Partner in einer Art Haßliebesbeziehung, verbunden durch die Abgestumpftheit all derjenigen, die schon zuviel gesehen hatten.

Sie fuhren mit einem gepanzerten Wagen. Auf jeder Tür prangten große blaue Aufkleber, auf denen in Frakturschrift *The Evening Standard* stand. Klappernde Kanister und Pappkartons voller Essen, Notizbücher und dreckiger Klamotten drängten sich auf dem Rücksitz. Vlado war von dem schweren und sicheren Wagen tief beeindruckt. Er sagte Toby, daß es ein schönes Gefühl war, sich zur Abwechslung einmal vor den Kugeln geschützt zu wissen.

»Die Karre ist sogar granatensicher. Auf jeden Fall theoretisch. Ein paar Schweden sind gestern mit so einem Wagen unterwegs gewesen und haben eine Panzerabwehrrakete abgekriegt. Na ja, fast, sie schlug aber immerhin verdammt nah ein. Und sie wurden nur ein bißchen durcheinandergeschaukelt. Man bricht sich ein paar Rippen, wenn man in einen Graben fährt, aber sonst passiert nichts.

Einmal hätte es mich selbst fast erwischt. Gleich vor dem Holiday Inn. Ein Kollege von mir hatte seine Tür nicht richtig zugemacht, und als ich auf die Straße bog, flog sie genau auf der falschen Seite auf. Die Heckenschützen oben haben sich wohl gesagt: ›Hey, den knöpfen wir uns jetzt mal vor‹, und noch ehe ich umdrehen und die Tür zumachen konnte, flogen mir die Kugeln um den Kopf. Ich habe mir dann nichts weiter dabei gedacht, bis wir am nächsten Tag getankt haben. Der Benzintank leckte munter vor sich hin. Eine Kugel muß von der Straße genau in den Tank geknallt sein. Jetzt kann ich ihn nur noch zu zwei Dritteln vollmachen. Wenn die Kugel nur ein paar Zentimeter weiter unten eingeschlagen wäre, wäre ich hochgegangen. Das ist jetzt zwei Wochen her, aber ich konnte es immer noch nicht reparieren lassen. So wie man hier für eine Reparatur ausgenommen wird, werde ich es wohl auch nicht mehr machen lassen. Soviel ich weiß, machen sie gleich einen Abdruck vom Schlüssel, wenn sie dabei sind. Na egal«, schloß Toby, »wen wollen wir denn treffen?«

»Jemand, der was mit dem Fall zu tun hat.«

Toby wartete auf mehr, und als nichts kam, lächelte er, schüttelte langsam seinen Kopf und warf einen kurzen Blick zu Vlado rüber. »Mein Gott, Sie sind wirklich ein Geheimniskrämer. Und um was für einen Fall geht es?«

»Ein Mord.«

»Nur einer?« knurrte Toby. »Da lohnt sich ja kaum der Aufwand.«

»Kommt auf den Mord an.«

Toby wartete wieder auf mehr Informationen. Aber Vlado starrte nur aus dem Seitenfenster und steckte sich eine Zigarette an.

Toby begann dann mit einer kleinen Erzählung über seine Reisen durch Bosnien. Er schien wirklich schon überall gewesen zu sein. In Zentralbosnien, in der Posavinaebene bei Brcko im Nordosten, in Banja Luka und Sanski Most im Norden, in Mostar im Süden. Der Art und Weise nach zu urteilen, wie er auf der Strecke Hindernisse aus Gehwegen, Bordsteinkanten und Kontrollpunkten umfuhr, mußte er auch schon mehr als einmal in Dobrinja gewesen sein.

Er hatte sogar schon einige Zeit in Bihac abgesessen. Der Stadt in der nordwestlichsten Ecke Bosniens erging es ähnlich wie Sarajevo, nur war das Medieninteresse geringer, und deshalb gab es weniger internationale Hilfe.

»Sehen Sie sich an, was die da oben als Geld benutzen«, sagte Toby und fischte beim Fahren sein Portemonnaie aus der Hosentasche. Er reichte Vlado einen zerknitterten, ungefähr fünf mal zehn Zentimeter großen Zettel. Auf der einen Seite war ein kleines Bild des Flusses, der durch Bihac fließt. Vlado erkannte ihn von einer früheren Reise. In den beiden oberen Ecken stand die Zahl fünf. Die Rückseite war leer.

»Spielgeld«, sagte Toby, »aber in Bihac ist es fünf Mark wert. Sie haben nicht genug D-Mark unter ihren Matratzen versteckt, um durch den Krieg zu kommen. Eigene Währung gibt es auch nicht, also mußten sie das hier drucken. Sieht wirklich noch armseliger als Monopolygeld aus.«

Es war merkwürdig, einen Feldbericht des Landes von einem Mann zu hören, der kam und ging wie ein Vertreter. Er redete von den Orten, die Vlado schon sein ganzes Leben lang kannte, als wären sie Stationen, die er in seinem Verkaufsgebiet abklappern mußte.

»Sie haben es ja noch richtig gut hier, wissen Sie«, sagte Toby jetzt. »Sie sind unter dieser beschissenen Belagerung zusammengepfercht und werden einer nach dem anderen rausgepickt. Aber immerhin kommen die Schweinehunde nicht rein. Egal wer die Bösen sind, aber sobald sie einmal in die Stadt einfallen würden, wäre alles vorbei. Gehen Sie mal in eines dieser kleinen Dörfer im Landesinneren. Da sind zwanzig, dreißig Häuser zerstört und nicht einfach nur niedergebrannt, sondern in die Luft gejagt. Aber wenn Sie dann mal genauer hinsehen, gibt es immer ein oder zwei Häuser, die noch in

Ordnung sind. Da hängt draußen die Wäsche auf der Leine, die Fenster sind noch ganz, Hühner laufen über den Hof, und Rauch kommt aus dem Schornstein. Wenn man dann nachfragt, kriegt man raus, daß es Moslems sind, und alle anderen waren Kroaten. Oder sie sind Kroaten, und alle anderen waren Moslems. Das sind die Mordfälle, um die sich ein bosnischer Kommissar kümmern sollte. Wenn man einen davon aufklärt, hat man den ganzen Saustall aufgeräumt.«

Sie stiegen die Stufen zu Glavas' Wohnung hoch und klopften laut an, doch nach vier Versuchen in fünf Minuten machte er immer noch nicht auf. Man hörte ihn drinnen nicht mal husten. Vlado drückte die Klinke runter und merkte, daß die Tür nicht abgeschlossen war. Als er sie aufstoßen wollte, hörte er Schritte im Treppenhaus.

Es war die Frau vom letzten Mal, die mit dem herzförmigen Mund.

»Er ist weg«, sagte sie. »Seit gestern nachmittag. Vier Männer mit einem BMW waren da. Ein sehr schöner dunkelblauer BMW ohne einen Kratzer. So einen Wagen sieht man hier nicht alle Tage. Jeder Junge aus dem Block kam raus und wollte ihn mal anfassen.«

»Waren die Männer bewaffnet?«

»Ist mir nicht aufgefallen. Drei von ihnen kamen hoch, gingen rein und verschwanden nach ein paar Minuten wieder. Glavas ging mit ihnen. Sie waren alle ganz still und sagten kaum ein Wort. Seitdem habe ich ihn nicht mehr gesehen. Letzte Nacht dachte ich, jemanden hier oben zu hören, aber als ich heute morgen nachsah, war er immer noch weg.«

Sie war offensichtlich besorgt. Vlado war es auch.

»Na gut, dann schauen wir uns mal um.«

Die Wohnung schien unverändert zu sein. Auf dem Nachtschrank lagen ein Stapel Schreibpapier und ein paar Stifte neben einem vollen Aschenbecher. Die Kissen waren an das Kopfende des Bettes gestopft, die Bettdecke war zurückgeworfen. Es sah so aus, als hätte Glavas im Bett gesessen und gearbeitet, als die Männer bei ihm anklopften. Doch nicht ein Blatt war beschrieben. Entweder hatte Murovic im Museum mit seiner Einschätzung von Glavas recht gehabt, oder die Männer hatten die beschriebenen Blätter mitgenommen.

Aber es fehlte noch etwas anderes, und das war viel beunruhigender. Wo noch beim letzten Besuch ein Lilienfeld im Pinselstrich eines impressionistischen Meisters an der Wohnzimmerwand geblüht hatte, war jetzt nur noch eine leere Fläche. Die dunklen Ränder zeigten an, wo die Kanten des Rahmens verlaufen waren. Genau danach sollte er suchen, hatte ihm Glavas doch gesagt.

Vlado nahm die gefaxten Seiten aus seiner Tasche und blätterte sie durch, bis er es gefunden hatte: ein Gemälde, das auf Glavas, Milan, ausgestellt worden war. Seit 1979 wohnhaft in Dobrinja.

Die letzte Schätzung: Juni 1988. Versicherungswert: 112 000 Dollar.

»Sollte hier eines Ihrer Bilder gewesen sein?« fragte Toby. Vlado hatte ihn ganz vergessen. Der Engländer konnte die Sprache sowieso nicht verstehen, deshalb hatte er nicht mehr auf ihn geachtet. Aber nachdem Vlado besorgt die Liste durchgegangen war, mußte er schnell kapiert haben, worum es ging.

»Ja«, antwortete Vlado. »So könnte man sagen. Keine Sorge, Sie werden alle Einzelheiten erfahren. So wie es aussieht, sogar schon bald.«

Er wendete sich an die Frau. Sie beobachtete alles von der Tür aus, so als würde sie sich nicht trauen hereinzukommen.

»Diese Männer, haben die irgend etwas mitgenommen, als sie gegangen sind?«

»Ich glaube nicht. Es sei denn, sie hatten etwas in ihren

Manteltaschen. Glavas trug eine Tasche mit Sachen für eine Nacht. So kam es mir auf jeden Fall vor.«

»Einen Aktenkoffer vielleicht?«

»Vielleicht. Ich konnte es nicht genau sehen. Ich habe sie nur von meinem Fenster aus beobachtet.«

»Und später in der Nacht glaubten Sie jemanden hier oben gehört zu haben?«

»Es können auch nur ein paar Kinder im Treppenhaus gewesen sein. Ich weiß nicht genau. Aber ich habe etwas gehört. Ich dachte noch, gut, jetzt ist er wieder zurück. Bis ich heute morgen gemerkt habe, daß er nicht zurückgekommen ist.«

»Trugen die Männer Uniformen?«

Sie schüttelte den Kopf.

»Sie trugen alle Mäntel. Dunkle Mäntel.«

»Wie waren sie sonst angezogen?«

»Ordentlich. Teuer, würde ich sagen.«

»So wie man in einem Büro gekleidet ist?«

»Eher so wie in einem netten Café.«

Oder wie an jedem anderen Ort, wo die Gangster heutzutage so herumhängen, dachte Vlado.

Zurück im Büro, traf er Damir immer noch in einer geschäftigen und vergnügten Stimmung an. Aber so beflügelt konnte er nicht nur von der Cola und der Schokolade sein, die er in den letzten Stunden verschlungen haben mußte. Als Vlado näher kam, deutete Damir zum Wartebereich vor Garovics Büro. Mit einem flauen Gefühl im Magen sah Vlado, was seinen Partner so aufgekratzt sein ließ.

»Du hast Besuch«, sagte Damir. »Einen ziemlich geduldigen, so lange wie sie schon auf dich wartet.«

Sie saß auf dem gleichen Sofa, auf dem sie beim letzten Mal ihre Kleider abgelegt hatte. Nur daß sie jetzt noch unschuldiger aussah. Auf ihren dicht zusammengepreßten Schenkeln hielt sie ein Portemonnaie. Als sie Vlado erkannte, sah sie erschreckt auf.

»Erst der Nescafémann und jetzt Besuch von der französischen Kaserne«, sagte Damir. »Muß dein Glückstag sein.«

»Deiner auch. Während ich mit ihr rede, kannst du dich schon mal darauf vorbereiten, ein paar neue Spuren durchzuarbeiten.« Er winkte mit dem Fax von Bogdan.

»Was ist das?«

»Erkläre ich dir, wenn ich mit ihr fertig bin. Aber wenn wir Glück haben, ist es der Knackpunkt des Falles.«

Bei Tageslicht sah sie anders aus. Vielleicht lag es auch nur daran, daß sie ungeschminkt war. Kein Rouge, kein Kajal- oder Lippenstift. Zurück blieb ein schlichtes, aber angenehmes Gesicht. Sie sah müde, aber ziemlich wohlgenährt aus, ein bißchen voller als beim letzten Mal. Aber vielleicht täuschte ihn seine Erinnerung auch nur.

Vlado stand etwas unsicher vor ihr und wußte nicht genau, was er sagen sollte.

»Ich glaube, hier haben wir beim letzten Mal auch gestanden«, sagte sie. Glücklicherweise nicht so laut, daß Damir es hören konnte. Die Bemerkung nahm der Situation etwas von ihrer Spannung. Sie reichte ihm die Hand. »Vielleicht haben Sie diesmal mehr davon.«

»Kommt drauf an, weswegen Sie hier sind«, sagte Vlado und bereute es sofort wieder.

»Ich muß mit Ihnen reden«, sagte sie kühl. Aber vielleicht bildete sich Vlado das auch nur ein. »Über die Schießerei. In Anwesenheit von Maria konnte ich neulich nicht reden.«

Maria. Das mußte die Prostituierte sein, die als einzige geredet hatte.

»Bitte«, sagte er und zeigte zu einem Verhörzimmer mit Glastrennwänden. »Dort können wir ungestört reden.«

Sie setzten sich an einen ramponierten Holztisch einander gegenüber hin. Über ihnen summten und knisterten die alten Leuchtstoffröhren. Vlado fühlte sich wieder unbehaglich und bemühte sich, etwas gegen die unangenehme Stille zu tun. »Fangen wir von vorne an«, sagte er, schlug sein Notizbuch auf und schrieb oben auf die Seite das Datum. »Ihren Namen, bitte«, sagte er dann, »für den Bericht.«

»Hodzic, Amira«, sagte sie.

»Adresse? Und Telefonnummer, wenn Sie eine haben.«

»Wozu?« fragte sie abweisend.

»Falls ich noch einmal mit Ihnen reden muß«, sagte Vlado und schaute ihr direkt in die Augen. »Es sei denn, Sie wollen, daß ich Sie für weitere Fragen an Ihrem Arbeitsplatz besuche, in der Anwesenheit von Maria, die, wie ich annehme, diejenige ist, die neulich für Sie alle gesprochen hat.«

»Ja, das war sie, und nein, das wäre mir nicht recht. Bosanska Straße Nummer 712, Apartment 37. Ich habe kein Telefon.«

Was wohl bedeutete, daß sie geflohen war, dachte Vlado. Oder sie hatte noch einen Anschluß aus der Zeit vor dem Krieg.

»Also, die Schießerei. Ich nehme an, Sie waren dort, draußen vor der Kaserne.«

»Ja. Dort, wo wir immer stehen.«

»Und Sie haben den Schuß gehört?«

»Ja. Maria hatte in einer Sache recht. Wir hatten seit Stunden Schüsse gehört. Das ist ganz normal in der Gegend. Aber dieser eine Schuß war anders. Lauter und näher, direkt vom anderen Flußufer. Maria dachte sofort, daß es etwas mit ihrem Mann zu tun haben mußte. Mit ihrem festen Freund. Oder das, was man bei ihr einen festen Freund nennen kann. Am Ende hatte es doch nichts mit ihm zu tun. Er war irgendwo anders in Sicherheit. Am nächsten Morgen haben wir alle gehört, wer getötet worden war. Aber sie wollten jede Einzelheit wissen, egal wie unwichtig sie erscheint. Da habe ich mir gedacht, daß ich Ihnen wenigstens diese Information schuldig bin. Und wenn nur deshalb, weil wir anderen wegen Maria damals kein Wort gesagt haben.«

»Warum glaubte sie, daß ihr Freund da draußen war? Hatte sie ihn erwartet?«

»Nein. Sie hatte ihn gerade ein paar Minuten vorher gesehen. Er war durch das Tor gekommen.«

»Aus der Kaserne?«

»Ja.«

»Zu Fuß?«

»Nein. Mit einem Jeep. Ein weißer UN-Jeep. Gepanzert, mit dicken Fenstern. Aber wir wußten alle, wer drinnen saß, weil wir ihn schon von früher kannten.«

»Also ein Soldat. Kein ziviler Angestellter.«

»Ja, ein Offizier.«

»Dienstgrad?«

»Ein Oberst. So hat ihn Maria auf jeden Fall genannt. Ihr französischer Oberst. Manchmal nannte sie ihn auch einfach ›mein süßer Maurice‹. Oder ›kleiner Oberst‹. Wie Napoleon.«

»Okay. Also ein Oberst mit einer festen Geliebten draußen vor dem Tor.«

»Ja. Ich dachte, Sie würden das wissen wollen. Besonders als ich hörte, daß der Ermordete eine so wichtige Person gewesen ist.« Sie schaute auf den Tisch. »Könnte ich wohl eine von Ihren Zigaretten haben?«

»Bitte.«

Er schob die Schachtel Drinas über den Tisch. Er gab ihr Feuer und schaute zu, wie sie mit zusammengepreßten Lippen inhalierte. Als sie weitersprach, behielt sie die Zigarette zwischen den Lippen und stieß mit jedem Wort kleine Rauchwolken aus. Es erschien gekünstelt und sollte ihr einen Hauch Verruchtheit verleihen, aber man nahm es ihr nicht ab. Irgend etwas an dem Gehabe wirkte unecht. Sie spielte ihm etwas vor, um sich nicht wirklich zeigen zu müssen. Vlado dachte, daß sie wahrscheinlich Kinder zu Hause hatte, vielleicht auch einen Mann. Oder er war irgendwo an der Front. Mit dieser Pose wollte sie sich schützen. Hier sprach die Prostituierte, nicht die Mutter oder Ehefrau. Er fragte sich für einen Augenblick, wie sie wohl in dieser anderen Welt war.

»Also«, sagte er, »wir haben einen französischen Oberst, der mit seinem Jeep dorthin fährt, wo ein paar Minuten oder auch nur ein paar Sekunden später der Schuß fällt. Also könnte er etwas gesehen oder gehört haben.«

»Ja.«

»Können Sie etwas genauer werden? Was verstehen Sie unter ein paar Minuten? Zehn? Fünf? Eine oder zwei?«

»Eine, würde ich sagen. Es war wirklich sehr kurz. Oder es kam mir so vor«, sagte sie. Dabei quollen noch mehr Rauchkringel aus ihrem Mund hervor.

Das war vielleicht eine Spur. Wenigstens sollte man mit dem Oberst sprechen, dachte Vlado. Vielleicht war er genau in die Richtung gefahren, so daß er Vitas oder irgend jemanden, der bei ihm war, an der Ecke stehen gesehen hatte. Es war ein schwacher Anhaltspunkt, aber da er sonst überhaupt keinen Zeugen hatte, mußte er über jeden Anhaltspunkt froh sein.

»Erinnern Sie sich sonst noch an irgend etwas genau vor oder nach dem Schuß? An irgendwelche anderen Geräusche? Jemanden, der weggelaufen ist. Oder vielleicht ein wegfahrendes Auto?«

»Ich weiß nicht. Ich bin nicht sicher, ob ich noch etwas anderes hätte hören können. Nachdem wir den Schuß gehört hatten, ist Maria total hysterisch geworden. Wir hatten genug damit zu tun, Maria davon abzuhalten, daß sie über die Sandsäcke kletterte und über die Brücke lief, um nachzusehen, was passiert war. Sie schrie nach ihrem kleinen Maurice, ihrem kleinen Oberst. Außerdem war es kurz vor der Ausgangssperre, und wir hatten alle Angst, daß wir wegen ihr für eine Nacht im Gefängnis landeten. Und ehrlich gesagt, die Geschichten, die man so von Prostituierten und Polizisten hört ...«

Sie hielt inne. Es war ihr wohl plötzlich peinlich.

»Was haben Sie letztendlich getan?«

»Nach ein paar Minuten hatte sie sich wieder beruhigt. Wir wollten sie nach Hause bringen, aber sie wollte nicht. Sie wollte in seine Wohnung gehen. Wenn alles in Ordnung wäre, würde er da sein, und sie wollte die Nacht über dort bleiben. Also ist sie gegangen. Wenn er nicht da wäre, dann hätte sie den Schlüssel, hat sie gesagt. Wir anderen – es waren nur Leila und ich in der Nacht – sind zusammen nach Hause gegangen. Leila wohnt gleich bei mir nebenan. Wo Maria oder der Oberst wohnen, wußten wir nicht. Am nächsten Abend war wieder alles ganz normal. Maria schien es gutzugehen. Sie wurde erst wieder komisch, als Sie auftauchten.«

»Hat dieser Oberst Maria öfters in seine Wohnung gelassen? Ist das normal in Ihrem, äh, Geschäft? Ich meine, bei UN-Offizieren.«

»Gehört das zur Ermittlung?«

Gehörte es? Vlado war sich nicht sicher. »Ehrlich gesagt, ich weiß es nicht. Ich versuche nur, so viele Details wie möglich zu finden.«

»Sie müssen jemanden fragen, der schon ein bißchen länger dabei ist. Ich bin neu. Leila auch. Wir haben zusammen angefangen, ungefähr vor einem Monat. Soweit ich weiß, kommen und gehen die Frauen von Monat zu Monat. Nur solche wie Maria machen es schon seit Jahren.«

»Dann erzählen Sie mir doch, was Sie von Maria und ihrem Oberst wissen. Egal, woher Sie es wissen. Sie sagten, er heißt Maurice. Hat sie mal seinen Nachnamen erwähnt? Und das gehört mit Sicherheit zur Ermittlung, denn ich würde gerne mit ihm sprechen.«

Sie schüttelte den Kopf.

»Nach dem, was mir die anderen erzählt haben, soll es echte Liebe gewesen sein. Auf jeden Fall von ihr aus. Er wurde vor einem Jahr nach Sarajevo versetzt und hat sich Maria beinahe sofort ausgesucht. Erst für ein paar Nächte pro Woche. Nach einer Weile hat er sich eine Wohnung genommen. Anscheinend machen das einige der ranghöheren Offiziere. Sie blieb dann immer zwei, drei Tage am Stück bei ihm.

Aber dann muß er wohl irgendwie das Interesse an ihr verloren haben. Vielleicht hatte er eine gefunden, die ihm besser gefiel. Am Ende war sie fast jede Nacht völlig durch den Wind und strich vor der Kaserne wie ein Teenager herum und wartete darauf, daß er mit seinem Jeep rein- oder rausfuhr. Manchmal habe ich gesehen, wie er durchs Tor fuhr und sie nur angelächelt und gewunken hat, mehr nicht. Da habe ich mich gefragt, ob das alles stimmte, was sie über ihre Beziehung erzählt hatte. Sie ist ja nicht gerade die glaubwürdigste Person der Welt. Aber sie hat uns einen Schlüssel gezeigt, der für seine Wohnung sein sollte. Und sie schien unglaublich viel über ihn zu wissen.«

»Was zum Beispiel?«

»So Kleinigkeiten aus seiner Wohnung. Soviel würde man nicht mitkriegen, wenn man nur kurz im Bett rumgemacht hätte. Sie wußte den Namen seiner Frau und wie sie und die Kinder aussehen. Sie hatte seine Fotos von zu Hause gesehen. Sie wußte, was für eine Waffe er trug. Sie sagte, daß er mutiger als die anderen sei. Wenn ein Tschetnik auf ihn schießen würde, würde er zurückschießen und ihn bestimmt nicht verfehlen. Er sei nicht so wie die anderen, die sich nur verstecken und Berichte schreiben. Für mich hörte es sich so an, als wenn er ihr nur einen Haufen Machoscheiß erzählt hätte, und sie hat es geglaubt.«

»Und jetzt werden wir herausfinden, ob er auch eine gute Beobachtungsgabe und ein gutes Gedächtnis hat. Egal was dabei rauskommt, es war richtig, daß Sie gekommen sind. Manchmal bringen einen erst solche Kleinigkeiten weiter.«

Sie verließen gemeinsam den Raum, und er begleitete sie bis ins Treppenhaus. Als sie die Stufen runterging, lauschte er dem Klappern ihrer Absätze, das genauso hell nach oben hallte wie beim letzten Mal.

Als er sich zurück an seinen Schreibtisch setzte, versuchte er, Damirs fragenden Blick zu ignorieren, aber der ließ sich nicht so leicht abwimmeln. »Und«, zwitscherte er, »Erfolg gehabt?«

»Nicht so, wie du glaubst«, antwortete Vlado.

»Aber du hast hoffentlich die Telefonnummer.«

»Streng vertraulich. Wenn du was von ihr willst, mußt du runter zur Kaserne laufen. Und nimm eine Stange Marlboro mit, wenn du dich nicht nur unterhalten willst.« Kaum hatte er das gesagt, kam er sich auch schon schäbig vor. Obwohl es bei Damir bestimmt gut ankam. »Hast du nichts zu tun?«

»Kommt drauf an. Wo sind diese neuen Spuren, die du versprochen hast?«

»Ach ja, genau.« Vlado zog die Faxliste aus seiner Tasche. »Hier, nimm ein paar Seiten, und dann kannst du gleich loslegen.«

Damir überflog den kyrillischen Text, und seine Augen leuchteten auf. »Wo zum Teufel hast du das her? Irgendwoher, wo wir nichts zu suchen haben, soviel ist sicher.«

»Kümmer dich nicht darum. Polier einfach dein Kyrillisch auf, und lies es durch. Es ist eine Liste von Gemälden, von wertvollen Kunstschätzen, die überall in der Stadt hängen. Die Adressen stehen dabei. Wir müssen herausfinden, welche noch da sind und welche verschwunden sind. Geh sie eine nach der anderen durch, von Adresse zu Adresse. Wenn das Haus kaputt ist, geh zum nächsten. Wenn die Wohnung verwüstet ist, frag die Nachbarn, was passiert ist, wohin die Bewohner gegangen sind, und geh dem dann nach. Wenn in der Wohnung jemand lebt, aber das Gemälde weg ist, finde heraus, wann es weggenommen wurde und von wem und welche offizielle Begründung dafür angegeben wurde. Laß dir beschreiben, wer gesehen wurde, so viele Einzelheiten, wie du kriegen kannst. Mit ein bißchen Glück sind wir innerhalb eines Tages auf der Spur von Vitas' Mörder.«

Damir schaute voller Tatendrang auf die Papiere. »Noch schneller, wenn es nach mir geht«, sagte er. »Ich bin schon unterwegs.« Und mit wehendem Mantel eilte er hinaus.

Wieder für sich allein, griff Vlado sofort zum Telefonhörer und war froh, daß er das Freizeichen wieder hören konnte. Er blätterte das Telefonverzeichnis der UN durch und wählte dann die Nummer der Skenderiakaserne. Es meldete sich ein Mann auf englisch mit einem starken französischen Akzent.

»Hallo, hier ist Kommissar Petric von der örtlichen Polizei. Ich würde gern mit einem Oberst von Ihnen sprechen. Allerdings kenne ich leider nur seinen Vornamen.«

»Das sollte kein Problem sein. In diesem Bataillon gibt es nur einen Oberst, und der heißt Alain. Soll ich Sie mit ihm verbinden?«

Vlado seufzte. Soviel zu den Wunschvorstellungen einer frustrierten alten Prostituierten, dachte er.

»Nein, danke. Der Oberst, den ich suche, heißt Maurice. Ich bin wohl falsch informiert worden.«

»Das sind Sie nicht. Sie sind nur an der falschen Stelle. Sie suchen nach Oberst Maurice Chevard. Er wurde letztes Jahr in dieses Bataillon versetzt, aber dem Hauptquartier beim PTT-Gebäude zugeteilt. Soll ich Ihnen seine Nummer geben?«

»Unbedingt.«

Das PTT-Gebäude beherbergte das Hauptquartier der UN-

Truppen. Die trostlose, graue Festung lag im Westen der Stadt direkt an der Heckenschützen-Allee und in der Nähe der Abzweigung nach Dobrinja. In dieser unsicheren Lage war das Gebäude von Sandsäcken und aus dem Boden sprießenden Satellitenschüsseln und Antennen umgeben. In besseren Tagen war es der Sitz der zentralen Telefongesellschaft und der Hauptpost gewesen.

Vlado wählte die angegebene Nummer.

»Frachtbüro«, sagte eine Stimme mit britischem Akzent.

Im ersten Moment war Vlado so erschrocken, daß ihm die Worte fehlten.

»Hallo?« sagte die Stimme.

»Ja. Entschuldigen Sie, ich habe mich verwählt.«

Vlado legte auf.

Oberst Chevard arbeitete im Frachtbüro. Er war also direkt mit der Vielleicht-Airline verbunden, der Hauptschlagader Sarajevos, durch die Nahrungsmittel und Soldaten in die Stadt rein- und rauskamen. Und über die vielleicht wertvolle Kunstschätze außer Landes geschafft wurden. Das warf ein ganz neues Licht auf die Jeepfahrt des kleinen Obersts. Oder nicht? Es war wirklich nur eine vage Verbindung. Er wußte ja nicht einmal, wie viele Leute im Frachtbüro arbeiteten oder wie viele die Vollmacht besaßen, um dafür zu sorgen, daß eine Kiste voller Kunstwerke mit dem nächsten Flug das Land verlassen konnte. Wenn man die richtigen Stellen bestechen würde, wäre wohl fast jeder dazu in der Lage, dachte Vlado.

Er stand vom Schreibtisch auf und ging im Zimmer auf und ab. Er zündete sich eine Zigarette an und überlegte, wie er jetzt weiter verfahren sollte. Nach einer Weile sagte er sich, daß genug Zeit verstrichen sei, so daß derjenige am anderen Ende der Leitung seine Stimme vergessen haben müßte. Er setzte sich wieder hin und wählte noch einmal die Nummer im PTT-Gebäude.

»Frachtbüro«, meldete sich dieselbe britische Stimme.

»Ja, ich würde mich gerne über die Möglichkeiten erkundigen, ein privates Paket mit einem Ihrer Flüge rauszuschicken. Ich verschicke meine Pakete sonst immer mit den Konvois des Jüdischen Zentrums, aber das hier ist eine etwas dringendere Angelegenheit. Vielleicht können Sie mir sagen, wie das vor sich gehen könnte.«

»Gar nicht. Es ist grundsätzlich verboten. Ausnahmen gibt es nicht. Tut mir leid.«

Und damit schien der Mann auch schon auflegen zu wollen, so daß Vlado schnell weitersprach. »Es gibt bestimmt Ausnahmen. Mir wurde gesagt, daß es, wenn auch selten, gelegentlich möglich sei.«

»Passen Sie auf, mein Freund, ich will nicht unhöflich werden, aber ich kontrolliere persönlich fast jede rausgehende Sendung doppelt und dreifach. Ich kann Ihnen mit absoluter Sicherheit sagen, daß unter meiner Aufsicht keine private oder meinetwegen auch öffentliche zusätzliche Sendung hier rausgeht. Mein Chef würde mir den Kopf abreißen, wenn ich das zulassen würde, und ich will gar nicht daran denken, was passieren würde, wenn die Presse von so etwas Wind bekäme.«

»Das würde ich mir gerne bestätigen lassen. Von Ihrem Chef, wenn's geht. Wie war noch Ihr Name?«

Vlado hatte mittlerweile gelernt, daß man im Umgang mit dem Militär oder ähnlich hierarchischen Institutionen meistens nur nach dem Namen seines Gesprächspartners fragen mußte, um sofort an einen Ranghöheren weitergeleitet zu werden. Mit der Preisgabe ihres Namens fühlten sie sich wohl dazu verpflichtet, einen nur als zufriedenen Kunden nach Hause zu schicken. Andernfalls riskierten sie nämlich, sich für jede Beschwerde, die man einreichen könnte, rechtfertigen zu müssen. Vlado hatte nie verstanden, warum diese Leute sich nicht einfach weigerten, ihren Namen zu sagen, und auflegten. Aber es schien für sie der normale Gang der Dinge zu sein, daß man Probleme einfach an jemand anderen weiterschob.

»Mein Name ist Maclean, Leutnant Maclean.«

»Sehr gut, Leutnant. Und Ihr vorgesetzter Offizier?«

»Passen Sie auf, Herr ...«

»Jusufovic«, sagte er. Das erste, was ihm einfiel – der Mädchenname seiner Frau.

»Herr Jusufovic. Um auf Ihre Ausgangsfrage zurückzukommen, es gibt seltene, wirklich sehr seltene Fälle, in denen wir private Pakete auf unseren Flügen transportieren. Normalerweise sind das besondere Gefälligkeiten gegenüber Leuten, die uns bei Hilfseinsätzen oder -lieferungen ebenfalls besondere Gefälligkeiten erwiesen haben. Und selbst dann ist es streng geheim und nur eine Gefälligkeit gegenüber einer Einzelperson und nicht etwa gegenüber der bosnischen Regierung, denn wir müssen unparteiisch bleiben. Wenn Sie um so eine Erlaubnis bitten, dann kann ich Sie Ihnen nicht geben. Sie müssen persönlich bei meinem Vorgesetzten vorstellig werden. Nur er kann sein Jawort dazu geben, aber ich bereite Sie gleich darauf vor, daß er in neun von zehn Fällen nein sagt.«

»Und wie ist sein Name?«

»Oberst Chevard. Er kann Sie frühestens nächsten Mittwoch empfangen. Und wenn ich Ihnen einen Hinweis geben darf – er kann schnell bissig werden. Wenn Sie es schaffen, daß es so aussieht, als wäre es seine Idee, werden Sie bessere Chancen haben. Sie wissen, wie die Franzosen sind. Soll ich Ihnen also einen Termin für nächsten Mittwoch machen? Herr Jusufovic? Sind Sie noch da? Jetzt hat dieser verdammte Scheißkerl einfach aufgelegt!«

16. Kapitel

Als Vlado aufwachte, sah er, daß es in der Nacht geschneit hatte und dann aufgeklart war. Jetzt schien eine strahlende Sonne vom Himmel, und er hatte einen klaren Blick bis auf die Berge, was für diese Jahreszeit ungewöhnlich war.

Nicht nur durch den tiefen Schlaf hatte er sich erholt, sondern auch, weil er jetzt wieder ein Ziel vor sich sah. Das Verschwinden von Glavas hatte ihn gleichzeitig beunruhigt und angespornt. Irgendwann in der Nacht hatte er sich selbst davon zu überzeugen versucht, daß sich Glavas spontan dazu entschlossen hatte, sein Gemälde aus der Stadt zu schaffen. Vielleicht war er sogar erst durch Vlados Besuch auf diese Idee gekommen. Vielleicht hatten die Männer, die ihn so friedlich begleiteten, weil sie schließlich nichts zu verbergen hatten und am hellichten Tage gekommen waren, Glavas nur zu seiner Reise abgeholt. Im wachen Zustand erschien dieser Gedanke absurd. Ausschließen wollte er diese Möglichkeit jedoch nicht.

Wie auch immer, in den letzten Tagen hatte er einige Steine ins Rollen gebracht. Wenn er nur wüßte, wo er anfangen sollte, wäre er jetzt vielleicht dazu in der Lage, ihre Spur zu verfolgen. In seiner Müdigkeit in der letzten Nacht war ihm diese Aussicht hoffnungslos erschienen, aber jetzt am Morgen, der so viele Möglichkeiten versprach, schien sie greifbar zu sein. Vielleicht fehlte ihm nur noch ein einziges Puzzleteil.

Er öffnete die neue Packung Nescafé und gönnte sich eine starke Tasse Kaffee. Dann setzte er sich an seine Werkbank in der Küche und zog eine Schachtel mit Soldaten hervor, denen noch der letzte Anstrich fehlte. Er würde dabei einen klaren Kopf bekommen und ein wenig Abstand von den Fakten des Falles gewinnen, die ihn in seinen Träumen verfolgt hatten.

Er fragte sich, ob Damir auf seiner Jagd nach den verschwundenen Gemälden schon irgend etwas herausgefunden hatte. Die Suche würde wahrscheinlich schwieriger und zeitraubender sein, als sie dachten. Und wenn schon, er war bereit für einen vollen und ereignisreichen Tag.

Vlado freute sich darüber, daß seine Soldaten schon fast fertig waren. Es waren nur noch ein paar kleine, aber wichtige Handgriffe nötig. Ein bißchen Gold auf die Knöpfe und Gürtelschnallen oder Silber auf die blitzenden Säbelklingen.

Er nahm einen großformatigen Atlas zur Militärgeschichte aus dem Regal. Der Atlas war in London erschienen und einer seiner wertvollsten Besitztümer. Er schlug einen Plan und eine Zeichnung der Schlacht von Austerlitz auf. Bei dieser tschechischen Stadt der Baumwollfabriken und Zuckerraffinerien hatte Napoleon 1805 seinen glorreichsten Sieg errungen. Er hatte nicht nur die Österreicher, sondern auch die Russen geschlagen. Gerade jetzt gefiel Vlado der Gedanke an jemanden, der wie David gegen Goliath gekämpft und gewonnen hatte. Die Zeichnung hatte er als Vorlage für seine österreichischen Husaren benutzt, denen es bei dieser Schlacht besonders schlecht ergangen war und die enorme Verluste hatten hinnehmen müssen.

Er hielt einen Husaren mit einer feinen Pinzette in das Sonnenlicht, das durch das matte Plastik vor dem Küchenfenster sickerte. Er malte die Knöpfe des kleinen Mannes golden an und achtete darauf, das helle Blau des Uniformrockes nicht zu beschmieren. Was für schöne Farben! Und dieser Schwung, mit dem der kleine Soldat das Schwert in die Luft hob und kühn nach vorne stieß! Er dachte kurz an die verdreckten Männer auf dem Zuc und an ihre Gesichter im Licht des

Feuers und der Taschenlampen. Diese Soldaten hier hatten glatte, gebräunte Gesichter, und ihre Augen waren leuchtend blaue Punkte. Für einen Moment hielt er inne, roch die Farbe, nahm einen Schluck Kaffee und ließ seine Gedanken schweifen. Geistesabwesend setzte er seinen Becher auf dem Buch ab, und als er einen Augenblick später wieder aus seinen Träumereien erwachte, sah er einen kreisförmigen, braunen Kaffeefleck auf dem Schlachtplan, genau über den blauen Pfeil, der Napoleons Vorstoß markierte. Er zog ein dreckiges Hemd aus dem Wäschestoß vor seinem Bett, wischte die Schlachtfelder von Austerlitz wieder sauber und stellte seinen Becher auf die Werkbank.

Als er dann auf seine Uhr schaute, fragte er sich, wo die letzten zwanzig Minuten geblieben waren. Er packte seine Tasche und machte sich auf den Weg.

Damir saß nicht an seinem Schreibtisch, aber Garovic wartete schon auf ihn und schaute hypernervös auf seine Uhr. Seine bürokratische Antenne zuckte, als wäre er eine Küchenschabe, die gerade eine Stiefelspitze über ihrem Kopf geortet hatte.

»Du sollst sofort zu Kasic kommen!« Er schrie regelrecht. »Du bist ein bißchen spät dran, oder? Ich wollte dich schon zu Hause anrufen, aber die Leitungen waren tot.«

Vlado hatte sich schon gefragt, wann er Kasic einen Bericht abliefern mußte. Denn darum ging es jetzt bestimmt.

»Hat Kasic gesagt, warum er mich sehen will?«

»Einen Lagebericht. Hoffentlich hast du einen. Dir zuliebe und mir zuliebe.«

Dieses Mal mußte er nicht in der Eingangshalle warten. Übereifrig wie immer, hatte Garovic dem Ministerium schon telefonisch angekündigt, daß Vlado unterwegs war. Am Eingang wartete ein stattlicher Mann in einer dunkelblauen Uniform auf ihn. Er schien Vlado vom Sehen zu kennen, was ein bißchen beängstigend war, wenn man bedachte, daß Vlado den Mann in seinem Leben noch nie gesehen hatte. Vielleicht war das wieder so ein Schachzug, mit dem Kasic ihn beeindrucken wollte. Wahrscheinlich hatte er der Wache ein paar Minuten vorher ein Foto von Vlado gezeigt. Aber es konnte auch bedeuten, daß sein Foto schon so einigen Leuten gezeigt worden war oder daß dieser Mann Vlado bei einer anderen Gelegenheit beobachtet hatte.

Kasic wartete wieder oben an der Treppe. Sobald sie in seinem Büro Platz genommen hatten, sagte Kasic die zwei Worte, mit denen er jedes Gespräch einzuleiten schien: »Nun denn.«

Er hielt kurz inne und ordnete die Papiere auf seinem Schreibtisch. »Erzählen Sie mir, wie Sie vorankommen.«

Vlado hatte auf dem Weg ins Ministerium genau überlegt, wie er auf diese Frage antworten würde. Glavas' Verschwinden ließ ihn vor jedem auf der Hut sein. Und wenn er seine Informationen für Tage gegenüber seinem Partner zurückhalten konnte, dann konnte er sie auch gegenüber Kasic zurückhalten. Wenigstens bis er soweit war, seinen Abschlußbericht zu machen. Außerdem wollte er nicht, daß Kasic ihm seine Männer hinterherschickte, die wie Elefanten durch einen Porzellanladen trampelten und noch mehr Aufmerksamkeit auf seine Schritte lenkten. Unterwegs hatte er sich eine Strategie zurechtgelegt, wie er sich Kasic für den Moment vom Hals halten konnte. Doch als er nun antworten wollte, wußte er trotzdem noch nicht genau, was er sagen sollte.

»Ich nehme an, daß Sie gut vorankommen«, sagte dann Kasic, noch ehe Vlado loslegen konnte. »Auf jeden Fall habe ich diesen Eindruck, denn sonst hätten Sie uns ja schon um Hilfe gebeten.«

Kasic versuchte ihn also gleich herauszufordern.

»Ich könnte jetzt Hilfe gebrauchen«, sagte Vlado. »Für weitere Verhöre oder etwas in der Art. Aber ansonsten, ja, ich glaube, ich mache Fortschritte. Es reicht noch nicht für irgendwelche Verhaftungen, aber ich habe einige Theorien entwikkelt.« Seine nächsten Worte wägte er sorgfältig ab. »Und sie scheinen mit einigen Ihrer anfänglichen Spuren und Verdächtigungen zusammenzupassen.«

Bei diesen Neuigkeiten strahlte Kasic. Seine Fitneßstudiovitalität leuchtete über sein langes Gesicht, und seine braunen Augen waren von väterlicher Milde erfüllt. Vlado fragte sich, wie lange dieses Lächeln halten würde.

»Nun denn«, resümierte Kasic, »dann waren unsere verdeckten Ermittler also eine Hilfe.«

»Ja, vielleicht für sich selbst. Ich nehme an, daß beide schon ihre Sonderprämien eingesteckt haben.«

Und schon verschwand das Lächeln.

»Genau wie Sie sagten«, fuhr Vlado fort, »diese Spitzel hatten recht wenig Details zu bieten. Aber mit ihren allgemeinen Feststellungen lagen sie bestimmt nicht ganz falsch. Vitas hat sich eindeutig in irgendein kriminelles Geschäft eingemischt, entweder von innen oder von außen.«

»Von außen?«

»Indem er dagegen ermittelt hat. Anscheinend ganz allein, ohne jemandem in der Abteilung etwas davon zu sagen. Entweder um sich selbst eine Position bei den Schmuggelgeschäften zu verschaffen oder weil er dem Rest des Ministeriums nicht vertraut hat.«

»Also mir«, stellte Kasic leicht empört fest.

»Niemanden außer sich selbst, Sie und ein paar hundert andere eingeschlossen.«

Kasic hielt kurz inne.

»Was ist mit unseren Einschätzungen hinsichtlich der Informanten, der Fleisch- und Zigarettenmärkte? Liegen wir da richtig?«

»Das glaube ich eher nicht. Es muß um etwas Lukrativeres gegangen sein.« Weiter wollte Vlado nicht gehen, und jetzt setzte er seine Strategie ein. »Mehr darf ich auch leider gar nicht sagen. Im Interesse des Ministeriums natürlich.«

Kasic sah ihn so fassungslos an, wie Vlado es gehofft hatte. Doch schnell zeigten sich erste Anzeichen von Ärger in seinem Gesicht.

»Sicherlich glauben Sie nicht, daß es im Interesse des Ministeriums ist, im dunkeln zu tappen. Und sicherlich haben Sie keine Probleme, Ihre Erkenntnisse mit mir zu teilen«, sagte Kasic etwas ungläubig.

»Weder noch. Aber es geht hier nicht um Vertrauen«, sagte Vlado. »Es geht eher um ihre eigene Sicherheit und um die des Ministeriums im allgemeinen.« Kasic wollte ihn unterbrechen, doch Vlado hob eine Hand und fuhr unbeirrt fort. »Bitte. Lassen Sie mich ausreden. Vitas wurde ermordet, weil er etwas herausgefunden hatte. Entweder wollte er seine Informationen zu seinem eigenen Vorteil nutzen oder gegen jemanden einsetzen. Aber egal wie es war, er wurde deshalb ermordet. So stehen die Dinge in diesem Fall, und ich sehe momentan keinen Grund, weitere altgediente Mitglieder des Ministeriums oder dieser Abteilung zu gefährden. Besonders wenn Sie offiziell in diesem Fall nur eine helfende Rolle haben.«

Bevor Kasic ihn unterbrechen konnte, spielte Vlado seinen einzigen Bluff aus. »Aber worauf es wirklich ankommt ist, die Unabhängigkeit dieser Ermittlung zu gewährleisten«, sagte Vlado. »Sie sollten sich darüber im klaren sein, daß mich bestimmte Stellen des UN-Kommandos wissen ließen, daß sie mich genau beobachten. Sie wollen sichergehen, daß ich meine Objektivität – *deren* Worte, nicht meine – bewahre und mich nicht beim Ministerium einschmeichle. Ich würde nichts tun, was das Vertrauen der UN in das Ministerium beschädigen könnte. Und das ist zur Zeit, soviel kann ich Ihnen versichern, ziemlich hoch. Ich habe sogar in Erwägung gezogen, dieses Treffen abzusagen, einfach damit man mich nicht dabei beobachtet, wie ich das Gebäude betrete oder verlasse. Aber ich schätze, ein Besuch ist noch im Rahmen, solange ich nicht zuviel sage.«

Einen Augenblick fragte sich Vlado, ob er nicht ein bißchen zu dick aufgetragen hatte, doch Kasic erschien eher durcheinander, als skeptisch zu sein. Er hatte selbstverständlich erwartet, restlos und ohne jeden Widerstand von allen Ergebnissen in Kenntnis gesetzt zu werden. Jetzt zog er eine Schublade seines Schreibtisches auf, holte eine neue Schachtel Marlboro hervor und zündete sich abwesend eine Zigarette an. Vlado bot er dieses Mal keine an.

»Was Ihren ersten Punkt angeht«, sagte Kasic, »Ihre Sorge um Mitglieder des Ministeriums ist nicht nur fehl am Platze, sondern auch unklug. Denn je mehr Leute von uns eingeweiht sind – natürlich nur im Rahmen der Ermittlung –, desto eher ist Ihre eigene Sicherheit garantiert. So wie ich das sehe, wurde Vitas ermordet, weil er den Fall allein bearbeitet hat, ganz egal ob er gute oder schlechte Absichten hatte. Aber ein einsamer Jäger ist immer ein leichteres Ziel.

Sich um mich zu sorgen ist nun wirklich ziemlicher Unsinn. Es gehört zu meinem Job, auf mich selbst aufzupassen. Wir sind hier kein Haufen Zivilisten, die zufällig Zeuge eines Verbrechens wurden und geschützt werden müssen. Wir *sind* das Gesetz, und je mehr wir wissen, desto stärker ist unsere Position.

Heikel ist allerdings Ihr letzter Punkt. Obwohl ich bezweifle, daß selbst der Pingeligste im UN-Kommando Ihre Unabhängigkeit so interpretieren würde, daß eine informelle Berichterstattung von Zeit zu Zeit ausgeschlossen sein soll.«

»Da wäre ich mir nicht so sicher«, sagte Vlado nur und ließ

den Gedanken einfach so im Raum stehen. Als sich die Stille in die Länge zog, wurde deutlich, daß er Kasic in eine Lage versetzt hatte, auf die er nicht vorbereitet war. Wie sollte er auch auf Vlado Druck ausüben? Selbst wenn er den Verdacht hatte, daß Vlado übertrieb, sicher konnte er sich nicht sein. Seine einzige Alternative wäre, Vlado von dem Fall abzuziehen, und das würde einen schlechten Eindruck machen. Nicht nur in Sarajevo, sondern wahrscheinlich auch in Washington, London und Paris. Später könnte er sich natürlich an Vlado rächen. Aber darüber konnte sich Vlado Sorgen machen, wenn es soweit war.

Vlado beobachtete, welche Gefühlsregungen sich in Kasics Miene zeigten. Er hatte wieder den Eindruck, daß die neue Aufgabe Kasic über den Kopf wuchs. Er hatte jahrelang immer nur Befehle entgegengenommen und ausgeführt und nur wenig Gelegenheit gehabt, eigene Führungsqualitäten zu entwickeln. Gehorsame Tüchtigkeit war ein schlechter Ersatz für Beweglichkeit und Flexibilität. Auch wenn sie in ihrer stumpfen Trägheit manchmal zum Erfolg führte.

Schließlich verfiel Kasic wieder in seine Standarderöffnung. »Nun denn ... Offensichtlich lassen Sie sich nicht erweichen. Und wo führt uns das hin, außer ins Ungewisse?«

»Ich hoffe, es führt uns in wenigen Tagen zu Ergebnissen.«

»Und dann werden Sie auch Namen für uns haben?«

»Ein paar, wahrscheinlich. Aber zumindest eine allgemeine Zusammenfassung über die gesamten Machenschaften.«

Noch während Kasic das verarbeitete, schien er einen inneren Konflikt auszutragen. Er zögerte einen Moment und fing dann stockend an. »Petric. Könnte es auch ... Könnte es sein, daß Sie interne Verwicklungen nicht ausschließen können? Ich meine, im Ministerium. Vielleicht halten Sie ja deshalb Ihre Ergebnisse zurück.«

Damit hatte Vlado nicht gerechnet. Doch auch wenn er

weiterhin vorsichtig sein mußte, könnten sich da interessante neue Erkenntnisse auftun. »Haben Sie dahin gehend irgendwelche Verdächtigungen?« fragte er Kasic.

»Dunkel. Nichts Genaues. Eigentlich nur Gerede. Was man sich vor Wochen so hinter vorgehaltener Hand im Ministerium erzählt hat. Nach dem, was mit Vitas passiert ist, erscheint dieses Gerede nun in einem ganz anderen Licht. Aber ich kann da nicht näher drauf eingehen, auf jeden Fall nicht bevor ich mehr Einzelheiten Ihrer Ermittlungen kenne.«

In diesem Moment überkam Vlado die Versuchung, Kasic alles zu erzählen, was er herausgefunden hatte. Die braunen, väterlichen Augen schienen ihn jetzt schon beinahe traurig anzuschauen. Offensichtlich litt Kasic unter dem Gedanken, Kapitän eines korrupten Schiffes zu sein. Wieder schien ihn seine neue Verantwortung zu überwältigen.

Aber die Versuchung ging vorüber. Ein Grund dafür war, daß seine Geschichte von der prüfenden UN als Bluff entlarvt werden würde, sobald er seine Karten auf den Tisch legte. Ein anderer Grund war, daß er immer noch nicht wußte, wem er vertrauen konnte. Sollte er seine Meinung doch ändern, konnte er Kasic auch immer noch morgen oder übermorgen kontaktieren. Natürlich hätte er gern gewußt, worum sich dieses »Gerede« gedreht haben könnte. Doch ohne selbst etwas preiszugeben, würde er nichts erfahren, soviel war sicher. Aber es gab auch noch andere Wege, um Informationen aus dem Ministerium zu bekommen. Dazu brauchte man wieder ein bißchen Fingerspitzengefühl.

»In der Zwischenzeit«, sagte Vlado, »könnten Sie mir vielleicht helfen.«

»Auf jeden Fall«, sagte Kasic. Seine Miene hellte sich sofort auf.

»Ihre Akten.«

Kasics Stirn legte sich wieder in Falten.

»Nichts, was ich nicht schon gesehen habe«, fügte Vlado schnell an. »Ich wollte mir nur ein paar Dinge in Vitas' Personalakte noch einmal ansehen und mit meinen bisherigen Ergebnissen vergleichen.«

Kasic sah erleichtert aus. »Kein Problem«, sagte er. »Ich muß sowieso zu einer Besprechung ins Präsidentengebäude, also kann ich Sie begleiten. Außerdem haben wir gerade Besuch in unserem Aktenarchiv, und den würde ich ganz gerne ein bißchen beeindrucken.« Bei der letzten Bemerkung zog er bedeutungsvoll die Augenbrauen hoch, so als müßte Vlado genau wissen, von wem er sprach. Aber er hatte nicht die leiseste Ahnung.

Den ganzen Weg die Treppen hinunter ruhte Kasics Hand auf Vlados Rücken, so als würde er einen Sohn mit überfälligen Büchern in die Bibliothek führen. Durch die Doppeltür betraten sie das Archiv, von dessen Wänden mehrere Schichten giftgrünen Anstriches abblätterten. Durch die jüngsten Bombeneinschläge im nahe gelegenen Präsidentengebäude bröckelte an manchen Stellen der Putz von der Decke. Ein feiner weißer Staub hatte sich auf die langen, trostlosen Reihen der Aktenschränke gelegt.

Der Tür gegenüber stand hinter einem breiten Tresen der nervös aussehende Archivleiter. Als er sich zu Kasic vorbeugte, deutete er über seine Schulter. »Morris, von der UN«, flüsterte er.

»In Ordnung«, flüsterte Kasic zurück, »ich weiß Bescheid.«

Aha, dachte Vlado, der Wachhund der UN schnüffelt ein bißchen umher. Dabei war es ein offenes Geheimnis, daß die Regierung unter dem Deckmantel der Kooperation so ziemlich alle Akten säuberte, in die die UN Einblick haben wollte. Obwohl die UN nie besonders aktuelle oder wichtige Akten zur Einsicht wollte. Wie jede schwerfällige bürokratische Organisation auf der Welt hatte auch die UN den Kontakt zur

Realität völlig verloren. Vlado wußte, daß das der schwache Punkt in seinem Bluff war. Aber noch wurde ihm die Geschichte anscheinend abgekauft.

Kasic legte eine Hand auf Vlados Schulter und rückte näher. »Petric, verzeihen Sie mir bitte, wenn ich Sie für eine kurze Demonstration benutze.«

»Captain Morris«, posaunte Kasic, »mal wieder zu Besuch, wie ich sehe.«

Morris stand über eine offene Aktenschublade gebeugt und schaute von seiner Arbeit auf. Als Antwort gab er nur ein unverständliches Knurren von sich. Aber das schreckte Kasic nicht ab.

»Dies ist Kommissar Petric, Mr. Morris. Aber ich muß ihn wohl nicht erst vorstellen. Er ist der Mann, der für die Ermittlung im Mordfall Esmir Vitas hinzugezogen wurde. Ich habe ihn zu mir gebeten, damit er mich von seinen Ermittlungsergebnissen in Kenntnis setzt. Es wird Sie freuen zu hören, daß er mir sehr deutlich zu verstehen gegeben hat, daß es mich nichts anginge. Ich mußte ihm wohl oder übel zustimmen.«

Morris starrte jetzt zurück. Er schien sich belästigt zu fühlen und überhaupt keine Ahnung zu haben, was Kasic von ihm wollte. Für Vlado war völlig klar, daß er weder jemals etwas von Vitas noch der Ermittlung gehört hatte und daß es ihn auch nicht im geringsten interessierte. Wahrscheinlich suchte er nur im Auftrag von jemand anderen irgendeine überflüssige Information in den Akten, die schließlich in einem ellenlangen Bericht landete, der von niemandem gelesen wurde. Aber Kasic schien das nicht zu bemerken. Er war zu sehr damit beschäftigt, sein plumpes Schmierentheater aufzuführen.

»Ich hoffe, es stört Sie nicht, wenn er sich auch ein bißchen umsieht.« Dann wendete sich Kasic hochtrabend an den Archivleiter. »Geben Sie ihm alle Akten, die er braucht, Krulic.« Doch Morris hatte sich mit einem weiteren Knurren schon wieder über seine Arbeit gebeugt. Vlado war diese dämliche Vorführung fast peinlich, aber Kasic hatte ihm gerade einen wichtigen Dienst erwiesen und es wohl nicht mal bemerkt.

Als Krulic loseilte, um die Personalakte von Vitas zu holen, rückte Kasic wieder an Vlado heran. Und was Kasic zu sagen hatte, machte deutlich, daß er eine Gegenoffensive zu Vlados Strategie entwickelt hatte. »Vergessen Sie mein Hilfsangebot nicht, Petric«, flüsterte er Vlado ins Ohr. »Verfügen Sie über unsere Arbeitskräfte und unsere Sachkenntnis. Wenn Ihnen unsere Informanten nicht mitteilsam genug waren, dann können wir sie vielleicht davon überzeugen, Ihnen gegenüber etwas entgegenkommender zu sein. Aber, was immer Sie tun«, sagte er, und seine Stimme war plötzlich stählern, »sitzen Sie nicht zu lange auf Ihren Informationen. Dieser Morris hängt schon seit drei Tagen hier unten rum. Die UN mag Sie wie einen Freund behandeln, aber wir hegen keinerlei solche Gefühle für die UN. Wenn Sie also glauben, Sie kommen nicht weiter, ohne alle Probleme zu lösen, dann lassen Sie sie einfach ungelöst.«

»Was genau wollen Sie mir damit sagen?«

»Daß Gründlichkeit nicht Ihre größte Sorge sein soll. Daß es vor allem darum geht, die Sache schnell abzuwickeln. Vertun Sie Ihre Zeit nicht damit, besonders sorgfältig zu arbeiten oder genau den richtigen Mann zu kriegen. Wir können uns jederzeit einen aus den Gossen der Stadt schnappen. Je schneller, desto besser. Besser für uns alle, Petric. Für das Ministerium, für unser Land. Und vergessen Sie dabei Ihr eigenes Wohlergehen nicht.«

Er packte Vlados Schulter und durchbohrte ihn nun lächelnd mit seinen braunen Augen, die in einem Moment warm und weich schauen konnten und im nächsten kalt und hart. War seine letzte Bemerkung ein Jobangebot oder eine Drohung? Vlado war sich nicht sicher.

»Na dann, Weidmannsheil«, verkündete Kasic lauthals. Noch einmal kam er ganz nahe an Vlados Ohr. »Aber, bitte, alter Freund«, flüsterte er, »bleiben Sie nicht zulange allein im Dickicht. Es ist gefährlich da draußen. Nehmen Sie schnell die Fährte auf, und wählen Sie Ihr Ziel klug aus, bevor Sie anlegen.«

Vlado schämte sich nicht länger für ihn. Vielleicht hatte er Kasic unterschätzt. Krulic kam mit Vitas' Personalakte zurück, doch Vlado wußte schon von seiner ersten Durchsicht, daß sie ihm keine Hilfe sein würde. Um an das zu kommen, was ihn wirklich interessierte, müßte er sich noch ein bißchen anstrengen. Aber mit etwas Glück hatte ihm Kasic unbewußt den Weg dafür geebnet. Nachdem Vlado ein paar Minuten so tat, als würde er die Akte studieren, gab er sie am Tresen zurück. »Und jetzt«, sagte er, »wenn wir schon dabei sind, würde ich gerne die Berichte über die Oktoberrazzia sehen.«

Krulic schaute erschrocken auf. »Dafür brauchen Sie die Zustimmung von oben«, sagte er wie aus der Pistole geschossen. Er war bestens darauf abgerichtet, nein zu sagen. Da Kasic nicht mehr da war, kam sofort sein eigentliches Wesen wieder zum Vorschein: der träge, kettenrauchende Staatsbeamte in der besten Tradition der Tito-Ära, der auf nichts anderes reagierte als auf sein Verlangen nach Nikotin, Koffein und unverdienter Beförderung.

»Sie haben Kasic gehört«, sagte Vlado lauter. »Sie sollen mir alles geben, was ich brauche. Wer soll denn noch seine Zustimmung geben, wenn sie der Leiter der Abteilung bereits gegeben hat?«

Diesmal war Morris ein aufmerksamerer Zuhörer. Er reckte schon seinen Hals, um nichts zu verpassen. Aber Krulic blieb unbeeindruckt. »Tut mir leid. Die Erlaubnis muß schriftlich erfolgen. Das ist Vorschrift.«

Die Vorschriften! Immer die letzte Verteidigungsbarriere

für umzingelte Faulheit. Aber Vlado hatte noch eine Artilleriesalve auf Lager.

»Na schön. Dann werde ich nach Herrn Kasic schicken müssen, der gerade eben zu einem wichtigen Treffen mit dem Vorsitzenden des Ministeriums gegangen ist. Wir werden das Treffen unterbrechen und Kasic herausbitten müssen, was sicherlich eine recht peinliche Angelegenheit wird. Dann wird er zurück ins Büro kommen müssen, um die korrekten Formulare zu unterzeichnen, denn die Vorschriften erlauben ihm selbstverständlich nicht, einfach eine Notiz zu schicken. Er wird zweifellos dankbar sein, daß Sie die Vorschriften so pingelig genau einhalten, selbst wenn er erst vor ein paar Minuten seine Wünsche klar und deutlich geäußert hat.«

Volltreffer! Für einen Moment hielt Krulic noch stand, dann ging er zum geordneten Rückzug über. Ohne ein weiteres Wort schlurfte er los, um die Akte zu holen. Morris steckte seine Nase wieder in die Schublade, und Vlado erlaubte sich ein kleines triumphierendes Lächeln.

Obwohl die Republik Bosnien-Herzegowina einer der jüngsten Staaten der Welt war und noch dazu einer ihrer kleinsten, hatte die Regierung bereits ein offizielles Archiv angelegt, das einer zehnmal so großen und zehnmal so alten Nation zu Ehren gereicht hätte. Manche Aufzeichnungen waren einfach aus den umfangreichen Dokumentationen Jugoslawiens übriggeblieben, aber in den letzten zwei Jahren hatten Beamte des neuen Staates auf diesem Fundament eifrig aufgebaut. Sie schienen an die alte Faustregel zu glauben, nach der eine Abteilung wichtiger werden müßte, je mehr Papierkram sie ansammelte. Selbst nach zwei Jahren Krieg konnten weder Tod noch Zerstörung ihren Eifer bremsen.

In diesem Sinne maß man die Bedeutung einer wichtigen Polizeioperation schließlich auch am Umfang der Schreibarbeit und des daraus resultierenden Aktenberges. Deshalb erwartete sich Vlado eine Menge von den Akten der Razzia im Oktober. Als Krulic keuchend einen dicken Ordner auf den Tresen fallen ließ, wußte er, daß er nicht enttäuscht werden würde.

Er nahm das Paket mit zu einem nahen Tisch und richtete sich auf eine lange Lesesitzung ein. Die Akte erzählte ihre Geschichte im trockenen, sterilen Jargon der Polizeibürokraten und abteilungsinternen Berichte. Aber als sich Vlado durch Anforderungsbelege, organisatorische Tabellen, Dienstlisten, Aufgabenverteilungen, Einsatzziele und Polizeiberichte kämpfte, bekam er langsam nicht nur ein Gefühl für die Operation, sondern auch für die Atmosphäre, die zu der Zeit in der Abteilung geherrscht haben mußte.

Die Stimmung war verbittert und von dem Gefühl geprägt gewesen, daß sie durch die ausgekochten und immer dreister werdenden Taktiken von den Banden und ihren Anführern eingekesselt worden waren. Die Aufzeichnungen gaben aber auch Auskunft über Vitas Fähigkeiten. Vlado konnte nachvollziehen, wie er versucht hatte, die undichten Stellen und Kanäle nach draußen abzuschotten, damit keine Informationen durchsickerten. Vitas wollte dem Ministerium die Position verschaffen, nach einer langen Phase scheinbarer Ruhe genauso plötzlich wie eine Katze mit ausgefahrenen Krallen aus der dunklen Ecke heraus zuzuschlagen.

Es gab Formulare über Formulare und Stapel von unterschriebenen Anordnungen und Vollmachten. Einige waren von Vitas geradewegs zum Innenminister und weiter zum Präsidentenbüro gegangen.

Es gab Kooperationsgarantien vom örtlichen Armeekorps und ein Unterstützungsversprechen von der Militärpolizei. Vitas hatte großen Ärger und viel Mühe dabei in Kauf genommen, sich der Partnerschaft anderer zu versichern, mit denen er die Schande teilen konnte, sollte die Sache schiefgehen. Und genauso hatte er darum gekämpft, die notwendige Autorität zu behalten, um bei einem Erfolg den Löwenanteil des Ruhms beanspruchen zu können.

Bei all diesem Aufwand mußte es eigentlich unmöglich gewesen sein, die sich anbahnende Operation geheimzuhalten, auch wenn Vitas noch so hart durchgegriffen hatte. Die Banden hatten offensichtlich erkannt, daß ihnen ein Kampf bevorstand, auch wenn sie laut Neven von der Heftigkeit und dem Zeitpunkt der Attacke überrascht gewesen waren. Entweder hatten ihre Spitzel im Ministerium die Banden aus Unachtsamkeit auflaufen lassen, oder sie hatten sie aus Gründen, die sie nur selbst kannten, bewußt im ungewissen gelassen.

Nach einer Stunde hatte Vlado den ersten Bericht gefunden, den er suchte. Es war die Bestandsaufnahme der Gegenstände, die in Zarkos Hauptquartier beschlagnahmt worden waren, nachdem er sich ergeben hatte.

Alles war genau aufgelistet worden, von Waffen, Bargeld und Munitionskisten bis zu unverzollten Zigarettenstangen, Kartons mit Damenunterwäsche und Stapeln noch eingeschweißter Pornomagazine. Daß Zarko es vermocht hatte, seine Männer davon abzuhalten, die Magazine aus der Verpakkung zu reißen, war bisher der größte Beweis für seine Führungsqualitäten.

In der Mitte der einspaltigen Liste auf der zweiten Seite entdeckte Vlado den ersten interessanten Artikel: »79. Holzkiste, ca. 240 cm x 180 cm x 60 cm, Frachtpapiere beiliegend.«

Der nächste Artikel war etwas weiter unten auf derselben Seite: »96. Kartei im Büchereistil, 2 Schubladen.«

Neben beiden Artikeln standen am Rande handschriftliche Bemerkungen: »Verlegt an anderen Ort, 4. 10. 93, siehe Anlage.«

Vlado blätterte bis zum Ende des Berichtes. Dort war genauso ein cremefarbener Bogen angeheftet worden, wie er ihn im Papierkorb in Vitas' Wohnung gefunden hatte. Die Notiz darauf war kurz: »Artikel Nr. 79 und Nr. 96 sind zur persönlichen Aufbewahrung dem Leiter der Abteilung E. Vitas übertragen worden.« Unterzeichnet von Vitas, ohne weitere Erklärungen. Datiert nur zwei Tage nach der Razzia im Oktober. Offensichtlich hatten die beiden Gegenstände Vitas' Interesse erregt, und anscheinend waren sie ihm in der Obhut des Ministeriums nicht sicher genug gewesen. Und als er schließlich soweit gewesen war, seinen Verdächtigungen nachzugehen, hatten seine Widersacher schon auf ihn gewartet. Zumindest las Vlado es so aus dieser Akte heraus. Es könnte aber auch bedeuten, daß Vitas nur abgewartet hatte, bis er selbst aus seinem Fund Kapital schlagen konnte.

Vlado überprüfte das Aktenmaterial über die Festnahme und den Tod von Zarko. Es begann mit einer detaillierten und unterzeichneten Darstellung der Ereignisse durch den Kommandanten des für die Verhaftung zuständigen Sondertrupps. Vlado erinnerte sich noch daran, daß damals in der Stadt viel Unmut über die Umstände von Zarkos Tod geäußert worden war. Zarko war durch seine Dienste bei der Verteidigung der Stadt für viele immer noch ein Held gewesen. Außerdem hatten die Schüsse auf Zarko unverkennbar die Züge einer Exekution getragen, so wie man sie noch aus früheren Zeiten kannte.

Aus dem Bericht konnte man ersehen, daß der Sondertrupp aus sechs Personen bestanden hatte. Bereits eine Woche vor der Festnahme waren sie mit besonderer Sorgfalt für die Aufgabe ausgewählt worden, die sie dann verpfuscht hatten. Vitas hatte die Festnahme offensichtlich besonders korrekt ablaufen lassen wollen und genau die Kritik befürchtet, die aus Zarkos Erschießung resultieren sollte. Vlado überprüfte die Namensliste. Drei von den sechs waren ihm bekannt, einschließlich des Kommandanten. Alle waren als zuverlässige und aufmerksame Offiziere bekannt. Die anderen drei kannte er nicht, obwohl ihm ein Name seltsam vertraut vorkam. Der Name war mit Tipp-Ex erst ausgelöscht und dann noch einmal neu geschrieben worden. Wahrscheinlich war es bloß ein Tippfehler gewesen. Auf jeden Fall gab es keinen Grund, anzunehmen, daß diese drei Männer nicht mit derselben Sorgfalt ausgewählt worden waren.

Laut Bericht des Kommandanten, auf dem der Stempel NUR FÜR ABTEILUNGSGEBRAUCH prangte, rückte der Sondertrupp mit einem leichten LKW an, dessen Seiten gepanzert waren und dessen Verdeck an der Rückseite geöffnet war. Nachdem Zarko festgenommen worden war, sollten der Kommandant und seine Männer direkt zum Gefängnis fahren. Sie mußten einmal an den Barrieren eines Kontrollpostens halten und rangierten an einem ausländischen Fernsehteam vorbei. Dann gab es keine weiteren Verzögerungen mehr, bis sie kurz wegen ein paar Kindern halten mußten, die einen Fußball auf die Straße geschossen hatten. Bei dieser Gelegenheit, so berichtete der Kommandant, hatte der Gefangene durch einen Sprung vom LKW versucht zu fliehen. Er hatte es lediglich geschafft, die Rückklappe aufzustoßen, da wurde er schon erschossen. In einem beiliegenden Zeugenbericht stand jedoch, daß die Klappe nicht geöffnet worden war, er also eigentlich nicht hätte abspringen können. Kein Wunder, daß die Leute aufgebracht gewesen waren. Mit einem Mal schienen die wilden Gerüchte von damals eine Berechtigung zu bekommen. Es war unklar, wessen Kugel Zarko getötet hatte, stellte der Kommandant fest, und sein Bericht sagte nicht aus, welcher seiner sechs Männer angab, das Feuer eröffnet zu haben. In Anbetracht der Tatsache, daß es sich um einen streng internen Bericht handelte, war das eine sehr merkwürdige Auslassung. Aber zweifellos hatte damals jemand sehr schnell seinen Finger am Abzug gehabt.

Vlado erinnerte sich an Nevens Aussage. Zarko hätte niemals einen Fluchtversuch unternommen, hatte er gesagt. Vielleicht war er aber nach drei Tagen Kampf durchgedreht und nicht mehr in der Lage, klar zu denken. Aber hätte er sich in diesem Fall ergeben? Neven hatte recht. Es machte wenig Sinn. Und selbst wenn er hätte abhauen wollen, hätte er nicht wenigstens zuerst versucht, sich ein Gewehr zu schnappen, anstatt einfach hinten aus dem LKW herauszuspringen? Vlado blätterte wieder zurück zum Anfang des Berichtes.

Tatsächlich, genau wie er vermutet hatte: Zarko waren auch Handschellen angelegt worden.

Vlado ging wieder zurück zu der Liste des sechsköpfigen Sondertrupps. Derselbe Name wie vorher stach ihm ins Auge: Kemal Stanic. Wo hatte er den Namen schon einmal gehört? Er verlangte die Personalakte des Mannes. Krulic seufzte laut auf, holte träge die Akte hervor und ließ sich dann wieder mit seiner Zeitung und seinen Zigaretten in den Stuhl fallen.

Anfangs schien es nichts Auffälliges in der Geschichte des Mannes zu geben, auch wenn es vielleicht etwas seltsam war, daß er vor dem Krieg Lebensmittelhändler gewesen war. Alter fünfunddreißig. Alles im Rahmen des Normalen.

Doch dann las Vlado die Namen der vier Kinder des Mannes. Neben zweien von ihnen stand die Notiz: »Verstorben.« Jetzt fiel ihm plötzlich ein, woher er den Namen des Mannes kannte: Kemals Lebensmittelladen. Vor einem Jahr hatte es dort eine Schießerei gegeben. Zarko selbst hatte dort gegen Mitglieder einer rivalisierenden Bande gekämpft. Zwei Kinder waren ins Kreuzfeuer geraten und getötet worden.

Ihr Vater war der Lebensmittelhändler Kemal Stanic. Ein paar Tage später hatte er vor Gericht einen kleinen Aufstand veranstaltet und ein paar Richter und Anwälte zusammengebrüllt und über die Stadt im allgemeinen und die Justiz im besonderen geflucht. Denn natürlich hatte damals niemand auch nur einen Finger gerührt, um Zarko festzunehmen. Die Lokalzeitung hatte etwas über die Sache gebracht, aber dann war sie in Vergessenheit geraten.

Mein Gott, wer hatte so wenig Verstand gehabt, Stanic in einen Sondertrupp zu stecken, der Zarko bewachen sollte? Anscheinend Vitas. Seine Unterschrift stand auf der letzten Seite unter der Berufungsliste. Daneben ein Stempel mit roten Blockbuchstaben: GENEHMIGT.

Vlado schaute noch einmal in Stanics Personalakte. Diesmal sprang ihm das Einstellungsdatum ins Auge. Er war der Polizei erst fünf Tage vor der Razzia beigetreten. Vitas' Stempel, der seine Zustimmung signalisierte, war drei Tage früher datiert. Zwei Tage nach Zarkos Erschießung war Stanic entlassen und in die Armee gesteckt worden. Aber dort, wo die Bedingungen und Modalitäten seiner Versetzung in der Akte dargelegt werden sollten, befand sich nur eine Notiz: »Siehe Anlage.« In diesem Fall war ein Haufen Zeichen auf der oberen rechten Ecke der Rückseite, aber nirgendwo eine Anlage oder eine weitere Bemerkung. Vielleicht hatte Vitas auch dieses Dokument mitgenommen. Er hatte anscheinend alle wichtigen Karten des Spiels auf der Hand, als er starb. Aber wo waren sie geblieben und vor allem, wer hatte sie jetzt in der Hand?

Vlado schlug noch einmal die Namensliste des Sondertrupps auf. Da war wieder der Name: »Kemal Stanic«. Getippt über das getrocknete weiße Tipp-Ex. Hatte es tatsächlich einen Tippfehler gegeben, oder hatte dort erst ein anderer Name gestanden? Vlado kratzte die Korrektur mit einem Fingernagel weg. Ganz langsam und vorsichtig, wie ein Kunstrestaurator, der nach dem Original sucht. Der Name darunter war länger. Der Vorname begann mit einem B, mehr konnte man nicht entziffern. Der Nachname, der sich unter Stanics verbarg, lautete wohl Milutinovic. Vlado brauchte noch eine Akte.

Morris von der UN war mittlerweile gegangen. Also war nur noch Krulic da. Er hockte in seiner Ecke und schnaubte kleine Qualmwolken aus wie ein wütender, kraftloser Drache.

»Alles klar«, sagte Vlado, »das ist für heute wahrscheinlich die letzte. Ich werde mich lobend bei Kasic über Sie äußern, sobald ich ihn das nächste Mal sehe. Ich bräuchte die Personalakte von B. Milutinovic.«

»Boromir oder Bosko?« fragte Krulic einen Augenblick später, einen Ordner in jeder Hand.

»Beide.«

Beide waren angesehene Offiziere. Keine Akte erwähnte eine Versetzung in den Sondertrupp. Vlado war sich nicht sicher, ob man das überhaupt eingefügt hätte, es sei denn, sie wären später für außergewöhnliche Verdienste ausgezeichnet worden. Aber ein Abschnitt in Boromirs Akte stach ihm ins Auge. Er war von Anfang an bei der polizeilichen Sondereinheit des Innenministeriums dabeigewesen und war mehrere Male für gute Arbeit ausgezeichnet worden, bis in den letzten Septembertagen seine ganze Karriere zusammenbrach. Exakt zwei Tage vor der Razzia im Oktober. Wenn Vitas ihn in den Sondertrupp für die Festnahme beordert hatte, dann hatte er Boromirs Dienste zu einem äußerst ungünstigen Zeitpunkt verloren.

Der Grund für Boromirs Entlassung: »Illegales Verhalten. Siehe Anlage.« Und diesmal gab es tatsächlich eine Anlage.

Es war ein einspaltiger Untersuchungsbericht, der auf den Erkenntnissen zweier verdeckter Ermittler basierte. Als Vlado ihre Namen las, richteten sich ihm die Nackenhaare auf. Der eine war Vorarbeiter der Zigarettenfabrik und hieß Kupric. Der andere war ein Metzger namens Hrnic. Beide erzählten, daß der unglückselige Milutinovic durch fragwürdige Beziehungen in den illegalen Handel von Fleisch und Zigaretten verwickelt war.

Die ganze Affäre hatte von der ersten Verdachtsäußerung bis zum Abschluß der Ermittlungen nur zwei Tage in Anspruch genommen. Unter diesen Umständen und inmitten des Rummels, der in den Tagen kurz vor der Razzia geherrscht haben muß, eine erstaunliche Effektivität.

Und bei aller Schande, die Milutinovic so plötzlich über sich selbst gebracht hatte, wurde er nicht nur nicht angeklagt, er hatte auch eine großzügige – unter diesen Umständen unglaublich großzügige – Abfindung von fünfhundert Mark erhalten. Kein Wunder, daß er keinen Aufstand gemacht hatte. Das war mehr, als er in einem Jahr verdienen konnte. Aber großes Gezeter hätte ihm in diesen chaotischen Zeiten sowieso nicht viel Aufmerksamkeit gebracht. In dem fieberhaften Durcheinander vor der Razzia hatte Vitas wahrscheinlich nicht einmal gewußt, daß Milutinovic aus der Verhaftungstruppe herausgeworfen worden war. Und erst recht nicht, daß er von einem labilen Lebensmittelhändler mit blutigen Rachegelüsten ersetzt worden war. Die ganze Angelegenheit kam einem Todesurteil für Zarko gleich. Wenn jemand Zarko aus dem Weg räumen wollte, um sich einen größeren Anteil von geschmuggelten Kunstwerken unter den Nagel zu reißen, dann war dies genau die richtige Methode gewesen.

Vlado blätterte weiter bis zum Bericht über Milutinovics Disziplinarverfahren. Und da war wieder der rote Stempel: GENEHMIGT. Datiert mit dem 30. September.

Darunter befand sich die vollständige, markante Unterschrift des Mannes, der das ganze Manöver dirigiert hatte: der stellvertretende Leiter der polizeilichen Sondereinheit Juso Kasic.

17. Kapitel

Auf dem Weg nach Hause blickte Vlado bei jedem Schritt über die Schulter. Fast erwartete er, Kasic hinter sich zu entdecken oder vielleicht den Mann mit der dunkelblauen Uniform, der ihn vor dem Ministerium empfangen hatte, oder gar die vier Männer in dunklen Mänteln, die Glavas mitgenommen hatten. Als er an Glavas dachte, entschied er sich für einen Umweg und lenkte seine Schritte auf einen kleinen Hügel im Osten der Stadt zu. Dort oben konnte man einen Eindruck davon bekommen, wie dieser Krieg geführt wurde.

Oben auf dem Hügel verteilt lagen die Gebäude des Kosevo Krankenhauses, die Heimat der Toten, Sterbenden und Verwundeten der Stadt. Dieser Status verschaffte dem Krankenhaus eine zweifelhafte Sonderstellung auf den Ziellandkarten der Artilleristen der umliegenden Berge. Aber wer brauchte schon Landkarten, wenn das Kosevo von allen Aussichtspunkten so leicht auszumachen war wie der höchste Bürowolkenkratzer. Für jeden, der an dem langen Rohr einer Haubitze hinunterschaute, zeichnete sich das Krankenhaus auf dem Huckel ab wie eine zerstörte mittelalterliche Festung. Und über den voll belegten Krankensälen schwebte wie ein Damoklesschwert, daß die Bomben ihr am Vortag nur begonnenes Werk bald beenden würden.

Die Ärzte und Verwalter des Krankenhauses – oder zumindest die Menschen, die weder gegangen noch getötet worden waren – hatten jeden der hundert Bombeneinschläge peinlich genau auf einer Karte erfaßt. Sie verteilten die Karte großzügig an Journalisten, Menschenrechtsorganisationen und alle anderen Besucher. Ein leiser Aufschrei gegen die Greueltaten mit einem leicht perversen Hauch von Stolz: Schaut her, was wir erlitten haben!

Vlados Ziel war ein niedriges, schlecht verputztes Gebäude nach der Hälfte des Weges den Hügel hinauf. Man brauchte keine Hinweisschilder mehr, denn der Geruch kündigte schon hundert Meter vorher an, daß dies die städtische Leichenhalle sein mußte.

Zu Beginn des Krieges war das Gebäude wortwörtlich vom Tod überschwemmt worden. In den Kellerräumen schwammen Leichen und Maden in dem knietiefen Abflußwasser, das aus den Leitungen gekommen war, die während der Bombardements geplatzt waren. Der Direktor und seine halbe Belegschaft waren geflohen. Es dauerte Wochen, bis man neue Mitarbeiter beisammen- und angelernt hatte, und bis dahin war die Überlastung fast unerträglich geworden. Das Wasser und die meisten Maden waren seitdem weggewischt worden, aber der Geruch dieser Wochen war noch nicht ganz verschwunden, und man glaubte fast, er würde nie verschwinden.

Drinnen war der Geruch noch schlimmer. Als Vlado die Tür öffnete, schlug ihn der Gestank von Fäulnis und Verwesung beinahe um. Er holte ein Taschentuch heraus und hielt es vor die Nase, blieb stehen und atmete mühsam durch den Mund ein. Die faule Luft kratzte richtig in der Kehle. Hinter einem trostlosen, grauen Tresen saßen zwei Männer an leeren Schreibtischen, rauchten Zigaretten und lasen alte Magazine. Es sah so aus, als würden sie mal eben auf das Büro einer Autowerkstatt aufpassen, solange der Besitzer Besorgungen machte. Beide trugen dicke, schwarze Gummistiefel. Hinter ihnen hingen fleckige Kittel neben groben Gummihandschuhen an der Wand.

»Polizeikommissar Petric«, stellte Vlado sich vor und versuchte immer noch krampfhaft, nicht durch die Nase zu atmen. Irgendwie nahm er den Gestank dennoch wahr. Mehr als Geschmack denn als Geruch.

»Ich würde mir gerne Ihre letzten Kunden anschauen. Besonders wenn welche aus Dobrinja reingekommen sind. Oder besser jeden, der in den letzten vierundzwanzig Stunden mit einer Adresse in Dobrinja hier aufgetaucht ist, egal wo er gefunden wurde.«

»Haben Sie einen Namen?« fragte der eine Mann und legte sein Magazin weg.

»Glavas, Milan. Ein älterer Mann, so Ende Sechzig, Anfang Siebzig.«

Der Mann sah in einer Liste auf einem Klemmbrett nach, blätterte eine Seite zurück, schüttelte den Kopf und atmete dabei Zigarettenqualm aus.

»Niemand mit dem Namen. Aber wir haben drei ohne Ausweis.«

Er öffnete eine Hintertür und beugte sich eine Treppe hinunter. Der Gestank wurde sofort doppelt so intensiv. Vlado trat unbehaglich von einem Fuß auf den anderen.

»Mustafa!« schrie der Mann die Stufen hinunter. »Die drei ohne Namen, war da einer aus Dobrinja?«

Als Antwort kam Mustafa die Treppe hochgestapft und wischte seine Hände mit einem dreckigen Lumpen ab. Sein Kittel war genauso verschmiert wie der der anderen, nur daß seinen frische Flecken schmückten.

»Ja«, sagte er schließlich. »Zwei von ihnen, glaube ich. Ein Mann und eine Frau, beide schon älter. Sie ist noch hier, morgen ist Beerdigung.«

»Und der Mann?« fragte Vlado.

»Heute morgen beigesetzt.«

Der Mann hinter dem Schreibtisch wendete sich an Vlado. »Tut mir leid, Kommissar. Sieht so aus, als wenn Sie zu spät gekommen sind.«

»Ich möchte, daß er ausgegraben wird«, sagte Vlado. »Jetzt gleich.«

»Sie brauchen die Zustimmung der Familie.« Der Mann wollte nach Hause gehen für heute, klarer Fall, und Vlado konnte es ihm nicht verdenken.

»Die Zustimmung der Familie? Sie haben nicht mal seinen Namen.«

Dagegen gab es eigentlich nichts mehr einzuwenden, aber der Mann wollte noch nicht klein beigeben.

»Hören Sie zu. Wir würden ihn wirklich sehr gerne für Sie ausgraben. Wir würden nicht mal einen richterlichen Befehl wollen, obwohl wir das verlangen könnten. Aber jetzt ist eine ganz schlechte Tageszeit. Es ist zu hell. In weniger als einer Stunde fängt es an zu dämmern, also setzen Sie sich doch einfach hin und rauchen eine und warten, bis es dunkel wird. Sie könnten auch bis morgen früh warten, aber der Boden wird dann fest gefroren sein. Also machen wir es am besten in der Dämmerung, dann kann man leichter graben.«

Sehr gut. Aber keine zehn Pferde konnten ihn hier drinnen festhalten. »Okay, in einer Stunde. Aber ich treffe Ihren Mann direkt auf dem Friedhof.«

»Schauen Sie nach den frischen Haufen. Das sind die einzigen, die noch nicht eingeschneit sind. Wissen Sie, wo der Friedhof ist?«

»Ja, sehr genau«, sagte Vlado.

»Mustafa wird auch da sein.« Mustafa sah nicht gerade glücklich aus, als er das hörte. »Für den Fall, daß Sie ihn identifizieren.«

Vlado versuchte in der nächsten Stunde, den Geruch loszuwerden, der an seiner Jacke, seiner Hose und in seinem Gesicht klebte. Er hustete und spuckte, als hätte sich ein Knochen in seiner Kehle quergestellt. Nach einer Weile konnte er nicht mehr sagen, ob der Geruch oder der bloße Gedanke daran schlimmer war.

Als die Stunde um war, ging er den Hügel hinab und über den verschneiten Friedhof. Seine Schuhe und Socken wurden schnell naß, als er an den Reihen der rohen Holzmarkierungen vorbeiging. Die schmalen Tafeln der Moslems mischten sich mit den Kreuzen der Katholiken und der orthodoxen Christen. In der einsetzenden Dunkelheit konnte er den Totengräber schon bei der Arbeit sehen. Die Erde war noch weich von dem Begräbnis am Morgen, so daß das Graben keine große Mühe machte. Nach nur wenigen Minuten schlug die Schaufel auf Holz.

Ein Jahr zuvor hätte die Leiche nicht einmal den Luxus eines Sarges genossen. Der Tod hatte mit solch einer Eile zugeschlagen, daß es in der Stadt keine Särge mehr gab. Das Holz, das noch verfügbar war, wurde als Feuerholz gebraucht. Jetzt gingen die Opferzahlen allmählich zurück, und das Angebot traf sich wieder mit der Nachfrage. Die wenigen Sargmacher, die noch im Geschäft waren, verdienten sich eine goldene Nase und konnten genug für ihre Zukunft auf die hohe Kante legen, vorausgesetzt, sie überlebten den Krieg.

Mustafa war auch schon angekommen und wartete, die Hände in die Hüften gestemmt, am Grab. Nach ein paar weiteren Minuten wischte der Totengräber den restlichen Dreck vom Deckel des Sarges. Dann grub er eine kleine Stufe in die Erde neben dem Sarg, stieg aus dem Loch und stützte sich auf seine Schaufel. Vlado sah den Totengräber von der Seite an. War das einer von denen, die er jeden Morgen von seinem Fenster aus beobachtete? Schwierig zu sagen, denn der Mann sah aus wie all die anderen Totengräber. Seine einzigen wiedererkennbaren Merkmale schienen der leichte Buckel, die schief auf dem Kopf sitzende Mütze und die dünne, schlotterig über die Schultern hängende Jacke zu sein.

Mustafa stieg auf die kleine Stufe im Erdreich und weiter hinab in das Loch. Er holte einen Schraubenzieher aus seiner Manteltasche hervor und öffnete den Deckel des Sarges. Dann knipste er eine kleine Taschenlampe an. Der gelbe Lichtstrahl beleuchtete das Gesicht von Milan Glavas.

»Ist das der, den Sie suchen?« fragte Mustafa und schaute hoch zu Vlado.

»Ja«, sagte er. »Glavas, Milan.«

Wenigstens hatten sie ihn seine Sachen wechseln lassen und ihn nicht in seinem dreckigen Bademantel und den Dekken mitgenommen. Doch sein Brustkorb sah aus wie ein dunkler, verkrusteter Krater. An den Rändern war der Stoff von Hemd und Jacke aufgerissen und das Blut eingetrocknet. Sein Mund stand offen, so als wollte er mitten in einem Nikkerchen Luft holen. Sein Gesichtsausdruck schien eher Langeweile als Schmerz oder Angst zu zeigen. Insgesamt machte er den Eindruck von jemandem, der dreckig und unordentlich durchs Leben gegangen war, und das machte Vlado traurig. Ganz bestimmt hätte Glavas nicht so beerdigt werden wollen. Vlado starrte in den Sarg auf das verhärmte, graue Gesicht, und ohne daß er etwas dagegen tun konnte, standen ihm plötzlich Tränen in den Augen.

»Ich erinnere mich noch, wie er gestern reinkam«, sagte Mustafa.

»Haben Sie ihn untersucht?« fragte Vlado.

»Ja. Er kam spät rein. Um die Zeit kommt normalerweise niemand mehr. Ich wollte gerade gehen.«

»Was war die Todesursache?«

»Granatensplitter. Heckenschütze. Wer weiß? Ich bin nicht richtig ausgebildet für solche Sachen. Auf jeden Fall ist er von irgendwas getroffen worden. Sie sehen ja selbst, der ganze Brustkorb ist aufgerissen. Todesursache Krieg. Was gibt es da noch zu sagen?«

»Wer hat ihn gebracht?«

»Die Armee. Wie immer, wenn es jemand aus Dobrinja ist.«

»Haben sie gesagt, wo sie ihn gefunden haben?«

»Das machen sie nie. Wahrscheinlich war es nicht in der Nähe seiner Wohnung, sonst hätten sie ihn identifizieren können. Wenn sie die Gelegenheit haben, fragen sie meistens die Nachbarn. Aber er hat noch Glück. Wer in Dobrinja nicht identifiziert werden kann, wird sonst im Hinterhof verscharrt.«

»Ja. Ein sehr glücklicher Mann.«

Vlado ging über den Friedhof nach Hause. Er war müde und hungrig, und die Erkenntnisse dieses Tages lasteten auf ihm. Immer noch spuckte und hustete er und versuchte, den Gestank und vor allem den Geschmack der Leichenhalle loszuwerden. Mittlerweile war es wahrscheinlich wirklich nur noch Einbildung.

Nachdem er gesehen hatte, was mit Glavas geschehen war, wurde ihm sein eigenes Dilemma bewußt. Zu welchem Zweck stellte er sich so stur und hielt sich Kasic mit fadenscheinigen Entschuldigungen vom Hals? Worauf wollte er eigentlich hinaus? Selbst wenn er den Fall knacken sollte, wem sollte er berichten, was er herausgefunden hatte, ohne seinen eigenen Kopf zu riskieren? Kasic war offensichtlich jederzeit dazu in der Lage, mit ihm fertig zu werden. Auf die Hilfe der UN konnte er auch nicht zählen. Nachdem er zwei Jahre Krieg überstanden hatte, wäre es wirklich der Gipfel der Absurdität, bei der Aufklärung eines Mordes zu sterben. Wozu machte er sich die Mühe?

Zuletzt war Esmir Vitas diesen Weg gegangen, und Vlado hatte nur zu genau gesehen, wohin ihn das geführt hatte. War das Verschwinden des kulturellen Erbes der Stadt wirklich so schrecklich, wenn man es mit den anderen Verlusten der Stadt verglich?

Andererseits schien der Schmuggel von Kunstschätzen so sehr Teil des Krieges selbst zu sein, daß das Zerschlagen dieser Machenschaften ihm als eine derartig große Verlockung erschien, wie er sie in seinem Job noch nie geboten bekommen hatte.

Dennoch blieb ein Problem bestehen: Wie sollte er mit seinen Ermittlungsergebnissen umgehen? Wenn selbst die UN-Kanäle ein Risiko waren, gab es überhaupt irgendwelche Kanäle, die seine Erkenntnisse akzeptieren würden, ohne sie gleich als Waffe gegen ihn zu verwenden? Was Kasic anging, so gab es zwar immer noch die Möglichkeit, daß er nur das Werkzeug von jemand anderem war, vielleicht sogar von jemanden in einer hohen Regierungsposition. Doch die Beweislast gegen ihn war erdrückend. Soweit Vlado wußte, war das gesamte Ministerium korrupt, seit Vitas aus dem Weg geräumt worden war. Es gab so viel, worüber er nachdenken mußte, und so wenig Zeit oder Raum, es zu tun.

Selbst wenn Vlado die Ermittlung jetzt abgeben wollte, wäre es zu spät dafür. Er mußte sich unbedingt so schnell wie möglich mit Damir besprechen und einen Weg aus diesem Schlamassel finden. Er schätzte, daß sie die Ermittlungsergebnisse genug entschärfen konnten, um alle, die Angst vor der Wahrheit hatten, zu besänftigen. Aber würde das ausreichen, um sie zu schützen, nach allem, was sie jetzt wußten? Bestimmt war Damir schon in eine Wohnung gestolpert, aus der ein Gemälde entfernt worden war, und hatte mit seinen Fragen eine unsichtbare Alarmanlage ausgelöst.

Nicht zum ersten Mal ging Vlado durch den Kopf, wie klein seine Welt geworden war. In den letzten paar Tagen hatte er sie praktisch vollständig zu Fuß durchquert. Selbst sein entferntestes Ziel, den Gipfel des Zuc, hatte er in ein paar Stunden erreicht. Es gab wirklich keinen Ort mehr, um sich zu verstecken, es sei denn, man war bereit, nachts über die Front durch die serbischen Stellungen zu gehen. Vlado war von sich selbst überrascht, daß so eine riskante Aussicht nun im Bereich des Möglichen lag, auf jeden Fall eine Möglichkeit war, die er nicht länger von der Hand weisen konnte. Natürlich barg dieser Weg besondere Komplikationen. Auf der anderen Seite würde er immerhin dem Einfluß von General Markovic ausgesetzt sein.

Als er seine Wohnung betrat, hatte er das Gefühl, daß etwas nicht stimmte. Die Unordnung war genau wie immer. Aber er hatte das gleiche unverkennbare Gefühl für eine Störung wie vor ein paar Tagen in Vitas' Wohnung. Er ging langsam durch die Räume und suchte nach handfesten Beweisen, daß etwas anders war, als er es zurückgelassen hatte. Als er nach ein paar Minuten nichts gefunden hatte, beruhigte er sich wieder. Es waren wohl nur seine Nerven, nur die Verdichtung der Fakten dieses Tages, die in seinem Kopf herumgeisterten. Er würde sich einen Kaffee kochen, etwas essen und sich dann ausruhen. Und sobald sein Magen nicht mehr leer war, würde er seine Soldaten bemalen, um wieder klar im Kopf zu werden. Vielleicht würde er endlich seine Einheit fertigbekommen.

Er nahm das Stück Räucherfleisch vom Metzger. Wenn er sich zurücknahm, würde es noch für ein paar Mahlzeiten ausreichen. Doch dann entschied er sich, daß er heute abend ein größeres Stück als sonst verdient hätte. Er zündete eine Herdflamme an, um Kaffeewasser aufzusetzen.

Ein paar Minuten später, als das Wasser schon kochte, hob er seinen Becher hoch, um den Nescafé hineinzuschütten. Auf den grünen Schlachtfeldern von Austerlitz blieb ein brauner Kaffeerand zurück, fast an derselben Stelle auf der Seite, die er heute morgen saubergewischt hatte.

Jemand mußte den Becher verschoben haben.

Ein kalter Schauer lief über seinen Rücken. Sofort inspizierte er seine bemalten Soldaten. Auch sie schienen in Unordnung zu sein, auf jeden Fall standen sie jetzt näher an der Kante der Werkbank als am Morgen. Außerdem fehlte der Einheit ein Mann. Wer auch immer die Wohnung durchsucht hatte, mußte einen Soldaten runter auf den Zeitungsstapel gestoßen haben. Ohne Zweifel waren sie in Eile gewesen. Vlado hatte in der letzten Zeit so unregelmäßig gearbeitet, daß sie befürchtet haben müssen, er könnte jeden Moment hereinplatzen. Aber es gab nichts, was sie hätten finden können. Wie immer bewahrte Vlado alle seine Notizen in seiner Tasche auf. Und die nahm er überallhin mit.

Vlado fragte sich, warum diese Durchsuchung veranlaßt worden war. Konnte Kasic seine Neugier einfach nicht mehr bezähmen? Vielleicht war Krulic, der Archivleiter, von seinem bürokratischen Gewissen gequält worden, so daß er Kasic angerufen und ihn von Vlados außergewöhnlichen Wünschen in Kenntnis gesetzt hatte. Vielleicht war jemand aus der Leichenhalle dafür bestochen worden, auf jeden aufzupassen, der sich für einen alten Mann aus Dobrinja interessierte. Oder vielleicht hatte Oberst Chevard von der seltsamen Bitte um Informationen darüber, wie man ein Paket aus der Stadt schicken konnte, Wind bekommen. Und je nachdem, wie gewaltsam Glavas behandelt worden war, bevor man ihn so übel zugerichtet hatte, hätte er vor seinem Tod Gott weiß was erzählt haben können.

Je länger Vlado darüber nachdachte, desto klarer wurde ihm, daß fast jeder, mit dem er in den letzten Tagen gesprochen hatte, bewußt oder unbewußt seine Fortschritte in dem Fall irgendwelchen hohen Tieren gesteckt haben konnte.

Er fühlte sich plötzlich wie ein vollkommener Amateur, wie ein kompletter Naivling. Er war wie ein Fischer, der über einem Riff voller Haie ausgesetzt worden war und erst jetzt bemerkte, daß sich die Meute bereits im Rumpf seines sinkenden Schiffes befand. Viel zu spät dachte er über die Tragweite seiner Unachtsamkeit nach, und da tat sie sich auch schon wie ein dunkler Schlund vor ihm auf.

Er hatte dem Reporter Toby Einblicke in die Transferkartei gewährt, und wer weiß, wen Toby dazu befragt hatte. Er hatte gegenüber dem schwatzhaften Direktor des nationalen Kunstmuseums von Glavas geplappert, und der Mann hatte zweifellos seine eigene Verwendung für solche Informationen. Dann war da noch sein freimütiges Gespräch mit Neven, mit einem Mann, der nach einem Weg aus der Bedrängnis suchte und der so gute Beziehungen hatte, daß er wie jeder andere wußte, wie man mit den richtigen Informationen den richtigen Einfluß ausüben konnte.

Selbst wenn Krulic Kasic noch nicht angerufen hatte, morgen früh würde das gesamte Ministerium bestimmt genau wissen, um welche Akten Vlado gebeten hatte. Wenn er seinen ganzen Weg mit brennenden Fackeln markiert hätte, hätte er nicht mehr Aufmerksamkeit auf seine Spur ziehen können. Er war herumgelaufen, als würde es sich in dem Fall um irgendeinen Mord in irgendeiner Stadt handeln.

Wohin führte ihn das, wenn nicht in die völlige Verwundbarkeit? Er könnte Toby alles erzählen, dann würde Toby eine nette Story bekommen. Aber vielleicht würde Toby auch nur eine Menge peinlicher Fragen stellen und bei den wenigen stichhaltigen Beweisen, die Vlado hatte, am Ende überhaupt keine Story schreiben. Wie auch immer, wahrscheinlich würde Vlado mit einer Kugel im Kopf enden, und Damir ebenso. Und in einem kurzen panischen Anfall fragte er sich, ob Damir schon tot war und in irgendeiner Seitenstraße beiseite geschafft oder in den Fluß geworfen worden war, weil er unachtsam zu viele heikle Fragen gestellt hatte. Und Schuld wäre allein Vlado, der ihn nicht genug eingeweiht hatte.

Er könnte auch tun, was Kasic ihm vorgeschlagen hatte, und die wertlosen Informanten für weitere Fragen an das Ministerium übergeben. Doch selbst wertlose Informanten schufteten hart, um ihre Familien durchzubringen und kleine hungrige Münder zu stopfen. Warum sollte man sie also opfern? Mitten in diesem Gedanken klingelte das Telefon.

Die Leitungen funktionierten also wieder. Aber er sollte verflucht sein, wenn er jetzt rangehen würde. Mit jedem Klingeln bekam er weniger Luft, so als würde der Ton langsam den Sauerstoff aus dem Raum saugen.

Er schnappte sich das Fleischstück, stopfte es in seine Manteltasche und öffnete die Tür. Er konnte nichts als Berge sehen dort draußen, dunkle Berge, die sich im fahlen, ausgewaschenen Licht des aufsteigenden und gerade durch die Wolken gebrochenen Mondes abzeichneten. Der Friedhof weiter unten, wo Glavas und all die anderen unter ihren Hügeln aus Erde und Schnee lagen, leuchtete weiß und funkelte an manchen Stellen.

Er trat hinaus und verschloß die Tür hinter sich. Das Telefon klingelte immer noch. Mit forschen Schritten machte er sich auf Richtung Stadtzentrum.

Als er das Büro erreichte, hatten sich die Wolken schon wieder vor den Mond geschoben. Es sah so aus, als würden es bald noch mehr werden, mehr Wolken, die das Licht in einer weiteren Nacht ohne Strom verschlangen. Er war froh, daß die Generatoren im Büro noch liefen und daß alle auf seiner Etage schon Feierabend gemacht hatten. Kein Garovic würde sich über seine Schulter beugen und auch Damir würde nicht mit seiner Dose voller Patronenhülsen spielen und ihn damit stören. Seine Nerven hatten sich in diesem Frieden und dieser Ruhe gerade wieder beruhigt, als sein Telefon klingelte. Hatte sich der Anruf von zu Hause den ganzen Weg hinter ihm hergeschlichen?

Diesmal nahm er den Hörer ab.

Es war Damir. Was für eine Erleichterung, eine vertraute Stimme zu hören.

»Wo zum Teufel hast du gesteckt, Vlado? Ich habe es schon überall versucht.«

»Hast du mich vor ungefähr zwanzig Minuten zu Hause angerufen?«

»Du warst da? Warum bist du nicht rangegangen?«

»Keine Ahnung. Ich war zu aufgeregt. Meine Wohnung ist durchsucht worden.«

»Mutter Gottes! Von wem?«

»Von Kasics Leuten, würde ich sagen.«

»Mutter Gottes!« sagte er wieder, diesmal etwas leiser. »Vlado, was ist los mit diesem Fall?«

»Das wüßte ich auch gerne. Zu viele hohe Tiere haben ihre Hände im Spiel. Du würdest nicht glauben, was ich heute nachmittag in ein paar Akten gefunden habe. Aber darüber sollten wir lieber nicht am Telefon reden. Es reicht wohl, wenn ich sage, daß du niemanden trauen darfst. Je weiter ich komme, desto häufiger frage ich mich, ob Garovic nicht recht hatte. Vielleicht hätte ich die Finger davonlassen sollen.«

»Leider habe ich noch mehr schlechte Nachrichten für dich. Irgend so ein UN-Typ hat wie verrückt den ganzen Tag versucht, dich zu erreichen. Seitdem du zu Kasic gegangen bist, hat er sechsmal angerufen. Der drehte schon fast durch. Ich sagte ihm, daß er genausogut auch mit mir reden könne, aber er wollte nur mit dir reden. Er wollte deine Privatnummer haben, aber ich habe sie nicht rausgerückt. Dann wollte er sogar deine Adresse haben, aber du kannst dich auf mich verlassen. Keine Chance.«

»Was hat er gewollt?«

»Das wollte er nicht sagen. Wollte auch seinen Namen oder seine Nummer nicht hinterlassen. Aber ich glaube, er ist wirklich von der UN. Auf jeden Fall Ausländer.«

»Franzose?«

»Vom Akzent her Engländer. Aber nicht dein Nescafémann. Die Stimmen von so großzügigen Leuten behalte ich.«

»Vielleicht ruft er gleich hier an.«

»Vielleicht. Aber in der Zwischenzeit hat er mich vor ein paar Minuten hier angerufen.«

»Zu Hause?«

»Ja. Ich würde gerne wissen, wie zum Teufel er an meine Nummer gekommen ist. Aber bei den Frauen, die ich kenne, kann ich es mir schon vorstellen. Dieser Vitas-Fall wird uns noch umbringen. Oder wir landen in irgendeinem Schützengraben.«

»Was hat er gesagt?«

»Daß er dich unbedingt sprechen muß. Er will sich mit dir treffen. Jetzt sofort und nicht morgen. Ich habe ihm gesagt, daß ich nichts machen könne, weil ich nicht wüßte, wo du seist. Um ihn endlich loszuwerden, habe ich gesagt, daß ich dich heute abend zu Hause anrufen würde. Aus irgendeinem Grund scheint er nicht an deine Privatnummer zu kommen. Einer der Vorteile deiner Enthaltsamkeit, nehme ich an.«

»Aber seine eigene Nummer wollte er dir nicht geben?«

»Eine zu sensible Angelegenheit, hat er gesagt. Es könnte sein, daß ein anderer rangeht, wenn du anrufst, und zwar nicht nur in seinem Büro, sondern auch da, wo er wohnt. Ich soll dir nur was ausrichten. Er will dich heute nacht treffen, nur dich allein. Eine halbe Stunde nach der Ausgangssperre.«

Vlado schaute auf seine Uhr.

»Himmel, das ist in vierzig Minuten! Und wo?«

»Am Ende der Dakovica Straße. Unten am Fluß. Er sagte: jetzt oder nie. Und, Vlado?«

»Ja?«

»Er hat gesagt, daß sein Leben in Gefahr sei und deins auch. Aber er wollte nicht sagen, warum oder durch wen.«

»Und du bist sicher, daß es ein Engländer war?«

»Ziemlich sicher.«

»Kein Franzose? Bist du dir sicher, daß er kein Franzose sein könnte?«

»Einen französischen Akzent erkenne ich sofort. Meine erste Freundin war Französin, weißt du, damals während der Olympiade. Ich war erst vierzehn. Glaubst du, danach vergesse ich einen französischen Akzent? Ich bin nur froh, daß dieser Typ mich erreicht hat und nicht Garovic. Kannst du dir vorstellen, wie der durchgedreht wäre?«

Der bloße Gedanke an diese Möglichkeit, an einen stotternden, rot angelaufenen und für einen Moment vom bürokratischen Horror gelähmten Garovic, verdrängte kurzzeitig alle Sorgen. Die beiden fielen am Telefon in lautes Gelächter.

Dann wurde Damir plötzlich ganz vertraulich. »Vlado, ich weiß, daß du mich für keinen besonders guten Polizisten hältst.«

»Das stimmt nicht.«

Obwohl es irgendwie doch stimmte. Es lag nicht daran, daß Damir nicht klug genug war oder nicht die richtigen Fähigkeiten besaß. Er schien einfach immer zu sehr an Frauen, ein paar Drinks und am leichten Leben interessiert zu sein, um jemals richtig gute Ermittlungsarbeit zu leisten. Vlado mußte sich selbst eingestehen, daß dies auch ein Grund war, warum er Damir nicht voll und ganz in seine Ermittlung einbezogen hatte. Es war nicht nur das Versprechen an Kasic, der so eine Loyalität nun erwiesenermaßen nicht verdient hatte.

»Ich habe nur manchmal deine Gewissenhaftigkeit in Frage gestellt, mehr nicht. Deine Einsatzbereitschaft. Aber du bist noch jung. Das wird sich noch ändern. Und wer kann schon mitten im Krieg lernen, ein guter Ermittler zu werden? Wir sind alle viel zu sehr damit beschäftigt, unsere eigene Haut zu retten.«

»Okay, aber wenn es darum geht, meine Kollegen zu unterstützen, bin ich absolut gewissenhaft. Ich weiß, daß dir Vasic vor dem Krieg nähergestanden hat und daß ihr immer besser zusammengearbeitet habt. Ich verstehe das. Er hatte Frau und Kinder, genau wie du. Aber, Vlado, du solltest zu diesem Treffen nicht allein gehen. Du kennst nicht mal den Namen des Mannes, und du sollst ihn nur einen Block entfernt von dort treffen, wo Vitas ermordet wurde. Vielleicht sogar von derselben Person.«

Dieser Gedanke war Vlado auch schon in den Sinn gekommen, und er war erleichtert, daß Damir ihm seine Unterstützung anbot.

»Deine Hilfe kann ich gut gebrauchen. Aber es könnte sein, daß er abhaut, wenn er uns beide sieht.«

»Also mache ich mich unsichtbar. Ich werde früher losgehen und euch aus der Deckung beobachten. Genauso wie es uns unser alter Chef immer gelehrt hat. Damals hatten wir wenigstens noch einen richtigen Chef. Er würde zur Abwechslung mal stolz auf mich sein.«

Allein die Erwähnung von Imamovic, ihrem früheren Chef, war irgendwie beruhigend, so als hätte ihm der alte Mann aus seinem Grab heraus ein paar weise Ratschläge zugeflüstert.

»Wenn ich jetzt losgehe«, fuhr Damir fort, »kann ich ungefähr zehn Minuten vor der Verabredung dort sein. Bevor du da bist, kann ich schon mal die Lage peilen, und wenn irgendwas nicht stimmt, pfeife ich zweimal, um dich zu warnen. Wenn ich nicht pfeife, ist alles in Ordnung. So dunkel, wie es heute nacht ist, wird man mich kaum sehen, wenn ich da rumschleiche.«

»Erschrecke ihn aber nicht. Wenn er tatsächlich so nervös ist, wie du gesagt hast, dann haut er sofort ab, wenn er merkt, daß ich nicht allein bin. Hast du deinen Revolver?«

»Immer. Du bist derjenige, der glaubt, man müßte in dieser Stadt nicht bewaffnet sein.«

»Meiner ist hier irgendwo in der Schublade.« Vlado schaute wieder auf seine Uhr. »Wir haben noch ungefähr fünfunddreißig Minuten. Geh besser schon los, sonst schaffst du es nicht mehr.« Damir wohnte am westlichen Rand der Stadt. Er würde sich sputen müssen. Vlado brauchte nur ein paar Straßen weit zu gehen. Er hatte noch Zeit.

»Ich werde mich beeilen müssen«, stimmte Damir zu. »Aber ich bin jünger als du. Ich werde es packen. Wir sehen uns dann dort.«

»Und, Damir?«

»Ja?«

»Danke. Ich schulde dir etwas.«

»Etwas? Eine ganze Menge, würde ich sagen.«

Damir hängte lachend ein.

Vlado legte den Hörer auf. Es ging alles zu schnell. Er schaute wieder auf seine Uhr. Er hatte immer noch nichts gegessen und starb schon fast vor Hunger. Jetzt hatte er immerhin noch Zeit für einen Happen Fleisch und eine Zigarette. Vielleicht würde er danach wieder ruhiger werden. Nachher überwältigte ihn noch alles andere – der lange Marsch den Zuc hinauf und wieder herunter, die schlaflose Nacht im Schützengraben und all die Enthüllungen des Tages – gerade dann, wenn er einen klaren Kopf brauchte.

Er wickelte das Fleisch aus dem Metzgerpapier. Allein bei dem Geruch lief ihm schon das Wasser im Munde zusammen. Er würde nach diesem Abend ein ordentliches Stück für Damir abschneiden. Obwohl, wollen wir mal nicht übertreiben, dachte er dann. Damir schien in der letzten Zeit selbst ganz gut versorgt zu sein.

Er zog die Schublade seines Schreibtisches auf und suchte nach seinem Schweizer Armeemesser, das kostbare Souvenir von seiner Reise nach Berlin vor dem Krieg. Aber dann fiel ihm wieder ein, daß er es vor einer Woche Damir geliehen hatte.

Vielleicht hielt dieser Typ von der UN, vorausgesetzt, er war wirklich von der UN, seine Hände über Oberst Chevard oder sogar über der ganzen Operation. Es konnte sogar der Engländer sein, mit dem er gestern am Telefon gesprochen hatte. Vielleicht hatte sich die Ermittlung bis zu den wichtigen Leuten herumgesprochen. Wer weiß, sagte er sich selbst, vielleicht kommt die Sache jetzt ins Rollen. Aber immer vorsichtig bleiben! Und endlich was in den Magen kriegen!

Er zog an der obersten Schublade von Damirs Schreibtisch. Abgeschlossen. Aber kein Problem. Vlado und sein früherer Partner Vasic hatten vor langer Zeit einen lächerlichen Fehler in der Büroeinrichtung der Tito-Ära entdeckt. Selbst heute wußte noch nicht jeder davon. In den meisten Büros paßte ein Schlüssel für alles. Für alle Schreibtische und jede einzelne Schublade. Nur die Einrichtung der Chefs war davon natürlich ausgenommen. Sie waren sich nie einig gewesen, ob dieses Manko eine dieser typischen kommunistischen Schlampereien gewesen war oder ein hinterhältiger Weg, der Fanatikern und Spitzeln der Partei erlaubte, ihre Mitarbeiter auszuspionieren. Vasic und er hatten diesen freien Zugang zu den Schreibtischen ihrer Kollegen immer wieder für Streiche genutzt, auf jeden Fall bis Imamovic dahintergekommen war. Er hatte sofort neue Schlösser und Schlüssel beantragt, aber – wie das System eben so war – sie sind nie eingetroffen.

Also nahm Vlado seinen Schlüssel und steckte ihn in das Schloß von Damirs Schreibtischschublade. Und es ließ sich öffnen, als wäre der Schlüssel extra dafür gemacht worden.

Meine Güte, was für ein Saustall! Damir war tatsächlich noch schlampiger, als er angenommen hatte. Die Schublade war vollgestopft mit dreckigen, kaffeebraunen Servietten, zusammengeknüllten Notizen, Papierfetzen mit Telefonnummern – wahrscheinlich Damirs Version eines Adreßbuches –, Kassetten mit Heavy-Metal-Musik von Bands, die Vlado noch nie zu Ohren gekommen waren, Büroklammern und anderem, unnützem Krimskrams. Vlado wühlte durch den ganzen Stoß, schob die kleinen Haufen zerknüllter Papiere beiseite und zuckte vor Schmerz zusammen, als sich eine Reißzwecke in seinen Daumen bohrte.

Doch dann war Land in Sicht. Ganz hinten in der Schublade erspähte er den roten Griff des Armeemessers. Aber als er das Messer hervorholen wollte, stach ihm wie ein vertrautes Gesicht in einer hektischen Menschenmenge noch etwas anderes ins Auge. Ein kleiner, blauer Uniformrock mit goldenen Knöpfen, handbemalt. Ein winziger österreichischer Husar, circa 1805, der sein noch unbemaltes Schwert tapfer in den Himmel hob.

Vlado nahm den Soldaten und hielt ihn vor das schwache Licht der Leuchtstoffröhren. Ein Opfer Napoleons, jetzt kurzzeitig gefangengenommen von Damir. Vlado schob die Schublade zu und verschloß sie wieder. Als er den Soldaten dann tief in seine Manteltasche stopfte, wurde ihm erst die Bedeutung seiner Entdeckung bewußt. Er versuchte, eine unschuldige Erklärung zu finden, aber es gab keine. Es gab jetzt auch keine Zeit, um eine Erklärung zu fordern. Er griff in seine eigene Schublade und holte aus einem ähnlichen Durcheinander von Papieren und Kassetten seinen Dienstrevolver hervor. Er sah, daß alle Kammern geladen waren, entsicherte die Waffe und steckte sie in die Tasche, in der unten schon der Soldat lag. Der winzige Mann würde nun seine einzige Unterstützung sein, dachte er traurig.

Er griff sich seine Tasche und hängte sie um die Schulter. Dann ging er quer durchs Büro und durch die Tür, ließ das Fleisch ausgepackt und unangerührt auf seinem Schreibtisch zurück und fühlte sich unglaublich einsam.

18. Kapitel

Auf dem Weg zum Treffpunkt versuchte Vlado, die Schwere von Damirs Verrat zu ermessen. Vielleicht war er nur ein besserer Laufbursche, der Vlados Wohnung durchsucht und sonst nichts getan hatte. Er wäre der perfekte Mann dafür gewesen. Wenn ihn ein Nachbar zufällig gesehen hätte, wäre er sofort als Vlados Freund erkannt worden. Niemand hätte etwas Böses dahinter vermutet. Vielleicht hatte er auch regelmäßige Berichte über Vlados Kommen und Gehen und von seinen Kontakten angefertigt, ohne dabei zu wissen, welche Rolle Kasic wirklich spielte. Das würde auf jeden Fall ein paar Dinge erklären.

Und vielleicht gab es wirklich einen aufgeregten UN-Mann, der Vlado tatsächlich wichtige Informationen übermitteln wollte.

Andererseits hatte Damir vielleicht die ganze Angelegenheit in der Hoffnung eingefädelt, Vlado nach der Ausgangssperre an eine dunkle und ungeschützte Stelle zu locken, wo jeder Ermordete nur als weiteres Opfer der Heckenschützen abgeschrieben werden würde.

Doch selbst wenn man den günstigeren Fall annahm und Damir nicht so tief mit drinsteckte, fragte sich Vlado, ob er selbst zu so einem Betrug in der Lage gewesen wäre. Nein, er hätte niemals einen Kollegen bespitzelt. Und erst recht nicht, ohne denjenigen vor so einer Anordnung zu warnen. Damir aber hatte für sich beschlossen, daß das in Ordnung sei. Von seinem eigenen Vater betrogen, hatte sich der verbitterte Damir dazu entschlossen, das Spiel mitzuspielen. In

Vlados Augen war er schuldig. Die einzige Frage war, wie sehr.

Mit vollem Magen und der Zeit, die Sache eingehend zu überdenken, hätte Vlado das Treffen wahrscheinlich nicht zustande kommen lassen. Aber er war mittlerweile so in Fahrt gekommen, daß er keine andere Möglichkeit mehr sah, als sich vollends in die Sache zu stürzen.

Er mußte nur ein paar Straßen weit gehen, doch Vlado nutzte die überschüssige Zeit, um sich dem Treffpunkt von hintenherum zu nähern. Wenn er den direkten Weg nehmen würde, würde er als erster dort sein. Er könnte vielleicht sogar noch vor Damir zur Stelle sein, was ein deutlicher Vorteil sein könnte. Aber ein Damir, dem man nicht trauen konnte, hatte vor ein paar Minuten von sonstwo anrufen können, vielleicht sogar vom Innenministerium aus. Und wenn Vlado in eine Falle marschierte, dann würde jetzt bereits jeder an Ort und Stelle sein und ihn vielleicht sogar etwas früher erwarten.

Die Wolkendecke war so dicht wie nie und ließ überhaupt kein Mondlicht mehr durchscheinen. Durch die Ausgangssperre waren die Straßen einsam und verlassen. Die Heckenschützen und die Artillerie hatten sich tagsüber zurückgehalten, so als wollte jeder auf den Bergen Kraft und Munition für das orthodoxe Neujahrsfest heute nacht aufsparen. Ein schweres Feuergefecht wurde erwartet, und die Aussicht darauf hatte anscheinend die Bars und Cafés schon früh leer gefegt. Alle waren nach Hause geeilt und verschanzten sich in ihren sichersten Zimmern. Vlado bezweifelte auch, daß die Prostituierten so lange wie sonst auf ihrem Posten ausgehalten hatten. Wenn jemand ein Treffen mit sowenig Zeugen wie möglich arrangieren wollte, dann war dies genau die richtige Nacht dafür.

Als er nur noch einen Block von dem Treffpunkt entfernt war, hielt er sich am Rande der Straße und drückte sich so nah wie möglich an die Mauer eines verlassenen Bürogebäudes. Er hielt inne und lauschte. Er hörte nur das schwache Gurgeln des Wassers, ein Ton, der an den steilen Steinmauern emporkroch, die die Miljacka begrenzten. Aber da war auch noch etwas anderes, ein Ton, den er kannte, aber nicht gleich identifizieren konnte. Ein gleichmäßiges Ticken, langsamer als eine Uhr. Dann fiel es ihm ein. Es war das Geräusch eines Autos, dessen Motor abkühlte.

Er ging ein paar Schritte weiter, konnte aber da vorne immer noch nichts erkennen. Noch ein paar Schritte, und dann sah er einen Wagen. Nein, zwei Wagen, die sich im Abstand von ungefähr zehn Metern gegenüberstanden. Den einen konnte man leichter erkennen, denn er war weiß. Der Silhouette nach schien es ein Jeep zu sein. Und ein weißer Jeep konnte nur die UN bedeuten. Zuerst beruhigte ihn das. Aber der zweite Wagen war nicht weiß. Und Damir besaß keinen.

Vlado wartete einen Augenblick. Er bekam kaum noch Luft. Sein ganzer Brustkorb schien sich zusammenzuziehen. Er überlegte, ob er umdrehen und ganz ruhig zurück ins Stadtzentrum gehen sollte. Er könnte sie doch einfach weitermachen lassen, wer immer sie auch waren. Aber wo sollte er in der Zwischenzeit bleiben? Wo sollte er arbeiten? Er kam aus dieser Situation nicht mehr raus, und er kam erst recht nicht raus aus Sarajevo. Langsam wagte er sich wieder drei Schritte vor. Dann hielt er an. Eine Stimme durchbrach die Stille.

»Vlado, bist du das?«

Es war Damir. Er klang fröhlich und erfreut. Vlado schob seine Tasche zur Seite, griff in seinen Mantel und umklammerte den Revolver. Ein Feuerzeug ging an und erleuchtete Damirs Gesicht. Er lächelte, ganz lässig. Er hätte auch auf einem Barhocker sitzen und auf einen Freund warten können, so wie er jetzt zu Vlado rüberschaute.

»Er ist hier, Vlado. Er hat mich entdeckt, bevor ich ihn gesehen habe. Komm her, dann lasse ich euch allein, damit ihr in Ruhe reden könnt. Ich passe auf.«

Vlado machte noch zwei Schritte und hielt dann an. Jetzt war er gut zehn Meter von Damir und dem Flußufer entfernt, aber er sagte immer noch nichts. Damir blinzelte in die Dunkelheit und versuchte Vlado zu finden. Auf seiner Stirn zeigten sich jetzt Sorgenfalten.

»Vlado, alles in Ordnung. Es kann nichts schiefgehen. Ich bin hier.«

»Und das ist genau das Problem«, sagte Vlado und erschrak bei der plötzlichen Lautstärke seiner Stimme. »Besonders da du jetzt meine Soldaten sammelst. Kriegst du den Rest, wenn ich im Fluß liege? Gehört das zur Abmachung?«

Damirs Lächeln brach zusammen. Sein Feuerzeug erlosch, und jemand anderes nahm die Situation in die Hand. Die Scheinwerfer des Jeeps wurden eingeschaltet und strahlten Vlado vor der Mauer wie auf einer Bühne an. Er duckte sich unter den Lichtkegeln weg und lief auf die Mitte der Straße. Sofort krachte ein Schuß. Vlado schlug einen scharfen Haken runter zum Fluß und schnellte hinter den zweiten Wagen. Als der nächste Schuß ertönte, hechtete er auf den Boden.

Es war so laut, dachte er, so verdammt laut. Dann lag er schon im Gras und rollte die Uferböschung hinunter. Das Scheinwerferlicht erreichte ihn nicht mehr. Er rollte weiter, die nassen Grashalme streiften sein Gesicht, Schritte kamen immer näher, Stimmen schrien. Dann stieß er mit dem Rükken gegen ein Eisengeländer, und als er darunter wegrollte, hörte er Damir rufen: »Er will zum Fluß!«

Kaum war er an dem Geländer vorbei, stürzte er plötzlich hinab. Sein Magen sprang ihm bis in die Kehle. Er prallte einmal auf, streifte eine Steinmauer und fiel dann fünf Meter hinunter ins Wasser. Mit einem lauten Platschen schlug er auf. Zuerst versetzte ihm die Kälte einen Schock, dann der steinige

Boden. Der Fluß war hier kaum einen halben Meter tief, und der Aufprall verschlug ihm fast den Atem. Er prustete und keuchte, hörte Schreie und wildes Herumgerenne. Und wieder einen Schuß. Er schlug irgendwo rechts von ihm im Wasser ein. Er tauchte ab, konnte sich aber in dem flachen Wasser kaum unten halten. Doch die Strömung, die oben von den Brücken aus gesehen scheinbar immer so träge dahinplätscherte, trieb ihn schon stromabwärts in Richtung Sicherheit.

Die Schreie hörten nicht auf. Neben Damirs Stimme waren es noch zwei andere. Vlado erkannte keine von beiden. Dann wurde ihm klar, daß er für den Moment sicher war, daß ihn die Hilflosigkeit seiner Stadt rettete. Der Fluß war eine undurchdringliche Schlucht der Dunkelheit. Es gab weder Straßenlaternen noch Lichter aus der Stadt, die sie durchstoßen konnten. Jemand hatte den Jeep umgedreht, aber die Scheinwerfer waren sinnlos. Sie sprangen über den Fluß wie Suchlichter, die in die Sterne gerichtet waren. Und dahin, wo Vlado langpaddelte, konnte sie niemand runterdrehen.

Sein Problem war jetzt die Kälte. Er stieß sich mit den Füßen ab, um zum gegenüberliegenden Ufer zu kommen, aber seine Beine fühlten sich schon schwer an, und seine nassen Kleider zogen ihn hinab. Seine Tasche trieb voran, und der Gurt scheuerte an seinem Hals. Der Revolver hing einem Anker gleich nutzlos in seiner Manteltasche. Als er ihn mühsam hervorzog, sank er auf den Grund. Das Wasser schmeckte staubig und metallisch, wie eine Handvoll Münzen.

Mittlerweile war er schon etwa zwanzig Meter stromabwärts getrieben. Er hörte ein leises Platschen, gefolgt von einer Schimpfkanonade. Seine Zähne fingen an zu klappern. Höchstens noch fünf Minuten, und er würde vor Unterkühlung das Bewußtsein verlieren. Aus dem Wasser zu steigen und die Uferböschung hinaufzukriechen war immer noch zu riskant. Außerdem war er sich nicht sicher, ob er es bis zu der Stelle schaffen würde, wo Eisensprossen die Wand hochführten. Die Scheinwerfer des Jeeps leuchteten jetzt stromabwärts die oberhalb des Flusses gelegene Straße entlang. Der Fahrer starrte wahrscheinlich die Böschung hinunter, um zu sehen, ob Vlado aufgetaucht war. Wer auch immer zu diesem Haufen gehörte, hatte sicherlich die Beziehungen, um unter irgendeinem Vorwand noch mehr Männer zu mobilisieren, die für den Rest der Nacht das nördliche Ufer absuchen konnten. Obwohl ihnen das Neujahrsbombardement heute nacht die Suche erschweren würde.

Dann hörte er wieder Damirs Stimme.

»Die Staustufe! Die Staustufe! Los, zur Brücke, dann sehen wir ihn, wenn er durchkommt!«

Vlado wußte genau, was er meinte. Alle zweihundert Meter schufen ein Meter hohe Stufen kleine, niedliche Wasserfälle, hinter denen sich Müll und Spielzeugboote sammelten. Selbst in der Dunkelheit würde sich ein Körper, der dort hinüberrutschte, vor den weißen Wasserstrudeln abzeichnen. Ein leichtes Ziel für jemanden, der schnell am Abzug war. Auch wenn die Kugel vorbeiginge, würde ihn die Strömung unter Wasser ziehen und seinen Verfolgern langsam die Arbeit abnehmen. Er stieß sich wieder ab, um das andere Ufer zu erreichen. Seine Beine waren noch schwerer, und auch die Arme wurden schlapp. Die Strömung schien jede seiner Bewegungen mit doppelt so starker Kraft zu beantworten. Jetzt konnte er schon das Rauschen der Staustufe hören. Je näher er kam, desto bedrohlicher wurde das Rauschen. Er schaute stromabwärts zur Brücke. Vor dem düsteren Himmel konnte er schwach die Umrisse einer Person erkennen. Dann erschien noch eine zweite, und ein Lichtkegel strich über die Wasseroberfläche. Sie hatten eine Taschenlampe.

Er versuchte erneut, ans gegenüberliegende Ufer zu gelangen, und endlich schaffte er es. Doch er fühlte nur eine glitschige, feuchte Steinmauer, zu rutschig und zu steil, um sich daran festzuhalten. Die Strömung wurde stärker, und durch die Stauung vor der Staustufe stieg der Wasserspiegel. Das rauschende, hinunterstürzende Wasser verschluckte nun die Stimmen von oben. Den Lichtstrahl konnte er aber noch auf dem Wasser umhertanzen sehen.

Plötzlich öffnete sich ein schwarzes, rundes Loch vor ihm, ungefähr einen halben Meter über dem Wasserspiegel. Es war einer der Abwasserkanäle, die den südlichen Teil der Stadt entwässerten. Im Vorbeitreiben schaffte Vlado es gerade eben, mit einem Aufstöhnen seinen Arm hoch genug zu heben, um sich an die vordere Kante der Röhre zu klammern. Dabei rutschten seine Füße in den Sog der Staustufe. Er mußte alle Kräfte aufwenden, um gegen die Strömung anzukämpfen. Aber dann konnte er die Röhre mit beiden Händen greifen. Mit letzter Anstrengung zog er Kopf, Schultern und Brustkorb in die Öffnung und fragte sich die ganze Zeit, wann er gesichtet und erschossen werden würde. Doch die Männer auf der Brücke mußten alle Hoffnung auf die Staustufe gesetzt haben.

Vlado schleifte seine Beine hoch und sank in den seichten Wasserstrom, der durch die Röhre plätscherte. Die Luft war wärmer hier, fast erfrischend, trotz des unglaublich sauren Geruches. Der Boden und die Seiten waren voller Algen und glitschig, aber es war reichlich Platz, um sich umzudrehen. Er mußte von der Öffnung wegkommen, bevor der Lichtstrahl ihn fand. Er krabbelte los, schwankte zuerst noch und stieß sich den Kopf an der Decke. Nicht so schlimm, sagte er sich selbst. Doch die undurchdringliche Dunkelheit vor ihm war furchteinflößend. Er hörte nichts mehr als das Gurgeln des Wassers, das tief aus der Dunkelheit zurückhallte. Aber er war dem Fluß entkommen. Und noch wichtiger: Er war außer Sichtweite.

Für einen Augenblick ruhte er aus und entspannte seine Muskeln. Die Zähne klapperten weiter. Als er wieder ein bißchen zu Kräften gekommen war und sich wärmer fühlte, krabbelte er blindlings los. Er würde nicht wieder zurückkönnen. Nachher fand noch jemand heraus, wohin er verschwunden war, und kam ihm hinterher. Der Tunnel führte den Berg hinauf. Er wußte, daß er in eine Richtung unterwegs war, die ihm nur noch mehr Ärger einbringen würde. Die falsche Seite der Front lag nicht mehr als hundert Meter vor ihm. Aber im Moment schien es so etwas wie eine richtige Seite der Stadt nicht zu geben. Jetzt war ganz Sarajevo zum Sperrbezirk für Vlado geworden. Langsam und gleichmäßig kroch er weiter.

Als er kurz anhielt, um auszuruhen, fiel ihm sein Feuerzeug ein. Es war in seiner Manteltasche, zusammen mit dem Soldaten. Er griff in die Tasche und spürte das winzige Schwert. Vorsichtig, ohne das Schwert abzubrechen, zog er das Feuerzeug heraus. Der Feuerstein war durchnäßt, aber nach einigen Versuchen flackerte die Flamme auf. Der Tunnel schlängelte sich endlos weiter, bis weit jenseits des Lichtscheins.

Er überprüfte seine Sachen. Seine Tasche war feucht, aber der Reißverschluß war noch zu. Vielleicht war sie wasserdicht genug, um alles drinnen einigermaßen trocken zu halten. Er löschte das Licht und setzte seinen Weg fort.

Ungefähr eine halbe Stunde kroch er so weiter. Über Stöcke hinweg, über eine tote Ratte und andere Dinge, von denen er lieber gar nicht wissen wollte, was sie waren. Alle paar Minuten hielt er an, schöpfte Atem und machte kurz sein Feuerzeug an, um sich zu orientieren. Jedesmal bestand der vor ihm liegende Weg aus nichts als weiterer Dunkelheit. Er kam an ein paar kleineren Röhren vorbei, die von beiden Seiten in seine führten. Bisher waren alle zu eng, um sich einen Abstecher zu erlauben.

Kurz darauf spürte er etwas Glattes, Metallisches unter sich.

Es hatte eine runde Form und war ungefähr so groß wie eine umgedrehte Salatschüssel. Fast gleichzeitig stieß sein Gesicht gegen ein wildes Gewirr aus Metalldrähten, das stark nach Rost roch. Als er sein Gesicht zurückzog, fühlte er, wie ein scharfer Haken seine linke Wange aufritzte und gleich darauf warmes Blut an seinem Gesicht herunterlief. Er atmete tief ein. Jetzt wußte er, wo er sein mußte.

Er machte sein Feuerzeug an und rollte sich auf die Seite. Die Salatschüssel war eine Landmine. Normalerweise hätte er jetzt tot sein müssen. Doch die Mine war wohl schon so lange dem Wasser ausgesetzt gewesen, daß nicht mehr viel mit ihr los war. Dahinter lag eine rostige Rolle Stacheldraht. Die nächsten zwanzig Minuten verbrachte er damit, den Draht behutsam zu entwirren und zur Seite zu schieben. Mehrmals riß er sich die Hände dabei auf. Langsam zwängte er die abgerollten Stränge an sich vorbei bis zu den Füßen. Dann hatte er den Weg endlich frei gemacht und kroch weiter. Alle paar Minuten machte er sein Feuerzeug an, um nach weiteren Minen Ausschau zu halten. Wenn die eine Seite den Tunnel vermint hatte, könnte die andere Seite auf die gleiche Idee gekommen sein.

Aber es gab keine Minen mehr, auch keine Stacheldrahtrollen. Jetzt war er auf feindlichem Gebiet.

Er kroch noch eine halbe Stunde weiter und kam an einer weiteren Öffnung auf der rechten Seite vorbei. Als er eine Pause machte, hörte er ein Fahrzeug über sich hinwegrumpeln. Endlich sah er einen schwachen Lichtstrahl vor sich. Als er ihn erreichte, lag er genau unter einem Abflußgitter. Es war genug Platz, um in die Hocke zu gehen, so daß er sich an das Eisengitter klammern konnte. Es war schwer, aber beweglich. Er machte sein Feuerzeug an und hielt es unter das Gitter. Eine volle Minute wartete er auf eine Reaktion. Als es keine gab, wuchtete er das Gitter weg und zog sich aus der Röhre ins Freie.

Die Wolken brachen auf, und der Mond schien hindurch. Vlados Uhr hatte den Abend bisher irgendwie überstanden. Hätte er doch bloß auch seinen Revolver behalten. Es war kurz nach 23 Uhr. Also blieb ihm noch knapp eine Stunde, bis das Neujahrsfeuerwerk die Straßen erleuchten würde. Auch hier schienen die Leute vorsichtshalber schon alle Luken dicht gemacht zu haben. In manchen Fenstern konnte man zwar die fahlen Lichter von Kerzen, Laternen oder schwachen Gasflammen sehen, aber sonst lag alles in totaler Finsternis.

Die Straße kam Vlado ein bißchen vertraut vor, aber er wußte immer noch nicht, wo genau er war. Die mächtige, finstere Bergwand, die sich direkt vor ihm abzeichnete, sagte ihm jedoch, daß er ziemlich weit weg vom Fluß und mitten in Grbavica, bei den serbischen Nachbarn, war. Und wenn er schon einmal hier war, wollte er auch einen Besuch machen, bevor er versuchte, einen Rückweg zu finden. Wenn ihn sein verrücktestes Gefühl nicht betrog, dann würde er Zuflucht finden und vielleicht sogar ein paar Informationen.

Wenn es ihn betrog, würde er mit überhaupt keiner Hilfe mehr rechnen können. Dann würde er nur auf weitere Vorboten des Todes stoßen, einschließlich seines eigenen.

19. Kapitel

Auf dieser Seite der Front gefangen zu werden würde das Ende bedeuten. Vlado war sich dessen völlig bewußt. Trotzdem konnte er sich des Gefühls nicht erwehren, sich immer noch mitten in seiner Stadt und auf vertrauten Straßen zu befinden. Es war mehr als zwei Jahre her, daß er zum letzten Mal in Grbavica gewesen war. Jetzt fühlte er sich, als würde er nach einigem Abstand wieder in seine frühere Schule und auf seinen Spielplatz zurückkehren. Hier hatte er einen Teil seiner Jugend verbracht, und obwohl er wußte, daß dieser Ort nie wieder der gleiche sein würde, fühlte er sich zurückversetzt in diese Zeit, als wäre es gestern gewesen.

Genau wie damals, wenn er sich nach Mitternacht aus dem elterlichen Haus geschlichen hatte, machte sich in ihm ein seltsames Hochgefühl breit. Wie damals hatte er das Gefühl, sich plötzlich frei und losgelöst auf verbotenem Territorium zu bewegen – auf der Hut vor den Konsequenzen und gleichzeitig erregt von der eigenen Tollkühnheit, endlich hinter den Spiegel geschlüpft zu sein, um zu sehen, was sonst im verborgenen lag.

Ganze zwei Minuten stand er über dem Abflußgitter und versuchte, sich für seinen nächsten Schritt zu orientieren. Das Straßennetz nahm in seinem Kopf wie eine verschlissene Landkarte verschwommen Form an. Die Straße, auf der er stand, führte von Osten nach Westen. Also mußte er nach links in die Seitenstraße gehen, die nächste Straße wieder rechts, drei Blöcke geradeaus in westliche Richtung und dann nach links Richtung Süden abbiegen. Und nach einem Block würde er am Ziel sein.

An der ersten Kreuzung hielt er an. Irgendwelche Geräusche? Schritte? Bewegte sich etwas? Nur ein automatisches Gewehr knatterte von einem Hügel im Osten. Ein paar übereifrige Feierer konnten wohl Mitternacht nicht abwarten und verschwendeten ihre Munition. Er schaute die Straße hinunter. Die Häuser zeichneten sich in der Dunkelheit ab wie schlafende alte Freunde. Hier war er mit vier Freunden den Berg runter einem Ball nachgejagt. Dort war er in die Metzgerei geschickt worden, die seine Mutter für besondere Anlässe bevorzugte, obwohl sie über einen Kilometer von zu Hause weg lag. Doch selbst im Dunkeln kamen beim genaueren Hinsehen die Symptome der unheilbaren Krankheit des Krieges zum Vorschein: Krater und Löcher in den Mauern, schlaff in den Fensterrahmen hängende Plastikplanen, Regenpfützen auf kaputten Autos und andere Verfallserscheinungen durch Schüsse und Granaten. Über allem lag dieser spezielle Geruch des städtischen Überlebenskampfes – eine Mischung aus Holzqualm, verbranntem Müll und verdorbenem Essen.

Auf seiner Seite der Stadt pflegten die Leute zu sagen, Grbavica hätte es geschafft. Und es stimmte, daß man hier leichter an solche Dinge wie Zucker, Kaffee, Eier und Fleisch kam und daß sie hier weniger kosteten. Doch trotzdem lag Grbavica mitten im Kriegsgeschehen. Die kleine Gemeinde war weit davon entfernt, von der Wucht der Kämpfe so verschont geblieben zu sein wie manch anderer Vorort, der von den Serben gehalten wurde. Auch hier gab es handgeschriebene Schilder, auf denen VORSICHT, HECKENSCHÜTZEN! stand. Nur daß die Warnung hier in kyrillischer Schrift geschrieben war.

Nach Osten hin am Berghang, nur ein paar Straßen weiter, begann der jüdische Friedhof. Ein schwer umkämpfter Boden, der mehr als einen Angriff der bosnischen Armee standgehalten hatte. Wenn jemals ein Angriff Erfolg haben sollte, würde Grbavica nach drei Seiten hin für einen Beschuß offenliegen und zum zweiten Dobrinja werden. Dann würden zur Abwechslung die Serben schutzlos sein und bis an den Fluß gedrängt werden. Vlado hatte einmal beobachtet, wie sich so ein Angriff, ähnlich denen auf seiner Seite der Stadt, entwickelt hatte. Das Ganze hatte sich vor der Bergwand wie ein Open-air-Drama in einem entfernten Amphitheater abgespielt, so als wäre der Krieg ein Sportereignis zum Zuschauen. Männer in Kampfanzügen und ohne Helme schnellten durch die Reihen mit den Grabsteinen, robbten durch den braunen Matsch und hüllten den weitläufigen Friedhof in einen Mantel aus Rauch und Schußsalven. Das Knattern der Gewehre hallte über die ganze Stadt. Die Angreifer stürzten dabei der Reihe nach zu Boden. Manche nahmen einen Abschnitt ein und verlagerten die Frontlinie um eine Grabsteinreihe, andere erhöhten einfach die Anzahl der Toten. Massenhaft fielen die Leichen von Moslems, Kroaten und Serben auf die Gräber der Juden. Eine multikulturelle Orgie, in der auf perverse Weise plötzlich keine Unterschiede mehr gemacht wurden. Im Tod waren alle wieder gleich.

Genau wie auf der anderen Seite des Flusses rumpelten durch Grbavica rund um die Uhr Lastwagen und Jeeps der UN. Sie hatten internationale Blauhelmtruppen oder Säcke voll Mehl, Reis oder Bohnen geladen. Bei dem Gedanken hielt Vlado plötzlich inne. Konnte nicht Chevard oder wer immer vor ein paar Stunden mit Damir in dem UN-Jeep gesessen hatte, auch hierherkommen, um ihn zu suchen? Aber selbst die UN war durch die Grenzen der Belagerung blockiert. Eine Überquerung würde nachts praktisch unmöglich sein, erst recht so kurzfristig. Selbst bei Tagesanbruch müßte man einen Haufen Papierkram regeln und Süßholz raspeln, um durch die Kontrollpunkte zu kommen. Nur am Flughafen hatte die UN die alleinige Befehlsgewalt. Er nahm an, daß General Markovic dazu in der Lage war, in aller Eile etwas zu arrangieren. Aber gleichzeitig bezweifelte er, daß die Schmuggler einen Schritt riskieren würden, der alle Seiten darauf aufmerksam machte, daß irgend etwas Seltsames im Gange war.

Während der nächsten Minuten hörte er zweimal die rumpelnde und knarzende Motorbremse von Lastwagen, die sich die Serpentinen eines Berges hinuntertasteten. Doch beide Male schien es von der anderen Flußseite zu kommen. Es überraschte ihn, daß die Geräusche so nah klangen. Er hatte das Gefühl, Hunderte von Kilometern gereist zu sein, dabei könnte er selbst zu Fuß in weniger als einer halben Stunde zu Hause sein.

Als er um die letzte Abzweigung kam, sah er schon das Haus, das er gesucht hatte. Er erkannte es sofort an den Giebeln und der Dachform wieder. Als er näher kam, sah er auch die vertrauten Fensterkreuze in den oberen Etagen. Mindestens zwei waren ganz geblieben. Wie sehr das Haus tatsächlich in Mitleidenschaft gezogen worden war, konnte er im Dunkeln nicht ausmachen. Auf jeden Fall war es immer noch ein imposantes Beispiel der Empire-Architektur, die von den Österreichern im neunzehnten Jahrhundert eingeführt worden war.

Vlado war angenehm überrascht, in einem Fenster im zweiten Stock ein schwaches Licht zu sehen. Er klopfte an der Eingangstür und wartete. Nichts passierte. Auch nach dem zweiten Klopfen nicht. Er drückte die Klinke hinunter. Die Tür war nicht abgeschlossen. Er ging hinein und machte die Tür leise hinter sich zu.

Obwohl es erstaunlich warm war, zitterte er unkontrolliert, zum Teil weil er erleichtert war, aber auch weil er sich plötzlich sehr erschöpft fühlte. Der Geruch im Haus war unverkennbar: Es muß erst vor kurzem gekocht worden sein. Gebratenes Fleisch, nahm er an. Das Wasser lief ihm im Munde zusammen. Um die Ecke herum hörte er einen Kamin knistern. Auf einem orientalischen Teppich im Zimmer vor ihm tanzten die Reflektionen des Feuers. Irgendwo tickte gleichmäßig eine Uhr.

Im ersten Stock knarrte ein Dielenbrett. Er schaute die Treppe hoch. Ein Licht schien auf und wurde heller, als würde es heranschweben. Eine Laterne. Gleich würde er bestimmt in das mißtrauische Gesicht eines Flüchtlings schauen. Jemand, der hier vor dem Krieg Schutz gesucht hatte und der eine Menge Fragen stellen würde. Jemand, der von Vlados Erscheinung – und jetzt sah er sicherlich fürchterlich aus – so alarmiert sein würde, daß er sofort die Ausweispapiere sehen wollte oder gleich die Militärpolizei rief.

Statt dessen erkannte er das Gesicht genau wie das Haus sofort wieder. Auch wenn es sehr gealtert war. Ihre Haare waren weiß und licht geworden. Sie waren zu einem Knoten gebunden und wurden von einem mädchenhaften, rosafarbenen Haarband zusammengehalten. Sie trug ein langes Baumwollkleid, ähnlich denen, die seine Mutter immer getragen hatte. Und trotz des Anblickes, den er, tropfend auf ihrer Türschwelle stehend, abgeben mußte, ganz zu schweigen vom Geruch, schien sie aus irgendeinem Grund weder überrascht noch alarmiert zu sein, ihn zu sehen. Im Gegenteil, sie schien sich sogar fast zu freuen.

»Guten Abend, Frau Vitas«, sagte er.

Als wäre dies nicht die Stimme, die sie erwartet hatte, hielt sie inne. »Esmir?« sagte sie. »Bist du das, mein Sohn?«

Noch bevor Vlado etwas sagen konnte, gab sie sich schon selbst eine Antwort.

»Natürlich bist du das. Du bist spät dran, Esmir. Und ganz naß. Komm herein, und wärme dich am Feuer auf.« Sie kam die Treppe herab.

»Nein. Es tut mir leid, es ist nicht Esmir. Ich bin Vlado Petric, ein alter Freund von ihm.« Und ein bißchen verlegen fügte er noch hinzu: »Aus der Schulzeit.«

Ihre Miene veränderte sich nicht. Sie stand jetzt direkt vor ihm und hielt die Laterne mit einer Hand vor sein Gesicht. Mit der anderen Hand strich sie ganz sanft seine nassen Haarsträhnen von seiner Stirn. Erst dann verblaßte ihr leeres Lächeln, und ihre Stirn legte sich in besorgte Falten.

»Sie haben recht«, sagte sie schwach, als wäre sie gezwungen, sich geschlagen zu geben. »Es ist nicht Esmir. Tut mir leid.« Das hörte sich an, als wäre es ihre Schuld. »Damit hätte ich wirklich nicht gerechnet. Aber Sie haben ihn gesehen? Sie kommen von ihm?«

Er wollte nicht derjenige sein, der ihr die schlimme Nachricht übermittelt. Wahrscheinlich würde sie bis zum Ende des Krieges nie vom Tod ihres Sohnes erfahren. Obwohl sie ihn wirklich zu erwarten schien. Entweder machte sie sich etwas vor und kriegte nichts mehr mit, oder Vitas hatte sie tatsächlich hin und wieder besucht. Dann mußte er sehr einflußreiche Verbindungen zur Verfügung gehabt haben.

»Ja, ich habe ihn gesehen.«

»Und geht es ihm gut?«

Noch eine Möglichkeit, ihr die Wahrheit zu sagen. Wenn Vlado den Eindruck gehabt hätte, es mit einem klaren und vernünftigen Verstand zu tun zu haben, hätte er vielleicht auch einen Weg gefunden, es ihr vorsichtig beizubringen. Doch ihr Auftreten ließ eher auf das Gegenteil schließen. Außerdem brachten ihn die unwirklichen Annehmlichkeiten des Hauses, die Wärme und das Licht, der Geruch nach einer guten Mahlzeit, völlig aus dem Konzept. Alles, auch die ganze Einrichtung, machte den Eindruck einer Welt, die vor Jahren, lange vor dem Krieg, sicher versiegelt worden war.

Wenn sie sprach, hatte er das gleiche seltsame Gefühl

wie damals während seiner Schulzeit, als er vorbeigekommen war, um nach der Bergwanderung seinen Proviantbeutel abzuholen.

»Ja, er ist in Sicherheit«, antwortete Vlado.

»Das hat er auch gesagt.«

»Sehen Sie ihn oft?«

»O ja, jeden Monat. Er würde natürlich öfter kommen, aber er ist so beschäftigt. Er ist wichtig, wissen Sie. Ein sehr wichtiger Mann in der Stadt.«

Kein Wort vom Krieg, keine Anzeichen, daß ihr sonst irgend etwas ungewöhnlich vorkam. Vlado fragte sich, was sie, wenn überhaupt, davon wußte, was vor ihrer Tür vor sich ging. Wahrscheinlich nahm sie nur wahr, daß gelegentlich ein Donnern oder ein Tosen ihr Haus erschütterte.

»Und Sie kommen von ihm? Gehören Sie zu seinen Leuten?« fragte sie. Sie dachte immer noch, daß sich alles in der Welt um ihren Sohn drehte. »Hat er Sie mit Feuerholz hergeschickt? Oder mit Essen?«

Das erklärte die Annehmlichkeiten im Haus. Dafür hatte Vitas also seinen Einfluß geltend gemacht. Nicht für seine eigene Bereicherung, sondern für seine Mutter. In dieses Bild paßte auch seine spartanische Wohnung. Es muß ein kleines Kunststück gewesen sein, sie von der anderen Flußseite aus zu versorgen, und wahrscheinlich kein billiges. Es erklärte den unvollendeten Brief an seine Mutter, den Vlado aus Vitas' Papierkorb gefischt hatte. Und es erklärte auch die Geschichte vom Tod seiner Mutter, die Vitas in Umlauf gebracht hatte. Wenn jeder dachte, sie wäre tot, hatte er die Versorgungswege viel einfacher offen- und geheimhalten können. Es könnte auch erklären, wie er dazu in der Lage gewesen war, sich immer tiefer in den Irrgarten des Kunstkomplottes zu wühlen. Jeder, der genug Verbindungen zu diesem Teil der Stadt besaß, um ein Haus warm und versorgt zu halten, würde auch die

Mittel haben, sich in den Nachrichtendienst der Schmuggler einzuschleichen. Und wie Vitas Tod gezeigt hatte, hatte er sich am Ende vielleicht auf dieser Seite des Flusses sicherer gefühlt als auf seiner eigenen. Im Moment konnte Vlado dieses Gefühl nur zu genau nachvollziehen.

Dieser Gedanke brachte Vlado auf eine Idee. Aber wenn sie funktionieren sollte, mußte er taktvoll vorgehen. Er mußte einer armen, verletzlichen alten Frau vorsichtig noch ein paar Lügen auftischen. Wohl fühlte er sich nicht gerade dabei.

»Ja«, sagte er und beantwortete endlich ihre Frage. »Esmir hat mich geschickt. Aber diesmal habe ich kein Feuerholz oder Essen mitgebracht. Er hat mich nur geschickt, um zu schauen, ob mit Ihnen und dem Haus alles in Ordnung ist. Ich sollte mal nachsehen, ob irgend etwas repariert werden muß.«

»Sie sind ja ganz naß«, sagte sie, als hätte sie es erst jetzt bemerkt. Aber er war nicht nur naß. Er war von oben bis unten mit Schlamm verkrustet, er war unrasiert und stank nach dem Fluß und dem Abwasserkanal. Als sie ihn auf dem Weg ins Wohnzimmer an einen Spiegel vorbeilotste, war er von seinem Anblick richtig geschockt. Die Tatsache, daß sie bei seinem Anblick nicht schreiend wieder die Treppe hochgelaufen war, sagte ihm einiges über ihre abwesende Geistesverfassung. Vlado nahm an, daß für sie jeder außer ihrem Sohn zur gleichen unbestimmten Masse gehörte.

»Esmir kümmert sich um mich«, sagte sie in einem fröhlichen Singsang und plazierte Vlado auf das Sofa. Als er seine durchnäßten Hosen auf dem schönen alten Polster niederließ, schrank er im ersten Moment zurück. Doch dann sah er, daß alles mit einer dicken Staubschicht überzogen war. Sie machte den Haushalt anscheinend immer noch allein, und was dabei herauskam, konnte man sich denken.

»Er sagt, es ist gefährlich für mich, aus dem Haus zu gehen. Er sagt, es gibt so viele Kriminelle und Schießereien und

Überfälle. Deshalb soll ich nicht auf die Straße gehen. Deshalb schickt er mir alles, was ich brauche.« Das sagte sie mit dem Stolz einer Mutter, die die guten Manieren ihres Jungen hervorhebt.

»Dann mache ich mal Tee für uns«, sagte sie. »Esmir nimmt immer zuerst einen Tee.« Sie erhob sich und schwebte Richtung Küche. Auf der tickenden Uhr auf dem Kaminsims war es halb zwölf. Man konnte schon das Vorspiel des Neujahrsfeuerwerkes hören. Knatterndes Maschinengewehrfeuer und ein paar hochjagende und runterkrachende Mörsersalven. Sie schien den Waffenlärm nicht zu bemerken. Auch der Gedanke, zu so später Stunde Besuch zu haben, schien sie kein bißchen aus der Fassung zu bringen. Mit einem Mal ging ihm auf, daß er wahrscheinlich für eine ganze Weile ihr letzter Besucher sein wird. Vielleicht sogar für immer.

Vitas war noch keine Woche tot. Seine Abwesenheit wird also noch keine Auswirkung auf ihren Feuerholzvorrat oder auf die Regale ihrer Speisekammer gehabt haben. Aber es würde nicht mehr lange dauern. Und was würde dann passieren?

Wenn eine Stadt vom Krieg verschlungen wurde, hörte man immer vor allem vom Leid der Kinder, dachte Vlado. Und unbestreitbar litten die Kinder besonders unter dem Krieg. Da wurden Spielkameraden beim Schlittenfahren oder Ballspiel von Bombenexplosionen getötet; da blieben gefühllos gewordene Waisen mit traurigen Augen und ohne erkennbarer Zukunft zurück.

Doch die Jugend war schon immer unverwüstlich gewesen. Sie hatte immer genug Kraft zum Weitermachen besessen. Allein durch ihre große Masse konnte die Jugend letztlich alle Verluste überwinden. Egal wie viele Freunde starben, man konnte immer neue Freundschaften schließen. Wer den Krieg heil überstanden hatte, würde danach immer noch ein neues Leben führen können.

Die Alten dagegen endeten so wie Vitas' Mutter. Oder wie Glavas. Abgeschieden und allein brachen sie unter der Last ihrer Angst oder völlig vernachlässigt zusammen und hielten gerade lange genug aus, um unbemerkt zu sterben. Oder sie siechten dahin, bis das Leben keine Rolle mehr spielte. So oder so, der Krieg gab ihnen den Rest.

Man konnte nicht sagen, wie lange Vitas' Mutter schon in dieser Verfassung war. So selten, wie er sie früher erlebt hatte, nahm er jedoch an, daß sie diesem Stadium schon vor dem ersten Schuß nahe gewesen sein mußte. Dann war ihr jüngster Sohn gestorben. Vielleicht hatte Vitas ihr diese Nachricht überbracht. Wenn sie zu dem Zeitpunkt schon vor dem Abgrund gestanden hatte, hatte sie der Kummer darüber bestimmt hinuntergestoßen.

Wenigstens hatte sie noch ihr Haus. Selbst wenn es muffig und staubig war und vor einigen Fenstern Plastikplanen hingen, so war es doch größtenteils unversehrt geblieben. Und bis letzte Woche hatte sie noch ihren großen Beschützer gehabt, einen Sohn mit genug Beziehungen, um sie warm und versorgt leben zu lassen.

Aber jetzt? Der Verfall würde beginnen. Und Vlado bezweifelte, daß sie soviel Geistesgegenwart besaß, etwas anderes zu tun, als ihm langsam zu erliegen.

Er stand auf und ging zum Kamin. Er wärmte seine Hände und hörte aus der Küche den Wasserkessel pfeifen. Er legte ein neues Holzscheit auf die Glut und bereute es sofort. Je weniger jetzt verbraucht wurde, desto besser. Wenn sie den Winter überleben würde, würde sie vielleicht der Frühling oder eine Feuerpause auf die Straße locken. Und vielleicht würde sie dann einem Nachbarn auffallen. Aber er wußte, daß er sich da an ein paar sehr dünne Strohhalme klammerte.

Es dauerte nicht lange, und das Scheit brannte fröhlich vor sich hin. Es knisterte laut und verströmte einen angenehmen

Harzgeruch. Funken stoben in alle Richtungen. Vlado zog seine nassen Schuhe aus und lehnte sie gegen das Funkengitter. Seine nassen Socken legte er obendrauf. Mit verschränkten Armen stand er da und starrte in die Flammen, auf diese kleine warme Welt der Glut, die am Boden flackerte. In dieser Pose verharrte er, bis Frau Vitas wieder in das Zimmer kam. Sie balancierte ein silbernes Tablett mit einer Teekanne, zwei Tassen, zwei kleinen Kuchen und einem zu seiner Überraschung vollem Zuckerdöschen herein.

»Bitte«, sagte sie, »setzen Sie sich doch auf das Sofa. Dort sitzt Esmir auch immer.«

Mit einem leeren Lächeln nahm sie in einem Sessel gegenüber Platz. Vlado lief schon das Wasser im Munde zusammen, und er griff schnell nach dem Kuchen. Er stopfte sich ein Stück in den Mund. Dabei schob er seine Zunge aus dem Mund, um keinen verstreuten Krümel verloren zu geben. Der süße Geschmack wirkte wie eine Droge. In seine Teetasse schaufelte er drei Löffel Zucker. Er hätte den Rest in seine Hosentasche gelöffelt, wenn er nur eine Möglichkeit dazu gesehen und sich nicht gleich für diese Versuchung geschämt hätte.

Für einen Augenblick hatte er das Gefühl, daß er gleich abdriften und wahnsinnig werden würde. Was für ein Tag! Da war er gerade erst durch die Hölle gegangen und wurde nun unmittelbar darauf mit Genüssen verwöhnt, an die er schon lange nicht mal mehr zu träumen gewagt hatte. Dieser plötzliche Wechsel überwältigte ihn so sehr, daß er kurz davor war, in Tränen auszubrechen. Noch im Fluß war er dem Tode nur knapp entkommen, und jetzt war er hier, nur ein paar Straßen weiter und doch auf einem ganz anderen Planeten.

Für einen kurzen Moment überkam ihn sogar der Wunsch, einfach zu bleiben. Er könnte Vitas' Mutter wahrscheinlich ganz leicht davon überzeugen, daß Esmir ihm die Aufgabe zugeteilt hatte hierzubleiben, um auf sie aufzupassen. Aber er würde ja völlig unfähig sein, die Versorgung aufrechtzuerhalten. Und je länger er blieb, desto schneller gingen ihre Vorräte an Holz, Wasser und Essen zur Neige. Außerdem hatte er eine Aufgabe zu erledigen, und er mußte sie bald erledigen. Er hatte keine Zeit für Tränen.

»Bringen Sie mir irgendwelche Neuigkeiten von meinem Sohn?« fragte sie.

»Ich kann Ihnen nur sagen, daß er wohlauf ist«, sagte Vlado mit einem Kloß im Hals. »Er läßt Ihnen liebe Grüße ausrichten. Er spricht sehr oft von Ihnen.«

Das war genau das, was sie hören wollte. Sie lächelte zufrieden. So weit, so gut.

»Und er wird mich bald besuchen?«

Vlado wich ihrem Blick aus und sah runter auf den Tisch. »Ja«, sagte er kaum hörbar. »Ja, bald.« Er schaute wieder hoch in ihr strahlendes Gesicht. Ihre Augen leuchteten, aber sie sahen an ihm vorbei. Es war genau wie bei seinem Besuch vor vielen Jahren. Damals hatte er auch in diesem Zimmer gesessen, und schon damals hatte er den Eindruck gehabt, daß sich ihr Blick auf etwas knapp über seiner Schulter konzentrierte.

»Er wäre auch diesmal gekommen«, sagte Vlado. »Aber er hatte zuviel zu tun. Deshalb hat er mich geschickt.« Er wägte seine nächsten Worte ab. Er wollte sich jetzt auf keinen Fall falsch ausdrücken. »Er hat gesagt, daß ich das Haus gründlich untersuchen soll, falls irgend etwas repariert werden muß. Er hat gesagt, ich soll mich um alles kümmern, um was er sich normalerweise kümmert.«

Sie schien noch fröhlicher zu werden. Als hätten seine Worte eine Tür geöffnet. »Aha«, sagte sie, »Sie wollen also seine Sachen sehen. Alles kontrollieren. Das ist immer das erste, was er nach dem Tee macht.«

»Genau.«

Sie lächelte und war anscheinend glücklich darüber, alles geklärt zu haben. Dann tranken beide ihren Tee und lächelten sich ab und zu an. Schließlich fand Vlado, daß es Zeit wurde, und stand auf.

»Wo soll ich anfangen?« fragte er.

»Im Keller natürlich«, sagte sie schroff, als hätte sie es mit einem Idioten zu tun. »Da sind doch alle seine Sachen.«

Im Stehen wurde Vlado etwas schwindelig. Der Zucker begann sich in seinem Blutkreislauf auszubreiten und kroch durch die Adern wie ein langsamer Blitz. Die Kellertür befand sich in der Küche. Auf einem Regal daneben stand eine Kiste voller Kerzen und Streichhölzer. Er zündete eine Kerze an, hielt seine linke Hand vor die Flamme und stieg vorsichtig die steilen, engen Stufen hinab.

Spinnweben klammerten sich an sein Gesicht, und von unten hörte er das Scharren von Mäusen, die sich vor der näher kommenden Kerze versteckten. Vielleicht war es auch etwas größeres. Als einziges Haus mit einer Heizung und einer vollen Speisekammer in dem Viertel war es bestimmt ein beliebter Ort für alle Arten von Nagetieren.

Wo sollte er anfangen zu suchen? Er nahm irgendeinen Weg und entdeckte einen alten Kohleofen, kalt und stillgelegt. Selbst Vitas mit all seinen Beziehungen war wohl bei der Beschaffung so wertvoller Erzeugnisse wie Kohlen gescheitert. An einer anderen Wand hingen alte Werkzeuge. Sie waren von einer dikken Staubschicht überzogen und voller Spinnenweben. Nichts zu finden. Vlado wollte schon die Hoffnung aufgeben.

Er versuchte es in der anderen Richtung. Als er die hinterste Ecke erreichte, brachte das Licht zwei Dinge zum Vorschein, die Vlados Herz höher schlagen ließen. Hier waren also Vitas' »Sachen«, wie seine Mutter sie genannt hatte. Vlado würde sie eher Beweismaterial nennen, und zwar genau die Sorte, die man im Hauptquartier eines gefangengenommenen Gangsters einsammeln konnte.

Zum einen waren dort zwei kleine Karteischubladen aus Holz, wie man sie in Bibliotheken und Archiven benutzte. Sie waren von vorne bis hinten mit Karteikarten gefüllt. Vlado blätterte durch einen Teil und sah, daß sie genau so aussahen, wie Glavas sie beschrieben hatte, bis hin zu seiner Unterschrift unter jeder Karte. Insgesamt waren es mehrere hundert, das heißt, die Kartei schien komplett zu sein. Endlich, das war also die Transferkartei.

Zum anderen stand dort eine Holzkiste, ungefähr 240 cm hoch, 180 cm breit und 60 cm tief. Nummer 79, war mit blauer Farbe auf die Oberseite geschrieben worden. Genauso war die Kiste in den Berichten des Ministeriums geführt worden.

Das Ministerium ging wirklich sorgfältig mit den Kunstschätzen um, wenn es sie außer Landes brachte. Dieses Gemälde war zweifellos nach den Auflagen des Museums verpackt worden. Wahrscheinlich hatte ihnen der Idiot Murovic beigebracht, wie man es richtig machte.

Vlado fragte sich, welches Gemälde sich wohl in der Kiste befand, aber er hatte weder die Zeit noch das notwendige Werkzeug, um es herauszufinden. Außerdem war der blauweiße Lieferschein viel interessanter, der in einer Plastikfolie eingeschweißt an die Kiste geheftet war.

Es war ein Frachtformular der UN, deklariert für den Transport nach Frankfurt, adressiert an einen Branko Jusic. Das war also ihr Verbindungsmann im Ausland, ihr Händler für den Rest der Welt, der Beziehungen in der Grauzone des Kunstmarktes hatte. Das Ziel Frankfurt bedeutete, daß die Kiste bei dem amerikanischen Frachtflug an Bord war, der jeden Morgen als erstes startete. In vier Stunden direkt von Sarajevo nach Frankfurt, wenn es die örtlichen Bedingungen zuließen.

Unten auf dem Lieferschein war die Unterschrift, die den ganzen Vorgang abgesegnet hatte. Es war keine Überraschung, daß die Genehmigung von ganz oben gekommen war: Oberst

Maurice Chevard. Die Unterschrift sah großzügig aus und war typisch französisch eine Spur zu schwungvoll. Vlado nahm das Formular aus der Plastikfolie und legte es neben die Kerze auf den Boden.

Als er noch einmal durch die Kartei blätterte, begann draußen gerade das orthodoxe Neujahrsfest. Mitternacht. In wenigen Augenblicken würde das einsetzende Bombardement ernsthaft werden. Er hielt inne und lauschte. Das muß ein sehenswerter Anblick sein, dachte er. Die roten Raketenschweife, die sich am Nachthimmel bogen, und die Bombenexplosionen, die schön aussahen, solange man sich nicht darum kümmerte, was sie bewirkten. Er fragte sich, was Vitas' Mutter jetzt da oben machte, was sie sich wohl bei dem Feuerwerk dachte. Er hörte keine Schritte über sich. Wahrscheinlich saß sie ganz ruhig am Kamin, und der Schein des Feuers tanzte in ihren leeren Augen. Er stellte sich vor, wie Vitas bei all seinen Besuchen auf dem Sofa saß und die beiden sich mühsam unterhielten, wohl hauptsächlich über seine Schulzeit, ohne jemals von Krieg oder Tod zu sprechen. Doch viel wahrscheinlicher schien es zu sein, daß er niemals selbst gekommen war, sondern alle Vorräte und diese Dinge im Keller lediglich durch vertrauensvolle Mittelsmänner hierhergeschickt hatte. Vertrauensvoll nur deshalb, weil sie gut bezahlt worden waren.

Vitas selbst war vielleicht nur in Form von Briefen erschienen, in Form ein paar kurzer Zeilen auf einem dieser cremefarbenen Bögen. Aber für seine Mutter hatte es ausgereicht und war ebensogut wie ein Besuch gewesen.

Vlado ging noch einmal durch die Karteikarten. Viele waren markiert, was vielleicht bedeutete, daß diese Kunstwerke bereits verschickt worden waren. Er zählte den geschätzten Wert all dieser Werke zusammen und errechnete, daß bis jetzt schon Kunstschätze für ungefähr acht Millionen Dollar außer Landes gebracht worden sein mußten. Selbst wenn man die

Dumpingpreise für gestohlene Kunst auf dem schwarzen Markt berüchsichtigte, war es ein lukratives Unterfangen. Und bei der Anzahl der unmarkierten Karten wurde es offenbar mittels Markovics eigener Liste noch fortgeführt, und zwar noch zügiger als vorher, weil der Termin der UNESCO immer näher rückte. Er fragte sich, was wohl in Murovic vorgehen würde, wenn er entdeckte, daß alle seine kostbaren Schätze verloren waren. Ob er sich von seinen alten Freunden betrogen fühlen würde?

Als Vlado wieder die Kiste ansah, dachte er über das Ausmaß dessen nach, was Vitas geleistet hatte. Er mußte Himmel und Hölle in Bewegung gesetzt haben, um diese Kiste aus der Asservatenkammer des Ministeriums und über den Fluß zu schaffen. Sobald er die Kartei und die Kiste in Zarkos Hauptquartier gesehen hatte, mußte er sofort ihre Bedeutung begriffen haben. Vielleicht hatte das sogar die Razzia zu so einer überstürzten Angelegenheit werden lassen. Kein Wunder, daß Kasic alle Hebel in Bewegung gesetzt hatte, um Zarko zum Schweigen zu bringen. Dadurch hatte er sein Problem gelöst und gleichzeitig seinen eigenen Anteil vergrößert. Dann hatte er alle Spuren aus den Papieren gelöscht, die ihn mit der Tat in Verbindung gebracht hätten. Er hatte sich dabei allerdings zu sehr auf einen kleinen Klecks Tipp-Ex verlassen.

Vitas einzige Fehleinschätzung betraf seine eigene Sicherheit. Und nun würde auch seine Mutter den Preis dafür bezahlen müssen.

Bei der weiteren Durchsuchung des Kellerraumes machte Vlado keine neuen Entdeckungen mehr. Er fand nur ein paar angebrochene Rollen UN-Klebeband und Plastikplanen, mit denen jemand die zerstörten Fenster abgedeckt hatte. Vlado benutzte beides, um ungefähr fünfzig Karten aus der Kartei einzupacken. Er achtete darauf, sowohl markierte als auch unmarkierte mitzunehmen. Er packte auch den Lieferschein ein und umklebte beide Bündel mehrere Male, um sie wasserdicht zu machen. Dann steckte er sie in seine Tasche und verstärkte auch sie mit Plastik und Klebeband.

Schließlich ging er wieder die steile Treppe hinauf und blies in der hellen Küche die Kerze aus.

Frau Vitas saß immer noch ganz wach im Sessel. Doch jetzt sah sie ihn etwas anders an, so als wäre sie angenehm überrascht davon, daß da jemand aus ihrem Keller auftauchte.

»Ich kenne dich«, sagte sie plötzlich. »Du bist Vlado. Du hast deinen Proviantbeutel vergessen. Du hast ihn gestern abend in unserer Berghütte liegengelassen. Husayn spricht oft von dir«, sagte sie.

Das war der Name von Esmirs jüngerem Bruder, der vor einem Jahr getötet worden war.

»Er ist ein guter Freund von dir, oder?« sagte sie.

»Ja, das ist er.«

»Wenn du ihn siehst, sag ihm, er soll nach Hause kommen«, sagte sie in einem eher tadelnden als bittenden Ton. »Es wird Zeit, daß er nach Hause kommt.« Jetzt wurde sie streng wie eine Mutter, die mit ihren Kindern schimpft, weil sie viel zu spät zum Essen durch die Tür hereinspazieren.

»Und Esmir auch«, sagte sie. »Es wird für beide Jungs Zeit, nach Hause zu kommen.«

»Ja«, sagte Vlado wieder, weil ihm sonst nichts einfiel. Er hatte gehofft, in Esmirs früherem Zimmer nach trockenen Sachen herumstöbern zu können, aber es war wohl besser, wenn er jetzt gehen würde. Er würde es auch mit den Sachen schaffen, die er anhatte.

»Ich muß dann mal wieder los«, sagte er. »Ich muß ja noch Ihre Söhne treffen.«

»Ja«, sagte sie abwesend. »Wir suchen deinen Beutel später. Aber möchtest du nicht erst einen Tee? Esmir trinkt immer zuerst einen Tee.«

»Nein, danke. Ich glaube, ich muß jetzt los.«

Er bewegte sich langsam auf die Tür zu und war darauf gefaßt, daß sie ihn zurückhalten würde oder aber ihn anflehte, zu gehen und sofort ihre Söhne zu finden. Er hatte Angst, daß sie weinen könnte. Aber ihr Gesicht war so ausdruckslos wie am Anfang, als sie ihn unten vor der Treppe stehen sah.

»Esmir wollte, daß ich Ihnen noch etwas sage. Er sagte, daß es jetzt sicherer draußen ist, aber nur früh am Morgen, und er möchte gerne, daß Sie morgen früh Ihre Nachbarn besuchen, um wieder Kontakt zu Ihren Freunden zu kriegen. Damit die wissen, daß bei Ihnen alles in Ordnung ist.«

»Ja«, sagte sie lächelnd. »Meine Freunde. Ich werde rübergehen.«

Vlado war sich nicht sicher, ob solche Leute außer in ihrer Phantasie überhaupt noch existierten.

»Sie müssen sie um Essen oder Feuerholz bitten, wenn Sie keines mehr haben«, sagte Vlado. »Vielleicht kann Esmir für eine Weile nichts mehr besorgen.«

»Mein Sohn besorgt mir alles. Er ist ein wichtiger Junge an seiner Schule. Du kennst ihn doch, oder?«

»Ja«, sagte Vlado. »Ja, ich kenne ihn.«

Er machte die Tür auf und schaute schnell nach links und rechts. Es war niemand auf der Straße zu sehen. Von den Bergen krachten noch ein paar Schüsse, aber das ganze Viertel schien leer zu sein. Außer in diesem Haus war nirgendwo ein Licht zu sehen. Er drehte sich um und verabschiedete sich.

»Danke für alles«, sagte er, aber sie schien ihn nicht gehört zu haben.

»Sie sollen bald kommen«, schimpfte sie jetzt, »sag das meinen Jungs.«

Er ging die Stufen hinunter und verschwand in die Richtung, aus der er gekommen war. Er schaute sich noch einmal um und sah, daß sie mit einem zufriedenen Lächeln die Tür schloß.

20. Kapitel

Der einzige Weg zurück war der Weg, den er gekommen war. Also machte sich Vlado wieder auf zum Kanalisationsschacht ein paar Straßen weiter. Er drückte sich den ganzen Weg immer dicht an den Hauswänden entlang und versuchte, keinen Lärm zu machen. Doch er fühlte sich jetzt schon fast unsichtbar. Unverwundbar.

Dieses Gefühl löste sich kurz vor seinem Ziel in Luft auf. Eine Stimme rief ihn von hinten an.

»Halt! Militärpolizei. Halten Sie Ihren Ausweis bereit. Sie haben gegen die Ausgangssperre verstoßen.«

Schwere Stiefel stampften auf ihn zu. Vlado drehte sich um und sah eine Straße weiter die verschwommenen Umrisse eines Mannes. Er hatte den Polizisten nicht gehört, und jetzt fluchte Vlado innerlich über seine Unachtsamkeit. Sollte er es drauf ankommen lassen? Er könnte ganz empört antworten, daß er auch ein Polizist sei, und dann seinen Ausweis zücken. Natürlich dürfte dieser Kollege weder das unverkennbare blauweiße Siegel von Bosnien-Herzegowina bemerken noch den doppelköpfigen Adler des serbischen Wappens vermissen.

Nein, es war viel zu riskant, die Unterschiede viel zu auffällig. Langsam bewegte er sich rückwärts. Vielleicht würde der Polizist in der Dunkelheit nicht merken, daß Vlado der Kreuzung zehn Meter hinter ihm immer näher kam.

»Halt, habe ich gesagt!«

Der Strahl einer Taschenlampe strich über die Straße und erfaßte Vlado schließlich. Jetzt oder nie! Er sprang aus dem Lichtkegel und machte einen Satz auf die Kreuzung zu.

Gleichzeitig beschleunigten die Schritte hinter ihm, und ein weiterer Ruf erhallte. Dann war plötzlich alles ganz still. Entweder war der Polizist zu faul zum Laufen, oder er hielt an, um sein automatisches Gewehr zu schultern.

Vlado hatte dreißig Meter Vorsprung und war schon um die Ecke gelaufen, so daß er jetzt nur noch einen halben Block von dem Abflußgitter entfernt war. Während er das Gitter hochwuchten würde, könnte der Polizist ihn wieder einholen. Er mußte also erst versuchen, seinen Verfolger abzuschütteln. Vorausgesetzt, er war ihm immer noch auf den Fersen.

Vlado duckte sich in einen Hauseingang, sprang die drei Stufen zur Tür hoch und drückte die Klinke herunter. Verschlossen. Er hockte sich in die hinterste Ecke des Treppenabsatzes und hoffte, daß er damit außer Sichtweite war. Die Schritte des Polizisten kamen um die Ecke herum auf ihn zu. Die Taschenlampe war jetzt aus. Das hieß wohl, daß er sein Gewehr mit beiden Händen im Anschlag hielt. Die Schritte stoppten, dann ging das Licht wieder an und flackerte über den Asphalt. Von links nach rechts, ganz langsam. Dann noch einmal und noch langsamer. Der Polizist machte einen Schritt nach vorn und bewegte die Taschenlampe immer noch hin und her. Dann ein zweiter Schritt, ein dritter, ein vierter. Jetzt war er auf gleicher Höhe mit dem Eingang, in dem Vlado kauerte. Keine zehn Meter weit weg. Der Polizist schnaufte schwer von seinem kleinen Sprint. Sein Atem hinterließ Dunstwolken in der dunklen Nacht. Vlado meinte, Slibovitz riechen zu können. Sehr gut. Je betrunkener, desto besser. Der Polizist fluchte vor sich hin und fuchtelte wild mit der Lampe herum. Der Strahl strich über Fenster und Hauseingänge. Dann knipste er die Lampe aus, drehte sich um und ging dorthin zurück, wo er hergekommen war. Er knurrte irgendwas wie »Verfluchte Gören« und schritt geräuschvoll um die Ecke.

Fünf Minuten später hatte Vlado das Gitter des Abwasserkanals hochgehoben und war wieder im seichten Wasser verschwunden. Eine Stunde später hatte er sich seinen Weg durch den Stacheldraht gekämpft und starrte aus der Öffnung des Tunnels in den Fluß. Beide Uferseiten schienen ruhig zu sein. Aber es würde zu riskant sein, gleich hier auf die Straße zu laufen. Er ließ sich wieder in den Fluß hinabgleiten, rutschte mit den Füßen voran über die glitschigen Steine und landete dann spritzend auf dem Grund. Er watete stromabwärts und behielt dabei immer die Uferböschungen im Blick.

An der ersten Staustufe zog ihm die Strömung die Füße weg. Er stürzte den ein Meter hohen Wasserfall hinunter. Das Gewicht der Wassermassen drückte ihn runter, aber er konnte sich freikraulen. Schon wieder bis auf die Knochen durchnäßt, trottete er durch das fast hüfthohe Wasser. Er überwand noch drei Staustufen, bis er das Gefühl hatte, er könnte jetzt sicher die Uferböschung hochklettern.

Sicher war natürlich ein relativer Begriff. Er befand sich jetzt an dem Flußabschnitt, der sich durch das enge Niemandsland zwischen Grbavica und dem westlichen Teil der Innenstadt schlängelte. Er war nur ein paar hundert Meter vom Holiday Inn entfernt.

Man mußte davon ausgehen, daß dieses Gebiet vermint war. Aber er wußte auch, daß Leute, die dringend Feuerholz brauchten, auf der Suche nach brennbarem Material zwischen zerbrochenen Türen und Fensterrahmen hier manchmal herumschlichen. Ansonsten konnte man hier normalerweise nur mit der Gesellschaft von ein paar Ratten rechnen.

Vlado ging in ein leerstehendes Gebäude, das wie ein Holzblock genau in der Mitte gespalten war und alle Gesetze der Physik Lügen strafte, indem es immer noch stand. Im Schutze der Mauern verbrachte er die nächste halbe Stunde damit, nach Holz zu suchen. In der zweiten Etage wurde er fündig. Ein zersplitterter Fensterrahmen hing lose an seiner Verankerung. Er riß ihn herunter und ging vorsichtig die Treppe hinab. Unten zerhackte er den Rahmen in kleine Stücke, die er mit seinem Feuerzeug anzündete, bis sie eine spärliche Flamme abgaben. Der Rauch driftete durch die gewaltige Spalte des Gebäudes in die Nachtluft.

Er entschied, bis eine Stunde vor Sonnenaufgang hier zu warten. Dann wollte er sich aufmachen und so schnell er konnte in seinen Stadtteil laufen. Wenn er auf eine Mine trat, dann trat er auf eine Mine. Wenn er erschossen wurde, dann wurde er erschossen. Nach dieser gerade überstandenen Nacht fiel es ihm leicht, so zu denken. Er starrte in das Feuer und fragte sich, warum Kasic ihn nicht schon früher hatte ermorden lassen. Und warum hatte man es zugelassen, daß seine Ermittlungen so weit fortschreiten konnten? Sicher, wenn er gestorben wäre, hätte es ein paar Unannehmlichkeiten gegeben. Aber man hätte sie der UN auch ganz einfach erklären können, indem man flugs ein paar zwielichtige Gestalten verhaftete und ihnen alle Schuld in die Schuhe schieben würde.

Doch dann fiel ihm der Grund ein. Kasic hatte gehofft, daß Vlado die Transferkartei und die übrigen verlorengegangenen Beweismaterialien für ihn fand. Solange sie noch vermißt wurden, war Kasic und die gesamte Operation verwundbar. Wer war besser dazu geeignet, die Kartei aufzuspüren, als jemand, den Kasic unter seiner Kontrolle hatte? Und da Damir auch noch über jeden von Vlados Schritten sofort Bericht gab, hätte es auch fast funktioniert. Aber dann war Vlado im wahrsten Sinne des Wortes abgetaucht, und dorthin konnten ihm nicht einmal Damir oder Kasic verfolgen.

Das Feuer fing endlich an, ihn aufzuwärmen. Er rieb seine Hände über der kleinen Flamme und versuchte sich vorzustellen, wie wohl Jasmina und Sonja ihren Abend verbracht hatten. Dann stand er auf und schlenderte durch den Schutt in der ersten Etage des Gebäudes.

Der Raum schien einmal Teil eines weiträumigen Apartments gewesen zu sein. Hier und dort lagen zwischen dem abgebröckelten Putz und den Glasscherben zerknitterte alte Fotos, die aus ihren Rahmen gefallen waren. Fremde Gesichter sahen ihn aus den Trümmern an, junge und alte, verheiratete und unverheiratete, alle mit einem Vorkriegslächeln. Er fragte sich, wo sich diese Menschen jetzt wohl befinden mochten, was sie hatten mitnehmen können, als sie in aller Eile das Haus verlassen mußten, und ob sie jemals zurückkehren würden. Oder ob sie es überhaupt wollten.

Als er von Zimmer zu Zimmer wanderte, immer in sicherer Entfernung von den Fenstern, falls ein verschlafener Heckenschütze doch noch mal einen Blick durch sein Fernrohr werfen sollte, stellte er sich vor, in Berlin zu sein und durch Jasminas dunkle Wohnung zu streifen.

Durch ein paar Fotografien hatte er eine gewisse Ahnung davon, wie die Wohnung aussah. Die Zimmer waren klein, aber in freundlichen Farben angestrichen, und überall zeugten Buntstiftzeichnungen von der Anwesenheit eines Kindes. Er ging durch einen Türrahmen und stellte sich ein kleines Bett vor, in dem sich ein Kind unter einer Decke eingerollt hatte. Er beugte sich hinab. Wie ein liebender Vater, der noch einmal nachschaute, ob seine Tochter schon friedlich eingeschlafen war, küßte er ihre Stirn. Er zog die Decke über ihre Schultern, damit sie es mollig warm hatte in der Nacht. Dann ging er über den Flur und folgte dem Geruch von Jasminas Parfüm. Sachte zog er die Decken zurück, stieg ins Bett und schob sich ganz nah an ihren Rücken. Er bebte am ganzen Körper, als er merkte, wie ihre Haut ihn erregte. Er legte eine Hand auf ihre Hüfte, und plötzlich bewegte sie sich. Als sie sich zu ihm umdrehte, strich ihr Haar über seine Wangen. Und dann fühlte er ihre warmen und weichen Lippen.

Von einem nahe gelegenen Hügel ging eine Mörsersalve los.

Entweder war da jemand zu spät zur Neujahrsparty gekommen, oder kurz vor Feierabend wurde schnell noch die letzte Ladung rausgehauen. Die Knallerei schreckte Vlado jedenfalls auf. Er starrte jetzt wieder in einen leeren Raum, dessen Decke halb heruntergerissen war und in Trümmern aus Verputz und Beton auf dem Boden lag. Er sah auf seine Uhr. Schon fast halb sechs. Auch wenn es noch ein paar Stunden vor Sonnenaufgang war, würde es bald heller werden.

Er riß die Plastikfolie wieder von seiner Tasche herunter und kramte durch seine Sachen, bis er sein Notizbuch gefunden hatte. Er blätterte durch die Seiten und suchte die richtige Adresse. In seinem Kopf entwarf er schon die beste Route, um dorthin zu gelangen. Dann kroch er durch die Tür hinaus und spähte um die Ecke. Er lief vom Fluß weg ins Niemandsland hinein und auf das Holiday Inn zu.

Jetzt mußte er wirklich rennen, und er holte alles aus sich heraus. Seine letzten Reserven. Trotzdem war er so vorsichtig wie möglich, als er über Ziegel, Steine und vor allem verbogene Metallteile lief. Er wünschte, er hätte genug Zeit, um nach den kleinen Metallkästchen mit ihren Stolperdrähten Ausschau zu halten. Das waren die üblichen Minen hier.

Bei einem Schritt verfing sich sein Fuß tatsächlich in einem Draht. Er stolperte und schrie auf. Ein erstickter panischer Schrei. Aber er lief weiter. Es waren wahrscheinlich nur die Innereien eines alten Radios. Oder eine heruntergefallene Telefonleitung.

Er erreichte die Heckenschützen-Allee, die ihm auf einem Mal wie ein Hort der Sicherheit vorkam. Schnell sprintete er quer über die Straße. Seine Schritte schlugen laut auf dem Asphalt auf, zu dieser frühen Morgenstunde ein sehr einsames Geräusch. Erst im Schutze der massigen Gestalt des Holiday Inns verschnaufte er kurz. Dann ging er langsam weiter und schnappte keuchend nach Luft. Er schaute sich um. Keine Polizei und auch sonst niemand auf den Straßen. An der nächsten Kreuzung bog er links ab und lief nach Westen auf das Hochhaus zu. Bosanska Straße 712. Über eine düstere Treppe stieg er drei Stockwerke hoch. Ein wohlabgestimmter Duft aus Fäulnis und altem Urin kroch ihm in die Nase. Dann stand er vor der Haustür des Apartments Nummer 37.

Er klopfte an. Nach nur wenigen Minuten, aber noch völlig verschlafen, öffnete Amira Hodzic die Tür. Sie trug einen dicken Bademantel, dessen Gürtel sie eng um die Hüfte gebunden hatte.

»Ich brauche Ihre Hilfe«, sagte Vlado. »Tut mir leid.«

Ihr Gesicht war ungeschminkt, ihre Haare durcheinander und ihre Augen müde und blutunterlaufen. Vlado sah mit Sicherheit noch furchteinflößender aus als vorhin, als er vor dem Haus von Vitas' Mutter gestanden hatte. Doch sie schien nicht erschreckt zu sein, nur müde und vielleicht eine Spur verärgert.

»Warum bin ich nicht überrascht, Sie zu sehen?« sagte sie und verharrte einen Moment auf der Schwelle, bevor sie die Tür ganz aufmachte und wieder hineinging. »Kommen Sie herein«, sagte sie über die Schulter. »Ich mache Ihnen einen Kaffee. Sie sehen so aus, als könnten Sie einen gebrauchen. Aber bitte leise. Meine Kinder schlafen noch.«

Sie drehte sich wieder zu ihm um. »Wollen Sie sich waschen? Ich kann ein bißchen Wasser heiß machen.«

»Das wäre wundervoll.« Wahrscheinlich tat sie sich damit genauso einen Gefallen wie ihm. Er mußte mittlerweile wie eine Kanalratte stinken.

Er stand in dem winzigen Bad und streifte sich die klitschnassen Hosen, das Hemd, Unterwäsche und Socken ab. Es war kühl hier drinnen, aber auszuhalten. Alles war jetzt besser, als in diesen klammen Klamotten zu stecken.

Ein paar Minuten später klopfte sie vorsichtig an. »Der Wassertopf steht vor der Tür.«

Er wunderte sich kurz über diesen Ausdruck von Sittsamkeit bei einer Frau, die sich für ein paar Schachteln Zigaretten vor ihm ausgezogen hatte. Aber als er dann das heiße Wasser spürte, dachte er an nichts mehr. Er wischte mit dem Wasser über Brust und Beine und tauchte sein Gesicht in den Topf. Er hielt den Atem an, schloß seine Augen und zog seinen Kopf dann keuchend und tropfend wieder heraus. Ein so schlichter Luxus, und er hätte vor Freude aufschreien können.

Kurz darauf klopfte sie noch einmal leicht an die Tür. Sie sprach so leise, daß man sie selbst in der völlig stillen Wohnung kaum verstand. »Hier sind ein Handtuch und ein paar trockene Sachen. Von meinem Mann. Wahrscheinlich sind sie etwas zu groß, aber dafür trocken und sauber. Ich habe fast den ganzen Rest verkauft, also können Sie diese Sachen auch behalten.«

Abgetrocknet und frisch angezogen ging Vlado auf Strümpfen in die Küche. Sie hatte Frühstück gemacht. Es gab Brot, Käse und Wurst. Er konnte sehen, daß die Gasleitungen ordentlich und professionell installiert worden waren. In der Ecke stand ein kleiner Holzofen, ein Eigenbau, aber wesentlich stabiler als der, der Glavas gehört hatte. Das Feuer brannte ruhig vor sich hin, daneben waren reichlich kleingeschlagene Holzscheite aufgestapelt. Am liebsten hätte sich Vlado wie eine Katze auf dem Fußboden zusammengerollt und den Rest des Tages durchgeschlafen.

Für die Verhältnisse in Sarajevo hatte sich Amira einen recht hohen Lebensstandard angeeignet, dachte Vlado. Sie folgte seinem Blick, der von einem Luxusartikel zum nächsten wanderte, und schien seine Gedanken zu lesen.

»Das sind die kleinen, angenehmen Nebeneffekte meiner Branche«, sagte sie. »Man wird besser bezahlt als in fast jedem anderen Job, den ich hätte kriegen können. Auch wenn man hauptsächlich mit Zigaretten bezahlt wird. Ich schätze, es ist ganz angemessen, daß eine ehemalige Bäuerin von dem Gewinn der Ernte getrockneter Blätter lebt.«

»Eine Bäuerin. Ich habe Sie mir immer in einem Büro vorgestellt. In einer Bank oder so.«

»Es überrascht mich, daß Sie mich überhaupt als etwas anderes als einen zeitweiligen, begehrenswerten Besitz gesehen haben. Als Ware im Tauschhandel. Nicht daß ich Ihnen das vorgeworfen hätte. Wenn ich so denken würde, würden meine Kinder verhungern.«

»So hätte ich Sie auch lieber gesehen. Aber irgendwie konnte ich nicht. Ich habe Sie mir immer vor dem Krieg vorgestellt, in irgendeinem normalen Job mit normalen Bedürfnissen. Ich konnte mich von diesen Gedanken nicht lösen.«

»Ach, das war also das Problem. Ich hatte angenommen, Sie wären plötzlich von Schuldgefühlen übermannt worden und mußten daran denken, wie Ihre Frau zu Hause den Boden schrubbt oder eine kleine Rotznase abwischt. Mit einem Baby an der Brust und Bohnen auf dem Ofen.«

»Ja, ich mußte auch an meine Frau denken. Aber sie ist mit meiner Tochter in Berlin. Ich habe sie seit zwei Jahren nicht gesehen. Sie waren mein erster Versuch mit, äh, mit allem, seit sie fort sind.«

»Tut mir leid, daß ich Sie enttäuscht habe«, sagte sie. Bei ihrer weicher werdenden Stimme konnte man fast glauben, daß sie es ernst meinte.

»Und Ihr Mann?« fragte Vlado und zog an seinem geborgten T-Shirt. »Ist er ...?«

»Tot. Bei den Kämpfen dreiundneunzig getötet worden. Ein Patriot, der am blinden, fanatischen Gehorsam gestorben ist. Brustschuß. Aber genausogut könnte man es auch Tod durch das Gift der Propaganda nennen. Er hörte, daß wir einen neuen Staat hätten und daß man ihn verteidigen müßte. Er nahm es sich zu Herzen und pfiff darauf, einen Hof zu bewirtschaften oder die Ernte einzubringen oder eine Familie zu ernähren. Er trat gleich in der ersten Woche der Armee bei, ohne Gewehr und ohne Ausbildung. Und diese Schweine haben ihn gleich an die Front geschickt, wo er von der ersten Angriffswelle überrollt wurde. Sie haben uns nie seine Leiche zurückgebracht. Und unser Haus oder unser Land bekommen wir bestimmt auch nie wieder zurück.

Mir und den Kindern blieb nichts anderes übrig, als auf einem Lieferwagen hierherzukommen. Der kleine Hamid konnte noch nicht mal laufen. Es war ein Schweinetransporter. Wir stanken eine Woche lang nach Schweinedreck und Mist. Erst dann hatten wir genug Wasser, um zu baden.«

Vlado dachte an Glavas, versteckt im Heu eines Bauernkarrens, dessen knarrende Räder vor einem halben Jahrhundert durch dieselben Berge gerollt waren.

»Was ist mit dem Rest Ihrer Familie?«

»Wir wurden durch die Kämpfe getrennt. Sie sind jetzt alle in der Nähe von Split an der dalmatinischen Küste und leben in Flüchtlingsunterkünften. Meine Eltern und mein Cousin, eine meiner Schwestern und ihr Mann. Sie haben ein paar Briefe geschickt, das war alles. Sie hatten schon nach einem Jahr ihre ganze harte Währung ausgegeben. Sie haben schon genug damit zu tun, sich selbst durchzubringen, und können uns nicht helfen. Mir geht es wahrscheinlich besser als allen von ihnen zusammen.«

»Haben Sie versucht, hier rauszukommen?«

»Im ersten Jahr habe ich es versucht. Aber wir waren immer viel zu weit unten auf der Liste, um einen Platz im Konvoi zu bekommen. Also habe ich im Frühling Löwenzahn gepflückt und Salat daraus gemacht und zusammengeschnorrt, was ich kriegen konnte. Nach und nach gingen unsere ganzen Ersparnisse zur Neige. Als ich kein Geld mehr hatte, bin ich zum ersten Mal zur französischen Kaserne gegangen. Am Anfang konnte ich das nicht. Das ist ja sogar Ihnen aufgefallen. Nach einer Woche wollte ich aufhören. Und dann kamen Sie in dieser Nacht vorbei, und ich hatte plötzlich umsonst Zigaretten. Die haben gereicht, uns am Leben zu erhalten, bis ich die Nerven dazu hatte, den Job richtig zu machen. Und wie Sie sehen können, bin ich nun eine Professionelle geworden.«

Sie setzte ein bitteres Lächeln auf. Vlado war ein bißchen unbehaglich dabei, die Rolle des Retters ihrer Karriere zu spielen.

»Manche Kunden fragen jetzt sogar nach mir, und wenn ich nicht da bin, sind sie enttäuscht. Obwohl ich immer noch nicht alles mitmache. Hauptsächlich blase ich den Männern einen. Vor einem Jahr hätte ich solche Worte nicht einmal aussprechen können. Blasen. Jetzt ist es eine ganz mechanische Handlung. Blasen, Blow Job, Oralverkehr, ganz egal. Noch ein paar Monate, und ich werde alles mitmachen, was die Typen wollen. Ich lasse mich fesseln, was weiß ich. Alle Perversitäten, die sie wollen.« Sie hielt inne und nippte an ihrem Kaffee. »Aber meine Kinder werden genug zu essen und es warm haben und auf sauberen Laken schlafen.«

Sie stellte ihre Kaffeetasse ab und starrte finster an die Wand. »Vor einer Woche wurde mir gesagt, daß wir endlich ganz oben auf der Liste stehen und im nächsten Konvoi nach Split einen Platz kriegen würden. Wahrscheinlich in nur einem oder zwei Monaten. Aber jetzt bin ich verunsichert. Wenn wir gehen, haben wir gerade mal soviel Geld, um uns gemeinsam mit meinen Verwandten mehr schlecht als recht durchzuschlagen. Wenn ich aber noch ein Jahr arbeite, habe ich vielleicht genug Geld, um es bis Wien zu schaffen. Wir könnten dort bei Freunden wohnen, wenn wir einen Teil der Miete übernehmen.«

Sie bot ihm noch mehr zu essen an, darunter auch ein paar frische Orangenstücke. Vlado hatte seit über einem Jahr keine

Orange mehr gegessen. Nach Vorkriegsstandard war sie etwas überreif und ein bißchen matschig. Aber sie schmeckte wundervoll. Als Vlado in ein Stück biß, mußte Amira über seinen verzückten Gesichtsausdruck fast lachen.

»Auch so ein angenehmer Nebeneffekt«, sagte sie lächelnd.

»Ja«, sagte er. Seine übertriebene Freude war ihm peinlich. »Noch so eine Karriere einer Zugewanderten.« Die Bemerkung war ihm einfach so rausgerutscht. Ein Bruchstück seiner eigenen Verbitterung hatte sich unter der Last der Erschöpfung selbständig gemacht. Aber ihr Lächeln war sofort verschwunden und einer verärgerten Miene gewichen.

»Das war nicht persönlich gemeint«, sagte er schnell. »Es ist nur so, daß die Leute, die hier aufgewachsen sind, das Gefühl haben, sie verlieren ihre Stadt genauso an die Flüchtlinge wie an die Tschetniks.«

»Genau. Das sind die großartigen Kosmopoliten. Sie hassen niemanden, außer solche Leute wie mich. Ich schätze, Sie brauchen jemanden, auf den Sie runterschauen können. Bei den Tschetniks funktioniert es nicht, die sitzen oben auf den Bergen. Also haben Sie uns rausgepickt. Für Sie sind wir ignorante Bauern, und jede Frau, die ein Kopftuch trägt, ist eine religiöse Fanatikerin, und jeder Mann, der in der Moschee betet, ist ein Mullah. Glauben Sie, wir wollen wirklich hier sein? Glauben Sie, wir lieben Ihre Stadt so sehr, daß wir uns nicht von den Schlangen vor den Wasserhähnen losreißen und uns nicht Besseres vorstellen können als diese wunderschönen Karnickellöcher, die Sie Wohnungen nennen und in denen man sich zum Schlafen verstecken muß, damit man nicht mitten in der Nacht von einem Schuß durchs Fenster abgeknallt wird?

Sie können nur nicht vertragen, daß wir uns anscheinend besser durchschlagen können als Sie. Wir können Feuer machen, eine Ziege schlachten und auf irgendeinem freien

Dreckloch Gemüse anpflanzen. Der Triumph der Bauern, und das macht Sie verrückt. Soviel zur Weisheit der Straße.«

»Wenn das alles wäre, könnten wir damit fertig werden. Es ist eher die Einstellung, die uns nicht gefällt. Ich behaupte nicht, daß es Ihre persönliche Schuld gewesen ist, aber wo, glauben Sie, hat dieser Krieg begonnen? Er hat in den Kleinstädten und Dörfern begonnen. Dort haben die Menschen den ganzen engstirnigen Haß über die letzten fünfzig Jahre am Leben gehalten. Sie waren die einzigen, die immer noch unbedingt herausfinden wollten, wer ein Tschetnik oder ein Katholik oder ein Moslem war.«

»Wir waren die einzigen, die der Wahrheit ins Auge gesehen haben, das ist alles.«

»Und Ihre Wahrheit war, daß ein Serbe keinem Kroaten über den Weg trauen kann und kein Moslem einem Serben oder wem auch immer. War das Ihre Wahrheit?«

»Sie haben die Geschichten doch genauso gehört wie wir. Geschichten über die schweinischen Tschetniks oder die mörderische Ustascha. Sie hatten wahrscheinlich genau wie ich einen alten Onkel, der Ihnen nach seinem dritten Glas immer prophezeit hat, daß sich eines Tages alles wiederholen wird. Aber in Sarajevo sind Sie einfach in ein Café gegangen und haben noch eine geraucht. Ihnen war das alles egal. Sollen sich doch die Großeltern mit der Geschichte rumschlagen. Sie waren alle treue, kleine Tito-Anhänger. Sie haben die Vergangenheit nicht nur vergessen, Sie haben so getan, als hätte sie nie stattgefunden. Und jetzt sind Sie ganz geschockt und fühlen sich persönlich beleidigt, weil alles wieder genau so gekommen ist. Und zwar genau vor Ihren Nasen, während Sie Kaffee getrunken und über westliche Popmusik geredet haben.

Aber ist es nicht komisch, wie schnell Sie plötzlich mitmischen? Sie stempeln die Leute jetzt genauso schnell wie die anderen auch ab. Ist Ihnen aufgefallen, wie oft Sie ›Tschetnik‹

in den letzten zehn Minuten gesagt haben? Und wer braucht denn noch Tschetniks, wenn man gleich vor seiner Haustür auf den Rest des Landes hinabschauen kann! Sie tun so, als seien Sie die einzigen Menschen auf der Welt, die leiden müssen. Jeder hat schuld, nur Sie selbst nicht. Kein Wunder, daß sogar die Fernsehkameras schon die Nase voll von Ihnen haben.«

Vlado sah, daß sie zu weinen begonnen hatte. Tränen liefen ihr über die Wangen. Aber ihre Stimme war unerschütterlich. Wie ein Richter, der mit monotoner Stimme die Anklageschrift vorträgt, dröhnte sie beharrlich und unaufhaltsam fort.

»Mein Mann war genauso wie ihr alle. Er ging so in Toleranz und brüderlicher Liebe auf, daß er nur darauf brannte, ein Gewehr zu nehmen und jeden Tschetnik abzuknallen, den er finden konnte.«

Sie hielt inne und versuchte sich zu beruhigen. Sie nippte wieder an ihrem Kaffee, der jetzt schon kalt geworden war.

»Das war sein Lieblingshemd«, sagte sie und schaute Vlado an. »Das einzige, von dem ich mich nicht trennen konnte.« Aus ihrem Weinen wurde ein Schluchzen. Noch mehr Tränen liefen über ihre Wangen.

»Es tut mir leid«, sagte Vlado sanft. Er lehnte sich über den Tisch und wollte sie berühren, wollte über ihre Wangen streichen und sie trösten. Doch sie stand auf und ging zum Ofen, hantierte fahrig mit den Töpfen herum. Vlado stand auf und stellte sich hinter sie. Vorsichtig legte er eine Hand auf ihre Schulter. Sie schluchzte wieder auf, dann drehte sie sich zu ihm um und schaute ihn an. Als er die Tränen von ihren Wangen wischte, griff sie in das alte Hemd ihres Mannes und zog ihn ganz fest an sich heran.

Sie lehnte ihren Kopf an seine Brust, und er küßte ihr Haar. Es schmeckte nach Seife und Küche. Ihr ganzer Körper roch nach einem sauberen, warmen Bett mit zerknitterten Laken. Plötzlich hob sie ihren Kopf und preßte ihre Lippen auf seine, ohne ihn anzusehen. So klammerten sie sich aneinander. Auf ihren Wangen und ihrem Hals konnte er die Spuren ihres Make-ups der vergangenen Nacht schmecken. Sie öffnete den Gürtel ihres Bademantels, und er schlüpfte mit beiden Händen hinein.

Sie sprachen kein Wort. Vlado hielt sie so fest, wie er konnte. Sie schien fast nach Luft zu ringen. Beide umklammerten einander, als erhofften sie sich eine Erlösung oder die Erfüllung ihrer Sehnsüchte. Vlado, immer noch aufgekratzt von den Glücksgefühlen, die das heiße Wasser und die Orange in ihm ausgelöst hatten, wurde nun ganz erregt, als er ihre warme, weiche Haut unter seinen Händen spürte. Er fühlte den Körper einer Frau, er nahm einen Menschen wahr, der noch kämpfte und immer noch fähig war zur Wut und vor allem zum Leben.

Dann rief eine Stimme aus dem Kinderzimmer. Amira machte sich sofort steif und schob ihn behutsam, aber bestimmt von sich weg. Genau wie bei ihrem ersten Zusammentreffen schien in ihrem Blick eine Mischung aus Erleichterung und Enttäuschung zu liegen. Nur diesmal aus einem anderen Grund.

In wenigen Minuten war sie vollständig verwandelt. Jetzt war sie wieder ganz die verantwortungsvolle Mutter. Eine sorgenvolle Zärtlichkeit zeichnete sich in ihrem Gesicht ab. Flink knotete sie ihren Bademantel wieder zu, wendete sich von ihm ab und ging zum Kinderzimmer.

»Ja, Mirza.«

»Ich habe Hunger.«

»Dann komm doch und frühstücke.«

Mirza, ungefähr sechs Jahre alt, stand jetzt schüchtern in der Tür. Solange dieser fremde Mann hier war, schien sie nicht hereinkommen zu wollen. Sie sah aus wie Amira im Kleinformat, die gleiche leichte Stupsnase und die gleichen großen, braunen Augen. Dann tauchte hinter ihr ein zweites kleines Gesicht auf. Einen Kopf kleiner und mit völlig anderen äußerlichen Merkmalen: blauen Augen, blondem Haar und einem breiten, fröhlichen Gesicht. Vererbt von jemandem, der für immer verschwunden war.

»Es ist alles in Ordnung, Mirza«, sagte Amira sanft. »Er ist ein Freund. Komm rein und iß. Und du auch, Hamid.«

Sachlich, aber mit einem Lächeln wendete sie sich wieder an Vlado und sagte leise: »Hast du immer so eine komische Wirkung auf Frauen? Egal, ob du den doppelten Preis bezahlst oder ich von alleine will: Noch bevor etwas passiert ist, bin ich schon wieder angezogen.«

Sie sah ihn provozierend an, aber in ihren Augen glänzten noch die Tränen.

Vlado frühstückte mit ihnen und genoß den seltenen Luxus einer zweiten Tasse Kaffee. Langsam begann er, trotz seiner Müdigkeit unruhig zu werden. Er hatte das Gefühl, er müßte seinen nächsten Schritt planen, ohne zu wissen, wie der aussehen sollte. Aber als er das erwähnte, deutete Amira nur Richtung Schlafzimmer.

»Was du brauchst, ist Schlaf«, sagte sie. »Leg dich hin, solange du willst.«

Er krabbelte in das saubere Bett, das kühl war, aber nicht kalt, und zog sich eine weiche, dicke Decke bis über die Schultern. Dann rollte er sich auf die Seite und sank schnell in ein angenehmes Vergessen.

21. Kapitel

Vlado schlief acht Stunden lang und erwachte mit einem Plan.

Er kam aus dem Schlafzimmer und sah Amira auf dem Fußboden sitzen. Leise spielte sie mit ihren Kindern und ein paar Malstiften. Irgendwo weit weg donnerte eine Rakete. Das kleine Mädchen hatte eine Puppe, und der Junge zerrte weinend daran und wollte sie unbedingt haben. Amira versuchte die beiden gerade zu beschwichtigen und sah dann auf, um Vlado zu begrüßen. Vlados Anwesenheit ließ die beiden Kinder sofort verstummen.

»Guten Morgen«, sagte er. »Oder besser, guten Tag. Ich danke dir. Ich habe seit Monaten nicht so gut geschlafen.«

»Frische Laken und saubere Wäsche wirken Wunder. Du solltest es ab und zu mal ausprobieren.«

Vlado wurde rot. »Entschuldige meinen Aufzug vorhin.«

»Ich weiß immer noch nicht, ob ich wissen will, wo du mit diesen Sachen gewesen bist. Ich habe sie jedenfalls gewaschen. Sie trocknen draußen vor dem Fenster.«

Ein Schrecken durchzuckte Vlado. Er schaute sich im Zimmer um.

»Deine Tasche steht da vorne an der Tür«, sagte sie, und er sah sie erleichtert an.

»Wie lange hast du eigentlich vor zu bleiben? Ich nehme mal an, du bist in deiner Wohnung zur Zeit nicht wirklich gern gesehen, oder? Sonst wärst du ja nicht hierhergekommen.«

»Ich kann es dir eigentlich auch sagen. Ein paar Leute sind

hinter mir her. Leute, die du wirklich nicht zum Feind haben willst. Ich sah heute morgen so aus, weil ich vor ihnen weglaufen mußte. Ich mußte sogar schwimmen. Ich mußte den Fluß überqueren, um sie abzuschütteln. Und drüben auf der anderen Seite wurde ich auch nicht gerade mit offenen Armen empfangen.«

»Hat das irgend etwas mit dem Schuß neulich zu tun?«

»Es hat alles damit zu tun. Und deshalb sollte ich dir wahrscheinlich gar nicht mehr sagen. Zu deinem eigenen Schutz. Wenn dir das Sorgen macht, werde ich sofort gehen. Du hast Kinder, ich würde das vollkommen verstehen.«

Einen Moment lang überlegte sie.

»Wo würdest du hingehen?«

»Ich würde schon was finden.«

»Du hast schon was gefunden. Bleib so lange du willst. Ich könnte jemanden gebrauchen, der auf die Kinder aufpaßt, während ich arbeite. Ich glaube, die Geduld der Nachbarn ist langsam am Ende. Und die Preise für Babysitter steigen ständig.«

»Vielleicht habe ich bis heute abend schon einen anderen Unterschlupf aufgetan. Aber sag mal, hast du noch Werkzeuge von deinem Mann?«

»Ein paar Dinge konnten wir mitnehmen. Ich hole sie dir.« Sie ging ins Schlafzimmer. Er hörte, wie sie in einem Schrank herumwühlte. Nach ein paar Minuten kam sie mit einem kleinen Werkzeugkoffer zurück. Darin waren ein paar Schraubenzieher, ein Zimmermannshammer, ein Maulschraubenschlüssel und ein Sortiment Schrauben und Nägel. Nicht viel, aber es würde ausreichen.

»Ich würde mir gerne ein paar Sachen ausleihen«, sagte er.

»Kein Problem.«

»Es besteht allerdings die Möglichkeit, sie nicht wieder zurückzubekommen.«

»Okay«, sagte sie, ohne nachzudenken. »Es waren seine. Ich kann mit ihnen nichts anfangen, außer sie zu verkaufen, und der Schwarzmarkt ist von so einem Zeug überschwemmt.« Wenn sie von ihrem Mann sprach, bekam ihre Stimme wieder einen geschäftsmäßigen Ton.

»Könntest du mir noch einen Gefallen tun?«

»Was denn?«

»Kannst du Englisch sprechen?« Da sie aus einer Kleinstadt kam, hatte er wenig Hoffnung, daß sie es konnte. Aber in dem Fall würde er ihr eine Nachricht mitgeben, auch wenn es gefährlicher wäre.

»Ja, ein bißchen. Eigentlich sogar ziemlich gut.«

Vlado reagierte überrascht. »Es gibt Leute in der Provinz, die noch etwas anderes gelernt haben, außer sich gegenseitig umzubringen«, sagte sie.

»Entschuldige.«

»Mit wem soll ich sprechen?«

»Ich muß einem britischen Journalisten im Holiday Inn eine Nachricht übermitteln. Am Telefon geht das nicht. Er könnte abgehört werden. Du mußt mit ihm persönlich sprechen. Ich bin mir nicht mal sicher, ob er da ist. Vielleicht mußt du ein bißchen warten oder später noch einmal hingehen. Du hast wahrscheinlich bessere Chancen, wenn du abends hingehst.«

»Also während meiner Arbeitszeit.«

»Ja. Und ich kann dir den Ausfall nicht bezahlen.«

»Okay. Ich schätze, ich schulde dir sowieso noch was. Du hast mich ins Geschäft eingeführt.« Diesmal sagte sie es im Spaß und nicht verbittert wie vorher. Sie lächelten beide.

»Also, wie lautet die Nachricht? Und wen soll ich überhaupt treffen?«

»Toby Perkins, Zimmer 434. Sag ihm, er soll mich hier treffen. Er soll eine Decke mitbringen und mit seinem Landrover kommen. Sag ihm, er soll aufpassen, daß ihn niemand verfolgt. Er soll mich an einen bestimmten Ort fahren.«

»Und wenn er fragt, wohin?«

»Erzähl ihm einfach, ich habe den Fall geknackt, und wenn alles klappt, bekommt er die Story seines Lebens.«

Das hat ihn natürlich überzeugt.

Vier Stunden später, es war bereits völlig dunkel, polterte Toby keuchend die Treppe hinter Amira hoch. Mit gerötetem Gesicht betrat er die Wohnung und zog einen prallgefüllten Sack hinter sich her. Er war sichtlich aufgeregt.

»Also, wohin soll es gehen, Herr Kommissar? Wollen wir noch so einen von Ihren kleinen Mordfällen lösen?«

»Viel mehr als das, hoffe ich. Aber wir müssen die Ausgangssperre abwarten.«

»Mein Gott, was sind wir wieder geheimnisvoll. Geheime Faxe nach Belgrad. Inoffizielle Fahrten nach Dobrinja. Und jetzt verstecken Sie sich hier in einer fremden Wohnung, während Ihr Büro behauptet, Sie würden ›zur Zeit nicht zur Verfügung stehen‹. Und dann werden mir auch noch neugierige Fragen gestellt. Wann ich Sie das letzte Mal gesehen habe und mit wem Herr Petric sonst zu tun hatte und so weiter und so fort. Sie wollten, daß ich ins Präsidium komme, um ein paar Fragen zu beantworten. Ich mußte ihnen leider eine Abfuhr erteilen. Ich habe gesagt, sie sollen sich an meinen Verleger wenden. Ich habe so das Gefühl, daß Sie auf irgendwas gestoßen sein müssen, was Ihren Kollegen nicht so ganz behagt. Mir beginnt das langsam zu gefallen.«

Also suchen sie ihn jetzt überall. Vlado war froh, daß er gegenüber Damir nie Amiras Namen erwähnt hatte und sich auch kein Hinweis darauf im Büro befand.

»Ich werde uns Kaffee machen«, sagte Amira.

»Erlauben Sie bitte.« Toby hielt sie zurück und beugte sich

ächzend über seinen Beutel und dessen scheinbar endlosen Vorrat an Nescafé, um eine neue Packung hervorzuzaubern.

Amira nickte nur kühl, so als hätte sie auch nichts anderes erwartet. Toby schien diese routinierte Reaktion auf seine routinierte Großzügigkeit ein bißchen zu treffen.

In den nächsten drei Stunden unterhielten sie sich über Gott und die Welt. Es war ein merkwürdiges Gespräch über drei Ecken, das zwischen Englisch und Serbokroatisch hin- und herwechselte, wobei Vlado dolmetschte, wenn es nötig wurde. Mittendrin, als Toby von seinen Abenteuern während irgendeiner afrikanischen Revolution quasselte, ging Vlado plötzlich durch den Kopf, welcher zufällige und unglaubliche Verlauf der Ereignisse dieses seltsame Trio zusammengebracht hatte. Die Wurzel des Ganzen war hauptsächlich die eine oder andere Art von Sturheit. Die ethnische Sturheit, die den Krieg entfacht hatte, die Sturheit der Weltöffentlichkeit, die sich weigerte, mehr zu unternehmen, als die Menschen in ihrer tödlichen Belagerung ein bißchen zu bemuttern, Vlados stures Klammern an diese Stadt, die unter seinen Füßen wegstarb, Tobys sture Jagd nach einer Story und Amiras sturer Kampf für die Zukunft ihrer Kinder.

Amira bereitete zum Abendessen ein halbes Huhn zu, das sie miteinander teilten. Dann brachte sie ihre Kinder zu Bett. Eine halbe Stunde nach der 9-Uhr-Ausgangssperre erhob sich Vlado.

»Es wird Zeit«, sagte er.

»Ja, aber wozu?« fragte Toby.

»Das werden Sie noch früh genug erfahren.«

Vlado wendete sich an Amira. »Möglicherweise wird dich die Polizei bei der Arbeit aufsuchen. Wenn du es dir leisten kannst, dann bleibe lieber für ein, zwei Nächte weg. Wenn sie zu dir kommen, dann sei besonders auf der Hut vor meinem Partner, Damir Begovic, und einem seiner Chefs, Juso Kasic.

Und gib vor niemandem zu, daß ich jemals in deiner Wohnung war. Erzähle ihnen einfach, was du mir damals erzählt hast. Aber behalte für dich, daß du den Vornamen von Oberst Chevard kennst oder überhaupt weißt, daß er Offizier ist. Sage nicht mal, daß du weißt, daß er Franzose ist. Der Rest wird sie schon zufriedenstellen.«

»Und wo wirst du dann sein?« fragte sie. Auf die Antwort war auch Toby ziemlich neugierig.

»Das hängt davon ab, wieviel Glück wir haben.«

Nach Vlados Anweisungen fuhr Toby den gepanzerten Landrover Richtung Westen die Heckenschützen-Allee runter. Vlado war jederzeit bereit, schnell nach hinten unter die Decke zu klettern, falls irgendwo neue Kontrollpunkte eingerichtet worden wären. Unterwegs holte er den UN-Lieferschein aus seiner Tasche und zog ihn aus dem improvisierten Plastikschutzmantel. Im grünen Schein der Armaturenlichter las er sich das Dokument noch einmal durch. Toby blinzelte neugierig von der Seite herüber.

»Wohin jetzt?« fragte Toby.

»Fahren Sie mal kurz rechts ran. Wir sind fast da. Ein paar hundert Meter weiter auf der rechten Seite.«

»Das UN-Hauptquartier?«

»Genau.«

»Ich habe mir irgendwie schon gedacht, daß es da hingeht. Und nach wem fragen wir am Tor?«

»Nach niemanden. Wir werden nach hinten an die Laderampe fahren und gucken, was wir dort vorfinden.«

»Und wie sollen wir durch das Haupttor kommen? Sollen wir es im Kugelhagel auframmen?«

»Damit.«

Er hielt Toby den Lieferschein vor die Nase, als der gerade den Landrover auf den Gehsteig lenkte.

»Beeindruckend«, sagte Toby und nahm den Gang raus. »Sieht sogar echt aus. Aber damit kommen Sie noch nicht rein. Ich habe einen UN-Presseausweis, also kein Problem. Sie haben keinen.«

»Ich werde mich hinten unter der Decke verstecken. Sie zeigen dann auf die Decke und erzählen der Wache, daß Sie eine Lieferung haben, so wie auf dem Lieferschein angegeben. Wir können nur hoffen, daß er das Paket nicht inspizieren will oder merkt, daß das Lieferdatum schon ein paar Monate abgelaufen ist. Aber Sie können wahrscheinlich die meisten Fragen verhindern, wenn Sie seine Aufmerksamkeit gleich unten auf die Unterschrift von Oberst Chevard lenken. Die Wachen sollten diese Art Lieferungen mittlerweile kennen. Und die meisten Lieferwagen sehen mit Sicherheit wesentlich zwielichtiger aus als dieser hier. Ach ja, und erzählen Sie ihm, daß Sie ein paar Minuten rumwerkeln müssen, um die Kiste für den Frachttransport fest zu vernageln. Das sollte uns die Zeit verschaffen, die wir benötigen.«

Toby seufzte auf und schien das ganze Unternehmen noch einmal zu überdenken. Doch Vlado kletterte schon nach hinten und zog sich die Decke über den Kopf.

»Das muß jetzt aber die Megastory werden«, knurrte Toby und warf wieder einen Gang ein.

Es lief genau so, wie Vlado vorhergesagt hatte. Der Wachposten schien gelangweilt zu sein und sich für nichts weiter zu interessieren als für Tobys Presseausweis und Oberst Chevards Unterschrift am Ende des Lieferscheins.

»Um das Gebäude herum und dann rechts«, sagte der Soldat. »Die Laderampen sind ganz hinten auf der Rückseite, hinter den Sandsäcken. Aber seien Sie vorsichtig. Vorhin waren dahinten noch die Heckenschützen am Werk.«

Sie fuhren durchs Tor. Vlado lag warm und unbemerkt unter der Decke. Dann hielt der Landrover an. Vlado hörte, wie die Handbremse angezogen wurde. »Endstation«, sagte Toby, »alles aussteigen.«

Vlado richtete sich auf und war erleichtert, als er bemerkte, daß sie außerhalb der Sicht- und Hörweite des Wachpostens angehalten hatten. Er war noch erleichterter, als er sah, daß auf der Laderampe eine große Holzkiste stand. Der übliche Lieferschein war in einer Plastikfolie an die Seite geheftet worden. Die Kiste war ungefähr genauso groß wie die im Keller von Vitas' Mutter, vielleicht etwas kleiner.

»Also los«, sagte er zu Toby, »wollen wir mal sehen, was drinnen ist. Je schneller wir hier hinten fertig sind, desto besser.« Während Vlado mit dem Schraubenzieher die Nägel löste, überließ er es dem wohlgenährteren Toby, die Oberseite mit dem Hammer aufzustemmen.

Toby ächzte dabei genauso wie die Nägel. Vlado zerrte den weichen Schaumstoff weg, in den der Inhalt eingewickelt war.

»Mein Gott«, platzte Toby heraus. »Ein Gemälde.«

»Ungefähr hundertzwölftausend Dollar wert«, sagte Vlado.

»Wie zum Teufel wissen Sie das so schnell?« fragte Toby.

»Es gehörte Milan Glavas. Vor ein paar Tagen waren wir in seiner Wohnung, In Dobrinja.«

»Wurde er deshalb getötet?«

»Deswegen auch. Aber hauptsächlich, weil er die Wahrheit kannte.«

»Also genauso, wie ich es mir neulich schon gedacht habe. Kunstschmuggel.« Toby sah sich die Namen auf dem Lieferschein an. »Und es scheint so, als wären ein paar sehr große Fische darin verwickelt. Haben Sie eine Ahnung, wieviel Kohle sie auf diese Weise schon gemacht haben?«

»Ein paar Millionen. Mindestens.«

Toby grinste übers ganze Gesicht. Er klopfte Vlado auf die Schulter.

»Kein Wunder, daß Sie von jedem gesucht werden. Aber keine Angst, ab jetzt bin ich Ihr persönlicher Geleitschutz und Bodyguard, mit freundlicher Unterstützung des *Evening Standard*. Alle Unkosten werden selbstverständlich übernommen. Also, wohin soll's jetzt gehen? Wir sollten unterwegs meinen Fotografen einsammeln. Er kann ein paar Schnappschüsse davon machen. Von dem Lieferschein auch.«

»Zuerst müssen wir das Ganze noch ein bißchen umverpakken. Dann nehmen Sie das Bild mit. Der Lieferschein und die Kiste bleiben hier.«

»Sie meinen ›wir‹.«

»Nein. Sie. Ich möchte, daß Sie das Bild zu Amira bringen. Wenn ihr unwohl dabei ist, das Bild zu behalten, soll sie es verbrennen. Mir egal.«

»Aber es ist über hunderttausend Dollar wert! Himmel! Und außerdem ist es auch ein verdammt gutes Beweisstück.«

»Stimmt. Aber alle Beweise, die ich mitnehmen kann, sind hier drinnen«, sagte Vlado und zeigte auf seine Tasche.

»Und wo zum Teufel werden Sie die ganze Zeit sein?«

»Da drin«, sagte Vlado und tippte auf die Kiste. »Und wenn die Kiste Sarajevo verläßt, werde ich es auch tun. Mit freundlicher Unterstützung der Vielleicht-Airline. Deshalb muß das Bild weg. Ich muß da reinpassen. Diese Kiste wird planmäßig mit dem ersten Flug morgen früh nach Frankfurt abfliegen. Wenn Sie auch mitfliegen, dann können Sie nach der Ankunft so viele Fotos schießen, wie Sie wollen. Ich werde dann sogar Zeit für ein Interview haben. Alles, was Sie sonst noch für Ihre Story brauchen, steht in meinem Notizbuch und auf ein paar Karteikarten. Und die habe ich in meiner Tasche.«

Zum ersten Mal erlebte Vlado einen sprachlosen Toby.

»Dann machen wir uns mal lieber an die Arbeit«, sagte Toby schließlich und nahm den Hammer wieder in die Hand.

Sie brauchten ungefähr fünfzehn Minuten.

Vlado stieg zwischen das Verpackungsmaterial, das Toby dann um ihn herum drapierte. Er achtete darauf, daß der Schaumstoff Vlado verdeckte und er trotzdem genug Luftlöcher hatte. Schließlich legte Toby den Deckel wieder auf die Kiste und nagelte sie zu.

»Ruhig Blut, Kumpel. Wir sehen uns in Frankfurt«, flüsterte Toby verschwörerisch in die Kiste. Und dann hörte Vlado den Landrover wegfahren.

Die Kiste ließ Vlado nur Platz zum Stehen. Doch die Seitenwände waren stabil genug, um sich anzulehnen und in einen unruhigen, senkrechten Schlaf abzudriften. Erst als er draußen Stimmen hörte, wachte er wieder auf. Der Schaumstoff hatte fast seine ganze Körperwärme konserviert. Er war in der Nacht überraschend warm geblieben, es war sogar eher ein bißchen zu stickig. Dann spürte Vlado, wie die Kiste bewegt wurde. Mit surrendem und knirschendem Motor wurde die Kiste von einem Gabelstapler auf einen Transporter gehoben; und schon war er auf dem Weg zum Flughafen.

Ein paar Minuten später quietschten die Bremsen des Lastwagens. Sie hielten am serbischen Kontrollpunkt kurz vor dem Flughafen. Vlado hörte die Stimmen der Soldaten. Sie öffneten die hintere Klappe und stiegen auf die Ladefläche. Auch die Soldaten an den Kontrollpunkten mußten diese Frachten schon gewöhnt sein. Niemand wollte die Ladung eingehender prüfen. Die Soldaten kümmerten sich mehr darum, was ins Land kam, als darum, was hinausgeschafft wurde.

Der Lastwagen setzte seinen Weg fort. Zum zweiten Mal innerhalb von dreißig Stunden überquerte Vlado die Frontlinie und rückte auf feindliches Gebiet vor. Am Flughafen beförderte ihn ein anderer Gabelstapler von der Ladefläche und nahm die Kiste mit auf eine holperige Fahrt quer über die

Startbahn. Mit einem metallischen Krachen wurde die Kiste dann in einem Raum abgestellt, in dem alle Geräusche widerhallten wie in einer Höhle. Da wußte Vlado, daß er nun im Bauch des Flugzeuges war, das als nächstes Bosnien verlassen würde.

Es hörte sich so an, als würden noch ein paar andere Frachtgüter zugeladen. Doch die Flüge, die von Sarajevo starteten, waren normalerweise nur spärlich beladen. Sie waren mit Hilfsgütern gelandet und verließen die Stadt meistens nur mit ein paar Soldaten, Journalisten und Mitarbeitern der Hilfsorganisationen, die nach Hause wollten. Die Maschine hatte Platz für vielleicht ein Dutzend Passagiere, die auf beiden Seiten mit dem Rücken zur Außenwand in einer Reihe saßen. Aber wer noch einen letzten Blick auf die Stadt werfen wollte, konnte sich auch zu den paar bullaugengroßen Fenstern hinter den Sitzen umdrehen.

Vlado hörte, wie die ersten Passagiere an Bord kamen. Die amerikanischen Stimmen der Bordbesatzung erklärten den Ankommenden, wo sie ihr Gepäck verstauen sollten. Er fragte sich, ob Toby es geschafft hatte. Manchmal gab es für diese Flüge Wartelisten, besonders dann, wenn schwere Kämpfe nur wenige Flüge zuließen und gleichzeitig der Bedarf nach sicheren Transporten anstieg. Aber während der wenigen Kämpfe in den letzten Tagen gingen die Flüge praktisch ohne Unterbrechung ab. Toby hatte also gute Chancen.

Ein zweiter Schwung Passagiere kam an Bord. Und über den Stimmen der anderen konnte Vlado Toby hören. »Hey, ich frage mich, was in der Kiste da ist«, sagte er. »Wahrscheinlich geschmuggelte Meisterwerke der Kunst.« Eine Bemerkung, die seinen Kollegen zu einem herzhaften Lachen veranlaßte.

Mein Gott, dachte Vlado. Halte deine große Klappe noch ein bißchen im Zaum.

Ein paar Passagiere liefen umher und kümmerten sich noch um ihr Gepäck, bevor sie ihre Plätze einnahmen. Plötzlich hörte Vlado ein leises Klopfen an einer Seite der Kiste und gleich darauf Tobys flüsternde Stimme.

»Freiflug nach Hause. In zehn Minuten geht es los. Es sind nur ich, ein anderer Reporter und ein paar belgische Soldaten an Bord. Bon voyage.«

Vlado lauschte den Geräuschen. Schritte schleiften über den Boden, Sicherheitsgurte wurden angelegt und ein letztes Gepäckstück an Ort und Stelle geschoben. Dann meldete eine amerikanische Stimme dem Cockpit, daß alles fertig und gesichert sei.

Einen Augenblick später liefen die Turbinen an, und die Maschine rumpelte los. Vlado mühte sich in der engen Kiste damit ab, einen Arm hochzukriegen. Als er es endlich geschafft hatte, zupfte er sich ein kleines Guckloch in den Schaumstoff. Wenn er den Hals ein wenig reckte, konnte er aus einem der winzigen Bordfenster schauen. Im Moment war nur die Startbahn zu sehen. Langsam setzte sich die Maschine in Bewegung. Sie rollten in Startposition.

Bei jedem Schlagloch der Rollpiste wurde er in seiner Kiste durchgeschüttelt. Dann wendete das Flugzeug in die Position für die letzte Beschleunigung vor dem Abheben und hielt an. Die Turbinen wurden auf volle Touren hochgefahren. Alles erzitterte unter ihrem ohrenbetäubenden Lärm. Jetzt würde es keine Schüsse mehr geben. Nichts konnte sie mehr aufhalten. Sie lagen genau in der Zeit. Vlados Herz machte Luftsprünge.

Doch dann, gerade als der Pilot hätte Vollgas geben sollen, wurden die Maschinen gedrosselt. Das betäubende Hämmern sank plötzlich zu einem lauten, leerlaufenden Summen ab. Kurz darauf stoppten die Maschinen ganz. »Tut mir leid, Leute!« rief einer der Amerikaner vom Cockpit. »Da will uns auf den letzten Drücker noch jemand besuchen.«

Sofort wurden Rufe der Passagiere laut, und es gab ein unverständliches Gewirr von Fragen. Dann ging die Frachtluke quietschend auf. Durch Vlados Guckloch drang plötzlich Tageslicht ein. Hastig stopfte er die Öffnung wieder mit Schaumstoff zu und kratzte sich dabei den Ellenbogen an der Holzwand auf.

Schwere Stiefel marschierten an Bord. Forsch und zielstrebig. Es mußten mehrere sein. Vlado hielt den Atem an. Eine fremde Stimme teilte auf serbokroatisch Befehle aus. »Entschuldigen Sie die Verzögerung, meine Herren«, sagte die Stimme dann auf englisch. »Aber es dauert nur ein paar Minuten.«

»Und wer zum Teufel sind Sie?« rief Tobys Kollege ungeduldig.

»General Dragan Markovic. Bosnisch-Serbische Armee.«

Wenn Vlado nicht so von den vier Wänden der Kiste eingezwängt gewesen wäre, dann hätten jetzt seine Knie zu schlakkern begonnen. Die nächste Ansage brachte ihn noch mehr aus der Fassung.

»Ist ein Toby Perkins vom *Evening Standard* an Bord?« wollte Markovic wissen.

Toby muß seine Hand gehoben oder sich auf andere Weise bemerkbar gemacht haben. »Ich hoffe, es macht Ihnen nichts aus«, sagte Markovic, »aber wir müssen Sie noch ein wenig länger hierbehalten. Wir haben ein paar Fragen an Sie.«

»Tut mir leid«, gab Toby zurück. »Ich werde in Frankfurt meinen Anschluß nach London verpassen. Ich bleibe.«

»Dann bleibt das Flugzeug auch hier.«

Diese Drohung brachte die belgischen Soldaten auf den Plan. Sie hatten überhaupt keine Lust, sich von einem britischen Zeitungsfritzen ihren Abflug verpatzen zu lassen. Toby hatte keine Chance, er mußte das Flugzeug verlassen. Im ersten Moment packte Vlado die Angst, daß Toby etwas passieren könnte. Aber dann sagte er sich, daß er wahrscheinlich schon nach wenigen Stunden wieder freigelassen werden und eine neue Kriegsgeschichte für seine Kollegen auf Lager haben würde. Also kein Grund zur Sorge. Gelegentlich schossen zwar serbische Heckenschützen auch aufs Geratewohl auf westliche Journalisten, aber jede Verhaftung wurde auf offizieller Ebene abgehandelt. Für jeden westlichen Besucher, und besonders für einen Journalisten, bedeutete eine Verhaftung normalerweise nur ein paar Unannehmlichkeiten. Außerdem konnten sie immer mit einem Aufschrei der mitfühlenden Öffentlichkeit rechnen.

Aber Markovic war nicht damit zufrieden, nur Toby aufgespürt zu haben.

»Leider gibt es da noch eine Angelegenheit zu regeln. Ich möchte, daß die Ladezone gründlich durchsucht wird. Bitte, Männer, fangt an. Achtet besonders auf größere Teile.«

Als nächstes hörte Vlado, wie Schlösser und Riegel von Kisten und Schließfächern aufsprangen, in denen sich die Sachen der Belgier und der amerikanischen Besatzung befanden. Einige Belgier protestierten lautstark. »Zeigen Sie erst mal Ihren Durchsuchungsbefehl« verlangte ein amerikanisches Besatzungsmitglied.

»Wir sind hier nicht in Amerika, meine Herren«, entgegnete Markovic kühl. »Auch nicht in Belgien. Dies ist die Serbische Republik von Bosnien.«

Eine Hand klopfte gegen die Kiste. Vlado machte sich auf das Ende gefaßt. Von hier abzuhauen war unmöglich. Selbst wenn er es hinten aus dem Flugzeug und bis auf die Startbahn schaffen sollte, würde er sofort in die Schußlinie von anderen serbischen Soldaten laufen, die sich um das Rollfeld herum verschanzt hatten. Wer auch immer sich da an der Kiste zu schaffen machte, er begann an einem Brett zu ziehen und versuchte es wegzureißen.

Dann meldete sich Markovic plötzlich wieder zu Wort.

»Popovic!« brüllte er. »Was machen Sie da eigentlich?«

Das Brett wurde losgelassen.

»Ich kontrolliere diese Kiste, General.« Es war so laut, als hätte er Vlado direkt ins Ohr geschrien.

»Die ist uninteressant«, sagte Markovic und klang fast ein bißchen überheblich dabei. »Für den Inhalt kann ich mich persönlich verbürgen.«

Der Soldat hämmerte das schon etwas gelöste Brett wieder fest und ging weiter zu einer anderen Frachtkiste. Fünf Minuten später war alles kontrolliert und wieder verpackt.

»Entschuldigen Sie die Störung, meine Herren«, sagte Markovic. Er war zufrieden, daß sein Flüchtling nicht an Bord und seine Fracht gleich unterwegs zu den europäischen Auktionsmärkten war. »Hier scheint alles in Ordnung zu sein.«

In bester Ordnung, dachte Vlado.

Die Schritte marschierten aus dem Flugzeug, die Ladeklappe wurde geschlossen, und an Bord wurde es dunkel. Kurz darauf liefen die Maschinen wieder an. Und diesmal gab es keine weitere Verzögerung mehr. Der Pilot gab Vollgas, das Flugzeug raste zitternd über die holprige Startbahn. Dann ließen die Räder den Boden unter sich zurück, und Vlados Magen machte einen Satz. Die Maschine stieg steil und schnell nach oben, neigte sich in eine jähe Kurve und steuerte dann auf die Berge am Horizont zu.

Vlado bohrte sich wieder ein kleines Loch in den Schaumstoff. Groß genug, um aus dem Fenster zu schauen, und hoffentlich klein genug, damit ihn die Belgier nicht bemerkten. Hausdächer rasten unter ihnen vorbei, manche verbrannt oder verrußt, andere eingefallen. Dann flog das Flugzeug am Stadtrand entlang und folgte dem Lauf des Tals.

Vor der Kiste schien jemand herumzuschleichen. Vlado bekam gleich wieder einen Schrecken. Dann hörte er Gelächter.

Er reckte seinen Hals und sah, daß die Belgier schon ihre Plätze verlassen hatten und sich albern gegenseitig fotografierten. Sechs Monate Dienst waren vorbei, und das war ein Grund zum Feiern.

Durch das Fenster konnte Vlado eine Rauchwolke von irgendwo weit unten sehen. Entweder war eine Granate in diesem Moment abgefeuert worden, oder sie war eingeschlagen. Dann zog der Flugplatz vorbei, man konnte gerade noch einen Teil des Rollfeldes sehen. Die Maschine legte sich noch steiler in die Kurve, und unten glitzerte das silberne Band der Miljacka in der frühen Morgensonne. Für einen Moment hatte Vlado wieder den metallischen Geschmack des Wassers im Mund.

Vlados letzter Anblick von der Stadt waren die ausgebrannten Hochhäuser im Osten. Er hätte fast noch weiter sehen können, bis zu seiner eigenen Wohnung, wenn nicht ein Berg seine Sicht blockiert hätte. Trotzdem konnte er noch die Ränder des verschneiten Friedhofs erkennen, wo sich, der Tageszeit nach zu urteilen, schon bald die Totengräber auf ihre Schaufeln stützen würden.